원본
한중록

한국
고전
문학
전집

004

원본
한중록

혜경궁 홍씨 지음 | 정병설 주석

문학동네

머리말

『한중록』은 마력魔力이 있다. 세자를 뒤주에 가두어 죽인 전대미문의 엽기적 사건 때문만은 아니다. 혜경궁은 『한중록』을 쓸 때 집안이 망한 아픔에 화가 치밀어 등이 뜨거워 잠을 자지 못했다고 한다. 어떤 날은 누워 자려다가 벌떡 일어나 앉아 벽을 두드리기도 했다고 한다. 그만큼 『한중록』은 뜨겁다. 그 뜨거움이 읽는 사람을 달아오르게 한다. 『문장강화』를 써서 한국어 문장 작법의 방향을 제시한 소설가 이태준은 『한중록』을 보고 이것이야말로 '조선의 산문 고전'이라고 말했다 한다. 뜨거운 가슴과 유려한 문장이 독자를 사로잡는 것이다.

『한중록』의 주석과 번역은 이번이 처음은 아니다. 시조시인이자 한국문학 연구의 제1세대 학자인 가람 이병기 선생께서 1947년 처음 주석본을 출간했다. 이어 1961년에는 나손 김동욱 선생께서 후대에 모범이 되는 교감주석본을 간행했다. 또 김용숙 선생의 평생을 바친 연구는 작품 이해에 중요한 기초를 제공했다. 이 책은 선배들의 빛나는 성취에서 출발하였다.

이 책도 나름의 성취는 있다. 먼저 종전에 다루지 않았거나 부분적으로 다룬 중요한 이본들을 전부 포괄했다는 의의가 있다. 본서 제2부의 저본인 미국 버클리 대학 소장 『보장寶藏』은 혜경궁 친필로까지 추정될 정도로 중요한 이본으로, 종전에 주로 읽힌 종합본 『한중록』에 비해 흥미로운 내용이 많다. 또 제3부 제2편의 「병인추록」은 종전의 종합본에는 아예 빠진 것이다. 이 책은 이것들을 모두 포괄한 첫 『한중록』이다.

또한 종전에 다룬 자료들도 교감과 주석의 차원에서 한 걸음 진전하였다고 자부한다. 이 책은 이른바 완전 주석을 목표로 삼고 그것을 토대로 현대어로 쉽게 풀고자 했다. 나는 평소 학생들에게 문학작품, 그것도 고전작품을 읽을 때는 세 가지 감각을 잃지 말라고 가르친다. 물질감, 인물감, 시대감이 그것이다. 물질감은 그 시대 사람의 감각을 알라는 것이며, 인물감은 등장인물의 사회적 위상과 다른 인물과의 관계를 정확히 파악하라는 것이고, 시대감은 당대의 이념과 관행, 그리고 시각을 분명히 알고 그에 따라 대상을 판단하라는 것이다. 가뭄을 말하면 그 시대 사람에게 가뭄이 얼마나 절박한 것인지 느낄 수 있어야 하고, 천연두를 말하면 그 병이 당시 사람들에게 얼마나 위협적이었는지 알아야 하며, 인삼을 말하면 그것이 얼마나 귀한 것인지 구체적으로 알고 있어야 한다는 것이다. 그리고 사람들은 어떤 사람과 어떤 관계를 맺고 있는지, 또 어떤 감정과 생각을 가지고 있는지, 어떤 이념과 관행의 굴레 속에서 살고 있는지, 등장 인물의 복심은 물론 행간의 의미까지 파악해야 한다는 것이다. 이 책은 번역, 주석은 물론 50여 항목의 해설('한중록 깊이 읽기')을 통해 작품 이해에 완벽을 기하고자 했다.

다행히 『한중록』은 관련 자료가 많이 전하고 있어서 이런 작업이 어느 정도 가능했다. 작품에 서술된 사건 하나하나를 『조선왕조실록』 『승정원일기』와 비교했고, 『임오일기』 『모년일기』 등 관련 당사자의 개인 기록은 물론, 『현고기』 『대천록』 등 후대의 편찬기록, 그리고 『가암유고』『몽오집』등 정치적 반대파의 기록을 포함한 다수의 개인 문집과 왕실 자료를 참고했다. 특히 근년에 구축된 디지털 데이터베이스는 천학비재淺學非才가 박람강기博覽强記의 선학들조차 찾을 수 없었던 세계를 볼 수 있게 했다. 이런 호조건에도 불구하고 아직 풀지 못한 문제가 여럿 남아 있고, 만전을 기했으나 오류 역시 적지 않으리라 생각한다.

이 책 출간에 바칠 감사의 말은 누구보다 혜경궁에게 돌리고 싶다. 『한중록』은 원래 친정과 후손에게 보이려고 쓴 것이다. 당연히 출간된 것이 아니다. 그런 까닭에 작품의 배경을 잘 모르는 독자들은 읽기가 여간 어렵지 않다. 나는『한중록』을 열 번 스무 번 거듭 읽어나가면서 연방 감탄하였고 또 빠져들었다.『한중록』은 조선시대 어떤 문학도 도달하지 못한 인간의 깊은 곳에 닿아 있었고, 세계문학 어디에서도 찾아보기 어려운 인간 내면의 도도한 물결을 그려냈다.『한중록』은 역사와 문학을 뛰어넘는 인간 내면의 기록이다. 이런 소중한 유산을 남긴 혜경궁에게 감사하지 않을 수 없다.

나는 그를 위해 현대 독자들에게 그 깊이를 보여줄 책을 만들 결심을 했다. 혜경궁이 이백 년 후의 독자에게 할 말을 내가 도와 정리한다는 심정이었다. 그래서『한중록』에 딸린 세 편의 독립된 글을 현대 독자들이 가장 쉽게 다가설 수 있는 방향으로 배열했다. 잘 알려진 남편 사도세자의 이야기에서 시작해서, 자기 이야기, 친정 이야기의 순서로 차례를 구성한 것이다. 제1부 남편 사도세자의 이야기는 누구나 흥미롭게 읽을 수 있는 문학적 요소가 다분한 글이며, 제2부 자기 이야기는 특히 조선시대 풍속에 관심이 있는 사람들이 흥미롭게 읽을 수 있는 자서전이다. 마지막으로 제3부 친정 이야기는 조선 후기 역사 특히 18세기 정치사에 관심이 있는 사람이라면 반드시 읽어야 하는 글이라고 생각한다.

『한중록』은 처음에 내 연구실 학생들과 함께 읽었다. 윤경아, 고은

임, 채윤미, 김동욱은 원문 입력과 초벌 주석의 수고를 아끼지 않았고, 최혜리, 유인선은 힘든 교정 작업을 도와주었다. 그사이 누렸던 일 년의 연구년은 작업 속도를 높일 수 있었을 뿐만 아니라, 원본을 직접 볼 수 있는 소중한 시간이었다. 연구년을 보낸 곳이 『한중록』 이본을 가장 많이 소장한 버클리 대학이었기 때문이다. 연구년을 허락한 서울대학교는 물론, 연구년 동안 편의를 제공한 버클리 대학 한국학연구소, 그리고 이 작업에 연구비를 지원한 LG문화재단에 심심한 사의를 표한다. 초고가 만들어진 다음 그것을 여러 차례 강의와 강연에 사용하였다. 학생들과 청중의 질문과 비평은 원고 수정에 큰 힘이 되었다. 한 분 한 분 성함을 들어 감사를 표하지 못한 점 양해를 구한다.

2010년 7월
권력과 인간에 상처 입은 영혼들을 위로하며
정병설 쓰다

【 일러두기 】

◉— 저본

제1부: 버클리 대학 동아시아도서관 소장 한글본 『한듕만녹開中謾錄』(도서번호 22.29) '악樂'과 '사射' 곧 제2권과 제3권.

제2부: 버클리 대학 동아시아도서관 소장 한글본 『보장寶藏』(도서번호 22.31).

제3부: 홍기영 소장 한글본 『읍혈녹泣血錄』.

◉— 교감 대상

아래의 텍스트를 이용했다.

1. 이병기, 김동욱 주해, 『한중만록』, 민중서관, 1961.

2. 버클리 대학 동아시아도서관 소장 한글한문혼용본 『한중만록』(도서번호 22.30)→교감시 '버클리국한문본'으로 약칭.

3. 버클리 대학 동아시아도서관 소장 한글한문혼용본 『보장』(도서번호 22.32)→교감시 '버클리32본'으로 약칭.

4. 김동욱 선생의 책(위 1번의 책)은 일사 방종현 선생 구장본(약칭 일사본, 현재 서울대학교 규장각 소장)과 가람 이병기 선생 구장본(약칭 가람본, 현재 서울대학교 규장각 소장), 그리고 나손 김동욱 선생 구장본(약칭 나손본, 단국대학교 율곡도서관 소장) 및 제3부의 경우 서울대학교 규장각 소장 한문본 『읍혈록泣血錄』(약칭 규장각 한문본)까지 포괄하여 교감한 것이다.

◉— 교감 방식

1. 교감은 단순한 표기 차이는 표시하지 않고 의미상 유의미한 차이가 있는 곳만 표시했다.

2. 주석에 [교감]을 두고 구별했다.

3. 일사본, 가람본, 나손본이 동일한 경우에는 '일사본'으로만 표시했다.

4. 종전에 널리 유통된 김동욱 선생 주해본 『한중만록』의 체제를 가진 이본들을 총괄

하여 '종합본'이라고 약칭했다.

◉— 체제

이 책의 각 부는 각기 다른 자료이다. 제3부의 제1편과 제2편은 저술 시기는 다르나, 제2편이 제1편의 부록의 성격을 지니므로 하나로 묶었다. 각 장은 원문의 분절을 따랐으며, 절은 주석자가 임의로 나누었다. 그리고 부, 장, 절의 제목은 모두 주석자가 붙인 것이다.

◉— 본문 처리

1. 원문은 가급적 원형태에 유의해 읽고자 했다. '룰'과 '를'처럼 미세한 차이에 의해 판독이 달라질 수 있는 경우 좀 더 가까운 쪽으로 읽고자 했다.

2. 한자는 모두 주석자가 붙인 것이다.

3. 글자 중복 등의 명백한 오류는 따로 표시하지 않고 수정했으며, 오기는 병기한 한자를 통해 수정 방향을 제시했다.

4. '톄뫼'처럼 어간에 주격 조사 'ㅣ'가 붙은 경우는 '톄뫼(體貌)'처럼 한자만 괄호 속에 표시했다.

5. 원문에 수정이 있는 경우는 〈 〉를 두어 수정 사항을 표시했다. 원사자의 수정인지 독자의 수정인지 수정의 층위까지는 고려하지 못했다.

6. 단락 구분은 원문에는 없는 것이며, 번역본의 단락 구분에 따라 나누었다. 따라서 본 주석본에서는 다소 어색한 단락 구분 지점도 없지 않다.

◉— 주석 처리

1. 따로 인용 전거를 밝히지 않고 날짜만 밝힌 경우는 『조선왕조실록』 당일조를 참조하라는 뜻이다.

2. 별다른 언급이 없이 김동욱이라 칭한 것은 김동욱 주해본 『한중만록』을 가리킨다.

제1부 ◉

내 남편 사도세자

임오화변(壬午禍變)이 쳔고(千古)의 업는 변이라.

션왕(先王)이 병신초(丙申初)의 영묘(英廟)긔 상소ᄒᆞ오셔

"졍원일긔(政院日記)룰 업시ᄒᆞ야디라"

ᄒᆞ야, 그 문젹(文蹟)을 업시ᄒᆞ야시니,[1] 션왕의 효ᄉᆞ(孝思)로 그째 일을 듕인(衆人)이 아니 보ᄅᆞ 리 업시 셜만(褻慢)이 보ᄂᆞᆫ 거술[2] 셜워ᄒᆞ시미라.

년디 오래고 ᄉᆞ젹(事跡)을 알 니 업서가니 그ᄉᆞ이의 니룰 탐ᄒᆞ고 화룰 즐기는 므리들이 ᄉᆞ실을 변난(變亂)ᄒᆞ고 쳥문(聽聞)을 현혹(眩惑)ᄒᆞ야 혹 ᄒᆞ디

"경모궁(景慕宮)이 병환이 아니 겨오신디 영묘겨오셔 참언(讒言)을 듯

---

[1] 『영조실록』 1776년 2월 4일조를 보면, 당시 동궁인 정조가 『승정원일기』의 임오화변 관련 기사를 없애달라고 상소했고, 영조가 이를 허락했다고 한다. 그런데 『순조실록』 1806년 1월 6일조를 보면 순조가 세초한 『승정원일기』에서 당시 문적 일부를 찾아 읽은 기록이 있다. 당시까지만 해도 기록을 완전히 없애지는 않은 듯하다. 현재 『승정원일기』에는 '병신년 임금의 전교로 세초했다(丙申因傳敎洗草)'고 표시하고 삭제된 부분이 열 곳 넘는다.

[2] 『조선왕조실록』은 역사 보존의 성격이 강하여 열람이 까다롭지만, 『승정원일기』는 국정 참고 자료의 성격이 강하여 열람이 한결 용이했다.

주오시고 그 쳐분을 ᄒᆞ오시다"

ᄒᆞ며, 혹 ᄒᆞ더

"영묘겨오셔 못 싱각ᄒᆞ오신 일믈(一物)을 신하가 권ᄒᆞ여 드려 망극지경(罔極之境)이 되다"[3]

ᄒᆞ야, 션왕 셩춍(聖聰)을 현혹쪄 ᄒᆞ니, 션왕이 영명(英明)ᄒᆞ오시고 그ᄯᅢ 비록 튱년(沖年)이오시나 다 목도(目睹)ᄒᆞ신 일이라, 엇지 속으시리오마논 '위친(爲親)ᄒᆞᆫ 듸 범연(泛然)[4]ᄒᆞ다' 홀가 드리오셔[5] 경모궁의 쇽(屬)ᄒᆞ고 모년ᄉᆞ(某年事)라 ᄒᆞ면 일례로 '그러타' ᄒᆞ오셔 일죽이 시비진가(是非眞假)를 분변티 아니ᄒᆞ시니, 이ᄂᆞᆫ 당신 지통(至痛)으로 브득이 ᄒᆞ신 일이라. 션왕은 다 알고 지졍(至情)의 잇글려 그리ᄒᆞ야 겨시거니와, 후왕(後王)은 션왕과 졍지(情地)가 져기 다르고 엇더ᄒᆞᆫ 큰일을 ᄌᆞ손이 되야 인ᄒᆞ야 모ᄅᆞ기ᄂᆞᆫ 인졍 텬니(天理)의 어려운 일이라.

쥬상이 어려 겨실 제 이 일을 알고져 ᄒᆞ시나 션왕이 ᄎᆞᆷ아 ᄌᆞ셔히 니ᄅᆞ디 못ᄒᆞ시고, 다른 사람이 뉘 감히 말을 ᄒᆞ며, ᄯᅩ 뉘 능히 이 ᄉᆞ실을 ᄒᆡ비(該備)히 알리오. 나 곳 업ᄉᆞ면 궐ᄂᆡ(闕內)의셔도 알 리 업셔 인ᄒᆞ야 모ᄅᆞ게 ᄒᆞ야시니, ᄌᆞ손이 되야 조션(祖先)의 큰일을 망ᄆᆡ(茫昧)홀 일을 위ᄒᆞ야 망극(罔極)ᄒᆞ야 ᄒᆞᆫ번 젼후ᄉᆞ(前後事)를 긔록(記錄)ᄒᆞ야 쥬상을 뵈고 업시ᄒᆞ고져 ᄒᆞ더, 내 부술 ᄎᆞᆷ아ᄎᆞᆷ아 ᄡᅳ디 못ᄒᆞ야 임염(荏苒)[6]ᄒᆞ더니, 내 쳡쳡(疊疊)ᄒᆞᆫ 공ᄉᆞ참화(公私慘禍) 후 일명(一命)이 실 ᄀᆞ투야 거의 ᄭᅳᆫ허지게 되니,[7] 이 일을 쥬상을 모ᄅᆞ게 ᄒᆞ고 도라가기 실로 인졍 밧긴 고로, 죽기를 ᄎᆞᆷ고 져를[8] 우러 이리 긔록ᄒᆞ나 ᄎᆞᆷ아 ᄡᅳ디

---

3) 사도세자를 뒤주에 가두어 죽일 생각을 혜경궁의 아버지 홍봉한이 내었다는 세간의 의혹을 가리킨다. 여기서 일물은 뒤주를, 신하는 홍봉한을 가리킨다.

4) 범연(泛然): 데면데면함.

5) [교감] 드리오셔: 일사본 '두리오셔'.

6) 임염(荏苒): 세월을 그냥 흘려보냄.

7) 여기서는 1800년 정조 사후 정순왕후가 수렴청정을 할 때 친정과 자신이 겪은 변고를 가리킨다. 더욱이 초고를 쓴 무렵인 1802년 7월에는 딸 청선까지 죽었다.

8) [교감] 져를: 가람본 동일. 일사본 '피룰'. 버클리국한문본 '彼'. 임오화변을 가리킨다고 볼 수

못홀 마디는 쌔힌 거시 만코 지리훈 곳은 다 거드디 못ᄒ며, 내 영묘 ᄌ부(子婦)로 평일 ᄌ익지덕(慈愛之德)과 그째 ᄌᆡ싱지은(再生之恩)을 닙ᄉᆞ고 경모궁 처ᄌ(妻子)로 소텬(所天) 위ᄒᆞᄂᆞᆫ 정셩이 하늘을 쎄칠9) 거시니 부ᄌ(父子) 두 분 ᄉᆞ이의 일호(一毫) 말이 과(過)ᄒ면 텬신(天神)의 쥬극(誅殛)ᄒᆞ〈시〉믈 면티 못ᄒ리니, 외인(外人)의 모년ᄉᆞ로 여ᄎᆞ여피(如此如彼)ᄒᆞ다 ᄒᆞᄂᆞᆫ 거슨 다 밍낭무거(孟浪無據)ᄒᆞᆫ 말이오. 이 긔록을 보면 모년(某年) 시죵(始終)을 쇼연(昭然)이 알 거시오.

영묘겨오셔 처엄은 비록 ᄌ익(慈愛)롤 더ᄒᆞ디 못ᄒᆞ야 겨오시나 나죵은 홀일업ᄉᆞ오시고, 경모궁겨오셔도 텬품(天稟) 본셩(本性)의 인후관대(仁厚寬大)ᄒᆞ오시믄 비록 거룩ᄒᆞ오나 병환(病患)이 만만(萬萬) 망극(罔極)ᄒᆞ셔 죵샤위망(宗社危亡)이 호흡지간(呼吸之間)이니 홀일업ᄉᆞ오신 터흘 당ᄒᆞ오시고, 내런디 셩왕(先王)이런디 경모궁 쳐ᄌ(妻子)로 그 망극디변(罔極之變)을 디내고 능히 죽디 못ᄒᆞ고 보젼훈 거시 ᄯᅩ훈 이통(哀痛)은 ᄌ이통(自哀痛)이오, 의리(義理)는 ᄌ의리(自義理)10)로 ᄒᆞ야 오눌날ᄀᆞ디 온 일이니 이 마디롤 쥬샹이 ᄌ셔히 알고져 ᄒᆞ미라.

대뎌 이 일이 영묘롤 원망ᄒᆞ며 경모궁이 병환이 아니시라 ᄒᆞ며 신하롤 죄 잇다 ᄒᆞ야셔는 비단 본ᄉᆞ(本事)의 실샹을 일홀 분 아니라, 삼됴(三朝)11)의 다 망극훈 일이니, 이만 잡으면 이 의리 분간ᄒᆞ기 므어시 어려오리오.

내 임슐(壬戌, 1802) 츈간(春間)의 이 일을 초 잡아두고 미처 뵈디 못ᄒᆞ엿더니 근일(近日)의 경녁(經歷)훈 슈작(酬酌)이 미처 가슌궁(嘉順宮)도

있다.
9) 쎄칠: 꿰뚫을. 찌를.
10) 애통은 애통대로 의리는 의리대로 따로 떼어 생각한다는 뜻. 슬프긴 하지만 의리상으로는 어쩔 수 없는 일이었음을 인정하자는 말이다.
11) 삼조(三朝): 세 임금. 여기서는 영조, 사도세자, 정조 삼조 중에 사도세자는 왕위에 오르지 못했으므로, '조'로 칭하기에 다소 문제가 있을 수 있다고도 하겠지만, 동궁을 동조(東朝)라고도 칭하므로, 이런 호칭이 가능할 듯하다. 이 글에서 삼조가 이들 세 명을 가리킨다는 점은 제1부 뒷부분에서 분명히 확인된다.

'주손을 알게 ᄒᆞᆫᄂᆞᆫ 거시 올ᄒᆞ니 뼈ᄂᆡ라' 쳥ᄒᆞ니 비로소 강잉(强仍)ᄒᆞ야 뼈 쥬샹긔 뵈니 내 심혈(心血)이 이 긔록의 다 잇ᄂᆞᆫᄃᆡ라. 새로히 심혼(心魂)이 경월(驚越)ᄒᆞ고 간폐(肝肺) 붕졀(崩折)ᄒᆞ야 일ᄌᆞ일뎨(一字一涕)ᄒᆞ야 글시ᄅᆞᆯ 일우디 못ᄒᆞ니 셰샹의 날 ᄀᆞᄐᆞᆫ 사ᄅᆞᆷ이 다시 어이 이시리오. 원의(冤矣) 원의라.

　을츅(乙丑, 1805) 사월일(四月日)

내 남편 사도세자

총명한 아기 세자

무신(戊申, 1728)¹⁾ 후로 국본(國本)이 오래 븨으시니 영묘(英廟)겨오셔 듀야(晝夜) 초우(焦憂)ᄒ오시다가 을묘(乙卯, 1735) 정월(正月)의 션희궁(宣禧宮)²⁾겨오셔 경모궁(景慕宮)을 탄싱ᄒ오시니, 영묘겨오셔와 인원(仁元)³⁾ 정성(貞聖)⁴⁾ 냥성모(兩聖母)겨오셔 종사(宗社) 막대지경(莫大之慶)을 환열(歡悅)ᄒ오시기 비ᄒ올 대 업ᄉ오시고 일국신민(一國臣民)이 ᄯᅩ 뉘 아니 도무(蹈舞) ᄒ리오.

경모궁겨오셔 나오시민 예질(睿質)⁵⁾이 기억(岐嶷)⁶⁾ 비범(非凡)ᄒ오시

---

1) 무신(戊申): 영조의 맏아들인 효장세자(孝章世子)가 죽은 해이다.
2) 선희궁(宣禧宮, 1696~1764): 영조의 후궁. 본관은 전의(全義). 1726년에 숙의(淑儀)에 봉해졌다. 그의 생애에 대해서는 영조가 직접 쓴 「영빈이씨묘지」를 참조할 수 있다. 이는 연세대학교 자리에 있던 선희궁의 묘를 이전할 때 발굴된 것으로 연세대학교 박물관에 소장되어 있다.
3) 인원(仁元): 인원왕후. 숙종의 계비(繼妃)인 경주(慶州) 김씨(金氏). 김주신(金柱臣)의 딸이다.
4) 정성(貞聖): 정성왕후. 달성 서씨. 영조비(英祖妃).
5) 예질(睿質): 세자의 자질.

기 특이호오신디라, 궁듕(宮中)7)의 긔록호야 뎐호는 말을 보니 나오션
디 빅일(百日) 안의 긔이혼 일이 만스오시고 스삭(四朔)의 긔오시고8)
뉵삭(六朔)의 영묘 브르오시믈 응디호오시고 칠삭(七朔)의 동셔남북을
가르치오시고 이셰(二歲)의 글즈롤 비호오셔 뉵십여즈(六十餘字)롤 셩즈
(成字)호오시고 삼셰(三歲)의 다식(茶食)을 드리니 슈복즈(壽福字) 박은
거슨 줍스오시고 팔괘(八卦) 박은 거슨 또로 놋스오시고 잡숩디 아니호
오시거눌 뫼시 니

  "잡스오쇼셔"

권호대 '팔괘니 아니 잡스오실 거시라' 호오시고, 그후 태호복희삐(太昊
伏義氏)9) 그린 칙을

  "놉히 들라"

호오셔, 졀호오시고 『천즈千字』롤 비호시다가 '샤치(奢侈) 치(侈)', '가
음열 부(富)'의 니르러 '샤치 치' 즈롤 집스오시고, 닙스오신 바 의대
(衣襨)10)롤 고르치오시며

  "이거시 샤치라"

호오시고, 영묘 유시(幼時)의 어(御)호오시던11) 감토의 칠보(七寶) 얽히
인 거시 이셔 쓰오시긔 호니 이도

  "샤치라"

호오시고 아니 쓰오시고 쥬셰(周歲)12)의 닙어 겨오시던 의대롤 닙으시
게 호랴 호니

  "샤치호야 눔 붓그러워 슬타"

---

6) 기억(岐嶷): 어릴 때부터 재능과 지혜가 뛰어남.
7) [교감] 궁듕: 가람본 '동궁'. 일사본 동일.
8) [교감] 긔오시고: 가람본 '거오시고'. 나손본 '거르시고'. 일사본 '거시고'.
9) 태호복희씨(太昊伏義氏): 중국 삼황(三皇) 중 한 명. 팔괘(八卦)는 물론 문자를 처음 창안하여 문
   명을 연 사람으로 유명하다.
10) 의대(衣襨): 왕가에서 옷을 이르는 말.
11) 어(御)하다: 왕의 행동을 나타내는 말. 여기서는 '쓰시던'의 뜻.
12) 주세(周歲): 돌.

ᄒ오시니 삼세 유년(幼年)의 긔이ᄒ오신 일이오시니,

뫼시ᄂ니 시험ᄒ야 면쥬(綿紬)와 무명을 노코

"어ᄂ 거시 샤치오, 어ᄂ 거시 샤치 아니오니잇가?"

ᄒ니

"면쥬(綿紬)ᄂ 이거슨 샤치라"

ᄒ오시고

"무명으란 샤치 아니라"

ᄒ오시니, 또 ᄒ오시ᄂ 양을 보오랴

"어ᄂ 거스로 의대ᄅᆞᆯ ᄒ야 닙스오시면 됴스오리잇가?"

ᄒ온즉 무명을 ᄀᆞᄅ치오시며

"이거슬 닙어야 됴흐리라"

ᄒ오시니 이 일로 보아도 탁월ᄒ오시던 줄을 거의 알디라.

태어나자 부모 품을 떠나다

톄뫼(體貌) 웅장셕대(雄壯碩大)ᄒ오시고 텬셩(天性)이 효우총명(孝友聰明)ᄒ오시니 만일 부모님 겻ᄒ ᄯᅥ나게 마오시고 범ᄉᆞ(凡事)ᄅᆞᆯ 교도(教導)ᄒ오샤 ᄌᆞᄋᆡ(慈愛)와 ᄀᆞᄅ치오시믈 병힝(竝行)ᄒ야 겨오시더면 덕긔(德器)의 셩츄(成就)ᄒ오시미 엇더ᄒ오시리오마ᄂ 일이 그러티 못ᄒ야 일죽이 각각 먼니 ᄯᅥ나 겨오신 이 흔마로¹³⁾ 인연ᄒ여 젼젼ᄒ야 쟈근 일이 크게 되야 필경 말ᄒ기 어려온 지경ᄀᆞ디 니르러시니, 이거시 텬수(天數)의 불힝홈과 국운(國運)의 망극(罔極)ᄒ미니 인녁(人力)을 용납홀 터히 업스려니와 나의 지원지통(至冤至痛)이야 엇지 측냥(測量)ᄒ야 말ᄒ오리오

---

13) [교감] 겨오신 이 흔마로: 가람본 '겨오시니 흔마뎌로'. 일사본 '겨오신 일노'. '마'는 마디를 뜻한다.

영묘(英廟)겨오셔 동궁(東宮)이 오래 븨믈 넘녀ᄒ오시다가 14) 원냥(元良)15)을 엇ᄌ오시고 가열(嘉悅) 흔희(欣喜)ᄒ오신 셩심(聖心)으로 멀니 ᄯ어나오시ᄂ 스졍을 도라보디 아니ᄒ오시고 어셔 동궁의 쥬인 겨신 것만 두굿기오샤 급히 법만 출히랴 ᄒ오시고, 나오션 디 빅일(百日) 만의 탄싱ᄒ오신 집복헌(集福軒)을 ᄯ어나오샤 보모만 맛기스샤 오래 븨엿던 져승던(儲承殿)이라 ᄒᄂᆫ 큰 뎐각(殿閣)으로 옴스오시게 ᄒ니, 져승던인 즉 본디 동궁 드오실 뎐(殿)이오, 그 겨희16) 강연(講筵)17)ᄒ오실 낙션당(樂善堂)과 쇼디(召對)18)ᄒ오실 덕셩합(德成閣)과 동궁이 슈하(受賀) 바드시고 회강(會講)19)ᄒ오시ᄂ 시민당(時敏堂)이 잇고20) 그 문 밧긔 츈계방(春桂坊)21)이 이시니 댱셩(長成)ᄒ오시면 동궁의 ᄯ로인 집인 고로 어룬 ᄀᆺ스오시게 져승던 쥬인이 되게 ᄒ오신 셩의(聖意)오신디라.

영묘겨오셔 쳐ᄒ오시ᄂ 디와 션희궁 쳐쇼(處所)와 다 셔ᄅ 요원(遙遠)ᄒ니,22) 영묘겨셔와 션희궁겨오셔 극한(極寒) 셩셔(盛暑)롤 피(避)티 아니ᄒ오시고 눌마다 오오셔 머무오시ᄂᆫ 때도 만터라 ᄒ나 엇디 흔집 속의셔 됴셕(朝夕)으로 양휵(養蓄)ᄒ시며 슈일업시23) 교훈(敎訓)ᄒ오심 ᄀ 트리오. 엇디ᄒ오신 혜아림오실런지 그 귀듕(貴重)하오신 종사(宗社)의 탁(依託)홀 아ᄃ님을 계유 엇ᄌ오샤 법(法)은 지ᄎ(之次)오24) 부모(父母)

---

14) 영조의 첫아들인 효장세자는 열 살 때인 1728년에 죽었고 1735년 사도세자가 태어나기까지 왕통을 이을 세자가 없었다.

15) 원량(元良): 왕세자에 오를 자격을 갖춘 사람.

16) [교감] 겨희: 일사본 '졋희'.

17) 강연(講筵): 법강(法講). 평상시에 거행하는 정규 강의. 임금과 함께 하는 것은 경연(經筵)이라 하고, 세자가 하는 것은 서연(書筵)이라 한다. 강의시간에 따라 조강(朝講), 주강(晝講), 석강(夕講)으로 나뉜다.

18) 소대(召對): 낮 시간에 수시로 세자 교육을 맡은 시강원 관리들을 불러 공부하는 것.

19) 회강(會講): 한 달에 두 번 세자가 사부와 신하 앞에서 배운 것을 복습하는 것.

20) 저승전 등의 전각들은 모두 현재의 창덕궁 낙선재 근처에 있었다.

21) 춘계방(春桂坊): 춘방(春坊)과 계방(桂坊). 춘방은 세자의 교육을 담당하는 시강원(侍講院)을, 계방은 세자의 보위를 담당하는 익위사(翊衛司)를 가리킨다.

22) 영조는 당시 창덕궁 인정전 주위 선정전 등에 거처했고, 생모인 선희궁은 창경궁 집복헌에 머물렀다. 저승전은 두 집 중간쯤에 있다.

23) [교감] 슈일업시: 일사본 동일. 나손본 '슈일식이 업시'. 버클리국한문본 '無數'.

측(側)의셔 양휵ᄒ야 셩ᄎ|(成就)ᄒ오시디 아니ᄒ오샤 쳐소가 요원ᄒ야, 인ᄉ(人事) ᄋ오실 즈음브터 ᄌ연(自然) ᄧ나오시미 만코 모히오시미 져그니, 됴셕의 디ᄒ오시ᄂ니 환관(宦官)과 궁쳡(宮妾)이오, 듯ᄌ오시ᄂ니 녀항(閭巷) 셰쇄지담(細瑣之談)[25]분이니 이 일이 불셔 잘되디 못ᄒ올 댱본이니 엇디 셟고 원통티 아니ᄒ리오.

유시(幼時)의 덕긔(德器) 이상(異常)ᄒ오시고 ᄒ|동(行動)이 유법(有法)ᄒ야 샹(常)업디 아니ᄒ오시고 긔상(氣像)은 엄듕(嚴重)ᄒ오시고 언어(言語)ᄂ 팀묵(沈默)ᄒ오샤 뵈ᄋ오ᄂ니 '어른 님군 뫼시나 다ᄅ디 아니케 너기더라' ᄒ니, 이 텬품(天稟)의 이 ᄌ질(資質)로 부모 측을 ᄧ나디 마오시고, 부왕(父王)겨오셔ᄂ 만긔(萬機)[26] 여가(餘暇)의 글 닑고 일 비호시믈 겻히셔 몸으로 ᄀᄅ치오시고, 모빈(母嬪)겨오셔라도 이 아ᄃ님 셩ᄎ|ᄒᄂ 일이 당신긔 웃듬 소임(所任)이오시니 손 밧긔 내디 마오시고 일을 쏠와 지교(指敎)ᄒ오샤 일변(一邊) 엄ᄋᆡ(嚴愛)[27]ᄒ오시고 일변 친ᄋᆡ(親愛)ᄒ오샤 흡연(翕然)[28]이 ᄉᆡ이가 업ᄉ오시고 임타(任他)[29]ᄏ|만 마오시더면 일이 어이 이 지경의 니ᄅ러시리오.

동궁의 흉한 내인들

최초(最初)인즉 셟고 애ᄃ온 거시 ᄒ나흔 어리신 아기ᄅ 져승뎐(儲承殿)의 먼니 두오시미오, 둘은 고히(怪異)ᄒ 닉인(內人) ᄃᄅ애ᄋ오신 연괴

---

24) 법은 지츠오: 법식은 둘째라는 말. 바로 앞 단락에서 영조는 급히 법만 차리려고 했다고 했는데, 그때 '법'은 '동궁으로서의 법도'를 가리키는 것으로 보인다.
25) 셰쇄지담(細瑣之談): 시시하고 자질구레한 이야기.
26) 만기(萬機): 임금이 보는 여러 가지 정무.
27) [교감] 엄ᄋᆡ: 가람본 '엄위'.
28) 흡연(翕然): 잘 맞아떨어지는 모양.
29) 임타(任他): 남의 행동에 대해 간섭하지 않고 그대로 내버려둠.

(緣故)니, 녀편니 쇼쇄(小瑣)흔 말이 아니라 스실(事實)의 비로스믈 대략(大略) 거드노라.

저성던(儲承殿)인즉, 어대비(魚大妃)30) 겨오시던 집인디31) 아니 겨오션 디 오래지 아니ᄒ고, 져승던 더편32) 췌션당(就善堂)이라 ᄒᄂᆫ 집은 희빈(禧嬪)이 갑슐(甲戌, 1694) 후(後) 머므러 인현셩모(仁顯聖母) 져두(咀呪)ᄒ던 집인디,33) 그 강보(襁褓)의 아기니ᄅᆞᆯ 황냥(荒凉)흔 던각(殿閣)의 혼자 두오시고, 희빈 쳐소(處所)ᄂᆫ 쇼쥬방(燒廚房)으로 믠ᄃᆞ라 잣습ᄂᆫ34) 음식(飲食) 쳐쇼ᄅᆞᆯ 삼으니 엇디 이샹흔 일이 아니리오. 어대비 국휼(國恤)35) 삼 년(三年) 후(後) 어대비 브리오시던 ᄂᆡ인들이 다 밧그로 나갓더니, 동궁(東宮) 비판(排辦)ᄒᆞᆯ 제 톄면(體面)만 잇게만 ᄒ랴 ᄒ오시디, 각쳐(各處) ᄂᆡ인이 수소(搜召)36)ᄂᆞᆫ ᄒ거니와, 엇디ᄒ오신 셩의(聖意)오실런디 경묘(景廟)와 어대비던(魚大妃殿) ᄂᆡ인 나간 거슬 최샹궁(崔尙宮) 이하로 다 불러드려 원ᄌᆞ궁(元子宮) ᄂᆡ인을 믠ᄃᆞ오시니, 쳐소 ᄂᆡ인들 모양이 경묘 겨오신 듯 시블 거시오, 그 ᄂᆡ인들의 긔승(氣勝)ᄒ고 졍(情) 업기 니ᄅᆞᆯ 거시 업셔 지미지셰(至微至細)흔 일로 비로소 탈이 나시니 엇디 흔(恨)되지 아니리오.

영묘(英廟)겨오셔 그 아ᄃᆞ님 엇ᄌᆞ오시고 지극ᄒ오신 ᄌᆞ이(慈愛) 비ᄒ올 디 아니겨오샤 ᄉᆞ오셰(四五歲)ᄀᆞ지라도 져승던의 오오셔 침슈(寢睡)와 거쳐(居處)ᄅᆞᆯ ᄌᆞ로 ᄒ오시고 ᄌᆞ이ᄒ오시미 틈37)이 업소오시니, 경모

---

30) 어대비(魚大妃): 경종의 계비(繼妃)인 선의왕후(宣懿王后) 어씨(魚氏, 1705~1730). 어유귀(魚有龜)의 딸이다.
31) 『영조실록』 1726년 10월 16일조에 어대비가 저승전(儲承殿)으로 이어(移御)했다는 기사가 있다.
32) [교감] 더편: 가람본 '뒤편'. 일사본 '져편'.
33) 1694년 이른바 갑술환국으로 인해 정권이 교체되고 아울러 폐출되었던 인현왕후가 복위되었다. 당시 희빈 장씨는 다시 빈으로 강등되어 취선당에 머물렀다.
34) [교감] 잣습ᄂᆫ: 일사본 '잡습ᄂᆫ'.
35) 국휼(國恤): 국상(國喪). 국민 전체가 복상(服喪)을 하는 왕실의 초상. 태상왕(太上王), 상왕(上王), 왕, 왕세자, 왕세손 및 그 비(妃)의 상사(喪事)를 이른다. 1730년 6월 29일 어대비 죽음.
36) 수소(搜召): 두루 찾아서 불러들임.
37) [교감] 틈: 가람본 '쯤'. 일사본 '틈'.

궁(景慕宮)계오셔 본질(本質)이 효우(孝友)ᄒ오실 분 아니라 텬니(天理) 인정(人情)이 유시(幼時)의 어이 부모(父母)를 ᄉ랑티 아니ᄒ시리오. 비록 각각(各各) 쳐소ᄂ 스이 머나 다ᄅ 일이 업스니 이러틋 ᄉ랑ᄒ오시고 교훈(敎訓)ᄒ오샤 예ᄉ(例事) 가인(家人) 부ᄌ(父子) ᄀᆺ더면 엇디 셤개(纖芥)38)만ᄒ 틈이 이셔시리오마ᄂ, 국운(國運)이 그릇되랴 형용(形容)업고 지젹(指摘)ᄒᆯ 곳 업ᄂ 셰미(細微)ᄒ 일의 셩심(聖心)이 불언(不言) 듕(中) 격노(激怒)ᄒ오샤, ᄒ 일 두 일 ᄒ야 엇디 된 줄 모르게 동궁의 머므오시던 일이 ᄎᄎ 감(減)ᄒ오시니, 그 아ᄃ님겨오셔ᄂ 막 ᄌ라오시ᄂ 아기니를 ᄒ째만 가르치디 아니ᄒ오시고 금즙(禁戢)39)지 못ᄒ면 임타(任他)ᄒ기가 쉬을 디 ᄌ연(自然) 아니 보오시ᄂ 때가 만흐니 엇디 탈이 나디 아니ᄒ리오.

영묘겨오셔 화평옹쥬(和平翁主)40)를 텬뉸(天倫) 밧긔 타별(他別)ᄒ게 긔ᄋ(奇愛)41)ᄒ오시다가, 무오년(戊午年, 1738)의 금셩위(錦城尉)42)를 ᄲ오샤,43) 밋쳐 ᄒᆡ녜(行禮) 못 ᄒ신 젼(前) 동궁 쳐소의셔 놀게 ᄒ오시니, 그 부마(駙馬) ᄉ랑ᄒ오시미 옹쥬(翁主)로 ᄲᆯ으여 특별(特別)ᄒ오신디라. 원ᄌ궁 ᄂ인들이 다 경묘(景廟) ᄂ인인디 보모(保姆) 최샹궁은 잡념(雜念) 읍고 굿셰여 튱셩(忠誠)이 이시디 셩품(性品)이 과격(過激) 싀험(猜險)44)ᄒ야 옹용(雍容)45)티 못ᄒ 스룸이오, 지ᄎ(之次) 한샹궁(韓尙宮)은 간능(幹能)46)ᄒ고 궤휼(詭譎)47)ᄒ고 싀긔(猜忌) 만ᄒ 인믈(人物)이니, 비

---

38) 셤개(纖芥): 검불의 부스러기.
39) 금즙(禁戢): 어떤 일을 하지 못하도록 방해함.
40) 화평옹주(和平翁主): 영조의 삼녀(三女). 영빈 이씨 소생으로 사도세자의 동복 누나.
41) 기애(奇愛): 매우 사랑함.
42) 금성위(錦城尉): 화평옹주의 남편 박명원. 선조의 부마 금양군 박미(朴瀰)의 오세손. 연암 박지원의 팔촌형으로 연암을 열하로 데려간 사람이기도 하다.
43) ᄲ오샤: 선발하다. 여기서는 부마로 들였다는 뜻.
44) 시험(猜險): 시기심이 많고 엉큼함.
45) 옹용(雍容): 마음이나 태도 따위가 화락하고 조용함.
46) 간능(幹能): 재간과 능력. 재간 있고 능청스러움.
47) 궤휼(詭譎): 간사스럽고 교묘함.

록 동궁 닉인이 되여시나 본디 녯젹 대뎐(大殿) 닉인이니 영묘긔 엇디 극진혼 정셩(精誠)이 이시리오.[48] 이러홀 제 쳔(賤)혼 닉인이 대의(大義)를 몰나 션희궁겨오셔 동궁을 탄싱(誕生)ᄒ야 겨오시니 지극히 존귀ᄒ오신 줄을 싱각디 아니ᄒ고 션희궁 미시(微時)젹 일만 싱각ᄒ야 만모(慢侮)[49]도 ᄒ고 언ᄉ(言辭)도 공슌(恭順)티 아니ᄒ야 혹 횟쑤림[50]도 이시니, 션희궁겨오셔 듕심(中心)의 미안(未安)[51]이 너기시오고[52] 영묘겨오셔 어디 몰나 겨오시리오.

그째 셰초(歲初)의 경(經)을 닑ᄂᆞᆫ 날 금셩위도 드러오고 마춤 날이 느져 독경(讀經)ᄒᄂᆞᆫ 비셜(排設)이 느즈니,[53] 그 닉인들이 본디 공슌티 아닌 인물로 화증(火症)을 니여 횟쑤려 셔ᄅ 안자 므어시라 ᄒ엿던지, 션희궁도 노(怒)ᄒ와 ᄒ오시고 영묘겨오셔ᄂᆞᆫ 그 눈츼를 스쳐 아오시고 패심이 너기오시나, ᄉ랑ᄒ오시ᄂᆞᆫ 금셩위 드러와 머므ᄂᆞ는 ᄉᆞᆺ히 죄(罪)를 주오시면 옹쥬와 부마의게 원망(怨望)이 미츨 닷ᄒ야 쳐분(處分)은 아니ᄒ오시나 셩심(聖心)의 졀통(切痛)ᄒ오셔, 동궁의 가오시고 시브오시나 그 닉인 보오시기 슬스오시기로 동궁 쳐소의 가오시ᄂᆞᆫ 길이 감(減)ᄒ야지오시니 그 닉인들은 ᄃᆞ 드러 닉티디 못ᄒ오시고 도로혀 동궁을 그 고이(怪異)혼 닉인의 슈듕(手中)의 너허두오시고 그 닉인 뮙스오시기로 동궁을 드믈게 보라 돈니오시니 엇디 갑갑혼 일이 아니리오.[54]

---

48) 경종은 주로 소론의 지지에 힘을 입었고 영조는 노론을 지지 기반으로 삼고 있었다. 영조는 반대 세력의 방해를 무릅쓰고 힘겹게 왕위에 오를 수 있었는데, 일설에 경종은 노론에 의해 독살되었다는 말이 있을 정도였다. 여기서 혜경궁은 원래 나쁜 감정을 가진 경종의 내인들이 영조에게 온전히 충성을 바쳤을 리 없다고 보고 있다.

49) 만모(慢侮): 거만한 태도로 남을 업신여김.

50) 횟쑤림: 험담. 일사본 '혈쑤림'.

51) 미안(未安): 마음이 편하지 못하고 거북함. 불쾌함. 현재와는 의미가 다름.

52) [교감] 너기시오고: 일사본 '너기시고'.

53) 서거정의 『필원잡기筆苑雜記』를 보면, 조선 풍속이 도교를 그리 숭상하지 않지만, 사대부가에서는 세초에 기복(祈福)을 하는데, 그때 맹인 술사(術士) 대여섯 명을 불러 독경을 하게 한다고 했다.

54) 김용숙 선생은 이 독경 날 사건 이후 2년 동안 『영조실록』에 영조와 사도세자를 잇는 기사가 세 건밖에 보이지 않는다고 밝히고 있다(『한중록 연구』, 274쪽).

동궁의 병정놀이

그리ㅎ오실 제 동궁(東宮)은 졈졈 ㅈ라오셔 노룹ㅎ고 시브신 ㅁ음이 나오시니 그는 아기닉 샹졍(常情)이라. 막 가룩치실 째의 ㅈ샹(自上)으로 드믈게 오오시는 틈을 타 한샹궁(韓尙宮)이라 ㅎ는 거시 최샹궁(崔尙宮)ㄷ러 ㅎ기롤

"사룸마다 간(諫)ㅎ고 거슯쓰면55) 아기닉 ㅁ음이 울젹(鬱寂)ㅎ야 펴들 못ㅎ오실 거시니 최샹궁은 엄(嚴)히 돕스와 올흔 도리(道理)로 인도(引導)ㅎ읍고 ᄂ는 노으실 째도 잇게 ㅎ야 소챵(消暢)56)ㅎ오시게 ㅎ리라"

ㅎ고 그거시 손지조가 이셔 나모와 됴희로 월도(月刀)도 민들고 칼도 민들고 궁시(弓矢)도 민ᄃ라 최(崔)와 제가 교체(交替)ㅎ는 샹궁(尙宮)이니 최샹궁 ᄂ려가는 째롤 타 어린 ᄋ희〈닉인〉들을 마치57) 약속(約束)ㅎ야 문 뒤희 셰웟다가 그 ᄋ희들을 식여 군긔(軍器) 민돈 거술 가지고 무예(武藝) 소리 ㅎ며 달녀드러 노오시게 ㅎ니 셩인(聖人)의 ㅈ질(資質)이오시다 ㅎ고58) 밍ᄌ(孟子)도 셰 번을 올마 계시니 엇지 혹(惑)ㅎ디 아니ㅎ오시며 엇디 유희(遊戲)ㅎ고 시브디 아니ㅎ오시리오.

놀기의 탐(貪)ㅎ오샤 부왕(父王)겨오셔 오셔 보오시면 쑤죵이나 ㅎ오실가 그 념녀(念慮)가 나오시니 아기닉 ㅁ음의 스이 업시 부모(父母) 뵈읍던 ㅁ음이 다릇오시고 모빈(母嬪)도 아로실가 넘녀ㅎ셔 게 닉인이 와도 긔휘(忌諱)ㅎ오시는 ㅁ음이 나오시니, 막 ㅈ라 비ㅎ오실 째의 그 고이ᄒ 거시 그 불길(不吉)ᄒ 병긔(兵器)로 노오시게 인도(引導)ㅎ니 본디 품슈(稟受)ㅎ오시기롤 영웅(英雄) 긔샹(氣像)이오신디 돕는 노룹이 흡연(翕然)이 됴스오셔 그 노룹으로 말미암아 ᄎᄎ ᄂ려 나죵 난언지경(難言之

55) [교감] 거슯쓰면: 일사본 '거슯드면'. 나손본 '거슬오면'. 버클리국한문본 '逆'.
56) 소챵(消暢): 답답한 마음을 풀어 후련하게 함.
57) 마치: 맞추어 딱.
58) [교감] 셩인의 ㅈ질이오시다 ㅎ고: 일사본 '셩인의 ㅈ질이시나'. 나손본 '셩인의 ㅈ품으로도'.

境)ᄀ디 니르러 겨오시니 그 한가(韓哥) 너인의 작용(作用)혼 거시 엇디
흉악(凶惡)ᄒ고 무샹(無狀)티 아니ᄒ리오.

그러틋 삼ᄉ년(三四年)을 디내야 칠셰(七歲) 되오시던 신유(辛酉, 1741)
의 영묘(英廟)겨오셔 한가(韓哥)의 심슐(心術)을 ᄭᅵᄃᆞ지오셔 영츌(令出)ᄒ
오시고 다른 너인도 죄(罪) 닙으 니 만흐니 그 쳐분(處分)이 지극히 올
ᄉ오신디라. 그째 인(因)ᄒ야 너인들을 다 내치오시고 징계(懲戒)롤 깁히
ᄒ오샤 두 분이 ᄶᅥ나디 마오시고 겨희59) 두오셔 ᄀᆞ른치오시던면 그 효
심(孝心)의 엇디 아니 조차 겨오시리오마는, 그 너인만 너여 보니오시고
다른 너인은 다 두어 거룩이60) 밧들고, 아기너롤 너른 집의셔 어룬이
검찰(檢察)티 아니ᄒ고 임의(任意)로 ᄌᆞ라오시게 ᄒ니, 보오시ᄂᆞᆫ 거시 궁
인(宮人)과 환시(宦侍)분이니 므어슬 비ᄒ오실 거시 겨오시리오.61)

영조의 자식 교육

이러ᄒ오실 적 뎐궁지간(殿宮之間)62)이 형용(形容) 업시 모모ᄉᆞ(某某事)
지젹(指摘)홀 거슨 업ᄉᆞ디, 아ᄃᆞ님은 아바님긔 두려 원(怨)ᄒ오시ᄂᆞᆫ63)
ᄆᆞᄋᆞᆷ이 나오시고, 아바님은 아ᄃᆞ님이 엇더ᄒ게 ᄌᆞ랄런고 혹 내 ᄆᆞᄋᆞᆷ과
다를넌가 이러틋 ᄒ오신디, 부ᄌᆞ(父子)분 셩품(性品)64)이 다르오샤, 영묘
(英廟)겨오셔ᄂᆞᆫ 영명(英明) 인효(仁孝)ᄒ오시고 샹찰(詳察) 민속(敏速)ᄒ오
신 셩품(性品)이오시고, 경모궁(景慕宮)겨오셔ᄂᆞᆫ 언희(言戱)65) 침묵(沈默)

---

59) [교감] 겨희: 일사본 '겨틱'.
60) 거룩이: 잘. 굉장히. 대단히. 현재와 그 의미가 약간 다름.
61) [교감] 궁인과~겨오시리오: 가람본 없음. 일사본 '보시ᄂᆞᆫ 거시 궁인과 환시분이니 무어슬 비
ᄒ오시리오'. 나손본 '보시ᄂᆞᆫ 거시 무엇시리오'. 버클리국한문본 '所見이 只宮人及宦侍而已니'.
62) 뎐궁지간(殿宮之間): 전과 궁 사이. 여기서는 대전 곧 임금과 동궁 곧 세자 사이.
63) [교감] 두려 원ᄒ오시ᄂᆞᆫ: 가람본 '두려워ᄒ오시ᄂᆞᆫ'. 나손본 '두려ᄒ오시ᄂᆞᆫ'. 일사본 'ᄃᆞ어위ᄒᆞ
시ᄂᆞᆫ'.
64) [교감] 셩품: 일사본 '셩품'.

ᄒᆞ오셔 ᄒᆡᆼ동지간(行動之間)의 눌내디 못ᄒᆞ오시고 민쳡(敏捷)디 못ᄒᆞ오시니 덕긔(德器)ᄂᆞᆫ 거룩ᄒᆞ오시나 범ᄉᆞ의 부왕(父王)의 셩품과ᄂᆞᆫ 다르오신디라. 샹시(常時)의 뭇ᄌᆞ오시ᄂᆞᆫ 말ᄉᆞᆷ이라도 즉시 응ᄃᆡ(應對)티 못ᄒᆞ오셔 머뭇거려 ᄃᆡ답(對答)ᄒᆞ오시고, 문의(問議)ᄒᆞ오실 즈음이라도 당신 소견(所見)이 업ᄉᆞ신 거시 아니로ᄃᆡ 이리 ᄃᆡ답ᄒᆞ야 엇더ᄒᆞᆯ고 져리 ᄃᆡ답ᄒᆞ야 엇더ᄒᆞᆯ고 ᄒᆞ오셔 즉시 ᄃᆡ답디 못ᄒᆞ야 ᄆᆡ양(每樣) 영묘겨오셔 급급ᄒᆞ게 ᄒᆞ오시니, 이 일이 ᄯᅩ 큰 마듸가 되얏넌디라.

대져(大抵) ᄋᆞ희 가르치ᄂᆞᆫ 거시 비록 지존(至尊)ᄒᆞᆫ 터의 나[66) 겨오시나, 당신 부모긔ᄂᆞᆫ 시봉(侍奉)ᄒᆞ야 브리오심과 ᄀᆞ르치오시믈 밧ᄌᆞ와 부모가 싀스럽디[67) 아니ᄒᆞ고 허믈이 업서야 홀ᄐᆡ, 이ᄂᆞᆫ 그러티 아니ᄒᆞ야 강보시(襁褓時)브터 부모를 쩌나고 너인(內人)들이 밧드러 아기너 임타(任他)ᄒᆞ도록 ᄒᆞ야 지어(至於) 옷골홈 다님 미기ᄀᆞ지 ᄃᆞ ᄒᆞ야 드리니, ᄆᆡᄉᆞ(每事)의 너모 임편(任便)ᄒᆞ시기만 과(過)ᄒᆞ신디라. 강연(講筵)의 빈뇨(賓僚) 인졉(引接)ᄒᆞ실 즈음은 엄연슉슉(嚴然肅肅)[68)ᄒᆞ오셔 강셩(講聲)도 홍냥(洪亮)[69)ᄒᆞ오시고 문의(文義)도 그릇ᄒᆞ오시미 업ᄉᆞ오시니 뵈옵ᄂᆞᆫ 니 거룩ᄒᆞ오시믈 일ᄏᆞ라 외간(外間)의 영명(令名)[70)이 만히 나타ᄂᆞ오시ᄃᆡ, 급급ᄒᆞ고 애둘을손 부왕을 뫼옵고ᄂᆞᆫ 두렵고 어려워 응ᄃᆡ롤 민쳡히 못ᄒᆞ오시니, 영묘겨오셔 ᄒᆞᆫ 번 답답ᄒᆞ오시고 두 번 듭듭ᄒᆞ오셔 인ᄒᆞ야 격뇌(激怒)도 ᄒᆞ오시고 근심도 ᄒᆞ오시나 이러ᄒᆞᆯᄉᆞ록 갓가이 두오시고 친히 ᄀᆞ르치오셔 지졍(至情)이 무간(無間)ᄒᆞ오실 도리(道理)ᄂᆞᆫ 싱각디 아니ᄒᆞ오시고, 일양(一樣) 머니 두오시고 스스로 잘되오셔 졀로 셩의(聖意)예 뭇ᄌᆞ오시기ᄅᆞᆯ 긔약(期約)ᄒᆞ오시니 이러ᄒᆞᆯ 제 엇디 탈

---

65) [교감] 언회: 가람본 '언어'. 일사본 '언회'.
66) 나: 태어나.
67) 싀스럽디: 낯설어 거북하지. 또는 수줍어하거나 어려워하지. 버클리국한문본 '生疎'.
68) 엄연슉슉(嚴然肅肅): 점잖고 씩씩함.
69) 홍랑(洪亮): 소리가 맑고 큼.
70) 영명(令名): 훌륭한 이름.

이 업스리오.

점점 서어(鉏鋙)[71] ᄒᆞ야 디니오시다가 서ᄅᆞ 보오실 ᄯᆡ의ᄂᆞᆫ 부왕겨오셔ᄂᆞᆫ 칙망(責望)ᄒᆞ오시미 ᄌᆞ익(慈愛)의셔 압셔오시고, 아ᄃᆞ님겨오셔ᄂᆞᆫ 흔 번 뵈옵ᄉᆞ오시ᄂᆞᆫ 것도 조심ᄒᆞ오시며 공구(恐懼)ᄒᆞ오시미 므슨 큰일이나 디내오시ᄂᆞᆫ 듯시버 불언듕(不言中) 부ᄌᆞ분 ᄉᆞ이가 조격(阻隔)[72]ᄒᆞ오시미 되여시니 엇디 셟디 아니ᄒᆞ리오.

옹송그려 아버지를 뵙다

경모궁(景慕宮) 이셰(二歲) 병진(丙辰, 1736) 삼월의 동궁(東宮) 칙봉(冊封)ᄒᆞ오시고,[73] 칠셰(七歲) 신유(辛酉, 1741)의 셔연(書筵)ᄒᆞ오시고,[74] 팔셰(八歲) 임슐(壬戌, 1742) 정월의 태묘(太廟) 뎐알(展謁)ᄒᆞ오시고,[75] 삼월의 입혹(入學)ᄒᆞ오시니,[76] 거룩ᄒᆞ오신 ᄌᆞ질(資質)을 흠탄(欽歎) 아니리 업더라 ᄒᆞ며, 계ᄒᆡ(癸亥) 삼월의 관례(冠禮)ᄒᆞ오시고,[77] 갑ᄌᆞ(甲子) 정월의 가례(嘉禮)ᄒᆞ오시니,[78] 내 드러와 궐니(闕內) 모양을 보니 그ᄯᆡ 삼뎐(三殿)[79]이 겨오신ᄃᆡ 법이 엄ᄒᆞ고 녜(禮)가 듕(重)ᄒᆞ야 호발(毫髮)만

---

71) 서어(鉏鋙): 서로 맞지 않음.
72) 조격(阻隔): 막혀서 서로 통하지 못함.
73) 1736년 3월 15일 원자(元子)를 책봉(冊封)하여 왕세자(王世子)로 삼았다. 왕세자의 책봉은 대개 7~8세에 이루어진다. 사도세자는 생후 14개월 만에 왕세자에 책봉되었다.
74) 1741년 1월 25일 서연(書筵)에서 『동몽선습童蒙先習』을 강하도록 했다.
75) 1742년 1월 25일 임금이 태묘 곧 종묘에 나아가 춘전알(春展謁)을 행했는데, 왕세자가 면복(冕服)을 갖추고 따랐다.
76) 1742년 3월 26일 왕세자가 성균관에서 입학례를 올렸다.
77) 1743년 3월 17일 왕세자의 관례(冠禮)를 시민당(時敏堂)에서 거행했다.
78) 1744년 1월 11일 왕세자의 가례(嘉禮), 곧 혜경궁과의 결혼식을 인정전(仁政殿)에서 거행했다.
79) 삼전(三殿): 세 명의 '전'이라 이름 붙은 사람. 여기서는 숙종의 후비인 인원왕후(仁元王后) 및 영조, 그리고 그의 부인 정성왕후(貞聖王后). 김동욱은 삼전에 영조 대신 선희궁을 두고 있지만, 『한중록』에 있는 여러 용례를 볼 때 선희궁을 넣을 수는 없다. 더욱이 선희궁은 '전(殿)'일 수 없고 어디까지나 '궁'이다. 선희궁은 『한중록』에서 '큰궁'이라 불리고 있다.

티도 ᄉ정(私情)의 일이 업스니 두립고 조심되야 ᄆ옵을 감히 일시도 노티 못ᄒ니, 경모궁겨오셔도 부왕(父王)님긔 친이(親愛)ᄂ 뒤지오시고 엄외(嚴畏)가 승(勝)ᄒ오셔 십셰(十歲)된 아기녀오시ᄃᆡ 감히 마조 안디 못ᄒ오시고 신하(臣下)들쳐로 국츅부복(跼縮俯伏)[80]ᄒ야 뵈옵던 거시니 엇디 그리 과(過)ᄒ오시던고 시브며,

소셰(梳洗)롤 일쯕이 ᄒ시ᄂ 일이 업고 ᄆᆡ양 셔연시(書筵時) ᄀᆡᆨ(客)[81]이 든 후 보채듯시 ᄒ오시고, 문안(問安)갈 제 나ᄂ 일쯕 셰슈(洗手)ᄒ고 무거온 머리와 오슬 닙고 가랴 ᄒᄃᆡ, 동궁이 압셔디 아니ᄒ오신 젼(前)은 빈궁(嬪宮)이 감히 못 가ᄂ 법이기 ᄆᆡ양 기드리고 이시니, ᄋᆞ희 ᄆ옵의

'엇디 셰슈가 져리 더디오신고'

심듕(心中)의 고이히 녁여 병이오신가 너기더니,

과연 을츅(乙丑, 1745)년 즈음의 아기녀 션히[82] ᄂ을치며[83] 노으시ᄂ 것과도 달라, 엇디 녜스롭디 아니ᄒ야 병환졈(病患點)이 드오시ᄂ 듯ᄒ니, 너인(內人)들이 모혀 ᄀᆞ만이 말ᄒ고 근심ᄒ고 념녀(念慮)ᄒᄂ 상(狀)이러니, 그히 구월 간의 병이 대단이 드오셔 진퇴무상(進退無常)ᄒ오시니 그리 비경(非輕)ᄒ오실 제 엇디 문복(問卜)디 아니ᄒ야시리오.

무복(巫卜)의 말이 여츌일구(如出一口)[84]ᄒ야 '져승뎐(儲承殿)겨오신 히(害)라' ᄒ야 셰간을 기우려 신ᄉ긔도(神祀祈禱) 독경(讀經)브치롤 만히 ᄒᄃᆡ 낫디 아니ᄒ오시니, 져승뎐을 쩌나 대조뎐(大造殿)[85] 셔익실(西翼室)[86] 늉경헌(隆慶軒)이라 ᄒᄂ 집의 피우(避寓)ᄒ시고, 나ᄂ 집복헌

---

80) 국츅부복(跼縮俯伏): 황송하여 몸을 굽혀 엎드림.
81) ᄀᆡᆨ(客): 빈객(賓客). 세자시강원 소속의 정2품 관직. 세자의 스승으로, 다른 자리에 있으면서 빈객을 겸직으로 맡는다.
82) 션히: 심하게.
83) [교감] ᄂ을치며: 일사본 '놀치며'. 날뛰다.
84) 여츌일구(如出一口): 한 입에서 나온 듯함.
85) 대조전(大造殿): 창덕궁에 있는 왕비의 처소이자 동시에 왕의 공식 침전.
86) 서익실(西翼室): 서쪽 편에 있는 방.

(集福軒)으로 가 뫼와 디내더니,[87] 병인(丙寅, 1746) 정월의 경츈뎐(景春
殿)으로 나ᄀᆞ디[88] ᄯᅩ 올마가니, 그ᄧᅢ 십이셰(十二歲)오시고, 경츈뎐은
연경당(延慶堂)[89]과 집복헌이 갓가오니, 션희궁겨오셔도 ᄌᆞ로 오오시고,
화평옹쥬 셩품(性品)이 인후공검(仁厚恭儉)ᄒᆞ야 그 오라바님[90] 마노라[91]
롤 귓ᄉᆞ와[92] ᄒᆞ야

"연경당으로 ᄂᆞᆫᄋᆞ소셔[93]"

ᄒᆞ야 친친(親親)이 디내오시니, 영묘겨오셔 그 옹쥬긔 지극ᄒᆞ오신디라,
ᄯᅳᆯ인ᄃᆞ시 가챠(假借)[94]ᄒᆞ오시니, 깃부고 즐거오셔 부왕긔 두리워ᄒᆞ오
시기가 낫ᄌᆞ오시니, 화평옹쥬가 댱슈(長壽)ᄒᆞ오시더면 뎐궁(殿宮) ᄉᆞ이
의 돕ᄉᆞ고 유익(有益)ᄒᆞ미 엇더ᄒᆞ리오

화평옹주의 죽음

뎡묘년(丁卯年, 1747)은 셔연(書筵)도 챡실히 ᄒᆞ오시고 근심 업시 지
내더니, 십월의 창덕궁(昌德宮) 힝각(行閣) 화지(火災)로[95] 경희궁(慶熙
宮)의 이어(移御)ᄒᆞ오셔, 경모궁(景慕宮) 쳐소(處所)ᄂᆞᆫ 즙희당(緝熙堂)이오,

---

87) 집복헌은 션희궁이 사는 집이니 혜경궁이 션희궁에게로 갔다는 말이다.
88) [교감] 나ᄀᆞ디: 가람본 '나가니'. 일사본 '나ᄯᅵ지'.
89) 연경당(延慶堂): 창경궁에 있었던 집 이름. 현존하는 창덕궁 후원에 있는 연경당(演慶堂)과는
    별개이다.
90) 오라바님: 지금은 오빠를 가리키는 경우가 많지만, 여자가 남동생을 포함한 남자 형제를 가리
    킬 때 쓰는 말이다. 오라비는 이 말의 낮춤말이다.
91) 마노라: 가람본·나손본·일사본에는 없다. 마노라는 원래는 하인이 주인을 가리켜 한 말인
    데, 궁중에서는 임금, 세자 등을 가리킬 때 썼다. 지금처럼 그 쓰임이 여성에 국한되지 않았
    던 것이다. 여기서 '오라바님 마노라'는 사도세자를 가리킨다.
92) [교감] 귓ᄉᆞ와: 가람본 '귓ᄉᆞ와'. 일사본 '귀듬ᄒᆞ야'. 버클리국한문본 '貴愛其兄'.
93) [교감] ᄂᆞᆫᄋᆞ소셔: 가람본 'ᄃᆞ오쇼셔'. 일사본 'ᄃᆞ오쇼셔'. 버클리국한문본 '來于'.
94) 가챠(假借): '용서하다' 또는 '잘 봐주다'는 뜻.
95) 1747년 10월 25일 저녁에 왕비궁의 하인이 실화(失火)하여 불길이 인정전의 행각(行閣)에까지
    미쳤다고 한다.

션희궁(宣禧宮)은 양덕당(養德堂)이오, 화평옹쥬(和平翁主)는 일녕헌(日寧軒)96)이니, 스이가 머러 샹죵(相從)ᄒ기가 드므니, 그때브터 노롬ᄒ기가 도로 나오시고,

무진(戊辰, 1748) 뉴월의 화평옹쥬가 샹ᄉ(喪事) ᄂ니 영묘(英廟)겨오셔 그 텬뉸(天倫) 밧 타별(他別)ᄒ오시던 ᄯ님을 일ᄉ오시고 익통(哀痛)ᄒ오시미 거의 셩톄(聖體)를 ᄇ리오실 ᄃᆺᄒ오시고, 션희궁 셜워ᄒ오시미 ᄯᅩ흔 ᄀᆺᄉ오시니, 두 분이 참쳑(慘慽)97)의 만ᄉ여몽(萬事如夢)ᄒ오샤 그 아ᄃᆞ님 도라보오시디 못ᄒ오시니, 그ᄉ〈이〉의 ᄶᅥ릴 것 업시 유희(遊戲)도 더 ᄒᆞ오시고, 우원(迂遠)98) 셰샹만ᄉ(世上萬事)의 아니ᄒᆞ야보오시ᄂ 일이 업서 활ᄡᅩ시기, 칼 ᄡᅳ오시기, 기예(技藝)브치룰 다 능히 잘ᄒ오샤, 희롱(戲弄)ᄒ오시ᄂ 거시 다 그 부치오시고, 그림 그리기로 날을 보내오시고 경문(經文) 잡셔(雜書)를 ᄯᅩ 됴화ᄒ셔, 당쥬복쟈(堂主卜者)99) 김명긔게 경(經)을 써오라 ᄒ셔 공부ᄒ여 외오시니, 이런 잡일의 유의(有意)ᄒ오시니 엇디 강흑(講學)의 온젼ᄒ시리오.

일로 보아도 갓가이 두오실 적은 흑문(學問)도 힘ᄡᅳ오시고 부ᄌ분 ᄉ이도 무간(無間)ᄒ시고 유희도 아니ᄒ오시더니, 먼니 겨오신 후는 유희도 도로 ᄒ오시고 강흑도 젼일(專一)티 못ᄒ오시고 부ᄌ간 셔어(鉏鋙)ᄒ시기도 더 심ᄒ야 겨오시니, 만일 부모님 손 밧긔 내디만 마라 겨오시더면 엇디 이 지경이 되야 겨오시리오. 흔가지 일로 싱각ᄒ야도 지극히 셜으니, 엇디ᄒ오신 셩의(聖意)오실런디 그 아ᄃᆞ님를 죵용흔 ᄠᅢ 친근(親近)이 안치오시고 진졍(眞情)으로 교훈(敎訓)ᄒ오신 일은 과연 업ᄉ오시고, 임타(任他)ᄒ게 ᄇ려 아ᄅᆫ 톄를 아니ᄒ오시다가 미양 ᄂᆷ 모흰

---

96) 일녕헌(日寧軒): 경회궁에 있었던 집. 참고로 국립중앙박물관에 소장된, 1744년 제작된 김두량의 〈사계산수도四季山水圖〉에는 일녕헌이 썼다는 화기(畵記)가 있는데, 흔히 그 일녕헌을 영조로 보지만 윗글을 볼 때 화평옹주 남편인 금성위 박명원인 듯하다.

97) 참쳑(慘慽): 자손이 부모나 조부모보다 먼저 죽는 일.

98) 우원(迂遠): 더욱더.

99) 당주복자(堂主卜者): 나라에서 하는 기우제 등에서 기도를 맡아보던 점쟁이.

디면 흉보오시드시 말숨을 흐오시니,

흔번 샹후(上候)로 인흐야 인원왕후(仁元王后)도 느려오오시고 제(諸)
옹듀와 월셩(月城)100) 금셩(錦城) 두 부마(駙馬)도 드러오고 장히 모힌
째, 너인(內人)을 명(命)흐오셔

"셰ᄌ(世子) 가지고 노는 거슬 가져오라"

흐샤 다들 보게 흐오시고, 만히 모힌 듕의 무안(無顏)케만 흐오시고,
강혹부치라도 ᄎ디(次對)101) 날이나 제신(諸臣)들 만히 모힌 째 브디
브르오셔 문의(文義)를 뭇ᄌ오시는디 아기너 ᄌ세히 다히디102) 못홀
마디라도 각고이103) 뭇ᄌ오시니, 본디 부왕(父王)님 압희셔는 분명 아
오시는 거시라도 두볏두볏 흐오시는디, 듕회(衆會) 듕의 못 다히도록
뭇ᄌ오시니 더욱 두립고 겁이 나오셔 못 다히오시면 눔 보는 디 ᄶ둉
도 흐오시고 흉도 보오시니, 경모궁겨오셔 흔 번 두 번 흐오셔 감히
부왕을 원망(怨望)흐오실 거시 아니로디, 당신을 지졍교훈(至情敎訓) 아
니흐오시는 거슬 격(激)흐고 노(怒)흡고 두립고 서어(鉏鋙)흐오셔, 필경
(畢竟) 텽셩(天性)을 일스오시기의 니르오시니 이런 지원(至冤)이 어디
이시리오.

화평옹쥬 계실 제는 흐라바님104)을 넉술 드러105) 일을 쏠와 대됴(大
朝)의 간(諫)흐고 프러 엿ᄌ와 유익(有益)흔 일이 만터니, 그 옹쥬 샹ᄉ
후 ᄌ샹(自上)으로106) 과거(過擧)107)를 흐오시나, ᄌ익(慈愛)의 부족흐오
시나, '누르와108) 그리 마오쇼셔' 흔 리 업시 되니, 졈졈 ᄌ익는 브족

---

100) 월셩(月城): 영조 이녀(二女) 화순옹쥬(和順翁主)의 남편 월성위(月城尉) 김한신(金漢藎).
101) 차대(次對): 매달 여섯 차례 의정부, 사간원, 사헌부, 홍문관의 관리들이 임금 앞에서 정무를
보고하던 일.
102) 다히다: 대지.
103) 각고이: 추궁하여.
104) [교감] 흐라바님: 일사본 '오라바님'.
105) 넉술 드러: 역정을 들어. 편을 들어.
106) ᄌ샹으로: 임금님께서. 영조가.
107) 과거(過擧): 지나친 거조.
108) 누르와: 참다. 영조가 참고 성질을 누르도록 하여. 일사본 '눌너'.

ᄒ오시고 아래셔는 공구(恐懼)저허만[109] 날로 심ᄒ오셔 ᄌ도(子道)를 졈졈〈못〉츌히오시니, 화평옹쥬 곳 겨시던면 부ᄌ간 ᄌ효(慈孝)ᄒ오시게 홀 번ᄒ야시니 착ᄒ오신 옹쥬 조요(무天)ᄒ오신 거시 엇디 국운(國運)의 관계티 아니ᄒ리오. 지금 싱각ᄒ야도 통셕(痛惜)ᄒ도다.

사랑받지 못한 화협옹주

경모궁(景慕宮)겨오셔 텬질(天質)이 회홍관ᄃ(恢弘寬大)[110]ᄒ오시고 도량(度量)이 활달(豁達)ᄒ오시며 사ᄅᆷ의게 신의(信義)가 이상(異常)ᄒ오샤 아래스ᄅᆷ의게도 밋브게[111] 말ᄉᆷᄒ오시고, 부왕(父王)을 무셔워도 ᄒ오시나 잘못ᄒ오시ᄂᆞᆫ 일이라도 뭇ᄉᆞ오시면 반ᄃᆞ시 이실직고(以實直告)ᄒ오시고 일호(一毫)도 은휘(隱諱)ᄒ오시ᄂᆞᆫ 일이 업ᄉᆞ오시니 영묘(英廟)겨오셔도 소기지 아니ᄒᄂᆞᆫ 줄은 아오시더라.

효셩(孝誠)이 거룩ᄒ오시던 말ᄉᆷ은 우ᄒᆡ 다 거드럿거니와, 우익(友愛)가 특별하오셔 화평옹쥬(和平翁主)ᄂᆞᆫ 부왕 ᄌ인(慈愛)를 특별이 닙ᄉᆞ오시니 ᄯᆞᄅᆞ여[112] 귀ᄒ야 ᄒ오시기 샹졍(常情)이라 ᄒ려니와 본심(本心)인즉 셰(勢)를 ᄯ올오신 거시 아니라 진졍(眞情)으로 친인(親愛)ᄒ오시고, 화순옹쥬(和順翁主)[113]ᄂᆞᆫ 어마님 업시 디내ᄂᆞᆫ 일 블샹이 아오셔 ᄆᆞᆺ누의로 공경(恭敬)ᄒ오시고,

화협옹쥬(和協翁主)[114]ᄂᆞᆫ 계튝싱(癸丑生, 1733)이니 나실 ᄯᅢ 영묘겨오

---

109) 공구저허만: 공구젓다. 염려하고 두려워하다.
110) 회홍관대(恢弘寬大): 크게 너그러움.
111) 밋브게: 믿음직하게.
112) ᄯᆞᄅᆞ여: 따라서.
113) 화순옹쥬(和順翁主, 1720~1758): 요절한 옹주를 제외하면 영조의 장녀로 연우궁(延祐宮) 정빈(靖嬪) 이씨의 소생이다. 정빈 이씨는 1694년 이준철(李俊哲)의 딸로 태어났으며 영조의 즉위 전에 후궁이 되어 1719년 영조의 첫째아들인 효장세자를 낳고 1721년 27세로 죽었다. 화순옹주는 남편 월성위 김한신이 세상을 떠나자 곧 곡기(穀氣)를 끊고 따라 죽었다.

셔 쓰 쏠인 줄 애둘와 그리ᄒ오시던디 그 옹쥬(翁主)가 용모(容貌)도 졀
승(絕勝)ᄒ고 효셩(孝誠)도 이셔 아롬드오디 부왕 ᄌ의롤 인ᄒ야 닙디
못ᄒ니 그째 아둘 못 되여난 줄 애둘와 심지어 화평옹쥬와 형뎨(兄弟)
셔로 흔집의 잇게롤 못 ᄒ오시니, 화평옹쥬가 홀로 ᄌ의롤 밧ᄌᆸ는 일
듕심(中心) 은통(隱痛)이 되야 아모리 '마오쇼셔' 엿ᄌ와도 듯디 아니ᄒ
오셔 홀 일이 업ᄉ니 화협(和協)으로 인연(因緣)ᄒ야 그 옹쥬 도위(都尉)
영셩(永城)115)ᄀ지 ᄉ랑을 못 닙ᄉ오니, 경모궁겨오셔 그 누의가 년샹
약(年相若)116)ᄒ고 부왕긔 실의(失愛)ᄒ야 죵젹(蹤迹)이 셔로 ᄀᄐ믈 미
양 불샹이 너기오셔 이디(愛待)ᄒ오시미 ᄌ별(自別)ᄒ오시더니라.

대리청정령

긔ᄉ(己巳, 1749)의 십오셰(十五歲)오시니 내 관례(冠禮)롤 졍월 이십
이일의 ᄒ고, 이십칠일의 합녜(合禮)117)ᄒ기롤 뎡ᄒ니, 늣게야 엇ᄉ오
셔 십오셰가 되야 합녜ᄀ디 ᄒ게 되니 두굿기오셔118) 죵요로이119) ᄌ
미(滋味)롤 보오시면 셩실(盛事) 디, 엇디ᄒ오신 셩의(聖意)오실넌지 홀
연(忽然)이 대리(代理)ᄒ오실 녕(令)을 내오시니120) 그날이 내 관례(冠禮)
눌이라 억만ᄉ(億萬事)가 디리(代理) 후 탈이니 엇디 셟고 셟디 아니ᄒ
리오.

---

114) 화협옹주(和協翁主, 1733~1752): 영조의 칠녀(七女). 선희궁(宣禧宮) 영빈(暎嬪) 이씨의 다섯번
째 딸.
115) 영성(永城): 화협옹주의 남편인 영성위(永城尉) 신광수(申光綏)를 말한다. 신광수는 본관이 평
산이며 영의정 신만(申晩)의 아들이다.
116) 연상약(年相若): 나이가 비슷함.
117) 합례(合禮): 신랑 신부가 첫날밤을 치름.
118) 두굿기오셔: 기쁘오셔.
119) 종요로이: 오붓하게.
120) 1749년 1월 22일 밤에 영조가 선양에 관한 봉서를 승정원에 내렸다.

영조의 편집증

영묘(英廟)겨오셔 효친봉션(孝親奉先)ᄒ오심과 경텬이민(敬天愛民)ᄒ오시ᄂ 셩덕디션(盛德至誠)이 천고데왕(千古帝王)의 쒸여ᄂ오시니 내 이목(耳目)으로 뵈옵고 긔록(記錄)ᄒ 바로 싱각ᄒ야도 녁디(歷代)의 비ᄒ오실 님군이 아니 겨오시나, 다만 경녁(經歷)이 만ᄉ오셔 신임(辛壬)[121]을 디내오시고 무신역변(戊申逆變)[122]을 격ᄉ오시고 샤외ᄒ오시며[123] ᄉ려(思慮)ᄒ오시미 거의 병환(病患)이 되오신 듯시브오시니 그ᄉ이 셰미지ᄉ(細微之事)야 엇디 다 긔록ᄒ리오.

말ᄉᆷ을 굴히여 쓰오셔 ‘죽을 ᄉ(死) ᄌ’, ‘도라갈 귀(歸) ᄌ’롤 드 휘(諱)ᄒ오시고, ᄎ디(次對)나 밧긔 나가오셔 일 보오시던 의디(衣襨)도 ᄀ라닙ᄉ오신 후 안의 드오시고, 불길ᄒ 말ᄉᆷ을 슈작(酬酌)ᄒ오시거나 듯ᄉ오시면 드오실 제 양치질ᄒ오시고 이부(耳部)롤 씻ᄉ오시고 몬져 ᄉ룸을 브르오셔 ᄒ마디라도 처음 말ᄉᆷ을 ᄒ오신 후야 안ᄒ로 드오시고, 됴ᄒ 일과 됴티 아니ᄒ 일 ᄒ오실 제 출입(出入)ᄒ오시ᄂ 문이 다르오시고, ᄉ랑ᄒᄂ ᄉ룸 잇ᄂ 집의 ᄉ랑티 아니ᄒ시ᄂ 사롬이 잇디 못ᄒ

---

121) 신임(辛壬): 1721년(경종 1년) 신축년(辛丑年)과 1722년 임인년(壬寅年)을 합한 말. 경종 즉위 후 왕이 다병무자(多病無子)하다 하여 1721년 1월 8일 노론 대신인 영의정 김창집, 좌의정 이건명, 판중추부사 조태채 등의 청에 따라 연잉군 곧 영조를 왕세제로 삼았다. 그해 10월 10일에는 대리청정의 영이 있었으나 같은 달 17일 경종은 소론인 조태구의 간언에 따라 왕세제 대리의 명을 회수했다. 그리고 이듬해인 1722년 3월 27일에는 목호룡이 노론의 역모를 고하여, 노론이 대거 숙청되는 화옥(禍獄)이 일어났다. 당시 목호룡의 초사(招辭)에 왕세제에게 불리한 내용이 있었으며, 김일경 등은 환관을 시켜 왕세제가 경종에게 문안하는 것을 막아 왕세제 곧 영조가 크게 불안해했다. 이처럼 영조는 세제 책봉 이후 즉위에 이르기까지 죽음을 넘나드는 고비를 계속 겪어야 했다.

122) 무신역변(戊申逆變): 1728년(영조 4년) 3월에 일어난 이인좌의 난. 경종의 죽음을 독살로 의심하며 숙청된 소론을 중심으로 난을 일으켰는데, 영조는 즉위 초 계속 불안하게 정권을 유지해갔다.

123) 샤외ᄒ오시며: 신경을 쓰다. 또는 꺼리다. 보통 ‘꺼리다’라는 뜻으로 이해해왔으나, ‘그날브터 샤외를 극진(極盡)이 ᄒ오시니’라는 아래에 나오는 용례로 볼 때, 원래는 ‘신경을 쓴다’ 또는 ‘신경을 써준다’는 뜻인데 꺼린다는 뜻으로 의미가 확장된 듯하다. ‘ᄉ외ᄒ다’도 같은 낱말이다.

게 ᄒ오시고, 스랑ᄒ오시는 사ᄅᆞᆷ이 ᄃᆞ니ᄂᆞᆫ 길흔 스랑티 아니ᄒ오시는 사ᄅᆞᆷ이 ᄃᆞ니디 못ᄒ게 ᄒ오시니, 극히 황공(惶恐)ᄒ오더 ᄋᆡ증(愛憎)의 녁녁(歷歷)124)ᄒ오시미 감히 앙탁(仰度)125)디 못ᄒ올 일이라.

ᄃᆡ리젼(代理前)이라도 계복(啓覆)126)이나 형조공ᄉᆞ(刑曹公事)나 친국(親鞫)이나 대궐(大闕)셔 니ᄅᆞᄂᆞᆫ 불길(不吉)흔 일의도 ᄌᆞ로 셰ᄌᆞ(世子)ᄅᆞᆯ 시좌(侍坐)ᄒ라 ᄒ오시고, 화평옹쥬(和平翁主)와 무오ᄉᆡᆼ(戊午生, 1738) 옹쥬(翁主)127) 즉금(卽今) 뎡쳐(鄭妻)라 ᄒᄂᆞ 니 잇ᄂᆞᆫ 방의 드러가오실 제ᄂᆞᆫ 인견의ᄃᆡ(引見衣襨)128)ᄅᆞᆯ ᄒ오신129) 후 드르시ᄃᆡ 셰ᄌᆞ긔ᄂᆞᆫ 그러티 아니ᄒ오셔 밧겻희 졍ᄉᆞ(政事)ᄒ고 드오실 제 졍ᄉᆞᄒ오신 의ᄃᆡ 닙ᄉᆞ오신 치길의 오오셔 동궁(東宮) 브르오셔

"밥 먹으냐"

뭇ᄌᆞ오셔 ᄃᆡ답ᄒ오시면 그 ᄃᆡ답 듯ᄌᆞ오신 이불(耳部)130)ᄅᆞᆯ 그 자리의셔 ᄲᅵᆺᄌᆞ오시고, 그 ᄲᅵᆺᄉᆞ오신 믈을 화협옹쥬(和協翁主) 잇ᄂᆞᆫ 집 광창(廣窓)131)으로 브르오시고,132) 웃대궐133)인즉 담을 넘겨 셰슈(洗手)믈을 ᄇᆞ리오시니, 글로 갈 거슨 아니로ᄃᆡ, 엇던 ᄯᄯᆞ님은 밧긔셔 닙ᄌᆞ오시던 의ᄃᆡ를 벗고야 보오시고, 이 듕한 아ᄃᆞ님은 말ᄉᆞᆷ 듯ᄌᆞ오셔 ᄲᅵᆺᄉᆞ오신 후

---

124) 역력(歷歷): 뚜렷함.
125) 앙탁(仰度): 우러러 헤아림.
126) 계복(啓覆): 임금에게 상주(上奏)하여 사형받을 죄인을 재심하던 일. 승정원에서 추분(秋分) 후에 계품(啓稟)하여 9월, 10월 중에 날짜를 정해서 시행했고, 사형은 12월에 집행했다.
127) 무오생(戊午生) 옹주(翁主): 무오년인 1738년에 태어난 영조의 구녀(九女)인 화완옹주(和緩翁主, 1738~1808)를 가리키는 말. 선희궁 소생으로 양자 정후겸과 함께 정조 즉위과정의 방해 세력으로 지목되어 정조 등극 이후 강화도 교동으로 유배되었다가 곧 파주에 안치되었는데(파주에는 남편 정치달의 무덤이 있다), 1790년에는 몰래 서울로 옮겨 살아 조정에서 문제가 되었다. 이후 정조가 화완을 석방했는데, 1808년 71살의 나이로 숨을 거두었다. 속설에는 화완이 말년에 자기 친모인 선희궁의 사당(현재 서울시 종로구 신교동 서울맹학교 내)에서 밥을 빌어먹으며 살았다는 말이 있다.
128) 인견의대(引見衣襨): 임금이 정승 등의 관리를 만날 때 입는 옷.
129) [교감] ᄒ오신: 가람본 '가오신'. 일사본 'ᄀᆞ르신'.
130) [교감] 이불: 일사본 '이부'. 곧 귀.
131) 광창(廣窓): 문짝 위의 단 넓은 창문.
132) [교감] 브르오시고: 일사본 'ᄇᆞ리시고'.
133) 웃대궐: 윗사람이 사는 궁궐. 대개 임금. 상궐(上闕)이라고도 한다.

야 가오시니, 경모궁(景慕宮)겨오셔 화협을 디(對)ᄒ오시면

"우리 남ᄆᆡ(男妹)ᄂᆞᆫ ᄲᅦᆺᄉᆞ오시ᄂᆞᆫ ᄌᆞ비(差備)¹³⁴)로다"

ᄒᆞ고 서ᄅᆞ 웃ᄉᆞ오시나,

화평옹쥬ᄂᆞᆫ 당신을 지셩(至誠)으로 몸을 평안(平安)이 ᄒᆞ야 드리ᄂᆞᆫ 줄을 감격(感激)ᄒᆞ셔 일호(一毫)도 치의(致疑)¹³⁵)ᄒᆞ거나 싀긔(猜忌)ᄒᆞ시ᄂᆞᆫ 일이 업고, 일양(一樣) 친ᄋᆡ귀듕(親愛貴重)ᄒᆞ야 ᄒᆞ오시던 일은 동궁(東宮)¹³⁶)이 다 아ᄂᆞᆫ 배오 감탄(感歎)ᄒᆞ고, 션희궁(宣禧宮)겨오셔ᄂᆞᆫ 우히 ᄌᆞᄋᆡ(慈愛) 고ᄅᆞ디 아니ᄒᆞ오시믈 셜워셜워ᄒᆞ오시디 홀일이 업서 ᄒᆞ오시더니라.

세자가 덕이 없어 날마다 가물구나

ᄆᆡ양 공ᄉᆞ(公事) 듕 금부(禁府)¹³⁷) 형조(刑曹) 삭옥(殺獄)¹³⁸)부티 그런 공ᄉᆞᄂᆞᆫ 친히 감(鑑)¹³⁹)ᄒᆞ오시디 아니ᄒᆞ오시고, 안히 옹쥬들 쳐소(處所)의 겨오실 제ᄂᆞᆫ 니관(內官)¹⁴⁰)의게 맛뎌 시기오시니, 디리(代理)ᄒᆞ오실 ᄯᅢ 뎐교(傳敎)ᄂᆞᆫ 무진(戊辰, 1748) 화평 상ᄉᆞ(喪事) 후 셜움도 심ᄒᆞ오시고 샹후(上候)도 줏사오샤 졍셥(靜攝)¹⁴¹)ᄒᆞ오시랴 디로(代勞)ᄒᆞ게 ᄒᆞ노라 ᄒᆞ오시나, 실즉 샤외로와 안히 드리디 못ᄒᆞᄂᆞᆫ 공ᄉᆞ부티 니관 맛기오시기 답답ᄒᆞ오신 일을 다 동궁긔 맛기오랴 ᄒᆞ오신 셩의(聖意)오신디라.

---

134) ᄌᆞ비: 차비(差備)의 변한말. 준비물.
135) 치의(致疑): 의심을 둠.
136) [교감] 동궁: 일사본 '궁듕'.
137) 금부(禁府): 의금부(義禁府).
138) [교감] 삭옥: 가람본 '살옥'. 일사본 '살육'.
139) 감(鑑): 살펴보다. 여기서는 중죄인 등을 다룰 때 임금의 재가를 얻는 계복(啓覆) 등의 절차를 말함.
140) 내관(內官): 내시(內侍).
141) 졍셥(靜攝): 몸과 마음을 안정하여 휴양함.

디리 후 공소는 니관 다리고 ᄒ시고, 흔 둘 여ᄉᆺ 번 ᄎ디(次對)의 망
젼(望前)142) 세 번은 대됴(大朝)의셔 ᄒ오셔 동궁이 시좌(侍坐)ᄒ오시고,
망후(望後) 세 번은 쇼됴(小朝)의셔 혼자 ᄒ오시ᄃᆡ 그리ᄒ오실 즈음의
일마다 슌편(順便)티 아니ᄒ오시고 쵹쳐(觸處)의 탈이 만ᄒ니, 대져(大
抵) 됴신(朝臣)의 샹셔(上書)라도 언ᄉᆞ(言事)143)가 잇거나 편논(偏論)이나
ᄒ는 샹셔(上書)면 쇼됴의셔 ᄌ단(自斷)티 못ᄒ오셔 품우대됴(稟于大朝)
ᄒ오시면, 그 샹셔가 아래ᄉᆞ롭의 일이디 쇼됴의셔 아오실 배 아닌디
격노(激怒)ᄒ오시기는 쇼됴의셔 신ᄒ(臣下)롤 됴화(調和)티 못ᄒ야 젼(前)
의 업넌 샹셔가 나시니 쇼됴 타시 되오시고, 샹셔 비답(批答)으로 닐러
도 품우대됴ᄒ오시면

　"그만 일을 결단(決斷)티 못ᄒ야 내게 번품(煩稟)ᄒ니 디리시긴 보람이
업다"

ᄒ오셔 ᄭᅮ종ᄒ오시고, 품(稟)티 아니ᄒ오시면

　"그런 일을 내게 어이 품티 아니코 ᄌ단(自斷)ᄒ리"

ᄒ오셔 ᄭᅮ종이오시고, 져리흔 일은 이리 아니ᄒ얏다 ᄭᅮ종이오시고, 이
리흔 일은 더리 아니ᄒ얏다 ᄭᅮ종ᄒ오셔, 이 일의도 격노(激怒) 져 일의
도 불여의(不如意)ᄒ오시고, 지어(至於) 동뢰(凍餒)144)ᄒ거나 한ᄌᆡ(旱災)
나 텬변(天變) 지이(災異)가 이시면

　"쇼됴의셔 덕이 업셔 이러ᄒ다"

ᄭᅮ종이 나오시니, 이러ᄒ기 쇼됴겨오셔 날이 죠곰 흐리거나 겨울 텬동
(天動)을 ᄒ거나 ᄒ면, 대됴의셔 ᄯᅩ 므슨 ᄭᅮ종이 나오실가 근심ᄒ오시고
념녀(念慮)ᄒ오시고 ᄉᆞᄉᆞ(事事)이 황겁(惶怯) 공구(恐懼)ᄒ오셔 인ᄒ야 샤
ᄉᆞ(邪思) 망념(妄念)이 나오셔 병황(病患)이 졈졈 드오시는 삭시 이시니,

　영묘겨오셔 셩덕지인(盛德至仁)ᄒ오신 밧긔 영명총찰(英明聰察)ᄒ오셔

---

142) 망젼(望前): 보름 이전.
143) 언사(言事): 임금이나 정사에 대한 간언으로 사태의 민감한 부분을 건드린 것.
144) 동뇌(凍餒): 얼어 죽거나 굶주려 죽음.

범연(泛然)ᄒᆞ오신 셩품(性品)과 다ᄅᆞ오신ᄃᆡ 이 만금소탁(萬金所託) 츈궁(春宮)의 병환(病患)이 드오시ᄂᆞᆫ 줄을 ᄭᆡᄃᆞᆺ디 못ᄒᆞ오시니 엇디 셟지 아니ᄒᆞ리오. ᄒᆞᆫ 번 ᄉᆞ죵의 놀나오시고 두 번 격노의 용녀(用慮)ᄒᆞ오시고, 웅위(雄威)ᄒᆞ오시고 영장(英壯)ᄒᆞ오신 긔품(氣稟)의 아모리 ᄒᆞᆫ들 일ᄉᆞ(一事)ᄅᆞᆯ ᄌᆞ유(自由)티 못ᄒᆞ오시고, ᄆᆞᄉᆞᆫ 정시(庭試) 알셩(謁聖)[145]ᄇᆞ치 어나 시샤(試射)[146] 관무ᄌᆡ(觀武才)[147] ᄀᆞᆺ튼 호화(豪華)로이 귀경ᄒᆞᆯ ᄃᆡ도 일ᄉᆡᆼ(一生) ᄇᆞᄅᆞ디 아니ᄒᆞ오시고, 동셧ᄃᆞᆯ[148] 계복(啓覆)의나 시좌(侍坐)ᄅᆞᆯ 시기시니 엇디 ᄆᆞᄋᆞᆷ이 편ᄒᆞ시며 셜워ᄒᆞ오시디 아니ᄒᆞ오시리오.

셜ᄉᆞ 아바님겨오셔 혹 과(過)ᄒᆞ오셔도 아ᄃᆞ님이 다음다음 효도ᄅᆞᆯ 힘ᄡᅳ오시〈거〉나, 아ᄃᆞ님이 혹 못 밋ᄌᆞ오셔도 아바님겨오셔 갈ᄉᆞ록 은ᄋᆡ(恩愛)ᄅᆞᆯ 드리워 겨오시면 ᄒᆞᆯᄃᆡ, 연고(緣故) 업시 절로 젼젼(輾轉)ᄒᆞ야 이러ᄒᆞ야시니 이거시 텬의(天意)시고 국운(國運)이니 인녁(人力)으로 용납디 못ᄒᆞᆯ 배런가 시브나, 나의 본 거ᄉᆞᆫ 목하(目下)의 벌고 지통은 가ᄉᆞᆷ의 박혀시니 이제 ᄲᅧ내랴 ᄒᆞ니 영묘와 경모궁 ᄒᆞ오던 일이 상하(上下)의 겸덕(歉德)[149]이오신 ᄃᆞᆺ 죄로오ᄃᆡ[150] 실샹(實狀)을 아니 긔록디 못ᄒᆞ니, 됴희[151]ᄅᆞᆯ 님(臨)ᄒᆞ야 흉격(胸膈)이 막힐 분이로다.

밖으로 나가고 싶다

십오셰가 되오시ᄃᆡ 능ᄒᆡᆼ(陵幸)의 한번 슈가(隨駕)ᄅᆞᆯ 못 ᄒᆞ오시니, 졈

145) 알셩(謁聖): 곧 알성시. 임금이 성균관의 문묘를 참배한 후 베풀던 과거시험.
146) 시샤(試射): 활을 잘 쏘는 사람을 시험 보아 뽑던 일.
147) 관무재(觀武才): 특별히 왕의 명령이 있을 때 시행하던 무과(武科).
148) 동셧ᄃᆞᆯ: 동지섣달.
149) 겸덕(歉德): 부족한 덕.
150) [교감] 죄로오ᄃᆡ: 가람본 '죄로ᄃᆡ'. 일사본 '죄로오ᄃᆡ'. 버클리국한문본 '罪롭사오나'.
151) 됴희: 종이.

졈 댱셩(長成)ᄒ오신디 교외(郊外) 구경을 좁아 ᄒ고 시브오셔, 미양 셔울 거동(擧動)이고 능ᄒᆡᆼ 거동의 녜조(禮曹)의셔 동궁(東宮) 슈가 품(稟)이 들면 혹 슈가ᄒ오실가 급급히 조이오시다가, 번번이 못 가시면 처음은 서운ᄒ고 섭듭ᄒ신152) 거시 졈졈 셩화(成火)ᄒ오셔 우오실 적도 겨오시더라.

당신이 부모님 긔속(氣屬)153)으로 본디 졍셩은 거룩ᄒ오시건마ᄂᆞᆫ 민쳡(敏捷)디 못ᄒ오시기로 인ᄂᆞᆫ 졍셩을 빅분(百分)의 일분(一分)도 드러내디 못ᄒ오시니, 부왕(父王)은 모ᄅᆞ오시고 미안(未安)ᄒ오신 ᄉᆞ식(辭色)은 미양 겨오셔 ᄒᆞᆫ 번도 가챠(假借)ᄒ오시믈 닙디 못ᄒ오시니, 졈졈 두립고 무셔온 거시 병환(病患)이 되오셔 화 곳 나오시면 프오실 디 업ᄉᆞ오시니 닌관(內官)과 닌인(內人)의게나 프오시고 지어(至於) 내게ᄭᅡ디 프오시기 몃몃 번인 줄 알리오.

화평옹주를 닮은 의소세손

경오(庚午, 1750) 팔월의 내가 의쇼(懿昭)154)를 나흐니 영묘(英廟) 셩심(聖心)이오신들 엇디 두굿겁디 아니ᄒ오시리오마ᄂᆞᆫ, 무진(戊辰, 1748)의 화평옹쥬(和平翁主)ᄭᅵ셔 ᄒᆡ만(解娩)155)을 못ᄒ고 샹ᄉᆞ(喪事) ᄂᆞ니 그 잔잉ᄒ오시고 참쳑(慘慽)ᄒ오시기 미치여 겨오시다가, 내가 슌산(順産) 셩남(生男)ᄒ니 두굿겁ᄉᆞ온 듕도 화평옹쥬는 늡ᄀᆞ티 슌산 못ᄒ신 거시 새로이 애닯ᄉᆞ오셔 옹쥬 ᄉᆡᆼ각ᄒ오시ᄂᆞᆫ 슬프오시미 손ᄌᆞ(孫子) 보오신

---

152) 섭듭ᄒ신: 섭뜩하다. 섭섭하다. 현재와는 다소 의미가 다르다.
153) [교감] 긔속: 가람본 '지속(支屬)'. '지속(支屬)'은 친속(親屬) 즉 배우자, 혈족, 인척을 통틀어 일컫는 말. 버클리국한문본 '以父母氣屬으로'.
154) 의소(懿昭): 사도세자의 첫째아들로, 1750년 8월 27일 태어나 1752년 3월 4일에 죽었다.
155) 해만(解娩): 해산.

깃브믈 이긔오시는디라.156) 그 아득님긔

'네가 어느 스이 즈식을 두엇고나'

이 흔마디를 일킷디157) 아니ᄒ오시고, 날은 어엿비 너기오시미 ᄇ라매 넘으니 내 감격(感激) 텬은(天恩)ᄒᄋᆸᄂ 듯, 나만 홀로 은포(恩褒)롤 닙습ᄂ 일 불안ᄒ야 ᄆᄆ양 조심ᄒ더니, 이 희산(解産)ᄒᆫ 후ᄂ

'네 순산 싱남ᄒ니 긔특ᄒ다'

이 흔마디롤 일킷ᄌ오시미 아니 겨오시니, 묘년(妙年)158)의 싱남흔 깃브믈 몰라 도로혀 공구(恐懼)ᄒ더라.

성심이 비원(悲怨)ᄒ오시미 새롭스오시니 격뇌(激怒)도 ᄒ오셔 화열(和悅)티 못ᄒ오시고, 션희궁(宣禧宮)겨오셔는 그 ᄡᆞ님 싱각ᄒ오시는 ᄆᆞᄋᆞᆷ이 엇디 범연(泛然)ᄒ오시리오마는 나의 싱남흔 일을 지졍(至情)의 귀ᄒ오실 일이오 죵샤(宗社)의 큰 깃브미라, 내 희만 후 칠일ᄀᆞ디 산실(産室) 근쳐의 머므러 구호(救護)ᄒ오시니159) 영묘겨오셔

'션희궁이 옹쥬롤 닛고 됴화만 ᄒ니 인졍이 박ᄒ다'

미안(未安)ᄒ야 ᄒ오시니160) 션희궁겨오셔 웃ᄌ오시고 성심이 편벽(偏僻)ᄒ오시믈 탄식(歎息)ᄒ오시더니라.

경모궁겨오셔 슉셩(夙成)ᄒ오시미 어룬 ᄀᆞᆺᄌ오셔 당신긔 아들이 나 국본(國本)의 구드믈 깃거ᄒ오시고, 부왕(父王)이 덜 깃거ᄒ오시ᄂ 줄을 감히 이러타 못 ᄒ오셔도 심듕(心中)의 슬허ᄒ오샤

"나 ᄒ나토 어려운디 아희가 나 엇더홀넌고"

ᄒ오시니 말ᄉ 듯기가 심히 쳑연(慽然)ᄒ더니라.

---

156) 화평옹주는 1748년 6월에 죽었고 의소는 1750년 8월에 났으니, 의소의 생일은 화평옹주의
삼년상이 끝난 때와 거의 일치한다. 화평옹주의 탈상에 즈음하여 새로 슬픔이 커지는 때에
의소가 태어나니 영조는 귀한 손자의 탄생도 기뻐하지 않았던 것이다.

157) 일컫다. 『한중록』에서 이 말은 '가리켜 말하다'라는 뜻보다 '칭찬하다'라는 뜻으로 더 많이
쓰인다.

158) 묘년(妙年): 스무 살 안팎의 여자 나이.

159) 해산 후 7일째 되는 날에는 권초제(捲草祭)를 행하며 출산을 보조한 기구인 산실청을 해체한다.

160) 딸의 탈상 즈음인데도 손자 태어난 것만 좋아한다고 꾸짖은 것이다.

이 亽젹(事蹟)을 뿔 亽연이 아니로디, 마디 못 쓰이며,

내가 의쇼를 잉(孕)홀 제 화평옹쥬가 즈로 보이여 내 침방(寢房)의 드러와 겻티도 안고 웃기도 ᄒ니, 내 아히 ᄆ옴이라 옹쥬가 히산을 ᄒ다가 그 지경(地境)이 되니, 산긔(産氣)[161] 악착ᄒ디 꿈의 즈로 뵈기 내 몸을 넘녀ᄒ고, 의쇼룰 나ᄒ며 뼛길 적 보니 엇개의 프른 점이 잇고 빅에 불근 점이 잇기 우연이 보왓더니, 그히 구월 십이일 온양(溫陽) 거동(擧動)ᄒ오시ᄂ디 십일일의 영묘겨셔와 선희궁겨셔 안쉭(顔色)이 일변(一邊) 슬프고 일변 깃브신 모양으로 두 분이 오오셔 홀연이 즈ᄂ 아히룰 기술 그르고 벗겨 보오시더니 과연 표가 이시니 참연(慘然)ᄒ오시고 그 옹쥬가 환싱흔 쥴로 분명이 아오셔 그날브터 그 아히룰 금시로 귀듕(貴重)ᄒ오셔 화평 형뎨[162]의게 ᄒ오시다시 구오시고, 이 아히 처엄 나실 제ᄂ 샤외ᄒ야쥬시ᄂ 일이 업스오셔 인견(引見)ᄒ오신 의디(衣襨) 닙스오신 치 드러와 보오시더니 그날브터 샤외룰 극진(極盡)이 ᄒ오시니, 영묘 셩몽(聖夢)의 뵈오시던디 그 일이 허탄(虛誕)ᄒ고 괴이(怪異)ᄒ야 아올 길이 업더니라.

빅일 후의 당신 인견ᄒ오시던 황경뎐(歡慶殿)[163]을 슈리ᄒ야 옴기오시고 천만(千萬) 귀듕(貴重)ᄒ야 ᄒ오시니, 요힝(僥倖) 아돌노 인연(因緣)ᄒ야 아바님긔 혹 나을가 츅슈(祝手)ᄒ나 실즉(實卽) 그 아히ᄂ 화평옹쥬 다시 온 쥴로 아오셔 그리 스랑ᄒ오시디 소싱(所生) 부모(父母)ᄂ 그 아히로 인연ᄒ야 더 귀ᄒ오실 거시 업스오셔 일양(一樣) 젼과 ᄀᆺ티시니 그저 아옵디 못홀 일이러니라. 그 아히 계유 십삭 된 신미(辛未, 1751) 오월의 셰손(世孫) 칙봉(冊封)ᄒ오시니,[164] 잉듕(愛重)ᄒ오신 셩심(聖心)

---

161) [교감] 산긔: 일사본 역시 같은 표기이나 김동욱은 '산귀(産鬼)'라고 읽었다. 버클리국한문본 '産期迫近'.
162) 화평 형제: 화평옹주와 화순옹주를 말한다.
163) 환경전(歡慶殿): 창경궁(昌慶宮)에 있는 내전(內殿)으로 당시 영조는 세자를 시좌케 하여 종종 이곳에서 정무를 보았다. 의소가 기거한 곳이기도 하다.
164) 1751년 5월 13일 의소 세손 책봉.

으로 그리ᄒᆞ야 겨오시나 과(過)ᄒᆞ오신 일이오시더니, 임신(壬申, 1752) 츈(春)의 일ᄒᆞ니[165] 영묘겨오셔 과히 이통(哀痛)ᄒᆞ오시미 니ᄅᆞ오실 거시 업스오시더니라.

정조대왕의 탄생

황텬(皇天)이 묵우(默祐)ᄒᆞ시고 조종(祖宗)이 음즐(陰騭)ᄒᆞ오샤 내 신미(辛未, 1751) 납월(臘月)의 유신(有身)ᄒᆞ야 임신(壬申, 1752) 구월의 ᄉᆡᆼ남(生男)ᄒᆞ니 곳 션왕(先王)이시라.[166] 내 묘쇼(眇小)[167]ᄒᆞᆫ 복녁(福力)으로 이 희의 이 경ᄉᆞ(慶事) 엇기ᄂᆞᆫ ᄉᆡᆼ각 밧기오, 션왕이 나시매 신ᄎᆡ(神彩)[168] 영위(英偉)ᄒᆞ고 골격(骨格)이 긔이(奇異)ᄒᆞ야 진실로 하ᄂᆞᆯ이 내신 진인(眞人)이라.

신미(辛未, 1751) 지월(至月)의 경모궁(景慕宮)겨오셔 침슈(寢睡)ᄒᆞ오시다가 니러 나오셔

"뇽몽(龍夢)을 어더시니 귀ᄌᆞ(貴子)ᄅᆞᆯ 나흘 딩됴(徵兆)라"

ᄒᆞ오시고

"빅능(白綾) 혼 폭을 내라."

ᄒᆞ오셔 그 밤의 손조 꿈의 뵈던 뇽을 그리오셔 침실 벽 우희 붓처 겨오시니, 셩인(聖人)이 강ᄉᆡᆼ(降生)홀 제 긔이ᄒᆞᆫ 딩됴(徵兆) 엇디 업스리오.[169]

---

165) 1752년 3월 4일 의소 사망.
166) 1752년 9월 22일 정조 탄생.
167) 묘쇼(眇小): 작음.
168) 신채(神彩): 정신과 풍채를 아울러 이르는 말.
169) 사도세자의 문집 『능허관만고』 제7권에 「경춘전화룡찬景春殿畵龍贊」이라는 글이 있다. 정조가 태어나기 전날 사도세자가 용꿈을 꾸고 그것을 그려 자기 방에 붙였다는 내용이다. 다만 꿈꾼 날짜만 본문과 다른데, 정황상 『한중록』이 정확한 듯하다. 또한 제2부(188쪽)에도 같은 이야기가 있는데 거기서는 꿈꾼 날이 10월이라고 적혀 있다.

영묘(英廟)겨오셔 의쇼(懿昭)를 일스오시고 참셕(慘惜)호오시다가 쏘 국본(國本)을 엇즈오시고 깃거호오샤 날다려 호오시더

"원손(元孫)이 이샹쵸범(異常超凡)호니 쳑강(陟降)170)의 도으시미라. 네 정명공쥬(貞明公主) 즈손(子孫)으로 나라히 빈(嬪)이 되야 네 몸의 이 경 시(慶事) 쏘 이시니 네 나라히 유공(有功)타"

호오시고

"튱즈(冲子)를 브터 잘 기르더 검박(儉朴)히 호는 거시 복(福)을 앗기 는 도리(道理)라"

호오시니, 내 이 셩교(聖敎)를 밧즈와 감골텬은(感骨天恩)호니 엇디 복 응(服膺)171)티 아니호리오.

경모궁겨오셔 긔희(奇喜) 환힝(歡幸)호시기는 니를 거시 업고 거국(擧 國) 신민(臣民)의 즐거오미 경오(庚午, 1750)172)의 비겨 빅비(百倍) 흔용 (欣聳)173)호고 우리 부모의 환변(歡抃)174) 경츅(慶祝)호오시미 더옥 엇더 호시리오. 뵈올 적마다 셩즈(聖子) 나흐믈 내게 하례(賀禮)호시니 내 이 십 전 나히 쏘 방경(邦慶)을 내 몸의 어든 줄 쁜덥고175) 깃분 밧 신셰 (身世)의 의탁(依託)이 엇더호리오. 멀니 브라 기리 효양(孝養)을 밧기룰 긔약(期約)호더니라.

---

170) 쳑강(陟降): 조상의 영혼이 은연중에 도움.
171) 복응(服膺): 교훈 따위를 마음에 간직하여 잠시도 잊지 아니함.
172) 경오(庚午): 의쇼(懿昭)를 낳은 해. 곧 의소를 낳은 것.
173) 흔용(欣聳): 기뻐서 날뜀.
174) 환변(歡抃): 매우 기뻐서 손뼉을 침. 기뻐서 어쩔 줄 모름.
175) 쁜덥고: 떳떳하고 흐뭇하고 당당하다. 쯴덥다.

홍역과 화협옹주의 죽음

그히 십월의 홍역(紅疫)이 대치(大熾)176)ᄒ야 옹쥬(翁主)177)가 몬져 ᄒ니 경모궁(景慕宮)겨오셔는 양졍합(養正閤)으로 피우(避寓)ᄒ오시고 원손(元孫)은 낙션당(樂善堂)으로 올므니, 탄싱흔 삼칠 안히 움죽이나 셕대(碩大)ᄒ셔 먼 디 올마가기 념녀롭디 아니ᄒ고 미처 보모(保姆)도 뎡(定)치 못ᄒ야 노궁인(老宮人)과 내 아디(阿只)178)를 맛뎌 보내고, 날이 디나디 못ᄒ야 경모궁긔셔 홍진(紅疹)을 ᄒ오시고 츌댱(出場)179)ᄒ오실 지경(地境)의 내 ᄯᅩ ᄒ고 원손도 ᄒ시니, 내가 히산(解産) 후 큰 병환(病患)의 용녀(用慮)ᄒ다가 대병(大病)을 어더 증졍(症情)이 비경(非輕)ᄒ고 원손이 ᄯᅩ 발반(發斑)ᄒ니 증졍(症情)이 지슌(至順)ᄒ시디 내가 대병(大病) 듕 용녀홀가 ᄒ오셔 션희궁(善禧宮)겨오셔와 션친(先親)이 날다려 니ᄅ지 아니ᄒ오시니 나는 모르고 디내고, 경모궁겨오셔 진후(疹後) 여열(餘熱)이 장ᄒ오시니 션친이 경모궁긔 뵈오려, 날도 구료(救療)180)ᄒ랴 원손도 보호(保護)ᄒ랴 세 곳으로 쥬야(晝夜)의 ᄃᆞ니시니 그ᄯᅢ 용녀ᄒ며 쵸우(焦憂)ᄒ야 슈발(鬚髮)이 셰여 겨시더니라.181)

화협옹쥬(和協翁主)가 그 병의 상ᄉᆞ(喪事) 나시니,182) 경모궁겨오셔 그 누의님이 졍니(情理) 당신과 ᄀᆞᄐᆞ시믈 블상ᄒ오셔 우이(友愛) ᄌᆞ별(自別)ᄒ오시더니, 옹쥬 병환 ᄯᅢ 익예(掖隸)가 길히 니어 므르시고 상ᄉᆞ 나시매 인통(哀痛)을 이긔디 못ᄒ오시니 이런 일로 보와도 본연(本然)ᄒ오신 텬셩(天性)의 착ᄒ오시믈 가히 알디라.

---

176) 대치(大熾): 기세가 아주 성함.
177) 옹쥬(翁主): 여기서는 화협옹주.
178) 아지(阿之, 阿只): 혜경궁의 유모 아지는 원래 아기라는 말이다. 그래서 흔히 유모를 아기라고 부른 듯하다.
179) 출장(出場): 끝내다. 결말을 지음.
180) 구료(救療): 병을 치료함.
181) 홍봉한은 1713년생이니 당시 40살이다.
182) 1752년 11월 27일 화협옹주 사망.

눈보라 속에 엎드리다

그히 납월(臘月)의 더간(臺諫) 홍쥰히(洪準海)의 언ᄉ소(言事疏)로[183] 영묘(英廟)겨오셔 대단이 격노(激怒)ᄒ오셔 션화문(宣化門)[184]의 부복(俯伏)ᄒ오시고,[185] 소됴(小朝)의 엄교(嚴敎)가 만히 ᄂ리오시니,

경모궁(景慕宮)겨오셔 대병환(大病患) 끗히 그째 셜한(雪寒)이 혹독(酷毒)ᄒ다라, 그 셜듕(雪中)의 업더여 더죄(待罪)ᄒ오시니 업더오신 더 눈이 ᄲᅡ혀 업더오신 거슬 분간(分揀)티 못ᄒ더 용동(搖動)[186]티 아니ᄒ오시니, 인원왕후(仁元王后)겨오셔

"니러나라"

ᄒ오시더 듯디 아니ᄒ오시고, 영묘 과거(過擧)롤 진정ᄒ오신 후 니러나오시니 텬질(天質)이 침듕(沈重)ᄒ오시믈 아올다라.

그후 셩노(聖怒)가 긋티디 아니ᄒ오셔 그둘 십오일의 챵의궁(彰義宮)[187]의 거동(擧動)ᄒ오시고 인원왕후긔

"뎐위(傳位)ᄒ랴 하옵ᄂ이다"

---

183) 1752년 10월 29일 노론 홍준해가 소론 영의정 이종성(李宗城)을 탄핵하는 상소를 올렸다. 영조는 이를 자신이 가장 싫어하는 당파를 짓는 행위라며 크게 화를 냈다. 홍준해는 혜경궁의 계고모집과 사돈지간으로, 계고모의 딸 조씨가 홍준해의 아들 홍상협과 결혼했다.

184) 선화문(宣化門): 창덕궁(昌德宮) 희정당(熙政堂) 앞에 있는 문.

185) 영조는 12월 초에 양위(讓位)를 선언했다. 『한중록』은 이 양위 소동이 홍준해의 일 때문인 듯 적고 있지만, 홍준해가 상소를 올린 지 한 달도 더 지나 양위하겠다고 소동을 벌인 것은 납득할 수 없는 처사이다. 『영조실록』은 백성을 잘 다스리지 못해 양위하려 한다는 영조의 막연한 말만 기록하고 있을 뿐이다. 그런데 『대천록』에는 이 사건의 배경을 짐작할 수 있는 사건이 기록되어 있다. 인원왕후가 당시 영조가 총애하던 후궁 문녀를 매로 때리며 처벌하자, 이에 격분한 영조가 양위하겠노라는 소동을 벌였다는 것이다. 이런 사실로 보면 바로 앞 구절 "홍준해의 언사소로" 다음에 원문에는 한두 줄이 더 있었는데 어떤 이유에서 빠졌을 가능성도 없지 않다.
영조의 양위 선언에 신하들은 모두 반대했고 인원왕후도 극력으로 말렸다. 이에 영조는 인원왕후의 허락을 얻기 위해 선화문으로 가서 부복했는데, 영조의 갑작스런 행동으로 사도세자는 괜히 잘못도 없이 대죄하기 위해 추운 겨울에 며칠을 얼음처럼 엎드려 있어야 했다. 『영조실록』 1752년 12월 8일조 및 15일조 참조.

186) [교감] 용동: 일사본 '요동'.

187) 창의궁(彰義宮): 북부 순화방(順化坊), 즉 지금의 종로구 통의동에 있었던 영조가 왕위에 오르기 전에 살았던 집.

ᄒ오시니 인원왕후겨오셔 이부(耳部)가 어둡ᄉ오셔 잘못 듯ᄌ오시고

"그리ᄒ라"

디답ᄒ오시니 영묘겨오셔

"ᄌ교(慈敎)의 허락을 엇ᄌ왓노라"

ᄒ오시고

"뎐위ᄒ랴노라"

ᄒ오시니 그째 동궁(東宮)겨오셔 창황망조(蒼黃罔措)ᄒ오시미 엇더ᄒ오시리오. 츈방관(春坊官)들을 브르오셔 샹소(上疏)롤 부러 쓰이오시기롤 죠금도 거치디[188] 아니ᄒ오시니 그째 츈방(春坊)이 나와 찬탄(讚歎)ᄒ더라 ᄒ며,

구뎌(舊邸)[189]의 오래 머르시고[190] 환궁(還宮)티 아니ᄒ오시니 인원왕후겨오셔 '쳥형(聽熒)[191]ᄒ야 디답 잘못ᄒ오신 일이 종샤(宗社)의 득죄(得罪)ᄒ얏노라' ᄒ오셔 소실(小室)의 ᄂ리오시고 영묘긔 봉셔(封書)ᄒ오셔 환궁을 쳥ᄒ오시고, 동궁은 시민당(時敏堂) 손지각(遜志閣)이라 ᄒᄂ 집뜰 어롬 우희셔 셕고대죄(席藁待罪)ᄒ오시다가 창의궁의 힝보(行步)로 가오셔 ᄯ 셕고디죄(席藁待罪)ᄒ오시고 머리를 돌히 부드잇ᄉ오셔 망건(網巾)이 다 ᄲ여디고 니마가 샹ᄒ야 피가 나오시니, 이런 일의 텬셩(天性) 효심(孝心)과 본질(本質)의 튱후(忠厚)ᄒ오시고 짓ᄉ오시ᄂ[192] 일이 아니겨오시기 앗기디 아니코 샹ᄒ야 겨오시던 일을 아올디라. 그리ᄒ오실 즈음의 ᄯ ᄶ죵이 엇더ᄒ오시리오마ᄂ 공슌(恭順)이 도리(道理)롤 다ᄒ오시니 쳐변(處變) 잘ᄒ오시기로 영명(슈名)을 만히 어더 겨시더니라.

---

188) 거치디: 거치다. 무엇에 걸리거나 막히다. 마음에 거리끼거나 꺼리다.

189) 구저(舊邸): 옛집. 여기서는 창의궁(彰義宮)을 말함.

190) [교감] 머르시고: 가람본·일사본 '머무르시고'. 나손본 '머무러시고'.

191) 쳥형(聽熒): 귀가 어두워 소리가 잘 들리지 않음.

192) 짓ᄉ오시ᄂ: 짓다. 거짓으로 꾸미다.

그때

"이품(二品) 이상(以上)을 다 원찬(遠竄)ᄒ라"

ᄒ오시니 션친(先親)이 그 듕의 드오시ᄂ 뎐지(傳旨)193)가 ᄂ리지 아니
ᄒ엿기 문외(門外)에셔 동궁 쳐변(處變)ᄒ오실 의(義)194) 쵸심망조(焦心罔
措)ᄒ오셔 의논ᄒ오시ᄂ 봉셔(封書)가 몃 댱(張)인 줄 알니오. 모화두엇
더니 원손(元孫)이 ᄌ라신 후 보시고 지극ᄒ신 튱셩(忠誠)을 감탄ᄒ시고
"두고 보쟈"

ᄒ셔 친히 가져가시니라.

수일(數日) 후 대됴(大朝)의셔 환궁ᄒ시고195) 졔신(諸臣) 셔용(敍用)196)
들 ᄒ야 됴참(朝參)197)ᄒ오시니 션친이 드러오셔 머리 샹ᄒ신 디롤 뵈
옵고 어ᄅ믄디오시며 톄읍(涕泣)ᄒ오시고 그ᄉ이 디난 말ᄉᆷ을 ᄒ오시던
일이 이제도 목젼ᄉ(目前事) ᄀᄐ니, 그 병환이 아니 나시온 째ᄂ 인효
통달(仁孝通達)ᄒ오셔 거룩ᄒ오시미 미진(未盡)ᄒ 곳이 업ᄉ오시다가 병
환 곳 나오시면 두 사ᄅᆷ ᄀᄌᄌ오시던 거시니 엇디 이샹ᄒ고 셜운 일이
니 아니리오.

천둥소리를 무섭게 한 『옥추경』

미양 경문(經文) 잡셜(雜說)브치 보시기를 심히 ᄒ시더니
"『옥츄경玉樞經』198)을 닑고 공부ᄒ면 귀신을 브린다 ᄒ니 닑어보쟈"
ᄒ오셔 밤이면 닑고 공부룰 ᄒ시더니, 과연 심야(深夜)의 졍신이 어득

---

193) 뎐지(傳旨): 승졍원의 승지를 통하여 전달되는 왕명서(王命書).
194) [교감] 의: 가람본 '쎠의'. 일사본 '외'.
195) 1752년 12월 17일, 영조는 인원왕후의 하교(下敎)를 받고 환궁했다.
196) 셔용(敍用): 면관(免官)되었던 사람을 다시 벼슬자리에 등용함.
197) 됴참(朝參): 한 달에 네 번 문무백관들이 임금에게 문안을 드리고 정사(政事)를 아뢰는 일.
198) 『옥추경玉樞經』: 도가(道家) 경문(經文)의 하나.

ᄒᆞ오셔

"뇌셩보화텬존(雷聲普化天尊)[199]이 뵌다"

ᄒᆞ시고

"무셔워, 무셔워"

인ᄒᆞ야 병환(病患)이 깁히 드오시니 원통코 셟도다.

십여 셰브터 병환졈(病患點)이 겨오셔 음식 잡스오시기나 힝동(行動) 운용(運用)ᄀᆞ디 다 녜스롭디 아니ᄒᆞ오시더니 『옥츄경』 이후로 아조 변화긔질(變化氣質)ᄒᆞ드시 되오셔

"무셔워, 무셔워"

ᄒᆞ오시고, '옥츄(玉樞)' 두 ᄌᆞ(字)를 거두디 못ᄒᆞ오시고[200] 단오(端午)의 드ᄂᆞᆫ[201] 옥츄단(玉樞丹)[202]을 거드디 못ᄒᆞ야 그 옥츄단이 드러도 무셔워ᄒᆞ오시기 츳디 못ᄒᆞ고, 그후ᄂᆞᆫ 하ᄂᆞᆯ을 심히 무셔워ᄒᆞ오시고 '우레 뇌(雷)', '벽녁 벽(霹)' 그런 글ᄌᆞ롤 보디 못ᄒᆞ오시고, 견은 텬동을 슬희여ᄒᆞ오시나 그리 심티 아니ᄒᆞ오시더니 『옥츄경』 후ᄂᆞᆫ 텬동 ᄲᅢᆫ면 귀롤 막고 업디오셔 다 긋친 후 니러나오시니, 이러ᄒᆞ오신 줄이야 부왕(父王)과 모빈(母嬪)이 아오실가, 만ᄉᆞ(萬事)의 절박망조(切迫罔措)ᄒᆞ믈 형용(形容)티 못ᄒᆞᆯ러니라.

임신동(壬申冬, 1752)의 그 증(症)이 나오셔 계유년(癸酉年, 1753)은 경계증(驚悸症)[203]ᄀᆞ티 디내고 갑슐년(甲戌年, 1754)도 그 증(症)이 ᄣᅢᄣᅢ 나오셔 졈졈 침고(沈痼)[204]ᄒᆞ야 겨오시니 그저 『옥츄경』이 원슈(怨讐)니라.

<hr />

199) 뇌셩보화천존(雷聲普化天尊): 도교(道敎)의 신(神). 『옥추경』 맨 앞에 나오는 천둥의 신.

200) 거두디 못ᄒᆞ오시고: 언급을 못하다. 또는 그것과 관계된 어떤 것을 못하다.

201) 드ᄂᆞᆫ: 들어오다.

202) 옥추단(玉樞丹): 단옷날에 임금이 신하에게 나누어주었던, 금박을 입힌 환약. 음식을 잘못 먹어서 갑자기 게우고 설사를 하거나, 더위로 체했을 때 쓴다. 이것을 오색실에 꿰어 달고 다니면 재액을 물리치고 무병장수한다고 한다.

203) 경계증(驚悸症): 걸핏하면 놀라고 가슴이 두근거리는 증상.

204) 침고(沈痼): 고질(痼疾). 오랫동안 앓아 고치기 어려운 병.

서자 인과 진의 탄생

그러툿 엇디ᄒᆞ야 냥뎨(良娣)[205]라 거술 계유(癸酉, 1753)간의 갓가이 ᄒᆞ오셔 ᄌᆞ식(子息)을 비니, 대됴(大朝)의 ᄶᅮ종을 듯ᄌᆞ오실가 공겁(恐怯)ᄒᆞ오셔 아모죠록 낙튀(落胎)를 시기고져 ᄒᆞ시더니마ᄂᆞᆫ, 고이ᄒᆞᆫ 거시 셰상의 나 화근(禍根)이 되랴 ᄒᆞ야 보젼(保全)ᄒᆞ야 갑슐(甲戌, 1754) 이월(二月)의 인(䄄)[206]이가 나니, 무시(無時)의도 ᄶᅮ종이 만ᄉᆞ오시더니 그ᄣᅢ 여러 슌(旬) 엄교(嚴敎)가 진쳡(震疊)[207]ᄒᆞ오시니 날마다 공구(恐懼) 축쳑(蹙踖)[208]ᄒᆞ오시ᄂᆞᆫ디라. 션친(先親)이 엄칙(嚴責) 밧ᄌᆞ오시ᄂᆞᆫ 일 민망(憫惘)[209]ᄒᆞ야 ᄒᆞ오셔 우희 알외여 셩노(聖怒)ᄅᆞᆯ 프오시게 ᄒᆞ오시고,

궐ᄂᆡ(闕內)ᄂᆞᆫ 투긔(妒忌)ᄅᆞᆯ ᄒᆞ오시ᄂᆞᆫ 일이 업ᄉᆞ니, 내 본셩(本性)이 사오납디 못ᄒᆞ고 ᄌᆞ초(自初)로 션희궁(宣禧宮)겨오셔 경계(警戒)ᄒᆞ야

"그런 일을 거리ᄭᅵ디 말라"

ᄒᆞ오실 분 아니라, 인(䄄)의 어미ᄅᆞᆯ 통ᄋᆡ(寵愛)ᄒᆞ오시ᄂᆞᆫ 일 업서 새울 터히 업고, 만삭(滿朔)ᄒᆞ나 구쳐(區處)[210]ᄒᆞ오시ᄂᆞᆫ 일 업시 ᄇᆞ려두오시니, 경모궁(景慕宮)겨오셔 일시 그리ᄒᆞ오신 거시 ᄌᆞ(子)이[211] 삼기니 ᄶᅮ종 드르실가 겁을 내오셔 도라보오시ᄂᆞᆫ 일 업고, 션희궁도 아른 톄 아니ᄒᆞ시니 훌일업셔 내 구쳐 아니면 어려울 고(故)로 무슴 식견(識見)이 이시리오마ᄂᆞᆫ 힘의 당ᄒᆞᆫ 일은 다 보ᄉᆞᆯ펴주엇더니, 영묘(英廟)겨오셔 날

---

205) 양제(良娣): 임씨(林氏). 나중에 숙빈으로 추숭되었다. 양제는 세자 후궁의 계급명.
206) 인(䄄): 은언군(恩彦君, 1754~1801). 홍봉한 등이 동복아우인 은신군(1755~1771)과 함께 두 형제를 임금으로 추대하려고 했다는 혐의를 받고 제주도로 유배되었다가 풀려났으나 나중에 다시 강화도로 유배를 가 사사되었다. 강화도령 철종은 바로 은언군의 손자이다. 은언군의 묘비는 서울 양화대교 북단에 있는 절두산순교성지 내에 옮겨져 있는데, 은언군의 부인과 며느리가 천주교 신자였기 때문이다. 은언군은 혜경궁의 동생 홍낙임과 한날 사사되었다.
207) 진쳡(震疊): 존귀한 사람이 몹시 성을 내어 그치지 아니함.
208) 축쳑(蹙踖): 몸을 웅크려 불안해하는 모양.
209) 민망(憫惘): 답답하고 딱하여 안타까움.
210) 구쳐(區處): 사물을 따로따로 구분하여 처리함. 여기서는 따로 잘 돌본다는 뜻.
211) [교감] ᄌᆞ이: 가람본 'ᄌᆞ〈식〉이'. 일사본 'ᄌᆞ식이'.

드려

"남편의 쯧을 바드랴 눕대도 ㅎ는 투긔롤 아니ㅎ다"

ᄉᆞ죵을 만히 ᄒᆞ오시니, 갑ᄌᆞ(甲子, 1744) 후(後) 처엄으로[212] 어교(嚴教)[213]를 듯ᄌᆞᆸ고 황숑(惶悚)ㅎ야 디내여시나,

우ᄉᆞ온 줄이 녜브터 투긔가 칠거(七去)[214]의 든 죄(罪)오, 부녀(婦女)의 투긔 아니믈 웃듬 덕(德)으로 혜ᄂᆞᆫ대, 나ᄂᆞᆫ 투긔 아니키로 도로혀 허물이 되니 이도 나의 수(數)런가 시부며, 대져(大抵) 부ᄌᆞ(父子)분 ᄉᆞ이가 예ᄉᆞ(例事)로오셔 긔[215]라도 손ᄌᆞ(孫子)라 ᄒᆞ고, 영묘겨오셔나 션희궁겨오셔 일분(一分)이라도 가차(假借)를 ᄒᆞ오시거나 경모궁겨오셔 이거시게 혹(惑)ᄒᆞ야 겨오시면 닉 비록 도량(度量)이 잇더라 ᄒᆞ교들[216] 부녀의 ᄆᆞ음의 엇디 안연(晏然)[217]ᄒᆞ리오마는 이ᄂᆞᆫ 그러치 아니ᄒᆞ야, 영묘와 셩희궁겨오셔 아른체 아니ᄒᆞ오시고 경모궁겨오셔 겁만 내오셔 아모리 홀 줄 모ᄅᆞ오시고, 내 ᄯᅩ 겻도라이[218] 심(甚)이 투긔ᄒᆞ면 경모궁겨오셔 그 황겁(惶怯)ᄒᆞ오신 듕 용녀(用慮)ᄒᆞ오셔 병환(病患)이 몃 층이 더ᄒᆞ야 겨오실 줄 알리오.

그히 칠월 십ᄉᆞ일의 쳥연(清衍)[219]이 ᄂᆞ니, 영묘겨오셔

"빅여 년 만의 군쥬(郡主)[220]가 처음 나니 귀(貴)ᄒᆞ다"

---

212) 결혼하여 입궁한 지 10년 만에 처음으로.
213) [교감] 어교: 일사본 '엄교'.
214) 칠거(七去): 아내를 내쫓는 이유가 되는 일곱 가지 조항. 곧 불순구고(不順舅姑), 무자(無子), 음행(淫行), 질투, 악질(惡疾), 구설(口舌), 도절(盜竊).
215) 긔: 그것. 인(裀)을 가리킴.
216) [교감] ᄒᆞ교들: 가람본 '하온들'. 일사본 'ᄒᆞ신들'.
217) 안연(晏然): 마음이 편안하고 침착함.
218) [교감] 겻도라이: 가람본 '겻드려'. 일사본 '겻도라'. 거들어. 곁들어.
219) 쳥연(清衍): 청연군주(清衍郡主, 1754~1814). 혜경궁의 장녀. 참의(參議) 김상익(金相翊)의 아들인 광은부위(光恩副尉) 김두성(金斗性)과 결혼했다. 김상익은 『명의록明義錄』「존현각일기尊賢閣日記」 1776년 2월 28일조에 정후겸과 홍인한이 겨루는 형세를 관망하며 권세를 취하고자 했다는 비판을 받고 있다. 즉 정조 등극을 저해한 세력으로 지목된 것이다. 김두성은 나중에 기성(箕性)으로 개명했다.
220) 군쥬(郡主): 왕세자의 정실에서 태어난 딸의 봉작(封爵).

호오시고 깃거호시더니라.

을회(乙亥, 1755) 정월(正月)의 쪼 인의 아ᄋ 진(禛)[221]이 나니 두 번재 난 고로 그째ᄂ 엄교(嚴敎) 듯ᄌ오시미 쟈근 둣호더니라.

'밥 먹었냐'는 인사

병환(病患) 증정(症情)이 됴희예 물 졋듯 호오셔 문안(問安)도 더 드므오시고 강연(講筵)도 젼일(專一)티 못호오시고 심병환(心病患)이니 댱신음(呻吟)호오시기 ᄌ자 병폐(病廢)호오신 모양(模樣)이오시니, 대됴(大朝)의셔 츈방관(春坊官) 브ᄅ오셔 강혹(講學) 말슴 뭇ᄌ오시면 공구(恐懼)만 더호오시더니라.

을회(乙亥, 1755) 이월(二月)의 역변(逆變)이 나 오월(五月)ᄀ디 친국(親鞫)호오시니[222] 그째 역젹(逆賊)을 졍법(正法)[223]호야 빅관(百官) 셔립(序立)호ᄂ 째면 동궁(東宮)을 내여 보내여 보게 호오시고, 날마다 친국(親鞫)의 뎐좌(殿座)[224]호야 겨오시다가 드오시면 인졍(人定)[225] 후(後)나 초이경(初二更)이 되고 삼ᄉ경(三四更) 될 적도 이시니 흐르도 폐(廢)티 아니호오시고

"동궁 불너라"

호오셔

---

221) 진(禛): 은신군(恩信君, 1755~1771). 홍봉한 등이 임금으로 추대하려고 한다는 혐의를 입고 제주도로 유배되었는데 제주도에 도착한 후 바로 죽었다. 남연군이 은신군의 뒤를 잇기 위해 입양되었고, 남연군은 흥선대원군을, 그리고 흥선대원군은 고종을 낳았다. 서울역사박물관 앞뜰에 그의 묘비가 옮겨져 있다.

222) 일명 나주 괘서 사건이라고 하는 것으로 윤지(尹志) 등의 소론 일파가 전라도 나주에 반역을 꾀한 글을 써 붙였다는 데서 비롯된 옥사이다.

223) 졍법(正法): 법을 바로잡다. 곧 사형을 뜻한다.

224) 뎐좌(殿座): 친정(親政)이나 조하(朝賀) 때 왕이 자리에 나옴.

225) 인졍(人定): 하룻밤을 오경으로 나누었을 때 초경 삼점(三點)에 대종(大鐘)을 치고 야행을 금하는 것. 춘하(春夏)에는 오후 8시, 추동(秋冬)에는 오후 7시쯤 되는 때.

"밥 먹으랴"226)

ᄒᆞ오셔 ᄃᆡ답(對答)ᄒᆞ오시면 즉시 가오시니 그 ᄃᆡ답 시기오셔 그날 친국
ᄒᆞ오신 일 ᄲᅦᆺ스오시고 가랴 ᄒᆞ오시ᄂᆞᆫ 일이오시니,

실(實)쥭 됴코 길(吉)ᄒᆞᆫ 일의ᄂᆞᆫ 참예(參預)티 못ᄒᆞ오시고 샹셔(祥瑞)롭
디 아니ᄒᆞᆫ 일의ᄂᆞᆫ 참셥(參涉)ᄒᆞ게 ᄒᆞ오시고 긴헐간(緊歇間)227) 슈작(酬
酌)이나 ᄒᆞ시면 그려도 ᄒᆞ련마ᄂᆞᆫ 날마도 다른 말ᄉᆞᆷ을 ᄒᆞᆫ마ᄃᆡ ᄒᆞ오시ᄂᆞᆫ
일 업ᄉᆞ시고 마치 ᄃᆡ답 시기오셔 ᄲᅦᆺ스오시고 가오시랴 일일(一日)도 밤
듕은 ᄒᆞ고228) 폐(廢)티 아니ᄒᆞ오시니 아모리 지효지심(至孝之心)이오,
병(病) 업ᄂᆞᆫ 사ᄅᆞᆷ이라도 실은 어이 셟지 아니ᄒᆞ리오.

그 병환증(病患症)으로 ᄉᆡᆼ각ᄒᆞ면 화증(火症)이 나오셔 '어이 브ᄅᆞ시옵
ᄂᆞ니잇가' ᄒᆞ실 ᄃᆺᄒᆞ오ᄃᆡ, 그 병환을 능(能)히 참ᄉᆞ오시고 날마도 밤듕이
라도 브ᄅᆞ오시ᄂᆞᆫ ᄴᅢ롤 어긔오디 아니ᄒᆞ오시고, 마치 ᄃᆡ령(待令)ᄒᆞ야 겨
오시다가 그 ᄃᆡ답을 어긔오디 아니코 ᄒᆞ오시니 본연지효(本然之孝)롤
더욱 가히 아올디라.

자살 시도

그 병환(病患)이 이샹ᄒᆞ오실ᄉᆞᆫ 쳐ᄌᆞ(妻子)나 애쓰고 ᄂᆡ관(內官) ᄂᆡ인
(內人)이나 쥬야(晝夜)의 두리워 디내엿디 ᄌᆞ모(慈母)도 ᄌᆞ시 모ᄅᆞ오시니
부왕(父王)겨오셔야 엇디 ᄌᆞ시 아오시며 우ᄒᆡ 비ᄋᆞᆸ스오실 적과 신하(臣
下) ᄃᆡ(對)ᄒᆞ오실 ᄴᅢᄂᆞᆫ 여상(如常)ᄒᆞ야 녜ᄉᆞ(例事)롭ᄉᆞ오시니 그 일이 더
ᄀᆞ곱 셟운 거시 우ᄒᆡ셔브터 춘방관(春坊官)ᄀᆞ지라도 병환으로 어이업시

---

226) [교감] 밥 먹으랴: 일사본 '밥 먹으냐'.
227) 긴헐간(緊歇間): 긴요한 것과 긴요하지 아니한 것 사이. 중요한 일이나 마나.
228) [교감] 밤듕은 ᄒᆞ고: 일사본 '밤듕 ᄒᆞ흐고'. 가람본 '밤중이라도'. 버클리국한문본 '雖中夜
라도'.

용서(容恕)홀 도리(道理)가 잇게 쵸박(焦迫)흔 째는 병환증(病患症)을 늠이 다 알게 나타나게나 흐오시면도 시브더니라.

역옥(逆獄) 째의도 냥궁(兩宮) 스이의 근심이 만히[229] 급급흐던 일을 다 긔록(記錄)디 못흐고, 지월(至月) 즈음의 션희궁(宣禧宮) 병환이 겨오시니 뵈오라 집복헌(集福軒)의 가 겨오시더니 영묘(英廟)겨오셔 옹쥬(翁主)[230] 잇던〈는〉 곳과 갓가이 온 거슬 혐의(嫌疑)흐오셔 대단이 긔노(起怒)흐오셔

"밧비 가라"

흐오시니 창황(蒼黃)이 놉흔 챵을 넘어와 겨오시더니, 그날 셩교(聖敎)가 디엄(至嚴)흐오셔 낙션당(樂善堂)의 잇고 청휘문(淸暉門)[231] 안흘 드디 말고『셔젼書傳』「태갑편太甲篇」[232]을 닑으라 흐오시니, ᄌ친(慈親) 병환 뵈오라 가 겨오시다가 잘못흐오신 일 업시 그리흐오시니 춤아 셟고 통원(痛冤)흐오셔 ᄌ쳐(自處)하랴노라 음약(飮藥)하랴노라 흐오셔 계유계유 진졍(鎭靜)흐오시나 부ᄌ(父子)간은 졈졈(漸漸) 망극(罔極)흐니 우원(迂遠)므어시라 흐리오.

---

229) [교감] 만히: 일사본 '만흐'.
230) 옹쥬: 여기서는 화완옹주를 가리킴. 혜경궁은 영조가 자기가 좋아하는 자식과 자기가 꺼리는 자식이 함께 있는 것을 꺼렸다고 적고 있다.
231) 청휘문(淸暉門): 시민당 북쪽, 숭문당과 통명전 쪽으로 나가는 데 있는 문.
232) 「태갑편太甲篇」: 태갑(太甲)은 중국 고대 은나라 탕임금의 손자. 즉위 후 부덕(不德)하고 게을러 나라를 잘 다스리지 못했는데, 탕임금을 도와 하나라를 물리치고 은나라를 세웠던 신하 이윤(伊尹)에 의해 권좌에서 쫓겨났다. 이후 이윤은 태갑을 잘 교훈했고 삼 년 만에 태갑을 왕좌에 복귀시켰다. 이때 태갑은 완전히 다른 사람이 되어 있었다. 「태갑편」은 태갑이 쫓겨났다가 돌아오는 과정과 이윤의 태갑에 대한 교훈을 적은 『서경書經』의 한 편명이다. 영조가 구술한 것을 적은, 사도세자 무덤에서 나온 사도세자의 묘지명(국립중앙박물관 소장)을 보면 영조는 밤낮으로 사도세자가 태갑처럼 뉘우치기를 바랐다고 한다. 「태갑편」을 읽으라는 말은 사도세자에게는 세자의 자리에서 쫓겨날 수도 있다는 경고로 들렸을 것이다.

우물에 몸을 던지려 하다

병ᄌᆞ(丙子, 1756) 원일(元日)의 ᄌᆞ상(自上)으로 존호(尊號)룰 밧ᄌᆞ오시 더233) 경모궁(景慕宮)은 참예(參預)식이오신 일이 업ᄉᆞ오시고, 병환(病患) 이 졈졈(漸漸) 깁허 강연(講筵)도 더 드므오시니 취션당(就善堂) 밧쇼쥬 방(-燒廚房) 흔 집이 깁고 고요ᄒᆞ다 ᄒᆞ오셔 만히 머므오시니 어느 일 이 근심이 아니며, 어느 마디가 쵸젼(焦煎)234)이 아니리오.

오월(五月)의 영묘(英廟)겨오셔 숭문당(崇文堂)의셔 인견(引見)ᄒᆞ오시고 홀연이 낙션당(樂善堂)으로 보라 가오시니 소세(梳洗)도 부졍(不淨)이 ᄒᆞ 오시고 의디(衣襨) 모양(模樣)이나235) 단졍(端正)티 아니ᄒᆞ오시니 그때 금쥬(禁酒)가 엄(嚴)흔 때라,236) 술 잡ᄉᆞ오신가 의심(疑心)ᄒᆞ오셔237)

"술 드리 니룰 ᄎᆞ자너라"

ᄒᆞ오시고 경모궁긔 뉘가 술을 드리던고 엄(嚴)히 뭇ᄌᆞ오시니 진실(眞實) 로 술 잡ᄉᆞ오신 일 업ᄂᆞᆫ다. 우원(迂遠) 이상(異常)홀손 영묘겨오셔 그 아ᄃᆞ님 아니ᄒᆞ오신 일을 몬져 억견(臆見)238)으로 말ᄉᆞᆷ하오신즉 그후 그 일을 힝ᄒᆞ오시니 다 하늘이 시기는 듯ᄒᆞ더라.

그날 경모궁을 ᄯᆞᆯ희 셔이오시고 술 먹은 일을 엄문(嚴問)ᄒᆞ오시니, 진실로 잡ᄉᆞ오신 일 업건마는 두립ᄉᆞ오시기 과(過)ᄒᆞ오셔 감히 발명(發 明) 못 ᄒᆞ오시ᄂᆞᆫ 품이라. 하 박문(迫問)ᄒᆞ오시니 홀일업셔

"먹어삽ᄂᆞ이다"

ᄒᆞ오시니

---

233) 1756년 1월 1일에 영조는 신하들에게서 '체천건극성공신화(體天建極聖功神化)'라는 존호를 받 았다.
234) 초전(焦煎): 애가 탐.
235) [교감] 모양이나: 일사본 '모양이 다'.
236) 영조는 자주 금주령을 내렸고 금주의 죄를 범한 사람을 사형까지 시키는 등 엄히 다스렸다.
237) [교감] 의심ᄒᆞ오셔: 일사본 '의심ᄒᆞ셔 디로ᄒᆞ오셔'.
238) 억견(臆見): 어떤 근거에 의하지 않은 자기 상상의 소견.

"뉘가 주더니"

뭇ᄉ오시니 다힐 디가 업ᄉ오셔

"밧쇼쥬방 큰 니인(內人) 희졍239)이가 주옵더이다"

ᄒ오시니 영묘겨오셔 두드리오시며240)

"네 이 금쥬ᄒᄂ디 술을 먹어 광패(狂悖)이 구는다"

ᄒ오시고 엄칙(嚴責)ᄒ오시니 보모(保姆) 최샹궁이 우희 알외기를

"술 잡ᄉ다 말ᄉ음은 디원(至冤)ᄒ오니 술내가 나는가 맛타보오쇼셔"

ᄒ니 그 샹궁(尙宮) 알왼 ᄯᅳᆺ은 술이 드러온 일 업고 잡ᄉ온 배 업ᄉ니 ᄎᆷ아 원통ᄒ야 그리 알외니 경모궁겨오셔 샹젼(上前)의셔 최샹궁 ᄭᅮ짓ᄉ오시기를

"먹고 아니 먹고 내 먹엇노라 알외여시면 자니 감히 말을 홀가 시분 고 물러가소"

ᄒ오시니 상해는 샹젼의셔 주볏주볏하오셔 그 말ᄉ음을 못ᄒ오시더니 그 날은 원통이 ᄭᅮ죵ᄒ오셔 그리 말ᄉ음을 잘ᄒ오시던 듯, 그때 황공진늠(惶恐震懍)241)ᄒ온 듕도 그 말ᄉ음ᄒ오시는 일이 다힝(多幸)ᄒ더니 영묘겨오셔 ᄯᅩ 격노(激怒)ᄒ오시기를

"네 니 알픠셔 그 샹궁을 ᄭᅮ지즈니 어룬의 알픠셔는 견마(犬馬)도 ᄭᅮ 짓디 못ᄒᄂ디 그리ᄒᄂᆫ가"

ᄒ오시니 디답ᄒ오기를

"감히 와 발명ᄒ옵기로 그리ᄒ야ᄉᆞᆫ이다"

식(色)을 나쵸와 아래ᄉ롬의 도리로 잘ᄒ오시ᄂᆫ디라.

금쥬지하(禁酒之下)의 동궁(東宮)의 술 드렷다 ᄒ오셔 희졍이를 원비 (遠配)ᄒ오시고, 대신(大臣) 이하 인견(引見)ᄒ라 ᄒ오시고, 위션(爲先) 츈

---

239) [교감] 희졍: 『영조실록』에는 '해졍(海貞)'으로 나온다. 아래에는 '희졍'으로 나옴.

240) 무엇을 두드렸는지 분명하지 않지만, 『한중록』의 용례를 보면 영조가 '땅' '문지방' '칼' 등 을 두드리며 꾸짖는다는 말이 있다. 여기에는 다른 말이 없으니 '땅'을 두드린 것으로 보는 것이 적당할 듯하다.

241) 황공진름(惶恐震懍): 두려워 떨다.

방관(春坊官)이 몬져 드러가 면계(面戒)ㅎ라 ㅎ오시니, 그날 원억(冤抑)
ㅎ고 셟스오셔 튱텬(衝天)ㅎ오신 쟝긔(壯氣)가 다 나오셔 병환 겨오시나
외됴(外朝)²⁴²⁾논 모르더니 츈방관 드러오니 처음으로 호령(號令)ㅎ오시
기를,

"너희 놈들이 부즈(父子)간의 화(和)ㅎ게는 못ㅎ고 내가 이리 원억흔
말을 드르디 너희 흔 말 알외디 아니ㅎ고 감히 드러올가 보냐, 다 느
가라"

ㅎ오시니, 츈방관 ㅎ나흔 뉘런지 ㅎ나흔 원인손(元仁孫)이라.²⁴³⁾ 므어시
라 알외고 뻑 나가디 아니ㅎ니 증(症)을 내오셔

"어셔 나가라"

ㅎ오시고 坐차내오실 즈음의 좌상(座上)의 쵹대(燭臺)가 것구러져 낙션
당 온돌 남챵의 다하 불이 들히니²⁴⁴⁾ 불 잡으 리는 업고 화세(火勢)는
급흔디라.²⁴⁵⁾ 경모궁은 츈방(春坊)을 坐차 낙션당으로셔 덕셩합(德成閤)
느려가는 문이 잇더니 그리 느려가오시니, 일변(一邊) 츈방은 坐차여
나가고, 미양 슝문당(崇文堂)의셔 인견ㅎ오시면 대뎐(大殿)의 입시(入侍)
ㅎ는 손이 건양(建陽)²⁴⁶⁾으로 도라 집현문(集賢門)이 합문(閤門)이 되야

---

242) 외됴(外朝): 김동욱은 '儀表'로, 버클리국한문본은 '外祖'로 보았으나, 문맥상 춘방에 해당되는
'外朝'로 보는 것이 옳을 듯하다. 외조는 군왕(君王)이 국정(國政)을 듣는 곳이다. 앞에서 춘
방관 신하조차도 세자의 병을 잘 모른다고 했다.

243) 『승정원일기』 1756년 5월 2일조에 야삼경(夜三更)에 세자가 낙선당에 앉아 춘방관 등을 불
러보았다고 적고 있다. 여기에는 원인손을 비롯하여 필선 김시묵도 있었다. 혜경궁은 차마
정조의 장인인 청원부원군 김시묵이 있었던 사실을 적지 못하여 하나는 누구인지 모르겠다
고 말한 듯하다. 혜경궁의 막내동생이 김시묵의 조카딸과 결혼하는 등 『한중록』에서도 밝힌
것처럼 두 집안은 무척 가까운 사이였다. 또 이날 기사에 뒤의 네 줄은 1776년 전교로 인
하여 지웠다고 적고 있다. 이른바 병신년 전교는 사도세자의 죽음과 관련된 직접적인 기록
은 물론 사도세자의 병증 및 과실에 대한 것까지 모두 지우게 한 듯하다. 원인손(元仁孫,
1721~1774)은 본관이 원주로 온건과 노론으로 분류되며 영조의 탕평책에 적극 협력했던
원경하의 아들이다. 1750년 진사시에 합격한 후 세자익위사의 세마(洗馬)가 되었고 문과 급
제 후 세자시강원 설서(說書)가 되었다.

244) 들히니: 일어나니.

245) 『영조실록』 1756년 5월 1일조에 왕세자가 있는 정당인 낙선당 양정합에서 불이 났다고 하
였다.

246) 건양(建陽): 창덕궁 건양문(建陽門)을 가리키는 듯하다. 현재 창덕궁 인정전에서 낙선재 구역

시민당(時敏堂) 알프로셔 덕셩합 셔연 소디(召對)흐오시는 집을 디나 보화문(普化門)으로 입시롤 흐넌디라, 츈방이 나가며 입시흐는 손이 덕셩합 알크로247) 막 디나갈 제 경모궁의셔 소리롤 놉히 흐샤

"너희 부즈간은 됴케 못흐고 녹(祿)만 먹고 간(諫)티는 아니코져 입시롤 흐라 드러가니 져런 놈들을 므어시 쓰리"

흐오시고 다 꼬츠시니, 그 과거(過擧)와 경식(景色)이 엇더흐리오.

그러툿 홀 제 화셰는 급흐니 원손(元孫)을 관희합(寬毅閤)248)이라 흐는 집의 두엇더니, 낙션당과 관희합이 흔 일(一) 즈(字)로 이셔 두어 간(間) 동안인디 불의예 화직가 나니 내가 망조망조(罔措罔措)흐야

"원손을 드려내라"

흐고 그때 쳥션(淸璿)을 잉(孕)흔 오뉵삭이라, 반 간이나 흔 섬249)을 밧비 쮜여느려가 자는 아기롤 씨야 보모를 안겨 경츈뎐으로 가게 흐고 관희합은 훌일업시 구티 못홀 줄 아랏더니, 긔이흔 줄이 지쳑 관희합은 불이 밋디 아니흐고 휘도라 기와도 년(連)티 아니흔 양졍합(養正閤)의 들히니 님군 되시 리가 겨시기 관희합이 면흔가 이샹흐더라.

화직가 의외예 나니 영묘겨오셔는 그 아드님이 셩결의 불을 지르오신가 너기오셔 진노흐오시미 십 비 더흐오셔 함인졍(涵仁亭)250)의 졔신(諸臣)을 모흐시고 경모궁을 브르오샤

"네가 불안당이냐. 불은 어이 지르니"

흐오시니 그때 셜움이 츙식(充塞)흐오셔 쏘 게셔 그 불이 쵹대 구러져 난 불인 줄 엿줍디 아니흐오시고 술 말숨ᄀ티 발명을 아니흐오시고 스

으로 넘어가는 자리에 있었던, 창덕궁과 창경궁을 가르는 경계가 되었던 문이다. 건양문으로 들어가면 곧 동궁이 있었다. '건양으로 돌아'는 건양문까지 갔다는 말로는 보기 어렵고 건양문 쪽으로 향했다는 말로 이해된다.

247) [교감] 알크로: 가람본 '압흘'. 일사본 '알플'.
248) [교감] 관희합: 일사본 '관의합'.
249) [교감] 섬: 일사본 '셤돌'.
250) 함인졍(涵仁亭): 창경궁 명정전 근처에 있는 집.

스로 혼 드시 구오시니 절절이 셟고 곱곱ᄒ더니,

그날 그 일을 디내오시고 막히오셔 쳥심원(淸心元)을 잡스와 긔운을 나리오시고

"아모리 ᄒ야도 못 살게 ᄒ얏다"

ᄒ오시고 져승뎐(儲承殿) 압뜰의 우물이 잇더니 게을 가오셔 그 우물의 써러지랴 ᄒ오시니, 그 차악(嗟愕)혼 경상(景狀)과 경늠(驚懍)[251]한 형용(形容)이 니롤 거시 어이 이시리오. 각가스로 구ᄒ야 덕셩합으로 나오시니라.

후원에서 놀기

션친(先親)이 그ᄒᆡ 이월의 광쥐뉴슈(廣州留守)롤 ᄒ오셔 ᄂ려가오시니 외임(外任) 곳 ᄒ시면 경모궁겨오셔 더 의지 업손 둣기 아오시더니, 그 일로 ᄂᆡ디(內對)[252]ᄒ라 ᄒ오셔 올나오시니 대됴(大朝)의셔 디난 말ᄉᆞᆷ 걱정 무슈히 ᄒ오시고 쇼됴(小朝)의셔

"술 일 불 일 두 가지 디원(至冤)혼 말ᄉᆞᆷ 아마도 셜워 살기 어려웨라"

ᄒ오시니 둣줍ᄂᆞᆫ ᄆᆞᆷ 엇더ᄒ시리오.

대됴의ᄂᆞᆫ

"ᄌᆞ의(慈愛)롤 일티 마오쇼셔"

누누히 알외시고 쇼됴의ᄂᆞᆫ

"가지록 효셩(孝誠)을 닥ᄌᆞ오쇼셔"

톄읍(涕泣)ᄒ고 알외시니, 쇼됴의셔 과거(過擧)롤 ᄒ오시다가도 댱인이 알외시고 면계ᄒ시면 ᄂ즉ᄒ오시던 거시니 그리져리ᄒ야 계유 진정ᄒ

---

251) 경름(驚懍): 놀라고 위태로움.
252) 내대(內對): 대내(大內)에 들어와 대면하는 것.

오신 둧ᄒ오신디라.

내가 을ᄒ(乙亥, 1755)의 ᄌ모(慈母)ᄅᆯ 일코253) 셜운 졍니(情理) 니ᄅᆯ 거시 업ᄂᆫ디, 병환(病患)이 졈졈 심ᄒ오시니 근심이 듕듕쳡쳡(重重疊疊)ᄒ더 그ᄣᅢ 광경을 당ᄒ야 하 망조(罔措)ᄒ게 디ᄂᆡ엿다가 션친을 뵈오니 져ᄅᆞᆼ254) 븟드러 톄읍ᄒ던 일이 이제 목젼의 번 둧ᄒ도다.

오월(五月) 변(變) 후 놀나오셔 병환도 더ᄒ시고, 외됴(外朝) 보ᄂᆫ디 과거도 ᄒ야 겨오시니 강연(講筵)도 더 드믈고 ᄎᆞ대(次對) ᄣᅢ나 강작(强作)ᄒ시니 므슴 의황(意況)이 겨시리오. 더구나 울젹을 견디디 못ᄒ오셔 대됴의셔 거동이나 나오시면 우원(後苑)255)의 가오샤 활도 ᄡᅩ오시고 물도 달니오시고 긔치병긔(旗幟兵器)ᄇᆞ치ᄅᆞᆯ 가지고 ᄂᆡ인(內人)을 드리고 노오시니 그 ᄂᆡ관(內官)들이 취타(吹打)ᄀᆞ디 다 ᄒ더니라.

능행에 따라가고 싶다

그ᄒᆡ 칠월의 인원왕후(仁元王后) 칠슌이오시므로 기로과(耆老科)256) 보〈이〉오시고 후원의셔 진하(進賀)ᄒ오시ᄂᆫ디 엇디ᄒ야 쇼됴(小朝)ᄅᆯ 참예(參預)케 ᄒ오시니 그 진하ᄅᆯ 무ᄉ히 디내고 오오셔 하 됴화ᄒ오시던 거시니, 이런 일로 보와도 분명이 우히셔 화식(和色)으로 무휼(撫恤)ᄒ오시고 죠금 견디올 만티 ᄒ오시더면 어이 이 지경의 니ᄅᆞ러시리오. 부ᄌᆞ(父子) 두 분이 스스로 임의티257) 못ᄒ오시ᄂᆫ 닷시 드리들258) ᄒ오

---

253) 홍봉한의 처 이씨는 1755년 8월 30일 죽었다.

254) [교감] 져ᄅᆞᆼ: 가람본 '셔로'. 일사본 '서로'.

255) [교감] 우원: 일사본 '후원'.

256) 기로과(耆老科): 왕, 왕비, 대비, 대왕대비 등이 60~70세가 되었을 때를 경축하여 늙은 선비를 대상으로 하여 실시한 과거시험. 1756년 7월 9일 인원왕후의 칠순을 기념하여 처음 실시되었다.

257) [교감] 임의티: 가람본 '임타'. 일사본 '임의치'.

258) [교감] 드리들: 일사본 '그리들'.

시니 다 하늘 쯧이니 그저 원혹(冤酷)ᄒ도다.

　능ᄒᆨ슈가(陵幸隨駕)259)를 이십이셰가 되오시도록 못 ᄒ오시니 츈츄(春秋)로 가오실가 조이오시다가 흔 번도 못 가오시니 그 일로 또 셟습시고 울화(鬱火)가 되오시더니, 병ᄌᆞ(丙子, 1756) 팔월 초일일의 처음으로 명능(明陵)260) 슈가(隨駕)ᄒ오시니, 싀훤ᄒ고261) 깃거ᄒ오셔 목욕ᄒ오시고 정셩을 다 ᄒ오시고 요ᄒᆨ 탈 업시 돈녀오오시고 가오신 ᄉᆞ이의 인원왕후 정셩왕후(貞聖王后) 션희궁(宣禧宮)긔 다 봉셔(封書)ᄒ오시고 ᄌᆞ녀(子女)의게ᄀᆞ디 ᄒᆞ야 겨오시니 그 슈젹(手迹)이 지금 내게 이시니 그런 일은 조곰도 병환(病患) 겨오시니 ᄀᆞᆺ디 아니ᄒ오시고 슌셩(順成)ᄒ야 회란(回鑾)262)ᄒ오시믈 스스로 큰 경ᄉᆞᄀᆞ티 아오시더니라.

　능ᄒᆨ(陵幸) 후 ᄒᆫ동안은 대단흔 ᄯᅮ종 듯ᄉᆞ오신 일 업ᄉᆞ니 그는 뎡쳐(鄭妻)가 팔월 초싱의 싱녀(生女)ᄒ시므로263) 셩심(聖心)이 흔희(欣喜)ᄒ오셔 일이 업셔시며 샹졍(常情)으로 싱각ᄒ면 그 누의는 그리 툥이(寵愛)ᄒ오시고 당신은 브득지(不得志)ᄒ오시니 응당 엇더ᄒ신 ᄆᆞ음이 겨실 듯ᄒ디 그째ᄀᆞ디 종시(終是) 불호(不好)ᄒ오신 ᄉᆞ식(辭色)이 업ᄉᆞ오시고 슌산(順産)흔 일 긔특ᄒ야 ᄒ시던 거시오,

　처음으로 능ᄒᆨ슈가ᄒ시게 ᄒ오시기는 셩희궁(宣禧宮)겨오셔

　"지금 능ᄒᆨ 못 ᄒ시는 일이 민심도 고이히 너기리라"

ᄒ오셔 뎡쳐ᄃᆞ려

　"엿ᄌᆞ오라"

ᄒᆞ야 된 듯시브더라.

　그희 윤구월의 쳔션(淸璿)이 나 이젼 ᄀᆞᄐᆞ면 오죽 도화ᄒ리오마는 드

259) 능행수가(陵幸隨駕): 임금이 능에 행차할 때 모시고 따르던 일.
260) 명릉(明陵): 숙종과 인현왕후(仁顯王后) 민씨(閔氏)의 묘 경기도 고양시 소재 서오릉에 있다.
261) 『영조실록』에 의하면, 이날은 여러 날 오던 비가 아침에 개어 매우 시원했다고 한다. 날씨까지 쾌청하여 기분이 더욱 상쾌했을 것이다.
262) 회란(回鑾): 환궁(還宮).
263) 『영조실록』 1756년 8월 3일조에 영조가 해산한 화완옹주 집에 거둥했다고 하였다.

러와 보신 일 업스니 병이 심ᄒᆞ시믈 가히 알디라.

천연두

오래디 아녀264) 션친(先親)이 평안감ᄉᆞ(平安監司)롤 ᄒᆞ셔265) 당일의 ᄯᅥ나시니 위구(危懼)ᄒᆞ기눈 날로 더ᄒᆞ더 ᄯᅥ나오시눈 일 민망 근심되야 ᄒᆞ더니, 그히 디월(至月) 슌간(旬間)266)의 경모궁(景慕宮)겨오셔 덕셩합(德成閤)의셔 두증(痘症)267)이 발반(發斑)ᄒᆞ오시니 증졍(症情)은 극슌(極順)하오시나 과립(顆粒)268)이 쟝(壯)ᄒᆞ오셔 더욱 두려ᄒᆞ더니, 나의혀되오셔269) 셩두(聖痘)270)로 디내오시니, 이십이셰 츈츄(春秋)의 격화(膈火)눈 니룰 것 업스오신디 고이 츌쟝(出場)ᄒᆞ오신 일 그런 경ᄉᆞ(慶事) 어디 이시리오.

션희궁(宣禧宮)겨오셔 갓가이오오셔 머므오셔 쥬야(晝夜) 쵸려(焦慮)ᄒᆞ오시고 원손(元孫)은 공묵합(恭默閤)으로 피우(避寓)시기고 나눈 좁은 방의셔 구완(救援)ᄒᆞ노라 흐더셔 지내니 그ᄯᅢ 칩기눈 볏젓고271) 삼면(三面)의 셩에가 어룸벽이 된디 그 증환(症患)을 슌히 디내오시니 그런 종ᄉᆞ(宗社) 무강지경(無疆之慶)이 업슬디 대됴의셔눈 그 병환(病患)의 ᄒᆞᆫ 번도 친님(親臨)ᄒᆞ오신 일 업스오시고, 션친은 관셔(關西)의 아으라이272)

264) [교감] 아녀: 가람본 '아녀'. 일사본 '아냐'.
265) 1756년 10월 3일의 일이다.
266) 지월(至月) 순간(旬間): 동짓달 초열흘 즈음에.
267) 두증(痘症): 천연두의 증세.
268) 과립(顆粒): 천연두나 홍역 따위로 인하여 피부에 돋는 것.
269) [교감] 나의혀되오셔: '나의혀'를 '나오게 하다'의 뜻을 가진 '나오혀다'로 보면, '두창이 나갈 무렵'에 정도의 뜻으로 이해할 수 있다. 일사본 '나그어되셔'. 나손본 '나종의 혀치피오셔'.
270) 셩두(聖痘): 천연두. 또는 셩두옥셩(聖痘玉成). 곧 천연두가 끝날 때 생기는 딱지. 여기서는 딱지가 앉았다는 뜻.
271) 볏젓고: '보통이 아니다', '유난스럽다' 정도의 뜻인 듯. 버클리국한문본 '少日光'. 일사본 '변젓고'. '다만', '그저'라는 의미로 쓰이는 '벗쥬이'라는 말과도 연관될 듯하다.

겨시고 나만 혼자 아득히 애쁘던 말 엇디 다 쓰리오. 송신(送神)[273] 후 경츈뎐(景春殿)으로 와 됴리ᄒ오시니라.

정성왕후와 인원왕후의 죽음

뎡튝(丁丑, 1757) 이월 십삼일의 정성왕후(貞聖王后)겨오셔 슉환(宿患)이 졸연 듕(重)ᄒ오셔 슈조(手爪)가 다 프르오시고 토혈(吐血)ᄒ오신 거시 ᄒ 요강이나 되ᄂᆞᆫ디, 빗치 바로 불근 피도 아니오 검고 고이ᄒᆞᆫ 거시니 쇼시(少時)브터 젹년(積年) 모히오신 거시 나오신디 경황(驚惶)ᄒ기 어이 다 측낭(測量)ᄒ리오.

나ᄂᆞᆫ 믄져 가고 경모궁(景慕宮)겨오셔ᄂᆞᆫ 미조차 오오시니 토혈ᄒ오시고 늠텰(凜綴)[274]ᄒ오신디라, 토ᄒ오신 그릇슬 븟들고 톄루(涕淚) 힁뉴(橫流)ᄒ오시니 보ᄂᆞ 니 뉘 아니 감동ᄒ리오.

대됴(大朝)의 미처 알외도 못 ᄒ오시고 그 그릇슬 들리오시고 듕궁뎐(中宮殿) 댱방(長房)[275]의 친히 나가오셔 의관(醫官)을 뵈시며 우오시더라 ᄒ니, 비록 지극ᄒ온 ᄌᄋᆡ(慈愛)ᄅᆞᆯ 밧ᄌᆞ와 겨오시나 친ᄉᆡᆼ(親生)과 다ᄅᆞ오시니 간격(間隔)이 겨오실 둧ᄒ디 텬셩이 효ᄒ고 착ᄒ오시기 스스로 발ᄒ야 그러ᄒ오시니 뉘 병환(病患) 겨오신 줄로 알리오.

밤의 정셩왕후겨오셔

"큰 병환 밋히 엇디 겨오시리"

ᄒ오셔 가라 권권이 ᄒ오시니, 삼경(三更)은 ᄒ야 경츈뎐(景春殿)의 잠간 나려와 겨시더니, 새벽의 닉인(內人)이 와 ᄒ디 '혼침(昏沈)[276]ᄒ오

---

272) 아으라이: 아득히.
273) 송신(送神): 천연두가 나은 지 12일 만에 짚으로 만든 말 모양의 두신(痘神)을 내보내는 일.
274) 늠철(凜綴): 위태로워서 두려움.
275) 장방(長房): 관아의 서리가 거처하는 방.

셔 아모리 엿주와도 디답(對答)이 아니 겨오시다' ᄒ고 엿주오라 오니,
놀나 올나가오신즉 혼침(昏沈)ᄒ오셔 자오시는 ᄃ시 아모리 엿주와도
응ᄒ오시미 아니 겨오시니 브르지져 천만 번이나 엿줍고

    "쇼신(小臣) 왓소, 쇼신 왓소"
ᄒ오셔도 모르오시니 망극(罔極)ᄒ야 울고 ᄒ오시던 일은 다 못 쓰며
날이 븕은 후는 십ᄉ일(十四日)이니 우희셔 아오시고 오오시니 냥뎐(兩
殿) ᄉ이 극진(極盡)티 못ᄒ오시나277) 병환이 위듕(危重)ᄒ오시니 오오
신디라.

    경모궁겨오셔는 아바님긔 뵈옵ᄉ오시고 ᄯ 황츅(惶縮)278)ᄒ야, 울고
ᄒ오시던 일도 못 ᄒ오시고 국궁(鞠躬)ᄒ야 고개를 못 드오시니, 그 병
환의 그리 용녀(用慮)ᄒ야 톄읍(涕泣)ᄒ고 막히오신279) 일, 망극ᄒ야 브
르고 셜워ᄒ오시기, 방인(傍人)이 감동(感動)ᄒ야 휘루톄읍(揮淚涕泣)ᄒ야
시니, 아모리 무셥ᄉ오셔도 무릅쓰오시고 우오시고, 슴다(蔘茶)를 연(連)
ᄒ야 흘려 써 넛ᄌ오니 그도 보술피시고, 병환증졍(病患症情) 말ᄉ이나
ᄒ오시면, 대됴(大朝)의셔 보오시기의 죠곰 낫ᄌ오실디, 창황(悄怳)280)ᄒ
가온대 좁은 방의셔 ᄒ구셕의 국츅송황(跼縮悚惶)ᄒ야 업디여 겨오시니
앗가 울고 셜워ᄒ오시던 줄 엇디 아오시리오.

    의ᄃ(衣襨) 닙ᄉ오신 것, 힝젼(行纏)281) 치신 모양ᄀᆞ디 걱정을 ᄒ오시
고, ᄂᆡ뎐(內殿) 병환이 이러ᄒ신디 몸을 어이 져리 가지리 ᄒ오시니, 텬
지간의 터질 ᄃᆺ 급급ᄒ 거시, 앗가 그 지극ᄒ시던 모양이 다 곰초여시

---

276) 혼침(昏沈): 정신이 아주 혼미함.
277) 김용숙 선생의 『한중록 연구』에 실려 있는 궁중에 전하는 이야기에 따르면, 첫날밤부터 영
    조는 정성왕후를 꺼렸다고 한다. 영조와 정성왕후의 관계가 좋지 않음은 이 뒷부분에서도
    분명히 나타나 있다.
278) 황츅(惶縮): 지위나 위엄 따위에 눌려 어찌할 바를 모르고 몸을 움츠림. 가람본 '황축'. 일사
    본 '황튝'.
279) 막히오신: 기색(氣塞)한.
280) 창황(悄怳): 놀라거나 다급하여 어찌할 바를 모름.
281) 행전(行纏): 바지를 입을 때 무릎 아래에 돌라매는 각반 같은 헝겊.

니 '앗가 져러티 아니ᄒᆞ시옵더이다' ᄒᆞ가,282) 우희셔는 불효무상(不孝無狀)만 ᄒᆞ야 ᄒᆞ오시니, 션희궁(宣禧宮) 애쁘오시기와 내 ᄐᆞᆫ 듯ᄒᆞ기 어디 비ᄒᆞ리오.

공교(工巧)히 일셩위(日城尉)283) 병이 위듕ᄒᆞ니 옹쥬(翁主)를 너여 보내오시고 영묘(英廟)겨오셔 산난(散亂)ᄒᆞ오신 용녀(用慮) 니ᄅᆞᆯ 거시 아니겨오신ᄃᆡ 문(門) 안284)은 졈졈 위급(危急)ᄒᆞ오셔 십오일(十五日) 신시(申時)의 승하(昇遐)ᄒᆞ오오니285) 망극ᄒᆞ기 이ᄅᆞᆯ 거시 어이 이시리오.

동궁(東宮)은 관니각(觀理閣)286) 아래방으로 ᄂᆞ려오셔 발상(發喪)ᄒᆞ랴 ᄒᆞ오시고, 나도 발샹홀 ᄎᆞ로 고복(皐復)287)을 막 ᄒᆞ랴 홀 즈음의, 우희셔 허다(許多) 너인들과 냥뎐 서ᄅᆞ 만나오시던 말ᄉᆞᆷ과 이ᄡᆡ 이리 여희오신 말ᄉᆞᆷ 길게 ᄒᆞ오시니,288) 날이 져므러 동궁겨오셔는 가슴을 쳐 망극이통(罔極哀痛)하오시고, ᄯᆡᄂᆞᆫ 어ᄀᆡ더 발상(發喪) 거ᄋᆡ(擧哀)289)를 못ᄒᆞ고 망극망조(罔極罔措)ᄒᆞ더니, 일셩위 부음(訃音)이 드러오니, 우희셔 그졔야 이통(哀痛)ᄒᆞ오셔 통곡ᄒᆞ오시고 즉시 거동(擧動)을 나오시니,290) 신시(申時)의 운명(殞命)ᄒᆞ오신ᄃᆡ 져물게야 발샹들 ᄒᆞ니 그런 망극황황(罔極惶惶)ᄒᆞᆫ 일이 업ᄉᆞᆫ디라.

십뉵일(十六日)이야 습(襲)291)을 ᄒᆞ옵고 대됴 환궁(還宮)을 기ᄃᆞ리와

---

282) [교감] ᄒᆞ가: 일사본 '홀슈업고'.
283) 일셩위(日城尉): 화완옹쥬(和緩翁主) 남편 졍치달(鄭致達, 1737~1757). 본관은 연일(延日)이며 이조판서 정우량(鄭羽良)의 아들이다. 후사 없이 요절했으며 정후겸을 양자로 들였다. 무덤은 파주에 있다.
284) 문 안: 김동욱은 '問安'으로 보았다.
285) 1757년 2월 15일 정성왕후 관리합(觀理閤)에서 죽음.
286) 관리각(觀理閣): '관리합(觀理閤)'의 오기인 듯. '각'이나 '합'이나 뜻은 다르지 않다. 창덕궁 대조전 서편에 위치.
287) 고복(皐復): 초혼(招魂) 의식.
288) 영조가 정성왕후에게 정이 없음을 보여주는 부분이다. 그것을 좋지 않게 보는 혜경궁 시각이 잘 나타나 있다. 영조가 길게 잡담을 늘어놓는 바람에 장례절차가 지연되었다는 것이다.
289) 거애(擧哀): 발상(發喪). 초상을 알리며 비로소 본격적으로 슬픔을 표한다.
290) 『승정원일기』 1757년 2월 15일조를 보면, 영조가 왕후의 상중에 출궁을 하려고 하자 신하들이 말리는데, 영조는 반대를 무릅쓰고 기어이 일성위의 상가로 갔다가 밤늦게야 돌아왔다.
291) 습(襲): 시신을 씻긴 뒤 옷을 갈아입힘.

넘(殮)292)을 ᄒ와ᄂᆞ니라.

동궁겨오셔 호텬벽용(呼天擗踊)293)ᄒ오시미 과ᄒᆞ오시고 ᄲᆡᄲᆡ 봉심(奉審)294)ᄒ오시고 브르지져 우오시고 안슈(眼水)가 줄줄 ᄒ오시니 친싱모지간(親生母子間)인들 이밧 더ᄒ오시리오. 이통하오시ᄂᆞᆫ 거동을 대됴의셔 보오시더면 혹 감동(感動)ᄒ오실런가. 환궁 후 뵈ᄋᆞᆸᄉᆞ오실 제 ᄯᅩ 국튝(跼縮)ᄒᆞᆫ 모양으로 업듸여 겨오셔 죵시(終是) 뎨읍ᄒ오시ᄂᆞᆫ 양(樣)을 못 보오시니 아니 곱곱ᄒ고 이샹ᄒ리오.

졍셩왕후겨오셔 샹시(常時)ᄂᆞᆫ 대됴뎐(大造殿) 큰방의 거쳐ᄒ오시더, 침슈(寢睡)295)와 감긔(感氣)만 겨오셔도 건넌방의 와 디내오시더니, 환후(患候) 위듕ᄒ오시니

"대됴뎐이 엇디 지듕(至重)ᄒ관더 내 이 집의셔 몸을 ᄆᆞᆺ츠리"

ᄒ오셔 셔익각(西翼閣) 관니각이라 ᄒᆞᄂᆞᆫ 집을 밧비 ᄂᆞ리오셔 게셔 승하ᄒ야 겨오시더니,

넘ᄒᆞ온 후 경훈각(景薰閣)의 뫼와 입지궁(入梓宮)296)ᄒ와 빈뎐(殯殿)297)이 되ᄋᆞᆸ고, 옥화당(玉華堂)298)이라 ᄒᆞᄂᆞᆫ 집의 동궁 거려쳥(居廬廳)299)을 믄들고 오삭거려(五朔居廬)300)롤 게셔 ᄒ오시고, 됴셕뎐(朝夕奠)301)과 됴셕샹식(朝夕上食) 쥬다례(晝茶禮)302)의 년(連)ᄒᆞ야 참ᄉᆞ(參祀)ᄒ오셔 엇던

---

292) 염(殮): 씻어 옷 입힌 시체를 염포로 묶는 일.
293) 호천벽용(呼天擗踊): 어버이의 상사(喪事)에 상제가 하늘을 우러러 슬피 울며 가슴을 두드리고 몸부림침.
294) 봉심(奉審): 능이나 묘사를 보살핌. 여기서는 정성왕후의 장례절차를 살피는 일을 가리킨다.
295) 체수(寢睡): 김동욱은 '寢睡'로 보았지만, 버클리국한문본 '滯祟'로 보았다. 체수는 체증을 뜻한다.
296) 입재궁(入梓宮): 시신을 관에 넣는 일.
297) 빈전(殯殿): 국상 때, 상여가 나갈 때까지 왕이나 왕비의 관을 모시는 전각.
298) 옥화당(玉華堂): 경훈각 근처에 있던 집.
299) 거려청(居廬廳): 상제가 거처하도록 마련한 집.
300) 오삭거려(五朔居廬): 다섯 달 동안 상제가 여막에 머무는 것. 만 4개월 남짓 머문다. 민가의 경우 두 달이 지나면 발인한다.
301) 조석전(朝夕奠): 장사(葬事) 전에 날마다 아침저녁으로 시신 앞에서 제사를 지내는 것.
302) 주다례(晝茶禮): 낮 시간에 올리는 제사.

날은 뉵시곡읍(六時哭泣)303)을 거의 다 ᄒ시고, 나는 관니각 마즌 방 늉경헌(隆慶軒)의 잇더니라.

인원왕후(仁元王后)겨오셔 칠슌(七旬)이 넘스오시고 심(甚)히 쇠(衰)ᄒ오샤 졍셩왕후 국상(國喪) 후(後) 익쳑(哀戚)304)ᄒ오시는 듕 연무(煙霧) 듕(中)의 겨오신 ᄃᆺ 슬픈 줄을 ᄌ시 모ᄅ오시는 ᄃᆺᄒ오시더니, 이월회간(二月晦間)의 더치오셔305) 진퇴(進退)ᄒ오시다가 대왕대비젼(大王大妃殿) 댱방(長房)의 피우(避寓)ᄒ오셔 삼월(三月) 념뉵일(念六日) 녜쳑(禮陟)306)ᄒ오시니307) 망극망극(罔極罔極)ᄒ온 밧 영묘겨오셔 망칠쇠경(望七衰境)308)의 거창(巨創)309)을 만나오샤 익통이 과도(過度)ᄒ오시미 더옥 망조(罔措)ᄒ온디라.

인원왕후 셩덕(聖德)이 탁월(卓越)ᄒ오샤 궐니(闕內) 법(法)도 인원왕후 겨오시기 지엄(至嚴)ᄒ고 동궁 ᄉ랑ᄒ오시미 지셩(至誠)으로 그음이 업스오시고 내 드러오니 ᄌ별(自別)이 익휼(愛恤)ᄒ시던 셩은(聖恩)을 엇디다 긔록(記錄)ᄒ며 동궁긔 ᄉ랑ᄒ오시미 졍을 다ᄒ오셔 별찬(別饌)을 미양 ᄌ로 ᄒ야 보내오시기 궐니 음식(飮食) 듕 인원왕후뎐(仁元王后殿)

---

303) 육시곡읍(六時哭泣): 하루 여섯 번 제사에 참석하여 슬피 우는 것. 『표준국어대사전』 등 국어 사전에는 하루에 여섯 번, 즉 새벽·아침·한낮·저녁·초밤·밤중에 곡을 하며 슬피 우는 것으로 되어 있으나, 정약용의 『상의절요喪儀節要』 「시졸始卒」에 정약용의 아들 정학연이 아버지에게 묻는 말에 "지금 사람들은 아침저녁으로 곡하고 아침저녁으로 제사 지내며 아침저녁으로 밥을 올리는데, 이 여섯 번을 일러 육시곡읍이라고 합니다"라고 한 것이 있다. 문맥을 볼 때 본문의 육시곡읍은 정학연이 규정한 의미와 통한다. 그런데 궁중에서의 의미는 민간과는 약간 다른 듯하다. 궁중에서는 죽은 사람의 지위에 따라 제사 올리는 횟수가 다른데, 왕이나 왕후에게는 하루 육시(六時) 또는 오시(五時), 즉 여섯 번이나 다섯 번 제사를 올리고, 후궁에게는 세 번 또는 두 번 제사를 모신다. 그러므로 본문에서 말한 육시곡읍은 왕대비의 상례임을 아울러 나타낸 것으로 읽어야 할 것이다. 그리고 묘소에서는 삼년상 동안 매일 세 번 제사를 드린다고 한다.

304) 애쳑(哀戚): 애도(哀悼).

305) 더치오셔: 더치다. 덧나다. 병세가 더하셔.

306) 예쳑(禮陟): 승하(昇遐).

307) 1757년 3월 26일 인원왕후가 영모당(永慕堂)에서 죽음. 이 당(堂)은 당초에 이름이 없었는데, 영조가 영모당으로 이름을 붙여 효도하는 마음을 간직하고자 했다고 한다.

308) 망칠쇠경(望七衰境): 일흔을 바라보는 예순의 늙은 나이에. 당시 영조 나이 64세.

309) 거창(巨創): 큰일.

음식이 별미(別味)와 진찬(珍饌)이러니라.

점점 대쇼됴(大小朝)의 난쳐(難處)흔 소문(所聞)을 듯ㅈ오시면 은우(殷
憂)ᄒ야 넘녀(念慮)ᄒ오시고 날을 보오시면 ᄀ만이 걱정ᄒ오셔

"아니 민망ᄒ냐"

ᄒ오시고, 동궁 최복(衰服)310)ᄒ오신 양을 참아 보디 못ᄒ오시고

"져리ᄒ고 이시니 ᄀᆺ득흔더 울긔ᄒ게 ᄒ얏다"

ᄒ오시고 ᄌ로 걱정ᄒ오시고, 법을 엄(嚴)히 ᄒ오셔 옹쥬니가 감히 빈
궁(嬪宮)의 엇게롤 굴와311) 좁은 방 속이라도 〈보디〉312) 못ᄒ게 ᄒ오시
더니,313) 그 문(門) 안의 화슌(和順)은 겨시나 병폐(病廢)314)ᄒ고, 화유
(和柔)315)만 이셔 날을 쏠와 둔니니, 좁은 방의 안줄 즈음의 내 엇게롤
굴와더니

"빈궁이 엇디 듕(重)ᄒ관더 제가 감히 그리ᄒ리"

분ᄒ야 ᄒ오시니 그 환후(患候) 침면(沈湎)316)ᄒ오신 듕도 톄모(體貌)의
엄ᄒ오신 줄 감탄ᄒ이더니라.

정성왕후겨오셔는 그 아드님 윗ᄉ오신317) 셩심(聖心)으로 대됴의셔
동궁긔 민망(憫惘)이 구오시는 일을 지흔(至恨)을 삼ᄉ오샤 애둛고 답답
ᄒ야 ᄒ오시고 과거(過擧)ᄒ오시는 소문(所聞)이나 듯ᄌ오시면 나라일을
근심하오셔 션희궁의 미양 왕복(往復)ᄒ오시고 지졍(至情)으로 쵸우(焦
憂)ᄒ오시더니라.

둘을 니어 두 셩모(聖母)겨오셔 승하ᄒ오시니 궁듕이 확연(廓然)ᄒ고

---

310) 최복(衰服): 상복(喪服).
311) 굴와: 나란히 하여.
312) [교감] 보디: 일사본 없음.
313) 위계가 다른 사람은 나란히 앉지 않고 모로 꺾어 앉는다. 이를 곡좌(曲坐)라 한다.
314) 병폐(病廢): 병으로 말미암아 몸을 제대로 쓰지 못함.
315) 화유(和柔): 화유옹주(1741~1777). 귀인 조씨의 소생으로 영조의 다섯째 딸이다. 남편은 창
      성위(昌城尉) 황인점(黃仁點).
316) 침면(沈湎): 헤어나오지 못할 정도로 위중함.
317) [교감] 윗ᄉ오신: 일사본 '위ᄒ시는'. 나손본 '윗사오신'.

그 지엄호오시던 법이 어느 스이 문허지니 한심(寒心)코[318] 망이(罔
涯)[319]호더라, 경모궁겨오셔 그 한마님 즈이(慈愛)를 만히 닙스와 겨오
시니 이통호오시기 각별(各別)호오시니 그져 부즈(父子)분 스이만 져기
네스룹스오시더면 아니호랴.

영모당(永慕堂)의셔 습념(襲殮)호와 경복던(景福殿)으로 오르시고 빈던
(殯殿)은 통명던(通明殿)의 호오셔 회일(晦日) 입진궁(入梓宮)호오시니,
그날 쇼란상(小欄床)[320]의 소금뎌(素錦褚)[321]를 덥스와 샹시(常時) 즈던
(慈殿)겨오셔 후원(後苑) 츌입(出入)호오시던 요셔문(曜瑞門)으로 본쳐소
니인(本處所內人)들이 녕여(靈轝)를 뫼옵고 위의(威儀)는 대례(大禮) 밧즈
오실 째ㄱ티 호야 뫼오니, 우러러 춤아 뵈옵디 못호오며 대됴 거려청
(居廬廳)을 톄원합(體元閣)[322]의 호오니라.

영묘겨오셔 환후(患候) 째브터 쵸황망조(焦惶罔措)호오셔 쥬야(晝夜)
머므오셔 지셩(至誠)으로 시탕(侍湯)호오시고 인산(因山)[323]안 오삭(五朔)
을 됴뎐(朝奠)브터 뉵시곡읍(六時哭泣)을 흔 째도 궐(闕)호오신 일이 업
스오시니 츈츄(春秋) 뉵십스(六十四)오신더 그러호오신 셩효(聖孝)화 그
러호오신 졍녁(精力)이 다시 어이 겨오시리오.

당신은 이런 호오시니 아드님겨오셔 호오시는 일을 본심(本心)은 모
르오시고 낫브고 잘못호는 줄만 아오시니 두 셩모 아니 겨오시고 궐니
모양이 말이 못 되니 더욱 망년(茫然)호더니라.

318) 한심하다: 딱하다. 가엾다. 쓸쓸하다.
319) 망애(罔涯): 일이 매우 곤란하게 됨. 버클리국한문본 '罔涯'. 일사본 '망매'. 김동욱 '茫昧'.
320) 소란상(小欄床): 관을 놓는, 난간이 있는 평상.
321) 소금저(素錦褚): 소란상을 덮는 흰색의 천막과 같은 덮개.
322) 체원합(體元閣): 창경궁 양화당(養和堂) 남쪽에 있는 건물.
323) 인산(因山): 상왕, 임금, 세자, 세손 또는 비빈(妃嬪)의 장례.

문녀, 아들로 바꾸어서라도 세자를 만들자

대져(大抵) 부즈(父子)분 스이가 듕간의 더 ᄀ이업스오신 거시 곡절(曲折)이 이시니, 다르미 아니라 신미(辛未, 1751) 듕동(仲冬)의 현빈궁(賢嬪宮)324) 상ᄉ(喪事) 나오시니,325) 영묘(英廟) 겨오셔 효부(孝婦)를 상(喪)ᄒ오시고 이통이통(哀痛哀痛)ᄒ오셔 상장(喪葬)의 친님(親臨)ᄒ오셔 곡진곡진(曲盡曲盡)ᄒ오시미 아니 밋스오시미 업던디라. 그럿툿 ᄒ오신 듕 그곳 시녀ᄂᆡ인(侍女內人)이 이시니 소위(所謂) 므녀(文女)326)라. 상ᄉ 후(後) 갓가이ᄒ오셔 슈ᄐᆡ(受胎)ᄒ고 그 오라비327)논 문성국(文聖國)이란 놈이니 그거슬 별감(別監)으로 스랑ᄒ오시고 누의도 통ᄒᆡᆼ(寵幸)ᄒ야 계유(癸酉, 1753) 삼월328)의 옹쥬(翁主)를 나ᄒ니 그ᄯᅢ의 인심(人心)이 소요(騷擾)ᄒ야 들니ᄂᆞᆫ 말이

"그거시 남ᄆᆡ(男妹)가 아들을 못 나하도 다른 즈식이라도 아들을 나핫노라 ᄒ랴 ᄒᆫ다"

고이ᄒᆫ 말이 낭즈(狼藉)ᄒ고

"그 어믜 즉 승(僧)이 되얏다가 환속(還俗)ᄒ야 쏠의 ᄒᆡ산(解産)의 드러오다"

니르더라. 성국(聖國)이 제 므ᄉᆞᆫ 심당(心臟)으로 동궁(東宮)의 그리 흉(兇)ᄒᆫ ᄯᅳᆺ을 먹엇던디 요악(妖惡) 간흉(奸兇)ᄒᆫ 놈이 아니리오. 별감(別監)으로 스약(司鑰)329) 승차(陞差)330)ᄒ고, 누의는 신미(辛未, 1751) 동

---

324) 현빈궁(賢嬪宮): 영조의 아들인 효장세자(孝章世子)의 처 조씨. 효장세자(1719~1728)는 정빈 이씨의 소생이다.
325) 1751년 11월 14일 현빈(賢嬪)이 건극당(建極堂)에서 죽었다.
326) 문녀(文女): 곧 숙의 문씨. 화령옹주(1753~1821)와 화길옹주(1754~1772)를 낳았다. 사도세 자를 무고했다 하여 정조가 즉위하자 1776년 8월 10일 사사되었다.
327) 오라비: 여자에게 있어서 남자 형제를 이르는 말. 여기서 문성국은 문녀의 오빠이지만, 『한 중록』 다른 곳에서 볼 수 있듯이 오라비가 남자 동생을 가리킬 때도 있다. 이 말의 높임말 은 오라버님이다.
328) [교감] 삼월: 가람본·나손본 없음.
329) 사약(司鑰): 조선시대에 액정서(掖庭署)에 속하여 대전 및 각 문의 열쇠를 보관하는 일을 맡

(冬)브터 승은(承恩)ᄒ야 남미 툥(寵)이 극ᄒ더라.

영묘 어려 겨오실 제브터 겨오시던 집이 근극당(建極堂)인디 효장셰ᄌ(孝章世子)ᄅᆞᆯ 쥬오셔 현빈궁이 게 머므오시더니 신미 샹ᄉᆞ도 게셔 나오시고, 그 아래 고셔헌(古書軒)331)이라 ᄒᆞᄂᆞᆫ 디 문녀(文女)ᄅᆞᆯ 두오셔, 게셔 ᄒᆡ산(解産)ᄒᆞ고 갑슐(甲戌, 1754)의 ᄯᅩ 싱녀(生女)ᄒᆞ니라.

후원(後苑) 듕졍문(中正門) 밧긔 문녀의 ᄎᆞ디니관(次知內官)332) 젼셩희(田成禧)ᄅᆞᆯ 두오시고 셩국(聖國)이도 그 니관쳐소(內官處所)로 와 뵈오니, 냥궁(兩宮) ᄉᆞ이 됴티 못ᄒᆞ오신 줄 고놈이 알고 승간(乘間)333)ᄒ야 셩의(聖意) 마초와 쇼됴(小朝)의셔 ᄒᆞ오시는 일을 아라다가 대됴(大朝)의 고(告)ᄒᆞ니 쇼됴 ᄒᆞ시는 일을 뉘가 ᄉᆞ이의셔 말ᄒᆞ리 이시리오마는 셩국이는 형셰(形勢) 듕(重)ᄒ야 무셔온 ᄆᆞᄋᆞᆷ이 업고 동궁(東宮) 익속(掖屬)들이 다 제 동뉴(同類)니, 동궁의 셰미ᄉᆞ(細微事)ᄅᆞᆯ 서ᄅᆞ 아라 듯는 족죡 엿줍고 무녀(文女)334)는 안ᄒᆞ로 소문인즉 다 엿ᄌᆞ오니, 모로오실 제도 의심ᄒᆞ오시던디 날로 듯ᄌᆞ오시니 미안(未安)ᄒᆞ오신 셩심(聖心)의 ᄉᆞ이는 가지록 곱곱ᄒᆞ니 국운(國運)이 불ᄒᆡᆼ(不幸)ᄒ야 요녀(妖女)와 간젹(奸賊)이 난 일이 셟도다.

그 남미 말 엿줍는 일은 의심 업시 알거니와 어느 일인 줄은 ᄯᅩᆨ 아디 못ᄒᆞ더니, 병ᄌᆞ(丙子, 1756) 년간(年間)의 브릴 니인(內人)이 업셔 셰ᄌᆞ궁(世子宮)과 빈궁(嬪宮) ᄉᆞ약(司鑰) 별감(別監)의 ᄯᆞᆯ을 니인을 ᄲᅡ랴 ᄒᆞ니, 쇼됴의셔 싱각ᄒᆞ신 일이 아니라 내가 니인이 업셔 'ᄲᅡᄌᆞ' 말을 ᄒᆞ야 그것들의 ᄯᆞᆯ을 드러다가 ᄉᆞ약(司鑰) 김슈완(金壽完)의 ᄯᆞᆯ을 잡고 별감의 ᄌᆞ식도 잡앗더니, 아참의 그리ᄒᆞᆫ 일을 낫의 어느 ᄉᆞ이의 아오시

　　　아보던 정6품의 잡직.

330) 승차(陞差): 윗자리의 벼슬로 오름.

331) 고서헌(古書軒): 『궁궐지』에 신독재(愼獨齋) 북쪽에 있다고 했다. 신독재는 창경궁 동쪽에 있다.

332) 차지내관(次知內官): 담당 내시.

333) 승간(乘間): 틈을 탐.

334) [교감] 무녀: 일사본 '문녀'.

고 쇼됴를 브르오셔

"네 어이 내게 알외디 아니코 니인을 샌리"

호오시니 쑤죵이 디단디단호오시니 그쌔 놀납기가 니를 거시 업스니,
김슈완인죽 셩국이 친혼 거시니 제 즈식을 아니 드리랴 셩국의게 쳥
을 호야 그리 급히 아오신 일을 보니 셩국의 알왼 일이 쇼연(昭然)[335]
혼디라.

사람을 죽이다

병즈(丙子, 1756) 두후(痘候)로 오래디 아니호야 디고(大故)를 당호오
셔 비척(悲慽)도 호오시고 므음을 만히 쓰오시니 병환(病患)은 졈졈 더
호오시고 과거(過擧)는 줏스오시니, 셩국(聖國)이는 듯는 말마다 알외여
두 분 스이가 더욱 망극(罔極)호온디라.

오삭(五朔) 빈뎐(殯殿)의셔 대됴(大朝)는 경훈각(景薰閣)[336]의 곡호라
오오시면 옥화당(玉華堂)[337]의 가오셔 므슨 일이나 잡히오면 쑤죵이오
시고, 쇼됴(小朝)는 통명뎐(通明殿)[338]의 가오시면 쏘 쑤죵이오시니, 화
는 불곳티 니러나오시니 사롬 모힌 디와 니인(內人)들이라도 만흔 디야
어믈[339]을 드러내오시는 품이오신디, 통명뎐의 인원왕후뎐(仁元王后殿)
니인이 フ득호얏는디 그 뉴칠월 극열(極熱) 가온디 통명뎐의셔 여러 가
지로 슈칙(受責)이 줏스오시니 그대로 격화(膈火)와 병환이 졈졈 더호오
셔 니관(內官) 미질 호오시기가 그쌔브터 더호오시니, 초상(初喪)의 거

---

335) 소연(昭然): 분명한 모양.
336) 경훈각(景薰閣): 당시 정성왕후의 빈전.
337) 옥화당(玉華堂): 당시 사도세자의 거려청.
338) 통명전(通明殿): 당시 인원왕후의 빈전.
339) [교감] 어믈: 일사본 '허믈'.

록히 셜워ᄒ오시던 일로 비기면 상듕(喪中)의 미질이 잘못ᄒ오시는 일이오, 뎡튝년(丁丑年, 1757)브터 의대(衣襨)의 탈이 나시니 그 말이야 엇디 다 ᄒ리오.

오삭(五朔) 가온대 지극(至極)히 어려오믈 디너오시고, 뉴월의 졍셩왕후(貞聖王后) 인산(因山)이 되오시니 셜워ᄒ오시며 초상(初喪)과 다르디 아니ᄒ오셔 셩외(城外)ᄀ디 나가오셔 대여(大輿)를 곡송(哭送)ᄒ오신대 호곡이통(號哭哀痛)ᄒ오시니, 빅관(百官) 군미(群民)³⁴⁰)이 뉘 아니 감읍(感泣)ᄒ야시리오. 본 ᄆᆞᆷ이 나오시면 이러ᄒ오시것마ᄂ 대됴의셔는 모르오시고 곡송(哭送)ᄒ고 드러오오실 제와 반우(返虞)³⁴¹)의 영곡(迎哭)ᄒ라 나가 오실 즈음의 무슨 탈이 나 됴건(條件)은 다 싱각디 못ᄒ대, 그ᄯᅢ 한ᄌᆡ(旱災)도 잇고 격노(激怒)가 장(壯)ᄒ오셔 엄교(嚴敎)가 만ᄉ오시니, 그 밤의 덕셩합(德成閤)³⁴²) ᄯᅳᆯ의셔 휘령뎐(徽寧殿)³⁴³) ᄇᆞ라오시고, 호곡(號哭)ᄒ오셔 살미 업고져 ᄒ오시던 일을 엇디 다 뎍으리오.

그 뉴월브터 화증(火症)이 더ᄒ오샤 ᄉᆞ름 죽이오시기를 시쟉ᄒ오시니, 그ᄯᅢ 댱번ᄂᆡ관(長番內官)³⁴⁴) 김한치(金漢采)라 ᄒᄂ 거슬 몬져 샹ᄒ오셔³⁴⁵) 그 머리를 들고 드러오오셔 ᄂᆡ인들의게 회시(回示)ᄒ오시니, 내가

---

340) [교감] 군미: 일사본 '군민'.

341) 반우(返虞): 장사 지낸 뒤 신주를 모시고 집으로 돌아오는 일.

342) 덕성합(德成閤): 당시 사도세자가 살던 집.

343) 휘령전(徽寧殿): 창경궁 문정전에 두었던 정성왕후(貞聖王后)의 혼전(魂殿). 사도세자가 뒤주에 갇힌 처분을 받은 곳이기도 하다. 『궁궐지』 창경궁지 재실(齋室)조에는 휘령전을 명정전 남쪽 행랑, 그 가운데서도 제1행랑임을 밝히고 있다. 현재 위치로는 문정전 동편 행랑이라고 할 수 있다. 제2행랑은 동궁 재실이고, 제3행랑은 왕자 거려청이었다고 한다. 그런데 『영조실록』 1757년 7월 1일조 기사에 효소전 곧 인원왕후의 신주를 종묘에다 봉안한 후에는 휘령전을 문정전에 봉안하라는 영조의 전교가 있다. 효소전을 종묘로 옮긴 것은 1759년 5월 5일의 일이다. 이로 보면 휘령전은 처음 문정전 동편 행랑에 있었는데 1759년 이후에는 바로 옆 문정전으로 옮겼다고 할 수 있다. 그러니 사도세자가 뒤주에 갇힌 1762년의 휘령전은 곧 현재의 문정전이라 할 수 있다. 『한중록』에서도 사도세자 처분을 받은 장소가 문정전임을 분명히 밝히고 있다. 사도세자를 넣은 뒤주는 당일 승문원으로 옮겨졌다. 사도세자가 뒤주에 갇힌 다음날의 『승정원일기』를 보면 영조가 승문원에 잠시 머물렀다고 나온다. 확인을 한 셈이다.

344) 장번내관(長番內官): 장기간 궁중에서 유숙하며 근무하는 내시.

345) 1758년 3월 6일 사도세자는 김한채를 죽인 사건을 뉘우치고, 해조(該曹)로 하여금 휼전(恤典)

그때 사룸의 머리 버힌 거술 보아시니 흉ᄒ고 놀랍기 니룰 거시 어이
이시리오 사룸을 죽이고야 ᄆᆞᆷ이 조곰 풀니오신디 그때 너인 여러히
샹(傷)ᄒ니 그 굽굽ᄒ기 층냥(測量)업서 마지못ᄒ야 션희궁(宣禧宮)의

  "병환이 졈졈 더ᄒ오셔 이러이러ᄒ오시니 굽굽ᄒ오니 엇디ᄒᆞᆯ고"
엿ᄌᆞ오니, 션희궁이 놀나오셔 폐식줌아(廢食涔臥)[346]ᄒ오셔 용녀(用慮)ᄒ
오시니 '그 말슴을 아른체ᄒ오시쟈'[347] ᄒ니, '뉘가 이 말을 ᄒ고' 츳
지 내오시면,[348] 날 보오는 인ᄉ(人事)가 아니 겨오시니, 내 몸의 급화
(急禍)가 니룰 ᄃᆞᆺ기, 션희궁의 울며

  "하 안탓가오니 아는 일을 알외디[349] 못ᄒ야 엿ᄌᆞ와시니, 져리하오
셔 엇디ᄒ오실가 보오니잇가"
ᄒ야 계유 진졍(鎭靜)ᄒ야시니, 그때 졈졈(點點) 아모라타 업시 애쓰던
말 엇디 다 형샹(形狀)ᄒ며, 그저 죽어 모ᄅᆞ고 시브더니라.[350]

  칠월의 인원왕후 인산(因山)이 되오시니, 그때 대우(大雨)ᄂᆞᆫ 흐ᄅᆞᄂᆞᆫ디
대됴의셔는 능소(陵所)[351]ᄭᅥ디 ᄯᆞᄅᆞ오셔 반우(返虞)ᄒ오시ᄂᆞᆫ디 뫼옵고
드오시니 지극ᄒ오신 효(孝)룰 다 ᄒ오시고, 쇼됴(小朝)ᄂᆞᆫ 효가 아니 겨
오신 거시 아니시엿마ᄂᆞᆫ 병환은 졈졈 더ᄒ오시고, 사룸 죽이오시는 길
이 나니, 인심(人心)이 공구(恐懼)ᄒ고 죽을 더룰 못 어더ᄒ니 그런 모
양(模樣)이 어디 이시리오.

  션친(先親)이 관셔(關西)의셔 오월의야 환됴(還朝)ᄒ오시니 대됴의셔
반겨 이통(哀痛)ᄒ오시고, 쇼됴도 뫼옵고 그ᄉᆞ이 큰 병환 디내시고 대

<hr>

    을 거행하도록 했다.
346) 폐식잠와(廢食涔臥): 식음을 끊고 눈물을 흘리며 누워 있음.
347) 사도세자의 일을 밝히고 그 문제를 처리하자는 의미로 선희궁의 말이다.
348) [교감] 츳지 내오시면: 일사본 '츠ᄌᆞ 니시면'.
349) [교감] 알외디: 일사본 '아니 알외디'. '알외디'로 보면 영조에게 아뢰지 못하여 선희궁에게
    여쭈었다는 뜻.
350) 혜경궁이 사도세자의 비행을 선희궁에게 말했더니 선희궁은 이를 영조에게 알리자고 했고,
    그것을 자기가 말렸다는 말이다. 자기가 말했다는 것을 사도세자가 알게 되면 어떤 일이 벌
    어질지 모르기 때문이다.
351) 능소(陵所): 여기서는 명릉. 경기도 고양시에 소재한 서오릉에 있다.

고(大故)룰 만나오시며 병환으로 근심이 나 하 우구(憂懼)ᄒ니,352) 부녜
(父女) 서ᄅ 만나 망극디통(罔極之痛)과 목하(目下) 근심이 무궁ᄒᆞ믈 븟
드러 셜워ᄒᆞ야시며,

우물에 투신하다

그희 구월의 경모궁(景慕宮)겨오셔 인원왕후뎐(仁元王后殿) 침방(針房)
ᄂ인(內人) 빈이353)룰 ᄃᆞ려오오시니, 그 ᄂᆞ인인죽 현쥬(縣主)354)의 어미
니 희포355) 그 ᄂᆞ인을 ᄆᆞᆷ의 두어겨오시니, 그때 화졍(火症)356)은 졈
졈 나오시고 ᄆᆞᆷ 브칠 디 업스시고 인원왕후 아니 겨오시니, 당신 말
ᄂᆞ뉘가 엿ᄌᆞ오랴 ᄒᆞ오셔 ᄃᆞ려다가 방 ᄭᅮ미고, 긔용즙물(器用什物)이며 아
니 ᄀᆞᆺ춘 거시 업스니, 그ᄉᆞ이 ᄂᆞ인들 갓가이ᄒᆞ오시니 그 ᄂᆞ인들이 슌
종(順從)티 아니ᄒᆞ면 치오셔 혈육(血肉)이 님니(淋漓)357)ᄒᆞᆫ 후라도 각가
이ᄒᆞ오시니 뉘 됴화ᄒᆞ리오.

갓가이ᄒᆞ오신 거시 만흐디 일시 그리ᄒᆞ오시고 대ᄉᆞ로이 ᄒᆞ오시ᄂ 일
업고 ᄌᆞ식 나흔 냥졔(良娣)358)라도 일호(一毫) 가챠ᄒᆞ시미 업더니, 이거
시게ᄂ 그리 대ᄉᆞ로이 구오시니 그거시 인물이 ᄯᅩ 요악(妖惡)ᄒᆞᆫ디라.
동궁(東宮)의 무ᄉᆞᆫ 지력(財力)이 이시리오, 그때브터 ᄂᆞ이ᄉ(內司)359) 쓰기

---

352) 여기서 병환과 대고는 홍봉한보다는 사도세자의 일로 보는 것이 적당하다. 홍봉한이 평안감
　　사로 간 사이 사도세자가 천연두를 크게 앓았고 또 모비와 대왕대비가 동시에 죽은 대고를
　　겪었기 때문이다.
353) 빈이: 또는 빙애. 사도세자의 후궁 귀인 박씨. 은전군(恩全君)과 청근현주(淸瑾縣主)의 어머니.
　　후에 사도세자에게 죽임을 당한다.
354) 현주(縣主): 왕세자의 서녀(庶女)에게 주던 봉작. 여기서는 청근현주(淸瑾縣主). 청근현주는
　　1768년 12월 14일 홍익돈(洪益惇)과 결혼했다.
355) 희포: 여러 해.
356) [교감] 화정: 일사본 '화증'.
357) 임리(淋漓): 피 또는 땀 같은 것이 줄줄 흐르는 모양.
358) 양제(良娣): 세자 후궁 직품의 하나. 여기서 양제는 숙빈 임씨.

롤 비로소 ᄒ오시니 민망(憫惘)ᄒ기 니르리오. 너ᄉ ᄎ디(次知)360) 이하
(以下)로 알외든 아니ᄒ나 어이 모ᄅ오시며, 셩궁(聖國)361)이 엇디 알외
디 아냐시리오

구월의 ᄃ려와 겨오신디 지월(至月)의 아오시고 그날이 동지(冬至)날
이러니, 디로디로(大怒大怒)ᄒ오셔 동궁 브르오셔

"네 감히 그리ᄒ랴"

ᄒ오시고, 드러난 허물도 아니 겨오실 적도 엄쳑(嚴責)이 ᄌᆽ디 아니ᄒ야
겨오시거든 ᄒ믈며 오죽오죽ᄒ시리오. 셩노(聖怒)가 진쳡(震疊)ᄒ오셔

"그 너인을 잡아내라"

ᄒ오시니, 그째 경샹(景狀)이 그거시 혹ᄒ오셔 흔ᄉ(限死)362)ᄒ고 못 나
가게 ᄒ오시니,

"어셔 잡아오라"

ᄂᆫ ᄒ오시고, 쇼됴(小朝)의셔ᄂᆫ 그거슬 내여 보내디 아니코 ᄉ성(死生)
으로 져혀363) 아니 보내오시니 일이 급(急)ᄒ더라. 그 너인의 얼골을
모ᄅ오시니, 여긔 침방 너인 년샹약(年相若)ᄒᆫ 거슬

"빙이로소이다"

ᄒ니 내여 보ᄂᆡ오시고,

나ᄂᆫ 갑ᄌ(甲子, 1744) 후로 이휼(愛恤)ᄒ오시미 ᄌ별(自別)ᄒ오시고,
그 아ᄃᆞ님긔 미안(未安)홀 제 그 쳐ᄌ(妻子)가 ᄒᆞᆫ가지로 밉ᄉ오시기 샹
니(常理)로디, 날 ᄉ랑ᄒ오시고 내 ᄌ녀(子女) 귀듕(貴重)ᄒ오시믄, 그 아
ᄃᆞ님 쳐(妻)와 ᄌ녀 ᄀᆺ디 아니ᄒ오시니,364) 미양(每樣) 감츅텬은(感祝天

---

359) 내사(內司): 내수사(內需司). 궁중에서 쓰는 쌀·베·잡물과 노비 등에 관한 일을 맡아보던 관아.
360) 차지(次知): 일을 책임지고 맡아보는 사람.
361) [교감] 셩궁: 일사본 '셩국'.
362) 한사(限死): 죽기를 각오함.
363) 져히다 : 겁주다. 위협하다.
364) 영조가 내 자녀 곧 정조 남매를 귀히 여기는 것은 그 아들인 사도세자를 대하는 것과는 달
랐다는 뜻.

恩)호디, 그 일로 또 불안지단(不安之端)이 무슈(無數)호니, 엇디 다 형상(形狀)호리오.

시봉(侍奉) 십수 년의 내게 처음으로 쭈죵이 지엄(至嚴)호오시니 쭈죵 됴건(條件)이오신죽

"셰자(世子)가 빙이롤 드려올 제 네 아라시려든, 네 너게 호디³⁶⁵⁾ 아닐가 시브니, 너조차 날을 긔(欺)이니 그럴 디 어디 이시리. 네 남편의 졍을 권년(眷戀)³⁶⁶⁾호야 유혜³⁶⁷⁾ 제도³⁶⁸⁾ 네 조곰도 새오는 일이 업고 그 쭉식을 거드니, 내 인졍 밧그로 아라 너를 미안호야 호더니, 웃던 니인을 감히 드려다가 져쭈디 일을 호디, 네 드려³⁶⁹⁾ 아니호고 내 오눌 알고 므릇디 즉시 호디 아니호니 네 힝ᄉ(行使)가 져러홀 줄 내 몰나노라"

호오시고 짜흘 두드리오시고 꼿짓ᄉ오시니, 그 칙교(責敎)롤 밧줍고 황공(惶恐)하오디 알외기롤

"엇디 감히 남편의 흔 일을 우희 '이리이리호다' 호올가 보오니잇가. 쇼인(小人)의 도리(道理)가 그러티 못호오이다"

호니 가지록 쭈죵호오시니, 쭉이(慈愛)만 밋습다가³⁷⁰⁾ 처음으로 엄교(嚴敎)롤 듯습고 숑뉼(悚慄)호기 니ᄅ리오.

그리홀 즈음의 그 니인을 감초와 다믄³⁷¹⁾ 니인과 안동(眼同)³⁷²⁾호야, 뎡쳐(鄭妻)가 나간 째라,³⁷³⁾ 그 집으로 보니야

"곰초와두라"

---

365) [교감] 호디: 일사본 '고호디'.
366) 권련(眷戀): 마음에 끌리어 그리워함.
367) 유혜: 양제, 곧 숙빈 임씨의 이름인 듯하다.
368) 제도: 때에도
369) [교감] 네 드려: 일사본 '네 날드려'.
370) [교감] 밋습다가: 일사본 '밧줍드가'.
371) [교감] 다믄: 일사본 '다른'.
372) 안동(眼同): 함께. 주관적 판단을 피하기 위하여 둘 이상이 함께 입회하는 것을 가리킨다.
373) 이때 화완옹주는 남편 정치달이 죽어 궁 밖 시집으로 갔다.

ᄒᆞ야더니, 그 밤의 대됴(大朝) 거려텽(居廬廳) 공묵합(恭默閤)으로 동궁(東宮)을 브르오셔 ᄯᅩ ᄭᅮ죵을 만히 ᄒᆞ오시니 셟ᄉᆞ오셔, 그 길로셔 양졍합(養正閤) 우물의 ᄲᅡ지오시니, 그런 망극ᄒᆞᆫ 광경(光景)이 어디 이시리오.374)

방딕(房直)이 박셰근이라 ᄒᆞᄂᆞᆫ 거시 업ᄉᆞ와 내니, 우물ᄭᅥ의 어룸이 ᄀᆞ득ᄒᆞ고 마춤 물이 만티 아니ᄒᆞ야 무ᄉᆞ히 뫼오나 막히오시고 샹ᄒᆞ오시기도 ᄒᆞ야 겨오시니, 졈졈 이러ᄒᆞ오시니 무슨 말이 이시리오.

대됴의셔 ᄀᆞᆺ득ᄒᆞ오신ᄃᆡ 우물의 ᄲᅡ디오시ᄂᆞᆫ 희거(駭擧)375)ᄀᆞ디 보오시고 어이 아니 진노ᄒᆞ오시며, 그ᄯᆡ 디신(大臣) 이하도 입시(入侍)ᄒᆞ야 광경을 목도(目睹)ᄒᆞ니, 그ᄯᆡ 슈샹(首相)376)은 샹노(尚魯)377)러니 음흉ᄒᆞ야 쇼됴 뵈올 제ᄂᆞᆫ ᄠᅳᆺ을 마초ᄂᆞᆫ 쳬ᄒᆞ고 대됴ᄭᅴᄂᆞᆫ 망극ᄒᆞᆫ ᄉᆞᄉᆡᆨ(辭色)을 ᄒᆞ야 뵈오니 흉ᄒᆞ더라.

션친(先親)이 쇼됴의셔 그 슈ᄎᆡᆨ(受責)ᄒᆞ오심과 우물의 ᄲᅡ디오시믈 보시고, 튱ᄋᆡ우민지심(忠愛憂悶之心)을 이긔디 못ᄒᆞ오셔 지쳐(地處)를 도라보디 아니ᄒᆞ오시고 알외오시대

"옛말378)의 '브득어군(不得於君)이면 열듕(熱中)이라'379) ᄒᆞ야ᄉᆞ오니, 군신(君臣)도 그러ᄒᆞᆸ거든 ᄒᆞ물며 부ᄌᆞ(父子) 텬셩(天性)이오시니니잇가. ᄌᆞ인룰 일ᄉᆞ오셔 젼젼(戰戰)ᄒᆞ야380) 져러ᄒᆞ오시니, 이 ᄆᆞᄃᆞ룰 싱각ᄒᆞ오

---

374) 『영조실록』 1757년 11월 13일조에 사도세자가 낙상했다는 기록이 보인다.

375) 해거(駭擧): 괴상하고 얄궂은 짓.

376) 수상(首相): 영의정. 당시 김상로(金尚魯)는 좌의정이었다. 하지만 영의정 이천보가 사직 상소를 계속 올리고 있어서 실제 김상로가 수상의 일을 보았다고 할 수 있다.

377) 상로(尚魯): 김상로(金尚魯, 1702~1766). 본관은 청풍(淸風)이며, 호는 하계(霞溪). 문녀와 결탁하여 사도세자를 죽음으로 몰아간 주역이라 하여 정조는 즉위하자마자 그의 관작을 추탈(追奪)했다.

378) [교감] 옛말: 일사본 '녯말'.

379) 부득어군(不得於君)이면 열중(熱中)이라: '군주에게 신임을 얻지 못하면 마음이 달아오른다'는 뜻이다. 맹자가 순임금의 큰 효에 대하여 한 말이다(『맹자孟子』). 『영조실록』 1757년 11월 13일조를 보면, 영조가 '그렇다면 내가 나쁜 아버지로 유명한 고수(瞽瞍)란 말이냐'고 크게 화를 냈다. 홍봉한이 말실수를 한 셈이다.

380) 전전(戰戰)ᄒᆞ야: 몹시 두려워서 벌벌 떪.

시믈 쳔만 ᄇ라ᄋᆸᄂᆞ이다"

알외오시니 군신 제우(際遇)381)가 천고(千古)의 드므오셔 츄고(推考)382)
ᄒᆞᆫ 번 ᄒᆞ오신 일 업ᄉᆞ오시더니, 그날 알외ᄂᆞᆫ 말ᄉᆞᆷ의 격노ᄒᆞ오시고 날
도 미안ᄒᆞ오신 ᄭᅳ치라, 내 죄롤 겸ᄒᆞ오셔 삭직(削職)ᄒᆞ오시고 엄교(嚴
敎) 대단ᄒᆞ오시니, 션친이 황황(遑遑)이 나가오셔 셩외(城外) 월과계383)
라 ᄒᆞ던디 거긔 겨오시니, 대쇼됴 과거(過擧)ᄂᆞᆫ 그러ᄒᆞ오시고,

ᄇᆡᆨ셩(百姓)들도 션친만 밋다가 인심(人心)이 요란ᄒᆞ야 엇디 될 줄 측
냥(測量)티 못ᄒᆞ고, 나도 엄교롤 쳐음으로 듯ᄌᆞᆸ고 황늠(惶凜)ᄒᆞ야 하실
(下室)의 ᄂᆞ렷더니, 오래게만의 션친을 셔용(敍用)ᄒᆞ시고384) 날을 브르
오셔 ᄌᆞ의 여젼ᄒᆞ오시니, 쳔만ᄉᆞ(千萬事) 황늠ᄒᆞᆫ 째나 지극ᄒᆞ오신 셩은
(聖恩)이야 미신분골(靡身粉骨)ᄒᆞ온들 엇디 다 갑ᄉᆞ오리오.

영조의 반성

무인(戊寅, 1758) 셰초(歲初)의 상후(上候) 미령(靡寧)ᄒᆞ야 디너오시ᄂᆞ
쇼됴(小朝)의셔 일양 병환(病患)으로 문안(問安)을 아니ᄒᆞ오시니, 졈졈
망조(罔措)ᄒᆞ야 디니기 둘노 어렵고 날노 어려워 만나 뵈올 젹마다 신
혼(神魂)이 산비(散飛)ᄒᆞ니 ᄎᆞᆷ아 엇디 형상ᄒᆞ리요.

졍월(正月)의 월셩위(月城尉) 상(喪)이 나니385) 화슌옹쥬(和順翁主)가
혈쇽(血屬) 업고 일단 우직ᄒᆞ신 ᄆᆞᄋᆞᆷ으로 대의(大義)롤 구디 잡아 십칠
일(十七日)을 졀곡(絶穀)ᄒᆞ야 상ᄉᆞ(喪事) 나시니,386) 왕가의 이런 거룩ᄒᆞᆫ

---

381) 제우(際遇): 좋은 때를 만남. 어진 신하가 어진 임금을 만남.
382) 추고(推考): 관원의 허물을 추문(推問)함.
383) [교감] 월과계: 버클리국한문본 '月過溪'.
384) 1757년 12월 3일 홍봉한은 다시 벼슬에 등용되었다.
385) 월성위는 화순옹주의 남편 김한신(金漢藎)으로 1월 4일에 죽었다.
386) 1758년 1월 17일 화순옹주가 죽었다. 『영조실록』에 보인 사망 일자로 볼 때 화순옹주는 1

일이 업스나 영묘(英廟)겨오셔 노부(老父)롤 두고 당신 말솜을 듯지 아니코 도라가신 거슬 불효(不孝)라 ᄒᆞ셔 노(怒)호아 노호아 ᄒᆞ오시고 졍문(旌門) 쳥ᄒᆞ믈 허티 아니ᄒᆞ시ᄂᆞ라. 쇼됴의셔 그 누의님 졀렬(節烈)을 탄복ᄒᆞ셔 만이 일크라 겨오시니 그 병환 가운대 엇디 그리ᄒᆞ시던고 시브더라.

덩튝(丁丑, 1757) 지월(至月) 변(變) 후의 관희합(寬毅閤)의 머므오시더니, 무인(戊寅, 1758) 이월(二月)의 됴묘(大朝)의셔 □□□□노387) 불평ᄒᆞ오셔 쇼됴 겨오신 딕로 ᄎᆞᄌᆞ가오시니 ᄒᆞ고 겨오신 거시 엇디 눈 걸니디 아니ᄒᆞ시리오. 슝문당(崇文堂)으로 오오시고 쇼됴롤 브르오시니 지월(至月) 후 처음 만나오신다. 여러 됴건을 만히 ᄭᅮ죵ᄒᆞ오시고 사롬 죽이오신 거슬 우희셔 응당 아오시고 바로하시ᄂᆞᆫ가 보랴 ᄒᆞ오시던디 ᄒᆞ오신 일을 바로 알외라 ᄒᆞ오시니, 경모궁(景慕宮)의셔 아모리 윈쳐셔ᄂᆞᆫ388) 아오시면 큰일이 날 줄노 ᄒᆞ오시다가도 어젼(御前)의 미쳐ᄂᆞᆫ 당신 ᄒᆞ오신 일을 바로 알외오시ᄂᆞᆫ 품이니, 이ᄂᆞᆫ 텬셩의 ᄀᆞ리오미 아니 겨오셔 그러ᄒᆞ오시던디 이샹ᄒᆞ오시더니라.

그날 그 말숨 딕답(對答)ᄒᆞ오시기롤

"심화(心火)가 나면 견디디 못ᄒᆞ야 사롬을 죽이거나 둙 즘싱을 죽어거나 ᄒᆞ여야 ᄆᆞᄋᆞᆷ이 나아로라"

ᄒᆞ오시니

"엇디 그러ᄒᆞ니?"

월 1일부터 굶었던 것으로 이해된다. 아니면 '십칠일을'은 '십칠일에'의 오기일 수도 있다.
387) [교감] □□□□: 원문에 서너 글자 쓸 자리가 비어 있다. 일사본은 이 자리에 '쏘 무슨 일'이 있다. 본문은 저본의 해당 부분이 판독되지 않아 비워둔 것으로 보인다. 이런 부분은 본서에는 포함되지 않은 제5권의 뒷부분에도 하나 더 있다. 저본의 판독되지 않는 부분을 임의로 채워 넣지 않은 데서, 본서의 역주 저본인 버클리 대학 소장 한글본 『한중만록』의 가치를 엿볼 수 있다. 『고종실록』 1899년 8월 22일조를 보면, 1830년 궁중 화재로 『한중만록』이 망실되어 화협옹주 집안에 있던 것을 궁중으로 들여왔다고 했는데, 이때 신중하게 전사된 이본이 아닌가 추정된다. 김용숙 선생의 의견이다.
388) 윈쳐셔ᄂᆞᆫ: '윈쳐'는 '밖', '뒤', '은밀한 곳' 등을 뜻한다. 곧 '뒤에서는'의 뜻이다.

ᄒ오시니

"ᄆ옴이 샹ᄒ야 그러ᄒ얏노라"

ᄒ오시니

"엇디ᄒ야 샹혼다?"

ᄒ오시니

"ᄉ랑치 아니ᄒ오시기 셟고, ᄭ즁ᄒ오시기로 무셔워, 화가 되여 그러
ᄒ오이다"

ᄒ오시고, 사ᄅ 죽기신 수ᄅᆯ ᄒ나토 곱초디 아니ᄒ고 셰셰히 다 고ᄒ
오시니, 영묘겨오셔도 그ᄶᆡ 일시 텬뉸지졍(天倫之情)이 동ᄒ시던디 셩심
(聖心)이 엇디 년측(憐惻)ᄒ오시던디

"늬 이졔는 그리 말니라"

ᄒ오시고,

그 진노(震怒)가 조곰 감(減)ᄒ오셔 경츈뎐(景春殿)으로 오오셔 날ᄃ려
ᄒ오시기ᄅᆯ

"셰ᄌ(世子)가 이리이리ᄒ니 그리홀시 올ᄒ냐"

ᄒ오시니 부ᄌ간(父子間) 그 말ᄉᆷ이 처엄이오신디라, 하 의외의 말ᄉᆷ이
오시니, 늬 챵졸(倉卒)의 둣줍고 경희(驚喜)ᄒ고 감읍(感泣)ᄒ여 눈믈을
드리워

"그러ᄒ옵다ᄲᆞᆫ이오리잇가. ᄌ쇼(自少)로 ᄌ익(慈愛)ᄅᆯ 닙ᄉᆸ디 못ᄒ와
ᄒᆫ 번 놀나고 두 번 놀나와 심병(心病)이 되야 그러ᄒ오이다"

ᄒ니

"샹ᄒ야 그러ᄒ여다 ᄒᄂᆞᆫ고나"

ᄒ오시기

"샹ᄒ기ᄅᆯ 니ᄅ오리잇가. 은익ᄅᆯ 드리오시면 그러치 아니ᄒ오리이다"

이리 엿ᄌ오며 셜워 하 우니 ᄉ긔(辭氣)가 됴ᄉ오셔

"그리면 늬가 그리흔다 ᄒ고, 줌은 엇디 ᄌ며 밥은 엇디 먹엇ᄂᆞ니,

너가 뭇는다 호야라"

호오시니, 그날이 무인(戊寅, 1758) 이월(二月) 이십칠일(二十七日)이러니라.

너가 뎌됴의셔 관회합으로 가오시는 양을 보고 쏘 므슨 병389)이 날 줄을 몰나 혼비빅산(魂飛魄散)호야 일률 쓰다가 의외에 하교(下敎)롤 듯줍고 호 감격호야 너가 울며 우ᄉ며

"죽호오리잇가,390) 이러호와 그 무음 잡게 호오시면"

호고 절을 호고 손을 비븨여 츅슈호니 너 거동이 아니쏩ᄉ오시던디391) 엄식(嚴色)이 아니겨오시고

"그리호야라"

호오시고 가오시니 그 엇디호오신 셩교(聖敎)신고,

의희(依稀)392) 꿈ᄀᆺᄐ야 아모라타 업더니 쇼됴의셔 날을 오라 호오시거늘 가 뵈옵고

"어이 뭇디 아니호오시는 사롬 죽이오신 말을 호야 겨오시오. 스스로 져리 말을 호오시고 나죵은 남을 타술 삼으시니 아니 답답호오니잇가"

호니 디답호오시기롤

"알고 무르시니 다 호지"

호오시기

"무어시라 호오시옵더니잇가"

호니

"그리 말마 호오시더라"

---

389) [교감] 병: 일사본 '변'.

390) [교감] 죽호오리잇가: 나손본 '오죽호오릿가'.

391) 아니쏩다: 『표준국어대사전』의 뜻풀이는 "비위가 뒤집혀 구역날 듯하다", "하는 말이나 행동이 눈에 거슬려 불쾌하다"로 되어 있으나, 『한중록』에서 보이는 몇 가지 용례를 보면 '구역날 듯하다', '불쾌하다'보다는 약한 감정을 나타낼 때에도 쓰는 듯하다. 즉 '보기에 마땅치 않게 여기다' 정도로 쓰인 것이다. 버클리국한문본 '未安'.

392) 의희(依稀): 어렴풋함.

ᄒᆞ시기 니가 ᄯᅩ

"이리 듯ᄌᆞ와시니 이후는 부ᄌᆞ간이 힝혀 낫ᄉᆞ오시리잇가"

ᄒᆞ니 화증(火症)을 덜헉 니오셔 ᄒᆞ오시ᄃᆡ

"ᄌᆞ니는 ᄉᆞ랑하는 며ᄂᆞ리기 그 말슴을 다 고디 듯ᄌᆞᆸᄂᆞᆫ가. 브러 그리 ᄒᆞ오시는 말슴이니 미들 거시 업ᄉᆞ니, 필경(畢竟)은 내가 죽고 마ᄂᆞ니"

그리홀 제는 병환 겨오시ᅟᅵ니 ᄌᆞᆺ디 아니ᄒᆞ고, 앗가 ᄃᆡ됴의셔 유연(幽然)[393]ᄒᆞᆫ 텬뉸(天倫)으로 말슴ᄒᆞ오시니 밋ᄌᆞᆸ기를 못 ᄒᆞ오ᄂᆞ ᄒᆞᆫ째 말슴이오셔도 감츅(感祝)ᄒᆞ야 울고, 쇼됴의셔 그 병환 듕(中) 능히 그 말슴 ᄒᆞ시는 붉근 소견(所見)을 드르니 ᄯᅩ 울니이니,

져 하늘이 부ᄌᆞ 두 분 ᄉᆞ이롤 그대도록 ᄒᆞ오시계 ᄒᆞ여 아바님겨오셔는 말고져 ᄒᆞ오시다가도 뉘가 시기는 듯 도로 믜온 ᄆᆞ음 나오시고, 아ᄃᆞ님도 뵈ᄋᆞᆸ는 째나 긔이오실 일 업시 당신 과실(過失)을 은휘(隱諱)ᄒᆞ랴 ᄒᆞ오시는 배 업ᄉᆞ니, 이는 텬질(天質)의 착ᄒᆞ오시미라. 그리 조곰 녜ᄉᆞ롭ᄉᆞ오시더면 어이 이대도록 ᄒᆞ리오. 하ᄂᆞᆯ 쯧이 엇디 뎡ᄒᆞ오셔 됴선국(朝鮮國)의 이 만고의 업는 셜움을 ᄭᅵ치오신고, 이통(哀痛)ᄲᅮᆫ이로다.

의대증

이째 의ᄃᆡ(衣襨) 병환(病患)이 극(極)ᄒᆞ오시니 그 어인 일이런고 의ᄃᆡ 병환의 말슴이야 더욱 형용(形容) 업고 이샹ᄒᆞᆫ 괴질(怪疾)이오시니, 대뎌 ᄒᆞᆫ 가지나 닙으랴 ᄒᆞ오시면, 열 불이나 이삼십 불이나 ᄒᆞ여 노ᄒᆞ면, 귀신(鬼神)ᄋᆡᆫ디 므어신디 위ᄒᆞ야 노코 혹 쇼화(燒火)도 ᄒᆞ고, ᄒᆞᆫ 불을 슌히 ᄀᆞ라닙ᄉᆞ으시면 만힝(萬幸)이오, 시죵(侍從) 드ᄂᆞ 니가 조곰 잘 못ᄒᆞ면 의대롤 닙디 못ᄒᆞ오셔 당신이 이쓰오시고 사롬이 다 샹ᄒᆞ니 이

아니 망극흔 병환이냐.

엇던 제는 하 만히 흐니 무명인들 동궁(東宮) 셰간의 므어시 만흐리오. 밋쳐 짓도 못흐고 필(匹)것394)도 엇디 못흐면, 사룸 죽기가 호흡(呼吸) 스이의 이시니 그룰 아모조록 흐랴 흐기 무옴이 쓰이는디라. 션친(先親)이 이 말을 드르시고 우탄(憂歎)이 무궁흐신 밧 니 애쓰는 일이나 사룸 샹홀 일을 민망흐셔 그 의대추(衣襨次)룰 이워주시니, 그 병환이 뉵칠년(六七年)이나 그러틋흐여 극히 셩흔 쌔도 잇고 져기 진뎡(鎭靜)흔 쌔도 이시니, 그 의디룰 닙디 못흐여 애룰 쓰오시다가, 엇디엇디흐야 좀거시나395) 흔 볼 텬힝으로 닙스오시면, 당신도 다힝다힝흐 니굿치 닙스오셔 더럽도록 닙스오시던 거시니, 그 므슨 병환이런고 쳔빅 가지 병 듕 옷 닙기 어려운 병은 주고(自古)로 업손 병이니 엇디 지존(至尊)흐신 동궁이 이런 병을 드르신고, 하놀을 불너, 알 길이 업더니라.

비 온 것도 네 탓이니 돌아가라

정성왕후(貞聖王后) 인원왕후(仁元王后) 두 분 쇼샹(小祥)을 추례로 무스이 디니옵고 두어 둘은 극흔 탈이 업시 디니여가고, 국휼(國恤)396) 후 쇼됴(小朝)의셔 홍능(弘陵)397) 뎐알(展謁) 못 흐야 겨오시니 마디못흐여 슈가(隨駕)룰 시기오시니,398)

그히 댱마가 지리흐다가 거동(擧動)날 대우(大雨)가 쟝(壯)히 오니, 더죠(大朝)의셔

---

394) 필것: 피륙, 곧 아직 재단하지 않은 천.
395) 좀거시나: 변변치 않은 것. 일사본 '좀지시나'. 김동욱은 '좀 짓이 나아'로 읽었다.
396) 국휼(國恤): 국상.
397) 홍릉(弘陵): 정성왕후의 능. 경기도 고양시의 서오릉에 있다.
398) 1758년 8월 1일의 일이다. 『영조실록』에는 비가 와서 사도세자가 병이 들까 염려되어 영조가 사도세자를 돌려보낸 것으로 적혀 있다.

"일셰(日勢) 이러ᄒ기 쇼됴 드려온 탓시라"

ᄒ오셔 능히 밋쳐 가지 못ᄒ오셔

"도로 드러가라"

ᄒ오시고, 대가(大駕)만 가오시니,

쇼됴의셔 능히 뎐알ᄒ랴 ᄒ오시다가 비결(悲缺)[399]ᄒ시고 빅관군민(百官群民)의 쇼견원들 오죽 의괴(疑怪)ᄒ리오. 거동 회란(回鑾)을 요힝 잘ᄒ오시기롤 츅슈(祝手)ᄒ다가 이 긔별(奇別)을 듯고 션희궁(宣禧宮)을 뫼셔 안잣다가 ᄀ이업고 망연(茫然)ᄒ 밧 드러오오셔 져 화증(火症)을 엇디ᄒ오실넌고 망조망됴(罔措罔措)ᄒ더니, 그 대우(大雨)롤 맛ᄉ오시고 도로 드러오오시니 그 ᄆ옴이 엇더ᄒ오시리오.

격긔(膈氣)[400]가 오르오셔 바로 오오실 길히 업셔 경영고(京營庫)[401]의 드오셔 긔운(氣運)이 막 질니오신 거슬 진졍(鎭靜)ᄒ야 드러오오시니, 그 경쇠(景色)의 수통(愁痛) 우황(憂遑)ᄒ미 엇더ᄒ오시며, 소됴(所遭)롤 싱각ᄒ니 그 일은 우원 병드디 아니ᄒ오시고 대슌(大舜)의 효의(孝義)의는 아니 셟든 아니ᄒ오실 거시니,[402] 션희궁과 나와 서ᄅ 마자 붓드러 체루(涕淚)뿐이니 당신도

"졈졈 살길히 업노라"

ᄒ오시고, 그후의 ᄒ오시기롤 의대(衣襨)롤 잘못 닙고 가오셔 그 일이 나오신가 스려(思慮)ᄒ오셔 의ᄃ졍〈증〉(衣襨症)이 더ᄒ오시니 안탓갑더니라.

---

399) 비결(悲缺): 슬프고 유감스러움.
400) 격긔(膈氣): 열격(熱膈)으로 가슴이 막히는 기운.
401) 경영고(京營庫): 경기감영의 창고. 서대문 밖, 서울 지하철 5호선 서대문역 북쪽에 있었다.
402) 버클리국한문본에는 '大舜之孝로도 不能無傷痛이나'라고 했다. 순임금에게는 고수라는 완악한 아버지가 있었다. 고수는 후실의 말을 듣고 순임금을 죽이려고 했는데, 순임금은 온갖 고초를 겪으면서도 효를 잃지 않았다. 사도세자가 병이 없더라도 또 순임금과 같은 효자라도 이 일이 서럽지 않을 리 없었으리라는 뜻이다.

손가락 글씨로 국정을 논하는 대신

그히 납월(臘月)의 상후(上候)가 대단이 미령(靡寧)ᄒ오셔 긔묘(己卯, 1759) 졍됴(正朝)403) 혼뎐(魂殿) 졔스의 친님(親臨)치 못ᄒ오신디라. 문안시(問安時)의 문안 일노 ᄯᅩ 갑갑ᄒ니, 혹 문후(問候)를 ᄒ와도 대됴(大朝)의셔 슌(順)히 아니 보오시고, 쇼됴(小朝)의셔 병환도 심ᄒ시고 무셥스오시니 엇디 문안ᄒ랴 ᄒ시리오. 대됴 문안 듕 한심코 슬프오신디라.

그때 영샹(領相)이 샹노(尙魯)니 쇼됴의셔 잘 ᄒ야달나 ᄒ오시면, 쇼됴 부득디(不得志)ᄒ오신 거술 셜워ᄒ야 고맙스오시도록 말을 음흉이 ᄒ니, 뎡튝(丁丑, 1757) 동지둘 변(變)브터 은인(恩人)이라 ᄒ오시더니라.

대됴 문안404)이 듕(重)ᄒ오시니 국ᄉ(國事)를 엇디흘고 근심ᄒ오시는 말솜을 대신(大臣)의게 ᄌ로 ᄒ오시니, 그때 신하들 쳐변(處變)이 실노 난감ᄒ야 대쇼됴(大小朝) 스이의 말솜ᄒ기가 극히 으려오려니와, 샹노(尙魯)는 쇼됴의논 흘너가는 ᄃ시 됴케ᄒ며도405) 디됴(大朝)의논 봉승(奉承)ᄒ야 울어 셜워ᄒ는 식(色)을 뵈오니, 말솜을 알외랴 흔들 와닉(臥內)의 션희궁(宣禧宮)이 겨오셔 듀야(晝夜)의 디령ᄒ야 겨오시고 근시(近侍)ᄒ는 너인(內人)들이 잇는디라 말은 못 ᄒ고, 공묵합(恭默閤)406) 거려(居廬)ᄒ오시는 디가 방이 이간(二間)이니 속방 지게407) 밋틔 눕스오시고 밧방 흔간의 삼졔됴(三提調)와 의관이 입시(入侍)ᄒ니 대신(大臣)은 머리 두오시는 디 브룻 업더니 밀밀셰어(密密細語)도 죡히 ᄒ렷마는 안의 뫼오 니룰 ᄭᅥ려 미양 방바닥의 손가락으로 뻐 뵈오면 ᄌ샹(自上)으로셔는 문지방을 두ᄃ려 탄식ᄒ오시고, 샹노(尙魯)는 업더여서 슬허ᄒ니, 그때

---

403) 졍됴(正朝): 설날 아침.
404) [교감] 문안: 버클리국한문본 '病患'.
405) [교감] 됴케ᄒ며도: '됴케ᄒ여도'의 오기인 듯.
406) 공묵합(恭默閤): 당시 영조의 거려청(居廬廳).
407) 지게: 지게문. 마루와 방 사이 등에 설치한 여닫이문.

경상(景狀)이 태국(體國)[408) 대신이야 엇디 통곡고져 아니ᄒᆞ리오마는,
상노는 음흉ᄒᆞ게 말을 뎐궁(殿宮) 소이의 ᄒᆞ니, 그럴 디가 어디 이시리
오. 션희궁겨오셔 미양 게 겨오시니 글ᄌᆞ 뼈 뵈옵는 거슬 보오시고 참
아 통분(痛憤)ᄒᆞ야 흉ᄒᆞ다 ᄒᆞ오시니라.

그 문안[409) 듕의 쳥연(淸衍)의 역질(疫疾)이 처음은 비경(非輕)터니 나
죵은 지슌(至順)ᄒᆞ고, 샹후(上候)도 셰후(歲後)[410) 즉시 평복(平復)ᄒᆞ오셔
쳥연 보오시랴 친님(親臨)ᄒᆞ오시니, 그ᄯᆡ 경ᄉᆞ(慶事)로와 지니니라.

노인 영조의 재혼

긔묘(己卯, 1759) 삼월(三月)의 셰손(世孫) 칙봉(冊封)을 뎡ᄒᆞ오시고 효
쇼뎐(孝昭殿) 휘령뎐(徽寧殿)의 뎐알(展謁)ᄒᆞ니,[411) 쇼됴(小朝)의셔 그 병
환 듕도 셰손(世孫) 칙봉네ᄒᆞ실 일 긔특 두굿기시오고, 병증(病症)이 심
ᄒᆞ오실 제는 쳐ᄌᆞ(妻子)를 아라보오실 길히 업ᄉᆞ시나, 셰손 귀듕ᄒᆞ오시
기는 니롤 거시 업셔, 군쥬(郡主)들이 감히 ᄇᆞ라디 못ᄒᆞ고, 쳔출(賤出)들
이 우러러 보디 못ᄒᆞ게 명분을 엄히 ᄒᆞ오시니, 이러ᄒᆞ오신 ᄯᆡ는 엇디
병환 겨오시 니 ᄀᆞ트리오.

냥셩모(兩聖母) 삼 년을 뭇줍고 오월(五月) 초뉵일(初六日) 인원왕후(仁
元王后) 부태묘(祔太廟)[412)ᄉᆞᆺ디 ᄒᆞ오니 확연(廓然)ᄒᆞ온 심ᄉᆞ(心思)를 엇디
다 형용ᄒᆞ리오. 부태묘 뎐(前)의 녜됴(禮曹)의셔 간선(揀選)을 쳥ᄒᆞ오니 효

---

408) 체국(體國): 나라를 깊이 생각함. 그만큼 나라를 책임짐.
409) [교감] 문안: 버클리국한문본 '病患'.
410) 세후(歲後): 설을 쇤 뒤.
411) 정조의 왕세손 책봉은 1759년 2월 12일에 있었고, 책봉례는 같은 해 윤6월 22일 명정전에
서 행했다. 그러니 3월은 책봉을 정하고 3월 29일 두 왕비의 혼전에 전알한 일을 가리킨다
고 보는 것이 적절하다.
412) 부태묘(祔太廟): 임금이나 왕비의 삼년상을 마친 뒤 그 신주를 종묘에 모시던 일.

쇼뎐(孝昭殿)의 고ᄒᆞ오시고[413] 간퇵(揀擇)ᄒᆞ기ᄅᆞᆯ 뎡ᄒᆞ오샤 뉵월(六月)의 가례(嘉禮)ᄅᆞᆯ 힝ᄒᆞ오시니,[414] 그ᄦᅢ 쇼묘 병환이 졈졈 깁ᄉᆞ오시니 불언(不言) 즁(中) 근심이 만흔디라. 션희궁(宣禧宮)겨오셔 날다려 ᄒᆞ오시디

"졍셩왕후(貞聖王后) 아니 겨오신 후ᄂᆞᆫ 이 가례ᄅᆞᆯ 힝ᄒᆞ와 곤위(坤位)ᄅᆞᆯ 뎡ᄒᆞ옵ᄂᆞᆫ 거시 응당흔 일이라"

ᄒᆞ오셔 영묘(英廟)긔 하례ᄒᆞ오시고 가례 출히오시믈 몸소 ᄒᆞ오셔 아니 졍셩되미 업ᄉᆞ시니, 셩궁(聖躬) 위ᄒᆞ오신 덕힝(德行)이 거룩ᄒᆞ오신디라.

가례 익일(翌日)의 냥궁(兩宮)[415]이 듕궁뎐(中宮殿)의 됴현(朝見)ᄒᆞ올 졔 냥뎐(兩殿)이 흔가지로 밧ᄌᆞ오시니, 쇼묘의셔 힝녜(行禮)ᄅᆞᆯ 지극 공경ᄒᆞ오셔 힝혀 녜졀이 손슌(遜順)치 못ᄒᆞᆯ가 조심ᄒᆞ오시니 본셩(本性) 셩효(聖孝)의 ᄲᅱ여나오시던 줄을 이런 일의 더욱 알디라.

윤뉵월의 셰손 칙녜(冊禮)ᄅᆞᆯ 명졍뎐(明政殿)의셔 힝ᄒᆞ니 팔셰(八歲)라, 엄연(儼然)[416] 기억(岐嶷)ᄒᆞ시미 다 엇디 니ᄅᆞ리오.

외면으로 보면 당신 몸이 텽졍(聽政)ᄒᆞ오시ᄂᆞᆫ 져군(儲君)이시고 아ᄃᆞᆯ이 팔셰 되야 셰손 칙녜ᄅᆞᆯ 디니니 국셰(國勢) 퇴산(泰山) 반셕(盤石) ᄀᆞᆮ고 므슨 근심이 이실 ᄃᆞᆺᄒᆞ리오마ᄂᆞᆫ, 궁듕(宮中) 경식(景色)은 됴셕(朝夕)을 보젼치 못ᄒᆞ야 디니니 갈ᄉᆞ록 하ᄂᆞᆯ을 우러러 뭇ᄌᆞ올 길히 업더니라.

츄동간(秋冬間)은 가례ᄒᆞ오신 후 셩심(聖心)이 ᄌᆞ연 한가치 못ᄒᆞ오셔 드러난 일이 젹어시며, 계유 그히ᄅᆞᆯ 보니고 경진(庚辰, 1760)을 당ᄒᆞ니 그히ᄂᆞᆫ 병환이 더 침독(侵毒)ᄒᆞ오시고 디됴(大朝)의셔 ᄯᅩ 칙망ᄒᆞ오시미 일일심(日日甚)ᄒᆞ오시니, 격화(膈火)ᄂᆞᆫ 졈졈 셩ᄒᆞ오시고 의디(衣襨) 병환이 더 극심ᄒᆞ오시고, 홀연이 디나가지 아니ᄒᆞᄂᆞᆫ 사ᄅᆞᆷ이 뵌다 ᄒᆞ셔 돈

413) 이 일은 1759년 5월 4일에 이루어졌다.
414) 1759년 6월 22일에 정순왕후를 맞아들였다.
415) 양궁(兩宮): 여기서는 세자궁과 세자빈궁, 곧 사도세자와 혜경궁을 가리킨다.
416) 엄연(儼然): 점잖음.

니오실 때의는 미리 사룸을 니여 노와 금(禁)ᄒ고, 디나오실 디 혹 미처 피치 못ᄒ야 얼프시라도 뵈면 그 의디룰 못 닙ᄉ오셔 벗ᄉ오시고, 비단 군복(軍服) 혼 쟉을 닙ᄉ오랴 ᄒ오시면 군복 멧멧 쟉을 지어 무수히 쇼화(燒火)ᄒ오시고 계유 혼 벌을 닙ᄉ오시니, 긔묘경진간(己卯庚辰間, 1759 및 1760)의 군복 지어 업시 혼 거시 비단 멧 궨 줄 모라고, 조곰도 범연(凡然)혼 비단을 못 ᄒ니, 그때 니 간쟝(肝腸)이 엇디 상혼 줄 알니오.

아버지를 욕하는 세자

이상혼 줄이 졍월(正月) 이십일일(二十一日)이 탄신(誕辰)이오시니, 그날을 녜ᄉ로이 보내오시면 됴ᄒ련마는 브디 그날 ᄎ디(次對)룰 ᄒ오시거나 츈방관(春坊官)을 브르오시거나 ᄒ야 동궁(東宮) 말ᄉᆷ을 ᄒ오시니 그 일노 큰 셜음이 되오시니, 갈ᄉ록 셟고 애둛ᄉ오셔 어느 희의 탄일(誕日)을 녜ᄉ로이 잡ᄉ오신 희가 이시리오. 그날 브디 굼ᄉ오시고 궁듕(宮中)의 황황(遑遑)ᄒ야 디니니 엇디 팔지(八字) 그디도록 ᄒ오시던고 그저 셜우며 경진(庚辰, 1760) 탄일의 ᄯ 무ᄉᆷ 일노 격화(膈火)가 대단이 오르오셔 그날브터 부모(父母) 위ᄒ오시ᄂᆞᆫ 공경(恭敬)ᄒ오시ᄂᆞᆫ 말ᄉᆷ을 못 ᄒ오시고, 상말노 텬디(天地)룰 불분(不分)ᄒ드시 노홉고 셟ᄉ오셔

"사라 므엇ᄒ리"

ᄒ오셔 션희궁(宣禧宮)긔 불공지언(不恭之言)을 만히 ᄒ오시고, 셰손(世孫) 남미(男妹) 문안(問安)ᄒ니 고셩(高聲)ᄒ오셔

"부모 모르ᄂᆞᆫ 거시 ᄌᆞ식(子息)을 알냐 믈너가라"

ᄒ오시니 구셰(九歲) 칠셰(七歲) 오셰(五歲)[417] 아둘이 아바님 탄일이오

시다 뇽포(龍袍)도 닙으며 쟝복(章服)들을 ᄒᆞ고 졀ᄒᆞ야 뵈오랴 ᄒᆞ다가, 그 엄녀(嚴厲)ᄒᆞ오신 호령(號令)을 듯고 대경(大驚) 황구(惶懼)ᄒᆞ야 놀나던 경상(景狀)이 오쟉ᄒᆞ리오.

병환이 심ᄒᆞ오시더 니게나 괴로이 구오시더 어마님긔는 그리 못 ᄒᆞ오시더니 그날이야 비로소 그 병환을 곱초지 못ᄒᆞ시니, 션희궁의셔 비록 병환 말ᄉᆞᆷ을 듯ᄌᆞ오시나 혹 과흔 말인가 의심도 ᄒᆞ오시다가 처음으로 보오시고 경황(驚惶) 히악(駭愕)ᄒᆞ오셔 말ᄉᆞᆷ을 못 ᄒᆞ오시니, 병환이 졈졈 깁흐셔 칠슌(七旬) ᄌᆞ모(慈母)를 아라보디 못ᄒᆞ오시고 ᄌᆞ녀들 ᄌᆞ이(慈愛)ᄒᆞ오시던 거슬 닛ᄉᆞ오시고 그리ᄒᆞ오시니, 션희궁 심ᄉᆞ(心思)와 ᄌᆞ녀들 놀난 긔식(氣色)이 촌 재[418]ᄀᆞᆺ트니, 져런 광경이 어더 이시리오. 니 그ᄣᆡ의 ᄉᆞᆨ는 ᄃᆞ시[419] 셜워 즉디의 죽고 시부디 죽들 못ᄒᆞ니 니 형용(形容)이 엇지 사름의 모양이리오.

그희 봄은 그 병환이 날노 심ᄒᆞ오시니 듀야(晝夜)의 초젼(焦煎)ᄒᆞᄂᆞᆫ 가온디 녀름 한지(旱災)로 디됴(大朝)의셔 ᄯᅩ 용녀(用慮)ᄒᆞ오셔

"쇼됴(小朝) 덕 닥디 아니ᄒᆞᄂᆞᆫ 타시라"

ᄒᆞ오셔 불인문(不忍聞)홀 교(敎)[420]가 만ᄉᆞ오시니, 여지업슨 병환의 이러틋 ᄒᆞ오시니 ᄎᆞᆷ아 견디들 못ᄒᆞ오시니 그저 우려는 무궁ᄒᆞ고 일시(一時)라도 살길히 업스니, 그저 듀야(晝夜)의 죽기만 원ᄒᆞ더니라.

화완옹주

뎡쳐(鄭妻)가 나죵의 셰손(世孫)긔 고이히 구럿지 경모궁(景慕宮) 일의

ᄂᆞᆫ 스스로 몸을 ᄇᆞ려 동궁긔421) 셩심(聖心)이 플리오시게 간치 못흔 거시 죄라 ᄒᆞ려니와, 그 오라바님을 두립ᄉᆞ와 아모 일이라도

"못 ᄒᆞ올소이다"

아니ᄒᆞ야시니, 경진년(庚辰年, 1760) 병환 더ᄒᆞ오신 후로브터 비로소 지믈(財物)도 가져오시고

"잘ᄒᆞ여ᄂᆞ라."

ᄒᆞ오시기가 나시니, 그젼(前)의ᄂᆞᆫ

"죠용이 잘ᄒᆞ야달나"

말ᄉᆞᆷ이나 보ᄂᆞ오시더니, 격긔(膈氣)ᄂᆞᆫ 셩ᄒᆞ오시고 셜움이 극진ᄒᆞ오신디라, '저ᄂᆞᆫ ᄌᆞᄋᆡ(慈愛)ᄅᆞᆯ 극진이 닙고 나ᄂᆞᆫ 어이 이러ᄒᆞᆫ고', 그 누의 타신 듯 ᄎᆞᆷ으시던 분이 다 발(發)ᄒᆞ오셔

"다다422) 잘ᄒᆞ라"

ᄒᆞ오시니, 그 사ᄅᆞᆷ이 공겁(恐怯)도 ᄒᆞ고 민망도 ᄒᆞ야 엇디 위퇴ᄒᆞ다가고423) 무ᄉᆞ(無事)ᄒᆞ여시니, 뎡쳐의 말을 드ᄅᆞ면424) 디됴(大朝)의 바로 엿ᄌᆞ오면 ᄉᆞ긔(事機)가 엇더ᄒᆞᆯ 줄 모ᄅᆞ기 빅방(百方)을 도모ᄒᆞ야 무ᄉᆞ이 ᄒᆞ야 놋ᄂᆞᆫ 말이니 아모란 샹이 업고,425) 인견(引見)을 ᄒᆞ오시면 쇼됴(小朝) 말ᄉᆞᆷ이 나기 인견 못 ᄒᆞ오시게 ᄒᆞ라 ᄒᆞ오시고, 뎡쳐가 혹 나가면 그ᄉᆞ이 ᄯᅩ 무슨 일이 이실가 념녀ᄒᆞ샤 호령ᄒᆞ시며

"다시 아니 보랴노라"

저히셔 흔동안 그 집의ᄅᆞᆯ 나가디 못ᄒᆞ게 ᄒᆞ오시니, 그 양ᄌᆞ(養子) 후겸(厚謙)의 관녜(冠禮)ᄅᆞᆯ 뉵월(六月) 슌간(旬間)의 나가 디니랴다가 못 나가니라.

---

421) [교감] 동궁긔: 일사본 없음.
422) 다다: 힘이 미치는 데까지. 될 수 있는 대로.
423) [교감] 위퇴ᄒᆞ다가고: 일사본 '위퇴ᄒᆞ다가'.
424) 화완옹주에게 무슨 불만의 말을 듣게 되면.
425) 아모란 샹이 업고: 특별한 뜻이 없고.

당신 병환과 당흐오신 거시 졈졈 어려오니 흔 궐의셔 디내실 길히 업셔, 홀연 대됴(大朝)의셔 이어(移御)흐오시면 당신이 혼자 겨오셔 후원의 나가오셔 군긔(軍器)ㄴ 가지고 소챵(消暢)426)코져 흐오시는 의ᄉᆞ가 나오셔 와드득 뎡흐야427) 칠월(七月) 초승의 뎡쳐드려 흐오시기를

"아모리 흐야도 한 대궐 속의셔 살길히 업ᄉᆞ니, 웃대궐을 보쟈흐거나 아모 계교로나 뫼옵고 가라"

흐오시니 그 일을 흐랴 홀 제, 날드려 뎡쳐의게 '흐야 니라' 흐오시고, 어이 오죽흐시리오.

그째 나 겪은 말은 ᄉᆞ싱(死生)이 호흡간(呼吸間)의 잇더니, 그 옹쥬가 엇디 도모흔지 이어를 흐오시게 뎡흐야 초팔일(初八日) 퇵일(擇日)흐니,428) 초뉵일(初六日) 그 옹쥬를 불너다가 안검(按劍)429)흐고 흐오시기를

"이후의 내긔 아모 일이나 이시면 이 칼노 너를 버히리라"

흐오시니, 션희궁(宣禧宮)겨오셔도 그 옹쥬를 혹 엇디흘가 쏠와오오셔 그 광경을 디흐오시니 심ᄉᆞ(心思) 엇더흐시리오. 옹쥬도 울고

"이후는 잘흐올 거시니 흔 목숨만 사라디라"

익걸(哀乞)흐니, ᄯᅩ 흐오시기를

"이 대궐만 잇기도 굽굽하야 슬흐니 네 날을 온양(溫陽)을 가게 흐야 주랴ᄂᆞ냐. 내 습(濕)430)으로 다리가 허는 줄은 너도 알 거시니 가게 흐야 내라"

흐오시니

"그리흐오리이다"

흐고 가더니, 대됴의셔 이어흐오시고 쇼됴 온양 거동녕(擧動令)을 내오

---

426) 소챵(消暢): 답답한 마음을 풀어 후련케 함.
427) [교감] 와드득 뎡흐야: 일사본 '불시에 뎡흐시고'.
428) 영조는 1760년 7월 8일에 경희궁으로 이어(移御)했다.
429) 안검(按劍): 칼자루에 손을 댐.
430) 습(濕): 습진.

시니, 그는 아모리 ᄒᆞ야도 보채는 곡졀(曲折)을 ᄒᆞ야기 슌(順)히 되얏디 그리 아니코야 홀연(忽然)이 어이 이어롤 ᄒᆞ오시며 어이 온양을 가오시게 ᄒᆞᆯ 니가 이시리오. 과연(果然) 신통도 ᄒᆞ니 이 슈단(手段)을 볼셔브터 ᄒᆞ야 부ᄌᆞ(父子) 두 분 ᄉᆞ이롤 몸을 ᄇᆞ려 ᄒᆞ여 보더면 나을넌가, 다 하ᄂᆞᆯ이니 홀노 그 타신들431) 어이ᄒᆞ리오.

나는 이어ᄒᆞ야 내디 아니ᄒᆞᆫ다시고 셧는 거슬 바독판을 더뎌 왼편 눈이 상ᄒᆞ니 져기터면 망울이 ᄲᅡ져실너니 엇디ᄒᆞ야 그 지경(地境)은 아니 되야시나 놀나이 붓고 대단ᄒᆞ니, 이어ᄒᆞ오시는디 하딕(下直)을 못 ᄒᆞ고 션희궁의 ᄂᆞᆺ츠로 뵈옵디 못ᄒᆞ니 악연(愕然)ᄒᆞᆫ 니회(離懷)롤 엇디ᄒᆞ며, ᄒᆞᆯ 일업시 살길히 업스니 죽고져 호ᄃᆡ ᄎᆞ마 셰손(世孫)을 ᄇᆞ리디 못ᄒᆞ야 결(決)치 못ᄒᆞ나 각ᄉᆡᆨ(各色) 위란지단(危難之端)이 무수무수ᄒᆞ니 엇디 다 쓰리오.

백성들의 칭송이 자자했던 온양행

이어(移御)ᄒᆞ오시며 온양(溫陽) 거동 결속(結束)432)을 출히오셔 칠월 십팔일433) ᄯᅥ나오시니 션희궁(宣禧宮)이 ᄌᆞ모지졍(慈母之情)의 '온ᄒᆡᆼ(溫行)을 엇디 회환(回還)ᄒᆞ오실고' 조이시는 ᄆᆞᄋᆞᆷ과 못 닛ᄌᆞ오시는 졍니(情理) 니롤 거시 업스오샤 찬합(饌盒) 이어 ᄒᆞ야 보니오시고, 딜ᄌᆞ(姪子) 니인강(李仁康)434)이가 공쥬(公州) 영쟝(營將)435)이러니

---

431) [교감] 그 타신들: 일사본 '그라신들'. 김동욱은 '그리 하신 일'로 보았다. 탓으로 보면, 어찌 화완옹주 탓만 할 수 있겠느냐는 말이다.

432) 결속(結束): 준비.

433) 『영조실록』 1760년 7월 18일조에 사도세자가 습종(濕瘇)을 고치기 위해 온양에 행차했다는 기록이 있다.

434) 이인강(李仁康): 정조의 문집인 『홍재전서』 「온양행궁괴대수비교溫陽行宮槐臺竪碑敎」에 사도세자의 온양행에 수고한 사람으로 '청주 영장(營將)' '이인강(李仁康)'을 들고 그의 벼슬을 높이고 있다. 또 정조의 『일성록』에는 선희궁이 궁호를 얻은 지 일 주갑이 되는 해인 1786년에

"엇디 가오셔 디내오시고,436) 소문이나 아라 드리라"

권권(睠睠)437)호오시니 어이 그러치 아니호오시리오.

온힝호오실 쌔 엇디 도모(圖謀)호야 대됴(大朝)의셔

"하딕(下直) 말고 바로 가라"

호오시니라.

거동호오시는 위의(威儀)는 쇼됴(蕭條)438)호기 말이 못 되던가 시브니 당신은 젼비(前陪)나 만히 셰우고 슌녕슈(巡令手)439) 소리나 쇠훤이 시기시고 취타(吹打)나 장(壯)히 호고 가랴 호오시는디, 대됴의셔 마디못 호야 보니오시나 어이 그리 출혀주오시며 그쌔 신하들인들 두 분 스이의 뉘 감히 입을 버리리오.440)

소텬(所天)이 아모리 듕호오시나 하 망극(罔極)하고 위름(危懍)호야, 니 명(命)이 브디불각(不知不覺) 듕 어느 날 뭇치일 줄 모르니, 흔 무옴이 뵈옵디 말기만 원호야, 온힝호오시기 그덧441) 스이라도 다힝호 니 궃더니라.

션친(先親)의 쵸갈(焦渴)호시기와 두 분 사이의 어렵게 지니오신 일이야 부스로 엇디 다 긔록호리오. 자고새야 부녀(父女)의 간댱(肝腸)만 티와 디내여시니 이런 졍셩(精誠)442)이야 훗 스롬이 샹샹(想像)호야도 거의 알니로다.

선희궁의 궁묘를 봉심하면서, 선희궁의 "본가 사람 가운데 이인강은 이미 등용되었으나 그의 아들 전 병사(兵使) 이성묵(李性默)은 아직 직명이 없다"고 하면서 조용(調用)하도록 명령하고 있다. 이런 것들로 보아 이인강은 선희궁의 친정 조카이자 거의 유일한 혈육인 듯하다.

435) 영장(營將): 진영장(鎭營將). 공주에는 충청도 우병영이 있었다.

436) [교감] 디내오시고: 일사본 '지니시는고'. 가람본 '지니오신고'.

437) 권권(睠睠): 마음과 힘을 다하여 두텁게 하는 모양. 못 잊어 뒤를 돌아보는 모양.

438) 소죠(蕭條): 고요하고 쓸쓸함.

439) 슌녕슈(巡令手): 대장의 전령과 호위를 맡으며, 순시기(巡視旗)나 영기(令旗)를 들고 있는 병졸. 기수(旗手).

440) 『영조실록』의 출발 당일 기록을 보면, 세자시강원에서 세자를 모시는 관원들이 하나도 따라가지 않아서 식자들이 걱정했다고 한다.

441) 그덧: 그동안.

442) [교감] 졍셩: 일사본 '졍경'.

온힝호오신 스이의 셰손(世孫)이 '계구(季舅)443)와 슈영(守榮)을 드려다가 달나' 호오시고, 닉 명(命)이 됴셕(朝夕)의 이시니 친척이 하직(下直)이나 호고져 아오와 동셩의 덕들이 드러왓더니라.

온힝호랴 호오실 적은 사롬 다 죽게 되얏더니 셩문(城門)444)을 나오시니 격화(膈火)가 나리오시던지 녕(令)을 나리오셔 일노(一路)의 작폐(作弊)룰 못 호게 호오시고 디나오신 길희 은위(恩威)가 병힝(並行)호오시니 빅셩이 고무(鼓舞)호야 '셩명지쥬(聖明之主)오시다' 호고, 힝궁(行宮)445)의 드오신 후도 일양(一樣) 덕을 드리오시니 '온양 일읍(一邑)이 고요 안졍호야 예덕(睿德)을 츅슈찬양(祝手讚揚)호더라' 호니 그찌 싀훤호신 듯 병환이 믈너나고 본연(本然) 텬셩(天性)이 동(動)호오시던가 시브더라.

일것 가오시니 온양 쇼읍(小邑)의 므슨 경치가 이시며 장녀(壯麗)혼 믈식(物色)이 이시리오. 십여 일 머므오시니 쏘 답답호오셔 팔월 초뉵일 환궁(還宮)호오신 후446)

"온양은 답답호니 평산(平山)447)이나 가쟈"

호오신들 쏘 '평산 가쟈' 말숨을 홀 길이 업스니 '평산은 좁고 곱곱호기 온양만도 못호다' 호야 그 길은 아니 가 겨오시나 그저 답답호야 호오시고, 츈방관(春坊官)이며 신하들은 '대됴의 진현(進見)호오쇼셔' 상셔(上書)가 이어시니 가오실 모양은 못 되오시고 그 일노 큰 근심이러니라.

443) 계구(季舅): 막내외삼촌. 곧 홍낙윤(洪樂倫).
444) [교감] 셩문: 일사본 '성문'.
445) 행궁(行宮): 임금이 나들이할 때 머물던 별궁.
446) 『영조실록』에는 1760년 8월 4일 환궁했다고 적고 있다.
447) 평산(平山): 평산은 황해도 남부에 있다. 당시 도호부였으며, 온양과 함께 예로부터 서울에서 가까운 온천으로 유명하다.

세손에게 기운 영조의 사랑

대됴(大朝)의셔 셰손(世孫)을 즈로 드려다가 두오시고 졈졈 근심이 듕
ᄒᆞ오시니 연듕(筵中)[448]이라도 댱[449] ᄒᆞ오시ᄂᆞᆫ 말ᄉᆞᆷ이 우탄(憂歎)이오시
고 넘녀가 아니 밋즈실 대 업스오시니, 즈연 종사(宗社)를 위ᄒᆞ오셔 셰
손을 밋즈오시니 일ᄏᆞᆺ즈오셔 나라흘 셰손긔 의탁(依託)ᄒᆞ오시고, 셰손
이 슉셩(夙成)ᄒᆞ고 영명(英明)ᄒᆞ셔 응디(應對)와 힝동이 셩심(聖心)의 합
당(合當)ᄒᆞ시니 스랑ᄒᆞ오시ᄂᆞᆫ 하교(下敎)가 즈로 겨오신디라.

쇼됴(小朝)의셔 연셜(筵說)을 미양 스관(史官)의게 뻐다가 보오시니 연
셜 듕의 셰손 일ᄏᆞᆺ즈오시고 스랑ᄒᆞ오시며 '나라히 듕탁(重託)을 셰손긔
ᄒᆞ노라' ᄒᆞ오시ᄂᆞᆫ ᄆᆞ디의 미처는 쇼됴의셔 셰손을 스랑은 ᄒᆞ오시다[450]
데왕가(帝王家) 부즈(父子)간이 즈고(自古)로 어려운디 ᄒᆞ믈며 병환(病患)
듕이오시고 당신은 유시(幼時)브터 즈익(慈愛)를 못 밧즈온 일이 지흔
(至恨)이 되야 겨오신디 그 아들만 일ᄏᆞᆺ즈오시니 그 격화(膈火) 가온디
엇디ᄒᆞ시리오.

셰손 ᄒᆞᆫ 몸의 종사(宗社) 존망(存亡)이 이시니 평안ᄒᆞ셔야 이 나라이
보전을 홀 거시니, 셰손을 무ᄉᆞ게 홀 도리(道理)가 그 연셜 뵈옵디 아
니ᄒᆞ기에 이시니, 그를 아니 보오시게 홀 길히 업서 닉관(內官)ᄃᆞ려 닐
너 뻐오거든 그런 스연은[451] 고쳐 뻐 뵈옵게 ᄒᆞ고, 위급(危急)ᄒᆞᆫ ᄯᆡ면
닉가 닉관의게 친히 말ᄒᆞ야 ᄲᆞ히게 ᄒᆞ고 이 스연을 션친(先親)긔 긔별
(寄別)ᄒᆞ야

"아모죠록 셰손 평안ᄒᆞ실 도리(道理)를 ᄒᆞ쇼셔"

ᄒᆞ니 션친 지극ᄒᆞ신 우국튱셩(憂國忠誠)으로 두루 쥬션(周旋)ᄒᆞ오셔 그런

---

448) 연듕(筵中): 연셕(筵席). 임금과 신하가 모여 자문(諮問) 주달(奏達)하는 자리.
449) 댱: 언제나 늘.
450) [교감] 스랑은 ᄒᆞ오시다: 가람본 '스랑은 ᄒᆞ오시나'.
451) [교감] 스연은: 일사본 '스은'.

말은 밧그로셔 쌰히고 쪄오게도 흐니,

션친이 간험(艱險)흔 째를 당흐오셔 대됴 은혜도 갑스오랴 쇼됴 보호
도 흐랴 셰손도 위흐여 평안게 흐랴 흐오시니 트는 듯흔 용녀(用慮)가
과흐오신 째는 격긔(膈氣)가 셩(盛)흐오셔 관격증(關格症)452)이 미양 발
(發)흐오시고, 날을 보시면 하놀을 우러러 국가 틱평(太平)만 츅슈(祝手)흐
시고 셰손을 보젼흐야 종샤를 닛게 홀 긔틀이 그 연셜 뵈옵디 아니흐기
의 이시니, 우리 부녀(父女)의 쵸심(焦心)흐던 일은 샹니(常理) 인졍(人情)
이어니와 그 고심지셩(苦心之誠)을 가질신명(可質神明)453)흘디라. 만일 셰
손 칭찬흐오시던 샹교(上敎)를 바로 뵈왓더면 셰손긔 놀나온 일이 어느
디경의 니르러실 줄 알니오.

총첩 빙애를 죽이다

이러툿 신스년(辛巳年, 1761)이 되니 병환(病患)이 더욱 심흐오신디라.
이어(移御)흐오신 후는 후원(後苑)의 나가오셔 물 둘니고, 군긔(軍器)부
치로나 쇼일(消日)흘가 흐오시다가 칠월 후 후원(後苑)도 댱 가오시니
그도 신신(新新)치 아니흐오셔 싱각 밧 미힝(微行)을 시작흐오시니, 처
음 놀납기가 어히업스니 엇디 다 형용흐리오.

병환이 나오시면 사롬을 샹흐이고 마오시니, 그 의디(衣襨) 시죵(侍
從)을 현쥬(縣主)의 어미454)가 드러니 그 병환이 점점 더흐오셔 그거슬
통이(寵愛)455)흐오시던 것도 닛스오신디라. 신스 졍월(正月)의 미힝흐랴

452) 관격증(關格症): 먹은 음식이 갑자기 체하여 가슴이 막히고 위로는 토하며 아래로는 대소변
   이 통하지 않는 위급한 증상.
453) 가질신명(可質神明): 가히 신명(神明)에 물을 만함.
454) 현쥬(縣主)의 어미: 곧 빙애. 사도세자의 후궁인 귀인 박씨. 은전군(恩全君)과 청근현쥬(淸瑾縣
   主)의 생모이다.
455) [교감] 통이: 일사본 '춍익'.

ᄒ오시고 의디롤 ᄀ오시다가 증(症)이 나오셔 그거슬 죽게 티고 나가오셔, 즉긱(卽刻)의 디궐(大闕)셔 그릇되니, 제 인성이 가련ᄒ을 ᄯ쑨 아니라 제 ᄌ녀가 이시니 어린 것들 정경(情景)이 더 참옥(慘酷)ᄒ다라.456) 어느 날 드러오오실 줄 모르고, 시톄(屍體)롤 ᄒ째도 못 둘 거시니 그 밤을 계유 새와 내여보너고, 뇽동궁(龍洞宮)457)으로 호상(護喪) 쇼임(所任) 뎡ᄒ야 샹쇼(喪需)458)롤 극진이 ᄒ야주엇더니 드러오오셔 듯ᄌ오시고 이러타 말ᄉ음을 아니ᄒ오시니 정신이 다 아니 겨오시니 그저 ᄉᄉ(事事)이 다 망극(罔極)ᄒ도다.

평양으로 간 세자

정월, 이월, 삼월을 다 미ᄒᆡᆼ(微行)ᄒ오샤 츌입(出入)이 홀홀ᄒ오시니 그째 니 ᄆ음이 무셥고 황난(惶亂)ᄒ기 엇디 다 니리리오. 삼월의 세손(世孫)이 입훅(入學)ᄒ시고459) 그둘의 관녜(冠禮)롤 경희궁(慶熙宮)의셔 ᄒ시니,460) 니 정니(情理) 어이 아니 보고 시부리오마는 쇼됴(小朝)의셔 가오실 모양이 못 되야 겨오시니 니 무슨 눗ᄎ로 혼ᄌ 관녜롤 가 보리오. 병을 일쿳고 못 가보니 그런 정니(情理) 어디 이시리오.

그히 이, 삼월의 연(連)ᄒ야 니텬보(李天輔, 1698~1761), 니후(李㷛, 1694~1761), 민빅샹(閔百祥, 1711~1761) 세 졍승이 도라가고461) 샹후

---

456) 겨우 돌이 지난 은전군도 이때 사도세자의 칼에 맞았다고 한다. 칼을 맞고 연못에 버려졌는데, 연꽃 위에서 죽지 않고 살아나서, 은전군의 어릴 때 이름을 하엽생(荷葉生)이라고 했다 한다. 『이재난고』에 나오는 말이다.

457) 용동궁(龍洞宮): 조선 명종의 아들 순회세자(順懷世子)의 궁으로 알려져 있으며, 이후 세자에 속한 궁으로 주로 쓰였다. 『한중록』에 따르면 사도세자가 죽었을 때 처음에는 용동궁을 빈궁(殯宮)으로 쓰고자 했다고 한다. 서울시 종로구 수송동, 즉 광화문 근처 미국 대사관과 일본 대사관 뒤편 중간쯤에 있었다.

458) [교감] 샹쇼: 일사본 '샹슈'. 초상을 치르는 데 드는 물건.

459) 1761년 3월 10일 왕세손의 입학례를 행했다.

460) 1761년 3월 18일 왕세손의 관례를 행했다.

(上候) 미령(靡寧)ᄒᆞ오신디 대신(大臣)이 업ᄂᆞᆫ디라. 삼월의 션친(先親)이
디ᄇᆡ(大拜)462)ᄒᆞ오시니 당신 디쳐(地處)나 국셰(國勢)나 본심(本心)이나
엇디 츌ᄉᆞ(出仕)코져 ᄒᆞ시리오마ᄂᆞᆫ 휴쳑지의(休戚之義)463)와 ᄉᆞ성지심(捨
生之心)464)으로 그때 당신 몸이 믈너나오시면 셰도(世道) 인심(人心)이
더옥 일분(一分)도 미들 거시 업슨 줄 혜아리오시고, 단단ᄒᆞᆫ 종국(宗國)
위ᄒᆞ오신 일편(一片) 혈심(血心)으로 오직 몸을 못차 나라와 ᄒᆞᆫ가지로
존망(存亡)ᄒᆞ랴 ᄒᆞ오시니, 어ᄂᆞ 때 우황진늠(憂惶震懍)465)치 아니ᄒᆞ시며
어ᄂᆞ 날 쵸조븡박(焦燥崩迫)디 아니ᄒᆞ시리오.

삼월 회간(晦間)의 관셔(關西) 미힝을 ᄒᆞ오시니, 이ᄂᆞᆫ 그때 셔빅(西伯)
이 옹쥬의 ᄉᆡ삼촌 뎡휘랑(鄭翬良, 1706~1762)466)인 고로 가셔도 알외
디 못홀 줄 짐쟉ᄒᆞ오시고 가오셔 '쇼됴로라' 아니ᄒᆞ오신들 감ᄉᆞ(監司)
엇디 영듕(營中)의 이시리오. 쩌ᄂᆞ 영외(營外)예 디령(待令)ᄒᆞ야 공궤(供
饋)467)와 ᄂᆞ오실 때 쁘오실 거슬 다 진ᄇᆡ(進排)468)ᄒᆞ고 간댱(肝腸)을 튀
우며 댱님(長林)469)의 나올 제 피롤 토ᄒᆞ다 ᄒᆞ니, 그 사ᄅᆞᆷ이 조심 만코
그 족하 일셩위(日城尉)470)ᄂᆞᆫ 업셔시나471) 옹쥬 편ᄋᆡ(偏愛)ᄒᆞ오시기로

461) 여러 인명사전에 영의정 이천보, 우의정 민백상, 좌의정 이후, 이 세 정승은 사도세자의 평
양행에 책임을 지고 음독 자결한 것으로 적혀 있다. 하지만 그들의 자살시점은 사도세자의
평양행 이전이며, 또 『영조실록』『승정원일기』에는 자살이 아니라 병사로 나온다. 그리고 병
사 직전 자신들의 병에 대해 상소를 올린 것까지 실려 있다. 세 정승이 거의 동시에 죽은
것은 충분히 의심할 만한 일이며, 평양행은 몰라도 사도세자가 그전에도 미행을 했으므로
그 책임을 지고 죽었을 수도 있다. 그러나 셋이 함께 그것도 차례로 자살할 이유까지 있었
는지는 의문이다. 그리고 왜 하필 셋뿐인가도 의문이다. 이들의 졸기는 이천보『영조실록』1
월 5일조, 민백상 2월 15일조, 이후 3월 4일조에 있으며, 이천보는 문집에 유소(遺疏)를 남
기고 있는데, 여기서 그는 영조에게 화를 진정할 것을 당부하고 있다.
462) 대ᄇᆡ(大拜): 의정(議政) 벼슬을 받음. 우의정이 되었다.
463) 휴쳑지의(休戚之義): 안락이든 환란이든 함께 겪겠다는 의리.
464) 사생지심(捨生之心): 자기의 목숨을 버리면서까지 희생하겠다는 마음.
465) 우황진름(憂惶震懍): 염려하고 떨다.
466) 정휘량(鄭翬良): 소론으로 정수기의 아들이며 정우량의 동생이다. 대제학(大提學) 등을 역임했
으며 평안도 관찰사, 우의정, 좌의정의 벼슬에 올랐다. 사도세자의 평양행 당시 평안도 관찰
사로 있으면서 홍봉한을 도와 그것을 덮어두려 했다. 사도세자가 죽고 몇 달 후에 죽었다.
467) 공궤(供饋): 윗사람에게 음식을 드림.
468) 진배(進排): 물품을 나라에 바침.
469) 장림(長林): 평양성 밖에 있는 수풀 이름.

두려워ᄒ더니,[472] 그째 황황(遑遑) 숑구(悚懼)ᄒ기 엇더ᄒ리오.

셔ᄒ(西行)ᄒ오신 후 ᄂ 용녀(用慮)ᄂ 니ᄅ디 말고 션친이 쵸황망조(焦惶罔措)ᄒ샤 넌ᄌ시 감ᄉ(監司)의 아라오셔 소식을 드ᄅ시고 댱 대궐(大闕) 겨오시다가 혹 집의 도라오셔도 마로의셔 안자 새와 나시니 당신 심ᄉ(心事) 엇더ᄒ시리오. 쇼됴 ᄒ시ᄂ 일을 대됴(大朝)의셔 ᄎ마 알외디 못홀 거시오, 미ᄒᆼᄒ오실 제 댱인긔 가노라 말숨도 ᄒ오신 일 업ᄉ니 간(諫)홀 터이 어이 이시며 간홀 만ᄒ면 무슴 ᄆ음으로 간티 아니ᄒ야시리오. 셜ᄉ 간ᄒ다 ᄒ야도 듯ᄌ오실 니ᄂ 업고 연좌(連坐)ᄂ ᄂ 몸 보젼치 못홀 거시오, ᄌ녀들ᄭ디 홀 줄 모ᄅ니[473] 간ᄒ읍고져 아니ᄒ신 거시 아니로ᄃ 젼(專)혀 병환이오시니 일심(一心)으로 셰손만 보젼ᄒ랴 ᄒ시ᄂ 고심(苦心)이신ᄃ, 모ᄅᄂ 니ᄂ 보도(輔導) 잘 못ᄒ다 칙망(責望)ᄒ니 눌다려 이러이러ᄒ시다 말을 홀가. 그저 만나신 비 긔험(崎險)ᄒ시니 셟고 셟도다.

셔ᄒᆼᄒ오신디 이십여 일 만의 ᄉ월 념후(念後)[474] 도라오오시니[475] 쵸젼(焦煎)ᄒ다가 도로혀 아모라타를 못 ᄒ며, 셔ᄒᆼᄒ신 ᄉ이ᄂ '병환 겨오시다' ᄒ고 ᄃ관(內官)[476]의게 약속(約束)ᄒ야 댱번ᄂ관(長番內官) 뉴인식(柳仁植)은 속방의 누어 쇼됴 말숨ᄀᆺ치 ᄒ고 박문흥(朴文興)이ᄂ 각식(各色) 일을 다 슈응(酬應)ᄒ니 무셥고 망측(罔測)ᄒ기 엇디 다 긔록ᄒ리오.

그째 윤지겸(尹在謙)의 샹셔(上書)가 나니[477] 간(諫)ᄒᄂ 거시 신ᄇ(臣

---

470) 일셩위(日城尉): 화완옹주의 남편 정치달. 1757년 사망.

471) [교감] 업서시나: 일사본 '업거니와'.

472) 영조가 화완옹주를 편애하므로 옹주 일에 신경을 많이 쓴다는 말.

473) [교감] 홀 줄 모ᄅ니: 일사본 '엇디홀 줄 모ᄅ니'.

474) 염후(念後): 20일 이후.

475) 『영조실록』 1761년 9월 21일조에 사도세자가 그해 4월 2일 서행(西行)을 했다가 같은 달 22일 환궁(還宮)했다는 기록이 보인다.

476) [교감] ᄃ관: 일사본 'ᄂ관'.

477) 1761년 5월 15일, 사도세자의 관서(關西) 행차를 말리지 못한 자들과 방조한 자들의 처벌을 청하는 사헌부 장령 윤재겸의 상서가 올랐다. 이 비판의 주요 대상은 홍봉한이다.

分)의 당연(當然)호나 쇼됴의셔 아오실 지경(地境)이 못 되오시고 대됴
의셔 아오시면 무슨 변이 날 줄 알니오. 간홀 터히 업시 되얏더니라.

셔힝 후 져기 무음을 잡으시는 듯호야 추디(次對)도 호시고 강연(講
筵)도 호오시니, 아쇠이[478] 진덩호오실가 브라던 무음이 가련(可憐)호며,
그후 추디(次對)의 계회(啓禧)[479]가 무어시라 알외니[480] 하령(下令)을 엄
히 호오셔 강튱(江充)[481]이 말숨으로쌋치[482] 호오시는 양이 병환이 나
으신 듯호오시니, 션친이 춤아 깃브오셔 드러와 닉게 뎐호오시더니
라.[483]

오월 슌후(旬後)의 처음으로 경희궁(慶熙宮) 가오셔 승후(承候)호오시
니[484] 텬힝(天幸)으로 탈 업시 단녀오오시니 나도 망간(望間) 셰손과 흔
가지로 경희궁 올나가 대됴의 우럿줍고 션희궁(宣禧宮) 뵈오니[485] 억식
(抑塞)호야 무슴 말숨이 이시리오.

478) 아쇠이: 간절히.
479) 계회(啓禧): 홍계희(洪啓禧, 1703~1771). 본관 남양(南陽). 호 담와(淡窩). 1737년 별시문과에
　장원, 각종 벼슬을 역임하고 1748년에는 통신사(通信使)로 일본에 다녀왔다. 1762년 경기도
　관찰사로 김한구(金漢耉), 윤급(尹汲) 등과 짜고 나경언(羅景彦)의 상변(上變) 사건을 일으켜 사
　도세자의 사사(賜死)를 촉진했던 것으로 알려져 있다. 그후 판중추부사가 되고 봉조하(奉朝賀)
　에 이르렀는데, 1777년(정조 1)에 아들 술해(述海), 찬해(纉海), 손자 상간(相簡), 상범(相範)이
　대역죄로 사형을 받았고 그의 관직도 추탈당했다. 막내아들인 찬해는 혜경궁 고종사촌의 남
　편이다.
480) 사도세자가 평양에 간 사이 홍계희는 영조에게 사도세자를 만나볼 것을 상소했다. 그의 말
　처럼 되었다면 누가 상소하지 않아도 사도세자의 미행이 드러났을 것이다.
481) 강충(江充): 한무제(漢武帝) 때 사람으로 평소 태자 거(據)와 사이가 좋지 않았는데, 무제가 병
　이 들어 누군가의 저주를 의심하던 차, 강충이 태자궁에서 저주에 사용된 나무인형을 찾았
　다고 아뢰었다. 이로써 태자는 큰 어려움에 처했는데 이 바람에 강충은 나중에 태자에게 죽
　임을 당했다. (『한서漢書』「강충전江充傳」)
482) [교감] 말숨으로쌋치: 일사본 '말숨쌋지'.
483) 이 사건에 대해서는 사도세자의 문집인『능허관만고』에 실려 있는 '연석에서 강충의 일로
　중신을 엄히 꾸짖은 다음 내린 명령'이라는 뜻의「연중이강충사업책중신후령지筵中以江充
　事嚴責重臣後令旨」라는 글을 참조할 수 있다. 이 글에서 사도세자는 자신에게 잘못이 많지
　만, 어제 저녁 강충에다 비겨 꾸짖은 말은 결코 식언이 아니라고 생각한다고 했다. 누구
　라고 지명하지는 않았지만 사도세자가 신하들에게 몹시 큰 배신감을 느꼈음을 볼 수 있
　다.『정조실록』1789년 10월 7일조에 있는 정조가 쓴 사도세자의 지문(誌文)에도 이 사건이
　언급되어 있다.
484) 『영조실록』에 5월 17일의 일로 나온다.
485) 『영조실록』에 5월 19일의 일로 나온다.

뉴월의 학질(瘧疾)을 엇즈오셔 수월(數月)을 민망이 디니오시니 그히논 봄브터 미령〈힝〉(微行)[486] 호오시기로 옥톄(玉體)롤 잘못 가지오셔 그 병환이 나오신가 시브니, 니 이 말이 인스(人事)의 고이호디, 만고소무지스(萬古所無之事)롤 격스오시느니 그 병환의 도라가 겨오시더면 여희온 지통(至痛)쑨이지 당신의 셜움과 쳐즈(妻子)의 지원(至冤)이 이디도록 호며 셰변(世變)의 망측(罔測)홈과 사롬의 샹홈과 니 집의 통원(痛冤)호미 이 디경(地境)의 니르러시리오마는 텬도(天道)롤 아디 못홀 일이로다.

팔월의 학증(瘧症)은 나으시고 구월의 이르러 대됴의셔 『졍원일긔政院日記』롤 드려보오시다가 셔명은(徐命膺) 상셔(上書)[487]의 셔힝 말이 이시니 비로소 아오시고 그째 일댱풍파(一場風波)롤 디니여시디 큰 변이 나디 아니호기는 뎡휘량(鄭翬良)의 힘을 만히 닙으니라. 챵덕궁(昌德宮) 거동(擧動)도 호랴 호오시고 그째 니관(內官)도 다스리오시니 엇디 그리 아니호오시리오.

죽음의 예감

우원 즈쇼(自少)로 대됴(大朝) 호오시는 일롤 경녁(經歷)호니 쟈근 일의 가찰(苛察)[488] 셰밀(細密)호오셔 어렵습디, 일이 커 대단호면 도로혀 쇼스(小事)의 격뇌(激怒)호오시느 니의셔 덜 호오시니, 살싱(殺生)호오신 말솜 듯즈오시고 '샹(傷)호야 그러호다' 도로혀 위로호시던 일 곳즈오셔 셔힝(西行) 일 아오신 후야 진노(震怒)와 쳐분(處分)이 엇더호시리오마는 나죵 그디도록디 아니호오시니 너모 커 홀일업서 그리호시던가도

486) [교감] 미령〈힝〉: 일사본 '미힝'. 가람본 '미령'.
487) 1761년 5월 8일, 서명응(徐命膺)은 사도세자의 평양행을 부추긴 자들에 대해 처벌을 청하는 상소를 올렸다. 영조는 9월 20일에야 서명응의 상소를 보았다.
488) 가찰(苛察): 까다롭게 따져가며 잘 살핌.

시브며,

그째 거동녕(擧動令)이 나니 당신 버리신 군긔(軍器) 졔구(諸具)부치를 다 칙으고 당신도 무스치 못ᄒᆞ오실 듯ᄒᆞ야 그째 환취뎡(環翠亭)[489]의 겨오시더니 여러 히 졍(情)으로 ᄒᆞ시ᄂᆞᆫ 말ᄉᆞᆷ을 듯디 못ᄒᆞᆯ너니, 그날 날ᄃᆞ려 ᄒᆞ오시기를

"아마도 무스치 못ᄒᆞᆯ 듯ᄒᆞ니 엇디ᄒᆞᆯ고"

ᄒᆞ오시거늘

니 곱곱ᄒᆞ야 디답ᄒᆞ기를

"안탓갑소마는 현마 엇지ᄒᆞ오시리잇가"

ᄯᅩ ᄒᆞ오시기를

"어이 그러ᄒᆞᆯ고. 셰손(世孫)은 귀ᄒᆞ야 ᄒᆞ오시니 셰손 잇ᄂᆞᆫ 밧, 날 업시ᄒᆞ여든 관계ᄒᆞᆫ가"

ᄒᆞ시거늘 니 디답ᄒᆞ기를

"셰손이 마노라 아ᄃᆞᆯ인디 부ᄌᆞ(父子)가 화복(禍福)이 ᄀᆞᆺ디 엇더ᄒᆞ오리잇가"

ᄒᆞ니 ᄯᅩ ᄒᆞ오시더

"ᄌᆞ니는 못 싱각ᄒᆞ니. 질지이심(疾之已甚)[490]ᄒᆞ야 졈졈 어려오니 날은 폐(廢)ᄒᆞ고 셰손을 효쟝셰ᄌᆞ(孝章世子)의 양ᄌᆞ(養子)를 삼으면 엇지ᄒᆞᆯ가 본고"

그 말ᄉᆞᆷ ᄒᆞ오실 제ᄂᆞᆫ 병환 긔운도 업고 텬연(天然)이[491] 그리ᄒᆞ오시니 그 말ᄉᆞᆷ은 슬프고 셜워

"그럴 니 업ᄉᆞᆸᄂᆞ이다"

ᄒᆞ니 ᄯᅩ ᄒᆞ오시더

"두고 보소. ᄌᆞ니는 귀ᄒᆞ야 ᄒᆞ니 니게 조촌 사름이로디 ᄌᆞ니와 ᄌᆞ식

---

489) 환취정(環翠亭): 창경궁 통명전 북쪽 언덕 위에 있다.
490) 질지이심(疾之已甚): 몹시 미워함.
491) [교감] 텬연이: 일사본 '쳔연이'.

들은 네스롭고 나만 그리ᄒ야 이리되고"

드러더니,492) 갑신(甲申, 1764) 망극(罔極) 지원(至冤) 극통(極痛)을 당ᄒ
야493) ᄒ오시던 말슴을 싱각ᄒ니 미리지ᄉ(未來之事)룰 능히 탁냥(度量)
ᄒ야 그날 그 말슴 ᄒ오시던 일이 이샹ᄒ오시고 녕(靈)ᄒ게 붉ᄉ오시던
줄이 원혹(冤酷) 지원(至冤)ᄒ도다.

관자 하나 때문에

거동(擧動)이 인ᄒ여 아니 되오시니 화식(禍色)이 져기 진뎡ᄒᆫ 듯ᄒ나
ᄒᆫ번 광셩(狂性)494) 곳 디니면 병졍(病症)은 그대로 더ᄒ오셔 십월 즈음
은 더 듕ᄒ시니 망극(罔極)ᄒ며,

셰손빈(世孫嬪) 간퇵(揀擇)을 뎡ᄒ오시니 쳥풍(淸風)집495)이 대가덕문
(大家德門)이오, 김판셔(金判書) 셩응(聖應) 대부인(大夫人) 슈연(壽宴)496)
의 션친(先親)이 가 겨오시다가 대비뎐(大妃殿)497)을 ᄋ시(兒時)의 보오
시고 비샹(非常)ᄒᆫ ᄌ딜(資質)이라 ᄒ시던 말슴을 드럿더니, 쳐녀단ᄌ(處

492) [교감] 드러더니: 한 줄 빠진 듯. 일사본 '병이 이러ᄒ니 어더 살게 ᄒ얏ᄂ가 니 참아 셜워
　　울고 드럿더니'.
493) 1764년 2월 20일 영조는 세손 곧 정조를 사도세자의 이복형인 먼저 죽은 효장세자의 아들
　　로 삼는다고 천명했다.
494) [교감] 광셩: 일사본 '광경'. 김동욱은 '光景'으로 보았다. 버클리국한문본은 '曠省'. 문맥상
　　'발광(發狂)' 또는 '한바탕 큰일' 정도가 적합하다.
495) 청풍집: 청풍(淸風) 김씨(金氏) 김시묵의 집. 시묵의 딸이 정조비 효의왕후(孝懿王后, 1753〜
　　1821)이다.
496) 수연(壽宴): 장수(長壽)를 축하하는 잔치. 보통 환갑잔치를 이른다. 그런데 효의왕후가 1753년
　　생이니 어린 시절이라면 1750년대 말이다. 그때는 1699년생인 김성응이 환갑이 다 된 때이
　　다. 당시는 부부가 거의 나이가 비슷하므로 김성응의 부인도 환갑이 다 되었을 것으로 짐작
　　된다. 즉 본문에서 말한 수연은 김성응 부인의 환갑잔치로 볼 수 있는 것이다. 다만 당시는
　　김성응의 어머니도 살아 있을 때이니 김성응 어머니의 생일잔치일 가능성도 배제할 수는 없
　　다. 김성응의 어머니는 후덕하기로 유명해서, 18세기의 인물지인 이규상의 『병세재언록幷世
　　才彦錄』에 따로 항목을 두어 소개하고 있을 정도이다. 98, 99까지 살았다고 한다.
497) 대비전(大妃殿): 임금의 어머니. 곧 순조의 어머니인 정조비 효의왕후.

女單子)의 김참판(金參判) 시묵(時默)의 녀(女) 쓰인 거슬 쇼됴(小朝)의셔 보시고 만히 ᄒ고져 ᄒ오셔 옹쥬(翁主)의게 긔별(寄別)ᄒ오셔

"이곳의 못 되면 네 알니라"

ᄒ오시니, 윤득양(尹得養)의 ᄯᅩᆯ의게 셩의(聖意)가 기우오시고 궁듕(宮中) 소견(所見)들도 그러ᄒ되 쇼됴의셔 못 가오시니 닉 엇디 홀노 가리오.

닉 그 아ᄃᆞᆯ의긔 ᄒᄂᆞᆫ 텬뉸(天倫) 밧 ᄌᆞ별(自別)ᄒᆞᆫ 지졍(至情)으로 그 간퇵(揀擇) 보디 못ᄒᄂᆞᆫ 일 굼겁고[498] 인졍(人情) 밧 일인 줄 한심(寒心)ᄒᆞ여 디니여시며, 쇼됴의셔 못 될가 용녀(用慮)ᄒ오시다가 완졍(完定)ᄒ오시니 만심환희(滿心歡喜)ᄒ야 ᄒ오시더니,

지간(再揀)을 지니고 빈궁(嬪宮)이 즉시 두역(痘疫)ᄒ시고 니어 셰손이 셩두(聖痘)를 ᄒ야 납월(臘月) 슌간(旬間)의 츌댱(出場)ᄒ시니 대됴의셔 용녀ᄒ오시다가 환희(歡喜)ᄒ오시고 쇼됴의셔 깃거 됴화ᄒ셔 조심을 능히 ᄒ오시니 그런 ᄯᅢ는 병환이 아니 겨오신 ᄃᆞᆺ시브며, 닉 눔의 업손 졍니(情理)로 듕ᄒᆞᆫ 병환의 합슈암츅(合手暗祝)ᄒ야 틱평(太平)이 츌댱(出場)ᄒ기를 텬지신명(天地神明)의 비던 일과 션친(先親)이 딕슉(直宿)ᄒ야 듀야(晝夜)의 초젼(焦煎)ᄒ시던 졍셩이야 더욱 니롤 거시 어이 이시리오. 조종(祖宗)이 음즐(陰騭)ᄒ셔 냥궁(兩宮)이 ᄎᆞ례로 평슌(平順)이 ᄒ시고, 십이월의 삼간(三揀)이 되니[499] 그 경ᄉᆞ(慶事) 엇디 다 형용ᄒ리오.

삼간의ᄂᆞᆫ 부모룰 아니 뵈디 못ᄒ오셔 쇼됴와 날을 오라 ᄒ오시니 셰손빈궁(世孫嬪宮) 볼 일 깃븐 밧, ᄯᅩ 쇼됴의셔 엇디 ᄃᆞ녀오오실고 굽굽 조이더니 넘녀의 어건 일이 어이 이시리오. 쇼됴의셔 의대(衣襨) 병환으로 일습(一襲)을 다 여러 번 ᄀᆞ오시니 망건(網巾)도 그대로 여러 번 ᄀᆞ오시ᄂᆞᆫ디라.

도리옥관ᄌᆞ(--玉貫子)[500]룰 디당(支當)[501]치 못ᄒ야 그날 공교이 통졍

498) 굼겁고: 궁겁고 궁금하고
499) 1761년 12월 22일의 일이다.
500) 도리옥관자(--玉貫子): 1품관이 다는 문양 없는 작은 관자. 관자는 망건을 쓸 때 당줄을 꿰어

옥관즈(通政玉貫子)[502]롤 브치고 가 겨오시더니, 스현합(思賢閤)[503]의셔 대쇼됴(大小朝)가 만나오시니 엇지 슌히 감(鑑)호오실 셩심(聖心)이 겨오시리오마는 임의 즈식의 대스(大事)롤 보이랴 드려와 겨오시니 그 통정 옥관즈가 호반(虎班)[504]의 관즈(貫子)ᄀᆾ치 크고 고이ᄒᆞ야 뎌군(儲君)이 드오셤죽디 아니ᄒᆞ오시ᄂᆞ, 긔여셔 더흔 일이 만흔디 그 관즈 일이 무슴 그디도록 딕스(大事)완디 밋쳐 쳐녀가 드러오디 못ᄒᆞ야셔 그 관즈 일노 긔로(起怒)ᄒᆞ오셔

"보지 말고 도라가라"

ᄒᆞ오시니 그 일은 실노 하 셟고, 하 아니ᄒᆞ오셤죽 흔 일이니 ᄎᆞ마 어이 그리ᄒᆞ오시는고. 며느리 되 리 보도 못ᄒᆞ오시고 가오시는 일이 엇더ᄒᆞ오시리오.

어이 그 화증(火症)을 아니 ᄂᆡ오시고 공슌이 ᄂᆞ려가오시던고 시브며, 나는 나죵의 죽을 변을 당ᄒᆞ 량으로 임의 올나와시니 셰손빈궁(世孫嬪宮)을 보고 가랴 ᄒᆞ야 계오 삼간을 디나고 싱각ᄒᆞ니 쇼됴의 삼간ᄭᅵ디 뵈ᄋᆞ기가[505] 졍니(情理)의도 박졀(迫切)ᄒᆞ고 일도 어즈로울 듯ᄒᆞ야, 그 ᄶᅢ 듕궁뎐(中宮殿)의와 션희궁(宣禧宮)이오시며 옹쥬(翁主)드려

"별궁(別宮)[506] 길히 창덕궁(昌德宮)을 지나니 우희 엿줍디 아니고 즈하(自下)[507]로 드려가기 황공(惶恐)ᄒᆞ나 아마 뵈ᄋᆞ게ᄉᆞᆸᄂᆞ이다"

ᄒᆞ니 의논이 구일(歸一)ᄒᆞ거눌 협시ᄂᆡ관(挾侍內官)드려 닐너

졸라매는 고리.

501) 지당(支當): 수요에 맞추어 공급함.

502) 통정옥관자(通政玉貫子): 정3품 문관인 통정대부가 다는, 문양을 넣어 아주 크게 만든 관자.

503) 사현합(思賢閤): 경희궁에 있는 집.

504) 호반(虎班): 무관.

505) [교감] 뵈ᄋᆞ기가: 일사본 '아니 뵈ᄋᆞ기가'.

506) 별궁(別宮): 왕이 사는 궁전 밖에 따로 둔 궁궐. 왕이나 세자의 혼례 때 신부를 맞아들이거나, 외국 사신을 대접하는 용도 등으로 이용했다. 당시 세손빈은 어의궁(於義宮)으로 갔는데, 어의동 별궁은 원래 효종이 왕위에 오르기 전에 살았던 곳이다. 어의궁의 위치는 서울시 종로구 연지동 기독교회관 부근이다. 경희궁에서 어의궁으로 가자면 창덕궁을 지나치게 된다.

507) 자하(自下): 자하거행(自下擧行). 윗사람의 승낙을 받지 않고 스스로 하는 것.

"아래 대궐(大闕) 디닐 쌔 닉 연(輦)과 깃치 들게 ᄒ라"
ᄒ야 드리고 오니,

쇼됴의셔 춤아 ᄆ음이 됴티 못ᄒ 거시 가 겨오시다가 보오시도 못ᄒ고 무광(無光)이[508] 나려오오셔 어히업고 셟스오셔 덕셩합(德成閤)의 도로혀 줌연(潛然)이 누어 겨오시거눌,

"셰손빈(世孫嬪) 드리고 오옵ᄂ이다"
ᄒ니 반기셔 그 며느리롤 어ᄅ몬지시며 긔특 됴화ᄒ오시고 밤의야 별궁(別宮)으로 보ᄂ니, 스셰(事勢) 홀일업셔 드려와 뵈옵스오나 대됴롤 긔이온 듯 죄송ᄒ더라.

날노 셟스오시고 날노 병환이 더ᄒ오셔 부왕(父王)긔 힝ᄒ오신 블공(不恭)ᄒ오신 말솜이 졈졈 가이업스오시니 이 아니 망극ᄒ냐. ᄆ음은 놀납고 듀야(晝夜)로 공구(恐懼)ᄒ니 닉 목숨이 어ᄂ 쌔 엇더홀 줄 몰나 어셔 대스(大事)나 디니랴 ᄒ니, 만난 바가 셰샹의 이런 사름이 다시 어이 이시리오.

정조의 가례

ᄒ가 변ᄒ야 임오(壬午, 1762)가 되니 가례(嘉禮)ᄂ 이월 초이일노 틱일(擇日)ᄒ니 어셔 날수가 가례 슌셩(順成)ᄒ기만 조히ᄂ디, 졍월(正月) 슌후(旬後)의 홀연 인후(咽喉)가 대단ᄒ야[509] 증졍(症情)이 비경(非輕)ᄒ오시니 대스(大事)ᄂ 박두(迫頭)ᄒ디 엇덜고 안탓갑더니 슈침(受鍼)ᄒ오시고 즉시 복샹(復常)ᄒ오시니 만힝(萬幸)ᄒ여 ᄒ야시며, 가례 긔약(期約)이 미츠니 막듕인뉸(莫重人倫)의 일을 폐티 못ᄒ게 ᄒ야시니 초이일

---

508) [교감] 무광이: 일사본 '무단이'. 가람본 '무광히'. 나손본 '무싁히'. 버클리국한문본 '無光'.
509) 『승정원일기』 1762년 1월 16일조에 세자의 목감기가 심각함을 말하고 있다.

셰손(世孫)을 드리고 오라 ᄒ오시니 셰손은 몬져 가시고 그날 일즉이
올나가오셔 슝현문(崇賢門)[510] 밧긔 쇼ᄎ(小次)[511]ᄒ오시고 경현당(景賢
堂)[512]의셔 초례(醮禮)[513]ᄅᆞᆯ ᄒ오시니, 일당듕(一堂中)의 조ᄌ손(祖子孫)
삼ᄃᆡ(三代)가 뫼히셔 그 손ᄌ(孫子)ᄅᆞᆯ 가례ᄒ야 뎐안(奠雁)[514]ᄒ게 보ᄂᆡ오
시니 그 즐거운 셩셔(盛擧)[515]와 막더흔 경ᄉᆞ(慶事) 다시 어ᄃᆡ 이시리오.

쵸례ᄅᆞᆯ 디ᄂᆡ옵고 대례(大禮)[516]ᄂᆞᆫ 광명뎐(光明殿)[517]의셔 디ᄂᆡ니 동궁
(東宮)은 즙희당(緝熙堂)[518]의셔 머므오시고 셰손 냥궁(兩宮)은 광명뎐(光
明殿)의셔 밤을 디ᄂᆡ시고, 이튼날 냥뎐(兩殿) 냥궁(兩宮)이 일뎐(一殿)의
셔 셰손빈(世孫嬪) 됴현(朝見)을 바들ᄉᆡ 냥뎐은 광명뎐 북벽(北壁)의 교
의(交椅) 좌(座)ᄒ시고 동궁 좌셕(座席)은 동편(東便)으로 ᄒ고 ᄂᆡ 좌(座)
ᄂᆞᆫ 셔(西)로 ᄒ니, 셰손빈궁(世孫嬪宮)이 어리시고 신인(新人)의 거름이
쉽디 못ᄒ야, 그ᄉᆞ이 두 분이 셔ᄅᆞ 디ᄒ오신 지 ᄉᆞ이 오랜디라. 보오시
기 슬ᄉᆞ오시고 말ᄉᆞᆷ을 참ᄉᆞ오시니 긔ᄉᆡᆨ(氣色)이 어이 됴ᄉᆞ오시리오. ᄂᆡ
우러러 말ᄉᆞᆷ 아니ᄒ오시기ᄅᆞᆯ 암튝(暗祝)ᄒ야시며 ᄂᆡ 나가 셰손빈ᄅᆞᆯ 지
쵹ᄒ야 드려 셰우고 조뉼반(棗栗盤)과 하슈반(煆脩盤)을 지쵹ᄒ야 냥뎐
냥궁의 태평이 드리니[519] 그런 만ᄒᆡᆼ(萬幸)이 어이 이시리오.

510) 슝현문(崇賢門): 경희궁 경현당(景賢堂)의 남쪽 문.
511) 소차(小次): 거둥할 때 잠깐 머무는 것.
512) 경현당(景賢堂): 동궁이 예를 받던 정당(正堂)이다. 경희궁에 있다.
513) 초례(醮禮): 민간에서는 혼례를 흔히 초례라고 하나, 여기서는 '초계(醮戒)' 또는 '초계례'를
     이른 말이다. 초계례는 부모가 신랑 또는 신부를 훈계하는 예식이다.
514) 전안(奠雁): 혼례 때, 신랑이 기러기를 가지고 신붓집에 가서 상 위에 놓고 절하는 예(禮). 산
     기러기를 쓰기도 하나, 대개 나무로 만든 것을 쓴다.
515) [교감] 셩셔: 성대한 행사. 아름답고 좋은 일. 일사본 '셩거'. 가람본 '셩지'. 버클리국한문본
     '聖懷'.
516) 대례(大禮): 결혼. 가례(嘉禮).
517) 광명전(光明殿): 내전에서 하례받는 곳이다. 경희궁에 있다. 『영조실록』 1762년 2월 2일조에
     서는 '명광전(明光殿)'이라 했으나, 용례로 볼 때 '광명전'이 정확한 표현인 듯하다.
518) 즙희당(緝熙堂): 경희궁에 있다.
519) 외명부(外命婦)에 속한 부인(夫人)이 왕과 왕비를 알현할 때, 왕을 알현할 때에는 밤과 대추
     를 담은 쟁반인 조율반(棗栗盤)을, 왕비를 알현할 때에는 육포를 담은 하수반(煆脩盤)을 바친
     다. 일반적으로 '하수반'은 '단수반(腶脩盤)'으로 적고 읽힌다. '단수(腶脩)'는 약포(藥脯)를 뜻
     한다. 그런데 『조선왕조실록』에는 모두 '단(腶)'이 아니라 '하'로 읽힐 수 있는 '煆'로 적혀

쇼됴의셔 그저 어려워ᄒ오시며 삼월디니눌[520] 보오시고 가랴 ᄒ오시니 그리ᄒ오실 적은 병환증도 아니 나오시니 당신을 됴히 디졉만 ᄒ면 그려도 나을디, 셩의(聖意)ᄂ 막듕대례(莫重大禮)ᄅᆞᆯ 아니 뵈지 못ᄒ야 겨오시나 됴현(朝見)ᄉᆞ디 디나시니 머므르오실 셩의 아니 겨오셔 동궁 환츠녕(還次令)을 ᄂᆞ오시고 나ᄂ 삼일(三日)을 보고 가게 ᄒ오니 너가 혼자 잇기 눈쳐흔 일이 만하 계요 도모(圖謀)ᄒ야 뒤미처 ᄂ려오고,

셰손과 빈궁은 삼일 후 챵덕궁(昌德宮)으로 ᄂ려오니, 쇼됴의셔 기ᄃ리오시다가 됴화됴화ᄒ오셔 빙궁(嬪宮)을 ᄃ리오시고 휘령뎐(徽寧殿)의 뎐알(展謁)ᄒ게 ᄒ오시고 감챵(感愴)ᄒ야 ᄒ오시니 이러ᄒ오실 적은 본심(本心)이 도라오오시고 그 며느리ᄂ 과연 이상이 ᄉᆞ랑ᄒ오시니, 대비뎐(大妃殿)이 특별흔 ᄌᆞ익(慈愛)ᄅᆞᆯ 밧ᄌᆞ왓기 튱년(冲年)이로디 상ᄉᆞ(喪事) 후 익통(哀痛)이 심ᄒ시고 셰월이 갈ᄉᆞ록 츄모(追慕)ᄒ미 더ᄒ야 말슴이 미츠면 눈물 아니 닐 적이 업ᄉᆞ시니 ᄌᆞ익ᄅᆞᆯ 밧ᄌᆞ온 연괴(緣故)나 효셩(孝誠)이 업ᄉᆞ면 엇디 이러ᄒ시리오.

어려운 상대, 장인

근년(近年)을 댱인(丈人)을 ᄉᆞ젹(私覿)[521]ᄒ오신 일이 업ᄉᆞ시더니, 그째 션친(先親)이 북도(北道)[522] 능(陵) 봉심(奉審)[523]을 가시게 되여[524]

있다.

520) [교감] 삼월디니눌: 일사본 '삼일지니ᄂ'. 문맥상 일사본의 삼일지내(三日之內)가 적절한 듯하다.『영조실록』에는 가례 다음날인 2월 3일 사도세자와 혜경궁이 창덕궁으로 돌아갔다고 적고 있다.

521) 사젹(私覿): 사사로이 만나봄.

522) 북도(北道): 여기서는 함경도

523) 봉심(奉審): 임금의 명(命)으로 능이나 사당 따위를 보살피던 일.

524) 『승정원일기』 1762년 2월 11일에 홍봉한이 함경도 화릉(和陵) 봉심을 간다는 기사가 있고, 3월 11일에는 이를 보고했다는 기사가 있다.

대됴(大朝)의셔 날을 보고 셰손빈(世孫嬪)을 보고 가라 ᄒ오셔 아래대궐
(大闕) 오오시니, 쇼됴(小朝)의셔 그날은 병환(病患)도 조곰도 덜ᄒ오시
고 며느리 ᄌ랑도 ᄒ오시랴 보오신디라.

원니 쇼됴의셔 ᄌ라오실 젹 보양관(輔養官) 츈방관(春坊官)들 밧 ᄉ젹
(私覿)ᄒ실 쳑니(戚里) 업셔 밧 ᄉ롬 친친(親親)이 보오시 니 업다가 가
례(嘉禮) 후 션친을 보오시고 디졉ᄒ오시고 친후(親厚)ᄒ오시니, 션친이
삭망(朔望)으로 문후(問候)ᄒ시나, 샹교(上敎) 겨오셔야 뵈옵고, 드러오신
째라도 미양 오래 머므지 아니ᄒ오셔

"궁금(宮禁)이 지엄(至嚴)ᄒᆫ대 밧 ᄉ롬이 오래 머므지 못ᄒ리라"
ᄒ오셔 즉시 나가오시나,

쇼됴의 입대(入對)ᄒ오신 즉 일심(一心)으로 예혹(睿學)을 권면(勸勉)ᄒ
오시고 녯 ᄉ젹(事蹟)을 미미(亹亹)히525) 알외시고 유익(有益)ᄒᆫ 고인(古
人) 문ᄌ(文字)롤 ᄌ로 뼈드리오시고 글 지어 보니오시면 니병(利病)526)
을 의논ᄒ오셔 드리오시니 우리 션친긔 비호오시미 만ᄉ오시니 텬만년
(千萬年)을 ᄇ라오셔 태평셩군(太平聖君)이 되오시기롤 옹튝(顒祝)527)ᄒ
오시는 지셩(至誠)이 어느 신하가 만일(萬一)이나 미츠리오.

ᄋᆡ디(愛待)ᄒ오시기는 비록 그음 업스오시나, 돕ᄉ오기는 반ᄃ시 올
흔 일노 ᄒ오셔, 쳑니(戚里)들이 혹(或) 완호지믈(玩好之物)노 유희(遊戲)
ᄒ오시긔 드리는 쥬례(規例)528) 이시더 션친은 일졀(一切) 그리ᄒ오신
비 아니 겨오시고, 뵈오면 ᄌ초지죵(自初至終)이 번번이 엿ᄌ오시는 말
슴이

"효도(孝道) 힘쁘오쇼셔"

"혹문(學問) 브즈런ᄒ오소셔"

---

525) 미미(亹亹)히: 힘써 부지런히.
526) 이병(利病): 좋은 점과 나쁜 점.
527) 옹축(顒祝): 잘되게 해달라고 크게 빎.
528) [교감] 쥬례: 일사본 '규례'.

이 두 마디 밧ᄌᆞ 다른 말솜 ᄒᆞ오시ᄂᆞᆫ 일 업시,

쇼됴의셔 귀듕(貴重)ᄒᆞ오시ᄂᆞᆫ 듕 심히 긔ᄃᆡ(器待)[529]ᄒᆞ오시고 수렴(收斂)[530]ᄒᆞ오시던 고로, 병환이 졈졈 드오시ᄂᆞ 나ᄎᆞ로 보오시고 이러타 말솜ᄒᆞ오신 일 업ᄉᆞ오시고, 난감(難堪)ᄒᆞ오신 ᄯᅢᄂᆞᆫ 졈졈 어려오니 '잘ᄒᆞ라' '밋노라' 이쳐로 ᄂᆡ 편지로 ᄡᅳ이시디 당신 ᄲᅧ 보ᄂᆡ오신 일 업고, 그 의ᄃᆡ병환(衣襨病患)으로 ᄉᆞᄉᆡᆼ(死生) 관두(關頭)[531]ᄒᆞᆫ 일이 되야 션친(先親)긔 ᄂᆡ가

"어더주쇼셔"

ᄒᆞ얏ᄃᆡ, 쇼됴의셔ᄂᆞᆫ 달나 ᄒᆞ오신 일 아니 겨오시고, 금셩위(錦城尉)게와 뎡쳐(鄭妻)의긔ᄂᆞᆫ 가져오오시ᄃᆡ ᄂᆡ 집 거ᄉᆞᆫ ᄒᆞᆫ 가지 가져온 일 업ᄉᆞ오시고, 미ᄒᆡᆼ(微行)을 시작(始作)ᄒᆞ오시니 응당(應當) ᄂᆡ 집의 몬져 가오실 듯ᄒᆞᄃᆡ 금셩위 집으로 가오셔 출혀 가오시ᄃᆡ ᄂᆡ 집의ᄂᆞᆫ ᄒᆞᆫ 번도 가오신 일 업고, 샹(常)업시 ᄃᆡ졉(待接)지 못ᄒᆞ오셔 어려이 녀기오시고 긔탄(忌憚)ᄒᆞ오시고, 그ᄉᆞ이 변괴(變故) ᄎᆞᆼ츌(層出)ᄒᆞ고 미ᄒᆡᆼᄒᆞ오신 일이나 스ᄉᆞ로 겸연(慊然)ᄒᆞ오시기 션친을 면ᄃᆡ(面對)ᄒᆞ야 말솜을 못 ᄒᆞ오시더니라.

밧그로 ᄎᆞᄃᆡ(次對) ᄯᅢ나 병환 ᄯᅢ나 ᄃᆡ리(代理) ᄒᆞᆫ가지로 입ᄃᆡ(入對)ᄒᆞ야 겨오시ᄃᆡ ᄉᆞ젹(私覿)을 ᄒᆡ초[532] 못 ᄒᆞ야 겨오시더니, 그날 입ᄃᆡᄒᆞ오셔 우러러 반갑ᄉᆞ오심과 묘년(妙年)의 ᄌᆞ부(子婦)를 엇ᄌᆞ오시고 냥궁(兩宮)[533]이 당신을 보시ᄂᆞᆫ 거시 귓습고[534] 깃브와 하례(賀禮)ᄒᆞ오시니 쇼됴의셔도 평셕(平昔)[535]ᄀᆞᆺ치 관졉(款接)[536]ᄒᆞ오셔 죠곰도 병환증이 발

529) 기대(器待): 크게 쓸 그릇으로 예우함.
530) 수렴(收斂): 거두어들임. 마음을 거두고 추스르고 조심한다는 뜻이 있다.
531) 관두(關頭): 중요한 고비.
532) [교감] ᄒᆡ초: 일사본 'ᄒᆡ포'.
533) 양궁(兩宮): 여기서는 세손과 세손빈.
534) 귓습고: 김동욱은 '귀엽고'로 풀이했지만, '귀하고'가 옳다. 뒤에 사도세자가 어머니 선희궁을 대할 때도 이 말이 쓰인다. 버클리국한문본 '貴且喜'.
535) 평석(平昔): 평소.
536) 관접(款接): 정성껏 대접함.

(發)치 아니ᄒᆞ오시던 거시니 이상(異常)ᄒᆞ고 셟도다.

관 속에 누운 세자

삼월(三月)이 ᄯᅩ 되야 말슴이 ᄯᅩ 만ᄉᆞ오시니 병황(病患)537)이 더욱 듕(重)ᄒᆞ오셔 여디업ᄉᆞ오신디라, 참아 니 부ᄉᆞ로 엇디 쓰리오. 화증(火症)이 나오시면 니관(內官) 니인(內人)들 ᄒᆞ야 감히 못 홀 말을 시기오시니 그것들이 죽기롤 무셔워 고셩(高聲)ᄒᆞ야 부도지셜(不道之說)538)을 ᄒᆞ니 그저 하늘이 무셥고 참아 망극망극(罔極罔極)ᄒᆞ니 죽어 모르고 시브며, 술을 아니 잡숩고 병ᄌᆞ(丙子, 1756)의 술539)노 지원(至冤)ᄒᆞ오셔 ᄒᆞ오시더니, 대됴(大朝)의셔 ᄒᆞ오시던 말슴쳐로 금쥬(禁酒)ᄂᆞᆫ 지엄(至嚴)ᄒᆞ신 ᄶᆡ의 술을 난만(爛漫)이 드려다가 본디 쥬량(酒量)이 젹ᄉᆞ오시니 변변이 잡숩디도 못ᄒᆞ오시고, 술만 궐듕(闕中)의 낭자(狼藉)ᄒᆞ니, 어느 일이 근심이 아니리오.

경진(庚辰, 1760) 이후 니관 니인 샹흔 거시 만흐니 긔억디 못ᄒᆞ더 표표(表表)흔 거슨 니ᄉᆞ초디(內司次知)540) 셔경달(徐景達)이니 니ᄉᆞ(內司) 것 더디 거힝(擧行)흔 일노 죽이오시고, 츌입번니관뉴(出入番內官類)541)도 여러히 샹(傷)ᄒᆞ고 션희궁(宣禧宮) 니인 ᄒᆞ나토 죽고, 졈졈 참아 어려운 지경(地境)이오, 신ᄉᆞ(辛巳, 1761) 미힝시(微行時) 승(僧)년 ᄒᆞ나, 관셔(關西) 미힝시 기싱(妓生) ᄒᆞ나흔 다려다가 궁듕(宮中)의 두오시고 잔치 ᄒᆞ오신다 홀 제ᄂᆞᆫ ᄉᆞ랑ᄒᆞ오시ᄂᆞᆫ 고자(鼓子)542)의 계집들과 기싱들이 드

---

537) [교감] 병황: 일사본 '병환'.
538) 부도지셜(不道之說): 입에 담지 못할 소리.
539) 1756년 5월 술을 먹지 않았는데 먹었다는 추궁을 받고 춘방관을 꾸짖다 불을 낸 사건.
540) 내사차지(內司次知): 내사(內司)는 내수사(內需司)를 말하며, 곧 왕실 재용을 맡아보던 관아이다. 차지(次知)는 담당관.
541) 출입번내관(出入番內官): 교대로 시중을 드는 내시.

러와 잡도이 섯기이니 만고(萬古)의 그런 경상(景狀)이 어디 이시리
오.543)

이월(二月) 회간(晦間)의 옹쥬(翁主)롤 오라 ᄒ오셔 됴토록 ᄃ리오시고
당신 병환이 셜워 이러ᄒ야로라 ᄒ오시니 옹쥬도 겁을 니야 셜워라 ᄒ
며 불공지언(不恭之言)을 ᄒ니 나는 ᄎᆞᆷ아 듯지 못ᄒ고 지ᄉ위ᄒᆞᆫ(至死爲
限)544)ᄒ야 감히 거드온 일 업노라. 옹쥬 ᄃ리오시고 통명뎐(通明殿)의
셔 잔치ᄒ시니, 잔치 쳐소(處所)는 후원(後苑) 아니면 통명뎐이오, 머므
오시는 ᄃᆡ는 환취뎐(環翠亭)의도 ᄒ오시더니라.

삼월(三月)은 망조듕(罔措中) 지니고 ᄯ 수월(四月)이 된디라. 거쳐(居
處) 범ᄇᆡᆨ(凡百)이 엇디 산 ᄉᆞ롬의 쳐(處)ᄒ는 ᄃᆡ ᄀᆞ타리오. 도라간 ᄉᆞ롬
의 빈소(殯所)ᄒᆞᆫ 모양도 ᄀᆞᆺ고 다홍(多紅)으로 명졍(銘旌)545) 모양 ᄀᆞᆺ탄
거술 ᄒ야 셰우고, 령침(靈寢)ᄒᆞ는 평상(平床)쳐로 ᄒ야 노코 그 속의셔
숨ᄉᆞ오시고 잔치라 ᄒ고 ᄒ다가 밤이 깁흐면 샹ᄒ(上下)가 다 지쳐 자
상(床) 우ᄒᆡ 음식(飮食)은 만반(滿盤)ᄒ고 그 경ᄉᆡᆨ(景色)이 다 귀신(鬼神)
의 일이니 하ᄂᆞᆯ이 시기는 밧 ᄒᆞᆯ일이 업도다.

밍인(盲人)들도 졈치이오시다가 그것들이 말을 잣못ᄒ면546) 죽은 것도
잇고 의관(醫官)이며 연관(輦官)547)이며 잌속(掖屬)이며 죽은 거들도 잇고
병인(病人)된 것들도548) ᄒᆞ로도 대궐(大闕)셔 ᄉᆞ롬을 여러흘 서ᄅ 저너니

---

542) 고자(鼓子): 성불구의 남성. 버클리국한문본은 '內官', 곧 내시로 보았다.
543) 『영조실록』 1762년 윤5월 14일조, 곧 사도세자가 뒤주에 갇힌 이튿날 기사를 보면, 사도세
    자에게 놀기를 종용한 내관 박필수와 안암동 여승 가선 및 평안도 기생 다섯 명을 참하라는
    영조의 명이 있다. 이 놀음과 관련된 기사로 보인다.
544) 지ᄉ위ᄒᆞᆫ(至死爲限): 죽음을 무릅씀.
545) 명졍(銘旌): 죽은 사람의 관직과 성씨 따위를 적은 기. 보통 다홍 바탕의 긴 천에 흰 글씨로
    쓰며, 상여 앞에 들고 간 뒤에, 장사 지낼 때 널 위에 펴 묻는다.
546) [교감] 잣못ᄒ면: 일사본 '잘못ᄒ면'.
547) [교감] 연관: 일사본 '역관'. 역관이 죽었다는 것에는 다소 미심쩍은 면이 있다. 버클리국
    한문본에는 '輦官'으로 되어 있다. 연관은 행차를 받들어 지키는 관리이니, 더 적절한 듯하
    다. 어쩌면 교련관(教鍊官)의 줄인 말일 수도 있다. 가람본과 나손본에는 아예 이 구절이
    빠져 있다.
548) [교감] 병인된 것들도: 일사본 '병신된 것도 잇셔'.

듕외(中外) 인심(人心)이 황황(遑遑) 오오(嗷嗷)549)ᄒᆞ야 발을 져기드디
여550) 죽을 바롤 못 어더ᄒᆞ니, 당신 텬질(天質)은 진실(眞實)노 거룩ᄒᆞ오
시건마ᄂᆞᆫ 그 착ᄒᆞ신 본성(本性)을 일ᄉᆞ오시고 아조 그릇되오시니 이롤
엇디챠 말이뇨

무덤 같은 지하방

홀연(忽然)이 오월(五月)의 ᄯᅡ흘 프고 집 삼간(三間)을 짓고 ᄉᆞ이 장ᄌᆞ
(障子)551)ᄒᆞ고 마치 관듕(棺中)ᄀᆞᆺ치 민다오시고 나드ᄂᆞᆫ 문은 우흐로 내야
널두에552)롤 사름이 용신(容身)ᄒᆞ야 ᄃᆞ닐 만ᄒᆞ게 ᄒᆞ고 그 널 우ᄒᆡ 씌롤
닙혀 덥ᄒᆞ니 집 지은 흔젹도 업ᄂᆞᆫ디라. '묘(妙)ᄒᆞ다' ᄒᆞ오시고 그 속의
옥등(玉燈)을 ᄃᆞ라노코 안져 겨오시니 그ᄂᆞᆫ 대됴(大朝)의셔 거동(擧動)ᄒᆞ
오셔 당신 ᄒᆞ오시ᄂᆞᆫ 거슬 춧ᄉᆞ오셔도 군긔(軍器)부치 몰ᄀᆞ디 곱초랴 ᄒᆞ
오실 일이디 다른 일이 업건마ᄂᆞᆫ 그 집 일노 더욱 망극흔 말이 이셔시
니 나553) 흉(凶)흔 딩됴(徵兆)롤 귀신(鬼神)이 시기ᄃᆞ시 그리ᄒᆞ오시니 인
녁(人力)으로 엇디ᄒᆞ리오.

가마 태워 모신 어머니

그둘의 션희궁(宣禧宮)이 셰손(世孫) 가례(嘉禮) 후 처음으로 셰손빈

---

549) 오오(嗷嗷): 여러 사람이 원망하고 떠듦.
550) 져기드디여: 밟고 디디어.
551) 장자(障子): 장지(障一)의 원말. 장지문. 방과 방 사이 또는 방과 마루 사이에 칸을 막아 끼우
    는 문.
552) 널두에: 널빤지 뚜껑. '두에'는 '뚜껑'의 옛말.
553) [교감] 나: 일사본 '다'.

(世孫嬪) 보실 겸 아래대궐(大闕) 느려오시니 쇼됴(小朝)의셔 반갑ᄉ오시고 귓ᄉ오셔 디졉(待接)ᄒ오시미 과듕과듕(過重過重)ᄒ오시니 ᄆᆞ음이 녕(靈)ᄒ오셔 ᄆᆞᄌᆞ막 영결(永訣)노 그러ᄒ시던디 ᄒᆞ야 잡ᄂᆞᆫ 것과 잔치ᄒᆞᄂᆞᆫ 잔상(盞床)이 거룩ᄒ야 과(果)ᄂᆞᆫ 놉고 놉게 고이고 인삼과(人蔘果)ᄭᅡ지 ᄒᆞ야 노코 슈셕시(壽席詩) 짓ᄉ오시고 헌쟉(獻爵)ᄒ오시고 남은 것 업시 밧드오시고 후원(後苑)의 뫼와갈 제 쇼교(小轎)로 디년(大輦) 모양 ᄀᆞᆺ치 ᄒᆞ야 션희궁 마다ᄒ오시더 우겨 타오시게 ᄒ고 알픽 디긔치(大旗幟) 셰우고 취타(吹打)ᄒᆞ며 뫼오니 그 모양(模樣)이 당신은 극진(極盡)이 효봉(孝奉)ᄒ오시ᄂᆞᆫ 일이나 션희궁겨오셔는 당신 병환으로 망극 챠악(嗟愕)ᄒᆞ야 ᄒ오시고 졈졈 홀일업손 줄 보오시고 어느 디경의 가오실 줄 모ᄅᆞ오시니 날을 더ᄒ오시면 눈물만 흘니오시고 공구공구(恐懼恐懼)ᄒ오셔 '엇디 될고'만 ᄒ오셔 계요 슈일(數日)을 묵ᄉ오시고 올나가오시니 어마님도 우오시고 아ᄃᆞ님도 쳑연(慽然)ᄒᆞ야 ᄒᆞ시니 죵텬(終天) 영결(永訣)ᄒ오시ᄂᆞᆫ 길히라 그러ᄒ시던 듯시브며, 나ᄂᆞᆫ 날노 위란(危亂)ᄒᆞᆫ 가온디 싱면(生面)으로 다시 뵈올가 시브디 아니ᄒᆞ야 ᄆᆞ음이 더 버히ᄂᆞᆫ 듯ᄒᆞᆫ지라.

칼로 결판을 내리라

그ᄢᅢ 녕샹(領相) 신만(申晩, 1703～1765)[554]이가 탈상(脫喪)ᄒ고 다시 정승(政丞)ᄒ니, 그ᄉᆞ이 삼 년(三年)을 못 보아 겨오시다가, 새 사ᄅᆞᆷ ᄀᆞᆺᄌᆞ오셔 탐탐(耽耽)이 ᄒ오시ᄂᆞᆫ 말슴이 다 쇼됴(小朝)의 말슴이니,[555] 쇼됴의셔 신만으로 ᄒᆞ야 당신 흉이 나니 '그 정승 복 업고 밉다' ᄒ오셔

554) 신만(申晩): 본관 평산(平山). 화협옹주의 남편 영성위(永城尉) 신광수(申光綬)의 아버지. 1762년 2월 25일 영조는 막 삼년상을 치른 신만에게 출사를 명했다.
555) 영조가 사돈인 신만에게 사도세자의 흉을 보았다는 뜻.

츠츠 신만이가 샤외롭고 무셥고, 대됴(大朝)의 무슨 춤소(讒訴)나 ᄒ다시브게 절치절치(切齒切齒)ᄒ오셔, 글노 더욱 화(禍)가 도도셔 졈졈 망극ᄒ니 엇디ᄒ올고. 망극망조(罔極罔措)ᄒ더니,

천만(千萬) 의외(意外) 나경언(羅景彦)의 일556)이 나니, 그째 형조참의(刑曹參議)는 너 외스촌(外四寸) 니ᄒᆡ듕(李海重)557)이가 당ᄒ더라. 그놈의 샹언(上言)이 므슴 흉심(凶心)으로 그 즈슬ᄒ야 스긔(事機)의 망극ᄒ미 니룰 거시 업셔, 경언(景彦)이 친국(親鞫)ᄒ오시고 쇼됴룰 브르오셔, 창황(蒼黃)이 힝보(行步)로 웃디궐(大闕)의 가오시니 그 경식(景色)이 엇더ᄒ리오. ᄎᆺ득ᄒᆫ디 흉(凶)ᄒᆫ 놈이 나, 병환은 더 니룰 거시 업고 부즈간(父子間)은 더 형상(形像)ᄒ야 말ᄒᆯ 거시 업ᄉᆞ다라. 경언(景彦)이 정형(正刑)ᄒ고 쇼됴의셔 경언의 아ᄋᆞ 샹언(尙彦)이룰 잡아다가 시민당(時敏堂) 손지각(遜志閣) 쓸희셔 형별(刑罰)ᄒ야 ᄀᆞ르치 니룰 뭇즈오시더 인(因)ᄒ야 복쵸(服招)558) 아니ᄒᆞ야시며,

신만이룰 더욱 믜워ᄒ오셔 아비 죄(罪)로 영셩위(永城尉)룰 잡아다가 죽이랴노라 ᄒ오시니, 그째 화식(禍色)이 니룰 거시 업셔 영셩위룰 오날 잡아온다 너일 잡아온다 ᄒ오시더 영셩(永城)이 죽디 아니ᄒᆞᆯ 째런디 잡아오기는 **쩍** 아니ᄒ시니 션희궁의셔 쇼됴 ᄒ시는 일이 졈졈 망극ᄒ오시니 ᄒᆞᆯ 길히 업셔 ᄒ오시고,

---

556) 나경언(羅景彦)의 일: 1762년 5월 나경언이 사도세자의 비행을 고변(告變)한 사건. 나경언은 액정별감(掖庭別監) 나상언(羅尙彦)의 형으로, 형조판서 윤급(尹汲)의 청지기였다. 그는 사도세자가 왕손의 어미를 죽였고, 비구니를 궁중에 끌어들였으며, 몰래 평양을 다녀오는 등 10여 가지 비행을 했다며 형조에 고변했다. 이 고변으로 영조는 지금까지 모르고 있었던 세자의 비행을 알게 되었고, 세자에게는 물론, 세자의 비행을 알면서도 왕에게 고하지 않은 신하들에게까지 격노하여 문책했다. 영조는 세자의 비행을 알려준 나경언을 충직한 사람으로 보아 살려주려 했으나, 남태제(南泰濟) 홍낙순(洪樂純) 등이 나경언을 세자를 모함한 대역죄인으로 극론(極論)했기에 결국 처형했다. 그런데 혜경궁은 이 일을 정순왕후 친정에서 꾸민 것으로 보고 있다. 나경언은 윤급의 청지기인데, 윤급은 김종수와 함께 홍봉한을 공격한 자로, 나경언의 배후에 윤급이, 윤급의 배후에는 정순왕후네가 있다는 것이다.

557) 이해중(李海重): 한산 이씨 이집(李濈)의 손자. 이병건(李秉健)의 아들. 이산중(李山重)의 아우. 혜경궁의 외종형. 당시 형조참의로 있으면서 나경언이 형조에 올린 글을 홍봉한과 영조에게 알렸다.

558) 복쵸(服招): 문초를 받고 순순히 죄상을 털어놓음.

쇼됴의셔 옹쥬의게 '잘 아니ᄒᆞ야 준다' ᄒᆞ고 편지 뻐 보니오신 거시 망극망극 참아 거드디 못홀 말이 만코, 슈구(水口)559)로 통ᄒᆞ야 웃대궐을 가랴노라 ᄒᆞ오시고, 영셩위롤 가지록 벼르오셔 비록 미처 잡아오든 못ᄒᆞ야시나 영셩위 관복(官服) 됴복(朝服) 융복(戎服)560) 일용졔구(日用諸具)와 패옥(佩玉)561)과 ᄭᅴᄀᆞ디 다 가져다가 쇼화(燒火)ᄒᆞ고 ᄭᅡ히니,562) 영셩위 셩명(性命)이 호흡지간(呼吸之間)인디라. 션희궁의셔 영셩위롤 앗기오신 거시 아니라, 졈졈 이러ᄒᆞ오시니 안탓가이 ᄆᆞ옴만 쓰오시는 가온디 쇼됴 ᄒᆞ오시는 일이 극층(極層)의 오ᄅᆞ오셔 여지업시 망극ᄒᆞ오신다라.

웃대궐을 슈구(水口)로 가오신다 ᄒᆞ야 가시다가 못 가오시고 도로 오오시니 그는 윤(閏)오월(五月) 십일이간(十一二間)이라. 그리홀 즈음의 황황(荒荒)ᄒᆞᆫ 소문(所聞)이 보태연들 아니 나리오. 낭ᄌᆞᆨ(狼藉藉)ᄒᆞ니 젼후(前後) 일이 다 본심(本心)으로 ᄒᆞ오신 일이 아니언마는 인ᄉᆞ(人事) 졍신(精神)을 모ᄅᆞ오실 적은 화(火)의 ᄭᅴ여 ᄒᆞ시는 말솜이

"병화(兵火)로 아모리ᄒᆞ랴노라"

"협검(挾劍)ᄒᆞ고 가 아모리ᄒᆞ고 오고 시브다"

ᄒᆞ오시니 일분(一分)이나 샹졍(常情)이 겨오시면 엇디 이러ᄒᆞ오시리오. 당신이 이샹이샹(異常異常)이 험흔험흔(險釁險釁)563)ᄒᆞ오신 명운(命運)으로 텬명(天命)을 다 못 ᄒᆞ오시고 만고소무지ᄉᆞ(萬古所無之事)롤 당ᄒᆞ랴 ᄒᆞ오실 팔ᄌᆞ(八字)오시니, 하ᄂᆞᆯ이 아모조록 이샹(異常) 흉악(凶惡)ᄒᆞᆫ 변을 지어 몸이 그리되도록 민돌랴 ᄒᆞ시니, 하ᄂᆞᆯ아 하ᄂᆞᆯ아 참아 엇디 이

---

559) 수구(水口): 대궐 밖으로 흐르는 개울. 사도세자가 있는 창덕궁에서 영조가 있는 경희궁까지는 청계천을 통해 갈 수 있다.

560) 융복(戎服): 군복. 무신이 입었으며, 문신도 전쟁이 일어났을 때나 임금을 모셔갈 때 입었다.

561) 패옥(佩玉): 왕과 왕비의 법복이나 문무백관의 조복(朝服)과 제복 좌우에 늘여 차던 옥. 흰 옥을 이어서 무릎 밑까지 내려가도록 했다.

562) ᄭᅡ히니: 깨니.

563) 험흔험흔(險釁險釁): 팔자가 험하고 기구함.

리 민드시뇨.

아들을 죽여주오

션희궁(宣禧宮)겨오셔 병드신 아드님을 엇디 칙망(責望)ᄒ야 미들 거시 업스니, ᄌ모지심(慈母之心)이 다른 아들 업시 이 아드님긔만 몸을 의탁(依託)ᄒ야 겨오시니, 참아 엇지 이 일을 ᄒ고져 ᄒ시리오.

처음의 ᄌ익(慈愛)ᄅᆞᆯ 밧줍디 못ᄒ와 이ᄀᆞ디 되오신 거시, 대됴(大朝)의셔 브릉무감(不能無憾)⁵⁶⁴)ᄒ오시니, 당신이 죵신지통(終身之痛)이 되야 겨시나, 임의 병셰(病勢)가 이디도록 극진(極盡)ᄒ고 부모(父母)ᄅᆞᆯ 아디 못홀 디경(地境)이니, 스심(私心)으로 참아 못 ᄒ야 유유지지(悠悠遲遲)ᄒ다가, 힝혀 병증(病症)이 급(急)ᄒ야 아라볼 거시 업시 참아 싱각지 못홀 일을 저즐랴 ᄒ오시면 스ᄇᆡᆨ년(四百年) 죵사(宗社)ᄅᆞᆯ 엇지ᄒ리오. 당신 도리(道理)가 셩궁(聖躬)을 보호(保護)ᄒᆞᆸᄂᆞᆫ 디의(大義)가 올코, 임의 병(病)이 홀일업서시니 출히⁵⁶⁵) 몸이 업ᄂᆞᆫ 거시 올코, 삼죵혈ᄇᆡᆨ(三宗血脈)⁵⁶⁶)이 셰손(世孫)긔 이시니 천만번 스량ᄒ야도 나라ᄅᆞᆯ 보젼(保全)ᄒ기가 이 밧긔 업다 ᄒ오셔, 십삼일(十三日) 너게 편지 ᄒ오시디

"쟉야(昨夜) 소문(所聞)은 더욱 무셔오니 일이 이리된 후ᄂᆞᆫ 니가 죽어 모ᄅᆞ거나, 살면 죵사(宗社)ᄅᆞᆯ 붓드러야 올코 셰손을 구ᄒᆞᆫ 일이 올ᄒᆞ니, 니 사라 빈궁(嬪宮)을 다시 볼 줄 모ᄅᆞ노라"

만 ᄒ야 겨오시니, 그 봉셔(封書)ᄅᆞᆯ 붓드러 톄읍(涕泣)ᄒ야시나 그날 디변(大變)이 날 줄 어이 아라시리오.

---

564) 불능무감(不能無憾): 유감이 없을 수 없음. 즉 탐탁지 않게 여기다.
565) [교감] 출히: 일사본 '출ᄒ리'.
566) 삼종혈맥(三宗血脈): 효종·현종·숙종의 핏줄. 효종, 현종, 숙종으로 이어지는 핏줄은 다른 지손(支孫)이 없고 오직 영조와 사도세자, 정조로 근근이 이어지는 형편이었다.

그날 아춤의 디됴(大朝)의셔 므슨 뎐좌(殿座) 나랴 ᄒᆞ오시고 경현당(景賢堂)567) 관광쳥(觀光廳)568)의 겨오시니, 션희궁이 가오셔 우오시며 고ᄒᆞ오시ᄃᆡ

"병이 졈졈 깁허 ᄇᆞ랄 거시 업ᄉᆞ오니 쇼인(小人)이 ᄎᆞ마 이 말슴을 졍니(情理)의 못 ᄒᆞ올 일이오ᄃᆡ 셩궁(聖躬)을 보호ᄒᆞᆸ고 셰손을 건지와 종샤롤 평안(平安)이 ᄒᆞᆸᄂᆞᆫ 일이 올ᄉᆞ오니 대쳐분(大處分)을 ᄒᆞ오쇼셔"
ᄒᆞ고, ᄯᅩ ᄒᆞ오시ᄃᆡ

"부ᄌᆞ지졍(父子之情)으로 ᄎᆞ마 이리ᄒᆞ오시나 병이니 병을 엇디 칙망ᄒᆞ오리잇가. 쳐분(處分)은 ᄒᆞ오시ᄂᆞ 은혜(恩惠)ᄂᆞᆫ ᄭᅵ치오시고 셰손 모ᄌᆞ(母子)롤 평안ᄒᆞ게 ᄒᆞ쇼셔"
ᄒᆞ시니,569) ᄂᆡ ᄎᆞ마 그 안희로 쳐(處)ᄒᆞ야 이롤 올히 ᄒᆞ오시다 못 ᄒᆞ나, 일인즉 홀일업ᄉᆞᆫ 지경(地境)이니 그저 ᄂᆡ ᄶᅩ와죽어 모ᄅᆞᄂᆞᆫ 거시 올ᄒᆞᄃᆡ, ᄎᆞ마 셰손으로 결(決)치 못ᄒᆞ야시나, 만난 바의 그궁흉독(奇窮凶毒)ᄒᆞ물 셜워홀 ᄯᅡᆫ이로다.

영조의 거둥

대됴(大朝)의셔 듯ᄌᆞ오시고 죠곰도 지톄(遲滯)ᄒᆞ오시며 ᄌᆞ져(赵趄)570) ᄒᆞ오시디 아니ᄒᆞ오시고 챵덕궁(昌德宮) 거동녕(擧動令)을 급히 ᄂᆡ오신다라. 션희궁(宣禧宮)겨오셔 할ᄌᆞ인졍(割慈忍情)ᄒᆞ야 대의(大義)로 말슴을 알외오시고 인(因)ᄒᆞ야 통흉(痛胸)571) 운졀(殞絶)572)ᄒᆞ오셔 당신 겨오시

---

567) 경현당(景賢堂): 경희궁에 있었던 집.
568) 관광청(觀光廳): 과거 등의 행사를 잘 보기 위해 만든 곳. 경복궁, 창덕궁 등 각 궁궐의 정전에 관광청을 두었다.
569) 『영조실록』 당일 기사에 선희궁이 고한 말을 가지고 영조가 사도세자를 꾸짖었음을 보여주고 있다.
570) 자저(赵趄): 주저(躊躇).

던 양덕당(養德堂)의 오오셔 폐식줌와(廢食涔臥)흐오시니 만고(萬古)의 이런 졍니(情理) 어더 이시리오.

젼(前)브터 션원뎐(璿源殿)[573] 거동흐오실 길히 두 길이니 만안문(萬安門)[574]으로 드오시는 거동은 탈이 업고 경화문(景華門)[575] 거동이오신즉 탈이 나는디라. 거동령이 경화문으로 나오시니, 그날 쇼됴(小朝)의셔 십일일(十一日) 야(夜)는 슈구(水口)로 단니오셔 몸을 뻬치오시고,[576] 십이일(十二日)은 통명뎐(通明殿)의 겨오신디 그날 들보의셔 브러지는 드시 장히 쇼래가 나니 듯소오시고 탄식(歎息)흐오시디

'닉 죽으랴 흐는가 보다. 그 어인 일인고'

흐시고,

그째 션친(先親)이 좌상(左相)으로셔, 첫오월(五月)[577]의 엄지(嚴旨)를 만나오셔 파직(罷職)흐오시고 동교(東郊)[578]의 둘작시나[579] 나가 겨오시

---

571) [교감] 통흉: 일사본 '퇴흉'.

572) 운졀(殞絶): 추락함. 또는 넘어짐.

573) 션원전(璿源殿): 창덕궁 내에 있는 선대 임금의 초상이 모셔진 사당. 인정전 서쪽에 위치. 영조는 대처분을 내리기 전 죽은 부왕 숙종에게 보고하고자 선원전으로 향했다.

574) 만안문(萬安門): 선원전 동남쪽 문.

575) 경화문(景華門): 선원전 북편에 있었던 문으로 추정됨. 흔히 경화문은 창경궁 남쪽의 문을 가리킨다. 그런데 여기서 경화문은 그것을 가리킨다고 보기 어렵다. 일단 경희궁에서 창덕궁 선원전에 거동하면서 창경궁 경화문까지 돌아서 간다는 것을 납득할 수 없다. 사도세자 죽음 당일의 기록을 남긴 주서 이광현도 『임오일기』에서 그날 영조가 바로 선원전을 거쳐 휘령전으로 향했다고 하니, 경희궁에서 출발한 영조가 창덕궁 경화문을 거쳐 창덕궁 선원전을 갔다가 다시 창경궁 휘령전으로 갔다고 보기는 어렵다. 『승정원일기』를 보면 창경궁 경화문은 대개 '景化門'으로 표기되며(〈동궐도〉도 마찬가지임), '景華門'이나 '景和門' 역시 그것과 같은 것을 가리키는 듯하지만, '景華門'은 선원문 근처에도 있었던 듯하다. 『정조실록』 1783년 3월 18일의 기사가 그 증거이다. 창경궁 명정전에서 창덕궁 선원전 북쪽에 있는 경복전으로 가는 행로를 그리면서, 그 마지막 곧 경복전 입구의 문으로 경화문을 들고 있기 때문이다. "명정전, 빈양문(賓陽門), 집서문(集瑞門), 주경문(朱景門), 주작문(朱雀門), 영안문(迎鴈門), 취미문(翠微門), 취화문(翠華門), 요서문(曜瑞門), 영벽문(暎碧門), 경화문(景華門)을 거쳐서 경복전에 이르러 예를 거행할 것"이라는 구절이 바로 그것이다. 선원전이 1656년 경덕궁 경화당(景華堂)을 헐어서 옮겨 지은 것이라고 하니, 선원전에 부속된 '경화문(景華門)'의 존재 가능성은 이로써도 짐작할 수 있다.

576) 뻬치다: 일에 시달려 몸이나 마음이 몹시 느른하고 기운이 없어지다.

577) 첫오월: 윤오월이 아닌 그냥 오월.

578) 동교(東郊): 서울 동쪽의 교외. 홍봉한은 수락산 아래 회계(晦溪)에 회식재(晦息齋)라는 집을 가지고 있었다. 또 수락산 아래에는 우우당(友于堂)이라는 집이 있는데, 홍봉한의 별장으로

니,580) 쇼됴의셔 당신이 스스로 위태(危殆) ᄒ시던지 됴지호(趙載浩, 1702
~1762)581)가 원임대신(原任大臣)582)으로 츈쳔(春川) 이시니 계방(桂坊)583)
됴유진(趙維進)584)이로 ᄒ야곰 말을 통ᄒ야 올나오라 ᄒ오시다 ᄒ니,
이런 일을 보면 병환 겨오시 니 ᄀᆞᆽ지 아니ᄒ니 그저 이상(異常)흔 하ᄂᆞᆯ
이로다.

거동녕을 듯ᄌ오시고 공구(恐懼)ᄒ오셔 아모 소래도 업시 긔계(器械)
와 말을 다 ᄀᆞᆷ초와 경영(經營)흔 대로 ᄒ라 ᄒ오시고 교ᄌ(轎子) 타시고
경츈뎐(景春殿) 뒤흐로 가오시며 날을 나오라 ᄒ오시니, 근ᄂᆡ(近來) 눈
의 ᄉᆞ롬이 뵈이면 일이 나기 교ᄌ(轎子)의 가마두에585) ᄒ고 ᄉᆞ면댱(四
面帳)을 치고 단니시고 츈방관(春坊官)과 밧긔는 학질(瘧疾)이 ᄯᅩ 잇다
ᄒ야 겨오시더니,

그날 날을 덕셩합(德成閣)으로 오라 ᄒ오시니 그때가 오정(午正) 즈음
이나 되ᄂᆞᆫ디, 홀연(忽然) 가치가 수(數)롤 모ᄅᆞ게 경츈뎐을 어여ᄲᅡ고 우

알려져 있다. 그런데 우우당은 홍봉한의 집으로 볼 수 있는 근거가 없다. 소문이 잘못 전해
진 듯하다. 우우당은 현재 덕성여자대학교에서 생활관으로 사용하고 있다.

579) 둘작시나: 한 달 가까운 기간. 버클리국한문본 '一月餘'.

580) 1762년 5월 22일 나경언의 상소로 영조는 사도세자의 허물을 알게 되었는데, 영의정 홍봉
한이 세자를 비호하자 윤5월 2일 파직을 명했고, 곧 윤5월 7일 다시 홍봉한을 좌의정에 제
수했다. 『영조실록』과 『승정원일기』에는 윤5월 14일 궁궐로 돌아온 홍봉한을 볼 수 있는데,
이렇게 보면 홍봉한은 2일 이후부터 14일 이전까지 동교에 나가 있었다고 할 수 있다.

581) 조재호(趙載浩): 본관 풍양(豊壤). 호 손재(損齋). 효순왕후(孝純王后), 곧 영조의 첫 세자인 효
장세자 부인의 오빠이다. 1762년 사도세자를 구하려고 상경했다가 오히려 종성에 유배되었
고, 그해 6월 22일 사사(賜死)되었으며, 1775년 신원(伸寃)되었다. 조재호 유배 사건은, 『영조
실록』에 따르면, 엄홍복이 조재호의 불령(不逞)한 말을 듣고서 이미(李瀰)에게 전했고, 이미는
홍봉한에게 전했으며, 홍봉한이 임금에게 아뢰어 영조가 엄홍복을 친국했던 것이라 한다. 조
재호는 친국과정에서 "한쪽 사람들이 소조(小朝)에 불충했으나 나는 동궁을 보호했다"라고
하였고, 또 "남인(南人)이 칠팔십 년 굶주렸으니, 하늘의 이치로 보아 반드시 남인이 득지(得
志)할 것이요, 노론(老論)은 반드시 그들 손에 죽을 것이다"라고 했다고 한다. 이처럼 사도세
자가 최후에 소론인 조재호에게 의지했다는 점 등을 근거로 삼아, 사도세자의 죽음을 노론
과 소론의 대결과정에서 빚어진 일로 보려는 견해가 있다. 하지만 이는 근거가 좀 약한 듯
하다.

582) 원임대신(原任大臣): 전임 대신.

583) 계방(桂坊): 세자익위사. 왕세자의 보호를 맡아보던 관아.

584) 조유진(趙維進): 조재호의 조카로, 조재호의 죄에 연루되어 여러 차례 고문을 받다가 유배지
로 가던 도중에 죽었다.

585) 가마두에: 가마뚜껑.

니 그는 어인 증죠(徵兆)런고 고이(怪異)ᄒ며, 그ᄢ 셰손이 환경뎐(歡慶殿)의 겨시던지라. 니 ᄆᄋᆞᆷ이 황황(遑遑)ᄒᆫ 즁 셰손 몸이 엇디 될 줄 몰나 그리 ᄂᆞ려가 셰손ᄃᆞ려

"아모 일이 이셔도 놀나디 말고 ᄆᄋᆞᆷ 든든이 먹으라"

천만당부(千萬當付)ᄒ고 아모리 ᄒᆞᆯ 줄을 모르더니, 거동이 엇디 지톄(遲滯)ᄒᆞ야 미시(未時) 후(後)나 휘령뎐(徽寧殿)으로 오오신다 말이 잇더니,

마지막 인사

그리ᄒᆞᆯ 제 쇼됴(小朝)의셔 날을 덕셩합(德成閤)으로 오라 지쵹ᄒᆞ오시기 가 뵈오니, 그 쟝(壯)ᄒᆞ오신 긔운(氣運)과 불호(不好)ᄒᆞ오신 언ᄉᆞ(言辭)도 아니 겨오시고 고개를 수겨 침ᄉᆞ샹냥(沈思商量)ᄒᆞ야 벽의 의지(依支)ᄒᆞ야 안자 겨오신대, 안식(顏色)이 놀나오셔 혈긔(血氣) 감(減)ᄒᆞ오시고 날을 보오시니 응당(應當) 화증(火症)을 내오셔 오즉디 아니ᄒᆞ오실 듯 니 명(命)이 그날 ᄆᆞ치일 줄 스스로 념녀(念慮)ᄒᆞ여 셰손(世孫)을 경계(警戒) 부탁(付託)ᄒᆞ고 왓더니 ᄉᆞ긔(辭氣) 싱각과 ᄃᆞᆯ으오셔 날ᄃᆞ려 ᄒᆞ오시디

"아마도 고이(怪異)ᄒᆞ니 자니는 됴히 살게 ᄒᆞ엿니. 그 뜻들이 무셔외"

ᄒᆞ시기 니 눈물을 드리워 말업시 허황(虛荒)ᄒᆞ야 손을 비븨이고 안잣더니, 휘령뎐(徽寧殿)으로 오오시고 쇼됴를 브르오신다 ᄒᆞ니, 이샹(異常)ᄒᆞᆯ손 어이 피(避)챠 말도 도라나쟈 말도 아니ᄒᆞ오시고 좌우(左右)를 티도 아니ᄒᆞ오시고 조곰도 화졍(火症) 내신 긔식(氣色) 업시 ᄲᅥᆨ 뇽포(龍袍)를 달나 ᄒᆞ야 닙으시며 ᄒᆞ오시디

"니가 학딜(瘧疾)을 알는다 ᄒᆞ랴 ᄒᆞ니, 셰손의 휘항(揮項)을 가져오라"

ᄒ시거늘, 너가 그 휘항은 쟉으니 당신 휘항을 쓰시고져 ᄒ야 너인(內人)ᄃ려 당신 휘항을 가져오라 ᄒ니 몽ᄆᆡ(夢寐) 밧긔 ᄲᅥ ᄒ오시기를

"자니가 아모커나 무셥고 흉(凶)ᄒᆫ 스ᄅᆞᆷ이로싀. 자니도 셰손 ᄃ리고 오래 살냐 ᄒ기 너가 오ᄂᆞᆯ 나가 죽게 하얏기 샤외로와 셰손의 휘항을 아니 쓰이랴 ᄒᄂᆞᆫ 심슐(心術)을 알게 하얏닉"

ᄒ오시니,

너 ᄆᆞ음은 당신이 그날 그 지경(地境)의 니ᄅ오실도 모ᄅ고,

'이 ᄭᅳᆾ치 엇디 될고 사ᄅᆞᆷ이 다 죽을 일이오, 우리 모ᄌᆞ(母子)의 목숨이 엇더ᄒᆞᆯ고'

아모라타 업섯지 쳔만의외(千萬意外)예 말슘을 ᄒ오시니 내 더욱 셜워 다시 셰손 휘항을 갓다가 드리며

"그 말슘이 하 ᄆᆞ음의 업손 말이시니 이롤 쓰쇼셔"

ᄒ니

"슬희, 스외ᄒᄂᆞᆫ 거슬 ᄲᅥ ᄆᆞ엇ᄒᆞᆯ고"

ᄒ시니, 이런 말슘이 어이 병환 드ᄅ니 ᄀᆞᆺ트시며 어이 공슌(恭順)이 나가랴 ᄒ오시던고 다 하ᄂᆞᆯ이니 원통원통ᄒ오나, 그리ᄒᆞᆯ 제 날이 늣고 지쵹ᄒᆞ야 나가오시니, 대됴의셔 휘령뎐의 좌(坐)ᄒ시고 칼흘 안ᄉ오시고 두ᄃ리오시며 그 쳐분(處分)을 ᄒ시게 되니, ᄎᆞᆷ아ᄎᆞᆷ아 망극ᄒ니 이 경샹(景狀)을 내 ᄎᆞᆷ아 긔록(記錄)ᄒ리오. 셟고 셟도다.

그 사건 그 현장

나가오시며 즉시 대됴(大朝)의셔 엄노(嚴怒)ᄒ오신 셩음(聲音)이 들니오니, 휘령뎐(徽寧殿)이 덕셩합(德成閤)과 머디 아니ᄒ니 담 밋틱 스ᄅᆞᆷ을 보내여 보니, 볼셔 농포(龍袍)롤 벗고 업디여 겨오시더라 ᄒ니 디쳐

분(大處分)이오신 줄 알고 텬지(天地) 망극(罔極)ᄒ야 흉장(胸腸)이 붕녈(崩裂)ᄒᄂ디라.

게 이셔 브졀업셔 셰손(世孫) 겨신 ᄃ로 와 서르 븟들고 아모리 홀 줄을 모르더니, 신시(申時) 젼후(前後) 즈음의 ᄂ관(內官)이 드러와 밧쇼쥬방(─燒廚房)의 ᄲᆯ 담ᄂ 궤(櫃)를 ᄂ라 ᄒ다 ᄒ니 엇던 말인고 황황(遑遑)ᄒ야 ᄂ디 못ᄒ고 셰손궁(世孫宮)이 망극흔 거죄(擧措) 잇ᄂ 줄 알고 문졍뎐(文政殿)의 드러가

"아비를 살라주ᄋᆸ쇼셔"

ᄒ니, 대됴의셔

"나가라"

ᄒ오시니, 나와 왕ᄌ지실(王子齋室)586)의 안자 겨시니, ᄂ 그때 졍경(情景)이야 고금텬디간(古今天地間)의 업스니 셰손을 내여보내고, 텬디 합벽(闔闢)ᄒ고 일월(日月)이 회식(晦塞)ᄒ니 ᄂ 엇디 일시(一時)나 셰상(世上)의 머물 ᄆ옴이 이시리오.

칼을 드러 명(命)을 결단ᄒ랴587) ᄒ더니 방인(傍人)의 아스믈 인(因)ᄒ야 ᄠᆮᄀ디 못ᄒ고 다시 죽고져 ᄒ더 촌텰(寸鐵)이 업스니 못 ᄒ고, 슝문당(崇文堂)으로 말매암아 휘령뎐 나가ᄂ 건복문(建福門)이라 ᄒᄂ 문 밋티를 가니, 아므것도 뵈디 아니코, 다만 대됴의셔 칼 두드리오신 소리와 쇼됴의셔

"아바님, 아바님, 잘못ᄒ야ᄉ오니 이제ᄂ ᄒ라 ᄒᄋᆸ시ᄂ 대로 ᄒ고 글도 닑고 말숨도 드를 거시니 이리 마오쇼셔"

ᄒ시ᄂ 소리가 들리니, 간댱(肝腸)이 촌촌(寸寸)이 ᄲᆫ허디고 알피 막히니 가슴을 두드려 아모리 흔들 엇디ᄒ리오.

당신 용녁(勇力)과 장긔(壯氣)로 게588)를 들라 ᄒ오신들 아모조록 아

---

586) 왕자재실(王子齋室): 혼전인 휘령전에 딸린 왕자의 재실. 재실(齋室)은 무덤이나 사당 옆에 제사를 준비하기 위하여 지은 집.
587) [교감] 결단ᄒ랴: 일사본 '뭇ᄎ랴'.

니 드오시디 어이 필경(畢竟)의 드러 겨오시던고. 처음은 쮜여나가랴 호오시다가 이긔디 못호야 그 지경(地境)의 밋소오시니 하눌이 엇디 이대도록 호신고. 만고(萬古)의 업순 셜움분이며, 니 문(門) 밋틔셔 호곡(號哭)호디 응(應)호오시미 아니 겨오신디라.

쇼됴가 불셔 폐위(廢位)호여 겨오시니[589] 그 쳐ᄌ(妻子)가 안연(晏然)이 대궐(大闕) 잇디 못홀 거시오, 셰손을 밧긔 그저 두어시니 엇더홀고 참아 두립고 소마소마[590]호야, 그 문(門)의 안자 대됴의 샹셔(上書)호야

"쳐분이 이러호오시니 죄인(罪人)의 쳐ᄌ(妻子)가 안연이 대궐의 잇기도 황숑(惶悚)호ᅌᆸ고 셰손을 오래 밧긔 두ᅌᆸ기가 듕(重)혼 몸이 두립스오니 이제 본집으로 나가와디라"

호고,

"텬은(天恩)으로 셰손을 보젼(保全)호야디라"

뼈 갓가스로 니관(內官)을 츠ᄌ 드리라 호엿더니, 오래디 아냐 션형(先兄)[591]이 드러오셔

"폐위 션인(庶人)[592]호야 겨오시니 대궐 잇디 못홀 거시니 본집으로 나가라 호오시니, 가마롤 드려오니 나가시고 셰손은 남여(藍輿)롤 드려오라 호여시니 나가시오리이다"

호시니 셔ᄅ 붓드러 망극 통곡(痛哭)호고 업히여 청휘문(淸暉門)[593]으로셔 져승뎐(儲承殿) ᄌ비(差備)의 가마롤 노코 윤샹궁(尹尙宮)이란 니인(內人)이 안타고[594] 별감(別監)이 가마롤 메고 허다(許多) 샹하(上下) 니인이 다 뒤흘 쏠와 조추며 통곡호니 만고(萬古) 텬디간의 이런 경상(景

---

588) 게: 거기. 곧 궤(櫃). 뒤주.
589) 1762년 윤5월 13일 세자(世子)를 폐하여 서인(庶人)으로 만들었다.
590) 소마소마 : 두려워 조조한 모양.
591) 선형(先兄): 죽은 형이나 오빠. 여기서는 홍낙인(洪樂仁).
592) [교감] 션인: 일사본 '셔인'.
593) 청휘문(淸暉門): 창덕궁 저승전에서 숭문당, 통명전으로 가는 길에 있는 문.
594) 안타고: 가마 안에 함께 타고

狀)이 어디 이시리오. 나는 가마의 들 제 막혀 인수(人事)를 모르니 윤 상궁이 쥐물너 계유 명(命)이 붓터시나 오죽하리오.

친정으로 오다

집으로 나와 나는 건넌방의 누이고 셰손(世孫)은 니 듕부(仲父)595)와 선친(先親)596)이 뫼셔 나오고 셰손빈궁(世孫嬪宮)은 그 집의셔 가마를 가져와 쳥연(淸衍)과 흔디 드러나오니 그 경식(景色)의 망극(罔極)하미 춤아 엇디 살니오. 즈쳐(自處)하랴 하다가 못 하고 일이 홀일업스니 도 라 싱각하니 십일세(十一歲) 셰손의게 텹텹(疊疊)흔 디통(至痛)을 끼치지 못하고 니 업스면 셰손 셩취(成就)하믈 엇디하리오. 춤고 춤아 완명(頑命)을 보젼(保全)하고, 하늘만 브르지지니 만고(萬古)의 날 깃튼 완명이 어디 이시리오.

셰손을 집의 와 서르 만나니, 튱년(沖年)의 놀나고 망극흔 경샹(景狀)을 보시고 그 셜운 무옴이 엇더하리오. 놀나 병(病) 날가 니 망극믈 서 리담아

"망극망극하나, 다 하늘이시니, 네가 몸이 평안(平安)하고 착하여야 나라히 티평(太平)하고 셩은(聖恩)을 갑스올 거시니 셜운 듕이나 네 무 옴을 샹히 오디 말나"

하고,

선친긔셔는 궐니(闕內) 써나디 못하시고 선형(先兄)도 벼슬의 미이여 왕 니(往來)하시니 셰손 뫼옵고 이시 리가 듕슉(仲叔) 두 외삼촌(外三寸)597)이

---

595) 중부(仲父): 둘째 작은아버지. 여기서는 홍인한(洪麟漢).
596) [교감] 선친: 일사본 '선형'. 차례나 문맥, 당시 정황으로 보아 선형이 적합한 듯하다.
597) 정조의 둘째 외삼촌 홍낙신과 셋째 외삼촌 홍낙임.

니 듀야(晝夜)로 뫼셔 보호(保護)ᄒ고, 니 계제(季弟)598)는 ᄋ시(兒時)로브터 드러와 셰손을 뫼옵고 노던지라. 그 아히가 쟈근 스랑의 뫼옵고 쟈고 이셔 팔구일(八九日)을 디니니, 김판셔(金判書) 시묵(時默)599)과 그 자뎨(子弟) 김긔대(金基大)도 와 뵈옵는다 ᄒ며, 니 집이 좁고 셰손궁(世孫宮) 샹하(上下) 닉인(內人)이 젼슈(全數) 나왓는디라. 머믈기 어려워 남쟝(南墻) 밧 교리(校理) 니경옥(李敬玉) 집을 비러 김판셔딕(金判書宅)이 그 며ᄂᆞ리롤 드리고와 빈궁(嬪宮)을 뫼옵고 잇게 ᄒ니 담을 트고 왕닉(往來)ᄒ니라.

그째 션인(先人)이 파직(罷職)ᄒ야 동교(東郊)의 오래 겨시다가, 대됴(大朝)의셔 대쳐분(大處分)ᄒ오셔 아조 홀일업ᄉ오신 후, 션친을 셔용(敍用)ᄒ시고 다시 비상(拜相)600)ᄒ야 브르시니, 션친이 무망(無望)601)의 그 쳐분 쇼식(消息)을 드르시고 망극 경통(驚痛) 듕(中) 질티(疾馳)ᄒ야 드러오셔 궐하(闕下)의 니르러 혼질(昏窒)ᄒ시니, 셰손이 왕ᄌ지실(王子齋室)의 계시다가 드르시고 당신 자시던 쳥심원(淸心元)을 닉야 보닉야 계요 ᄭᆡ시니, 당신이 ᄯᅩ흔 엇지 싱셰(生世)의 ᄯᅳᆺ이 겨오시리오마는 닉 ᄯᅳᆺ ᄀᆞᆺ트셔 망극 듕 고쟉이602) 셰손을 보호ᄒ랴 ᄒ시는 졍셩(精誠)만 겨시니 ᄯᆞᆯ으디 못ᄒ시니, 셰손을 옹호(擁護)ᄒ야 종사(宗社)롤 보젼(保全)ᄒ실 혈심단튱(血心丹忠)은 텬지신명(天地神明)의 가히 질졍(質正)ᄒ실디라. 모질고 흉ᄒᆞ야 목숨이 브터시나 당ᄒᆞ신 일을 싱각ᄒ니 엇지 견디오시ᄂᆞᆫ고 ᄐᆞᄂᆞᆫ 듯ᄒ니 춤아 엇지 견딜 졍경(情景)이리오.

오(故) 유션(諭善) 박셩원(朴聖源, 1697~1767)603)이가 집 더문(大門) 밧긔 와 셰손이 셕고(席藁)ᄒ시게 ᄒ라 ᄒ니, 셕고가 당연ᄒᆞᆯ것마는 춤

598) 계제(季弟): 막내아우. 여기서는 홍낙윤.
599) 김시묵: 세손빈 곧 정조비의 아버지.
600) 배상(拜相): 정승으로 임명을 받음.
601) 무망(無望): 희망이나 가망이 없는 상태.
602) 고쟉이: 오로지.
603) 박성원(朴聖源): 당시 세손강서원 유선(諭善) 벼슬에 있던 사람이다. 정조의 보도(保導)에 힘을 써, 남유용과 함께 공을 인정받았다. '오'는 '고'의 잘못으로 보인다.

아 어린 아기롤 엇디ᄒᆞ리오. ᄂᆞ준 집의 겨셔 디니시니라.

이튿날

나온 후(後) 션친(先親)긔도 못 뵈옵고 망극망극(罔極罔極)ᄒᆞ더니, 그 이튿날 션친이 샹교(上敎)롤 밧ᄌᆞ와 나오시니 모ᄌᆞ(母子) 션친을 붓드러 일쟝통곡(一場痛哭)ᄒᆞ고 셩교(聖敎)롤 뎐(傳)ᄒᆞ오시기롤 내가 보젼(保全)ᄒᆞ야 세손(世孫)을 구호(救護)ᄒᆞ라 ᄒᆞ시니, 이ᄯᅢ 셩교(聖敎), 망극 듕(中)이나, 세손을 위ᄒᆞ야 감읍(感泣)ᄒᆞ오미 측냥(測量)업ᄉᆞ이다. 세손을 어ᄅᆞ 몬져 셩은(聖恩)을 튝슈(祝手)ᄒᆞ고

"나는 네 아바님 안해로 이 지경이 되고 너는 아돌노 이 디경을 만나시니 다만 스스로 명을 셜워ᄒᆞᆯ 분이지 눌을 원(怨)ᄒᆞ며 눌을 탓ᄒᆞ리오. 모ᄌᆞ(母子)604) 이ᄯᅢ 보젼홈도 셩은이오시고, 우러러 의지(依支)ᄒᆞ야 명(命)을 삼음도 ᄯᅩ흔 셩샹(聖上)이오시니 너롤 ᄇᆞ라는 배 셩의(聖意)롤 밧ᄌᆞ와 힘쓰고 ᄀᆞ다듬아 착흔 ᄉᆞ롬이 된즉 셩은을 갑습고 네 아바님긔 효ᄌᆞ(孝子)가 되리니 이밧긔 더 ᄒᆞᆯ 일이 업ᄂᆞ니라"605)

ᄒᆞ고 션친긔 감튝텬은(感祝天恩)ᄒᆞ와,

"남은 날은 주오시는 날이니 하교(下敎)를 밧ᄌᆞ오랴 ᄒᆞᄂᆞᆫ ᄉᆞ연을 우히 알외쇼셔"

ᄒᆞ고 통읍(慟泣)ᄒᆞ니, 니 이 말이 일호(一毫)도 지어ᄒᆞ미 아니라, 처엄브터 그리되오신 거시 셟지, 졈졈(漸漸) 그 지경의 니르오신 밧 엇디ᄒᆞ리오. 니 조곰도 ᄆᆞ음의 먹음ᄉᆞ은 배 업서 감히 이러나 원(怨)ᄒᆞ옵디 못ᄒᆞ와노라.

---

604) [교감] 모ᄌᆞ: 일사본 '우리 모ᄌᆞ'.
605) 1762년 8월 26일 좌의정 홍봉한이 영조에게 올린 차자(箚子)에도 혜경궁의 이 말을 인용하고 있다.

션친이 날과 셰손을 븟드러 통곡ᄒ고 위로ᄒ시디

"이 ᄠᅳᆺ이 올ᄒ니 셰손이 현(賢)이 되시고 셩(聖)이 되시면 셩은 감수오시고606) 나ᄒ신 아바님게 효(孝)가 되시오리이다"

ᄒ고 드러가시니, 날이 갈스록 참아 망극디경(罔極之境)을 싱각디 못ᄒ야 아모리 ᄒᆯ 줄 몰라 혼혼망극(昏昏罔極)이 누엇더니, 십오일(十五日)은 굿게굿게 ᄒ고 깁히깁히 ᄒ야 놋소오시고607) 샹궐(上闕) 오ᄅᆞ오신다 ᄒ니608) ᄒᆞᆯ일이 업ᄂᆞᆫ디라. 대궐(大闕) 필단(疋緞)609)붓치도 내여올 길히 업스니, 이젼610) 여러 ᄒᆡ의 디병환(大病患)으로 무수히 니워주시고 이슈의(壽衣)ᄅᆞᆯ 다 조비(造備)ᄒ셔 당신 위ᄒᆞ신 마ᄌᆞ막 졍셩(精誠)으로 갈진(竭盡)이 ᄒ시니라.

죽던 날 친 천둥

이십일(二十日) 신시(申時)즘 폭우(暴雨)가 나리고 뇌졍(雷霆)도 ᄒ니611) 뇌졍 두리워ᄒᆞ오시던 일이나, 엇디 되오시고 참아참아 그 형용(形容)을 혜아리지 못ᄒ니, 니 그ᄯᅢ ᄆᆞᆷ이 졀곡아ᄉ(絶穀餓死)도 ᄒ고져 ᄒ고 깁흔 물의도 들고 시브고 수건(手巾)을 어ᄅᆞᆫ짐질 젹도 만코 칼을 들기ᄅᆞᆯ ᄌᆞ로 ᄒ디, 약(弱)ᄒ야 강(强)흔 결단(決斷)을 못 ᄒ나, 먹을 길히 업서 넝슈(冷水)나 미음이나 먹은 일 업스디 능(能)히 지텅(支撑)

606) [교감] 감수오시고: 일사본 '갑수오시고'.
607) 뒤주는 밧줄로 단단히 묶었고, 또 갇힌 사도세자에게 물, 밥 등을 넣어주던 뒤주 밑에 뚫린 구멍도 막았다고 전한다.
608) 영조는 15일에 창덕궁 경화문(景化門)에서 세자의 처분에 대해 반교(頒敎)했고, 19일에 경희궁으로 돌아갔다. 『이재난고』에 의하면 경희궁으로 돌아갈 때 영조는 마치 적국이나 평정한 듯 개선가(凱旋歌)를 연주하게 했다고 한다.
609) 필단(疋緞): 필로 된 비단.
610) [교감] 일사본에는 '이젼' 앞에 '습염졔구(襲殮諸具)ᄅᆞᆯ 다 션친(先親)이 ᄌᆞ비(差備)ᄒ셔 여감(餘憾)이 업게 ᄒ시니'가 있음.
611) 『승정원일기』에는 당일 날씨를 '혹우혹청(或雨或晴)'으로 적고 있다.

ᄒᆞ여, 념일(念日) 밤의 홀일업서 겨오시다 ᄒᆞ니, 비 오던 ᄲᅢ가 슈진(垂
盡)612)ᄒᆞ오시던 ᄲᅢ런가 시브니 ᄎᆞ아ᄎᆞ아 엇디 견디여 그 디경이 되오
시던고, 그저 혼신(魂身)이 비월(飛越)ᄒᆞ니 사라난 줄이 흉완(凶頑)ᄒᆞ다.

션희궁이 마디못ᄒᆞ야 그리 알외여 겨오시나, 종사(宗社)ᄅᆞᆯ 위ᄒᆞ야 대쳐
분(大處分)은 ᄒᆞ오시려니와 병환이오시니 ᄋᆡ통(哀痛)ᄒᆞ오셔 은혜(恩惠)ᄅᆞᆯ
더ᄒᆞ오시고 복졔(服制)613)나 ᄒᆡᆼ(行)ᄒᆞ오실가 ᄇᆞ라왓더니, 셩심(聖心)이 그
쳐분이오시더 셩노(聖怒)ᄂᆞᆫ 느리디 아니ᄒᆞ오시고, 인(因)ᄒᆞ야 갓가이ᄒᆞ오
시던 기녀(妓女)와 ᄂᆡ관(內官) 박필슈(朴弼秀) 등과 별감(別監)이며 장인(匠
人)이며 무녀(巫女)들ᄭᆞ지 다 졍법(正法)ᄒᆞ오시니 이ᄂᆞᆫ 당연지ᄉᆞ(當然之事)
오시니 감히 말ᄒᆞ리오.

상장(喪杖) 모양의 찰

다만 지원지원(至冤至冤)ᄒᆞᆫ ᄇᆞᄂᆞᆫ 의ᄃᆡ병환(衣襨病患)으로 무수이 여러
가지ᄅᆞᆯ 가라닙ᄉᆞ오시다가 엇디엇디ᄒᆞ야 싱무명 ᄒᆞᆫ 볼이나 닙ᄉᆞ오시니,
그날도 싱무명 의ᄃᆡᄅᆞᆯ 닙어 겨오시던지라. 디됴(大朝)의ᄂᆞᆫ 샹(常)히 뵈
옵ᄉᆞ오셔도 도포(道袍) 농포(龍袍) 뉴로 뵈와 겨오시더니, 무명 의ᄃᆡᄂᆞᆫ
처음 보오시니 병환은 모ᄅᆞ오시고

"네 날을 ᄎᆞ마 업시코져 흔들 싱무명 거샹(居喪)614)을 어이 입어ᄂᆞ니"
ᄒᆞ오셔 더욱 남은 것 업시 아오시고615)

---

612) 수진(垂盡): 목숨, 물건 등이 다하여 떨어짐. 『영조실록』에는 사도세자가 21일 죽은 것으로
　　나온다. 하지만 여러 기록들이 사도세자의 실제 죽은 날을 20일이라고 말하고 있다.
613) 복제(服制): 상복을 입는 법식. 제대로 상례를 치른다는 뜻. 형을 집행한 다음에는 사도세자
　　의 복권을 기대했다는 말이다.
614) 거상(居喪): 상복(喪服). 생무명옷(깃옷)을 입는 경우를 '깃거상'이라 한다. 부모 상에 자녀들
　　이 입는 옷이다.
615) 더욱 생각할 여지가 없었다는 말.

"샹(常)해 쓰오시던 셰간을 다 어더너라"

ᄒ오시니, 그 듕(中)의 군긔(軍器)들 업스며 무어시 업스리오. 아모리 국휼(國恤)인들 샹장(喪杖)이 ᄒ나 밧 어이 이시리오마는 이샹ᄒ오신 병환으로 상장(喪杖)을 여러 번 만ᄃ오시논디, 일싱(一生) 쇼앙ᄒ야616) 좌우의 ᄯᅥ나디 아니ᄒᄂ 거시 환도(環刀) 보검(寶劍)들이니 셩간617) 밧 샹장 모양ᄀᆺ치 민들고 그 속의 칼을 너허 두에를 맛초면 샹장ᄀᆺ치 ᄒ야 가지고 ᄃ니시며 날도 뵈시기 금즉ᄒ고 놀나이 보왓더니 그거술 업시 티 아니ᄒ얏다가 어더넌 듕(中)의 그거시 이시니, 더욱 놀나와 ᄒ오시고 분(忿)ᄒ여 ᄒ오시니, 복제(服制)를 어이 거론(擧論)ᄒ시리오. 병환은 모ᄅ오시고 다 불효(不孝)흔 디만 도라가오시니 지원지원ᄒᆯ ᄲᅮᆫ이로다.

세자의 장례

처음의ᄂ 됴신(朝臣)의 복제(服制)ᄂ 여례(如例)이 ᄒ량으로 ᄒ더니618) 다 못 ᄒ니 이 지경을 당ᄒ야 셰손이나 건디ᄂ 거시 텬은(天恩)이어니와 병환으로 쳐분(處分)ᄒ오신 밧근 십ᄉ연(十四年) 디리져군(代理儲君)이오시니 복제나 샹하(上下)의셔 힝(行)ᄒ더면 샹덕(上德)이오실디 그ᄅᆯ 못 ᄒ여시니 그저 셜우며,

념일(念日)은 ᄒᆯ일업슨 디경이니 복위(復位)를 ᄒ셔야 초종졔구(初終諸具)를 조비(造備)ᄒᆯ디, 셩의(聖意)가 아니ᄒ랴 ᄒ오신 거시 아니로디 복위를 앗기오시고 범졀(凡節)을 녜(例)디로 ᄒ오시기를 유예(猶豫)ᄒ오시다가, 브득이 념일일야(念一日夜)의 복위ᄒ오시고 디신(大臣)들 닙시(入

616) [교감] 쇼앙ᄒ야: 일사본 '스랑ᄒ야'.
617) [교감] 셩간: 일사본 '셩각'.
618) 효장세자의 예로 보면, 백관의 복제는 재최삼월(齋衰三月)이다.

侍)ᄒᆞ야 초종졀ᄎᆞ(初終節次)를 뎡(定)ᄒᆞ오시ᄂᆞᆫᄃᆡ,619) 처음은 빈소(殯所)를 농동궁(龍洞宮)의 ᄒᆞ쟈 ᄒᆞ시니,

셩친이 이 디경을 당ᄒᆞ셔 됴곰 잘못ᄒᆞ야 일호(一毫)라도 셩심(聖心)의 어긔오면 그쌔 셩노(聖怒)가 불곳ᄉᆞ오시니 ᄂᆡ 집 담멸(湛滅)ᄒᆞ기ᄂᆞᆫ 둘지오 셰손이 보젼(保全)ᄒᆞ시디 못홀 거시니, 아모죠로나 셩심을 일티 아니ᄒᆞ오시ᄂᆞᆫ 듕(中) 도라가오신 이를 져ᄇᆞ리디 아니ᄒᆞ오시고 셰손 유흔(遺恨)을 ᄭᆡ티지 말으시랴 ᄒᆞ야 갈튱진셩(竭忠盡誠)ᄒᆞ시고 좌우 쥬션(周旋)ᄒᆞ야, 복위 후 ᄉᆞ시(賜諡)620)ᄒᆞ시고 빈궁(殯宮)은 시강원(侍講院)으로 ᄒᆞ고 삼도감(三都監)621)을 법(法)디로 ᄒᆞ시긔 뎡(定)ᄒᆞ야 계요 다 덩ᄒᆞ고, 당신이 도졔됴(都提調)를 ᄒᆞ야 몸쇼 동틱(董飭)622)ᄒᆞ야 묘쇼(墓所) 범졀(凡節)ᄭᅡ디 죠곰도 흠궐(欠闕)623)ᄒᆞ미 업게 ᄒᆞ오시니 셩친이 돕ᄉᆞ오시미 아니면 어느 신하가 감히 말을 ᄒᆞ며 셩심이 엇디 도로혀 겨오시리오.

그날 시강원으로 뫼옵게 ᄒᆞ시고 새박624)의 집으로 나오셔 우리 모ᄌᆞ(母子)를 드려보ᄂᆡ실 제 셩친이 ᄂᆡ 손을 잡으시고 듕졍(中庭)의셔 실셩통곡(失性痛哭)ᄒᆞ시며

"셰손을 뫼셔 만년(萬年)을 누려 만경(晚境) 복녹(福祿)이 양양(洋洋)ᄒᆞ쇼셔"

ᄒᆞ시고 우ᄅᆞ시니 그쌔 ᄂᆡ 셜움이야 만고(萬古)의 ᄯᅩ다시 어디 이시리오.

드러와 시민당(時敏堂)의셔 발상(發喪)ᄒᆞ고 셰손은 근독합(謹獨閤)625)

---

619) 21일 영조는 세자가 죽었다는 보고를 받고서야 사도세자에게 시호(諡號)를 내렸으며, 성복(成服)은 제하고 백관은 천담복(淺淡服)으로 한 달 만에 상을 마칠 것, 세손은 삼년상을 마쳐야 하나 진현(進見) 때와 장례 후에는 담복(淡服)으로 할 것을 하교했다.
620) 사시(賜諡): 임금이 시호(諡號)를 내림.
621) 삼도감(三都監): 빈전도감(殯殿都監), 국장도감(國葬都監), 산릉도감(山陵都監).
622) 동칙(董飭): 감독하고 신칙함.
623) [교감] 흠궐: 일사본 '흠절'.
624) 새박: 새벽.

의셔 거이(擧哀)하고 빈궁은 내 겻히셔 청연(淸衍)과 혼가지로 ᄒ니,626) 텬디간(天地間)의 이런 정경(情景)이 어디 이시리오. 초종의디(初終衣襨)를 출혀 즉시 습(襲)을 ᄒ니 극열(極熱)이로디 조곰도 엇더티 아니ᄒ시더라 ᄒ니, 그 셜움은 참아 싱각지 못홀 일이며, 습후(襲後) 념(殮)ᄒ옵기 젼(前)의 나 가니, 니 정경이 텬고(千古)의 드물고 눕의 업손디라. 셜움 밧기 ᄒ오시던 말솜을 싱각ᄒ니 호텬규지(呼天叫地)ᄒ야 산 줄이 붓그럽고 유명(幽明)이 격(隔)ᄒ니 그 튱텬(衝天)ᄒ신 장긔(壯氣)를 뵈올 길히 업스니 싱인(生人)의 죽디 못혼 유혼(遺恨)이 엇더ᄒ리오.

쵸종(初終) 범ᄉ(凡事)의 셟기가 니룰 거시 업고 신하(臣下)가 복졔(服制)를 못 ᄒ니, 디젼관(代奠官)627)과 니관뉴(內官類)가 다 천담복(淺淡服)628)이오, 밧졔뎐(-祭奠)629)은 잇고, 안히셔 만히 조비(造備)ᄒ미 두리워 수긔(隨機)630)를 ᄒ다가 다시 졔(祭)를 감(減)ᄒ라 ᄒ오시는 엄교(嚴敎)는 아니겨오시기, 됴석샹식(朝夕上食)과 샹망뎐(朔望奠)을 다 녜ᄉ(例事)로이 디니오니라.

셰손 냥궁(兩宮)과 군쥬(郡主)를 입지실(入梓室) 젼(前)의는 참아 뵈디 못ᄒ야 성복(成服)631)날 나와 곡(哭)ᄒ게 ᄒ니 셰손 이통(哀痛)ᄒ시는 곡셩(哭聲)은 참아 듯디 못ᄒ니 뉘 아니 감동(感動)ᄒ리오.

칠월(七月)이 인산(因山)이니632) 젼의 션희궁이 날을 와 보시고 지실(梓室)을 디ᄒ오셔 머리를 두드리오시고 가슴을 쳐 통곡ᄒ시니 그 졍니(情理)의 그음 업스오시미 쏘 엇더ᄒ시리오. 인산의 디됴의셔 묘소(墓

---

625) 근독합(謹獨閤): 창덕궁에 있으며, 정조가 왕세손 시절 주로 있던 곳이다.
626) 청선군주는 당시 일곱 살밖에 되지 않았으므로 예법에 따라 상복을 입지 않았을 것이다. 즉 상례에 참여하지 않았기에 언급하지 않은 듯하다.
627) 대전관(代奠官): 제사 때 임금이나 왕세자를 대신하여 젯술을 드리던 관리.
628) 천담복(淺淡服): 원래 재최복(齊衰服)을 입어야 하지만 영조의 하교 때문에 천담복을 입은 것이다. 천담복은 삼년상을 치르고 100일간 입는 엷은 옥색의 제복(祭服)이다.
629) 밧제전(-祭奠): 바깥에서 올리는 제사. 즉 묘소에서 올리는 제사.
630) 수기(隨機): 틈을 엿보다. 수기응변(隨機應變).
631) 성복(成服): 초상이 나서 처음으로 상복을 입음. 초상난 지 나흘 되는 날부터 입는다.
632) 사도세자의 인산은 1762년 7월 23일에 있었다.

所)의 친님(親臨)ᄒ오샤 졔쥬(題主)ᄉᆞᆫ디 친히 쓰오시니[633] 부ᄌᆞ(父子)분 유명지간(幽明之間)의 서ᄅᆞ 엇더ᄒ신고 ᄎᆞ마 싱각지 못ᄒ며, 칠월의 츈방(春坊)을 부셜(附設)ᄒ고[634] 셰손이 완졍(完定)이 국본(國本)이 되시니, 이 비록 셩은(聖恩)이시나 션친의 갈튱(竭忠) 보호(保護)ᄒ신 공(功)이 더욱 엇디 나타나디 아니ᄒ리오.

시아버지와 며느리의 만남

팔월(八月)의 대됴(大朝)의셔 션원뎐(璿源殿) 다례(茶禮) 밋처 오오시니 황송(惶悚)ᄒ나, 아니 감(鑑)ᄒ이옵기[635] 비결(悲缺)ᄒ와 진뎐(眞殿)[636] 갓가온 습취헌(拾翠軒)[637]이라 ᄒᄂᆞᆫ 집으로 가 뵈오니, ᄂᆡ 쳔만(千萬) 셜움 회포(懷抱)가 엇더ᄒ리오마ᄂᆞᆫ 만분지일(萬分之一)도 감히 베프옵디 못ᄒ옵고

"모ᄌᆞ(母子) 보젼(保全)ᄒ오미 다 셩은(聖恩)이올소이다"

ᄒ고 톄읍(涕泣)ᄒ며 알외니, 영묘겨오셔 집슈(執手)ᄒ오셔 우ᄅᆞ시고

"네 져러ᄒᆞᆯ 줄을 싱각디 못ᄒ고 내 너 볼 ᄆᆞ음이 어렵더니 ᄂᆡ ᄆᆞ음을 펴겨 ᄒ니 아름답다"

ᄒ오시니, 이 하교(下敎)ᄅᆞᆯ 듯ᄌᆞᆸ고 ᄂᆡ 심장(心臟)이 더욱 막히고 명완(命頑)[638]ᄒ미 심ᄒ더라. ᄂᆡ 인(因)ᄒ야 알외오디

---

633) 영조는 사도세자의 신주(神主)에 직접 글씨를 썼다. 『영조실록』에 따르면 1762년 7월 23일 영조가 친히 사도세자의 신주에 글씨를 쓰면서 "만약 내가 친히 신주를 쓰면 다른 날에 신주를 묻어버리자는 논의는 없을 것이다. 나중 일은 비록 경들이라 해도 어찌 알 수 있겠는가?"라고 말했다.

634) 1762년 7월 24일 세손을 동궁으로 칭하게 했다.

635) 감(鑑)ᄒ이옵기: 만나보기. '감하다'는 임금이 누구 또는 무엇을 볼 때 쓰는 말이다.

636) 진전(眞殿): 임금 초상을 모신 곳. 여기서는 창덕궁 선원전(璿源殿).

637) 습취헌(拾翠軒): 창덕궁 경복전(景福殿)의 동북쪽에 있다.

638) 명완(命頑): 목숨이 모짊.

"셰손을 경희궁(慶熙宮)으로 드려가오셔 ᄀᆞᄅ치오실가 ᄇᆞᄅ옵ᄂᆞ이다"
ᄒᆞ니

"네 ᄯᅥ나 견딜가 시브냐"
ᄒᆞ오시거눌 내 눈물을 드리워 알외오디

"ᄯᅥ나 셥셥ᄒᆞ기눈 쟈근 일이오, 우흘 뫼셔 비호옵기눈 큰 일이올소이다"
ᄒᆞ고 인ᄒᆞ야 셰손을 올려보니라 뎡(定)ᄒᆞ니, 우리 모지의 졍니(情理) 셔ᄅᆞ ᄯᅥ나눈 경상(景狀)이 엇디 견딜 비리오.

셰손이 날을 ᄎᆞ마 ᄯᅥ나디 못ᄒᆞ야 울고 가시니 내 ᄆᆞ옴이 버히눈 듯ᄒᆞ나 ᄎᆞᆷ고 지니더니 셩은이 지듕(至重)ᄒᆞ오셔 셰손 ᄉᆞ랑ᄒᆞ오시미 지극(至極)ᄒᆞ오시고 션희궁겨오셔 아ᄃᆞ님 졍(情)을 옴기오셔 좌와긔거(坐臥起居)와 음식범ᄇᆡᆨ(飲食凡百)의 일심이 동동(憧憧)ᄒᆞ오셔 지셩(至誠) 보호(保護)ᄒᆞ오시니 션희궁 졍ᄉᆞ(情私)639)로 어이 그리 아니ᄒᆞ오시리오.

셰손이 ᄉᆞ오셰(四五歲)브터 글을 됴화ᄒᆞ시니, 각궐(各闕)의 ᄯᅥ나 ᄃᆞ니나 강ᄒᆞᆨ(講學)의 젼일(專一)티 아니ᄒᆞ오실가 념녀(念慮)눈 아니ᄒᆞ여시디, 니 못 니져ᄒᆞ기눈 날노 심(甚)ᄒᆞ고 셰손이 ᄌᆞ모(慈母) 그리시눈 졍신(情私) ᄀᆞᆫ졀(懇切)ᄒᆞ야 새박의 ᄭᆡ야 니게 봉셔(封書)ᄒᆞ야 셔연(書筵) 젼(前)의 회답(回答)을 보고야 ᄆᆞ옴을 노ᄒᆞ셔 삼 년(三年)을 샹니(相離)ᄒᆞ야 지니눈디 여일(如一)이 그리ᄒᆞ시던 줄이 이샹(異常) 슉셩(夙成)ᄒᆞ시고, 니가 경녁(經歷)ᄒᆞᆫ 병(病)이 ᄌᆞ로 나 삼 년 안의 병이 ᄯᅥ나지 아니ᄒᆞ니, 외오셔640) 의관(醫官)과 논증(論症)641)ᄒᆞ야 약을 ᄒᆞ야 보니시기롤 어룬ᄀᆞᆺ치 ᄒᆞ시니 이 다 텬셩(天性) 지효(至孝)시어니와 십여 셰 튱년(沖年)의 엇디 그리ᄒᆞ시던고 시브더라.

---

639) 졍사(情私): 친족 사이의 사사로운 정.
640) 외오셔: 혼자서.
641) 논증(論症): 병의 증세를 논함.

가효당 현판

그히 츈츄졀(千秋節)642)을 만나니 니 자최 움죽염죽디 아니ᄒ나, 샹교(上敎)롤 인ᄒ야 브득이 올라가니, 감(鑑)ᄒ오시고 무휼연측(撫恤憐惻)ᄒ시미 젼(前)의셔 더ᄒ오시고, 니 거려(居廬)643)ᄒ는 집이 경츈뎐(景春殿) 남편(南便) ᄂᆫ즌 집이러니 올나간 ᄯᅢ 그 집 일홈을 가효당(嘉孝堂)이라 ᄒ오시고 친(親)히 ᄡᅳ오셔 현판(懸板)ᄒ야 둘게 ᄒ오시고

"네 효심(孝心)을 오늘날 갑하 ᄲᅧ주노라"

ᄒ오시니 니 눈물을 드리워 밧ᄌᆸ고 감히 당치 못ᄒ야 불안ᄒ야 ᄒ더니, 션친(先親)이 드르시고 감츅(感祝)ᄒ야 ᄒ오시디

"오늘날 이 가효(嘉孝) 두 ᄌ(字)롤 현판ᄒ게 ᄒ오시니 ᄌ손(子孫)의 보비가 되실 거시니 ᄌ샹(自上)으로 ᄌ의(慈愛)와 아래로 이를 밧ᄌ오시는 효셩(孝誠)을 흠탄(欽歎)ᄒ노라"

ᄒ오시고, 셩은(聖恩)을 밧ᄌᆸ는 도리(道理)로 집안 봉셔(封書)의 그 당호(堂號)롤 ᄲᅧ ᄃᆞ니게 ᄒ시더니 감츅 명골(銘骨)이러니, 션왕이 ᄌ경뎐(慈慶殿)을 지으샤 날을 잇게 ᄒ시니, 니 그ᄯᅢ 소조(所遭)가 놉고 빗는 집의 이실 모양이 아니로디, 셩효(聖孝)롤 감동(感動)ᄒ야 민면(黽勉)644)이 들고, 그 집의셔 여년(餘年)을 ᄆᆞ출 고로 가효당 현판을 옴겨 ᄌ경뎐 샹방(上房) 남편 문(門) 우히 거러, 영묘 지ᄌ지은(止慈止恩)을 닙ᄌᆸ디 말고져 ᄒᆞᆫ 뜻이러라.

642) [교감] 츈츄졀: 일사본 '텬튜졀'. 천추절은 임금의 생일. 영조의 생일은 9월 13일이다.
643) 거려(居廬): 상중에 있는 사람이 빈소 옆에 머무는 것.
644) 민면(黽勉): 힘써 애씀.

내려오면 도로 위를 그리나이다

그히 납월(臘月)의 됴틱(詔勅)이 나오니 ᄌ상(自上)으로 겨오셔 셰손을 드리오시고 혼궁(魂宮)[645]의 오오셔 틱됴(勅詔)를 밧ᄌ오시고[646] 환궁(還宮) ᄌ 셰손을 도로 드리고 ᄀ랴 ᄒ오시다가 셰손이 어미 떠나기를 춤아 결연(缺然)[647]ᄒ야 우는 양을 보오시고 ᄒ오시디

"셰손이 너를 떠나디 못ᄒ야 져리ᄒ니 두고 가쟈"

ᄒ오시니 혹 당신은 ᄌ이(慈愛)를 ᄒ오시는디 셰손이 그 ᄌ이는 싱각디 아니ᄒ고 어미만 못 니저ᄒ는가 서운이 너기오실 듯ᄒ야 알외옵기를

"ᄂ려오오면 우희 그립습고 올나가오면 어미가 그립다 ᄒ오니, 환궁 후(後)는 쏘 우희 그립ᄉ와 이리ᄒ올 거시니 드려가옵쇼셔"

ᄒ니, 즉시 화안식(和顏色)ᄒ오샤

"그러ᄒ랴"

ᄒ시고 드리고 환궁ᄒ오시니, 셰손이 뫼옵고 가며 어믜 인졍(人情) 업시 떠나여 보는[648] 일을 섭섭ᄒ야 무수이 울고 가시니, 닌 ᄆ움이 엇더ᄒ리오마는 그리는[649] 거슨 ᄉ졍(私情)이요 뫼옵고 가 시봉(侍奉)ᄒ야 그 아바님 못다 ᄒ신 ᄌ도(子道)를 닛는 거시 올코, 졍ᄉ(政事)며 나라일을 비화 아는 거시 올키, 떠날 제 못 닛는 ᄆ움[650]을 버혀 보니니, 이거시 다 이젼 일을 딩계(懲戒)ᄒ고, 셰손으로 ᄒ야금 일심(一心)으로 우희 효셩(孝誠)을 다ᄒ야 ᄌ이ᄒ오시는 셩의(聖意)를 일호(一毫) 어긔오

---

645) 혼궁(魂宮): 국장(國葬) 뒤 삼년상 기간 동안 신위(神位)를 모시는 곳. 사도세자의 혼궁은 창덕궁 시민당(時敏堂)에 있었다.

646) 1762년 12월 9일 청나라 칙사가 사도세자의 혼궁에 와서 치제(致祭)했다. 말하자면 청나라 칙사는 사도세자 사건에 대한 경위 조사의 임무를 띠고 있었던 것이다. 서울대학교 규장각에 소장된 『칙사일기』 제11권에는 당시 청나라 칙사의 접객과정이 기록되어 있다.

647) 결연(缺然): 모자라서 서운하거나 불만족스러움.

648) [교감] 보는: 일사본 '보닌는'.

649) [교감] 그리는: 일사본 'ᄂ리는'.

650) [교감] ᄆ움: 일사본 '졍'.

미 이실가 넘녀(念慮)ᄒ미니, 이 엇디 셰손 위ᄒ 수정분이리오. 종국(宗
國) 안위(安危)가 셰손 ᄒ 몸의 이시니 나의 동동(憧憧)ᄒ 므ᄋᆷ이 하ᄂᆯ
의 질뎡(質正)ᄒ 거시오, 이 홀노 니 므ᄋᆷ분 아니라, 이 다 션친(先親)
이 날을 인도(引導)ᄒ야 부녀(婦女)의 세쇄(細瑣)ᄒ 수졍을 도라보디 아
니ᄒ고 대의(大義)로 면계(面戒)ᄒ신 힘이니, 우리 션친의 고심혈팀(苦心
血忱)이 곳곳이 셰손을 위(爲)ᄒ고 종국을 위ᄒ시던 일을 뉘 다 ᄌ시
알리오.

셰손이 혼궁(魂宮)을 쩌낫드가 ᄂ려오시면 이통(哀痛)ᄒ던 곡읍셩(哭泣
聲)이야 뉘 아니 감동ᄒ리오. 혼궁의 목쥬(木主)651) 의디 업스신 드시
겨오시드가 그 안달652)이 와 이곡(哀哭)ᄒ면 신위(神位) 반기오시ᄂ 듯
혈혈(孑孑)ᄒ 혼궁의 빗치 잇ᄂ 듯 이통 듕(中) 도로혀 위로(慰勞)ᄒ니
우원 니가 셰손을 낫치 아니ᄒ엿더면 이 종국을 엇디ᄒ 번ᄒ고. 아라
오니 업더진 나라히 보젼(保全)ᄒ랴 ᄒ고 경오(庚午) 생산(生産) 후 임신
(壬申) 경ᄉᆯ(慶事)653) 잇던가 시브더라.

효장세자의 아들로 하라

임오화변(壬午禍變)이 만고(萬古)의 업슨 일이니 당신계오셔ᄂ 쳔만(千
萬) 불ᄒᆡᆼ(不幸)ᄒ야 그 디경이 되오시나 아ᄃᆞᆯ을 두오셔 당신 자최ᄅᆞᆯ 닛
고 샹하ᄌᆞ효(上下慈孝)가 무간(無間)ᄒ니 다시야 무슴 일이 이실 줄 ᄭᅮᆷ
의나 싱각ᄒ야시리오.

갑신(甲申, 1764) 이월(二月) 쳐분(處分)654)은 하 쳔만 몽ᄆᆡ(夢寐) 밧기

---

651) 목쥬(木主): 위패(位牌).

652) [교감] 안달: 일사본 '아ᄃᆞᆯ'.

653) 경오 생산은 1750년 8월 셰손 의소 탄생을, 임신 경사는 1752년 9월 정조의 탄생을 말
한다.

니 우희 ㅎ오신 일을 아래스롭이 감히 이러타 ㅎ리오마는 니 그째 졍
ᄉ(情事)의 망극(罔極)ㅎ기는 견조아 비홀 곳이 업스니 내 화변(禍變) 쌔
완명(頑命)이 결단(決斷)치 못ㅎ고 스라 잇다가 이 일을 당흔 줄이 쳔만
죄흔(罪恨)이니 즉디(卽地)의 합연(溘然)655)코 시브더 명(命)을 임의로 못
ㅎ고 우 쳐분(處分)을 원(怨)ㅎ옵는 듯ㅎ야 스스로 구지 춤으나 그 망
극비원(罔極悲願)ㅎ기 모년(某年)의 ᄂᆞ리지 아니ㅎ고 션희궁겨오셔 졀곡
(絶穀) 경통(驚痛)ㅎ오시던 일이야 엇디 다 긔록(記錄)ㅎ리오.

셰손이 튱년(冲年)의 고금(古今)의 업슨 지통(至痛)을 품고 쏘 뎨왕가
(帝王家)의 당치 못홀 변녜(變禮)656)를 당ㅎ셔 과히 이통이통(哀痛哀痛)
ㅎ오시고 최복(衰服)을 버ᄉ실 제 곡읍(哭泣)ㅎ는 소래 텰텬극지(徹天極
地)ㅎ야 초상(初喪) 텬디(天地) 회식(晦塞)ㅎ시던 쌔 셜움이의셔 더ㅎ시
니657) 년셰(年歲)도 두 회가 더ㅎ시고 당신 만나신 배 가지록 하 지원
(至冤)ㅎ니 이롤 대ㅎ야 니 간쟝(肝腸)이 쇠가 녹을 듯 돌이 터질 듯
즉긱(卽刻)의 명을 결단(決斷)코져 ㅎ더 셰손의 셜워ㅎ시는 졍경(情景)이
춤아 못 견딜 거시오, 니 업스면 셰손의 몸이 더욱 고위(孤危)ㅎ니 도
ᄎ디두(到此地頭)658)의는 가지록 셰손 보호(保護)ㅎ기가 읏듬인디라, ᄆᆞ
음을 구지 잡아 셰손을 위로(慰勞)ㅎ더 셜울스록 쳔금지구(千金之軀)룰
보호ㅎ고 비록 유흔(遺恨)이 만단(萬端)이나 스스로 착ㅎ야 아바님을 갑
흐라 만단 기유(開諭)ㅎ야 진뎡ㅎ시게 ㅎ니, 셰손이 죵일(終日) 폐식곡

---

654) 갑신 이월 쳐분: 1764년 2월 20일 영조는 왕세손을 사도세자가 아니라 효장세자의 사자(嗣
子), 즉 후계자로 했음을 선원전에 가서 고했다. 그리고 다음 날 그것을 왕실 족보에 기록하
게 했고, 다다음 날은 반포했다.

655) 합연(溘然): 갑작스럽게 죽음.

656) 변례(變禮): 상황에 맞추어 일시적으로 적용된 예법.

657) 사도세자가 1762년 윤5월에 죽고 그해 7월에 인산이 있었으므로, 세손인 정조가 삼년상을
끝내고 상복인 최복을 벗을 시점은 적어도 만 2년 후인 1764년 7월 이후여야 한다. 그런데
2월 영조의 처분으로 정조는 더이상 사도세자의 아들일 수 없고 따라서 바로 상복을 벗지
않을 수 없었다. 사정이 이러니 다른 사람보다 탈상하는 아픔이 더 크지 않을 수 없었던 것
이다. 영조는 이날 세손에게 상복을 벗고 심상(心喪)의 예법을 따르도록 명했다.

658) 도차지두(到此地頭): 이 지경에 이르러서는.

읍(廢食哭泣)ᄒᆞ야 과상(過傷)ᄒᆞ시ᄂᆞᆫ디라, 춤아춤아 아쳐로와 위로ᄒᆞ야 겻
틱 품고 누어 달닉여 줌을 들게 ᄒᆞ나, 늣겨 줌을 일우디 못ᄒᆞ니 그 정
경이 고금(古今)의 어이 이시리오.

그날인죽 이월(二月) 이십이일(二十二日)659)이니 엇디ᄒᆞ야 그 쳐분이
되신디 이상(異常)ᄒᆞ며660) 불의(不意) 거동(擧動)ᄒᆞ오셔 션원뎐(璿源殿)의
구쥬(久住)ᄒᆞ오시고 날을 와 보오시니 내 무어라 감히 알외리오.

"모ᄌᆞ(母子)의 지금 사라 잇ᄂᆞᆫ 거시 셩은(聖恩)이오니 쳐분이 이러
ᄒᆞ오시니 셟ᄉᆞ온 둥661) 무슴 말ᄉᆞᆷ을 알외오리잇가"

ᄒᆞ니

"네 그리ᄒᆞᄂᆞᆫ 거시 올ᄒᆞ니라"

ᄒᆞ오시니, ᄌᆞ독흔 졍니(情理)의 이 셜운 흔(恨)이나 업더면 아니ᄒᆞ랴.
갈스록 닉 명도(命途)의 긔흔(奇釁)662)흔 일이니 스스로 몸을 치고663)
시분들 밋츠랴. 만고(萬古)의ᄂᆞᆫ 업도다.

울다 죽은 모정

칠월(七月) 담ᄉᆞ(禫祀)664)의 션희궁겨오셔 ᄂᆞ려오오셔 디닉오시고
"ᄀᆞ을 후(後)ᄂᆞᆫ 모히여 고식(姑媳)665)이 샹의(相依)ᄒᆞᄌᆞ"
정녕(丁寧)흔 긔약(期約)이오시더니 홀연(忽然) 비죵(背腫)666)이 나오셔

---

659) [교감] 이십이일: 일사본 '이십일일'. 『승정원일기』 1764년 2월 22일조에 그날 혜경궁과 세
손빈궁이 영조에게 구전문안(口傳問安)을 했다고 적고 있다.

660) 혜경궁은 제3부에서 이 갑신 쳐분이 정순왕후 측의 흉계로 비롯되었음을 누차 말하고 있다.

661) [교감] 셟ᄉᆞ온 둥: 가람본 '셟ᄉᆞ온들'. 일사본 없음.

662) 긔흔(奇釁): 운수가 사납고 복이 없음.

663) [교감] 몸을 치고: 버클리국한문본 '自欲叩身흔딜'.

664) 담사(禫祀): 담제(禫祭). 대상(大祥)을 치른 다다음달에 지내는 제사. 대상을 만 2년 기일에 치
르니 그 다다음달은 7월, 곧 1764년 7월이 된다. 탈상을 고하는 제사이다.

665) 고식(姑媳): 고부(姑婦).

칠월 이십뉵일(二十六日)의 하셰(下世)ᄒᆞ오시니 망극하기 엇디 녜ᄉᆞ(例事) 고식지졍(姑媳之情)667)으로 니ᄅᆞ리오. 당신이 나라흘 위ᄒᆞ오셔 ᄌᆞ모(慈母)의 ᄒᆞ디 못ᄒᆞᆯ 일을 ᄒᆞ오시고, 비록 셩궁(聖躬)을 위ᄒᆞ오신 일이나 지통(至痛)이야 오죽ᄒᆞ오시리오.668) 상시(常時) 말ᄉᆞᆷ의

"ᄂᆡ가 ᄎᆞᆷ아 못ᄒᆞᆯ 일을 ᄒᆞ여시니 ᄂᆡ 자최의ᄂᆞᆫ 풀도 나디 아니ᄒᆞ리라"
ᄒᆞ오시고

"ᄂᆡ 본심(本心)인즉 위종국(爲宗國) 위셩궁(爲聖躬)ᄒᆞᆫ 일이나 ᄉᆡᆼ각ᄒᆞ면 모딜고 흉(凶)ᄒᆞ니 빈궁(嬪宮)은 ᄂᆡ ᄆᆞ음 알거니와 셰손 남ᄆᆡ(男妹)라도 날을 엇지 알니"

ᄒᆞ오시고 ᄆᆡ양(每樣) 밤의 침슈(寢睡)ᄅᆞᆯ 아니ᄒᆞ오시고 동편(東便) 퇴의나 안ᄌᆞ오셔 동녁을 ᄇᆞ라669) 상심(傷心)ᄒᆞ오시며 혹

"그 거조(擧措)ᄅᆞᆯ 아랴도670) 나라히 보젼(保全)ᄒᆞᆯ넌가. ᄂᆡ가 잘못ᄒᆞᆫ가"
ᄒᆞ오시다가 ᄯᅩ

"그러치 아니타. 녀편ᄂᆡ 유약(柔弱)ᄒᆞᆫ 소견(所見)이지 ᄂᆡ 어이 잘못ᄒᆞ야시리오"

혼궁(魂宮)의 오오신 ᄣᅢ면 ᄇᆞᄅᆞ지져 울고 셜워ᄒᆞ오셔 심듕(心中)의 병(病)이 되오셔 몸을 ᄆᆞᆺᄌᆞ오시니 더욱 셟도다.

---

666) 배종(背腫): 등창. 제2부에서는 선희궁의 사인을 마음의 병이라 했다.

667) [교감] 고식지졍: 일사본 '고식지경'.

668) 영조는 선희궁을 위해, 선희궁이 모자의 사정(私情)을 넘어 대처분을 임금께 청했다는 점을 높이 사서, 그 의절을 높인다는 뜻에서 직접 『표의록表義錄』이라는 글을 지었다. 한국학중앙연구원에 소장되어 있다.

669) 선희궁이 살았던 경희궁에서 보면 동쪽에 창덕궁이 있다. 사도세자가 거기서 나고 자라고 죽었으며 혼궁 또한 거기 있다. 그리고 사도세자의 무덤 역시 경희궁에서 보면 동편인 휘경동에 있었다.

670) [교감] 아랴도: 일사본 '아냐도'.

사도세자의 죽음을 둘러싼 논란

대져(大抵) 모년(某年) 일을 시방 사ᄅᆞᆷ이 뉘 날ᄀᆞᆺ치 알며 모년 셜움이 뉘 나와 션왕(先王) ᄀᆞᆺᄐᆞ니 이시며 경모궁긔 ᄉᆞ이 업ᄉᆞᆫ 졍셩(精誠)이 뉘 날 ᄀᆞᆺᄐᆞ니 이시리오. 그러ᄒᆞ기 ᄂᆡ ᄆᆡ양(每樣) 션왕긔 말ᄉᆞᆷᄒᆞᄃᆡ

"마노라가 비록 아ᄃᆞᆯ이나 그ᄯᆡ 오히려 튱년(冲年)이시니 날만치 ᄌᆞ셔히 모ᄅᆞᆯ 거시니 모년의 쇽ᄒᆞᆫ 일은 아모 일이라도 날ᄃᆞ려 므ᄅᆞ시디 외인(外人)의 효효(囂囂)[671]ᄒᆞᆫ 말은 고디 듯디 마오시오. 그것들이 저희 일시(一時) 납툥지계(納寵之計)로 마노라 드ᄅᆞ시게 별 소문(所聞)쳐로 어더다가 드려도 다 고이ᄒᆞᆫ 말이오니이다"

ᄒᆞ면 션왕이 ᄒᆞ시ᄃᆡ

"누고 모ᄅᆞ옵ᄂᆞ니잇가. 그놈들이 위친(爲親)ᄒᆞᆫ 졍셩(精誠) 업다 욕을 무ᄒᆞᆫ(無限)이 ᄒᆞ니, 욕도 피(避)ᄒᆞ고, '경모궁을 위ᄒᆞ얏다' ᄒᆞ면 인ᄌᆞ(人子) 도리(道理)의 '그러치 아니타' 말을 ᄎᆞᆷ아 못 ᄒᆞ야, 누고 츄증(追贈)ᄒᆞ며 누고 시호(諡號)ᄒᆞ며 저히 ᄒᆞ쟈 ᄒᆞᄂᆞᆫ ᄃᆡ로 ᄒᆞ야 가니, 그런 일의ᄂᆞᆫ 분명 알며 ᄡᅳ이여 흐린 사ᄅᆞᆷ이 되기ᄅᆞᆯ 면치 못ᄒᆞ노라"

ᄒᆞ시니, ᄂᆡ 션왕의 디통(至痛)을 ᄎᆞᆷ아 ᄉᆡᆼ각디 못ᄒᆞᆯ너니라.

대져 모년ᄉᆞ(某年事)로 셰상의 두 의논(議論)이 이셔 다 협잡(挾雜)ᄒᆞ고 상실(爽實)[672]ᄒᆞ니, ᄒᆞᆫ 의논(議論)은 대쳐분(大處分)이 광명졍ᄃᆡ(光明正大)ᄒᆞ야 건텬지불패(建天地不悖)[673]니 영묘 셩덕대공(盛德大功)을 일ᄏᆞ라 죠곰도 ᄋᆡ통망극(哀痛罔極)ᄒᆞ야 ᄒᆞᄂᆞᆫ 의ᄉᆞ(意思)가 업ᄉᆞ니 이ᄂᆞᆫ 경모궁을 불효(不孝)ᄒᆞᆫ 죄(罪) 잇ᄂᆞᆫ 과(科)의 도라가시게 ᄒᆞ고 영묘 쳐분이 무ᄉᆞᆫ 뎍국(敵國)을 소탕(掃蕩)ᄒᆞ거나 역변(逆變)을 평뎡(平定)ᄒᆞᆫ 모양(模

671) 효효(囂囂): 왁자지껄한 모양.
672) 상실(爽實): 사실과 다름.
673) 건천지불패(建天地不悖): 천지간에 내세워도 떳떳하여 어그러지지 않음.

樣)이 되니 이리 말ᄒᆞ면 경모궁겨셔 엇더ᄒᆞ오신 모양〈몸이〉 되시며 션왕긔셔 ᄯᅩᄒᆞᆫ 엇더ᄒᆞᆫ 디쳐(地處)가 되시리오. 이는 경모궁과 션왕긔 망극ᄒᆞᆫ 말이오.

ᄯᅩ ᄒᆞᆫ 의논은 경모궁겨오셔 본디 병환(病患)이 아니겨오신디 영묘겨오셔 춈언(讒言)을 듯ᄌᆞ오시고 그 과거(過擧)를 ᄒᆞ야 겨오시니 복슈셜치(復讎雪恥)를 ᄒᆞ쟈 ᄒᆞ니 경모궁 위ᄒᆞ야 신셜(伸雪)ᄒᆞ는 말인 듯ᄒᆞ나 영묘겨오셔 무죄(無罪)ᄒᆞᆫ 동궁(東宮)을 뉘 춈언을 듯ᄌᆞ오시고 그 쳐분을 ᄒᆞ오신 과(過)의 도라가게 ᄒᆞ니 이리ᄒᆞ면 영묘겨오셔 ᄯᅩ 엇더ᄒᆞ오신 실덕(失德)이 되시리오.

두 말이 삼됴(三朝)의 망극ᄒᆞ고 실상(實狀)의 어그니 션친(先親) 슈차(袖箚)[674] 말ᄉᆞᆷ ᄀᆞ트야 병환이 망극ᄒᆞ오셔 셩궁(聖躬) 위티(危殆)ᄒᆞᆫ심과 종사(宗社) 늠늠(懍懍)[675]ᄒᆞ기 ᄒᆞ흡지간(呼吸之間)의 이시니 영묘겨오셔 이통망극ᄒᆞ오시나 만만(萬萬) 박브득이(迫不得已)ᄒᆞ오셔 그 쳐분 ᄒᆞ오시고, 경모궁겨오셔도 본심(本心)이오실시 진짓 누덕(累德)이 되실가 근심ᄒᆞ고 ᄀᆞᆸᄀᆞᆸᄒᆞ지 병환의 텬셩(天性)을 일ᄉᆞ오셔 당신 ᄒᆞ오시는 일을 다 모ᄅᆞ시ᄂᆞᆫ지라. 병환 드오신 거시 망극ᄒᆞ지 병(病)은 셩인(聖人)도 면(免)치 못ᄒᆞᆫ다 ᄒᆞ니 경모궁의 일호(一毫) 누덕이 어이 되리오.

실상(實狀)이 이러ᄒᆞ고 그ᄯᅢ 스졍(事情)이 이러ᄒᆞ니 바른 디로 말을 ᄒᆞ여야 영묘 쳐분도 이통망극 듕(中) 만만 박브득이ᄒᆞ오신 일이오, 경모궁겨오셔도 불ᄒᆡᆼ(不幸)이 망극망극ᄒᆞᆫ 병환으로 ᄒᆞ오셔 만만 홀일업ᄉᆞ오신 터흘 당ᄒᆞ오시고 션왕도 ᄯᅩᄒᆞᆫ 이통 각각(各各) 의리(義理) 각각으로 말을 ᄒᆞ여야 실샹도 어그지 아니ᄒᆞ고 의리의도 합당(合當)ᄒᆞ거놀, 우희 두 의논 ᄀᆞ트면 ᄒᆞ나흔 영묘긔 실덕이 되고 ᄒᆞ나흔 경모궁의 누덕이 되고 션왕긔는 두 말이 다 막극(罔極)ᄒᆞ니, 이 두 의논이 다 삼됴

---

674) 수차(袖箚): 신하가 직접 임금에게 바치는 상소 『영조실록』 1762년 8월 26일조에 홍봉한이 바친 수차가 있다. 내용은 혜경궁의 서술과 같다.
675) 늠름(懍懍): 위태로워 두려움.

(三朝)의 죄인(罪人)이라.

혼편 의논이 영묘 쳐분은 거룩ᄒ시다 ᄒ며 션친만 죄(罪)를 삼으랴 ᄒ야 일물(一物) 드럿다 ᄒ니, 일물 아니 드리신 곡절(曲折)은 다른 긔록(記錄)의 올녀시니 여긔는 ᄯᅩ 아니 ᄡᅳ며, 이 말 ᄒ눈 놈이 영묘긔 졍셩(精誠)인가 경모궁긔 튱졀(忠節)인가, 션왕이 '모년 일을 위ᄒ노라' ᄒ면, 무론동셔남북지인(無論東西南北之人)ᄒ고 가차(假借)ᄒ시고, '모년 일의 시비(是非) 잇다' ᄒ면 무론유죄무죄(無論有罪無罪)ᄒ고 션왕 입으로 '그러티 아니타' 못ᄒ시는 줄 알고, 모년 일을 가지고 긔화(奇貨)[676]를 삼아 져희 ᄯᅳᆺ대로 파롱(簸弄)[677]ᄒ야 이리ᄒ야 사ᄅᆷ을 해(害)ᄒ고 져리 ᄒ야 츙신(忠臣)이라 ᄌ쳐(自處)ᄒ니, 만고(萬古)의 이런 일이 어이 이시리오.

결어

ᄉ십년ᄂᆡ(四十年來)[678]의 모년(某年) 일노 튱역(忠逆)이 혼잡(混雜)ᄒ고 시비(是非)가 도치(倒置)ᄒ야 지금 뎡(定)치 못ᄒ야시니, 경모궁 병환(病患)이 만만(萬萬) 홀일업스시고, 영묘 쳐분(處分)이 박브득이(迫不得已)ᄒ신 일이오, 일물(一物)은 션됴(先朝)[679]의셔 스스로 싱각ᄒ신 거시오, 니런지 션왕이런지 지통(至痛)은 ᄌ지통(自至痛)이오 의리(義理)는 ᄌ의리(自義理)로 아라 망극 듕(中) 보젼(保全)ᄒ야 이 종샤(宗社)를 길게 지팅(支撑)ᄒᆫ 셩은(聖恩)을 감츅(感祝)ᄒ고, 그ᄦᅢ 졔신(諸臣)들이 홀일업서 말ᄉᆷ 못ᄒᆫ[680] 거슬 후인(後人)이 상상(想像)ᄒ야, ᄦᅢ 만나믈 불ᄒᆡᆼ(不幸)이 너길 ᄯᆞᆫ

676) 긔화(奇貨): 뜻밖의 이익을 얻을 수 있는 물건. 또는 그런 기회.
677) 파롱(簸弄): 희롱하여 놀림.
678) 이 글의 쵸(草)를 잡은 해가 1802년이므로, 사건으로부터 만 40년이 된다.
679) 션됴(先朝): 영조(英祖).

룸이지, 모년 일의야 군신상하(君臣上下)의 이러타 말을 어이 용납(容納)
홀 터히 이시리오.

　모년 되야 가든 일을 니 춤아 긔록(記錄)홀 ᄆ옴이 업스나, 다시 싱
각ᄒ니 쥬샹(主上)이 ᄌ손(子孫)으로 그때 일을 망연(茫然)이 모ᄅ는 거
시 망극ᄒ고, ᄯ흔 시비ᄅᆯ 분변(分辨)치 못ᄒ실가 민망(憫惘)ᄒ야 마디
못ᄒ야 이리 긔록ᄒ나, 그듕 춤아 일ᄏᆮ디 못홀 일 듕 더욱 춤아 못 일
ᄏᆞᆯ 일은 ᄲᅢ힌 됴건(條件)이 만흐며, 니 빅슈(白首) 잔년(殘年)의 이ᄅᆯ
능히 뼈ᄂ니 ᄉ롭의 흉완궁독(凶頑窮毒)ᄒ미 어이 이ᄅ뇨 호텬통읍(呼
天慟泣)ᄒ야 명수(命數)ᄅᆞᆯ 흔탄(恨歎)홀 ᄲᅮᆫ이로다.

<hr />

680) [교감] 말ᄉᆷ 못 흔: 일사본 '말ᄉᆷ흔'. 가람본·나손본은 동일.

제2부 ◉

나의 일생

집필 동기

유시(幼時)의 드러와 셔찰(書札) 왕복(往復)이 됴셕(朝夕)의 이시니, 집의 슈젹(手跡)이 만히 이실 거시로딕, 입궐(入闕) 후 션친(先親) 경계ᄒᆞ오셔

"외간(外間) 셔스(書辭)가 궁듕(宮中)의 드러가 흘일 거시 아니오, 문후(問候)ᄒᆞᆫ 외(外)의 스연 만키 공경ᄒᆞᆫᄂᆞᆫ 도리의 엇더ᄒᆞ니, 됴셕의 봉셔(封書)ᄅᆞᆯ ᄒᆞ거든 집 소식만 알고 됴히의 뻐 보ᄂᆞ라"[1]

ᄒᆞ시기, 션비(先妣)겨오셔 아춤져녁의 승후(承候)ᄒᆞ시ᄂᆞᆫ 셔간(書簡)의 미양 됴히 머리의 뻐 보ᄂᆡ옵고, 션친 셔간의도 그라톳 쓰옵고, 동싱들 셔스도 미양 등셔[2]ᄅᆞᆯ ᄒᆞ거나 ᄒᆞ니, 집의 ᄯᅩ 대궐 셔스ᄅᆞᆯ 흘니디 말라 경계ᄒᆞ오시니 모화 셰초(洗草)ᄒᆞ기로 일삼으니, 닉 필젹(筆跡)이 뎐ᄒᆞ염죽ᄒᆞᆫ 거시 업스니, 딜ᄌᆞ(姪子)[3] 슈영이가 날ᄃᆞ려 미양

---

1) 문후는 혜경궁 친정에서 혜경궁에게 안부를 묻는 것으로 볼 수도 있고, 혜경궁이 부모를 문후한 것으로 볼 수도 있다. 궁 밖의 말이 궁 안으로 들어가는 것이나 궁 안의 말이 궁 밖으로 나오는 것이나 모두 좋지 않으니, 편지를 보내면 그 좋잇머리에다 간단히 답장을 적어 보내라는 말로 이해된다.
2) 등셔: 편지 뒷장에 써서 보냈다는 뜻. 버클리32본 '背書'.
3) 질자(姪子): 조카. 수영은 홍낙인의 아들이다.

"본집의 슈젹이 머믄 거시 업서 뎐가(傳家)홀 거시 업스니 혼번 친히 뻐느리오면 보장(寶藏)을 삼아디라"

ᄒᆞ니 그 말히 올ᄒᆞ니 뻐주고져 ᄒᆞ디 베퍼 못 뻣더니, 나히 회갑을 당ᄒᆞ니 남은 날이 젹고 이 히롤 만나 튜모(追慕)가 심ᄒᆞ니, 셰월이 더 가면 니 졍신(情神) 근녁(筋力)이 이ᄰᅥ만도 못홀 ᄃᆞᆺᄒᆞ니, 족하의 쳥을 조차 내 경녁(經歷)ᄒᆞᆫ 거슬 알게 ᄒᆞ고 겸ᄒᆞ야 흥감(興感)ᄒᆞ야 쓰나, 쇠모(衰耗)ᄒᆞᆫ 졍신이 디난 일을 다 긔록디 못ᄒᆞ고 싱각ᄂᆞᆫ ᄆᆞ디롤 쓰노라.

나의 일생

용꿈

내 나기를 을묘(乙卯, 1735) 뉵월 십팔일 〈오시의〉 평동1) 외가의 셔 ᄒ니, 션친(先親)이 왕니(往來)ᄒ야 산긔(産氣)를 술피시더라ᄒ,2) 십 팔일은 미쳐 나오디 〈못〉ᄒ시고,3) 십칠일 야(夜) 꿈을 ᄭᅮ오시니 흑뇽 (黑龍)이 방듕(房中)의 드는 양을 보고 ᄭᅢ오셔 혹 싱남(生男)홀가 ᄒ오시 다가 싱녀(生女)흔 긔별을 드르시고 몽됴(夢兆)의 합디 아니믈 의심ᄒ시 더라 하며, 나셔 오러디 아녀 왕부(王父)4)겨오셔 친히 임(臨)ᄒ야 보시 고 범ᄋ(凡兒)와 다르다 ᄒ시고 긔ᄋ(奇愛)ᄒ시더라.

---

1) 평동: 일사본 '반숑방 거평동'. 평동은 거평동(居平洞)의 줄인 말. 지금의 서울 서대문 적십자병 원 근처.

2) [교감] 션친이~술피시더라ᄒ: 종합본 없음.

3) 아버지가 미처 외가로 오지 않았다는 뜻.

4) 왕부(王父): 남에게 자기 할아버지를 높여 이르는 말. 일사본 '됴고(祖考) 뎡헌공(貞獻公)'. 곧 홍 현보(1680~1740).

삼칠일(三七日) 후 집으로 드러오니 증조모5)겨오셔 보오시고 귀중ᄒ
오셔,

"이 아히 다른 아히와 ᄀᆽ지 아니ᄒ니 잘 기르라"

ᄒ오시며 유모롤 각별이 택(擇)ᄒ리라 ᄒ오셔, 뎡(定)ᄒ여 보니신 유모
가 아지(阿只)6)러라 ᄒ고, 조부(祖父)겨오셔 각별이 사랑ᄒ오셔 무릅 아
리롤 ᄡ러나 보온 ᄶ가 드므러 ᄌᄋᆡ(慈愛)ᄒ오시믈 닙습고 〈ᄆᆡ양 희롱(戱
弄)〉ᄒ오셔

"ᄎ아(此兒)가 쟈근 어룬이니 셩인(成人)7)을 일죽이 ᄒ리라"

ᄒ오시니, 그ᄯᅥ 어려 듯ᄌᆞ와던 일이 궁금(宮禁)의 드러온 후 ᄉᆡᆼ각ᄒ니,
내 평ᄉᆡᆼ의 당(當)ᄒ 줄 즐겨 아니ᄒᆫ 일이로ᄃᆡ, 냥ᄃᆡ(兩代)8)의 그리ᄒ오신
일이 무슨 아오미 겨오시던가 괴이ᄒᆫ 일이런 듯 ᄆᆞ양 ᄉᆡᆼ각이 잇더라.

부모 곁에 꼭 붙어

내 ᄋᆞ시(兒時)의 형뎨 이셔 부모의 ᄌᄋᆡ(慈愛)롤 밧ᄌᆞ더니 형(兄)9)은
조요(早夭)ᄒ고 슬하(膝下)의 내 몸만 이시니 ᄌᄋᆡ롤 오로지 밧ᄌᆞ와 그
러ᄒ옵던디 부모의게 지ᄌᆞ(至慈)롤 닙ᄉᆞ오미 텬뉸(天倫) 밧긔 ᄌᆞ별(自別)
ᄒ오시고, 엄친(嚴親)긔 ᄌᄋᆡ 밧ᄌᆞ오문 더욱 심ᄒ니 부모 츈츄(春秋)가
놉디 아니ᄒ오시ᄃᆡ 편ᄋᆡ(偏愛)ᄒ오시미 심ᄒ오시던 일 ᄉᆡᆼ각ᄒ니 블쵸(不
肖)ᄒ 몸이 궁금(宮禁)의 들녀 ᄒ기 각별이 ᄌᄋᆡᄒ오시던 듯 ᄆᆞ양 ᄉᆡᆼ각

---

5) 증조모: 여기서는 홍봉한의 할머니 이씨. 홍중기의 처.
6) 아지(阿只): 일반 사전에서 '아지'를 궁중에서 유모를 부르는 말로 풀이하고 있으나, 이 부분을
  보면 그 풀이가 약간 잘못되었음을 알 수 있다. '유모가 유모라'처럼 동어반복이 되기 때문이
  다. 사실 아지는 원래 아기라는 뜻인데(이규경, 「여항칭호변증설」, 『오주연문장전산고』), 유모가
  아기를 돌보는 사람이므로 유모를 종종 '아기'라 불렀던 듯하다.
7) 셩인(成人): 어른이 됨. 결혼한다는 뜻.
8) 양대(兩代): 여기서는 증조모와 조부.
9) 형(兄): 여기서는 언니를 가리킨다.

ᄒ면 눈믈이 흘너 ᄆᆞ옴이 알프며,10) 부모겨오셔 훈ᄌᆞ(訓子)ᄒ오시미 엄
(嚴)ᄒ오셔 션형(先兄) 교훈ᄒ오시〈미〉 극히 엄ᄒ오시디 불쵸(不肖)ᄂᆞᆫ ᄌ
인ᄒ오시미 니상(異常)ᄒ오시고, 션친(先親) 지ᄌᆞ(至慈)가 ᄌᆞ별ᄒ오시니
ᄆᆞ양 흔ᄶᅵ 니측(離側)ᄒᄂᆞᆫ 거술 어려이 너기고 부모의 알플 ᄯᅥ나지 못
ᄒ야 지어(至於) 니팀(內寢)ᄒ실 ᄯᅢ라도 부모롤 뫼시고야 ᄌᆞᆷ을 자던 거
시오.11)

긔미(己未, 1739) 삼월의12) 듕뎨(仲弟)13) 나니, 그히의 계고모(季姑
母)14)겨오셔 니죵(內從) 진관(鎭寬)이롤 생(生)ᄒ시게 되니, 션친이 우이
(友愛) 특별ᄒ오셔 미뎨(妹弟) 히산(解産)은 집의셔 ᄒ시게 ᄒ고 선비(先
妣) 히산은 피우(避寓)ᄒ야 히만(解娩)을 ᄒ게 ᄒ오시니, 내가 오셰의 유
모롤 ᄯᅥ나 져슬 아니 먹더니, 뫼옵고 피졉소(避接所)의 이시니 조부(祖
父)겨오셔 ᄆᆞ양 오오셔 보시고 대궐 왕니ᄒ시ᄂᆞᆫ ᄯᅢ의도 님(臨)ᄒ오시니,

---

10) [교감] 엄친긔 ᄌᆞ인~ᄆᆞ옴이 알프며: 종합본 없음.

11) [교감] 불쵸ᄂᆞᆫ ᄌᆞ인ᄒ오시미~ᄌᆞᆷ을 자던 거시오: 일사본 'ᄂᆞᆫ 녀지라 그러ᄒ거니와, 션인(先
人)겨오셔 ᄉᆞ랑ᄒ오시미 더 ᄌᆞ별ᄒ오셔, 니 미양 흔ᄶᅵ 이측ᄒᄂᆞᆫ 것슬 어려이 너기고, 부모의
얇흘 ᄯᅥ나지 아니ᄒ며, 지각 잇시므로붓터 부모 ᄉᆞ랑ᄒ오시믈 능히 밧ᄌᆞ와, 티소스의 걱정 식
이옵ᄂᆞᆫ 일이 젹은디라, 부모겨오셔 더욱 ᄉᆞ랑ᄒ오시미 과ᄒ시니, 니 비록 몸이 녀지라 부모
은혜 갑흘 길히 업스나 듕심의 감격흔 ᄆᆞ옴이 엇지 근졀치 아니ᄒ리오 우리 부모긔셔 이샹
이 편이ᄒ오시던 일을 셩각ᄒ니 불효흔 몸이 궁금의 들녀 ᄒ기 이리 편이를 닙던가 미양 셩
각ᄒ면 눈물이 흘너 ᄆᆞ옴이 아프더라'. 이 글의 저본인 『보장』은 주로 아버지의 편애를 말하
고 있는데, 종합본은 어머니까지 확대해서 서술하고 있다.

12) [교감] 여기서부터는 종합본과 전개 방식과 내용이 사뭇 다르다. 『보장』을 토대로 종합본이
편집되었다고 할 수 있는데, 『보장』 후반에 있는 인물별 서술이 종합본에서는 시간적 전개
속에 해체, 편집되어 있다. 예를 들어 『보장』에서는 혜경궁 여동생에 대한 이야기가 후반에
따로 있는데, 종합본에서는 여동생의 어린 시절 이야기는 앞부분에 있고 중년에 고생한 이야
기는 중간에 있으며 노년에 다시 혜경궁을 만난 부분은 뒷부분에 있다. 대체로 종합본은 홍
씨 집안의 위상을 높이는 방향에서 편집이 이루어졌다고 할 수 있는데, 그것에 도움이 되지
않는 사건들은 변개, 축소 또는 삭제되었다. 그래서인지 사건 서술은 『보장』이 훨씬 풍부하며,
다만 집안 인물들을 칭송하는 부분에는 종합본에 약간 보충된 정보가 있다. 혜경궁의 증조부
인 홍중기가 안국동에 새집을 지은 일, 큰할아버지 홍석보가 할아버지 홍현보에게 윤두서처럼
잘살 팔자라며 재산을 조금 분재하여 혜경궁 집안의 살림이 어렵게 된 일, 그리고 계조비 이
씨가 경학을 한 선비의 딸로 덕행이 뛰어났고, 이를 본받아 어머니가 비단옷은 물론, 패물도
없이 검소했다는 일 등은 『보장』에 없는 부분이다.

13) 중제(仲弟): 둘째 동생. 홍낙신.

14) 계고모(季姑母): 막내고모. 1763년 통신사로 일본에 가서 고구마를 들여온 것으로 유명한 조
엄(趙曮, 1719~1777)의 처이다.

내 미양 오오실 써롤 브라 기드리읍던 〈일〉 싱각이 나고, 경신년(庚申
年, 1740) 왕부(王父) 병환(病患) 씨 스랑ᄒ오시믈 밧ᄌ와기 미양(每樣)
어마님을 ᄯ라 나가 뵈읍던 일과 상ᄉ(喪事) 후 어리기로 종조모(從祖
母) 니싱원딕(李生員宅)15)으로 가니 가기 슬희여ᄒ던 일과 부모 못 닛
ᄌ옵던 일이며, 계부(季父)16)와 〈년긔(年紀) 서로 ᄀ트니 졍(情)이 ᄌ별ᄒ
야 못 닛ᄌ옵던 일이〉 싱각나고, 집의 도라와 조부 싱각ᄒ옵고 반우(返
虞)17) 드르시는 경상(景狀)을 우럿던 일이 싱각나고,

선친이 지효(至孝)ᄒ오셔 경신(庚申, 1740) 딕고(大故)18)의 이통(哀痛)
ᄒ오심과 계모부인(繼母夫人) 셤기오시미 지극(至極)ᄒ오시고 ᄋ아님19)
스랑ᄒ오시고 교훈(敎訓)ᄒ오시미 아ᄃ님과 ᄃ라미 아니 겨오시니,

선비겨오셔 덕힝(德行)과 효위(孝友) 쮜여나오시니 증상(蒸嘗)20)을 밧
드오심과 존고부인(尊姑夫人)21) 셤기오심과 잡드러22) 힝ᄒ오시는 일이
나 소고(小姑)23) 세 〈분〉 친익(親愛)ᄒ오심과,

15) 이생원댁(李生員宅)은 혜경궁의 증조부인 홍중기의 장녀이다. 이창휘(李昌輝)와 결혼했다. 이창
    휘는 우의정 이후원(李厚源)의 손자이며 참판 이선(李選)의 아들이다. 이창휘 형제는 1700년
    과거 시험 부정 사건에 연루되어 처벌을 받았다.
16) 계부(季父): 막내 작은아버지. 홍용한(洪龍漢).
17) 반우(返虞): 장례 지낸 뒤에 신주(神主)를 집으로 모셔오는 일.
18) 대고(大故): 부모의 상사(喪事). 혜경궁 할아버지의 죽음.
19) ᄋ아님: 아우들. 인한(麟漢), 준한(駿漢), 용한(龍漢). 홍봉한의 어머니 풍천 임씨(任氏)는 홍봉한
    이 여섯 살 되던 해인 1718년에 죽었다. 이후 홍봉한의 아버지 홍현보는 후처로 성주 이씨를
    얻는데, 세 아들은 모두 후처 소생으로 홍봉한에게는 이복형제이다. 홍봉한의 외할아버지
    임방(林㙜)은 최초의 야담집으로 알려진 『천예록天倪錄』의 찬자(撰者)이다.
20) 증상(蒸嘗): 제사.
21) 존고부인(尊姑夫人): 시어머니를 높여 부르는 말.
22) 잡드러: 무슨 일을 몸소 잡아들고
23) 소고(小姑): 시누이.

한글을 가르친 작은어머니

듕모(仲母)겨오셔는 경신(庚申, 1740) 초토(草土)[24]룰 흔가지로 흐오시니 이통(哀痛)흐오시는 절차(節次)[25]오시나 샹의(相依)흐오시는 우이(友愛) ᄌ별(自別)흐오시니, 듕모긔셔 덕힝(德行)이 ᄯᅩ 탁월(卓越)흐오시〈니〉 빅ᄉ(百事) 밧드오시미 존고(尊姑) 버금이오시고 싀족하 ᄉ랑흐시미 긔츌(己出) ᄀᆺᄌ오셔 날을 심히 ᄉ랑흐오셔 언문(諺文) ᄀᆞᄅ치시미나 ᄌ별이 흐시〈던〉일 싱각ᄒᆞ며,[26]

조부(祖父)겨오셔 공쥬(公主)[27] 증손(曾孫)으로 부귀(富貴)흔 집 ᄌ데(子弟)오시나 쳥간(淸簡)흐오셔 집의 씻친 거시 업ᄉ니,[28] 샹ᄉ(喪事) 후로 지샹(宰相)의 집 ᄀᆺ디 아냐 가계(家計)가 빅ᄉ(白士)[29]의 집과 다르미 아니 겨오시디, 부모겨오셔 갈녁(竭力)흐오셔 졔ᄉ(祭祀) 밧드오시미 녜(禮)룰 다흐오시고, 집의 사당(祠堂)이 업더니 삼 년 안히 사당을 짓ᄉ오시기룰 힘을 다ᄒᆞ와 삼 년 후 뫼옵ᄉ오니,[30] 집안 형셰(形勢)로ᄂᆞᆫ 능히 흘 길이 업슬 ᄃᆺᄒᆞ되 효도(孝道)와 지국(才局)[31]으로 일워겨오시니 탄복(歎服)흘 일이오며,

---

24) 초토(草土): 거적자리와 흙베개라는 뜻으로, 상중에 있음을 이르는 말.
25) 절차(節次): 마디. 때.
26) 중모는 홍인한의 부인 평산 신씨이다. 한글문학의 대표적 명문으로 알려진 『의유당관북유람일기』의 작자 의령 남씨는 평산 신씨의 올케다. 혜경궁이 중모를 각별히 따랐음은 뒤에 다시 기록되어 있다.
27) 공쥬(公主): 선조와 인목왕후 사이에서 태어난 정명공쥬(貞明公主).
28) [교감] 종합본에서는 혜경궁의 큰할아버지 홍석보가 혜경궁의 친할아버지인 홍현보에게 재산을 적게 나누어준 바람에 집안 살림이 어려웠다고 적고 있다.
29) 백사(白士): 한사(寒士). 한미한 선비.
30) 삼년상을 치른 다음 신주를 사당으로 모셨다는 뜻.
31) 재국(才局): 재주와 도량.

부모님의 부부싸움을 말리다

선비(先妣)긔셔 무오년(戊午年, 1738)의 즈부인(慈夫人)[32] 상스(喪事)룰 만나시고 경신년(庚申年, 1740) 대고(大故)룰 만나오시니 텹텹이통(疊疊哀痛)ᄒ〈오〉시고, 그히 슉뎨(叔弟)[33]룰 싱(生)ᄒ오신 삼스삭(三四朔)의 과훼(過毀)ᄒ오시니 손상(損傷)ᄒ실 일을 션친(先親)이 넘녀ᄒ오셔 조부(祖父) 잡습던 보호(保護)ᄒᆯ 약이 나마시니 잡스오쇼셔 ᄒ야 계신디, 션비는 친뎡(親庭)의 가시기 밧뿌오셔 그 약을 아니 잡습고 가셔 오시더니, 션친이 잡〈스오라 ᄒ신 거슬 아니 잡습고 가신 일이 도리(道理)〉의 어긔다 격노(激怒)ᄒ오셔, 내가 즈친(慈親)[34] 뫼옵고 갓더니 션친이 날을 드려오시고 션비긔 엄칙(嚴責)ᄒ시니,

션비긔셔 본가(本家)의 계시지 못ᄒ오셔 집으로 오오시니, 서로 보디 못ᄒ시나 뎐(傳)ᄒ여 미안(未安)ᄒ신 말숨이 만흐시니, 션비긔셔 〈과히 불안(不安)ᄒ오시니〉, 션친이 과도(過度)히 ᄒ신가 용녀(用慮)ᄒ오셔 날포[35] 폐식(廢食)ᄒ시니, 그쩌 겨울 즈음이러니 날포 잡습디 〈아니〉ᄒ오시고 부모겨오셔 화(和)치 못ᄒ오신 거슬 내 불안ᄒ야 니외(內外)로 ᄃᆞ니며 ᄆᆞ음 쓰고 그디로 먹디 못ᄒ니 션친이 에엿비 너기셔 엄식(嚴色)을 더으시고 션비겨오셔도 아히 ᄆᆞ음 쓰는 거슬 넘녀ᄒ오셔 여상이 화긔(和氣)룰 여러 디너시니 크게 즐겨ᄒ던 일이나, 부모겨오셔 '아히가 능히 부모 스이 화긔 일흔 거슬 즐겨 아니ᄒᆯ 줄 안다' 에엿비 너기셔 시로와 숏출 사 상(賞) 쥬시기 가지고 귀(貴)ᄒ야 노던 일이 싱각히더라.[36]

---

32) 자부인(慈夫人): 친정어머니.
33) 슉제(叔弟): 셋째 동생. 홍낙임(洪樂任). 홍낙임의 족보상 생년은 1741년이다. 이 글 뒷부분에서 혜경궁은 1743년 홍낙임이 세 살이라고 말하고 있다. 따라서 '그해'는 곧 홍낙임이 태어난 '그해 1741년'이라고 이해해야 할 듯하다.
34) 자친(慈親): 남에게 자기 어머니를 높여 부르는 말.
35) 날포: 하루 이상이 걸친 동안. 적지 않은 시간 동안.

누나의 전염병을 돌본 아버지

어려실 졔 부모(父母) 뫼와 디니올 젹 ᄒ오시던 일 싱각ᄒ오니, 션친 (先親)이 날마다 새벽이면 ᄉ우(祠宇)의 뵈ᄋᆸ시고 아ᄎᆷ이면 계모부인(繼母夫人)긔 졀ᄒ야 뵈ᄋᆸᄉ오시고 화(和)ᄒᆫ 말ᄉᆷ이오시며 부드러운 안ᄉᆨ (顔色)으로 셤기오시니 조모(祖母)겨오셔 션친 ᄉ랑ᄒ오시미 긔츌(己出)의 넘ᄉ오신 졍(情)이오시니, 어린 아ᄒᆡ ᄆᆞᄋᆷ의도 소ᄉᆼ(所生) 아ᄃᆞ님의셔 더 귀즁(貴重)ᄒ야 ᄒ오시미 다로미 아니겨오신 양〈을〉 뵈와시니, 이 일이 셩효(聖孝)로 말믜암ᄉ오신 일이오시고,

우ᄒ로 두 ᄌᆞ시(姊氏)37) 셤기오시미 ᄌᆞ별(自別)ᄒ오시고 아리로 미뎨(妹弟)38) ᄉ랑ᄒ오시미 ᄯᅩ ᄲᅱ여나오시니, 신유년(辛酉年, 1741)의 빅고모(伯姑母)39)겨오셔 니질(痢疾)노 상ᄉ(喪事) 나오시니, 친족(親族)이 병환(病患)ᄭᅴ와 상츌(喪出) 후 보ᄂᆞ 니 업ᄉ디, 션친이 '스스로 몸을 위ᄒ야 동긔 (同氣)의 병(病)과 상츌을 아니 보리' ᄒ시고 몸소 병소(病所)의 가오셔 구호(救護)ᄒ오심과, 초상(初喪)을 보오시고 도라오오셔 ᄋᆡ통(哀痛)ᄒ오시던 일이 싱각ᄒᆞ니 셩우(誠友)의 지극(至極)ᄒ오시믈 아올 일이오니, 참의 (參議) 상ᄉ(喪事) 니어 나니,40) 모든 ᄉᆼ질(甥姪)41)의 혈혈(子子)ᄒ믈 불상이 너기오셔 못 닛ᄌᆞ오시던 일이오며, 〈ᄉᆼ딜녀(甥姪女) ᄒᆞᄂᆞᆫ 집의 ᄃᆞ려와 혼례(婚禮)를 디니고 무휼(撫恤)ᄒ오시던 일과〉 목족(睦族) 셩의(誠意)가 특별(特別)ᄒ오셔, 두 고모(姑母) 니ᄉᆼ원(李生員)ᄃᆡᆨ 니남평ᄃᆡᆨ(李南平宅)42) 두 분이 ᄆᆡ양(每樣) 집의와 머무오시고, 니ᄉᆼ원ᄃᆡᆨ은 더욱〈더 우ᄋᆡ

---

36) [교감] 이 부부싸움 부분은 종합본에는 빠져 있다.
37) 두 ᄌᆞ시(姊氏): 두 누나. 이덕중(李德重)의 처와 이언형(李彦衡)의 처.
38) 매제(妹弟): 여동생. 곧 조엄의 처.
39) 백고모(伯姑母): 큰고모 이덕중의 처.
40) 참의(參議)는 벼슬명으로 여기서는 이덕중을 가리킨다.
41) 생질(甥姪): 누이의 아들. 곧 이덕중의 자녀들.
42) 이남평댁(李南平宅): 혜경궁의 증조부인 홍중기의 차녀이다. 이현응(李顯應)과 결혼했다. 영의정 이유(李濡)의 아들로, 죽을 때 전라도 남평의 현감을 했기에 이렇게 불렀다. 영의정 신만(申晩)

ᄒᆞ와 ᄉᆞ랑ᄒᆞ시ᄂᆞᆫ〉43) ᄉᆞ이 갓가오ᄆᆞ로 ᄌᆞ로 뫼와 ᄃᆞ니오시고,

종가(宗家)의 가오〈셔〉 조모부인(祖母夫人)ᄭᅴ 흌양(畜養)을 밧ᄌᆞ와 겨오시기 제ᄉᆞ(祭祀)의 아니 참ᄉᆞ(參祀)ᄒᆞᆯ 적이 아니 겨오시던 〈거시〉오, 종형(從兄)44)님ᄀᆞ나 두 종ᄆᆡ(從妹)45)게도 동긔(同氣)ᄀᆞᆺ치 대접ᄒᆞ오시던 일이나, 내 어려 ᄉᆡᆼ각디 못ᄒᆞ오나 효우돈목(孝友敦睦)이 ᄲᅱ여나오시고 독셔ᄒᆞ오시기ᄅᆞᆯ 브ᄌᆞ런ᄒᆞ오시고, 모드신46) ᄉᆞ우(士友)로 ᄆᆞ양 졉(接)나시고47) 혹업(學業)을 힘ᄡᅥ오시니, 션비(先妣) ᄆᆞ양 졉나오신 ᄶᅦ 정성(精誠)으로 진지ᄒᆞ여 보뇌오시던 일이 ᄉᆡᆼ각이 나〈ᄂᆞ라〉고.

어머니와 외가

션비(先妣)겨오셔 일호(一毫)도 봉ᄉᆞ(奉祀) 봉친(奉親)의 팅만(怠慢)치 아니ᄒᆞ오시고 브ᄌᆞ런ᄒᆞ오셔, 방젹(紡績) 침션(針線)을 쥬야(晝夜)로 친히 ᄒᆞ오셔 밤을 ᄉᆡ와 ᄒᆞ시니, ᄆᆡ양(每樣) 아리방의 불이 붉기ᄭᅡ지 혀 잇ᄂᆞᆫ 줄을 늙은 죵은 일〈ᄏᆞᆸ고 져믄 죵은 ᄯᅡ라 일ᄒᆞᄂᆞᆫ 줄 괴로이 너기〉더니, ᄆᆡ양 밤의 침션ᄒᆞ오실 ᄶᅦ 보(褓)로 창을 ᄀᆞ리오셔 브ᄌᆞ런ᄒᆞ다 칭찬(稱讚)ᄒᆞᄂᆞᆫ 소리ᄅᆞᆯ 슬히 너기〈시〉고 밤을 ᄉᆡ와 침션을 ᄒᆞ오시니 치운 밤의 슈고ᄅᆞᆯ ᄒᆞ오시니 손이 다 도으시기48)의 미쳐시던 괴로와ᄒᆞ시ᄂᆞᆫ 일이 아니 겨오시고, 아츰의 일ᄌᆞᆨ 소셰(梳洗)ᄒᆞ오시고 죠고

의 장인이다.

43) [교감] 삽입된 부분은 붉은 글씨로 되어 있다. 필체도 다르고 내용도 잘못 이해하여 고쳤다. '두 고모'는 홍봉한의 고모인데, 혜경궁의 고모로 오해한 것이다.

44) 종형(從兄): 홍상한(洪象漢). 홍석보(洪錫輔)의 아들.

45) 두 종매(從妹): 홍석보의 두 딸, 각각 김치만(金致萬), 신호(申皓)와 결혼했다.

46) 모드신: 모이신.

47) 졉(接)나시고: 나와서 손님을 맞이하다. 곧 출졉빈(出接賓)의 뜻. 또는 친구들과 무엇을 하기 위해 모이다.

48) 도으시기: 돋다. 부어오르다.

부인(祖考夫人)⁴⁹⁾긔 뵈옵기룰 쩌룰 어긔오디 아니ᄒ오시고 머리룰 〈언디〉 아니코는 감히 뵈옵디 아니ᄒ오시고 쟉져고리⁵⁰⁾ 닙디 아니시면 뵈옵디 못ᄒ시고,

션친(先親) 밧드오시는 일이나 돕ᄉ오시는 일이 범쇽(凡俗) 부인과 ᄃ라오시니 션친이 긔ᄃ(器待) 공경(恭敬)ᄒ오시던 일을 ᄋ시(兒時)의도 뵈옵고, 션친 션비 검소ᄒ오시미 ᄯ 이상ᄒ오시니 의복지졀(衣服之節)과 ᄌ녀 닙히오시미 지극히 검박(儉薄)ᄒ더, ᄯ 게어른 부인의 미쳐 ᄒ디 못ᄒ야 ᄌ녀의 모양(貌樣)이 고이ᄒ게 더러오미 업ᄉ디, 우리 남ᄆ(男妹) 오시 굴글지언졍⁵¹⁾ 더러온 오술 닙어보디 못ᄒ여시니 검덕(儉德)과 ᄯ 졍결(精潔)ᄒ오시믈 아올 일이니라.

션비겨오셔 상시(常時) 희로(喜怒)가 경(輕)치 아니ᄒ오시고 이상(異常)이 화긔(和氣)룰 여오셔, 형졔 모히시는 쩌는 화긔 봄 ᄀᄌ오시나 엄슉(嚴肅)ᄒ오시니 일개(一家) 우러러 셩덕(盛德)을 일ᄏ라나 어려워ᄒ옵더니라.

션비겨오셔 뎡미년(丁未年, 1727)의 셩녜(成禮)ᄒ오시고 ᄒᄋ영(海營)⁵²⁾셔 외조(外祖) 상ᄉ(喪事)⁵³⁾ 나오시니 신ᄒᆡᆼ(新行)ᄒ오시믈 녜(禮)룰 ᄀ초디 못ᄒ오셔 이듬ᄒᆡ의 ᄒ오시고,⁵⁴⁾ 무오년(戊午年, 1738)의 ᄌ친(慈親) 상ᄉ룰 만나〈오시나〉 친졍의 오리 겨오시디 못ᄒ시고 즉시 구가(舅家)로 오오실 적이면 남ᄆ 쩌나오시는 쩌의 〈미양〉 울으실 적이 만흐믈

---

49) 조고부인(祖考夫人): 돌아가신 할머니. 여기서는 혜경궁의 할머니라기보다 어머니의 시할머니, 곧 혜경궁의 증조모라고 보아야 할 듯하다.
50) 쟉져고리: 삼작저고리. 즉 속적삼, 속저고리, 겉저고리의 세 가지를 합친 것. 이것을 갖춰 입어야 법도에 맞다고 여겼다.
51) 무명의 발이 굵을지언정. 질이 좋지 않은 천으로 옷을 만들어 입었을지언정.
52) ᄒᄋ영(海營): 황해도 감영, 곧 해주.
53) 혜경궁의 외할아버지인 이집(李潗)의 죽음. 『영조실록』 1727년 4월 8일조에 이집의 졸기가 있다. 이집은 당시 황해도 관찰사였다. 홍봉한의 연보를 보면, 이해 4월에 이씨 부인과 결혼했는데, 이씨 부인은 결혼하자 바로 아버지의 상사를 겪은 것이다.
54) 친정에서 결혼식을 올리고 아직 시집으로 가지 않았는데 돌연 아버지가 돌아가셔서 바로 시집으로 신행을 가지 못하고 이듬해에야 시집으로 들어갔다는 뜻.

뵈옵고, 오라바님55) 셤기오심과 홍부인(洪夫人)56) 우러오시미 부모 굿
즈오시며 우익(友愛)ᄒ오시던 졍니(情理) 쒸여나오시니, 미양 외가의 가
뵈옵고 디니여 유시(幼時)의 셰ᄉ(世事)룰 아디 못혼 쩌라도 감탄ᄒ이
고, 외삼촌 지졔공(知製公)57)이 날을 각별(各別)이 ᄉ랑ᄒ시니, 외죵(外
從) 산듕〈삐〉(山重氏)58)니가 날을 쏘흔 ᄉ랑ᄒ더니라. 우리 외가(外家)
가 쳥빈(淸貧)ᄒ기로 유명ᄒ나 셩우(盛友)ᄂ 드므니59) 홍부인이 쇼고(小
姑)들 가신 쩌 대졉(待接)ᄒ오시미 심히 후(厚)ᄒ더니라.

상중이니 고운 옷을 입지 않으리라

형뎨 세 분이신더 김싱원ᄃᆡᆨ(金生員宅)은 일즉 과거(寡居)ᄒ시니,60) 그
형님 셤기오시미 지극ᄒ오시더니라. 이죵(姨從) 니긔삐(履基氏) 혼인을
신유년(辛酉年, 1741) 츈하간(春夏間)의 외가의셔 ᄒ니, 션비 쏘 친졍(親
庭)의 가오셔 방듕(房中)의셔 보오시더니, 이모(姨母) 송참판ᄃᆡᆨ(宋參判
宅)61) 댱녀(長女)ᄂ 우리 계모(季母)62)시니 미양 외가의 가 혼가지로 놀
고 이죵지졍(姨從之情)이 즈별(自別)ᄒ더니, 계모긔셔ᄂ 의복즈장(衣服資
粧)을 빗니ᄒ고 참예(參預)ᄒ니, 닉 나히 복(服)을 닙을 나히 밋디 아냐
시대 슌식(純色)을 닙고 나갓더니63) 션비긔셔 아모ᄂ 져리 고이 닙고

---

55) 오라바님: 오빠. 이병건(李秉健).
56) 홍부인: 홍씨 부인. 이병건의 부인 홍씨.
57) 지제공(知製公): 지제는 임금의 교서를 작성하는 등의 일을 맡았던 벼슬. 여기서는 이병건.
58) 이산중(李山重): 혜경궁의 외사촌. 『계서야담溪西野談』의 편찬자 이희평의 조부.
59) [교감] 성우ᄂ 드므니: 일사본 '텬셩 우의 드물기 부녀도 화ᄒ야'.
60) 김생원댁(金生員宅)은 김상헌(金尙憲)의 오대손(五代孫)인 김달행(金達行)의 부인이다. 김달행은
    33세의 나이로 요절했다. 종합본에서는 어머니가 김생원댁 자녀를 도와 결혼까지 시킨 일을
    덧붙이고 있다.
61) 혜경궁의 이모 송참판댁(宋參判宅)은 송재희(宋載禧)의 부인이다.
62) 계모(季母): 막내 작은어머니. 막내 작은아버지인 홍용한(洪龍漢)의 부인.
63) 일곱 살까지의 아이들에게는 법제상 상복을 입히지 않았다. 당시는 혜경궁 할아버지의 상중

와시나 너는 곱디 못ᄒᆞ니 뎌 아희와 ᄀᆞᆺ치 ᄒᆞ쟈 ᄒᆞ시니, 내 디ᄒᆞ기을

"나는 한아바님 복(服)이 이시니 아모씨와 갓치 닙디 못〈ᄒᆞ리라〉"

ᄒᆞ고

"슌싴 져고리와 무명치마로 어마님 뫼셔 지게 밧긔 나지 아니리라"

ᄒᆞ니, ᄌᆞ친(慈親)이 어엿비 너기시던 일이 싱각이 나니, 내 어려 지각 (知覺)이 업슬 거시로디 그 디답(對答)을 능히 ᄒᆞᆫ 일 싱각나〈ᄒᆞ〉니, 부모의 교훈이 어린 아희게 미쳐 겨오시던가 보더라.

내 언문(諺文) 비호기는 즁모(仲母)긔 ᄒᆞ고 듕뫼(仲母) 날 ᄉᆞ랑ᄒᆞ오시미 ᄌᆞ별ᄒᆞ시니 션비 무양

"이 아희 그디 ᄯᆞ로미 심(甚)ᄒᆞ다"

일크ᄅᆞ시더니라.

아버지의 출사

계ᄒᆡ(癸亥, 1743) 삼월(三月)의 션친(先親)이 태ᄒᆞᆨ댱의(太學掌議)[64]로 입시(入侍)ᄒᆞ시니, 하문(下問)ᄒᆞ오시는디 응디졀ᄎᆞ(應對節次)가 법되(法度) 겨오시니, 그ᄢᅴ의 셩의(聖意)를 기우리오셔 알셩(謁聖)[65] 후 ᄯᅩ 과거(科擧)를 베푸시고 다시 보랴 ᄒᆞ오시고, 안ᄒᆡ 드오셔

"오늘날 나라를 위ᄒᆞ야 도으리를 어덧다"

ᄒᆞ오시고 혹 이번 과거나 홀가 조이오시던 말슴을 궁금(宮禁)의 드러온

이었는데, 혜경궁은 상복을 입을 나이가 아닌데도 근신하는 뜻에서 흰색 옷을 입고 잤다는 것이다. 참고로 밝히면 8세부터 11세, 12세에서 15세, 16세에서 19세까지는 각각 하상(下殤), 중상(中殤), 장상(長殤)이라고 하여 본래 입을 상복보다 한두 급 낮추어 입게 했다. 단 결혼한 남녀나 벼슬에 오른 자는 그 나이에 속해도 본래의 복을 입게 했다(『대전회통』「예전」).

64) 태학장의(太學掌議): 태학은 성균관. 장의는 성균관 유생 자치기구의 회장격 지위.
65) 알성(謁聖): 임금이 성균관의 공자 사당에 참배하는 일. 알성 후에 그것을 기념하며 베푼 비정기 과거시험을 알성시(謁聖試)라 한다.

후 듯즈와시니,

션친겨오셔 션됴(先朝)의 뎨우(際遇) 밧즈오시믄 드무오시고, 션친이 의논이 놉스오시니 흔가지로 교우(交友)ㅎ시 니가 다 명문(名門)의 놉흔 션비로, 서로 사괴여 겨오시더 니가 다 공경(公卿)의 니르고, 션친이 귀히 되신 후로 블쵸(不肖)흔 내 몸으로 근신(謹愼)ㅎ시믈 다 펴지 못ㅎ오시니, 일마다 내 잇는 연괴(緣故)니 어느 일이 괴롭지 아니리오.

그쩌 뒤알셩66)이라 ㅎ고, 당연이 참방(參榜)ㅎ신다 ㅎ고 당슉(堂叔)은 미리 오시고 집안이 다 대방(待榜)ㅎ여 어둧 둧ㅎ더니67) 못 ㅎ시고 도라오시니, 그쩌 내가 기드리다가 실망ㅎ야 우럿던 일이 성각이 나며, 그히 겨울의 의릉(懿陵) 참봉(參奉)68)을 ㅎ시니69) 경신(庚申, 1740) 후70) 집안의 관녹(官祿) 들기 처엄이니 합개(闔家)71) 귀히 너겨 녹을 일가의 난호고 션비(先妣) 일승미(一升米)를 남겨두지 아니시던 일이 성각나며,

초간택

계히(癸亥, 1743) 봄의 션형(先兄)72) 관녜(冠禮)를 디니고 갑즈(甲子, 1744)의 셩녜(成禮)ㅎ려 ㅎ시니, 내 손곱아 신형(新兄)73)이 드러오기를 기드리더니, 몽상지외(夢想之外)의 내 몸이 간션(揀選)의 샌이니, 션비(先

---

66) 뒤알셩: 알셩 후에 베푼 과거. 곧 알셩시. 1743년 윤4월 9일에 있었다.
67) 어둧 둧ㅎ더니: 합격한 듯하더니. 홍봉한은 결국 차상(次上)으로 합격하지 못했다.
68) 의릉(懿陵) 참봉(參奉): 의릉은 경종(景宗)과 왕비 어씨(魚氏)의 능이다. 서울시 성북구 석관동에 있다. 참봉은 능원을 지키는 정9품의 말직이다.
69) 『승정원일기』 1743년 7월 21일조에 홍봉한이 의릉 참봉이 된 것으로 나온다. '겨울'은 '가을'이라고 해야 옳다.
70) 경신(庚申) 후: 혜경궁의 할아버지가 죽은 다음.
71) 합가(闔家): 집안 전체.
72) 선형(先兄): 죽은 형. 여기서는 홍낙인.
73) 신형(新兄): 새언니.

妣)겨오셔는 '션비 주식을 간퇵(揀擇)의 참녜(參預)치 아니ᄒᆞ나 희로오미 업슬 거시니' 단주(單子)룰 말고져 ᄒᆞ시되, 션친(先親)겨오셔 '신직(臣子) 되여 어이 긔망(欺罔)ᄒᆞ리' ᄒᆞ시고 단주룰 ᄒᆞ시니, 그ᄢᅥ 집이 극히 빈곤ᄒᆞ야 의샹(衣裳)을 ᄒᆞ여 닙을 길이 업ᄉᆞ니 치마ᄎᆞ(次)는 션형 혼슈의 ᄈᆞᆯ 거ᄉᆞ로 ᄒᆞ고, 옷안 너흘 거시 업셔 져고리 안을 눌근 옷안을 내허 닙히시니, 그ᄢᅥ 집이 쳥빈(淸貧)ᄒᆞᆫ 일 싱각나며, 어마님 근노(勤勞)ᄒᆞ오시던 일이 눈의 버럿더라.

구월 이십팔일 초간퇵(初揀擇)이 〈되니〉, 내가 쳐주(處子)의 뉴(類)의 나히 어리니 스스로 싱각ᄒᆞ야도 날만ᄒᆞᆫ 어린 아희가 업ᄉᆞ니 완경(玩景)이나 ᄒᆞ고 나갈가 ᄒᆞ엿더니, 션대왕(先大王)겨오셔 각별이 에엿비 너기오시고 뎡셩왕후(貞聖王后)겨오셔 ᄀᆞ죽이[74] 보오시고, 션희궁(宣禧宮)겨오셔 간션ᄒᆞ는 보계(寶階)의 오르디 아냐셔 믄져 블러 보오시고 화긔만안(和氣滿顔)ᄒᆞ오셔 ᄉᆞ랑ᄒᆞ오시거눌, 내 ᄆᆞ음의 어린 아히니 에엿버ᄒᆞ시는 줄노 알고, 궁인(宮人)들이 다토아 에엿버 안거눌 내 심히 괴로아ᄒᆞ엿더니, ᄉᆞ물(賜物)이 ᄂᆞ리시니 션희궁겨오셔와 화평옹쥬(和平翁主)ᄀᆞ셔 내 ᄒᆡᆼ녜(行禮)ᄒᆞ는 거동을 보시고 녜모(禮貌)룰 ᄀᆞᄅᆞ치시거눌, ᄒᆞ고 나와 션비(先妣) 품의셔 잣더니,

됴조(早朝) 〈下上[75]〉의 션친이 드러오셔 션비긔

"이 아희가 슈망(首望)을 드러시니 어인 일인고"

ᄒᆞ시며 근심ᄒᆞ시니, 션비 ᄒᆞ시되 '한미(寒微)ᄒᆞᆫ 션비의 주식이〈니〉 드리디 마더면' ᄒᆞ시고, 엇진 일인고, 냥위(兩位) 말슴ᄒᆞ시는 셩음(聲音)을 잠결의 듯고, 자다가 ᄭᆡ여 ᄆᆞ음이 동(動)ᄒᆞ여 자리의셔 만히 울고, 궁듕(宮中)이 ᄉᆞ랑ᄒᆞ던 일 싱각이 나 놀나와 즐기지 아니ᄒᆞ니, 부뫼 도로혀 위로ᄒᆞ오시고, '아희가 무슴 일을 알니' ᄒᆞ시나, 내 초간(初揀) 후로

---

74) ᄀᆞ죽이: 가까이.
75) 앞 두 글자의 위치를 바꾸라는 말.

심히 슬허 즐겨 아니ᄒ던 일을 싱각ᄒ니, 궁듕의 드러와 억만창샹(億萬
滄桑)을 겻그려 ᄒ기 스스로 ᄆᄋᆷ이 즐겁지 아니ᄒ던〈가. 일변(一邊) 고
이ᄒ고 일변 인ᄉ(人事)가 흐리디 아니ᄒ던〉 ᄃᆺᄒ더라.

간퇵 후 소문이 이셔 그러턴지, 일가(一家) 츳ᄂ 니 만코, 문하인(門
下人)이 경신(庚申, 1740)년 졀젹(絶跡)ᄒ엿던 거시 오ᄂ 니 만ᄒ니, 인
심(人心)이 고이ᄒ더라.

재간택

십월 이십팔일 ᄌᆡ간(再揀)이 되니 내 심ᄉ(心事) 스스로 놀납고 부뫼
근심ᄒ오셔 드려 보ᄂ이시며 요힝 간션의 ᄲᅡ지기ᄅᆞᆯ 조여 보ᄂ이시더니, 궁
듕의 드러오니 궐ᄂ(闕內)셔ᄂ 완졍(完定)ᄒ야 겨오시던 양ᄒ야, 의막(依
幕)[76]을 ᄀᆞ죽이ᄒ고 대졉ᄒᄂ 도리가 다ᄅᆞ니 더욱 심ᄉ(心事) 놀납더니,
어젼(御前)의 올나가 졔쳐ᄌ(諸處子)와 ᄀᆺ게 ᄒ디 아냐 념ᄂ(簾內)로 드
리오샤 션대왕이 어ᄅᆞ만져 ᄉᆞ랑ᄒ오시고
"내 아름다은 며ᄂᆞ리ᄅᆞᆯ 어덧다"
ᄒ시고
"네 조부(祖父)ᄅᆞᆯ 싱각ᄒ노라"
ᄒ오시고
"네 아비ᄅᆞᆯ 보아 내 사ᄅᆞᆷ 어든 줄 깃거ᄒ더니 네가 아모의 ᄯᆞᆯ이라"
ᄒ시고 깃거ᄒ오시고, 졍셩셩모(貞聖聖母)겨오셔와 션희궁의셔 ᄉᆞ랑ᄒ오
심과 깃거ᄒ오심과 졔옹쥬(諸翁主)ᄂᆡ 손잡아 귀ᄒ야 ᄒ고, 즉시 ᄂᆡ여보ᄂ
지 아니ᄒ고 경츈뎐(景春殿)이라 ᄒᄂ 집의 머무ᄅᆞ고, 위의(威儀)ᄅᆞᆯ 출히
라 갓던지 오러 머무니, 션희궁의셔 낫거술[77] 보ᄂ오시고, 내인(內人)이

겻막이롤 벗겨 척슈(尺數)롤 ᄒ려 ᄒ거늘 내 벗디 아니ᄒ니, 그 나인이 달녀여 벗겨 척수롤 ᄒ니 심ᄉᆞ(心事) 경황(驚惶)ᄒ야 눈물이 나디 궁인(宮人)이 보논 쎄 우지 못ᄒ고 ᄎᆞᆷ아 가마의 드러 울고 나오니, 가마롤 닉예(掖隷) 붓드러니니 그 놀납기 비홀 곳이 업고, 길히셔 글월비ᄌᆞ(--婢子)[78]가 흑단쟝(黑丹粧)[79]을 ᄒ고 셔시니 그런 놀나온 일이 업더라.

집의 오니 가마롤 사랑문으로 드리고 션친이 쥬렴(珠簾)을 드르시논되 도포롤 닙으시고 붓드러 ᄂᆡ시며 황늠튝쳑(惶凛蹙踖)[80]ᄒ오신 ᄉᆞ식(辭色)과 내 부모 붓들고 셜워ᄒ던 일이 이졔 싱각ᄒ여도 눈물이 흐ᄅᆞ더라.

션비긔셔 의복〈식〉(衣服色)을 고치시고 상(床)의 불근 보롤 펴고 듕궁뎐(中宮殿) 글월은 ᄉᆞ비(四拜)ᄒ고 바드시고 션희궁 글월은 지비(再拜)ᄒ야 바드시고 공구(恐懼)ᄒ오시미 니롤 거시 업〈고〉, 능히 엇지 그리 수이 조비(造備)ᄒᆞᆫ디 대졉ᄒ논 졔구(諸具)가 다 〈가〉ᄌᆞ시니, 이즈음 국혼(國婚) 뎡(定)ᄒᆞᆫ 집들노 비겨 보면 그쎄 일이 쟝ᄒ던 덧ᄒ더라.

이름이 거울 감 자 도을 보 자니이다

그날부터 부모겨오셔 말슘을 곳치시고 일가(一家) 어루신니 공경(恭敬)ᄒ야 대졉ᄒ시니 불안코 슬푸던 일 이졔 싱각ᄒ야도 눈물이 흐르며, 션친(先親)이 홀일업시 국혼(國婚)이 되니 면ᄒᆞ실 길은 업고 위구(危懼)ᄒ오시니 의복(衣服)의 쏨이 되되 ᄒ오시던 일과 쩌날 젹 악연(愕然)ᄒ

77) 낮것을: 점심을.
78) 글월비자(--婢子): 편지를 전하는 일을 맡은 궁중의 여종.
79) 흑단장(黑丹粧): 글월비자는 허리에 검은 띠를 매고 있었다고 한다. 조선의 마지막 상궁인 김명길의 증언(『낙선재주변』, 중앙일보·동양방송, 1977, 162쪽)에 보인다.
80) 황름축적(惶凛蹙踖): 황공하여 삼가는.

오신 밧긔 경계(警戒)ᄒᆞ오시던 말ᄉᆞᆷ이 천언만언(千言萬言)이오시니 내 니로 긔록디 못ᄒᆞ고, 부모 ᄶᅥ날 일만 셜워 어린 간장(肝腸)이 녹ᄂᆞᆫ 듯 ᄒᆞ니 만ᄉᆞ(萬事)의 흥황(興況)이 업셔ᄒᆞᆫ디, 지친(至親)들과 원족(遠族) ᄀᆞ디라도 입궐젼(入闕前) 본다 ᄒᆞ고 아니 와 보ᄂᆞ 니 업ᄉᆞ니, 원족은 밧긔로셔 대졉ᄒᆞ여 보내고,

양쥐(楊州) 증대부(曾大父)[81]ᄀᆞ셔 오시고 지죵조부(再從祖父) 내 여러 분이 오신 듕 대부(大父) 흔 분이 경계ᄒᆞ오시디,

"궁금(宮禁)이 지엄(至嚴)ᄒᆞ니 드르신 후 뵈옵디 못ᄒᆞᆯ 거시니 영결(永訣)이라"

ᄒᆞ시고,

"〈공경ᄒᆞ며〉 근심(謹愼)ᄒᆞ여 디내라"

ᄒᆞ시고,

"일홈이 거울 감ᄌᆞ(鑑字)와 도울 보ᄌᆞ(輔字)니 드오신 후 싱각ᄒᆞ옵쇼셔"

〈ᄒᆞ시니〉,[82] 그 조부ᄅᆞᆯ 샹시(常時)의 뵈온 일도 업ᄉᆞ디 그 말ᄉᆞᆷ을 드ᄅᆞ니 슬푸더라.

삼간택, 친정에서의 마지막 밤

삼간(三揀)이 십일월 십삼일이니 남은 날이 업ᄉᆞ니 굽굽이 셟던 일 엇디 다 형용(形容)ᄒᆞ리오. 밤이면 어마님 품의셔 쟈고 ᄯᅩ 고모와 듕모

---

81) 증대부(曾大父): 증조할아버지뻘 되는 촌수의 할아버지.
82) 홍감보는 혜경궁의 할아버지인 홍현보와 사촌이다. 홍감보는 궁중으로 들어가는 일가 손녀에게 훈계를 통해 자기 이름을 알리고 있다. 그의 재치가 엿보인다. 이를 통해 홍감보는 혜경궁 뇌리에 깊이 자리잡을 수 있었는데, 그 덕인지는 몰라도 『승정원일기』 『영조실록』 등에는 홍감보가 내외직의 여러 벼슬을 잘 다니고 있음을 볼 수 있다. 서울대학교 규장각에는 그가 지방관으로 일할 때 모은 문서를 편집한 『휘사총요彙事摠要』 한 권이 남아 있다.

(仲母)겨오셔 어로믄져 써나기룰 슬허ᄒ시고, 써눌 날이 다드르니 부모 누으신 ᄌ리 ᄉ이의 눕고 시버 션친긔 쳥ᄒ야 드러오쇼셔 ᄒ니 그써 슈응(酬應)이 허듁(許多)ᄒ오시니, 다만 두 밤을 안히 드러와 쥬무시니 내 부모 누으신 가온디 누어 셜워ᄒ던 일과 부뫼 어ᄅ만져 잔잉이 너기오셔 ᄌ움을 일우디 못ᄒ오시던 일 ᄉ각ᄒ니 이졔도 흉금(胸襟)이 막히며,[83]

　내 ᄉ각ᄒ니 종가(宗家)의 하딕(下直)ᄒ고 외조부모(外祖父母) 사당(祠堂)의 하딕ᄒ염ᄌ 흐거눌,

　"가지라"

ᄒ니 임의로 가게 ᄒ미 안심치 아냐 금셩위(錦城尉) 빅수(伯嫂)가 듣고 모(仲姑母) 쇼고(小姑)러니 ᄎᄎ 뎐ᄒ야[84] 션희궁(宣禧宮)의 알외니 나라의 취품(取稟)ᄒ왓던지 '가라' ᄒ신다 ᄒ야 션비(先妣)룰 뫼옵고 흔 가마의 드러 종가의 가니,

　당숙(堂叔) 냥위(兩位)[85] ᄯ이 업손 고로 날을 드려다가 혹 머무러 보니시고 ᄉ랑ᄒ시더니, 우희셔 아오시고 대례(大禮)룰 흔가지로 술피라 ᄒ오신 샹교(上敎) 겨오셔 당숙은 국혼(國婚) 뎡흔 후로 집의 와 머무시거니와, 당숙뫼(堂叔母) 반기시고 사당(祠堂)의 올나 허비(虛拜)[86]ᄒ니, 공쥬(公主)[87] 사우(祠宇)의 ᄌ손이 올나 졀ᄒ디 못ᄒ고 ᄯ히셔 ᄒ엿더니 내가 허비ᄒ기로 뎡당(正堂)의 올나 ᄒ고 ᄂ려오니,[88] ᄆ음이 악

---

83) [교감] 써눌 날이 다드르니~흉금이 막히며: 일사본 '부모긔셔 쥬야의 어룬믄져 어엿버ᄒ오시고 잔잉이 너기오셔 여러 날 잠을 못 자오시니 이제라도 싱각ᄒ면 흉금이 막히더라.' 마지막으로 어리광을 부리며 부모 사이에 끼어 잔 혜경궁의 행동을 종합본에서는 그리지 않았다.

84) 혜경궁의 중고모(仲姑母)는 이언형(李彦衡)에게 시집갔는데, 이언형의 누이 가운데 한 명이 금성위 박명원의 큰형 박흥원(朴興源)과 결혼했다. 혜경궁 집안에서는 중고모한테, 중고모는 시누이한테, 시누이는 작은집에, 작은집에서는 궁궐로 말을 넣었다는 말이다.

85) 홍상한(洪象漢)과 부인 어씨(魚氏). 일사본은 '샹시의 날을'이 앞에 있어, 이전의 상황임을 분명히 보여주고 있다.

86) 허배(虛拜): 신위(神位)를 보고 절하는 것.

87) 공주: 여기서는 선조의 딸인 정명공주. 혜경궁의 아버지 홍봉한의 고조모이다.

88) 다른 ᄌ손들은 신하의 예로 뜰에서 절하고 말지만, 혜경궁은 이제 세자빈이 되었기에 당위에 올라 절을 하게 되었다는 뜻.

연(愕然)ᄒ야 뉵촌(六寸)들과 서로 보아 슬허ᄒ고 ᄯ여나니, 션비긔셔 구가(舅家)의 오신 후 큰딕 ᄉ우의 올나 허비ᄒ디 못ᄒ여 겨오셧더니 날노 인ᄒ야 ᄉ우룰 ᄀ죽이 뵈왓노라 ᄒ시더라.[89]

그날 외가(外家)로 가니 외구(外舅)는 상ᄉ(喪事) 나신 삼 년 안이니 외삼촌딕(外三寸宅)[90]〈이〉 마ᄌ 반기고 ᄯ여나기 슬허ᄒ시고, 외죵(外從)들이 날을 ᄉ랑ᄒ야 가면 업고 안아 친후(親厚)히 구더니 그날은 먼니 안고 말도 만히 아니ᄒ고 경딕(敬待)ᄒ니 내 ᄆᄋᆷ이 더욱 슬푸고, 외ᄉ촌(外四寸) 신딕(新宅)과ᄂᆞᆫ ᄌ별(自別)이 ᄉ랑ᄒ더니 ᄯ여나기 결연(缺然)ᄒ더라. 두 분 이모도 뵈옵고 집으로 도라오니,

날슈ᄂᆞᆫ 흘너 삼간(三揀)날이 〈되니〉, 고모니긔셔 집이나 두루 술피라 ᄒ셔 십이일 밤의 ᄃ리고 ᄃ니시니 월식(月色)은 명낭(明朗)ᄒ고 눈 우ᄇ람이 ᄎ딘 손을 닛그러 ᄃ니니 눈물이 흘너ᄂᆞ려와 ᄎᆞ마 잠을 일우디 못ᄒ고,

그 잇튼날 일죽부터 입궐(入闕)ᄒ라 진쵹ᄒ니 궐닉(闕內)셔 삼간(三揀) 미쳐 지어 나온 의복(衣服)을 닙으니라. 원죡(遠族) 부녀(婦女)들은 그날 와 하딕ᄒ고, 갓가온 친쳑(親戚)은 별궁(別宮)으로 간다 ᄒ고 모혓더니, ᄉ당(祠堂)의 올나 하딕ᄒ고 고유(告由)[91]ᄒ옵ᄂᆞᆫ 차례(茶禮)룰 ᄃ니옵고 튝문(祝文)을 닑으니 내 빗ᄉ(拜辭)ᄒᆯ 제 뉘 아니 우러시리오. 내 ᄆᄋᆷ은 ᄯᆫ허디ᄂᆞᆫ ᄃ시 셟고 션친은 안슈(眼水)룰 참ᄉ오시고 모다 ᄎᆞ마 ᄯ여나기 어려워ᄒ던 정경(情景)이야 엇지 ᄎᆞ마 ᄉᆡᆼ각ᄒ리오.

---

89) 혜경궁의 어머니는 여자라서 일찍이 사당에 가서 절을 하지 못했는데 딸로 인하여 사당 구경을 했다는 말.

90) 외삼촌댁(外三寸宅): 이병건(李秉健)의 부인 남양 홍씨(南陽洪氏).

91) 고유(告由): 중대한 일을 신명에게 고하는 것.

유행하는 다홍색 호롱박 치마

지간(再揀) 이튿날 보모(保姆) 최샹궁(崔尙宮)과 식댱(色掌) 김가(金哥) 효덕이라 ᄒᆞ는 ᄂᆡ인(內人)이 나오니 최샹궁의 풍신(風神)이 크고 엄연(儼然)ᄒᆞ야 쟈근 궁희(宮姬) 모양이 아니러라. 나오니 대졉을 셩히 ᄒᆞ야 힝보셕(行步席)92) ᄭᆞᆯ고 아러방의 햐쳐(下處)93)ᄒᆞ여 징의94) ᄭᆞᆯ고 등ᄆᆡ95) 도도아 졉대ᄒᆞ니, 누ᄃᆡ(累代) 역ᄉ(歷史)ᄒᆞ와 예모(禮貌)도 알고 간ᄃᆡ롭디96) 아니ᄒᆞ나, 션비(先妣)ᄭᅴ셔 금댱쇼고(襟丈小姑)97)ᄅᆞᆯ 거ᄂᆞ리오셔 마자 치관(致款)ᄒᆞ오시고 잔샹(盞床)을 일야지간(一夜之間)으로 풍비(豐備)히 ᄒᆞ야 대졉ᄒᆞ니 엇지 미쳐ᄒᆞ고 시부더라.

쳑수(尺數)ᄒᆞ여 가더니, 삼간(三揀) 미쳐 ᄯᅩ 샹궁이 나오고 식댱(色掌)은 문가(文哥) 다복이란 ᄂᆡ인이 나온ᄃᆡ 뎡셩왕후(貞聖王后)겨오셔 ᄒᆞ야 ᄂᆞ리온 의복(衣服)이니, 초록(草綠) 도류단(桃榴緞)98) 당(唐)져고리99), 숑화식(松花色) 포도문단(葡萄文緞) 져고리, 보라 도류단(桃榴緞) 져고리 ᄒᆞᆫ 쟉(作)이오, 진홍(眞紅) 호로문단(胡虜文緞)100) 치마와 져쥬젹삼(紵紬赤衫)101)이러라.

계고모(季姑母)ᄭᅴ셔 희희(戱謔)가 심(甚)ᄒᆞ시니, 내가 ᄋᆞ시(兒時)의 〈그 ᄰᅥ의〉 다홍(多紅) 호로문단이 시쳬(時體)102)로나 다 ᄒᆞ니

"월빅단(月魄緞)103) 져고리와 다홍 호로문단 치마의 학(鶴)의 듁디 머

---

92) 행보석(行步席): 귀한 손님이나 신랑신부를 맞을 때 마당에 까는 좁고 긴 돗자리.

93) 햐쳐(下處): 묵을 곳을 정함. 이 어휘를 적을 때 아래 하(下) 자(字)는 언제나 '햐'로 표기된다.

94) 징의: 버클리32본 '繒衣'. '繒'은 두꺼운 비단.

95) 등메: 헝겊으로 가장자리 선을 두르고 문양을 넣어 짠 고급 돗자리.

96) 간ᄃᆡ롭디: 만만하지. 쉽지. 등한하지.

97) 금댱쇼고(襟丈小姑): 동서와 시누이.

98) 도류단(桃榴緞): 복숭아, 석류 등의 문양을 넣은 비단.

99) 당져고리: 당의(唐衣). 여자들이 져고리 위에 덧입는 한복의 하나. 대개 예복으로 사용되었다.

100) 호로문단(胡虜文緞): 호로박 즉 호롱박 문양을 넣은 비단.

101) 져주젹삼(紵紬赤衫): 져주는 모시와 명주를 섞어서 짠 약간 거친 비단. 적삼은 홑져고리.

102) 시쳬(時體): 유행하는 스타일.

리압104)과 도로목 살작105)을 ᄒ고 닙어 엇더ᄒ리"

ᄒ시더니

"다홍 호로문단 치마가 나와시니 보쇼셔"

ᄒ시니, 좌듕(座中)이 다 고모 말슴을 조차 우스디, 내 ᄆᆞ음은 셟고 만사(萬事) 다 괴로아 눈을 드러 보디 아니ᄒ롸.106)

어머니가 해주신 마지막 옷

〈내〉 어려셔 고이 닙어보디 못ᄒ디, 내 눕의 닙은 거술 닙고 가지고져 ᄒ미 업술 분 아니라, 몬져 고모긔 년긔 날과 ᄀᆞᄐᆞᆫ 녀지(女子)이시니 그 딕(宅)이 종실후예(宗室後裔)로 빈한(貧寒)치 아니ᄒ니,107) 귀ᄒᆞᆫ

---

103) 월백단(月魄緞): 달 문양을 새긴 비단.

104) 학의 죽지 머리 앞: 머리 앞은 머리 앞쪽을 꾸미는 첩지를 가리키는 말로 보인다. 첩지는 신분에 따라 다른 모양과 재질을 가지고 있는데, 용, 봉황, 개구리 등을 만들어 붙인다. 학 날개 모양의 첩지는 남편이 문관인 경우에 했을 것으로 추정된다.

105) 도로목 살쩍: 버클리32본에는 '還目'으로 되어 있다. 눈동자처럼 둥근 모양을 가리키는 듯하다. 살쩍은 관자놀이와 귀 사이에 난 머리털을 가리키는데 흔히 머리를 올릴 때 일부러 빼놓는다.

106) 아니ᄒ롸: 'ᄒ롸'는 스스로에게 말할 때 쓰는 어미이다. 즉 이 부분은 혜경궁의 독백인 셈이다. 이 계고모와 관련된 부분은 종합본에는 간단히 축약되어 있으며, 계고모라는 사실을 밝히지도 않았다.

107) 종실 후예인 고모부는 둘째 고모부인 이언형이다. 따라서 '먼저 고모'라고 말한 것이 바로 앞에서 막내고모를 말했으므로, 둘째 고모를 가리킨다고 할 수 있다. 여기서 말하는 둘째 고모의 딸은 곧 이언형의 장녀이다. 그는 1736년생으로 홍계희의 막내아들 홍찬해와 결혼했다. 『영조실록』 1769년 9월 20일조를 보면, 이언형의 아버지 청릉군 이모(李橆, 선조의 아들인 경평군의 자손)의 집이 크고 사치스러웠는데, 영조가 이 집을 사서(『승정원일기』 1725년 1월 7일조) 자기 생모인 숙빈 최씨의 사당 곧 육상궁으로 삼았다고 한다. 그만큼 그 고종사촌은 친정이 부귀했다. 그리고 시집 역시 막강한 권력을 휘둘렀던 홍계희 집안이니, 친정이나 시집이나 부와 귀가 으뜸이었던 것이다. 하지만 아깝게도 그는 1767년 병으로 32살의 짧은 생을 마감했고, 남편은 10년 후인 1777년 정조가 등극하자 바로 대역죄로 몰려 사형을 당했다. 초년의 부귀가 물거품이 되고 만 것이다. 이런 까닭 때문인지 종합본에는 이 딸이 누구인지를 가리키는 표지를 빼놓고, 그저 "내 지친에 연기 같은 여자 있어 그 집이 부유하여 귀한 딸로 의복 자장을 가지지 아니한 것이 없으되"로만 되어 있다. 이언형의 아들인 이택수의 『분재집奮齋集』에 그의 제문과 행장이 실려 있다.

쓸노 의복(衣服) 즈장(資粧)이나 노룸노리의 거시나 ᄀ지 아닌 거시 업
스디, 내 불워혼 비 업고, ᄀ치 노쟈 혼거〈시〉 가지고져 ᄒ야는 일이
업더니라.

일일(一日)은 그 아희가 다홍(多紅) 가기쥬치마108)롤 밉고 오니 심히
고은디라. 션비(先妣) 보시고

"네 닙고 시부냐"

ᄒ시기 내 디(對)ᄒ디

"이시면 아니ᄒ야〈피ᄒ야〉 닙을 묘리(妙理) 업스디 장만ᄒ야 닙기
슬스오이다"

ᄒ니 션비 차탄(嗟歎)ᄒ셔

"너는 빈가지녀(貧家之女)기 그러ᄒ니 네 셩혼(成婚)의 이 치마롤 ᄒ
여 네 오눌날 어룬ᄀ치 말ᄒ던 거슬 표(表)ᄒ리라"

ᄒ시더니 내 몸이 이리되니 션비 눈물지시고

"고은 오술 닙히디 못ᄒ시고 이 치마롤 ᄒ여주려 ᄒ엿더니 궁금(宮
禁)의 드로시니 스스(私私) 의복을 못 닙을 거시니 내 ᄒ야 닙히고 시
븐 뜻을 일우리라"

ᄒ시고, 지간(再揀) 후 삼간틱(三揀擇) 밋디 아닌 즈음의 닙게 다홍 긴
기쥬치마롤 ᄒ야 닙히고 슬허ᄒ시니 내 울고 닙엇더니라.

근니(近來) 쳑니(戚里)집은 의복 즈장을 가례(嘉禮) 후 ᄒ야 드려오는
양(樣)을 보니,109) 우리 집은 죠심(操心) 근신(謹愼)이 심(甚)ᄒ시던 줄 알
노이더라.110)

---

108) 가기쥬치마: 깨끼주치마. 깨끼는 안팎 솔기를 발이 얇고 성긴 깁을 써서 곱솔로 박아 옷을
　　 짓는 것을 가리킨다. 주는 비단 '紬'일 것이다. 버클리32본에는 '假敎紬裳'으로, 일사본에는
　　 '긴기쥬치마'로 되어 있다.
109) 이 글을 쓸 당시인 1795년 무렵의 가례로는 1787년 정조와 가순궁 수빈 박씨의 가례를 들
　　 수 있다.
110) 알노이더라: 알게 하도다.

궁월로 들어가다

궐니(闕內)의 드러가니 경츈뎐(景春殿)의 쉬여 통명뎐(通明殿)을 올나가 삼뎐(三殿)의 뵈오니 인원셩후(仁元聖后)겨오샤는 처엄으로 감(鑑)ᄒ오시고

"아롬답고 극딘(極珍)ᄒ니 나라히 복(福)이라"

ᄒ시고 션대왕(先大王)겨오셔는 어르몬져 과익(過愛)ᄒ오시고

"슬긔온 며느리오, 내 잘 굴희엿ᄂ라"

ᄒ오시고 뎡셩왕후(貞聖王后) 깃거ᄒ오심과 션희궁(宣禧宮)겨오셔 ᄉ졍(私情)을 겸(兼)ᄒ오여 곡딘이 ᄌ익(慈愛)ᄒ오시미 니룰 것 업스니 아히 ᄆ음이나 감은(感恩)ᄒ와 우럿줍는[111] 졍경(情景)이 스스로 나더라.

셰슈(洗手) 고치고 원삼(圓衫) 닙고 안자 상(床)을 밧고 날이 져물기 지쵹ᄒ야 삼뎐의 ᄉ비(四拜)ᄒ고 별궁(別宮)의 나오니 션대왕겨오셔 뎡[112] 탓는 곳의 친히 님(臨)ᄒ오셔 보니오시고 집슈(執手)ᄒ오시고

"죠히 가 잇다가 오라"

ᄒ오시고

"『소학小學』 보닐 거시니 아비게 비호고 잘 디니다가 드러오라"

ᄒ오시고 권권년익(眷眷戀愛)[113]ᄒ오시물 밧줍고 나오니 날이 져므러 불을 혓더라.

---

111) 우럿줍는: 우러르는.
112) 뎡: 공주나 옹주가 타는 가마.
113) 권권연애(眷眷戀愛): 못내 사랑하여 생각하심.

용꿈을 그린 병풍

궁인(宮人) 둘이 좌우(左右)로 드리고 이시니 너가 션비(先妣)를 써나 잘 일 악연(愕然)ㅎ야 자디 못ㅎ고 슬허ㅎ니, 션비 므음이 쪼 엇더ㅎ시리오. 보모(保姆) 최샹궁(崔尙宮)이 셩(性)이 엄(嚴)ㅎ고 스졍(私情)이 업서

"나라 법(法)이 그러치 아니ㅎ니 느려가읍쇼셔"

ㅎ야 뫼읍고 자디 못ㅎ게 ㅎ니, 그런 박졀(迫切)ㅎ 인졍(人情)이 업더라.

이튼날 『소학』을 보닉여 겨오시니 날마다 션친(先親)긔 비호읍고 당슉(堂叔)도 흔가지로 드러오시고 듕부(仲父)긔셔와 션형(先兄)이 드러오시고 슉계부(叔季父)는 동몽(童蒙)[114]으로 드러오시더라.

쪼 『훈셔訓書』[115]롤 보닉여오셔 『소혹小學』 비흔 여가(餘暇)의 보라 ㅎ오시니 그 『훈셔訓書』 즉 효순왕후(孝純王后)[116] 드러오신 후 지어주오신 어졔(御製)로 흔 볼을 벗겨두오신 거시더라.

별궁(別宮) 비치(排置)ㅎ 병댱(屛帳) 즙물(什物) 즈장(資粧) 듕(中)의 왜진쥬(倭眞珠) 큰 가자(茄子)[117] ㅎ나히 이시니, 션희궁(宣禧宮) 주오신 거시라. 뎡명공쥬(貞明公主) ㅎ오시던 거스로 쇼쥬(小主)[118] 주신 거시

---

114) 동몽(童蒙): 아이 또는 학동. 여기서는 세자와 함께 배우게 한 아이를 가리킨다.
115) 훈서(訓書): 현존하는 『어제훈서御製訓書』와 같은 책인지는 분명하지 않다. 『어제훈서』는 영조의 친필본이 한국학중앙연구원에 소장되어 있으며, 1756년에 간행된 책은 서울대학교 규장각 등에 소장되어 있다. 한글로 번역된 『어제훈서언해』도 있다. 혜경궁은 이 『훈서』가 영조가 현빈궁에게 지어준 것이라고 했는데, 『어제훈서』의 서문을 보면 영조가 부왕 숙종의 제삿날 부왕을 추모하며 쓴 것으로 나온다. 하지만 『어제훈서』가 후손에게 교훈적인 충고의 말을 들려주는 책임을 볼 때, 별도의 『훈서』가 따로 있었던 것 같지는 않다. 2003년 서울대학교 규장각에서 영조의 각종 어제서들을 『영조어제훈서』라는 이름으로 총 4책으로 영인 간행한 바 있는데, 『어제훈서』는 제2권에 수록되어 있다.
116) 효순왕후(孝純王后): 영조의 일남(一男) 효장세자(孝章世子)의 빈(嬪) 풍양(豊壤) 조씨(趙氏). 정조가 효장세자의 대를 잇게 되고, 또 1776년 정조가 왕에 즉위하면서 효장세자는 진종(眞宗)으로 추대되고 아울러 그 비는 효순왕후가 되었다.
117) 가자(茄子): 가지 모양의 노리개. 가지노리개.
118) 소주(小主): 작은아씨. 즉 정명공주의 딸.

더니 그 집이 포랏던 양호야 션희궁 뫼신 궁인의 집으로 인연(因緣)호야 사오셔 너게 유의(留意)호야 겨오신 일이, 니 공쥬 주손(子孫)으로 드러와 니 집 구물(舊物)을 가지니, 우연(偶然)치 아닌 일이오.

조부(祖父)겨오셔 셔화(書畵)브치룰 스랑호오시더니, 네 복(幅) 슈병초(繡屛次)가 잇더니, 경신(庚申, 1740)[119] 후 뫼셧던 하인(下人)이 가져가 폰즉 공교(工巧)히 또 션희궁 내인의 친척(親戚)의게로 말미아마 드러오니, 미득(買得)호오셔 슈병초 사텹(四疊)을 장(裝)호야 침방(寢房)의 치게 보니여 겨오시더니, 계고모(季姑母)가 능히 아라보시고 조부의게 잇던 거시 금듕(禁中)의 뎐(傳)호야 그 손녀(孫女)의게 다시 도라온 줄 이시(異事)라 호고 일크르시더라.

또 션희궁의셔 팔텹(八疊) 슈뇽병(繡龍屛)이 나와 치엿논디 션친이 보오시고 션비긔와 두 누의님을 디호야

"그 병풍(屛風) 뇽(龍)빗치 의연(依然)이 을묘(乙卯, 1735) 뉵월 십칠일[120] 꿈꾼 바 뇽의 빗치니 그 꿈의 뵈던 뇽의 형상(形象)이 여초(如此)호더니라"

호시고

"그 꿈꾼 후 싱각이 밋지 아냣더니 이 병풍을 디(對)호니 몽듕(夢中)의 뵈던 뇽과 궃다"

호시니, 고모(姑母)너긔셔

"화슈(畵繡)의 지합(再合)홈과 병풍의 뇽의 빗치 몽스(夢事)와 지합(再合)호고 방불(彷彿)호미 이상타"

일큿주오시던 일이 미양(每樣) 싱각히니, 그 뇽식(龍色)이 거믄디 닌갑(鱗甲)은 금스(金絲)로 덧노흔 슈(繡)니 거믄식(色)과 금식(金色)이 어리여시니 션친이

119) 여기서 경신년은 혜경궁 할아버지가 죽은 해.
120) 혜경궁이 태어나기 전날.

"흑뇽(黑龍)이 바로 아니로디 형상치 못홀너니 의연(依然)이 흡亽(恰
似)타"
ᄒ오시더라.

별궁에서의 교육

별궁(別宮) 이실 ᄊ의 부모(父母)의 경계(警戒)ᄒ오시미 좌와힝동(坐臥
行動)의 아니 밋즈오시미 업고, '입궐(入闕)ᄒ와 삼뎐(三殿) 셤기오믈 삼
가고 조심(操心)ᄒ고, 효셩(孝誠)을 힘쓰고, 동궁(東宮) 셤기기를 반드시
올흔 일노 돕고, 말ᄉᆞᆷ을 더욱 삼가기'로 경계ᄒ오시ᄂᆞᆫ 듕(中), 권권(拳
拳)ᄒ오신 훈교(訓敎) 듕, 혹(或) 말ᄉᆞᆷ의 미처 ᄉᆞ측(四則)[121]이믈 일ᄏᆞ라
"혹 이집(異執)[122]흔 일이 이시리라"
ᄒ시기, 니 그ᄊ 무ᄋᆞᆷ의 엇디ᄒ신 말ᄉᆞᆷ인고 ᄒ엿더니 싱각ᄒ니 깁흔
뜻으로 경계ᄒ오시던 명교(名敎)런가 시부며,[123] 별궁셔 디니기를 오십
여 일을 ᄒ니 어ᄂ 날 힝실(行實)을 아니 경계ᄒ오신 날이 이시리오.
잇ᄂᆞᆫ 즈음의 대뎐(大殿) 안부(安否)와 ᄌ뎐(慈殿)의셔 안부 보ᄂᆞ오시고
즁궁뎐(中宮殿)의셔 뭇ᄌ오시ᄂᆞᆫ 상궁(尙宮)이 ᄌᆞ루 오면 내 안부를 뭇ᄌ
오시믈 뎐(傳)ᄒ고, 본퇴(本宅)을 쳥(請)ᄒ와 보옵고 관디(款待)ᄒ니 감츅
(感祝)ᄒ와 ᄒ시고, 상궁(尙宮)이 와 미처 오래지 아냐 잔상(盞床)과 녜

---

121) 사칙(四則):『의례儀禮』「상복소喪服疏」에 나오는 사종(四種) 가운데 네번째 항목. 비록 종통을
   이었다 하더라도 삼년복을 입지 않는 네 경우를 사종이라 하며, 그 네번째는 정이불체(正而
   不體) 곧 적통으로 계승되었으나 몸을 얻지 못하여 손자가 계승한 경우이다. '사칙'이 다른
   어떤 것을 가리킬 가능성도 없지는 않다. 다만 문맥상 앞의 의미로 보는 것이 가장 적절한
   듯하다.
122) 이집(異執): 도리에 벗어남.
123) 홍봉한은 제왕가에서는 어떤 일이 벌어질지 모르니 매사 말조심하라는 훈계를 했을 것이다.
   그 훈계 중에 세자가 아닌 세손이 왕위를 이을 수도 있다는 말을 한 셈이니 미래를 예언한
   것이다. 민감한 정치적 문제를 은연중 거론한 것이라 그런지 종합본에는 이 단락이 모두 생
   략되어 있다.

단(禮緞)이 드니 풍셩(豊盛)ᄒ고 후(厚)ᄒ니, 갑ᄌ(甲子, 1744) 가례(嘉禮)ᄶ 장(壯)ᄒ믈 궁듕(宮中)이 일ᄏᆮ더니라.

별궁의 ᄌ루 츌입(出入)ᄒ기는 션비(先妣)ᄂ 댱뉴(長留)ᄒ야 겨시고 두 고모(姑母)124)ᄂ ᄌ루 드러오시고 듕모(仲母)ᄂ 혹 드러오시더니라. 별궁의 머믈 ᄉ이 조모(祖母) 병환(病患)이 위듕(危重)ᄒᆞ오시니 대혼(大婚)은 박두(迫頭)ᄒ고 증졍(症情)은 비경(非輕)ᄒ시니 부모겨오셔 쵸황망조(焦惶罔措)ᄒᆞ오시미 니룰 거시 업ᄉ니 그ᄶ 경샹(景狀)이 ᄆ음이 편(便)ᄒᆞ오셔도 날을 ᄶ나 보ᄂ오시ᄂ 정니(情理) 어려오시ᄂ ᄶ, 텹텹(疊疊)ᄒ 근심이니, 안ᄒ로ᄂ 용녀(用慮)ᄒᆞ오시나 별궁의 드러와셔ᄂ 화긔(和氣)ᄅ 일치 아니ᄒᆞ오시더니, 피우(避寓)ᄅ ᄒ시게 되니, 션친이 친(親)히 업ᄉ오셔 가마의 드오시고 나오시기ᄅ ᄒ시니, 이 말이 뎐(傳)ᄒ야 별궁의 들니니 궁인(宮人)들이 ᄎᆨᄎᆨ(嘖嘖)이 일ᄏᆮ고, 소문(所聞)이 궐너(闕內)의도 들여 계모(繼母)긔 지효(至孝)ᄒᆞ오시믈 일ᄏᆮᄌᆸ더니라.125) 텬ᄒᆡᆼ(天幸)으로 병환이 회두(回頭)ᄒᆞ오시니 그런 만ᄒᆡᆼ(萬幸)이 업ᄉ니 싱각ᄒᆞ오면 아라온126) 일이러라.

가례

졍월(正月) 초구일(初九日) ᄎᆨ빈(冊嬪)ᄒ고 십일일 가례(嘉禮)니 초십일(初十日) 니가 부모(父母) ᄶ날 날이 박근(迫近)ᄒ니 춤디 못ᄒ야 죵일

---

124) 두 고모(姑母): 1741년 5월에 백고모인 이덕중의 처가 죽었으므로 여기서는 중고모인 이언형의 처와 계고모 조엄의 처를 가리킨다.

125) 병의 증세가 위중하면 자리를 옮기는 경우가 있다. 특히 전염병의 경우 격리의 차원에서 피우를 하게 되는데 홍봉한은 전염병인데도 불구하고 계모와 직접 접촉하며 효성을 인정받았다는 말이다.

126) 아라온: '걱정스러운' 또는 '아찔한' 정도의 의미로 이해된다. 일사본 '초조ᄒ여 아라온 일이 업더라'. 버클리32본 '憂憂之事라'.

(終日) 호읍(號泣)ᄒᆞ야 디ᄂᆞ니 부모겨오셔 인졍(人情)이 도와 쳑비(慽悲)ᄒᆞ오실 거시로ᄃᆡ 악연(愕然)ᄒᆞᆫ 졍니(情理)ᄅᆞᆯ 춤ᄉᆞ오셔 타연(泰然)이 경계(警戒)ᄒᆞ오시고,

"반ᄃᆞ시 조심(操心)ᄒᆞ야 부모의 경계ᄅᆞᆯ 닛디 말나"

ᄒᆞ오시고

"우름 긋치지 아니ᄒᆞᆫ다"

ᄒᆞ고 엄졀(嚴切)이 경계ᄒᆞ오시던 일이 이제도 ᄉᆡᆼ각나 내 그ᄣᅢ 졍니 그러ᄒᆞ려니와 부모의 심ᄉᆞ(心事)ᄅᆞᆯ 도은 일이 일변(一邊) 괴롭더라.

쵸례(醮禮)ᄒᆞ고 엄친(嚴親) 경계와 ᄌᆞ모(慈母)의 경계ᄅᆞᆯ 밧ᄌᆞ오니, 부모겨오셔 됴곰도 비ᄉᆡᆨ(悲色)이 아니겨오시고 녜졀(禮節)의 실조(失措)ᄒᆞ미 아니겨오셔, 션친(先親)은 다홍(多紅) 공복(公服)과 복두(幞頭) ᄡᅳ오시고 션비(先妣)ᄂᆞᆫ 원삼(圓衫)과 큰머리로 ᄒᆡᆼ(行)ᄒᆞ오시니, 일가친쳑(一家親戚)이 다 비별(拜別)ᄒᆞ기로 오고 궐ᄂᆡ(闕內) 사ᄅᆞᆷ이 만히 와시나, 션비가 안ᄉᆡᆨ(顔色)도 고치오시미 업시 경계ᄒᆞ오시던 일이 지금 ᄉᆡᆼ각나니, 우리 부모겨오셔 츈츄(春秋) 겨요 삼십(三十)이 디나 겨오시니 져므시ᄃᆡ ᄂᆡ외ᄉᆞ(內外事)의 ᄒᆡᆼ(行)ᄒᆞ오시미 죠곰도 졀조(節調)의 어긔미 업고 규구(規矩)가 차착(差錯)디 아냐 슉연(肅然)ᄒᆞ니, 궁듕(宮中)이 일ᄏᆞ라 '나라히 사돈(查頓)을 잘 엇ᄌᆞ오시다' 일ᄏᆞᆺ더니라.

수건에 연지를 묻히지 마라

쵸례(醮禮) 후 드러와 대례(大禮) 디ᄂᆡ고 십이일 됴현(朝見)ᄒᆞ고 장속(裝束)을 고칠 ᄣᅢ 션대왕(先大王)겨오셔

"네 폐빅(幣帛)ᄀᆞ지 바다시니 경계(警戒)ᄒᆞ쟈"

ᄒᆞ오시고

"셰즈(世子) 셤길 제 브드러이 셤기고 셩싁(聲色)을 ᄀᆞᄇᆡ야이 말고 눈이 넙어도[127) 궁듕(宮中)은 녜사 일이니 네 모르ᄂᆞᆫ 쳬ᄒᆞ야 몬져 아ᄂᆞᆫ 싁(色)을 뵈디 말나"

ᄒᆞ오시고

"녀편(女便)니 옷 안흐로 남편(男便)니롤 뵐 거시 아니니, 네 셰즈 보ᄂᆞᆫ 디 오술 간디로 헤쳐 보이디 말게 ᄒᆞ고, 녀편니 슈건(手巾)의 연지(臙脂) 므든 거시 비록 연지나 아름답지 아니ᄒᆞ니 무치지 말나"

ᄒᆞ오시니, 내 그 경계롤 명심(銘心)ᄒᆞ와 밧줍기로 싱각ᄒᆞ고, 과연(果然) 옷 안과 슈건의 연지 므치기롤 샹심(上心)ᄒᆞ와 아니ᄒᆞ오니라.[128)

아름다운 딸을 낳아 나라에 공이 크다

됴현(朝見)ᄒᆞ던 날의 통명뎐(通明殿)의 냥궁(兩宮)[129)을 거느리오시고 션친(先親)〈을〉 인견(引見)ᄒᆞ오셔 션온(宣醞)ᄒᆞ오시고 은괴(恩敎) ᄀᆞᆫ절(懇切)ᄒᆞ오시니 션친이 밧즈와 술이 나믄 거술 ᄉᆞ매의 브으시고 감즈(柑子)[130)삐롤 품의 품으시니 날을 ᄀᆞᄅᆞ쳐 ᄒᆞ오시디

"네 뷔(父) 녜(禮)롤 안다"

ᄒᆞ오시니 션친이 감읍(感泣)ᄒᆞ오셔 물러가오셔 집ᄉᆞ롬ᄃᆞ려 니ᄅᆞ오시고 우ᄅᆞ시며

"셩은(聖恩)이 이ᄀᆞᆺᄒᆞ시니 우리 집 사롬이 오늘노브터 맛당이 죽기로 써 갑흐리라"

---

127) 눈이 넓어도: 눈이 넓어서 어떤 일을 보게 되더라도.
128) [교감] 영조의 훈계 가운데 뒤의 것은 종합본에서는 아예 빠져 있고, 본문과 같은 계열의 이본인 국립중앙도서관 소장 한글본 『읍혈록』은 "여편네 유순정직함이 인사상에 으뜸이라"로 줄여놓고 있다.
129) 양궁(兩宮): 여기서는 사도세자와 혜경궁 부부.
130) 감자(柑子): 귤.

호시더라 호며,

됴현(朝見) 익일(翌日)의 인정뎐(仁政殿)의셔 진하(進賀)를 밧즈오시니 날을 관광(觀光)호게 호오시고, 쏘 본퇵(本宅)들을 굿보게[131] 호라 호오시고, 진하 디난 후 대됴뎐(大造殿)으로 내가 문안(問安)을 오르니, 뎡셩왕후(貞聖王后)겨오셔 션비(先妣)를 인견호오셔 은권(恩眷)이 뎡듕(鄭重)호오시고 디졉(待接)호오시미 가인(家人)의 스친지간(私親之間)フ치 호오시고 날을 フ르쳐

"싱녀(生女)를 아롬다이 호야 나라히 경스(慶事)를 되게 호니 유공(有功)타" 호오시니 션비 황감(惶感)호야 호오시던 일이 즉금(卽今)도 뵈옵는 듯호고, 인원셩모(仁元聖母)겨오셔 샹궁(尙宮)으로 호여곰 치관(致款)호오시고, 관졉(款接)호오시는 은슈(恩數)가 친(親)히 인견호오시디 아니호오시나 곡딘(曲盡)호오시니, 궁듕(宮中)이 뎐(傳)호디 '홍본퇵(洪本宅) 대졉(待接)호오시믄 뎡미년(丁未年, 1727) 죠본퇵(趙本宅)[132] 대졉호오시미여셔 더 관곡(款曲)호오시다'[133] 일곳고 궁듕이 녜 아더니 굿치 공경(恭敬)호고 쏠와 귀(貴)흔 드시 호니, 우리 션비 화긔(和氣) 겨오시고 말숨이 간냑(簡略)호오신 듕(中) 후(厚)호고 손슌(遜順)호오시니, 궁인(宮人)들이 칙칙(嘖嘖) 일곳자와 온 궁듕이 다 칭찬(稱讚)호오시던가 시부더라.

어머니와의 작별

그쩌 당숙모(堂叔母)[134]는 션의왕후(宣懿王后, 1705~1730)[135] 죵형(從

---

131) 굿보다: 구경하다.

132) 조본댁(趙本宅): 영조의 장남 효장세자의 처가. 풍양 조문명댁(趙文命宅).

133) [교감] 종합본에는 효장세자비의 친정과 비교하는 부분은 없다. 괜히 논란의 소지가 될 수 있는 부분이라 후대에 뺀 듯하다.

134) 당숙모(堂叔母): 홍상한(洪象漢)의 부인(夫人) 어씨(魚氏). 어유봉의 딸. 어유봉은 김창협의 문인으로 어유구의 형이다.

兄)이신고로 대비뎐(大妃殿) 너인(內人)이 안면(顔面)이 이셔 별궁(別宮)
셔는 션비(先妣) 대졉ᄒ오믈 오히려 당슉모만 ᄒ더니, 입궐(入闕) 후 뵈
옵고 ᄌ뎐(慈殿)136)과 큰뎐137) 너인들이 눈을 기우려 일ᄏ더니, 을ᄒ(乙
亥, 1755) 상ᄉ(喪事)138) 후 앗기고 슬허ᄒ야 아니 우는 너인이 업스니
인심 엇ᄌ오시미 이러ᄐ ᄒ오시더라.

셔회궁(宣禧宮)긔는 즉시 서로 뵈와 인친간(姻親間) 사괴오시미 아연
(藹然)139)ᄒ 화긔(和氣) 사사(私私) 사친(私親)의셔 더ᄒ미 잇더라.

통명뎐(通明殿)의셔 삼일야(三日夜)롤 디내고 졔승뎐(儲承殿)의 도라가
나 머므는 집 관희합(寬毅閤)으로 드는 양을 보시고 션비 나가시니 그
ᄯ나는 졍니(情理)는 춤디 못홀 일이로ᄃ, 션비 졈누(點淚)롤 ᄂ리오디
아니시고 타연(泰然)이 작별ᄒ셔,

"삼뎐(三殿)이 ᄉ랑ᄒ오시고 큰궁140)이 ᄯ갓치 귀듕(貴重)ᄒ시니 셩은
(聖恩)이 망극ᄒ니 가지록 효도롤 힘쓰시면 문호(門戶)의 복이니 부모롤
싱각ᄒ거든 우디 말고 셩효롤 닷그라"
ᄒ시고 타연(泰然)이 나가시니, 내 알ᄑ셔는 ᄆ음을 동(動)치 아니킈 그
리ᄒ시나 가마의 드ᄅ시기롤 님ᄒ야 엄읍(掩泣)ᄒ셔 너인의게 부탁ᄒ시
미 ᄀ졀(懇切)ᄒ시니, 궁인이 감탄ᄒ야 본틱(本宅) ᄒ시는 거동을 뵈오
니 엇디 그 부탁을 져ᄇᄇ리141) ᄒ더라.

135) 선의왕후(宣懿王后): 경종의 계비. 어유구의 딸. 어유구는 영조의 스승이기도 하다.
136) 자전(慈殿): 임금의 어머니나 할머니인 왕후. 여기서는 인원왕후.
137) 큰전: 대전. 곧 임금.
138) 1755년 8월 혜경궁의 모친 한산 이씨의 죽음.
139) 애연(藹然): 온화한 모양.
140) 큰궁: 궁호를 붙인 사람 가운데 어른. 여기서는 선희궁(宣禧宮).
141) [교감] 져ᄇᄇ리: '져ᄇ리리'의 오기.

보름마다 뵙는 아버지

십오일 션원뎐(璿源殿)의 뎐알(展謁)ᄒᆞ옵고 십칠일의 종묘(宗廟)의 뎐알ᄒᆞ오니, 튱년(沖年)의 대례(大禮)ᄅᆞᆯ 슌셩(順成)ᄒᆞ고 무거은 슈식(首飾)을 이긔여 실죠(失操)치 아니믈 션왕(先王)이 일ᄏᆞ즈오시고 션희궁(宣禧宮)이 가열(嘉悅)ᄒᆞ오시미 무궁(無窮)ᄒᆞ오시니 지즈(至慈) 밧즈온 일이 감격ᄒᆞ옵더라. 이십일일 탄일(誕日)[142]이오시니 션비(先妣) 다시 드러오오셔 문안ᄒᆞ오시니 그 반갑습기 엇디 다 형용ᄒᆞ리오. 각뎐(各殿)이 머물나 ᄒᆞ오셔 머무오시고 나가오시니 쩌날 제마다 암연(黯然)[143]ᄒᆞᆫ 회포ᄅᆞᆯ 엇디 다 견디리오.

션친긔ᄂᆞᆫ 삭망(朔望)으로 뵈오디 상교(上敎) 겨오셔야 뵈오니, 뫼양 오리 머므오시지 아니ᄒᆞ오셔

"궁금(宮禁)이 지엄(至嚴)ᄒᆞᆫ디 밧사ᄅᆞᆷ이 오러 잇지 못ᄒᆞ리라"

ᄒᆞ오셔 즉시 나가시고 드러오신 적마다 권권(拳拳)이 경계ᄒᆞ오신 말솜은 니로 다 못 쁘노라.

삭망(朔望)의 드러오시면 동궁(東宮)의 입디(入對)ᄒᆞ오셔 권혹(勸學)ᄒᆞ오시ᄂᆞᆫ 말솜과 녯 ᄉᆞ젹(事蹟)을 아옵시게 ᄒᆞ시기ᄅᆞᆯ 지셩(至誠)으로 ᄒᆞ시니, 입디ᄒᆞ신 ᄉᆞ이ᄂᆞᆫ 날 보오시ᄂᆞᆫ 동안이여셔 오리더니라. 대졉(待接)ᄒᆞ오시고 귀히 넉이오시니, 션친(先親)이 우러러 귀듕(貴重)ᄒᆞ오시미 ᄯᅩ 엇더ᄒᆞ시리오.[144]

---

142) 1월 21일 사도세자의 생일.
143) 암연(黯然): 슬프고 침울함.
144) 사도세자가 장인을 잘 대접했으며 홍봉한 역시 사위를 귀중히 대했다는 뜻.

궁중 여인의 당파

갑<ᄌ(甲子, 1744) 십월의 등과(登科)[145]ᄒᆞ오시니, 쟝인이 과거ᄒᆞ시다
ᄒᆞ오셔 깃거깃거ᄒᆞ시기ᄅᆞᆯ 심히 ᄒᆞ오셔, 내가 ᄯᆞᆫ 집의 잇더니 그 집ᄭᆞ
지 ᄂᆞ려오오셔 희ᄉᆡᆨ(喜色)으로 즐겨 ᄒᆞ오시던 거시니, 그ᄢᅥ 경은국구ᄃᆡᆨ
(慶恩國舅宅)[146]도 과거ᄒᆞ 니 업고 달셩(達城) 본겻[147]츤 더욱 현달(顯
達)ᄒᆞ 니 업스며 당신 외가(外家)ᄂᆞᆫ 의논ᄒᆞᆯ 거시 업스니 과경(科慶)을
신긔(新奇)히 너겨 튱년(冲年)이오시ᄃᆡ 그리 조화ᄒᆞ오시던가 시부더라.

챵방(唱榜) 후 슉비(肅拜)ᄒᆞ오시고 ᄉᆞ화(賜花)[148]ᄅᆞᆯ ᄡᅩ오신 재 입대(入
對)ᄒᆞ오시니 심히 깃거ᄒᆞ오셔 ᄭᅩᆺ츨 몬져 즐거운 일ᄀᆞᆺ치 ᄒᆞ오시고 션왕
겨오셔 작년 계ᄒᆡ(癸亥, 1743)의 과거 못 ᄒᆞ오신 거슬 애돌와ᄒᆞ오시다
가 희열(喜悅)ᄒᆞ오시고 인원뎡셩모(仁元·貞聖母)겨오셔

"사돈이 과거ᄒᆞ니 나라히 깃부고 든든ᄒᆞ다"
ᄒᆞ오셔 대ᄉᆞ(大事)로이[149] 날을 브ᄅᆞ오셔 치하(致賀)ᄒᆞ오시고, 뎡셩왕후
(貞聖王后)겨오셔ᄂᆞᆫ 당신 본ᄃᆡᆨ(本宅)이 풍상(風霜)〈을〉 디니여시니,[150]
편논(偏論)을 ᄒᆞ오시ᄂᆞᆫ 거시 아니라, 노론을 위ᄒᆞ오시미 친쳑 ᄀᆞᆺᄌᆞ오시
니, 우리 집의 가례(嘉禮)ᄒᆞᆫ 일을 심히 흔희(欣喜)ᄒᆞ오시다가 대뎐(大
闈)[151]ᄒᆞ신 일을 진실노 깃브오셔 안슈(眼水)ᄭᆞ지 먹음ᄉᆞ오시던 일이
ᄉᆡᆼ각히니, 그ᄢᅥ 외쳑(外戚)의 과경(科慶)이 아모커나 광셩녀양(光城·驪
陽)집[152] 후 처엄이니, 비록 풍능(豊陵)집[153]이 이시나, 우리 집이 노론

---

145) 홍봉한은 1744년 정시(庭試) 을과(乙科)에 합격했다.
146) 경은국구ᄃᆡᆨ(慶恩國舅宅): 숙종의 장인인 경은부원군(慶恩府院君) 김주신(金柱臣)의 집. 김주신은
  인원왕후의 아버지.
147) 달셩(達城) 본겻: 본겻은 왕후의 친정. 달성은 정성왕후 집안을 가리킴. 정성왕후의 아버지는
  달성부원군(達城府院君) 서종제(徐宗悌).
148) 사화(賜花): 어사화(御賜花).
149) 대ᄉᆞ로이: 큰일인 듯.
150) 정성왕후 친정은 소론에 의해 노론이 피해를 입은 이른바 신임사화 때 정성왕후의 조카인
  서덕수가 죽는 등 참혹한 화를 겪었다.
151) 대쳔(大闈): 과거에 합격함.

이니 더 그리 깃거들 ᄒᆞ오시던가.

그쩌 관디(款待)ᄒᆞ오심과 니외로 녜우(禮遇)ᄒᆞ오시던 일을 싱각ᄒᆞ니 그쩌 나히 어리고 녜스 은퇴(恩澤)으로 아랏더니, 이제 싱각ᄒᆞ니 드므오심이 쉬오시니,154) 우리 부모겨오셔 니외(內外)로, 놉ᄉᆞ오신 셩심(聖心)의 합당(合當)ᄒᆞ오시기 그러ᄒᆞ오시던가 시부니, 아니 감튝(感祝)ᄒᆞ온 일이 업더라.

션친이 대과(大科)ᄒᆞ오신 후 옥당(玉堂)을 ᄉᆞ양ᄒᆞ오시고 요딕(要職) 문임(文任)은 죄 닙ᄉᆞ오시믈 흔ᄒᆞ야 아니 돈니오시니 션친 가지오신 직학(才學)을 펴지 못ᄒᆞ오시니 이 쏘흔 니 연괴니 미양(每樣) 불안(不安)ᄒᆞ더라.

션친이 예흑(睿學)을 돕ᄉᆞ오시고, 미양(每樣) 요긴(要緊)흔 문ᄌᆞ룰 뼈 드리오시고, 글지어 보니오시면 쏜오와155) 드리오시니, 빈뇨(賓僚)의게 강연(講筵)ᄒᆞ오시나 우리 션친긔 비호오시미 만ᄉᆞ오시니, 쳔만년을 ᄇᆞ라오시고 태평셩군(太平聖君)이 되오시기룰 옹망(顒望)156)ᄒᆞ오시ᄂᆞᆫ 지셩(至誠)이 어ᄂᆞ 신하가 감히 쏠오리오마ᄂᆞᆫ,

궁둥이라는 시집

셟고 셟도다, 내 어려 드러와 궁둥 일을 보니 예질(睿質)이 영위(英偉)ᄒᆞ오시고 효셩(孝誠)이 과인(過人)ᄒᆞ오셔 인원셩후(仁元聖后)긔 효도(孝道)롭ᄉᆞ오심과 션대왕(先大王)긔 두립ᄉᆞ와 ᄒᆞ오시ᄂᆞᆫ 밧긔 셩효(聖孝)ᄂᆞᆫ 거룩ᄒᆞ오시던 거시오, 뎡셩왕후(貞聖王后)긔 ᄒᆞ오시던 효셩은 친히

---

152) 광성·여양(光城·驪陽)집: 숙종(肅宗)의 두 국구(國舅)인 광성부원군(光城府院君) 김만기(金萬基)와 여양부원군(驪陽府院君) 민유중(閔維重)의 집.

153) 풍릉(豊陵)집: 영조의 맏아들인 효장세자의 처가. 장인은 소론인 조문명임.

154) [교감] 드므오심이 쉬오시니: 버클리32본 '稀罕ᄒᆞ신지라'.

155) 쏜오와: 잘되고 잘못됨을 살피어 평가하여.

156) 옹망(顒望): 크게 우러러 바람.

탄싱ᄒ오신 ᄌ모(慈母)긔도 그 밧긔 더ᄒ디 못ᄒᆞᆯ 거시니 셩모(聖母) 인듕(愛重)ᄒ오심과 그 아ᄃ님 효도롭ᄉ오시믄 과연 탄복흠탄(歎服欽歎)ᄒ올 일이오.

ᄉ친(私親) 셤기오시ᄂᆞᆫ 일은 더욱 흠복(欽服)ᄒ올 일이오니, 션희궁(宣禧宮) 겨오셔 셩(性)이 인이(仁愛)ᄒ오신 듕 ᄯᅩ 슉엄(肅嚴)ᄒ오시니, 소싱긔츌(所生己出)의ᄂᆞᆫ ᄉᆞ랑ᄒ오시ᄂᆞᆫ 듕 교훈(敎訓)이 엄ᄒ오셔 두려워들ᄒ미 ᄌ모(慈母) ᄀᆞᆺ줍디들 아니ᄒ니, 당신 소탄(所誕)이 뎌위(儲位)예 오르시니 아ᄃ님 공경ᄒ오시미 감히 ᄌ모로 쳐ᄒ디 아니ᄒ오셔, 언어간(言語間)이나 지극(至極) 존ᄃᆡ(尊大)ᄒ오시나 ᄀᆞᄅ치오시믄 ᄉᆞ랑하오시므로 프러ᄇᆞ리오시디 아니ᄒ오시니 아ᄃ님이 두려워ᄒ오시고 조심ᄒ오시미 극딘ᄒ오시던 거시니, 녀편니 능히 ᄒ오실 일이 아니오시더니라. 날을 ᄉᆞ랑ᄒ오시ᄂᆞᆫ 듕 대접ᄒ오시미 동궁(東宮)과 다르미 업ᄉ오시니 미양 ᄌ부(子婦)의 쳔ᄒᆞᆫ 몸이 과ᄒᆞᆫ 대접을 밧ᄌᆞ올 제 불안ᄒ미 심ᄒ더니라.

내 드러오며 삼뎐(三殿)을 밧드오셔 ᄉ친이 겨오시니, 우리 부모 미양 경계ᄒ샤 근신(勤愼)ᄒ고 효도(孝道)ᄒ라 ᄒ오시ᄂᆞᆫ 명교(明敎)ᄅᆞᆯ 듯줍고, 내 ᄯᅩ 십셰 년유(年幼)로되 작인(作人)이 견고(堅固)ᄒ던 양ᄒᆞ야, 드러오며 문안ᄒᆞᆸ기ᄅᆞᆯ 감히 게<어>르게 못 ᄒᆞ야, 인원뎡셩셩모(仁元·貞聖聖母)긔 문안을 오 일의 ᄒᆞᆫ 번식 ᄒ고, ᄉ친긔ᄂᆞᆫ 삼 일 ᄒᆞᆫ 번 혹 날마다 뫼올 적이 ᄌᆞᄌ니, 그ᄶᅥ 궁금법(宮禁法)이 지엄(至嚴)ᄒ야 장속(粧束)이 녜복(禮服)을 ᄀᆞ초디 아니ᄒ면 감히 뵈옵디 못ᄒ고, 날이 늣게야 문안 가지 못ᄒ니 새벽 ᄭᅴ여 그 문안을 ᄶᅵ로 어긔오디 아니ᄒ랴 ᄒ기 줌을 편히 자디 못ᄒ고, 아지(阿只)ᄅᆞᆯ 신틱(申飭)ᄒ야 일ᄭᅢ오기ᄅᆞᆯ 큰일 ᄀᆞᆺ치 ᄒᆞ야 감히 태만치 못ᄒ니, 늉동셩셔(隆冬盛暑)와 풍우대셜(風雨大雪) 가온ᄃᆡ도 문안 갈 날이면 아니 가디 못ᄒ던 거시니, 궁듕법이 요ᄉ이 비ᄒ건ᄃᆡ 엇디 그리 엄ᄒ던고 내 괴로와ᄒᆞᆫ 일이 업던 일이 ᄯᅩᄒᆞᆫ 녯사롭의 작인이라 능히 당ᄒ던가 보더라.

쇼고(小姑) 여러히 이시니 날을 스랑ㅎ나, 지위도 다르니 내 대졉홀 디언뎡 흔가지로 힝실 비호거나 ㅎ디 못ㅎ야, 효슌궁(孝順宮)157)을 쫄와 몸을 가지니 년치불급(年齒不及)ㅎ되 능히 쓰라 뵈호고 우익(友愛)ㅎ미 즈별ㅎ더니라. 졔옹쥬(諸翁主)니 듕 화슌소고(和順小姑)는 온공(溫恭)ㅎ시고, 화평소고(和平小姑) 유슌(柔順)ㅎ며 날 스랑ㅎ심과 공경ㅎ시미 지극ㅎ시고, 아리로 두 소고(小姑)는 년긔 서로 굿ㅎ나 귀흔 아기너로 노름ㅎ는 거시나 굿즈되158) 내 쫄와 노디 아니ㅎ고 안히 유희예 거시 만흐나 됴화 보는 일이 업스니, 션희궁의셔 미양 년이(憐愛)ㅎ셔

"심듕(心中)은 미양 유희(遊戲)ㅎ오시런마는 아니ㅎ니 대궐 드러와 도리롤 출히니 흔가지로 유희ㅎ고 그리 말나"
ㅎ오시더니라.

내가 혹 투긔(妬忌)ㅎ는 무옴이 이실가 션희궁의셔 녯 말솜도 인증(引證)ㅎ오시고 목금(目今) 궁듕(宮中) 일도 니르오셔 미양 경계ㅎ오시미 밋즈오시니,159) 내 본심이 이 브치의 거릿쩨디 아닐 분 아니라 스스(私私) 녀편니와 쳐신이 다르니 내 기간(其間)의 보는 거시 만흐더 내 개회(介懷)160)ㅎ미 업스니 궁듕이 일컷는가 시브되 이 쏘흔 교훈의 미츠미니라.

의소와 정조의 탄생

내 일죽이 잉신(孕身)ㅎ야 경오년(庚午年, 1750)의 의쇼(懿昭)롤 나핫더

---

157) 효슌궁(孝順宮): 영조의 맏아들인 효장세자의 부인. 효순왕후 조씨.
158) 굿즈되: 버클리32본 '同ㅎ사되'.
159) 옛 말쏨이란 대개 『열녀전』 따위의 고전에서 따온 것일 터이고 지금 궁중 일이란 당시로부터 불과 오십 년 정도밖에 되지 않은 장희빈 사건 같은 것을 이른 것으로 볼 수 있겠다.
160) 개회(介懷): 개의(介意).

니 임신츈(壬申春, 1752)의 일ᄒ니 불ᄒᆡᆼ이 극ᄒ고 삼뎐(三殿)과 션희궁(宣禧宮)이 이통ᄒ오시니 내 불효ᄒ야 참경(慘景)을 뵈온가 괴롭더니, 그ᄒᆡ 구월의 쥬샹(主上)이 나시니 신미(辛未, 1751) 십월의 션군(先君)[161]이 꿈을 ᄭ우셔 농(龍)이 침실방의 드러 여ᄒᆡ쥬(如意珠)ᄅᆞᆯ 희롱ᄒᄂᆞ 거동을 보오시고 ᄭᅵ오셔 긔이혼 딩됴(徵兆)라 ᄒ오셔 그 밤의 즉시 빅능일복(白綾一幅)의 몽듕(夢中) 뵈던 농을 그려 벽샹(壁上)의 브치오시니, 그ᄯᅥ 츈츄(春秋)ᄅᆞᆯ 혜아리니 십칠셰오시니 몽ᄉᆡ(夢事)이시나 우연히 싱각ᄒ오실디 ᄯᅩ 아ᄃᆞᆯ을 어들 이딩(異徵)이라 깃거ᄒ오시기 노셩혼 어룬 ᄀᆞᆮ오시던 일 이샹(異常)ᄒ고 화법(畵法)이 비샹ᄒ더니, 과연 쥬샹(主上)의 응혼 이몽(異夢)이시던가 보더라.

내 몬져 싱산의ᄂᆞ 나히 어려 어미 〈도리〉ᄅᆞᆯ ᄒ야 보디 못ᄒ야시되, 금샹(今上)은 임신(壬申, 1752) 봄 일노 가국(家國)이 통셕(痛惜)ᄒ다가 방경(邦慶)이 다시 이시니 삼뎐이 깃거ᄒ오시ᄆᆡ 처엄과 비겨 더 경ᄉᆞ(慶事)로오시고 우리 집 ᄆᆞ음과 부모의 흔심경츅(欣心慶祝)이 엇더ᄒ시리오.

션비(先妣)ᄂᆞ 희산(解産) 미처 드러오시고 션친은 딕슉(直宿)ᄒ오션 지 불과 뉵칠일(六七日)의 경ᄉᆞ(慶事)ᄅᆞᆯ 보시고, 냥친(兩親)의 즐겨ᄒ시ᄆᆡ 무궁ᄒ시니 내 ᄆᆞ음의 경환(慶歡)이 ᄯᅩ 비홀 더 업고 ᄌᆞ질(姿質)이 강보(襁褓)의 비샹영특(非常英特)ᄒ니, 내 이십(二十) 젼(前) 나히로더 ᄌᆞ긍심하(自矜心下)ᄒ야 ᄲᅳᆺ덥고 깃븐 거시 인졍(人情) 당연지ᄉᆞ(當然之事)여니와, 내 명되(命途) 험조(險阻)ᄒ니, 이 아ᄃᆞᆯ 나혼 거시 신셰지락(身世之樂)인 ᄃᆞᆺ시부던 거시니 ᄆᆞ음이 령ᄒ던가 시부더라.[162]

그ᄯᅥ의 홍역(紅疫)이 대치(大熾)ᄒ야 옹쥬(翁主)가 몬져 ᄒ니[163] 약원

---

161) 션군(先君): 죽은 남편. 곧 사도세자.
162) 정조를 낳은 것을 생애 최고의 기쁨으로 여겼으니 이후의 불행을 예견이라도 한 것 같았다는 뜻.
163) 화협옹주가 맨 먼저 홍역을 앓았음을 다른 글에서 밝히고 있다.

(藥院)이 쳥ᄒ야 동궁(東宮)과 원손(元孫)을 피우(避寓)ᄒ라 ᄒ니, 그쩨 삼칠일(三七日) 젼(前)인지라 움죽이기 듕난(重難)ᄒ디 피우ᄒ라 ᄒ오시 ᄂᆞᆫ 녕(令)을 어긔ᄋᆞᆸ디 못ᄒ야 양졍합(養正閤)이라 ᄒᄂᆞᆫ 집의 겨오시고, 원손은 낙션당(樂善堂)이라 ᄒᄂᆞᆫ 집의 드리니 삼칠 안 아기로디 셕대 (碩大)ᄒ야 ᄉᆞ이 먼 ᄃᆡ 안아가되 조곰도 념녀롭디 아니킈, 쩌나 낙션당 의 드니 보모(保母)ᄂᆞᆫ 뎡(定)치 못ᄒ고 노궁인(老宮人)과 내 아디(阿只)ᄅᆞᆯ 맛지고,

홍역을 돌본 아버지

날이 옵디 아냐[164] 홍진(紅疹)을 ᄒ오시니, 그쩨 그 병이 대치(大熾) ᄒ야 내인(內人)이 다 업고 션희궁(宣禧宮)이 님(臨)ᄒ오셔 보오시고 그 밧그로 션친(先親)이 딕슉(直宿)ᄒ오셔 보호(保護)ᄒ시ᄂᆞᆫ디 증졍(症情)이 슌(順)ᄒ오시나 열후(熱候)가 장(壯)ᄒ오시니 션친이 븟드러 구호(救護)ᄒ 오시ᄂᆞᆫ 고죽ᄒᆞᆫ[165] 졍셩이 ᄯᅩ 엇지 다 긔록ᄒ리오.

져기 낫ᄌᆞ오신 후 미양 글을 닑으라 ᄒ오셔, 여러 가지 글을 닑ᄉᆞ오 셔 들니오면, 셔셩(書聲)을 드르니 싀훤ᄒ야 됴타 ᄒ오셔, 쥬야(晝夜)의 뫼ᄋᆞᆸ고 닑ᄉᆞ오시니, 그쩨 ᄂᆞ인〈도 업〉셔 안히셔 구호(救護)ᄒᆞᆸ기ᄂᆞᆫ 내 가 ᄒ고, 션친은 밧그로셔 쩌나디 못ᄒ오시니, 미양 닑ᄉᆞ오시ᄂᆞᆫ 글은 다 싱각디 못ᄒ디, 졔갈냥(諸葛亮)「츌ᄉᆞ표(出師表)」ᄅᆞᆯ 닑ᄉᆞ오시며

"ᄌᆞ고(自古)로 군신졔우(君臣際遇)가 한쇼렬(漢昭烈)과 졔갈냥의 지긔(知 己) ᄀᆞᆺᄌᆞ오 니가 업ᄉᆞ오니 신(臣)이 샹해 이 글을 흠복(欽服)ᄒ야 닑습더 니이다"

---

164) 날이 옵디 아냐: 날이 지나지 않아.
165) 고죽ᄒᆞᆫ: 지극한.

ᄒᆞ고 닑으시고, 글 아니 닑ᄉᆞ오시면 녯 현됴명신(顯祖名臣)의 말ᄉᆞᆷ으로 들니오시니 비록 미령듕(靡寧中)이오나 공경ᄒᆞ오시고 대졉ᄒᆞ오시미 실됴(失措)ᄒᆞ시미 업더니라.

예후(睿候)가 져기 감경(減境)의 드오신 후 너가 미조차 홍역을 ᄒᆞ니 ᄒᆡ산(解産) 후 삼칠(三七)이 겨유 디나며 큰 병환의 용녀(用慮)ᄒᆞ고 내 병을 어드니 증졍(症情)이 비경(非輕)ᄒᆞ고 샹감〈원손(元孫)〉이 ᄒᆞᆫ날 발반(發斑)ᄒᆞ니 삼삭〈칠〉지우(三七之兒)로ᄃᆡ 증졍이 지슌(至順)ᄒᆞ고 큰아ᄒᆡ ᄀᆞᆺ치 극슌극슌(極順極順)이 ᄒᆞ나, 너가 대병(大病) 가온ᄃᆡ 용녀ᄒᆞᆯ가 ᄒᆞ야 션희궁겨오셔와 션친겨오셔 날ᄃᆞ려 니로디 아니ᄒᆞ야 겨오시니 나ᄂᆞᆫ 모르고 디ᄂᆡ니 션친이 나 잇ᄂᆞᆫ 병소(病所)와 원손(元孫)도 뵈오라 쥬야(晝夜)로 ᄃᆞ니시니 그 용녀가 니롤 거시 업ᄉᆞ니 밤 즈음의 업드르셔166) 거롬을 일우디 못ᄒᆞ오시더라 ᄒᆞ니, 내가 ᄎᆞ경(差境)167)의 든 후야 비로소 알고 깃브나〈죄롭고〉 션친 슈고ᄒᆞ오시고 용녀ᄒᆞ오신 일을 불안ᄒᆞ야 ᄒᆞ엿더니라.

대뎐(大殿) 홍딘(紅疹)을 아디(阿只) ᄒᆞ나히 보고 션친이 홀노 보시니 그 쵸박(焦迫)이 엇더ᄒᆞ실 거시 아니니 지슌(至順)이 ᄒᆞᆫ 일이 싱각ᄒᆞ면 신긔ᄒᆞ더니라. 쥬샹이 홍딘을 슌히 ᄒᆞ시고 잘 ᄌᆞ라시고 돌 즈음의 글ᄌᆞ롤 능히 알고 슉진(夙進)ᄒᆞ시기 범ᄋᆞ(凡兒)와 다르고, 삼셰의 보양관(輔養官)을 뎡(定)ᄒᆞ고 ᄉᆞ셰의 『효경(孝經)』을 비호시ᄃᆡ 됴곰도 유튱(幼沖)의 일이 업던 일과 글을 됴화ᄒᆞ니 ᄀᆞᄅᆞ치ᄂᆞᆫ 슈고로오미 업서 어룬ᄀᆞᆺ치 소셰(梳洗)ᄒᆞ고 글을 가지고 놀고 닑어 비샹ᄒᆞ던 일이 범ᄋᆞ와 다르니, 내 근노(勤勞)ᄒᆞ미 업시 슉취(夙就)ᄒᆞ시던 일이 이제 싱각ᄒᆞ면 이샹ᄒᆞᄃᆡ, 내 ᄆᆞ음은 오히려 영민(英敏)치 못ᄒᆞᆫ가 ᄎᆡᆨ망(責望)ᄒᆞ기롤 큰아기ᄀᆞᆺ치 ᄒᆞ던 일을 싱각ᄒᆞ니, 너 나히 져므니 그러ᄒᆞ던가 보다.168)

---

166) 업드르셔: 쓰러져서.
167) ᄎᆞ경(差境): 병이 좀 나은 상황.
168) [교감] 종합본에는 1753년 7월 아직 돌도 못 된 정조가 대제학 조관빈의 친국에 궁중이 모

갑슐년(甲戌年, 1754)의 쳥연을 나코 병ᄌᆞ년(丙子年, 1756)의 쳥션을 어드니라.

어머니의 죽음

예질(睿質)이 비샹ᄒᆞ시고 ᄒᆞᆨ문이 셩취ᄒᆞ오시니 그 긔샹과 긔품으로 어ᄃᆡ 아니 진취(進就)ᄒᆞ야 겨오실 거시 〈아니〉로ᄃᆡ 당신 거룩ᄒᆞᆫ 텬질(天質)노 ᄌᆞ연이 드오신 병환졈이 임신계유년간(壬申癸酉年間, 1752 및 1753)의 알노이게 겨오시니,[169] 내 그음 업ᄉᆞᆫ 근심과 우리 부모 심듕(心中) 쵸박(焦迫) 엇더ᄒᆞ오시리오.

션비(先妣)겨오셔 입궐(入闕)ᄒᆞ오신 ᄯᅢ 그 병환 삭슬 보오시고 쵸조우뎐(焦燥憂煎)ᄒᆞ오셔 근심ᄒᆞ오시니 날을 ᄯᅥ나 그리오시ᄂᆞᆫ 거ᄉᆞᆫ 져근 일이오, 병환졈을 심녀(心慮)ᄒᆞ오셔 몸소 긔도ᄒᆞ오시고 정셩이 아니 밋ᄌᆞ오신 ᄃᆡ 업ᄉᆞ오셔 ᄆᆡ양 더ᄒᆞ오실가 ᄒᆞ오셔 밤이면 즘으시기ᄅᆞᆯ 못 ᄒᆞ오시고 ᄃᆡ궐을 ᄇᆞ라 념녀ᄒᆞ오셔 깁흔 근심을 두오셔 ᄯᅢᄯᅢ 합연(溘然)ᄒᆞ야 모ᄅᆞ고져 ᄒᆞ오시던 일 ᄉᆡᆼ각ᄒᆞ니, 이 다 불효(不孝)ᄅᆞᆯ 두오신 연괴(然故)니 어ᄂᆞ 거시 부모의게 이우(貽憂)ᄒᆞ옵ᄂᆞᆫ 불회(不孝) 아니리오.

션비ᄅᆞᆯ 대졉ᄒᆞ오시미 인가(人家) 악모(岳母)ᄀᆞᆺ디 아니ᄒᆞ오셔 지극ᄒᆞ오시니, 우리 션비 위ᄒᆞ오신 ᄋᆡᄃᆡ귀듕(愛待貴重)이, 감히 사회로 아옵디 못ᄒᆞ오시나, 그 정셩이 엇더ᄒᆞ오시리오. 입궐ᄒᆞ오신 ᄯᅢ 과단(過端)[170] ᄒᆞᆫ 셩(性)을 니로혀 겨오시다가도 우리 션비 뵈옵ᄉᆞ오시ᄂᆞᆫ ᄯᅢ의

"일이 그러치 아니ᄒᆞ오이다"

두 두려움에 떨 때 손을 저어 소리 내지 말라고 했던 일과 여섯 살 때 보양관 남유용이 정조가 글 읽는 소리를 듣고 선동(仙童)이 하강한 듯하다고 칭송했다는 일이 더 적혀 있다.

169) 제1부에서 1752년 겨울부터 『옥추경』으로 인해 천둥, 벽력을 무서워하기 시작했다고 했다.

170) 과단(過端): 과도함. 무리함.

알외오시면 즉시 안식(顔色)을 도로혀 오시더니라.

갑슐년(甲戌年, 1754) 쳥연 날 쩌의 늇월이 산월(産月)인디 유월(踰月)ᄒ기로 대궐 머므오시기롤 오십여 일이나 ᄒ오시니, 그ᄉ이의 뫼와 디뉘오실 적 여러 번 히로(解怒)으시게 〈아니〉ᄒ오신 일이 만ᄉ오시니라.171)

을희(乙亥, 1755)의 션비롤 여희오니 뉘 조실ᄌ모(早失慈母)롤 아니ᄒ리오마는 내 졍경(情景)은 텬디간(天地間)의 혼잔 ᄃᆞᆺᄒᆞ야 그 이통(哀痛)ᄒ던 졍경이 텬디 망망(茫茫)ᄒ니 어이 살고 시부리오마는 삼뎐(三殿)이 위로ᄒ오시고 엄친(嚴親)이 현필(賢匹)을 일ᄉ오시고 이통ᄒ오시는 밧긔 불쵸(不肖)로 더욱 슬허ᄒ오시니 몸을 ᄇᆞ리디 못ᄒ나 그음 업손 셜움이 니롤 거시 어이 이시리오. 션희궁겨오셔 내 발상(發喪)ᄒᆞ는 곳의 와 머므오셔 지극히 위로ᄒ오시미 ᄌ모(慈母) ᄀᆞᆺᄌ오시니 이런 곡딘ᄒ 즈이(慈愛)는 ᄉ가(私家) 고식(姑媳)의 〈게〉도 업손 일이니 내 감동ᄒ와 졀억(節抑)ᄒ오미 만터니라. 인원뎡셩냥셩휘(仁元貞聖兩聖后) 창도(愴悼)ᄒ오시고 날을 권면(勸勉)ᄒ야 위로ᄒ오시미 ᄌ별ᄒ오시더니라. 장ᄉ롤 디뉘옵고 문안을 올나가니 집슈(執手)ᄒ오시고 하류(下淚)ᄒ오셔 앗기오시고, 인원뎡셩냥셩후겨오셔 상인(喪人)의게 권육(勸肉)을 ᄂᆞ리오시고 권권(拳拳)ᄒ오시는 은영(恩榮)이 겨오시니 합문(闔門)이 감튝(感祝)ᄒ와 갑ᄉ올 바롤 몰나ᄒ오시더니라.

너가 디통(至痛)을 당ᄒ야 강잉(强仍)ᄒ야 셰상의 머르러시나 진실노 싱셰지심(生世之心)이 업셔 ᄒ니 과(過)ᄒ미 만턴 양ᄒ야 션대왕(先大王)겨오셔 과ᄒ믈 일ᄏᆞᆺᄌ오시고 뎡셩왕후(貞聖王后)겨오셔와 션희궁의셔 집상(執喪)이 과ᄒ야 의복지졀(衣服之節)이나 다 녜(禮)와 다ᄅ다 ᄉᆡ종ᄒ오시니 내 더욱 녜롤 다ᄒ지 못ᄒ믈 이통ᄒ더니라.

---

171) [교감] 그ᄉ이의 뫼와~일이 만ᄉ오시니라: 버클리32본에는 '其間에 陪而過호셔 게 屢次 解怒ᄒ오시라'로 되어 있다. 문맥상 '아니'의 수정은 잘못으로 보인다. '해롭다'는 말로 이해하고 수정한 듯하다.

세자에게 자애를 베푸소서

션친(先親)이 병ᄌ(丙子, 1756) 이월의 광쥬(廣州) 뉴슈(留守)롤 ᄒ시니, 내 엄친(嚴親)을 쩌나옵는 일을 더욱 슬허ᄒ고 대부인(大夫人)을 뫼시고 가시니 조모(祖母) 울얼미172) ᄌ모(慈母) 갓줍다가 더욱 셜워ᄒ고 심듕(心中)의 불ᄀᆺ치 끌는 근심은 졈졈 더ᄒ니 내 셩셰지염(生世之念)이 돈연〈히 업ᄉ디〉ᄒ던, 병ᄌ(丙子, 1756) 윤구월(閨九月)의 쳥션을 나케 되게 희산(解産) 쩌마다 션비(先妣) 드러오시던 일을 싱각ᄒ니 디통(至痛)이 지심(在心)ᄒ니 잉부(孕婦)의 보호ᄒ믈 도라보디 못ᄒ야 힝솔(行素)173) 오러ᄒ니 산월(産月)을 님(臨)ᄒ야 내 긔운이 늠쳘(凜綴)ᄒ니 션대왕(先大王)겨오셔 용녀(用慮)ᄒ오셔 근심ᄒ오시고 션친긔 ᄌ보(滋補)174)ᄒᆯ 도리롤 ᄒ라 ᄒ오셔 보졔(補劑)롤 뻐 희만(解娩)을 무ᄉ이 ᄒ나 션비 튜모(追慕)ᄒ는 셜움이 ᄀᆨ골(刻骨)ᄒ야 희산ᄒᆯ 쩌 읍쳬(泣涕)ᄒ고 산후(産後) 허냑(虛弱)ᄒ니 긔운이 늠늠(凜凜)175)ᄒ니 션친이 과도ᄒ믈 근심ᄒ시니, 내 스스로 부효(不孝)롤 념녀ᄒ야 ᄆᆞ음을 진뎡ᄒ엿더니, 그둘의 션친이 평안감ᄉ(平安監司)롤 ᄒ시니176) 그 쩌ᄂᆞ는 심시 쏘 오죽ᄒ리오.

ᄉ졍(私情)이 졀박(切迫)ᄒ나 왕명(王命)이시니 쩌나가 겨오시더니 그히 듕동(仲冬)의 두진(痘疹)을 ᄒ오시니177) 션친이 미양 미역(未疫)178)이오믈 근심ᄒ오시다가 먼니 관외(關外)예셔 이 소식을 듯ᄌ오시고 쥬야(晝夜)의 닝쳐(冷處)179)ᄒ오셔 셔울 문안을 듯ᄌ오시고 쵸심(焦心)ᄒ오셔

---

172) 울얼미: 우러르미.
173) 행쇼(行素): 거상 또는 다른 일로 근신하는 의미로 고기 없이 나물로만 밥을 먹는 것.
174) 자보(滋補): 약을 써서 혈이나 음(陰)을 보하여줌.
175) 늠름(凜凜): 위태로운 모양.
176) 『승정원일기』 1756년 10월 4일조 홍봉한을 평안감사로 제수했음을 적고 있다.
177) 『영조실록』 1756년 11월 17일조 사도세자에게 천연두 증세가 있음을 적고 있다.
178) 미역(未疫): 아직 역질을 치르지 않음. 대부분 사람들이 어릴 때 앓는 천연두를 사도세자가 아직 지내지 않아 언제 무사히 넘길까 걱정했다는 뜻.

슈염이 희여 겨오시더라. 그쩌 내 슷그러운180) 근심을 엇지 다 형용호
리오. 다힝이 셩두(聖痘)룰 ᄒ오시고 수이 츌장(出場)ᄒ오시니 종사(宗
社)의 막대지경(莫大之慶)이오시니 션친이 외오셔 경튝(慶祝)ᄒ오시미 무
궁ᄒ오시믈 엇디 다 긔록ᄒ리오.

두후(痘後) 디니오션 지 빅일(百日)이 못 ᄒ오셔 뎡셩왕후(貞聖王侯)겨
오셔 녜쳑(禮陟)181)ᄒ오시니 그쩌의 이훼(哀毁)ᄒ오시ᄂᆞᆫ 셩회(聖孝) 거룩
ᄒ오시니 뉘 아니 탄복ᄒ리오. '녀민ᄉ셔(黎民士庶)182)가 인산(因山)의
ᄯᆞᆯ와가오셔 이통(哀痛)ᄒ오시ᄂᆞᆫ 거동을 보옵고 감읍(感泣)ᄒ더라' ᄒ며,
졈졈 난쳐(難處)ᄒᆫ 일은 만코 두후(痘後) 병환도 더ᄒ오신디 엄교(嚴敎)
도 ᄌᆞ루 만나오시니 우구(憂懼)ᄒ고 황황(遑遑)ᄒ니 그 슝구(悚懼)ᄒ던
거동이 엇디 형용ᄒ리오.

션친이 뎡튝(丁丑, 1757) 오월(五月)의 너딕(內職)으로 드러오오셔 위
국(爲國)ᄒ오신 근심이 텹텹(疊疊)ᄒ오셔 ᄆᆞ음을 ᄡᅥ 디니오시니 우리 부
녀의 근심을 엇디 다 형용ᄒ리오. 졈졈 난감(難堪)ᄒᆫ 디경을 만히 당ᄒ
니 살 ᄆᆞ음이 업더니, 현듀(縣主)의 모(母)183)로 비로셔 동지(冬至)둘의
춤디 못홀 경악ᄒᆫ 디경의 니ᄅᆞ고, 엄노(嚴怒) 진텹(震疊)ᄒ오시니 션친
이 샹젼(上前)의 당신 지쳬의 ᄒ기 어려오신 주어(奏語)룰 ᄒ시니184) 텬
노(天怒) 진텹ᄒ오셔 샥딕(削職)ᄒ오셔 문외(門外)로 나가오시니, 그쩌
인심이 황황(遑遑)ᄒ고 내 ᄯᅩ흔 엄지(嚴旨)185)룰 므ᄅᆞ와 몸 둘 바룰 모
ᄅᆞ고 황늠(惶凜)의 디니오니,

---

179) 냉쳐(冷處): 차가운 방에 머묾.
180) 슷그러운: 곤두선. 두려운.
181) 예쳑(禮陟): 돌아가심.
182) 여민사셔(黎民士庶): 일반 백성들.
183) 여기서 현주는 청근현주(淸瑾縣主)이며, 현주의 어머니는 사도세자의 후궁인 빙애 곧 귀인 박
　　씨이다.
184) 세자에게 자애를 베푸는 것이 좋다는 취지의 말을 했는데 말실수를 하여 영조의 화를 불러
　　일으켰다고 한다. 제1부에 나온다.
185) 엄지(嚴旨): 임금의 엄중한 명령.

갑ᄌᆞ(甲子, 1744)186) 후 날 ᄉᆞ랑ᄒᆞ오시미 흔ᄀᆞᆯ곳ᄌᆞ오시니 난쳐(難處)
ᄒᆞᆫ ᄣᅥ라도 내게는 지ᄌᆞ(至慈)가 감(減)ᄒᆞ오시미 업스니 내 셩은(聖恩)을
감튝(感祝)ᄒᆞᄂᆞᆫ 듕이나 불안ᄒᆞ미 만터니 그ᄣᅥ 쳐엄으로 엄교(嚴敎)ᄅᆞᆯ 듯
줍고 하실(下室)의 ᄂᆞ렷더니, 션친 셔용지명(敍用之命)이 겨오신 후 날
을 ᄯᅩ 브ᄅᆞ오셔 ᄌᆞ의(慈愛) 여전ᄒᆞ오시니 쳔만ᄉᆞ(千萬事)가 불안 가온디
나 지극ᄒᆞ오신 셩은이야 미신분골(靡身粉骨)187)ᄒᆞ온들 엇디 다 갑ᄉᆞ오
리오. 내 경녁(經歷)이 무궁ᄒᆞ니 됴건(條件)을 다 ᄡᅳ려 ᄒᆞ나 셩ᄌᆞ(成字)
ᄒᆞᆯ 말이 아니니 다 못 긔록ᄒᆞ노라.

졍셩왕후와 인원왕후의 연이은 죽음

국운(國運)이 불ᄒᆡᆼᄒᆞ야 뎡셩왕후(貞聖王后) 승하(昇遐)ᄒᆞ오시던 이듬
ᄒᆡ 인원셩뫼(仁元聖母) ᄯᅩ 녜쳑(禮陟)ᄒᆞ오시니 냥셩모(兩聖母)긔 내
ᄌᆞ의(慈愛) 밧ᄌᆞ오미 ᄀᆞ이업다가 일됴(一朝)의 여희오니 그 디통(至痛)
과 의디(依支) 업스미 어디 비ᄒᆞ리오. 내 몸이 뎡셩왕후 빈뎐(殯殿) 갓
가이 〈이〉셔 미셩(微誠)을 다ᄒᆞ오려 ᄒᆞ기 오시(五時) 졔뎐(祭奠)과 됴셕
곡읍(朝夕哭泣)의 오삭(五朔)의 내 ᄒᆞᄅᆞᆯ 폐(廢)ᄒᆞ온 일이 업고, 인원셩
후(仁元聖后) 날 ᄉᆞ랑ᄒᆞ오시던 은혜는 갑ᄉᆞ올 길히 업스니 환휘(患候)
둘포 위듕(危重)ᄒᆞ오시니 뎡셩셩모(貞聖聖母) 아니 겨오시고 허우록히
이통(哀痛)턴 졍경(情景)이 ᄯᅩ 엇더ᄒᆞ리오.

션대왕(先大王)겨오셔 시탕(侍湯)의 쥬야(晝夜)로 의디(衣襨)ᄅᆞᆯ 벗ᄌᆞ오
시디 아니ᄒᆞ오시니, 뫼오와 쵸박(焦迫)ᄒᆞ기와 승하ᄒᆞ오신 후 션대왕을
우럿ᄌᆞ와 망극ᄒᆞ고 확연 이통ᄒᆞ미 어디 비ᄒᆞ며, 졈졈 황늠난쳐지ᄉᆞ(惶

---

186) 혜경궁이 결혼하여 궁중에 들어온 해를 가리킨다.
187) 미신분골(靡身粉骨): 몸을 쪼개고 뼈를 갊.

凜難處之事)눈 써날 써 업스니 낭성모룰 튜모(追慕)후와 셜운 눈물이
어느 써 아니 나시리오.

육십육 세 영조와 십오 세 정순왕후의 결혼

낭(兩) 국휼(國恤) 삼 년을 계유 후와 뭇줍고, 긔묘년(己卯年, 1759)의
가례(嘉禮)[188]룰 힝후오시니, 그써 일이 경힝(慶幸) 듕(中) 우구(憂懼)후
니 엇디홀고 근심이 무궁이 후디, 션희궁(宣禧宮)겨오셔 안식(顏色)을
변치 아니후오시고 내가 근심후고 넘녀후눈 색(色)술 보오시고 뎡셩왕
후(貞聖王后) 아니 겨오신 후눈 이 대례(大禮)룰 힝후와 곤위(坤位)룰 뎡
(定)후옵눈 거시 다힝한 일이라 후오시고, 타연(泰然)이 션묘(先朝)의셔
드오시니 유식이셩(柔色怡聲)으로 하례(賀禮)후오시고 가례룰 출히오시
기룰 몸소 후오셔 아니 정성되오시미 업스오시고 궁듕(宮中) 모양(模樣)
이 될 일을 진심으로 깃거후오시니, 셩궁(聖躬)을 위후오신 덕힝(德行)
이 거록후오시니라.

쏘 션군(先君)이 졈졈 병환(病患)이 겨오시더 대혼(大婚)후시눈 일을
됴곰도 엇더후야 아니후오시고 가례 후 됴현(朝見)후오실 졔 녜졀(禮節)
이 죠곰이나 공근(恭勤)치 못후오실넌가 각별(各別)이 힝녜(行禮)의 조심
후오시고 공경(恭敬)후오시니 텬셩(天性) 셩효(聖孝)눈 쒸여나오시던 줄
이 이런 일의 아올 일 아니냐. 가례 후 냥뎐(兩殿)[189]의 문안(問安)후오
셔 그 문안을 평안(平安)이 디니오시면 스스로 몸을 두드려 깃거후오시
던 거시니, 이 무디눈 궁듕(宮中)이 다 아눈 일이니 지극훈 셜움은 하
눌을 우러러 뭇줍고져 후디 홀 일이 업도다.

188) 영조가 계비 정순왕후(貞順王后)를 맞아들인 일.
189) 양전(兩殿): 두 전궁. 여기서는 영조와 정순왕후.

문안이 발치 아니ᄒᆞ오신 ᄊᆡ예도[190] ᄌᆞ녀 ᄉᆞ랑ᄒᆞ오시미 ᄯᅩ 구구ᄒᆞ기[191]의 밋ᄌᆞ오시니, 대뎐(大殿)[192]을 귀듕(貴重)ᄒᆞ오시믄 군쥬(郡主)들이 ᄇᆞ라디 못ᄒᆞ고,[193] 왕손(王孫)들이 우러러보디 못ᄒᆞ게 명분(名分)을 엄히 ᄒᆞ오시던 일을 싱각ᄒᆞ면[194] 그러ᄒᆞᆫ 일의도 텬셩이 거룩ᄒᆞ오신 일이런 ᄃᆞᆺᄒᆞ고, 누의들 우ᄋᆡ(友愛)ᄒᆞ오시미 ᄯᅩ 지극ᄒᆞ오시니 우흐로 화슌화평옹쥬(和順和平翁主)는 ᄆᆞᆺ누의님으로 공경 대접ᄒᆞ오시고, 화협옹쥬(和協翁主)는 션됴(先朝)의 ᄌᆞ이(慈愛) 엇디 못ᄒᆞ시믈 블샹이 너기오셔 더옥 후히 대접ᄒᆞ오시더니, 임신년(壬申年, 1752)의 옹쥬 상ᄉᆞ(喪事) 나니 슬허ᄒᆞ오시미 심ᄒᆞ오시고, 뎡쳐(鄭妻)의게도 녜ᄉᆞ 인졍(人情)으로 싱각ᄒᆞ면 션됴의셔 편ᄋᆡ(偏愛)ᄒᆞ오시고 당신 당ᄒᆞ오신 일 비기오면 응당(應當)의 화긔(和氣)를 일ᄉᆞ오실 ᄃᆞᆺᄒᆞ디 됴곰도 ᄉᆞᄉᆡᆨ(辭色)과 긔미(幾微)의 비최오심도 업더니, 일이 졈졈 난쳐ᄒᆞ고 병환이 더ᄒᆞ오신 ᄊᆡ 혹 격ᄒᆞ오신 일이 겨오시던 거시니 범인(凡人)으로 ᄒᆞ여곰 쳐변(處變)ᄒᆞ려 ᄒᆞ면 화긔(和氣)를 어이 일치 아니ᄒᆞ여시리오.

정조의 결혼

신ᄉᆞ년(辛巳年, 1761) 삼월의 대뎐(大殿)이 입학(入學)ᄒᆞ시고[195] 그둘의 관녜(冠禮)를 경희궁(慶熙宮)의셔 ᄒᆞ시니 그 관녜를 보디 못ᄒᆞ야 겨오시니 내 ᄯᅩ 홀노 가보디 못ᄒᆞ야 못 가니 ᄌᆞ모지졍(慈母之情)이 결연(缺然)[196]ᄒᆞᆫ 밧긔 ᄉᆞ셰(事勢) 난안(難安)[197]ᄒᆞ야 근심이 무궁(無窮)ᄒᆞ니

---

190) 문안을 하지 못할 정도로 병이 깊어졌을 때도 버클리32본 '問安이 不明之時에도'.
191) 구구ᄒᆞ기: 세세하기. 세심한 일에까지 신경을 썼다는 말.
192) 대전(大殿): 임금. 여기서는 정조.
193) 여기서 군주들은 청연군주와 청선군주. 정조를 딸들에 비해 각별히 사랑했다는 뜻.
194) 은언군, 은신군 등 사도세자의 서자들과 정조를 엄격히 차별했다는 뜻.
195) 1761년 3월 10일 세손의 입학례(入學禮)를 행했다.

세월을 엇디 보닌 줄을 아디 못ᄒ니 그ᄯᅢ 쳐변(處變)의 어려오믈 엇디 다 긔록ᄒ리오.

신ᄉ 겨올의 셰손빈(世孫嬪) 간퇵(揀擇)을 ᄒ니 그 집이 쳥풍(淸風)198) ᄌ손으로 대가덕문(大家德門)이오, 션친(先親)이 김공(金公) 셩응(聖應) 대부인(大夫人) 슈연(壽宴)의 가시니 셰교(世交)의 친ᄒ미 불범(不凡)ᄒ던 디라.199) 듕궁뎐(中宮殿)을 ᄋ시(兒時)의 보시고 비상(非常)ᄒ ᄌ질(資質)이라 ᄒ신 말ᄉ을 드럿더니, 션형(先兄)이 쇼헌왕후(昭憲王后)와 인슈왕비ᄕ(仁粹王妃宅) 고ᄉ(故事)200)ᄅ 인증(引證)ᄒ야 후덕지문(厚德之門)이니 그 집의 ᄒ시면 됴ᄒᆯ 의논(議論)을 ᄒ시더,201) ᄉ소견(私所見)을 너디 못ᄒ엿더니, 션군(先君)이 김공(金公) 시묵(時默)의 녀(女) 단ᄌ(單子)ᄒ 거슬 보시고 ᄯᅳᆺ이 기우오셔 만히 ᄒ고져 ᄒ오셔 그 집의 뎡(定)ᄒ야 대례(大禮)ᄅ 일우니,

그 며ᄂ리 귀듕편인(貴重偏愛)ᄒ오시미 지극ᄒ오시니, 내뎐(內殿)이 드러와 특별ᄒ ᄌ인(慈愛)ᄅ 밧ᄌ와 유시(幼時)나 의앙(依仰)202)ᄒ난 졍셩이 ᄌ별(自別)ᄒ다가 죵텬디통(終天之痛)을 덧업시 만나시니 튱년(沖年)이로디 이통(哀痛)이 심ᄒ고 튜모(追慕)가 셰월 갈ᄉ록 심ᄒ야 말ᄉ이 미ᄎ면 즉금(即今)이라도 눈물 ᄂ리오디 아니실 ᄯᅢ가 업ᄉ니 ᄌ인

196) 결연(缺然): 모자라서 서운하거나 불만족스럽다.

197) 난안(難安): 마음 놓기 어려움.

198) 청풍은 현종의 장인인 청풍부원군 김우명을 가리킨다.

199) 혜경궁의 막내동생 홍낙윤은 김성응의 손녀와 결혼했다. 김성응의 차남 김지묵(金持默)의 딸이다. 종합본에 이 결혼에 얽힌 일화가 소개되어 있다. 어릴 때 약혼을 한 다음 신부가 폐질에 걸려 신부 집에서 결혼을 물리자고 했는데, 홍봉한이 약혼의 신의를 들어 결혼시켰다는 것이다. 약혼은 이미 1754년에 했으므로 홍봉한은 친한 사돈을 외척으로 만들려 한 셈이된다. 홍낙윤의 첫 부인 김씨는 1766년에 죽었다.

200) 소헌왕후는 세종의 비 청송 심씨이며, 인수왕비는 세조의 아들인 추존 덕종(성종의 아버지)의 비 곧 소혜왕후 청주 한씨이다. 소헌왕후는 세종을 현숙하게 잘 보필한 것으로 유명하며, 인수왕비는 『내훈』의 저자로 바르게 처신한 것으로 유명하다. 각각 조선의 대표적인 임금인 세조와 성종을 낳았다. 한편 버클리본32본은 '인슈왕비'를 '仁順王妃'로 표기하고 있는데, 인순왕비는 명종의 비 청송 심씨이다.

201) [교감] 종합본에는 보이지 않는 부분이다.

202) 의앙(依仰): 의지하고 우러러 사모함.

밧즈오미 깁흐신 연괴(緣故)러라.

내뎐이 지간(再揀)을 디니고 즉시 두역(痘疫)을 호시고 미조차 대뎐(大殿)이 또 셩두(聖痘)롤 호시니, 증졍(症情)이 극슌(極順)들 호나 삼간(三揀)이 지격(至隔)흔디 년(連)호야 큰 병환을 디니시니 그 무음 쓰이기 엇더호리오. 대뎐 셩두는 신수(辛巳, 1761) 지월(至月) 회간(晦間)의 호셔 납월(臘月) 슌간(旬間)의 출장(出場)을 호니 인가(人家)의도 깃브려든 호믈며 나라 경수(慶事)냐. 션됴(先朝)의셔 용여(用慮)호오심과 대뎐 아바님 그 병심(病心)이오시나 가열(嘉悅)[203]호오시고 념여(念慮)호오시미 지극호오셔 그 무디는 병환 업ᄂ 니 ᄌ즈오시니 지즈(至慈)로 비로서 그러호오시던가 감탄호고

또 셟도다. 내 눕의 업손 졍니(情理)로 듕(重)흔 병환의 념여흔 거슨 인가(人家) 즈모(慈母)와 다르미 만흐니, 합슈암튝(合手暗祝)호야 태평(太平)이 출장(出場)호기롤 텬디신명(天地神明)의 비던 일과 션친 딕슉(直宿)호셔 근도(懇到)[204]호신 졍셩이야 더욱 니롤 거시 어이 〈이〉시리오. 황텬(皇天)이 묵유(默祐)호오시고 조종(祖宗)이 음즐(陰騭)호오셔 냥궁(兩宮)이 ᄎ례로 평슌(平順)이 호시니 또흔 드믄 일이오, 거국무젼경시(擧國無前慶事)니라.

십이월의 삼간(三揀)을 호고 임오(壬午, 1762) 이월 초이일 가례(嘉禮)롤 힝호니, 막디지경(莫大之慶) 듕 ᄉᄉ(事事)이 조심호고 무음 쓰던 일이야 또 엇디 긔록호리. 내 명도(命途)의 이상(異常)홈과 션친 나라 일 당호오신 거시 망조(罔措)호니, 션왕(先王)의 은혜도 갑ᄉ오려 호고 쇼됴(小朝)도 보호호셔 셰즈〈손〉(世孫)도 보호호야, 냥디(兩代)의 일 아니 나게 호려 호오시니, 그 용녀(用慮)호오시미 슈발(鬚髮)이 희오시고 나라 근심으로 격긔(膈氣)가 셩(盛)호오셔 관격증(關格症)이 미양 발(發)호

203) 가열(嘉悅): 손아랫사람의 경사를 기뻐함.
204) 간도(懇到): 지극히 정성스럽게 마음을 씀.

오시니 부녀(父女) 디ㅎ면 눈물이 흐르고 하늘을 우러러 부ㅈ(父子) 두 분 화(和)ㅎ오시기와 셰손 보호ㅎ기로 축슈(祝手)ㅎ시던 불그신 졍셩205) 은 샹텬(上天)이 됴쵹(照燭)206)ㅎ시고 신명(神明)이 지방(在傍)ㅎ니, 일호 (一毫)나 위친(爲親)ㅎ는 ᄉ졍(私情)을 과히 ㅎ리오. 션형이 션친 뒤흘 ᄯ와 근심ㅎ시고 셜워ㅎ시미 또 ᄀᆞᆺ하시더니라.

사도세자의 죽음

션형(先兄)이 경오년(庚午年, 1750)의 쇼과(小科)207)ㅎ시니 션군(先君) 〈동궁(東宮)〉이 보오시고 지긔샹합(志氣相合)다 ㅎ오시고 이디(愛待)ㅎ 오시더니, 신ᄉ년(辛巳年, 1761)의 대과(大科)208)ㅎ시고 강셔원(講書 院)209) 관원(官員)으로 셰손(世孫)을 ᄌ로 뫼신 고로 흑문(學問)의 진취(進 就)ㅎ시미 만히 공(功)이 겨시니라. 강셔원(講書院)의 입딕(入直)ㅎ신 ᄶ의 ᄌ로 뵈옵고 남미(男妹) 나라 근심을 ㅎ야 합연(溘然)ㅎ야 모르고져 ㅎ더 니라.

션친(先親)이 신ᄉ(辛巳, 1761) 삼월의 디비(大拜)ㅎ시니210) 그ᄶ 대신 (大臣)이 업고 샹휘 겨오신다라. 민면(黽勉)211)이 츌ᄉ(出仕)하샤 딕임(職 任)을 출히시니 나라 근심은 무궁(無窮)ㅎ고 쥬야쵸젼(晝夜焦煎)ㅎ셔 싱 셰(生世)의 ᄆᆞ음이 아니 겨시나 또 믈너나실 길히 업ᄉ다라. 오딕 힘을 다ㅎ셔 국은(國恩)을 갑ᄉ오려 ㅎ시니 어느 날의 침식(寢食)을 ᄶ의 ㅎ

---

205) 불그신 졍셩: 곧 단츙(丹衷).
206) 됴쵹(照燭): 밝게 살핌.
207) 쇼과(小科): 생원과 진사를 뽑던 과거. 홍낙인은 이 해에 진사시에 합격했다.
208) 대과(大科): 과거(科擧)의 문과와 무과를 소과(小科)에 상대하여 이르던 말. 홍낙인은 이 해에 정시문과(庭試文科)에 합격했다.
209) 강셔원(講書院): 세손강서원. 왕세손의 시강(侍講)을 맡아보던 관아.
210) 홍봉한은 1761년 3월 28일 우의정에 제수되었다.
211) 민면(黽勉): 부지런히 힘씀.

시리오.

임오년(壬午年, 1762)의 한〈긔(旱氣) 터심(太甚)ᄒ와〉가 디신(大臣)으로 종묘(宗廟)의 긔우헌관(祈雨獻官)으로 가시니, 쎠의 병환이 점점 심ᄒ오시고 망죠(罔措)ᄒ미 극ᄒ더라. 태묘(太廟)212)의 가 힝ᄉ(行事)ᄒ실 쎠의 녈셩신위(列聖神位)롤 우러러 읍체(泣涕)ᄒ야 국ᄉ(國事)의 망극(罔極)ᄒ믈 셜워 조종(祖宗)이 묵우(默祐)ᄒ셔 나라히 평안(平安)ᄒ믈 암튝(暗祝)ᄒ시고 오신 말슴을 ᄒ여 겨오시기, 내 됴희롤 븟드러 읍톄(泣涕)ᄒ고 무음이 더욱 늠연(凜然)213)ᄒ야 디니엇더니라.

임오 첫녀롬214)의 미처는 ᄉ셰(事勢) 더욱 망죠(罔措)ᄒ니 내 몸이 합연ᄒ야 아롬이 업고져 시브니 몬져 자쳐(自處)ᄒ고져 여러 가지로 혜아리디 ᄎ마 셰손을 ᄇ리디 못ᄒ야 칼과 노을 여러 번 몬디디 명단(明斷)ᄒ 쾌ᄉ(快事)롤 ᄒ디 못ᄒ고 날을 보닐 즈음의 션친이 초순간(初旬間)의 엄디(嚴旨)롤 만나셔215) 동교(東郊)로 츌외(出外)ᄒ시니 더욱 아모리 홀 바롤 모르더니, 십삼일의 텬디합벽(天地閤闢)ᄒ고 일월(日月)이 회식(晦塞)ᄒᄂ 변(變)을 만나니 ᄎ마 엇디 살 무음이 이시리오.

칼을 드러 명(命)을 결(決)ᄒ려 ᄒ더니 방인(傍人)의 아ᄉ믈 인ᄒ야 ᄠᅳᆺᄀᆺ치 못 ᄒ고, 도라 싱각ᄒ니 십일셰 셰손의게 텹텹(疊疊)ᄒ 디통(至痛)을 ᄭᅵ치디 못ᄒ고, 내 업기는 셩츄(成就)홀 길히 업술 분 아니라, 션군의 병환 가온더 다 못 ᄒ오신 효롤 내 일누(一縷)가 이셔 셩은(聖恩)을 갑습고 셰손을 보호ᄒ고져 ᄒ야, 스스로 결(決)홀 의ᄉ(意思)롤 그치나, 내 완명(頑命)의 질김과 무디(無知)ᄒ믈 븟그리는 흔(恨)이야 미ᄉ지젼(未死之前)의 어이 니즈리오.

셰손이 인효(仁孝)ᄒ야 능히 셜워홀 줄을 알며, 쳥연형데(淸衍兄弟)의

---

212) 태묘(太廟): 종묘.
213) 늠연(凜然): 불안한 모양.
214) 첫여름: 4월.
215) 홍봉한은 윤5월 2일 파직되었다.

셜우믈 아는 것도 잇고 모르는 것도 이시니, 그 정경(情景)이야 춤아 엇디 니로리오

션친이 일이 급ㅎ야 홀일업손 후 드러오시니 그 무궁(無窮)흔 디통(至痛)이야 쏘 뉘 당ㅎ 리 〈이시리〉오. 그날 혼도(昏倒)ㅎ셔 계요 끼시니 당신이 엇디 성셰의 뜻이 겨시리오마는 도츳(到此)ㅎ여도 셰손을 보호ㅎ옵는 거시 올흐신디라, 나라흘 위ㅎ야 셜우믈 춤고 믈너나디 못ㅎ신디라.

그날 내가 셰손 드리고 스뎌(私邸)로 나가니 그 망극흔 경상(景狀)이야 니롤 거시 이시리오. 샹피(上敎) 살기로 션친긔 니르오셔 셰손을 보호ㅎ라 ㅎ오시니 내 망극디듕(罔極之中)이나 성은(聖恩)을 감튝(感祝)ㅎ오니 셰손을 어른믄져

"모지(母子) 성은을 갑습고, 보젼ㅎ야 션친의 셜우신 거슬 니어 착흔 아돌이 되라"
경계(警戒)ㅎ고 모지 샹의(相依)ㅎ야 명(命)을 보젼ㅎ나 텬디간(天地間)의 ㄱ업손 셜움이야 날 ᄀᆞᆺ흔 사롬이 어디 이시리오.

인산(因山) 젼(前)의 션희궁(宣禧宮)이 오오시니 그음 업시 원통ㅎ오신 셜움이 쏘 엇더ㅎ오리오. 내 과연 살미 업고 시브나 노친(老親)이 익쳑(哀戚)을 과히 ㅎ오시니, 도로혀 디통을 졀억(節抑)ㅎ와 우러러 위로ㅎ와

"셰손의 효(孝)롤 밧즈오시고, 몸을 브리오셔 구원(九原)의 브효(不孝)롤 끼치지 마오쇼셔"
ㅎ엿노라.

처분 이후 영조와의 첫 대면

장녜(葬禮)를 디니오시고 올나가오시니 내 혈혈(孑孑)혼 자최 더욱 〈의디〉 업사니 엇디 살 모음이 이시리오마는 사는 거시 셰손(世孫)을 위혼 일이니 아모조록 흑업(學業)을 성취(成就)호야 착호기를 축슈(祝手)호고, 팔월의 화고(禍故) 후 처엄으로 션디왕(先大王)긔 뵈오니 우러러 셜운 회포(懷抱)가 엇더호리〈오〉마는 감히 비식(悲色)을 못 호고

"모직(母子) 보전호미 셩은(聖恩)이올소이다"

호니 션왕(先王)이 집슈(執手)호오셔 우으시고,

"네 이리 대의(大義)를 잡을 줄을 싱각디 아니호고, 내 너를 보는 모음이 어렵더니 네 내 모음 폐게 호니 아롬답다"

호오시니 이 하교(下敎)를 듯즈오니 내 심댱(心臟)이 더욱 막히고 명완(命頑)호미 가지록 심호더라.

그날

"셰손을 경희궁(慶熙宮)으로 드려가오셔 그르치오시기를 브라옵ᄂᆞ이다"

호니

"네 써나 견딜가 시부냐"

호오시기 눈물을 드리워

"써나 섭섭호기는 져근일이오 우흘 뫼와 뵈호옵는 거시 큰일이오니이다"

호야 올녀보너나 모직(母子) 써나는 졍니(情理) 오죽호리오. 어미를 춤아 써나디 못호야 올나갈 적 울고 가시니 내 모음이 베히는 듯호나 춤고 보너엿더니라.

셩은이 가지록 지듕(至重)호오셔 셰손 스랑호오시미 지극호오시고 션희궁(宣禧宮)겨오셔 셰손 보호(保護)호오시는 졍니 아드님 졍(情)을 옴기오시고 셜우신 모음을 쓰나 침식좌와(寢食坐臥) 식리범빅(食理凡百)[216]

---

216) 식리범백(食理凡百): 음식에 관한 것 일체.

의 방심(放心)치 못호오셔 혼방의 머므오셔 근심 보호호시니, 브즈런호
야 새벽의 씨야 붉지 아냐 글을 넓으라 나가시니 칠십지년(七十之年)
노친(老親)이 그와 ㄛ치 일즉 소셰(梳洗) 조반(早飯)을 브듸 호시게 호야
나가게 호시니, 셰손이 일즉 혼 음식(飮食)을 먹디 못호시되 조모(祖母)
겨오셔 하 지셩(至誠)으로 호오시니 강잉(强仍)호야 자시더라 호니, 션
희궁 졍ᄉ(情私)룰 우러러 싱각디 못호리로다.

매일 새벽 어머니께 편지 보낸 정조

대뎐(大殿)이 ㅅ오셰(四五歲)브터 글을 됴화호시고 붉디 아냐 소셰(梳
洗)호고 강연(講筵)호기룰 게어로디 아니호시니 각궐(各闕)의 쩌나 디니
나 아기너 글 아니홀가 넘녀(念慮)룰 아니호여시나, 내 못 니저호기와
당신(當身) ㅈ모(慈母) 그리시는 졍신(情私) 심(甚)호야 션대왕(先大王) 뫼
와 디니고 밤들게야 자고 새벽의 씨야 봉셔(封書)룰 쪄 일즉이 보니고
셔연(書筵)홀 ㅅ이의 내 회답(回答)을 보고야 ᄆ음을 노호시니 아기너
어미 못 닛는 인졍(人情)이 그러호려니와 삼 년을 샹니(相離)호야 디니
눈디 여일(如一)히 그러호시던 줄이 십여 셰 튱년(沖年)의 엇디 그리 능
(能)히 호던고 슉진(夙進)호던가 시브더라.

내가 경녁(經歷)혼 병이 ㅈ루 나 삼 년 안히 병이 나디 아니호니 외
오셔 의관(醫官)과 논증(論症)호야 약(藥)호야 보니기룰 어룬ㄛ치 호시던
일이 텬셩지효(天性之孝)여이와 믹ᄉ(每事) 슉진(夙進)호시던가 시부더라.

삼 년 안히 샹하궐(上下闕) 왕닉시(往來時)의 곡읍(哭泣)호시던 졀ᄎ
(節次)나 날 쩌나갈 적이면 ᄆ양(每樣) 울고 쩌나시니 어린 ᄆ음이 샹
(傷)홀가 넘녀(念慮)호더니라.

그히 구월 쳔츄졀(千秋節)217)을 만나니 내 자쳐 움죽염죽디 아니호나

샹교(上敎)롤 인(因)ᄒ와 브득이 올나가니 종젹(蹤迹)의 망극(罔極)ᄒ미 어이 니롤 거시 이시리오 내 거려(居廬)ᄒᄂᆫ 집이 경츈뎐(景春殿) 남편(南便) ᄂᆞ즌 집이니 션왕(先王)겨오셔 고쳐주어 겨오시더니 그 집 일홈을 가효당(嘉孝堂)이라 어필(御筆)노 현판(懸板)을 ᄒ야 친(親)히 쓰오시며

"네 효심(孝心)을 오늘날 뻐 갑하주노라"

ᄒ오시니 니 그때 눈믈을 드리워 밧줍고 감(敢)히 당치 못ᄒ고 ᄯᅩ 불안(不安)ᄒ야 ᄒ니 션친이 드르시고 감튝(感祝)ᄒ셔 집안의셔 ᄆᆞ양(每樣) 봉셔(封書)의 그 당호(堂號)롤 뻐 ᄃᆞ니게 ᄒ시더니라.

아들 삼년상을 마치자 죽은 선희궁

갑신(甲申, 1764) 이월 쳐분(處分)[218]은 하 망극(罔極)ᄒ니 그때 졍사(情事) 모년(某年)과 다ᄅᆞ미 업스니 완명(頑命)이 결(決)치 못ᄒ고 디팅(支撑)ᄒ엿다가 당(當)흔 줄이 흔(恨)이 되디 ᄯᅩ 능(能)히 죽디 못ᄒ고 션희궁(宣禧宮)이 과(過)히 이쳑(哀戚)ᄒ오시니 내 도로혀 위로(慰勞)ᄒ왓노라.

대뎐(大殿) 그때 망극망극ᄒ야 ᄒ시던 경상(景狀)이 뉘 아니 감동(感動)ᄒ여시리오. 년유(年幼)흔디 디통(至痛)을 당ᄒ고 ᄯᅩ 춤디 못홀 일을 당ᄒ야 과도(過度)히 이통(哀痛)ᄒ니 샹(傷)ᄒ실 일이 근심되여 내 ᄆᆞ음이 ᄯᅳ러지ᄂᆞᆫ 듯ᄒᄆᆞᆯ 도로혀 춤고 위로(慰勞)하엿노라. 뉘 모ᄌᆞ(母子)가 업스리마ᄂᆞᆫ 대뎐과 날 ᄀᆞᆺ흔 사ᄅᆞᆷ이 어듸 이시리오.

갑신(甲申, 1764) 칠월의 담졔ᄉ(禫祭祀)롤 디니옵고 션희궁겨오셔 ᄂᆞ려오오셔 입묘(入廟)ᄒ오시ᄂᆞᆫ 양(樣)을 보오시고 도라가오셔 오리디 아

217) 천추절(千秋節): 임금의 생일. 영조의 생일은 9월 13일이다.
218) 왕세손 정조를 효장세자의 사자(嗣子)로 처분한 일.

니ᄒ오샤 하셰(下世)ᄒ오시니 셩궁(聖躬)을 위(爲)ᄒ오셔 비식(悲色)을 나타너디 아니ᄒ오시나 딩신(當身) 셜우신 거시 심듕(心中)의 질(疾)이 일우셔 그 병환(病患)이 나사 몸을 ᄆᆞᄎ오시니 내 디통이 또 엇더ᄒ리오.

화완옹주의 변화

확연(廓然)[219]이 의지(依支) 업시 망극(罔極)ᄒ니 션희궁(宣禧宮) 아니 겨오시므로 궁듕(宮中) 인심(人心)도 다르고 옹쥬(翁主)도 ᄀᆞᄅ치오시믈 밧줍디 못ᄒ야 그러턴가 졈졈(漸漸) 힝ᄉᆞ(行事) 어런 일이 만흐니, 모ᄌ(母子) ᄉᆞ이룰 니간(離間)을 ᄒ디 아니ᄒ랴, 외가(外家) ᄉᆞ이룰 또 험흔 말을 아니ᄒ랴, ᄉᆞ긔(事機)가 졈졈 민익(悶阨)[220]ᄒ니, 내 스스로 소조(所遭)의 아니 당(當)ᄒ울 비 업는 줄을 명운(命運)을 스스로 탄식(歎息)ᄒ롸.

그러ᄒ나 그ᄯᅥ 경식(景色)이 ᄉᆞ식(辭色)의 나타낼 배 아니오, 다른 싀동싱(媤同生)[221] 업고 갑신(甲申, 1764) 후 서로 두 그림자분이니 샹의(相依)ᄒ와 셩궁(聖躬)을 밧드옵고 셰손을 보호(保護)ᄒ울 거시 큰 ᄆᆞ더니, 내 죠곰도 ᄉᆞ식ᄒ며 화긔(和氣) 변(變)ᄒ미 업스롸.

션인(先人)[222]이 ᄯᅩ 나라 위(爲)ᄒ신 ᄯᅳᆺ이 내 ᄆᆞ음과 다르미 아니겨오시니, 미양(每樣) 셰손긔도 고모(姑母) 대접(待接)ᄒ라 면계(勉戒)ᄒ시고 내게도 우익(友愛)ᄒ라 권(勸)ᄒ오시니, 그 본ᄆᆞ음이신즉 이 일이나 뎌 일이나 다 위국(爲國) 단단 고심(苦心)이시니라.

그 양ᄌᆞ(養子) 후겸(厚謙)[223]이룰 ᄯᅩᄒᆞᆫ ᄇᆞ리디 못훌 아희오, 나라 외손

219) 확연(廓然): 넓게 텅 비어 있는 모양.
220) 민액(悶阨): 난처하고 꽉 막힘.
221) 시동생(媤同生): 현대와 달리 여기서는 시누이의 뜻으로 이해된다.
222) 선인(先人): 선친.
223) 정후겸(鄭厚謙, 1749~1776): 정치달과 화완옹주의 양자. 정치달의 아버지는 정우량(1692~1754)이며 정우량의 동생이 정휘량(1706~1762)이다.

(外孫)이니 후(厚)히 대접호고 그 종조(從祖) 뎡휘량(鄭輝良)이롤 쏘흔 나라 위호야 식목(色目)이 다르나 됴히 디졉호시니, 그 사롬도 우리 션친(先親)을 감격(感激)히 너기더니, 도라간 후[224) 뎡가(鄭家)가 쇠미(衰微)호야 다만 져분 잇는 고로 션친은 됴히 대졉호시더니, 제 등과(登科) 후(後)로[225) 사롬의 꾀옴도 듯고 민옴이 변호니, 이 민디가 큰 우탄(憂歎)이 된 일이니,

조물주가 우리 집의 번성을 꺼리도다

우리 집이 션친(先親)이 나라흘 브리고 믈너나디 못호실 분 아니라, 션대왕(先大王) 제우(際遇)가 특별(特別)호시니 과거(科擧) 아니신 젼(前)브터 쓸 신하(臣下)로 아르시고, 갑주(甲子, 1744) 후 지톄 다르시고 쏘 등과(登科)호시니 다론 쳑니(戚里)의 밋브니[226) 아오시니 대쇼사(大小事)의 밋비 너기오샤 벼슬이 높디 못호신 쩌의도 나라 크고 져근 일의 브리시미 특별호오샤 입됴(入朝) 근(近) 삼십년(三十年)의 외딕(外職)과 초토(草土)[227)의 드오신 밧긔 인견(引見) 아니실 쩌 아니 계시고 장임(將任)은 거의 다 호시고[228) 혜텽(惠廳)[229)과 탁지(度支)[230)의 희포 신임(信任)호시고, 군국듕사(軍國重事)의 아니 브리시미 업스니 실(實)로 집의 도라오셔 편히 쉬신 쩌 아니 겨오시니, 션왕(先王)의 대졉(待接)호시미나 션친의 님군 우러

---

224) [교감] 버클리32본에는 ‘鄭輝良이 死後에’로 되어 있다.
225) 정후겸은 1765년 생원진사과, 1766년 문과 별시에 합격했다.
226) 밋브니: 믿음직하게.
227) 초토(草土): 상중(喪中).
228) 훈련도감, 금위영, 어영청, 수어청, 총융청의 수장을 역임하였다. 병권(兵權)을 맡겼다는 뜻이다.
229) 혜청(惠廳): 곧 선혜청. 대동미, 포전을 출납하는 관청으로, 여기를 맡아보게 했다는 것은 국세 관리를 맡겼다는 뜻이다.
230) 탁지(度支): 호조(戶曹). 여기를 맡아보게 했다는 것은 재정 운용을 맡겼다는 뜻이다.

오신 뎡셩(精誠)이야, 녯 명신(名臣)원들, 협찬(協贊)혼 공(功)이야 붓그러오미 계시리오.

님군 아르시기롤 ᄌ부(慈父)ᄀᆺ치 ᄒᆞ시니, 당신(當身) 경녁(經歷)과 소죄(所遭) 물너나셤 즉지 아닌 줄을 모르지 아니시되 몸을 나라히 ᄆᆞᄎᆞ려 ᄒᆞ시고, 션형(先兄)이 ᄯᅩ 션인(先人)을 조ᄎᆞ신 ᄯᅳᆺ이니, 두 아ᄋᆞ가 년(連)ᄒᆞ야 과거(科擧)ᄒᆞ니231) 이 ᄯᅳ지 공명(功名)을 즐겨혼 일이 아니로되 나라흘 위ᄒᆞ와 ᄭᅥ지나지 못홀 사름인 줄노 아라 폐과(廢科)롤 못 ᄒᆞ여시니, 일노 드디여 문난(門闌)의 셩(盛)ᄒᆞ미 조믈(造物)의 ᄭᅥ리미 되ᄂᆞᆫ디라. 귀신(鬼神)의 싀긔(猜忌)ᄒᆞ고 사롬의 ᄭᅥ리미 텹텹(疊疊)ᄒᆞ니 기간의 실얼키ᄃᆺ혼 일이야 내 엇디 다 긔록ᄒᆞ리오.

은혜 잊은 정순왕후네

ᄯᅩᄂᆞᆫ 긔묘(己卯, 1759) 대혼(大婚) 후 오홍(鰲興)232) 국구(國舅) 되니 션비로 블의(不意)예 존귀(尊貴)ᄒᆞ나233) 범빅(凡百)이 성소(生疏)ᄒᆞ니 션친(先親)이 국은(國恩)도 듕(重)ᄒᆞ시고 공번되신 ᄆᆞ음으로 국구 ᄀᆺ 되며부터 ᄀᆞᄅ치오시고 돌보오셔 일가(一家) 지친(至親) ᄀᆺ고 과(過)히 비기면 동ᄉᆡᆼ(同生)의 언마 다ᄅᆞ리오. 범ᄉᆞ(凡事)의 고견(顧見)ᄒᆞ고 지휘(指揮)ᄒᆞ니 처엄은 감격(感激)히 너기고 비화ᄒᆞ야 두 집 화긔(和氣) 변(變)ᄒᆞ미 업고 내 ᄯᅩ혼 곤뎐(坤殿) 우러오미, 감(敢)히 몬져 드러오고 나 만혼 거술 싱각ᄒᆞ미 업서 공경(恭敬)ᄒᆞ옵고,234) 곤뎐 날 디졉(待接)ᄒᆞ심도 ᄯᅩ 지극ᄒᆞ시니

---

231) 홍낙신, 홍낙임 형제는 각각 1766년과 1769년에 문과에 급제했다.
232) 오흥(鰲興): 오흥부원군 김한구(金漢耉).
233) 정순왕후는 충청도의 가난한 선비 집 딸이다. 한미한 선비 집 딸이 왕비가 되었기에 이에 대한 이야기가 많이 전한다. 정순왕후의 생가는 충청남도 서산시 음암면 유계리에 있다.
234) 정순왕후는 혜경궁보다 열 살이 어리다.

섬개(纖芥)235)만흔 스이 업스니 빅년(百年)의 이 화긔롤 변(變)ᄒ미 업술
쥴노 알고 우리 부녀(父女)는 공평(公平)ᄒ고 어딘 ᄆ음으로 타렴(他念)이
업더니,

형셰(形勢)가 두텁고 아롬이 니근 후(後)ᄂ 몬져 된 사롬과 ᄀ른치고
지극던 후의(厚意)롤 도로혀 쩌리미 되고, 셩심(聖心)이 긔묘(己卯, 1759)
이젼(以前)은 션친을 쳑니(戚里) 겸(兼)ᄒ야 폐부(肺腑)의 친(親)이며 쟝
상(將相)을 겸(兼)ᄒ오셔 취듕(取重)236)ᄒ오시ᄂ 셩의(聖意)가 틈이 업더
니, 병슐년(丙戌年, 1766)의 대고(大故)237)롤 만나 드르시니, 그스〈이〉의
쩌리더 니와 싀긔(猜忌)ᄒ더 니와 ᄀᆺᄒ 쳑니로 저희ᄂ 못ᄒ던가 ᄒ야,
귀쥬(龜柱)며 후겸(厚謙)이며 모든 것들이 부합(附合)ᄒ야 좌(左)로 쯰오
며 우(右)로 해(害)ᄒ니, 과연(果然) 위틱(危殆)ᄒ미 만흔디라.

그듕 지긔(知己)라 스랑ᄒ오시던 고구(故舊)도 잇고 친쳑(親戚)도 이시
니 인심(人心)의 흉험(凶險)ᄒ미 니롤 거시 업스니, 뎡쳐(鄭妻)ᄂ 모ᄌ(母
子)와 외가(外家)롤 니간(離間)ᄒ고, 귀듀(龜柱)의 당은 저희 집이 우리
집만 못흔가 쩌려 해ᄒ기롤 도모(圖謀)ᄒ니, 내 집의 위틱ᄒ기 됴모(朝
暮)의 이시나 션왕(先王)의 은혜(恩惠)ᄂ 가지록 디듕(至重)ᄒ오셔 무ᄌ
(戊子, 1768) 탈상(脫喪)ᄒ기롤 기드리오셔, 즉시(卽時) 다시 녕상(領相)
으로 드러오시고 춍권(寵眷)이 여젼(如前)ᄒ오신디라. 이러ᄒᆯ스록 쩌리
미 무궁(無窮)ᄒ니 니외(內外)로 도아쥬문 업고 쩌리미 만흐니, 셩춍(聖
聰)이 비상ᄒ시나 쇽담(俗談)의 '열 번 딕어 아니 구러지ᄂ 남기 업스
니' 엇디 이젼(以前) 무간(無間)ᄒ오신 은춍(恩寵)이 겨오시리오.

---

235) 섬개(纖芥): 검부러기. 티끌. 극히 세미한 것.
236) 취중(取重): 요직에 등용함.
237) 대고(大故): 어버이의 상사. 여기서는 혜경궁 계조모의 상사. 1766년 9월 28일 홍봉한의 계
    모 이부인이 죽었다.

도끼 메고 상소 올린 한유

경인(庚寅, 1770) 삼월의 한유(韓鍮) 흉한(兇漢)의 흉쇠(凶疏) 나니 션친(先親) 몸 우희 참욕(慘辱)이 극(極)ᄒ다라.[238] 분통(憤痛)ᄒ고 원억(冤抑)ᄒ미 어디 비(比)ᄒ리오. 셩슈(聖壽) 놉ᄉ오시니 ᄌ연(自然) 과거(過擧)[239]도 줏ᄉ오시고, 션친이 샹위(相位)예 거(居)ᄒ야 봉승(奉承)ᄒ섬 즉디 아니ᄒ오신 일이 겨오시나, 그쩌 경식(景色)이 거스리올 모양이 아니오시니, 당신(當身) 지쳬가 다른 신하(臣下)와 다르시니 삼가시고 넘녀(念慮)ᄒ올 곳이 만흐니, 밀위여 녯사롬의 딕졀(直節)을 다 못 ᄒ오시고, 셩궁(聖躬)을 위(爲)ᄒ와 민연(靦然)[240] 봉승(奉承)ᄒ오신 일이 만흐니 그제 경식으로야 아니 봉승코 엇디홀 거시 아니니,

저희로 당(當)ᄒ면 우리 션인(先人) 나라 일 밧드오심만도 못홀 것들이런마는, 저희 당(黨) 지어 해(害)ᄒ믄 무궁(無窮)ᄒ니 유(鍮)의 흉쇠(兇疏)가 제 쯧이 아닐 거시오, 그르쳐 시긴 배니 션인을 무함(誣陷)ᄒ미 아니 미춘 디 업ᄉ나, 션대왕(先大王)겨오셔 곡보(曲保)ᄒ오셔 휴치(休致)ᄒ믈 명(命)ᄒ시니,[241] 그쩌 경황진박(驚惶震剝)[242]ᄒ미 니롤 거시 업ᄉ디, 션인이 됴곰도 엇더히 아니 아오시고 셩은(聖恩)을 각골(刻骨)ᄒ오셔 션마(宣麻)[243] 후 영미뎡(穎尾亭)[244]으로 나가오시니,

---

238) 1770년 3월 21일 한유가 도끼를 들고 대궐 앞에 엎드려 홍봉한을 참(斬)할 것을 청하는 상소를 올렸다.

239) 과거(過擧): 지나친 거동. 실수. '셩슈 놉ᄉ오시니 ᄌ연 과거도 줏ᄉ오시고'라는 부분은 종합본에 없다.

240) 민연(靦然): 힘쓰는 모양.

241) 『영조실록』1770년 3월 22일조를 보면, 영조가 홍봉한에게 치사(致仕), 곧 사퇴를 명했는데, 곡보(曲保), 곧 곡진한 보호의 뜻으로 내린 명임을 밝히고 있다.

242) 경황진박(驚惶震剝): 놀랍기 그지없음.

243) 선마(宣麻): 옛날 중국에서 대신(大臣)을 임명할 때 마지(麻紙)에 조서(詔書)를 써서 전정(殿庭)에서 선포했다. 그래서 선마라고 한다. 여기에서는 궤장(几杖)을 하사하면서 함께 교서(敎書)를 내리는 것을 말한다. 『영조실록』1770년 3월 25일조에는 지제교 윤방과 정창순을 삭직하라는 명이 있는데, 봉조하 홍봉한의 선마 교문(敎文)을 짓지 않았기 때문이었다.

244) 영미정(穎尾亭): 홍봉한의 연보인 『선부군년보략』에는 '3월에 영중추부사가 되었는데 한유의

합문(闔門)의 망극(罔極)홈과 내 미망(未忘)혼 셜움을 션왕으로 우러옵고 션친을 의지(依支)호야 군신졔우(君臣際遇)가 빅년(百年)의 혼골로ᄌ 오시믈 ᄇ라다가, 일됴(一朝)의 흉한(兇漢)의 무소(誣疏)로 믈너나오시니, 내 벼슬 ᄇ리오시믈 앗기는 거시 아니라 션친의 단단혈심(斷斷血心)으로 오히려 비최디 못혼신가 원혹(冤酷)혼 셜움과 악연(愕然)혼 심ᄉ(心事) ᄯ 일필난긔(一筆難記)니 인셰(人世)예 사라 됴호미 업고 졈졈(漸漸) 위황(危遑)호니 내 집을 위(爲)혼 근심이 ᄯ 쓸는 ᄃᆺ호니 슉소(夙宵)[245]의 ᄆ옴을 노치 못홀디라.

젹과의 연대

안흐로 〈뎡쳐(鄭妻)〉의게 노친(老親)의 혈심튱셩(血心忠誠)으로 소죄(所遭) 망극(罔極)호믈 슬허호야 탑젼(榻前)[246]의 슬피시게 호기를 부탁(付託)호니 그 사롬이 아들의 말노 드듸여 젼일(前日)의 은근(慇懃)호던 거시 달나시니 화ᄉ(禍色)은 급(急)호여가고 어버이롤 위호야 무슴 일을 못 ᄒ리오.

션형(先兄)은 년셰(年歲) 놉으시고 지개(志槪)가 좁아 ᄒ실 ᄆ옴이 아니시고, 듕졔(仲弟)가 ᄯ 그러호디라. 슉졔(叔弟) 셩품(性品)이 ᄋ시로부

흥소를 만나 휴치되었다. 봉조하로 올리라는 어명을 받은 후 몸을 숨겨 서울 교외의 영미정으로 옮겨 갔다'고 적혀 있다. 혜경궁의 고종사촌인 이택수의 문집 『분재집』에는 「영미초당기」라는 글이 있는데, 영미초당은 홍숙도(洪叔道) 곧 홍낙임의 집이라고 했다. 홍봉한이 관직에서 물러나자 홍낙임이 아버지를 모시고 와 서울 성곽 동쪽에다 지은 것이다. 영미정은 현재 동대문 밖 동북쪽에 있는 창신초등학교 자리에 있었다. 구한말에는 본관이 남양인 홍순정(洪淳珽)이 소유하고 있었는데 이를 황실 근위 세력이 구입하여 소홍사라는 절을 세웠고, 소홍사는 1901년 무렵 원흥사로 이름을 바꾸었다. 원흥사는 전국의 사찰을 총괄하는 수사찰이 되었는데, 여기에서 현재 동국대학교의 전신인 불교계 최초의 근대식 교육기관인 명진학교(明進學校)가 설립 운영되었다.

245) 슉소(夙宵): 숙야(夙夜). 이른 아침과 깊은 밤.
246) 탑젼(榻前): 왕이 앉은 자리 앞에. 즉 임금님께.

터 고샹(高尙)ᄒ고 빙쳥옥결(氷淸玉潔)이니 구차(苟且) 비루(卑陋)ᄒᆫ 일을 ᄒᆞᆯ 사ᄅᆞᆷ이 아닌 줄 아ᄅᆞ되 형뎨(兄弟) 듕(中) 년긔(年紀) 쟉고 사ᄅᆞᆷ이 디모(智謀)가 죡(足)ᄒᆞᆫ디라. 내 졔게 편디ᄒᆞ야

"녯사ᄅᆞᆷ은 위친(爲親)ᄒᆞ야 죽는 효ᄌᆞ도 이시니 즉금 경식(景色)이 친(親)을 위ᄒᆞ야 죽어 폭빅(暴白)ᄒᆞ여야 올ᄒᆞ디 그리 못 ᄒᆞᄂᆞᆫ 지경은 후겸(厚謙)이와 사괴여 문호(門戶)의 화(禍)ᄅᆞᆯ 구ᄒᆞᄂᆞᆫ 거시 올ᄒᆞ니라"

권ᄒᆞ고 권하니 ᄎᆞ마 ᄒᆞ디 못ᄒᆞ고 ᄎᆞ마 ᄒᆞ디 못ᄒᆞ리라 ᄒᆞᄂᆞᆫ 거ᄉᆞᆯ 지지지삼(至再至三)ᄒᆞ야, 졔 평싱의 비례(非禮)ᄂᆞᆫ 원슈(怨讎)ᄀᆞ치 알고 ᄯᅳᆺ잡기의 샹반(相反)ᄒᆞᆯ 일을 ᄒᆞ게 ᄒᆞ니, 위친지의(爲親之意)로 이 젼혀 난 일이 ᄆᆞᄋᆞᆷ인즉 신명(神明)의 붓그럽디 아니ᄒᆞᆫ 일이니라 권ᄒᆞ야, 슉뎨(叔弟) 몸을 도라보디 아니ᄒᆞ고 녯사ᄅᆞᆷ의 권슐(權術)을 힝ᄒᆞ야 후겸과 안면(顔面)이 이셔시니, 슉뎨의 ᄌᆞ못 셰샹의 믜이고 몸을 더러이 너기믄 누의 타시니라.

졍조의 이복형졔들

신묘(辛卯, 1771) 이월(二月) 션친 당ᄒᆞ오신 소조(所遭)ᄂᆞᆫ ᄯᅩ 몽샹지외(夢想之外)니 그ᄲᅢ 화식이야 텬디(天地)의 ᄌᆞ옥ᄒᆞ니 엇디 다 긔록ᄒᆞ리오.247) 귀쥬(龜柱)의 슉딜(叔姪)248)이 ᄀᆞ만니 도모ᄒᆞ야 합문(閤門)을 담멸(湛滅)ᄒᆞ려 ᄒᆞ니 션왕이 지극히 셩명(聖明)ᄒᆞ오시나 셩슈(聖壽) 놉ᄉᆞ오시니 미처 엇디 슬피시리오. 화긔(禍機) 박두(迫頭)ᄒᆞ야 션친이 쳥쥬(淸州) 부쳐(付處)249)ᄒᆞ오시니 어느 지경의 화식이 미출 줄 모ᄅᆞ더니, 셰손

---

247) 1771년 1월 대보름 밤 사건. 홍봉한이 사도세자의 두 서자인 은언군과 은신군을 왕으로 추대하려고 했다는 혐의를 받은 일. 제3부에 자세히 서술되어 있다.

248) 김귀주와 그의 숙부 김한기(金漢耆). 『영조실록』 1771년 2월 7일조에 둘이 이 사건을 조종했음을 사평(史評)에서 말하고 있다.

249) 부처(付處): 일종의 거주 제한 형벌. 비교적 가까운 도(道)로 보내며, 그곳 수령의 명령을 받아 주거를 정하게 되어 있다. 가족과 함께 살 수 있으나 해당 지역을 떠날 수는 없다.

이 외가(外家)를 구ᄒ려 듕궁뎐(中宮殿)의 말솜을 만히 ᄒ시고, 그날 후겸이가 한기(漢耆)의 쳥(請)을 드러 혼자 저의셔 담멸키로 뎡(定)ᄒ야 알외쟈 ᄒ니,250) 후겸의 뜻이 젼일 ᄀ더면 엇디 되여실넌디 모ᄅ되 슉됴(叔道)251)의 사괴오믈 인ᄒ엿던디 즉셕의 ᄒ가지로 해ᄒ을 의논을 그치고, 그 모(母)는 나갓더니 드러와 프러 알외엿던디, 화식이 져기 팀삭(沈數)252)ᄒ니, 그ᄯ는 은인(恩人)으로 아라 감격ᄒ미 잇더니라.253)

이 연괴 다ᄅ미냐, 인(裀)의 형뎨(兄弟) 년(連)ᄒ야 나니 과연 화근(禍根)의 거시니 션왕(先王)이 나라 화근될가 근심ᄒ오시니, 션친(先親)이 ᄯ 나라 위ᄒ신 뜻으로 우ᄒ 알외오시ᄃ

"져희 나히 어리고 드러난 죄가 업ᄉ오니 원(怨)을 몬져 브ᄅ올 거시 아니오니이다"

ᄒ시고

"신의 터히 셰손긔 지극ᄒ 몸이오니 자샹(自上)으로셔 져희를 은혜로 거ᄂ리옵시고 신이 됴ᄒᆫ 식으로 져희를 디졉ᄒ야 원을 브ᄅ디 말게 ᄒ는 거시 됴ᄉ오이다"

ᄒ오시고 져희를 잡거시게 반ᄒ는 일이나 업게 ᄒ고 ᄯ 션군(先君) 골육(骨肉)이니 보젼(保全)ᄒᆯ 공심(公心)이시니 ᄆᆞ옴이 단단고심(斷斷苦心)이시오 위국튱셩(爲國忠誠)이시건마는, 그거시 위인(爲人)이 잘못 나 ᄀᆞᄅ침도 밧디 아니ᄒ고 일즉이 집으로 니여보ᄂᆡ시니254) 샹업슨 긔운이

─────────

250) [교감] 그날 후겸이가~알외쟈 ᄒ니: 일사본 '그날 한기가 후겸 흔자리의셔 담멸키로 뎡ᄒ야 알외쟈 ᄒ니'. 가람본과 나손본은 '후겸' 뒤에 '더러' 삽입. 곧 김한기가 정후겸한테 홍씨 집 안을 멸망시킬 수 있게 임금께 아뢰자고 부탁했다는 뜻.

251) 슉도(叔道): 홍낙임의 자(字).

252) 침삭(沈數): 맥박 같은 것들이 서서히 가라앉음.

253) 이 사건 당시 혜경궁은 스스로 투신하여 낙상을 입었다고 한다. 그 바람에 홍봉한의 청주 부처가 취소되고 사건이 진정되었다고 한다. 『이재난고』에 그런 말이 전한다. 또 「김공가암유사」(『공거지남』)에 의하면 홍봉한의 인진이 추대설은 김귀주조차도 허무맹랑하다고 말했다고 한다. 김귀주가 김한기한테 보낸 편지에서 그렇게 말했다고 한다.

254) 인과 진이 결혼 후 궁궐을 나갔다는 말. 인과 진은 1765년에 관례, 1767년에 혼례를 치렀다. 『승정원일기』 1767년 12월 3일조에는 11월에 결혼한 은언군 이인이 출합(出閤)했음을 말하고 있다.

ᄌ라 ᄀᆞᄅ치믈 염(厭)ᄒ니, 션친이 불힝이 너기시고 넘녀(念慮)ᄒ시니
집안이 다 후려(後慮)ᄅᆞᆯ 두나 지히 ᄯᅩᄒᆞ 고혈(孤孑)ᄒ더라, 가차(假借)ᄒ
야 원(怨)이 나디 〈아니〉크 ᄒ기로 ᄠᅳᆺ을 두어 겨시더니,

병슐(丙戌, 1766) 쵸토(草土)의 드르시고 긔튝(己丑, 1769) 일년 입샹
(入相)ᄒ야 겨오시다가²⁵⁵⁾ 〈경인(庚寅, 1770) 년〉의 칩복(蟄伏)ᄒ시니 저
희ᄅᆞᆯ ᄀᆞᄅ칠 ᄉᆞ이 업고, 무함(誣陷)이 쳔셔만단(千緒萬端)이니 화근의
것들을 도라보시미 어렵고, ᄯᅩ 소조(所遭) 셰ᄉᆞ(世事)ᄅᆞᆯ 아른체ᄒ오실
형세 아니니 저희 도라보고 ᄀᆞᄅ칠 모양(貌樣)이 업스니 심을 둔 일이
업고 다시 가차(假借)ᄒ시미 업스니, 처엄 원(怨) 브르디 말고 그 견챠
(見借)²⁵⁶⁾ᄒ시기는 위국지심(爲國之心)이오, 당신 터히 셰손긔 지극히
친ᄒ시니 쳔(賤)ᄒ 거시나 동긔(同氣)니 저희 죄짓디 말게 ᄒ신 일도
공평ᄒ신 ᄠᅳ시언마는, 인ᄉᆞ(人事) 그러치 아니ᄒ니 나라히 근심 될가
우탄(憂歎)ᄒ시나 아른체ᄒ시미 업스니 그거시 형뎨는 엄히 잡되여
ᄀᆞᄅ치 리 업서 조심홀 줄 모르고 민폐(民弊)ᄅᆞᆯ 무수히 깃치니 인언(人
言)이 무궁(無窮)ᄒ야 근심이 되더니,²⁵⁷⁾ 므슴 ᄉᆞᆺ치²⁵⁸⁾ 셩뇌(聖怒) 발(發)
ᄒ오셔 그거시 형뎨 찬비(竄配)ᄒ고 싱각 밧 화란(禍亂)이 션친긔 미처
화식(禍色)이 급ᄒ야 어디ᄀᆞ디 미출 줄 모르더니, 셰손의 덕으로 져기
진정ᄒ야시나 인졍텬니(人情天理)의 셰손을 위ᄒ신 졍셩이 당신 외손(外
孫)으로도 귀듕(貴重)ᄒ실디니 엇디 인(禍)의닉게 비겨 의논홀 일이 아
니니 텬디간의 니(理) 밧 일노 해ᄒ니 이 일이 되는 일이냐.

---

255) 홍봉한은 1768년 11월에 영의정에 제수되었고, 1770년 1월 사퇴했으니, 만 1년 남짓 정승
을 지낸 셈이다.
256) 견차(見借): 원래 빌려준다는 뜻이나 여기서는 돌본다는 뜻으로 사용되었다. 버클리32본 '假
借'.
257) 『영조실록』 1769년 2월 21일 은언군의 처조부 송의손(宋宜孫)과 은신군의 처조부 홍자(洪梓)
가 각각 천오백 냥과 이천오백 냥의 빛을 서울 시전 상인에게 지고 있다는 사실이 발각되어
처벌을 받았다. 빛을 명목으로 돈을 뺏은 것이다.
258) 제3부를 보면, 정월 대보름 밤 사건으로 밝혀져 있다.

두 척리의 다툼

션친이 쳥쥐 느려가 겨오시다가 즉시 몽윤(蒙允)ᄒ오시믈 닙ᄉ오시나 계ᄉ(啓辭)259)가 그치디 못ᄒ니 삼호(三湖)집260)으로도 못 오오시고 셔황(棲遑)261)ᄒ야 디니오시던 경상(景狀)을 싱각ᄒ니 원통원통ᄒ기를 니ᄅᄅᆡ.262) 삼월(三月)의 셔용(敍用)ᄒ오시고 뉵월(六月)의 입시(入侍)ᄒ오시고 부녜(父女) 셔로 만나 뵈옵고 셜워ᄒ엿더니, 그ᄒᆡ 팔월(八月)의 유적(鑣賊)의 흉소(凶疏)가 다시 나니,263) ᄯ오 화긔(禍機) 위름(危凜)ᄒ다라. 이 ᄯ오ᄒᆫ 한긔(漢耆) 등의 옹폐셩춍(壅蔽聖聰)ᄒ오미니 삼싱(三生)의 므슴 원(怨)이던고, 그ᄶᆞᄂᆞ 드러ᄂᆡ디 아니코 해ᄒ엿더니 엄노(嚴怒)를 만나오셔 문봉묘하(文峯墓下)264)로 나리오시고 션형(先兄) 니외(內外) 뫼와 가디니시니 그ᄶᆞ 내 졍니(情理) 엇더ᄒ리오.

경인년(庚寅年, 1770) 영미뎡(穎尾亭)의셔 오실 ᄶᆞᄂᆞ 큰집265)은 셔울 집의 ᄉ우(祠宇)를 뫼셔 잇고 슉도(叔道)의 니외가 나가 뫼와 디니오니, 슉도의 부인이 셩이 지효(至孝)ᄒ야 구가(舅家)의 드러와 구고(舅姑) 셤기오미 졍셩되더니,266) 오라디 아냐 션비 하셰(下世)ᄒ시니 오러 못 밧드오미 지한(至恨)이 되야 미양 튜모(追慕)ᄒ고, 엄구(嚴舅) 셤기오미 지극ᄒ고, 빅ᄉ(百事) 울얼미나 쇼고(小姑) 사랑ᄒ미나 지셩이러니, 영미뎡

---

259) 계사(啓辭): 임금에게 올리는 글.

260) 삼호(三湖)집: 삼호는 마포의 옛 이름. 혜경궁의 둘째 동생 홍낙신이 살고 있었다.

261) 서황(棲遑): 몸 붙이고 살 곳이 없음.

262) 『선부군년보략』에 따르면 홍봉한은 2월에 청주로 가서 몽윤을 입어 돌아오다 과천촌사(果川村舍)에서 대죄(待罪)했고, 3월에 서용되어 용호촌사(龍湖村舍)에서 살았고, 4월에 삼호교사(三湖僑舍)로 들어갔다고 한다.

263) 1771년 8월 2일 한유의 상소 유적은 곧 한유를 가리킨다.

264) 문봉묘하(文峯墓下): 문봉의 무덤 아래. 문봉에는 홍봉한의 묘소가 있다. 또 '廟下' 곧 사당 아래로 볼 수도 있겠는데, 경기도 고양시 문봉동에는 1688년에 창건된 문봉서원이 있기 때문이다. 여기에는 홍봉한의 선조인 홍이상(洪履祥) 등의 위패가 모셔져 있다.

265) 큰집: 여기서는 홍낙인의 집.

266) [교감] 본문을 영인 간행한 『비장본 한듕록』(김용숙 교주, 숙대출판부, 1981) 등 복사본은 이 부분에서 원본 두 장이 누락되어 있다. 본서는 원문을 직접 확인해 보완했다.

의 괴옵고 잇는 쎠 지즈〈부〉(支子婦)[267]로 밧드오미 엇디 못홀 일이니 정성을 다ᄒ더니, 신묘(辛卯, 1771) 이월(二月)의 화식(禍色)이 급ᄒ니, 그쎠 유신(有身)[268]ᄒ야 ᄉ오삭(四五朔)이러니, 목욕치지(沐浴致齋)ᄒ고 동망봉(東望峰)[269]의 올나 엄구대인(嚴舅大人) 명(命) 빌기ᄅ 죠곰도 게으르지 아니ᄒ니, 이 일이 ᄯᅩ흔 범인의 ᄒ디 못홀 배라. 내 감격히 너기미 심ᄒ더니, 그히 구월의 몰(歿)ᄒ니, 유틴디듕(有胎之中)의 몸을 도라보디 아냐 그리된가 각별이 참연ᄒ더라.

임진(壬辰, 1772) 정월(正月)의 은ᄉᆞ(恩賜)ᄅ 닙ᄉ오셔 돈유권권(敦諭拳拳)ᄒ오시니, 마디못ᄒ야 삼호집으로 도로오오셔 머므오시고 입시(入侍)ᄒ오시니, 텬안이 화열ᄒ오셔 셩교(聖敎) 드음이 이젼과 다ᄅ미 아니겨 오시니, 감격 텬은(天恩)ᄒ와 갑ᄉ올 바ᄅ 아디 못ᄒ오시며, 그후 긴흔 일이 이시면 승후(承候)도 ᄒ오시고 츌입(出入)ᄒ오시더니, 임진 칠월 이십일일 관쥬(觀柱)와 귀쥬(龜柱)가 니어 상소(上疏)ᄒ야 무함 공쳑(攻斥)흔 거시 아니 흉ᄒ미 업ᄉ더라.[270] 셰변(世變)의 흉악(凶惡)홈과 인심(人心)의 불측(不測)ᄒ미 비홀 더 업ᄉ니, 므슴 원으로 이 디경ᄭ디 흔고, 아니 이샹ᄒ냐.

션대왕(先大王)겨오샤 붉이 부쵹ᄒ샤 션인긔 무함(誣陷)흔 일을 벗겨 주오시고, 이십삼일 귀쥬의게 ᄒ오신 엄교(嚴敎)ᄅ 싱각ᄒ면 감뉘(感淚) 흐ᄅ니, 뉘가 나라 은혜ᄅ 아니 닙ᄉ오리오마ᄂᆞᆫ 션대왕긔 슈은(受恩)ᄒ온 거슨 ᄌ별ᄒ니 이제라도 셩은을 싱각ᄒ오면 뉴톄(流涕)ᄒ이옵더라.

그쎠 냥쳑니(兩戚里)의 집이 이러흔 줄을 크계 근심ᄒ오시고 진노ᄒ

---

267) 지자부(支子婦): 작은며느리.
268) 유신(有身): 유신(有娠). 임신.
269) 동망봉(東望峰): 서울 종로구 숭인동과 성북구 보문동6가에 걸쳐 있는 산. 홍낙임의 집 영미정에서 500미터쯤 떨어져 있다. 단종왕비 송씨가 매일 동쪽 영월을 바라보며 단종의 명복을 빈 곳으로 알려져 있다.
270) 이날 김관주와 김귀주가 홍봉한을 죽여야 한다고 상소했는데, 영조는 오히려 김귀주를 파직시켰다.

오셔, 귀쥬룰 육단부형(肉袒負荊)ᄒ야 샤쵀ᄒ게 ᄒ시니, 이 감히 엇줍디 못홀 셩은이니라.271)

귀쥬 쳐분ᄒ오시고 날을 브르오시니, 내 엄친의 만나오신 욕을 망극ᄒ고, 쳐분이 엇더ᄒ오실 줄 몰나 쟈근 집의 ᄂ려 대쵀ᄒ엿더니, 브르오셔 위로ᄒ오시고

"ᄂᆡ뎐(內殿)의도 ᄒ야 너 보기룰 '이젼과 달니 마르쇼셔' ᄒ여시니 내 말을 드르실 거시니 네 죠곰도 ᄂᆡ뎐의 혐의ᄒ야 엇디 아디 말나" 누누히 ᄒ오시니, 내 만난 일이 졀졀이 괴이ᄒ니, 대의(大義) 디듕(至重)ᄒ나, 혐의(嫌疑)가 지극히 무거오니, 쳐변(處變)을 홀 배 업셔 망조(罔措) 지원(至冤)ᄒ나, 샹교(上敎)의 ᄀ측(懇惻)ᄒ오시믈 감동ᄒ야, 귀쥬(龜柱)의 블공대쳔디슈(不共戴天之讎)ᄂᆞᆫ 싱젼(生前)의 닛디 못ᄒ나, 내 ᄌᆞ뎐(慈殿) 셤기오매 미쳐ᄂᆞᆫ 됴곰도 ᄆᆞᆷ의 애쳬(礙滯)롤 품디 아냐, 지셩으로 셤기오믄 혐의 업ᄉᆞᆫ 사롬 ᄀᆞ투니, 이 일은 궁듕의 목도(目睹)ᄒᄂᆞᆫ 배니,

ᄌᆞ뎐으로 겨오샤 그 동ᄉᆡᆼ의 일을 올히 너기오시ᄂᆞᆫ디 앙탁(仰度)디 못ᄒ오디, 용녀(用慮)도 ᄒ오실 ᄃᆞᆺᄒ니, 귀쥬가 나라히 역(逆)일 분 아니라 나ᄂᆞᆫ ᄌᆞ뎐긔 죄인인 쥴 아노라.

"내 셤기ᄋᆞᆸᄂᆞᆫ 일은 아노라" ᄒ오시고, 혐의ᄂᆞᆫ ᄉᆞ혐원(私嫌怨)이나 날 대졉ᄒ믄 여샹(如常)ᄒ오시니, 내 감히 원치 못ᄒᄋᆞᆸ고 ᄌᆞ덕(慈德)을 감은(感恩)ᄒ온 ᄃᆞ시 밧드오니, 아

271) [교감] 본문과 같은 계열의 이본인 국립중앙도서관 소장 『읍혈록』에는 "비교하건대 홍은 인상여(藺相如) 같고 김은 염파(廉頗)라"라고 영조가 말했다는 부분이 삽입되어 있다. 인상여와 염파는 중국 춘추전국시대 인물이다. 인상여는 조나라를 넘보는 진나라에 맞서 조나라를 지킨 공을 세웠는데, 염파는 인상여가 전쟁도 치르지 않고 담력과 말재주만으로 공을 세운 것을 보고 시기하여 만나기만 하면 인상여를 죽이겠다고 공언했다. 그런데 인상여는 계속 염파를 피하기만 했는데, 염파가 나중에 인상여가 피하는 까닭을 알고, 그 깊은 뜻에 감동하여 '육단부형'하여 인상여의 집을 찾아가 사죄했다고 한다. 인상여는 둘이 만나 싸워봐야 결국 진나라에만 좋은 일이므로 피했다는 것이다. 인상여와 염파는 서로를 위해 목숨을 내놓을 수 있는 우정을 맺었는데, 이를 문경지교(刎頸之交)라 한다.

러사룸의 도리여니와, 내 위친(爲親)ᄒᆞᆸᄂᆞᆫ 뜻으로도 감히 말을 못 ᄒᆞ나 샹통(傷痛)이 심ᄒᆞ더라.

귀소(龜疏) 후로 션왕이 션친 디졉ᄒᆞ오시미 경인(庚寅, 1770) 이젼이나 다르미 업소오시니 션인이 강교(江郊)의도 겨오시고 경졔(京第)의도 머므오셔 셩은을 축슈ᄒᆞ시더니라. 대체 션왕과 션친 ᄀᆞᆺᄌᆞ오신 군신지간(君臣之間)이 ᄌᆞ고(自古)로 어이 겨오시리. 감튝(感祝)ᄒᆞ미 뼈의 ᄉᆞ못ᄌᆞᆸᄂᆞ니라.

환갑에 부모를 추모하다

계ᄉᆞ년(癸巳年, 1773)이 회갑(回甲)이오시니, 왕부(王父)겨오셔 갑년(甲年)의 하셰(下世)ᄒᆞ오셔 미처 셩신을 디니디 못ᄒᆞ오시믈 지흔(至恨)이 되오시고 츄모(追慕) 심ᄒᆞ오셔, 잔을 드디 아니ᄒᆞ오실 분 아니라 진지도 아니 잡습고, 삼호(三湖)셔 톄읍(涕泣)으로 지니오시니, 그ᄶᅦ 내 감히 음식을 ᄒᆞ여 드리디 못ᄒᆞ고, 진지롤 ᄒᆞ와 보니여 권ᄒᆞ오니, 강잉(强仍)ᄒᆞ야 햐져(下箸)ᄒᆞ오시나 잡습디 아니ᄒᆞ야 겨오시니라.

션비겨오셔 ᄯᅩ 동년 동월이오시나 일죽이 하셰ᄒᆞ오셔 냥위(兩位) ᄒᆞᆫ 가지로 이희롤 즐기오믈 뵈옵디 못ᄒᆞᆸ고 션친이 튜모(追慕) 심ᄒᆞ야 슬허ᄒᆞ오시니, 우리 남미 졍셩이 악연(愕然)이 ᄒᆞ고 미심(未審)ᄒᆞ와 디니왓노라. 싱진(生辰) 지나오신 수일 후 ᄉᆞ졍(私情)을 통쵹ᄒᆞ오셔 뵈오라 ᄒᆞ오시믈 조차 드러와 겨오시니 냥궁(兩宮)을 거ᄂᆞ려 맛ᄌᆞ와 뵈와 졍니롤 펴오니라.

그히 십월의 갑년을 일ᄏᆞᆺᄌᆞ오시고 갑일의 무미(無味)히 디니다 ᄒᆞ오셔 ᄉᆞ연(賜宴)ᄒᆞ오시고 ᄉᆞ악(賜樂)ᄒᆞ오시니 경뎨(京第)의셔 맛ᄌᆞ오시나 경인(庚寅, 1770) 소조(所遭) 후로 몸가지오시믈 평샹(平常)이 아니ᄒᆞ오시니 역명(逆命)치 못ᄒ오셔 상(床)을 드리옵고 풍뉴(風流)를 일시의 드리와 은영(恩榮)을 표(表)ᄒ오시나 담연(淡然)이 일업ᄉ ᄀᆺ치 깁히 안ᄉ오셔 연(宴)집²⁷²⁾ 모양을 ᄒ게 ᄒ오신 일이 아니 겨오시니라.

동궁은 당파도 인사도 국정도 알 필요가 없습니다

갑오(甲午, 1774)의 듕부(仲父)겨오셔 입상(入相)ᄒ오시니²⁷³⁾ 선친(先親)의 무욕(誣辱)을 뼛디 못ᄒ온 거시 흔이 되고, 환노(宦路)를 권년(眷戀)ᄒ오시미 아니로ᄃᆡ 믈너나오시믈 미처 못 ᄒ오셔 참욕(慘辱)을 만나오신 일이 흔(恨)이 되니, ᄎ후(此後)로 우리 집 사ᄅᆷ이 벼술을 ᄇᆞ리고 몸을 닷가 일이 업서 됴흘디 점점 국ᄉ(國事)의 민망(憫惘)ᄒ미 빅척간두(百尺竿頭)의 오름 ᄀᆺ트여시니 내 놀나고 우구(憂懼)ᄒ미 스ᄉ로 몸을 동힌 ᄃᆞ시 움ᄌᆨ기디 못ᄒ고 두리워ᄒ엿더니라.

문난(門闌)이 지극히 셩ᄒ니 조물의 ᄊᆡ림과 귀신이 노흔가. 을미(乙未, 1775) 동(冬) 실인(失人)²⁷⁴⁾ᄒ시기로 집이 망ᄒ기의 니ᄅᆞ니 이 엇던 텬된(天道)고²⁷⁵⁾ 통곡통곡이로다. 을미 동의 망조(罔措)ᄒ미 니를 거시 업ᄉ나 부쵹(俯燭)ᄒ시기를 ᄇᆞ랏더니,

병신(丙申, 1776) 삼월의 텬붕디통(天崩之痛)을 만나오니²⁷⁶⁾ 망극디통

---

272) 연(宴)집: 잔칫집.
273) 1774년 12월 7일 혜경궁의 중부 홍인한이 우의정에 임명되었다.
274) 실인(失人): 인심을 잃음.
275) 1775년 11월 20일 홍인한은 영조의 물음에 "세손은 노론 소론을 알 필요도 없고, 이조판서 병조판서가 누가 되는 것이 좋은지도 알 필요가 없고, 더욱이 조정 일은 알 필요가 없다"는 이른바 삼불필지(三不必知)의 설을 말했다고 한다. 혜경궁은 이는 홍인한의 실수를 적당들이 고의로 왜곡한 것으로 보지만, 『영조실록』 당일 기사는 삼불필지가 홍인한의 의도적 발언임을 말하고 있다. 제3부에 자세히 논증되어 있다. 그런데 종합본은 이 부분의 서술이 약간 다르다. "을미 동에 큰 죄를 지으시니 공겁의 탓이나 망발은 극진하니 본심을 미측(未測)하고 죄명이 지중하여 집 망할 기틀이니 이 일의 연고이니 흉격이 번민하여 긴 말은 못 쓰고"라고 되어 있다.

을 엇디 다 형용흐리오. 십세의 션왕을 뫼와 삼십여 년의 권권흐오신 즈익(慈愛)롤 닙스오미 즈별(自別)흐고, 허다(許多) 난쳐(難處)흔 쩌라도 날 스랑흐오시믄 변치 아니흐오시고, 감히 디긔구식(知己舊識)²⁷⁷이라 흐오시는 은교(恩敎)롤 엇줍고, 쥬샹(主上) 남미(男妹) 즈익흐오시미 특별흐오시니, 만난 바와 세도(世道)의 어렵던 일을 싱각흐면 내 몸이 보젼흐기 션왕의 하놀 곳즈오신 셩은이 아니리오.

대뎐(大殿)을 간신이 길너 구오(九五)²⁷⁸의 오르시는 양을 보니 어미 지졍(至情)으로 엇디 귀흐고 두굿겁디 아니리오마는 디통(至痛)은 지심(在心)흐고 집안 화식(禍色)은 쳔만가지로 박두(迫頭)흐니 흉금(胸襟)을 어르몬져 통도(痛悼)흐니 내 몸이 업서 보디 말고져 흐딕 대뎐을 브리디 못흐니 스졍(私情)이 지극흐나 대뎐 위흔 쯧이 대의(大義)니 디통을 서리 담고 머므다가, 병신 칠월 듕부의 당흐시믈 보니,²⁷⁹ 문회(門戶) 망흔디라. 내 디쳐(地處)의 이 엇던 일인고.

친정에 쏟아진 공격

하놀을 브르지져 통혹(痛酷)²⁸⁰흐나 이 쏘흔 스졍(私情)이니 통원(痛冤)은 통원이오 위국지셩(爲國之誠)은 가지록 힘쓰는 거시니, 내 나라흘 도라보아 듕부(仲父)롤 니즌 듯시 디니고, 엄친(嚴親)이나 보젼(保全)흐시기롤 브라고, 션인(先人)긔셔도 소죄(所遭) 망극흐시나 다룬 신하와 다르오시니 즈샹(自上) 쳐분(處分)을 기드려 거취롤 흐려 흐오시고, 삼

---

276) 1776년 3월 5일 영조가 죽었다.
277) 지기구식(知己舊識): 옛날부터 자기를 잘 알아주는 사람.
278) 구오(九五): 『주역』 괘의 이름인데, 비룡재천(飛龍在天)의 뜻이 있다. 제왕의 자리를 가리킨다.
279) 홍인한은 1776년 7월 5일 사사되었다.
280) 통혹(痛酷): 슬퍼 아파하는 것. 버클리32본 '痛哭'.

호(三湖)집의 오히려 겨오셧더니 텹텹(疊疊)흔 무욕(誣辱)이 만고텬디간(萬古天地間)의 인눈(人倫)이 업시 되게 욕이 밋즈오시니, 텬디간의 님군의 외조(外祖)롤 해(害)ᄒ쟈 ᄒ니, 내 미(微)ᄒ야281) 쥬샹의 어미로 안잣는디 이 지경의 니르니 사룸이 미ᄒ야 흉인들이 이리ᄒ니 내 몸으로 뻐 션인의 지원(至冤)을 폭빅(暴白)ᄒ고 죽엄 죽하디 대뎐(大殿) 심ᄉ(心事)롤 싱각ᄒ야 결(決)치 못ᄒ니, ᄒ나토 인약(仁弱)흔 힝ᄉ(行事)요 둘도 쥬변 업손 타시로디, 기심(其心)을 궁구(窮究)ᄒ면 쥬샹(主上) 위흔 뜻이니라. 무욕(誣辱)을 보오시고 창황이 묘하(墓下)282)로 가오시니 합개(闔家) 다 쓸오니, 내 궁텬(窮天)흔 셜움이야 또 엇더ᄒ리오.

션왕(先王)의 은혜롤 지극히 밧즈오니 내 엇디 졔뎐(祭奠)을 참예(參詣)치 아니ᄒ오며 곡읍(哭泣)을 폐(廢)ᄒ리오. 듕부 소죄(所罪) 후 명(命)을 밧즈오시는 지경의 니르니 듕심(中心)이 망극ᄒ나 졔뎐 참예롤 아니미 업더니, 션인 소조(所遭) 후로 셜움과 분ᄒ미 사라이실 ᄆ옴 업고 죄인(罪人)의 ᄌ식이 녜ᄉ로이 몸을 가지미 넘치(廉恥)와 인ᄉ(人事) 다 망(亡)흔 사룸이 될 거시니, 내 팔월브터 문을 닷고 칩복(蟄伏)ᄒ야 션인의 거취(去就)와 ᄉ성(死生)을 ᄌ치ᄒ려 지게 밧글 난 비 업고, 다만 대뎐(大殿)이 오신 ᄢ면 머리롤 드러 뵈옵더니라.283) 쥬샹이 만나신 배 여차(如此)ᄒ니 어미 셜워ᄒ는 거술 엇디 보고져 ᄒ시리. 미양 날을 디흔 ᄢ면 불안(不安)코 쳑쳑(慼慼)ᄒ시니, 내 샹심(傷心)을 위ᄒ야 도로혀 화긔(和氣)롤 짓더니라.

션인 소조(所遭)의 망극 밧긔, 슉뎨(叔弟)의 죄명이 대안(大案)284)의 오르니 도로혀 어히업고, 그 아ᄋ는 셰샹의 믜이게 ᄒᆞ믄 내 타시니 흉

---

281) 미(微)ᄒ야: 부족하여. 미미하여.
282) 묘하(墓下): 문봉묘하. 『션부군년보략』에는 1776년 3월에 정이환의 흉무(凶誣)를 만났고, 8월에는 온 식구가 문봉으로 들어갔다고 한다.
283) 1776년 8월 이후 홍봉한의 치죄(治罪)를 요구하는 상소가 줄을 이었다. 『정조실록』 8월 22일조에는 홍봉한의 일로 혜경궁이 식사를 거부하고 있음을 적고 있다.
284) 대안(大案): 중대한 사건의 전말을 담은 문건.

금을 어르문져 통도(痛悼)후더니라.

오빠의 죽음

텹텹이 문운(門運)이 그룻되여 뎡유(丁酉, 1777)의 션형(先兄)이 도라가오시니[285] 그 착한 덕과 문댱(文章)으로 문호 망후는 거동을 보시고 므음〈을〉 뼈 엄연(奄然)[286]이 귀텬(歸天)후오시니 노친(老親) 시하(侍下)의 이 엇던 경상(景狀)이뇨.

션친의 소조(所遭)로 역니(逆理)후는 통(痛)을 보오시고 몸을 브리오실가 이통망극(哀痛罔極)이 엇더후리오. 통혹통혹(痛酷痛酷)후고 집안 모양이 지극히 그룻되니 창텬(蒼天)을 우러러 '이 엇던 일인고'. 동긔지쳑(同氣之慽)을 뉘 아니 당후리오마는 내 션형 우러옴과 집의 착흔 형이 겨시니 엄친(嚴親)을 밧드러 효(孝)룰 다후시고 모든 동성을 거느리실 줄 아랏디 듕도(中途)의 음혼이귀(飮恨而歸)후오실 줄 어이 뜻후여시리오. 통원(痛冤)흔 셜움은 내 골슈디통(骨髓至痛)이니 션형을 싱각후면 앗기웁고 셜워 여희연 디 수십년(數十年)이로디[287] 말이 미츠면 가슴이 막히고 눈물이 흐르노라.

동생의 사면과 아버지의 죽음

뎡유(丁酉, 1777) 팔월(八月) 슉뎨(叔弟)의 화는 너모 급후니 도로혀

---

285) 1777년 6월 19일 참판 홍낙인 죽음.
286) 엄연(奄然): 갑자기.
287) [교감] 글 쓴 해인 1795년에서 보면 채 20년이 흐르지 않았다. 어쩌면 전사과정에서 고쳐진 것인지도 모르겠다.

어히업서 하늘만 우러러 쳐분을 기두리더니, 셩명(聖明)이 부쵹(俯燭)ᄒ셔 일누(一縷)롤 디팅(支撐)ᄒ고 무슐(戊戌, 1778) 이월(二月)의 일월(日月)이 비최셔 지원(至冤)을 폭빅(暴白)ᄒ니[288] 슉도(叔道)의게 셩은(聖恩)이 여텬(如天)ᄒ시고 내 동긔롤 살오니 그쩌의 감격ᄒ미 엇더ᄒ리오.

션인(先人)이 슉도의 나명(拿命)을 인ᄒ야 디죄(待罪)ᄒ시기로 올나오셔 입시(入侍)ᄒ시고 안히 드러오셔 날을 보시니, 무궁혼 샹변(常變)과 망극(罔極)혼 경샹(景狀)을 디니여 겨오시니 쇠로(衰老)ᄒ오시미 극(極)ᄒ오시니 우러러 흉금(胸襟)이 젼식(塡塞)ᄒ고, 슉데의 텬일(天日) 보믈 셩은(聖恩)이 감격ᄒ시고, 싱뎐(生前)의 만나보믈 반겨ᄒ시고 쩌나오시니, 슈고(壽考)[289] 무강(無疆)ᄒ셔 다시 뵈오믈 튝텬(祝天)ᄒ더니, 죄역(罪役)이 가지록 심듕(深重)ᄒ고 황텬(皇天)이 앙화(殃禍)롤 ᄂ리오셔, 대고(大故)[290] 롤 만나와 천고(千古)의 영결(永訣)이 되니, 텬디(天地)의 궁(窮)치 아닐 지원디통(至冤至痛)이라.

즈품(資稟)을 혜아리오면 칠슌(七旬)을 어이 못 누리오시리오. 나라흘 위ᄒ오셔 수십 년을 쵸심(焦心)ᄒ오시고 흉한(兇漢)의 참욕(慘辱)을 보시고 문호(門戶)의 그릇되믈 보오시니 단단혈침(斷斷血忱)을 폭빅디 못ᄒ오시고 지원지흔(至冤至恨)을 품스오셔 쵹수(促壽)[291]ᄒ오시기의 밋즈오시니 이 유흔(遺恨)은 텬디간의 다시 업슬디니 이 일이 다 뉘 타시리오. 불효불쵸(不孝不肖)혼 날을 두오신 일이니, 내가 집의 나디 아냐시면 우리 문호(門戶) 이러ᄒ리오. 쎠롤 ᄀ라도 이 브효(不孝)ᄂ 쇽(贖)디 못홀 거시니, 혼 명(命)을 ᄆ츠차 구원(九原)[292]의 쫄오미 지원(至願)이로디, 능히 스스로 결단을 못 ᄒ고, 쥬상(主上) 셩효(聖孝)의 잇글니믈 면

288) 1778년 2월 21일 정조는 홍낙임을 친국한 다음 석방했다. 친국시 홍봉한도 뒤따라와서 혜경궁을 만났고, 정조는 홍봉한에게 집을 사주도록 호조에 명했다.
289) 수고(壽考): 나이가 많음. 장수.
290) 대고(大故): 부모의 상사. 여기서는 홍봉한의 죽음. 1778년 12월 4일.
291) 촉수(促壽): 명을 재촉함.
292) 구원(九原): 저승.

치 못ㅎ야, 평싱의 션친(先親)과 화복(禍福)을 ᄀᆺ치ㅎ고 명(命)을 ᄯᅩ흔 ᄀᆺ치ㅎ고져 ᄒ던 ᄆᆞᄋᆞᆷ을 져ᄇᆞ려시니, 붓그럽고 셜우미 궁양(穹壤)293)의 ᄉᆞᄆᆞᆺᄎᆞ니 출히 쏠오면 이 유흔(遺恨)을 모르련마ᄂᆞᆫ 사라 죵텬(終天)의 통(痛)이 극(極)〈ᄒᆞ고〉 불효(不孝)의 심홈과 완명(頑命)이 무디(無知)ᄒ니 텬디간의 날 ᄀᆞᄐᆫ 재(者) 이시리오. ᄆᆞᄎᆞ니 죽디 못ᄒ고 삼 년을 뭇ᄌᆞ와 동ᄉᆡᆼ들이 각 집으로 도라가 별ᄀᆞ티 흐터디니 부모ᄅᆞᆯ 뫼셔 즐기고 환혁(歡赫)ᄒ던 일이 흔 ᄭᅮᆷ이니 흔(限) 업손 셜움이야 어ᄂᆞ ᄇᆞᄉᆞ로 뎍으리오.

뉘 부모의 ᄌᆞ이(慈愛)ᄅᆞᆯ 아니 닙으며 부모ᄅᆞᆯ 아니 ᄉᆞ랑ᄒ리오마ᄂᆞᆫ 날 ᄀᆞᄐᆫ 재 업스니 부모의 못 니져ᄒ시ᄂᆞᆫ ᄌᆞ식이 되야, 션비(先妣)ᄅᆞᆯ 듕도(中途)의 여희ᅌᆞᆸ고 ᄌᆞ모(慈母)의 졍을 겸(兼)ᄒ오니, 날 ᄉᆞ랑ᄒ오시ᄂᆞᆫ 졍니(情理) 흔ᄴᅥ를 닛디 못ᄒ시고 호발(毫髮)만흔 일이라도 내 ᄠᅳᆺ을 어그르칠가 념녀ᄒ오시니, 명도(命途)ᄅᆞᆯ 셜워ᄒᄂᆞᆫ 거슬 심듕디통(心中至痛)이 되오셔 힘의 미츤 거슨 내 ᄠᅳᆺ 밧기로 힘ᄡᅳ오시니 텬뉸(天倫) 밧긔 더옥 ᄌᆞ별ᄒ오시고, 지ᄌᆞ(止慈) 밧긔 ᄯᅩ 지ᄌᆞᄅᆞᆯ 밧ᄌᆞ오니, 궐ᄂᆡ(闕內)가 각뎡(各定)294) 공샹지물(供上之物) 외예 동궁쳐소(東宮處所)ᄂᆞᆫ 용도(用度)295)가 너르디 못흔디, 병환(病患)은 심ᄒ오시고 기간(其間) 슈응(酬應)ᄒᄂᆞᆫ 지물(財物)은 텹다(疊多)ᄒ니, 형용ᄒ야 옴기나296) 호읍지간(呼吸之間) 급흔 일 무수ᄒ니 이 ᄆᆞ디ᄅᆞ나 내 ᄆᆞᄋᆞᆷ을 아니 ᄡᅳ게 니우시ᄂᆞᆫ 지물(財物)이 언만지 모ᄅᆞ니,

션친이 거관(居官)의 쳥념(淸廉)ᄒ오시고 거가(居家)의 검소ᄒ오시니 뎡(定)흔 녹봉(祿俸) 밧긔 지리(財利)ᄅᆞᆯ 집의 드리오시ᄂᆞᆫ 일이 업고 혜텽(惠廳)과 호조(戶曹)의 희포 임(任)ᄒ오시고 댱임(將任)을 십여 년을

---

293) 궁양(穹壤): 하늘과 땅.
294) 각정(各定): 각기 정한.
295) 용도(用度): '씀씀이'라는 뜻 외에도 『표준국어대사전』을 보면 '관청이나 회사에서 물품을 공급하는 일'이라는 뜻도 있다. 여기서는 후자.
296) 형용ᄒ야 옴기나: 대개 어림잡아 챙겨주지만.

ᄒᆞ오셔 오영(五營)297)의 아니 츙납ᄒᆞ오시미 업스디 그 ᄆᆞ올298)의 보용
(補用)을 ᄒᆞ여 겨오시디 일호(一毫)ᄅᆞᆯ 남비(濫費)ᄒᆞ오시미 업스,299) 지국
(才局)이 이샹ᄒᆞ오셔 엇디ᄒᆞ야 조비(造備)ᄒᆞ오셔 내 ᄡᅳ고져 ᄒᆞᄂᆞᆫ 거슬
니우기ᄅᆞᆯ 신통이 〈군식(窘塞)ᄒᆞ미 조곰도 업시〉300) ᄒᆞ오시니, 급ᄒᆞᆫ 일
을 ᄯᅢ의 미쳐 사라난 인명(人命)이 만흐니, 쟉〈고〉 큰일이로디,301) 지
극ᄒᆞ오신 졍니(情理)로 비로스마나, 그 일을 밋디302) 못ᄒᆞ더면 엇더ᄒᆞ
여실넌고 당ᄒᆞ여 무스이 디니고 나면 다힝ᄒᆞ기 밧긔 임스(任事)ᄒᆞᄂᆞᆫ
궁인(宮人)이 손을 뭇거303) 대덕(大德)을 감튝(感祝)ᄒᆞ더니라.

임오(壬午, 1762) 가례(嘉禮)304)의 조비(造備)ᄒᆞᄂᆞᆫ 것도 날을 도으셔
범스(凡事)의 브죡ᄒᆞ미 업술 분 아니라 조혼(助婚)ᄒᆞ신 나믄 은ᄌᆞ(銀子)
ᄅᆞᆯ 셰손궁(世孫宮)으로 보ᄂᆡᆯ엿더니라. 망극지변(罔極之變)의 초죵(初終)
의디(衣襨)ᄅᆞᆯ 션친이 다 ᄒᆞ시고 삼 년 졔향(祭享)의 드ᄋᆞᆸᄂᆞᆫ 물죵(物種)과
대쇼샹(大小祥)을 졔물(祭物)을 농동궁(龍洞宮)이 힝포 밀니인 부채(負債)
이시니 ᄡᅳ디 말나 ᄒᆞ시고, 다 도으셔 어느 거시 졍셩이 아니 미츤신
거시 업스리오.305) 명완(命頑) 불스(不死)ᄒᆞ야 삼 년을 못줍고 쳥연형뎨
(淸衍兄弟)ᄅᆞᆯ 셩인(成人)ᄒᆞ게 되니,306) 션왕이 스여(賜與)ᄒᆞ시ᄂᆞᆫ 거시 이
시나 다 당치 못ᄒᆞ니, 다 도와주오시고, 홀일업슨 일외예 인녁(人力)의
당ᄒᆞᄂᆞᆫ 거슨 갈녁(竭力)ᄒᆞ야 못 미츨 곳시 〈ᄆᆞ(無)〉ᄒᆞ시니 지ᄌᆞ(止慈)로

---

297) 오영(五營): 오군영. 훈련도감, 총융청, 수어청, 어영청, 금위영을 일컬음.
298) ᄆᆞ올: 현재와는 달리 관아(官衙)를 뜻한다. 뒤에는 '마을'로 나온다.
299) [교감] 업스: 일사본 '업스디'.
300) [교감] 군식ᄒᆞ미 조곰도 업시: '신통이'를 지우고 고쳐쓴 부분이다.
301) [교감] 쟉〈고〉 큰일이로디: '고'는 작은 글씨로 옆에 추기되어 있으며, '쟉'에서 'ㄱ'은 나중
에 덧쓰인 듯하다. 원래 '쟈근' 곧 '작은'을 고친 듯하다. 버클리32본에는 이 부분 번역이
없다.
302) 밋디: 이르지. 여기서는 '해내지'.
303) 손을 뭇거: 합장하다. 버클리32본 '攢手'.
304) 세손이던 정조와 효의왕후 김씨의 결혼.
305) [교감] 업스리오: 일사본 '이시리오'.
306) 쳥연군주는 1765년 4월, 쳥선군주는 1766년 2월 결혼식을 올렸다.

흥시는 줄 아나 불안이 심흥야

"마웁쇼셔"

흥디, 또 주시는 거술 스양치 못흥고 뵈웁는 써의

"내게 이리흥시고 여러 동싱들을 도라보디 아니시웁느니잇가. 집도 잇고 뎐답(田畓)도 이셔야 홀디, 날노 드디여 동긔들의게 밋디 못흥니 엇디흘고"

넘녀흥면

"나라히 태평흥면 저히 살 거시니 더흥야 줄 거시 어이 이시리"[307] 흥오시니,

영문(營門)의도 봉부동(封不動)[308]흥여 겨오시디 다른 대쟝들ㄱ치 남(濫)히 쓰오시미 업스디, 지죄(才調) 이샹흥오셔 능히 조비(造備)흥오셔 내가 쓰기 등디(等待)흥오시던 일 싱각흥니 그 직물(財物)이 몃 만금인 줄 모르게 흥여시니, 그 엇디흥신 일이런고 〈너게〉 이 일을 경영(經營)흥오시려 흥니 그윽이 무옴을 쎠 겨오실 거시니 어느 일이 블효(不孝)와 이우(貽憂)가 아닌 거시 이시리오. 집의 조부(祖父)겨오셔 경긔(經紀)[309]흥오신 화계(晦溪) 뎡즛(亭子)[310] 흥나 밧긔 수십 년 쟝샹(將相)을 흥야오시디 쟝만흥오신 쇼졍(小亭) 흥 곳이 업셔 말년의 칩복(蟄伏)흥오셔 디니오실 집 흥나히 업셔 동셔남북(東西南北)의 놈의게 비러 드러 겨오시니 근본인죽 다 날노 말미아믄 일이 아니미 업도다. 집이 그릇되니 동싱들이 벼술흘 사람이 아니니 집마다 빈곤흥기롤 면치 못흥니 셩시(盛時)의 즛뎨(子弟)들 스계(私計)롤 도라보아 겨오시더면 이러치 아

---

307) [교감] 일사본 "나라히 태평흥면 저히 살 거시니 집안이며 논쬐야기 흥여준 것도 녯스룸의 비기면 심히 붓그럽다."

308) 봉부동(封不動): 어떤 기관의 재정을 쓰지 못하도록 묶어두는 것.

309) 경긔(經紀): 어떤 일을 계획하여 처리함.

310) 화계(晦溪) 정자(亭子): 종합본에는 '회계'로 되어 있다. 혜경궁 집안 안팎의 여러 기록을 보면 혜경궁 증조부 때부터 서울 수락산 남쪽 회계 또는 회곡(晦谷)에 집을 가지고 있음이 확인된다.

냐실 거시니 심듕(心中)의 내 연괴(緣故) 아닌 거시 업스믈 주탄(自歎)히
호노라.

　날 도아주시는 거술 혜아리면 타스(他事)의 결을치 못호오실 둧호디,
목족(睦族)호오시는 셩심(誠心)이 거룩호오셔 원족(遠族)ᄀ디 아니 미추
시미 업스시고 구급(救急)호오시미 쎄의 〈못〉 미출 둧, 다스(多事)호신
여가(餘暇)의도 궁족(窮族)을 무휼(撫恤)호시미 지극호시니, 보니시는 거
술 보아 불을 들 집 만터라 호고,311) 주부인(慈夫人) 일즉 여희오시므
로 외가의 졍셩이 곡딘호오시고, 외왕부모(外王父母) 졔스의 반드시 졔
슈(祭需)룰 당호오시고 죵딜(從姪)들 무휼호오시미 주별호오셔 뵈옵는
쎄 닛디 못호시믈 일ᄏᆞ주오실 젹이 만스오시더니라.312)

　내 션친을 ᄯᅡ라 죳〈죽〉디 못혼 일이 ᄀᆞ골(刻骨)호고 지원(至冤)을 신
빅(伸白)디 못호시니 주식의 도리롤 다 못 ᄒᆞ는 줄 슬허ᄒᆞ더니, 갑진(甲
辰, 1784)의 쇼셕(昭釋)호오시는 은괴(恩敎) 겨시고 시호(諡號)ᄒᆞ시는 명
(命)이 겨시니313) 내 ᄯᅳᆺ이 션친의 혈튱(血忠)으로 이 일 바드시 느즌
줄 슬허ᄒᆞ나 당신은 구원(九原)의셔 감튝(感祝)ᄒᆞ실 거시니 위ᄒᆞ와 감튝
ᄒᆞ롸. 슈영을 죵손(宗孫)으로 벼슬을 ᄒᆞ이시니314) 승은(承恩)이 감격ᄒᆞ
디 아니미 아니로디 자최 얼울(臲卼)315)ᄒᆞ믈 내 깃거ᄒᆞ미 업더니라.

　내 션친의 싱아(生我)ᄒᆞ오신 호텬대은(昊天大恩)과 텬뉸(天倫) 밧긔 ᄲᅥ
여나신 주ᄋᆡ(慈愛)며, 날노 드디여 문회(門戶) 이러ᄒᆞ니 내 몸을 죽여

---

311) 홍봉한이 도와주어야 불을 때고 밥을 해먹는 친척집이 많았다는 뜻.
312) [교감] 종합본에서는 이 아래에 홍봉한의 검소한 생활에 대해 몇 가지 사례를 적고 있다.
　　무명옷을 입었고 방 장식을 하지 않았다는 등의 내용이다.
313) 1784년 8월 3일 홍봉한에게 시호를 내리라는 명이 있었고, 같은 달 24일 익정(翼靖)이라는
　　시호를 내렸다. 『정조실록』 1784년 8월 3일조에는 정조의 홍봉한에 대한 변호가 자세하다.
314) 홍수영의 아버지 홍낙인은 1777년 6월, 할아버지 홍봉한은 1778년 12월에 죽었다. 홍수영
　　은 삼년상을 완전히 끝낸 1781년 2월, 첫 벼슬로 영희전(永禧殿) 참봉을 제수받았다. 그런데
　　같은 달 29일 김종수가 이 일에 반대하면서 다시 홍봉한의 죄를 거론했다. 혜경궁은 조카의
　　벼슬일로 다시 조정에서 아버지의 죄상이 거론되니 억울함과 원통함이 새삼 더했던 것이다.
　　홍수영은 1783년 1월 18일에는 신계 현령을 제수받았다.
315) 얼울(臲卼): 일이 어그러져 마음이 불안함.

브효(不孝)롤 샤례(謝禮)ㅎ고져 ㅎ나, 모년(某年)브터 죽기롤 결치 못ㅎ
미 쥬샹을 보아 못 ㅎ고, 무슐(戊戌, 1778)의 쏠오디 못홈도 쥬샹의 고
위(孤危)ㅎ시믈 지통(至痛) 듕(中)이나 닛디 못ㅎ야 결치 못ㅎ니, 녈(烈)
의도 득죄(得罪)ㅎ고 효(孝)의도 ᄆᄋᆷ을 져ᄇᆞ린 사ᄅᆞᆷ이 되니 스스로 그
림자롤 보아 늣치 덥고316) 문호(門戶) 젼복(顚覆)ᄒᆞᆫ 일을 ᄉᆡᆼ각ᄒᆞ매 미처
ᄂᆞᆫ 녈ᄒᆡ(烈火) 치셩(熾盛)홀 적이면 등이 쓰거워 자디 못ᄒᆞ고 돌연이 긔
좌(起坐)ᄒᆞ야 벽을 두드리고 ᄌᆞᆷ을 일우디 못ᄒᆞ야 디ᄂᆡ기롤 몃몃 ᄒᆡ롤
ᄒᆞ엿ᄂᆞ니.317)

홍국영의 음모

병신(丙申, 1776) 후(後)로도 나라희 변괴(變故) 층ᄉᆡᆼ(層生)ᄒᆞ니 국영의
흉악(凶惡)ᄒᆞᆫ 역졀(逆節)은 만고(萬古)의 드므니, 제 사ᄅᆞᆷ을 무함(誣陷)ᄒᆞ
야 그릇 ᄆᆡᆫ들기롤 몃출 ᄒᆞᆫ 줄 모르나 제 스스로 ᄯᅩ 대역(大逆)을 범ᄒᆞ
니, 긔희년(己亥年, 1779)의 칭이슈원관(稱以守園官)ᄒᆞᆫ 역심(逆心)318)은

---

316) 늣치 덥고: 부끄러워 낯이 뜨거워진다는 말.

317) [교감] 일사본은 이 단락의 후반을 간단히 줄이고 있는데, 혜경궁이 잠 못 이룬 이유를 집
안이 망한 때문이 아니라, 불렬(不烈)과 불효로 돌리고 있다. 완전히 다른 말을 하고 있는
것이다. 해당 부분은 다음과 같다. "녈의도 득죄ᄒᆞ고 효의도 져ᄇᆞ린 스ᄅᆞᆷ이 되니 스스로 그
림즈롤 보아 늣치 덥고 등이 쓰거워 밤이면 벽을 두드여 ᄌᆞᆷ을 이루디 못ᄒᆞ기롤 몃희를 ᄒᆞ엿
던고"

318) 홍국영은 정조의 후궁으로 집어넣은 자기의 어린 누이 곧 원빈이 죽자, 권세를 이용하여 그
무덤에다 후궁의 지위에 맞지 않게 원호(園號)를 붙이게 했다. 1786년 1월 22일 정술조의
상소에서 말한 것처럼, 일개 후궁의 무덤에 원호를 붙이는 것은 후궁으로서는 참람한 일이
었다. 게다가 홍국영은 사도세자의 서자인 은언군의 아들 담을 자기 누이의 양자로 입적시
켜 그에게 무덤을 지키는 수원관을 맡겼다. 당시는 정조에게 다른 아들이 없었으므로 양자
를 넣어 왕통을 잇게 하여 자신이 왕의 외가가 되려고 한 것이다. 혜경궁은 이를 반역으로
보았다. 홍국영은 담의 군호(君號)를 완풍(完豊)이라 고쳤는데, '완'은 조선 왕조 이씨의 본관
인 '완산(完山)'을, 풍은 홍국영의 본관인 '풍산(豊山)'을 의미한다고 한다. 홍국영은 완풍군을
'내 생질'이라 불렀다고 하는데, 『한중록』의 또다른 이본인 『불명불조』를 보면 홍국영이 완
풍군을 '가동궁(假東宮)' 곧 예비 세자라고까지 불렀다고 한다.

어느 디의 역적(逆賊)이 업스리오마는 저 혼자분이니 내 니룰 ᄀ라 분통(憤痛)ᄒ고, 국ᄉ(國事)의 고위(孤危)ᄒ믈 간댱(肝臟)을 슬우니,

ᄉ졍(私情)의 그음 업손 디통(至痛)과 국세(國勢)의 위위(危危) 근심이 츈댱(寸腸)을 노기다가 임인(壬寅, 1782) 방경(邦慶)319)을 어드니 쥬샹이 삼십이 너므시디 ᄉ남지경(斯男之慶)이 업다가 보시니 그 경스롭고 쁜 더오미 ᄯ오 엇디 측냥(測量)이 이시리오. 셥고 셥던 ᄆ음을 브쳐 태평만세(太平萬世)롤 긔약(期約)ᄒ엿더니 국운(國運)이 블ᄒ ᆼᄒ야 병오(丙午, 1786) 변상(變喪)320)을 만나니 대뎐(大殿) 고위ᄒ심과 국세(國勢)의 위튀(危殆)ᄒ미 새로운디라. 쥬샹(主上)을 우러러 위로홀 말이 업스니 이 국셰롤 엇디홀고, 창텬(蒼天)을 우러러 스스로 몸을 주셔 나라흘 평안(平安)이 ᄒ야 주시기롤 빌고 비더니,

혜경궁과 생일이 같은 손자 순조

황텬(皇天)이 브쵹(俯燭)ᄒ시고 조종(祖宗)이 음즐(陰騭)ᄒ셔 경슐(庚戌, 1790) 대경(大慶)을 다시 어드니321) 그 경ᄉ(慶事)로오믄 텬디(天地)의 ᄀ이업고 샹텬(上天)의 고마오시믄 므어스로 갑흐리오. 하늘을 우러러 손을 뭇거 사례(謝禮)ᄒ고 츅슈(祝手)ᄒ니 이 몸이 사라 다시 경ᄉ 보기롤 긔약(期約)ᄒ디 아냣다가 방경(邦慶)이 다시 이시니 대뎐(大殿)의 너브신 복녁(福力)과 거룩ᄒ신 덕(德)을 샹텬이 감동ᄒ샤 이 경스롤 주시고,

내가 싱아지일(生我之日)을 당ᄒ면 구로지은(劬勞之恩)322)을 튜모(追慕)

---

319) 방경(邦慶): 나라의 경사. 정조의 장남이자 의빈 성씨의 아들 문효세자를 얻은 일.
320) 변상(變喪): 변고로 인한 죽음. 특히 자식이 부모보다 먼저 죽는 일. 1786년 5월 11일 왕세자가 창덕궁(昌德宮)에서 죽었다.
321) 1790년 6월 18일 가순궁이 순조를 낳음.

홀 분 아니라 추신(此身)이 셰상의 나 문호(門戶)를 위티케 홈과 블효(不孝)의 무궁(無窮)ᄒ믈 슬허ᄒ니, 대뎐(大殿) 셩효(聖孝)로 면강(勉强)ᄒ야 디내나 추일(此日)을 아르미 업고져 ᄒ더니 싱각 밧긔 내 싱셰일(生世日)의 이 경ᄉᆡ 이시믈 보니 뎌 창텬(蒼天)이 날을 블샹이 너기셔 이날의 대경(大慶)을 주셔 거국(擧國)이 긔(貴)히 너기긔 ᄒ시고, 내 스스로 이날을 감히 믜워ᄒ디 못ᄒ게 ᄒ신 듯 스스로 몸을 어르문져 샹텬의 에엿비 너기시믈 아라, 내 경슐(庚戌, 1790) 뉵월(六月) 이후로 죽고 시븐 ᄆᆞ음을 ᄆᆞᆽ고 싱셰의 념(念)을 두니 불효ᄂᆞᆫ 익심(益甚)ᄒ나 나라 경ᄉᆞ를 깃거ᄒ야 하ᄂᆞᆯ 주시ᄂᆞᆫ 복을 밧ᄌᆞ와 텬명(天命)을 기ᄃᆞ리니 내 평싱의 도라가고져 ᄆᆞ음을 두루ᄒ니 방경(邦慶)을 즐겨ᄒᆞᆫ 줄 알니로다.

졍조의 효우

쥬샹(主上)이 셩효(聖孝)가 탁월ᄒ샤 ᄌᆞ뎐(慈殿)[323] 밧드ᄅᆞ시미 지극ᄒ시고, 부모로 은통(隱痛)이 이셔 유명지간(幽明之間)의 셜워ᄒ시니 만나신 배 춤디 못홀 일이니, 내 몸의 당혼 일은 신명(神明)이 직방(在傍)ᄒ니 일호(一毫)도 엇디 너기미 업고, 션군(先君)을 위ᄒ야 슬허ᄒ나 ᄯᅩ흔 엇디ᄒ리오. 쥬샹의 숨은 셜움을 내 도로혀 위ᄒ야 슬허ᄒ고 아쳐로아ᄒ고, 션친(先親) 튜모(追慕)ᄒ시ᄂᆞᆫ 일은 일국(一國)이 감동홀 거시오, 사라 잇ᄂᆞᆫ 어미게 쳔승지양(千乘之養)[324]을 ᄒ시ᄂᆞᆫ 거시 ᄯᅩ 극딘(極盡)ᄒ시니 무어시 여감(餘憾)이 이시리오.

---

322) 구로지은(劬勞之恩): 자식을 낳아서 기른 어버이의 은덕. 『시경』에 "슬프다 부모님이시여 날 낳으시느라 힘쓰셨도다(哀哀父母 生我劬勞)"라는 구절이 있다.
323) 자전(慈殿): 임금의 어머니나 할머니. 당시 정조는 어머니 혜경궁을 자궁(慈宮)이라고 하고 왕 대비인 정순왕후를 자전이라고 불렀다. 혜경궁은 왕비가 못 되어 '궁호(宮號)'만 있었고, 정 순왕후는 왕대비전으로 '전호(殿號)'가 있었기 때문이다.
324) 천승지양(千乘之養): 임금의 힘으로 부모를 봉양함.

곤뎐(坤殿)과 듕원(重圓)325)ᄒ셔 냥뎐(兩殿)이 화락ᄒ시며 졔빈(諸嬪)을 고르고르 거ᄂ리시며, 두 누의 우이(友愛)ᄒ시믄 더욱 니롤 거시 업스니, 내 ᄌ모(慈母)의 구구ᄒᆫ 졍으로도 더을 거시 업스니, 내 두 ᄯᅩᆯ을 위ᄒᆫ 텬뉸지졍(天倫之情)분이디 내 져희롤 못 니져ᄒ미 업스니, 대뎐(大殿) 셩우(聖友)롤 알 〈일〉 아니냐. 지어(至於) 얼(孽) 아ᄋ와 누의게 미처도 지극고 지극ᄒ시니, 그 흉ᄒᆫ 거시 사롬 죽디 아니ᄒ나 셩덕(聖德) 닙ᄉ오믄 하ᄂᆯ ᄀᆞᄐ니 내 위국(爲國)ᄒ야 근심ᄒ미 슉야(夙夜)의 미치여 시나 셩덕은 감동ᄒ롸.

내뎐(內殿)이 후덕(厚德)ᄒ시고 인효(仁孝)ᄒ샤 듕궤(中饋)326)롤 ᄎᆡ임(責任)ᄒ시매 어기디 아니시고, ᄌ뎐 밧드옴과 날 셤기미 지셩(至誠)이시고 가슌궁(嘉順宮)이 셩효공검(聖孝恭儉)ᄒ야 셩궁(聖躬) 셤기옴과 원ᄌ(元子) 보호교훈(保護敎訓)ᄒ미 지극ᄒ고 유공(有功)과 아롬다오미 나라ᄒᆡ 보비니 다남ᄌ녀(多男子女)ᄒ기롤 이 ᄒᆫ 몸의 츅(祝)ᄒ며 궁듕(宮中)의 화긔(和氣) 양일(洋溢)ᄒ미 근ᄃᆡ(近代)의 보디 못ᄒᆫ 일이니 내 우ᄒ로 ᄌ뎐을 밧드와 궁듕의 법되(法度) 일믈 우러러 치하(致賀)ᄒᆞᆸ고 ᄌ긍심하(自矜心下)ᄒ노라.

내 미망(未亡)ᄒᆫ 셜움을 품고 경녁(經歷)이 쳔셔만단(千緖萬端)이로ᄃᆡ 대뎐(大殿)을 셩ᄎᆔ(成就)ᄒ와 셩혹(聖學)과 셩덕(聖德)이 거룩ᄒ시고, 두 군쥬(郡主)롤 길너 져희 각각 우인(爲人)이 귀쥬(貴主)의 교만(驕慢)ᄒ미 업서 평싱 근신(謹愼)ᄒ야 나라 우려옵는 졍셩이 곡딘(曲盡)ᄒᆫ 듕 조심이 지극ᄒ니, 이 ᄯᅩ 왕희(王姬)의 드믄 일이니 이 근신ᄒᆞ믈 말미아마 져희 집이 기리 면면(綿綿) 복을 누릴 ᄃᆞᆺ 아롬다이 너기고, 외손 아ᄒᆡ들이 잘못 나디 아냐, 져희 묘년(妙年)의 ᄌ부(子婦)롤 보며 사회롤 어

---

325) 듕원(重圓): 다시 둥글게 되었다는 뜻. 중국 진나라 낙창공주 부부가 나라가 망해 혼란중에 헤어지게 되면, 정월 보름날 시중에서 다시 만나자고 약속하고, 구리거울을 둘로 나누어 가졌다. 과연 둘은 헤어졌고 나중에 거울을 합하여 다시 만날 수 있었다. 여기서는 부부관계가 소원했다가 다시 원만해진 것을 뜻한다.
326) 듕궤(中饋): 음식 등 여자의 살림살이.

드니 그윽이 깃거ᄒᆞᄃᆡ, 다만 쳥션(淸璿)이 제 슉뇨(淑窈) 현덕(賢德)으로 신세 그릇되니 어믜 명도(命途)와 흡ᄉᆞ(恰似)ᄒᆞ니 슬허ᄒᆞ노라.327)

동생과 삼촌의 복권

문회(門戶) 그릇된 후로 동ᄉᆡᆼ과 삼촌이 궁산(窮山)의 칩복(蟄伏)ᄒᆞ니 ᄉᆡᆼ뎐(生前)의 보기ᄅᆞᆯ 긔약(期約)디 아니ᄒᆞ엿더니, 셰샹의 나디 못ᄒᆞᆯ 자최ᄅᆞᆯ 니르혀 내며 세 동ᄉᆡᆼ을 만나며 슉계부(叔季父)ᄅᆞᆯ 뵈오니, 셩효(聖孝)의 곡딘(曲盡)ᄒᆞ시미 미블용극(靡不用極)328)ᄒᆞ시미라.329) 당ᄒᆞ 니의 감튝텬은(感祝天恩)이며 내 감격ᄒᆞᄆᆞᆯ 엇디 다 니르랴. 눈믈을 드리워 보고 가영셩ᄐᆡᆨ(歌詠聖澤)ᄒᆞ야 산듕(山中)의 여년(餘年)을 ᄆᆞ차 댱슈(長壽)ᄒᆞ고 무병(無病)ᄒᆞ야 내 근심 ᄭᅵ치지 말고 형뎨 샹의(相依)ᄒᆞ야 셩대일월(聖代日月)의 복녹(福祿)을 누리기ᄅᆞᆯ ᄇᆞ라노라.

슈영의 초슈딕(初受職)ᄒᆞᆯ ᄯᅢ 통원(痛冤)이 심ᄒᆞ고 벼슬 두 지(字) 놀나오니 셰샹의 나ᄂᆞᆫ 거슬 깃거ᄒᆞᄃᆡ 아녓더니,330) 병오(丙午, 1786) 나라 일노 너희ᄅᆞᆯ ᄇᆞ라시니331) 감히 아니 드러오디 못ᄒᆞ야,

너희 형뎨 음관(蔭官)이라도 ᄉᆞ죵형뎨(四從兄弟)332) 내 알ᄑᆡ 님(臨)ᄒᆞᆯ

---

327) 청선군주(1756~1802)는 어머니 혜경궁처럼 남편(정재화, 1754~1790)이 젊은 나이에 죽었다. 게다가 정재화는 정조를 유흥으로 이끌었다는 오명을 얻었다.

328) 미불용극(靡不用極): 마음과 힘을 다함.

329) 『정조실록』 1793년 12월 27일조에 혜경궁의 동생들에게 벼슬을 내리노라는 정조의 전교가 있다.

330) 홍수영이 녹봉을 받을 수 있도록 하자는 정조의 하교에 대해 김종수가 죄와 연루된 집안임을 들어 이의를 제기한 바 있다. 『정조실록』 1781년 2월 29일조

331) 1786년 문효세자가 사망하여 장사를 지내느라 정조는 외가 친척을 불렀다.

332) 사종형제(四從兄弟): 네 명의 종형제, 즉 네 명의 사촌형제. 혜경궁 환갑 때 수원 사도세자묘를 다녀온 기록인 『원행을묘정리의궤』를 보면 잔치 초대자의 명단이 있는데 여기에는 정조의 외가 팔촌형제까지 등재되어 있다. 이 가운데 사촌까지만 보면, 낙인의 아들로 수영(守榮)이 있고, 낙신의 아들로 후영(後榮), 철영(徹榮), 낙임의 아들로 취영(就榮), 낙윤의 아들로 서영(緖榮), 위영(緯榮), 기영(紀榮)이 있다. 그런데 이들 가운데 당시까지 벼슬을 한 사람은 수

적이면 셩은(聖恩)도 너희게 두터오시고 미말쇼딕(微末小職)이라도 과(過)흔가 두리더니, 최영(最榮)이롤 일흔 후 제 작셩긔질(作性氣質)노 희옴업시333) 스러지물 참셕(慘惜)ᄒ야 신명(神明)이 오히려 외오〈너기〉미 겨셔 아ᄉ신가 두리미 이셧노라.334)

우리 집의 셩만(盛滿)ᄒ기로 드듸여 이리되니, 동ᄉᆡᆼ들이 환노(宦路)의 날 사ᄅᆞᆷ들이 아니어니와 내 힝혀 ᄎᆞᄌᆞ실가 근심ᄒ고, 너희들 각각 몸을 넘녀ᄒ야 외임(外任)을 ᄒ거나 말딕(末職)의 나아가도 ᄆᆞ음을 노치 못ᄒ야, 혹 맛튼 일의 블찰(不察)ᄒ야 소루(疏漏)ᄒ미 이실가, 나라히 허믈을 뵈올가, 눔이 나므라미 잇ᄂ가, 근심이 잇ᄂ 듯시 동동(憧憧)ᄒ니, 이 쏘 집을 위흔 고심(苦心)이니라.

수원 화성으로의 원행

이히(1795)롤 당ᄒ니 내 디통(至痛)이 무궁(無窮)ᄒ니 졍식(情私) 니롤 배 업스니 셰렴(世念)이 어이 이시리오. 더욱 대뎐(大殿)이 튜모(追慕)ᄒ셔 과히 슬허ᄒ시니 내 디통이 둘재오 손샹(損傷)ᄒ실가 넘녀ᄒ야 내 〈셜움을〉 ᄆᆞ음디로 다ᄒ디 못ᄒ롸.

영, 후영, 취영뿐이다. 본문 바로 다음에 나오는 것처럼 낙인의 아들 최영(最榮)은 혜경궁 환갑 때는 이미 죽었다. 당시 벼슬을 받고 혜경궁 앞에 올 수 있었던 사촌형제들은 이들 네 명이었던 것이다. 최영은, 『정조실록』 1789년 12월 15일조와 1790년 12월 10일조에, 교만방자하다고 하여 두 차례에 걸쳐 정조의 엄한 처벌을 받았음을 볼 수 있다.

333) 희옴업시: 벼슬 따위의 무슨 한 일이 없이.

334) [교감] 이 단락은 일사본에는 다음과 같이 서술되어 있다. "슈영 취영 후영 삼딜 외예 듕뎨의 ᄎᆞᄌᆞ 쳘영과 계뎨의 삼ᄌᆞ 셔영 의영 긔영이ᄂ 작금년의 년ᄒ여 보니 다 아롭다와 졔죵의 누리미 업고 어린아히들ᄭᅵ지 고이흔 인물이 업스니 이 다 션친의 젹덕녀음이시니 하눌이 보응ᄒ시미 엇디 우연ᄒ리오 슈영의 초슈직홀 ᄯᅢ의 닉 진심으로 벼슬 두 ᄌᆞ 놀납더니 병오 나라일노 슈영 외예 취영 최영 후영 ᄉᆞ죵형뎨롤 브르서 그후 음관을 니어 다ᄒ여 ᄉᆞ죵형뎨 문난을 돈니니 미말셔관이라도 여러히 모터흔 거시 과흔가 두리더니 최영이롤 홀연이 일흐니 제 쥰매흔 ᄌᆞ딜노 묘년의 져리ᄒ미 가문의 여앙이오 오히려 ᄆᆞᆽ치다 아니믈 식니를 실노 모롤 일로" 일사본은 후손의 이름을 더 구체적으로 적시하고 있다.

정월(正月)의 즐기디 아니ᄒᆞ는 거조(擧措)를 민면(黽勉)이 당ᄒᆞ고, 경모궁 쥬갑(周甲) 되오시는 날 ᄌᆞ뎐(慈殿)을 뫼ᅌᅳᆸ고 나아가 뎐비(展拜)335)ᄒᆞ니, 나의 억만디통(億萬至痛)을 형용ᄒᆞ리. 위쥬(位主)를 우러러 셜우믈 할336) 둧ᄒᆞ되, 구원(九原)이 망망(茫茫)ᄒᆞ야 아롬이 아니 겨오시니 유흔(遺恨)은 무궁ᄒᆞ고 흉당(胸臟)이 억식(抑塞)ᄒᆞ되, 대뎐이 과상(過傷)홀가 말니시니 셜움을 다 펴디 못ᄒᆞ고 도라와 만시(萬事) 여몽(如夢)ᄒᆞ니 심ᄉᆞ(心事)를 뎡(定)치 못ᄒᆞ엿노라.

원쇼(園所)를 슈원(水原)으로 이봉(移奉)ᄒᆞ오나 그ᄠᅢ337)의 직궁(梓宮)338)도 뵈ᅀᅩᆸ디 못ᄒᆞ고 셜운 흔이 심ᄒᆞ더니, 대뎐이 당신이 튜모 심ᄒᆞ시므로 어믜 ᄯᅳ줄 바드셔 원ᄒᆡᆼ(園幸)ᄒᆞ쟈시고 ᄃᆞ리고 가시니, 녀편니 ᄒᆡᆼ식(行色)이 녜문(禮文)의 어긜가 넘녀ᄒᆞ되 대뎐 셩효(聖孝)를 막디 못ᄒᆞ야 갈 분 아니라, 이ᄒᆡ의 원상(園上)을 뵈오미 엇디 못ᄒᆞ올 일이오

만년유퇴(萬年幽宅)339)을 보고져 조찻더니 대뎐은 원상(園上)의 뎐비를 위ᄒᆞ실 분 아니라, 내 갑년(甲年)을 위ᄒᆞ야 양친(養親)340)코져 경영(經營)ᄒᆞ시미 거룩ᄒᆞ시니, 내 일시(一時) 디통 펴기로 ᄃᆞ려다가 거조(擧措)의 크미 만ᄒᆞ니, 션대왕(先大王) 갑슐(甲戌, 1754)의 튜모ᄒᆞ오셔 듀갑(周甲) 쳔츄졀(千秋節)의 진하(陳賀)를 밧ᄌᆞ오시믄커니와 일긔(一器) 음식도 그날의 ᄯᆞ로 진어(進御)치 아니ᄒᆞ오시던 일341)과 션친이 통모(痛慕)ᄒᆞ기 심ᄒᆞ셔 갑일(甲日)의 ᄌᆞ녀가 흔잔 헌슈(獻壽)도 못 ᄒᆞ와시니,342) 내 이ᄒᆡ를 일ᄏᆞ라 잔을 바드며 음식을 나오고져 ᄆᆞᄋᆞᆷ이 이시리오.

---

335) 전배(展拜): 궁궐, 종묘, 문묘, 능침 따위에 참배함.
336) 할: 하소연할.
337) 1789년 10월 사도세자의 묘인 영우원을 수원으로 옮기고 현륭원이라 이름했다.
338) 재궁(梓宮): 왕, 왕비, 왕세자 등의 시체를 넣던 관.
339) 만년유택(萬年幽宅): 천년만년 살게 될 영혼의 집. 곧 무덤.
340) [교감] 양친: 버클리32본 '榮親'.
341) 영조는 숙종이 환갑을 한 해 앞두고 죽은 일을 상기하며 자신의 환갑에 진연(進宴)을 금했다. 『영조실록』 1754년 3월 10일조 영조의 생일은 9월 13일이다.
342) 홍봉한은 아버지가 환갑 때 잔치도 치르지 못하고 돌아가신 것을 안타깝게 여겨 자기 환갑 때 자식의 권유에도 불구하고 식사를 하지 않았다고 한다.

블안이 지극ᄒᆡ디 홀일업서 ᄂᆞ려가 원상을 뵈오니, 내 무ᄉᆞᆷ 디식(知識)이 이셔 됴흐믈 알니마ᄂᆞᆫ 긔이(奇異)ᄒᆞᆫ 줄은 알뢰이니, 대뎐이 궁텬디통(窮天至痛) 가온디 원소(園所) 이봉(移奉)ᄒᆞ옵기를 슉쇼(夙宵)의 근심ᄒᆞ셔 수십 년343)을 경영(經營)ᄒᆞ셔 대ᄉᆞ(大事)를 일우시니, 그희의 진심(盡心) 쵸려(焦慮)ᄒᆞ야 지셩(至誠)을 다ᄒᆞ시던 일은 인ᄌᆞ(人子)의 당연지ᄉᆞ(當然之事)라 ᄒᆞ려니와 셩효(聖孝)의 극딘(極盡)ᄒᆞ시믈 내 위ᄒᆞ야 션군(先君)이 ᄌᆞ식 두오시믈 착히 ᄒᆞ오신 줄 내 감동ᄒᆞ엿더니, 하 거룩ᄒᆞ니 어ᄂᆞ 거시 아니 곡딘(曲盡)ᄒᆞ며 진심(盡心)ᄒᆞ신 거시 업ᄉᆞ니, 졍ᄉᆞᆯ(情事) 망극(罔極)ᄒᆞᆫ 듕 감탄ᄒᆞ고, 이통(哀痛)ᄒᆞ시ᄂᆞᆫ 농뉴(龍淚)ᄂᆞᆫ ᄯᅡ히 고히고, 그 심듕디통(心中至痛)을 알다라.

작년(昨年)의 거동(擧動)ᄒᆞ셔 디통을 과히 ᄒᆞ야 엄식(奄塞)ᄒᆞ게 디ᄂᆞ시니344) 그ᄶᆡ 졔신(諸臣)들이 창황망조(蒼黃罔措)히 디ᄂᆞ엿더라 ᄒᆞ니, 이번도 그러ᄒᆞ실가 내 대뎐 위ᄒᆞ야 셜우믈 다 펴지 못ᄒᆞ고 대뎐이 노모(老母)를 위ᄒᆞ야 디통을 졀억(節抑)ᄒᆞ시니 모지(母子) 서로 위로ᄒᆞ야 무ᄉᆞ히 ᄃᆞ녀오니 내 명완(命頑)은 가지록 그지업ᄉᆞ니 스스로 넘치업시 사랏ᄂᆞᆫ 줄 붓그럽더라.

망극 듕 ᄉᆡᆼ각ᄒᆞ니 텬붕디탁(天崩地坼)홀 시졀의 대뎐이 십셰 ᄀᆞᆺ 너믄 듕년(冲年)이시고 쳥연(清衍) 형뎨 십셰 안 유ᄋᆞ(幼兒)니 셩댱(成長)ᄒᆞ기를 혜아리디 아냣더니 평안(平安)이 길너 셩쉬(聖壽) ᄉᆞ슌(四旬)을 너므시고 냥녜(兩女) ᄯᅩ 그러ᄒᆞ니 골육(骨肉)을 보젼ᄒᆞ야 거ᄂᆞ리고 와 뵈오니 셜움 듕 내 당신 자녀를 셩쥐(成就)ᄒᆞᄆᆞᆯ 암암(暗暗)히 고(告)ᄒᆞ야

"유광(遺光)345)ᄒᆞ미 〈이셔〉 ᄒᆞ엿노라."

화셩(華城) 도라와 일가(一家)를 ᄂᆡ외(內外)346)로 모화 셜쟉(設酌)ᄒᆞ시

---

343) [교감] 수십 년: 실제로는 길어야 15년이 못 된다. 오기 아니면 과장이다.
344) 엄색은 '갑자기 기가 막힌다'는 말이다. 『정조실록』 1794년 1월 20일조를 보면 이때의 정황이 잘 나타나 있다. 정조는 평소 아버지 생일에 늘 슬퍼했는데, 이때는 감회가 더욱 심해 신하들이 참배를 말리는 지경에 이르렀다고 한다.
345) 유광(遺光): 선인이 남긴 은택.

니,[347] 내 금년(今年)을 만나 셕스(昔事) 튜모ᄒᆞᄂᆞᆫ 뜻과 만히 다르니 진실노 즐기디 아니ᄒᆞᄃᆡ, 대뎐 지효(至孝)ᄒᆞ시ᄂᆞᆫ 뜻을 화긔(和氣)ᄅᆞᆯ 감(減)ᄒᆞ디 못ᄒᆞ야 됴흔 ᄃᆞ시 이시나 내 심ᄉᆞ(心事) 불안ᄒᆞ기 니ᄅᆞᆯ 어이 이시리오.[348]

미망지인(未亡之人)이 창상겁수(滄桑劫數)ᄅᆞᆯ 무수히 경녁(經歷)ᄒᆞ니 신셰(身世)예 이상ᄒᆞ미 주[349] 스텹(史牒) 후비(后妃)의 날 ᄀᆞᄐᆞ 니ᄂᆞᆫ 비(比)ᄒᆞ야 견조 리도 업ᄂᆞᆫᄃᆡ, 이번 거죠(擧措)ᄂᆞᆫ ᄯᅩ 업슨 일이라. 이 ᄯᅩ흔 대뎐의 셩효(聖孝)로 내 ᄆᆞ음 위로코져 경영(經營)ᄒᆞ신 배니 눈이 닷ᄂᆞᆫ ᄃᆡ마다 지셩(至誠)이 아니 미춘 ᄃᆡ 업스니 곳곳이 ᄌᆡ믈(財物)을 허비(虛費)ᄒᆞ미 무수(無數)ᄒᆞ더라. 셩효의 곡딘(曲盡)ᄒᆞ시믈, 탁디(度支)의 일호(一毫)ᄅᆞᆯ 허비ᄒᆞ신 배 업시 경긔(經紀)ᄒᆞ야 이 거죠(擧措)ᄅᆞᆯ ᄒᆞ시다 ᄒᆞ나 블안이 심흔 듕 지략(才略)의 이상ᄒᆞ시믈 탄복(歎服)ᄒᆞ고 귀히 너기는 밧, 문믈(文物) 위의(威儀) 슉연(肅然)ᄒᆞ미 대뎐 교화(敎化)의 아니 미춘 곳이 업스니 듕심지희(中心之喜)ᄅᆞᆯ 이긔디 못ᄒᆞ리러라.

큰올케와 장조카

네 모부인(母夫人)이[350] 대가(大家) 줌영(簪纓)[351]의 싱츌(生出)ᄒᆞ셔 우리 집의 입승(入承)[352]ᄒᆞ시니 내 집의 이실 ᄯᅢ 드러오시ᄂᆞᆫ 거슬 뵈옵디

---

346) 내외(內外): 안팎. 여기서는 여자와 남자를 말한다. 『원행을묘정리의궤』에 '내외빈' 즉 참석한 여자 손님과 남자 손님의 명단이 실려 있다.

347) [교감] 종합본은 화성으로 가는 과정과 잔치 진행을 더 구체적으로 그리고 있다. 하지만 마치 의궤를 풀이한 것처럼, 풀어놓은 말과 정보는 많으나 서술자의 감정은 잘 드러나 있지 않다.

348) [교감] 니ᄅᆞᆯ 어이 이시리오: 국립중앙도서관본 『읍혈록』 '니를 거시 어이 잇스더'.

349) [교감] 주: 일사본 '주고'.

350) 여기서는 홍수영의 어머니, 곧 홍낙인의 처(妻) 민씨.

351) 잠영(簪纓): 대대로 높은 벼슬을 지낸 집안.

352) 입승(入承): 집안에 들어와 종통을 이어준다는 말.

못ᄒ고 입궐(入闕)ᄒᆫ 후 드러오시니라. 녀양(驪陽)[353] 증손녀(曾孫女)로 유시(幼時)의 궁금(宮禁)의 드러오셔 삼뎐(三殿)의 은악(恩渥)을 밧ᄌ와 겨오시던 고로, 내 집 며ᄂ리 되신 줄 깃브다 ᄒ오셔 신ᄒᆡᆼ(新行) 쩌 샹궁(尙宮)이 나갓더니 인원뎡셩(仁元貞聖) 냥셩후(兩聖后)겨오샤 그날 브ᄅ오셔 ᄉ젹(事蹟)을 뭇ᄌ오시니[354] 인친간(姻親間)의 후(厚)ᄒ오시믈 아올 일이오. 처엄으로 드러오시니 ᄌ질(資質)의 아롭다오심과 긔품(氣稟)의 고슈(高秀)ᄒ시미며 녜모(禮貌)의 진션(盡善)ᄒ시미 여러 쳑니(戚里)집 쇼년부녀(少年婦女)과 ᄉ이 쮜여나시니 궁금(宮禁)이 눈을 기우려 졀식(絶色)이시믈 일ᄏ더니라.

우리 부모(父母) 통부(冢婦)로 취듕(取重) 긔이(貴愛)ᄒ시고 션형(先兄)의 듕ᄃᆡ(重待)ᄒ심과 일문(一門) 소탁(所託)이 오롯하니, 부인(夫人)이 조실부모(早失父母)ᄒ여 겨시나 고모(姑母)의 휵양(畜養)을 닙으시고 우리 집 통부(冢婦)로 드러오셔 간고(艱苦)를 아디 못ᄒ고 부귀(富貴)예 쳐(處)ᄒ시기를 삼십 년을 ᄒ시니, 이 ᄯ오ᄒᆞᆫ 인가(人家) 부녀(婦女)의 엇디 못ᄒ실 일이니라.

삼녀(三女)를 년(連)ᄒ여 싱(生)ᄒ시니 션비(先妣) 츈취(春秋) 놉디 아니ᄒ시나 남손(男孫) 보기를 기드리시더니, 네 그히 ᄉ월(四月)의 나니[355] 부뫼(父母) 긔회(奇喜)ᄒ시고 합문(闔門)의 경ᄉᆡ(慶事) ᄀ이업셔 지친(至親)이 샹하(相賀)ᄒ더니, 션비 네 난 거슬 보아 겨시나 셩댱(成長)ᄒ믈 보디 못ᄒ시니, 미양(每樣) 셕일(昔日) 깃거ᄒ시던 일 튜모(追慕)ᄒ며, 네 뎡유(丁酉, 1777) 대고(大故)[356]를 미처 벗디 못ᄒ고 무슐(戊戌, 1778) 화변(禍變)[357]을 만나 승듕(承重)을 ᄒ니 네 몸의 최복(衰服)이 텹

353) 여양(驪陽): 여양부원군 민유중. 숙종의 비인 인현왕후의 아버지.
354) 결혼식에 갔다온 상궁을 불러 신부에 대해 물어보았다는 말.
355) 홍수영은 1755년생이다.
356) 1777년 수영의 아버지인 홍낙인 죽음.
357) 1778년 수영의 조부인 홍봉한 죽음.

텹(疊疊)흔디라. 익통(哀痛)이 비(比)홀 곳 이시랴.358)

내 너롤 싱후(生後) 종딜(宗姪)노 긔익흐미 심(甚)흐다가 무슐 이후(以後)로 문호(門戶) 칙망(責望)359)이 디듕챠대(至重且大)흔디라. 네 일신(一身) 귀듕(貴重)흐는 졍니(情理) 엇더흐리오. 네 내게 글시롤 바다디라 홀시 셔스댱(書辭狀)도 쓰기 어려워흐나 이 글을 뻐 내 경녁(經歷)을 알게 흐고 너희롤 경계(警戒)흐노라.

집안이 너무 잘되니 두렵다

우리 집이 누셰(累世) 환혁(烜赫)360)흐야 션친(先親)긔 니르와는 위극인신(位極人臣)흐시고 뒤흘 니어 듕계부(仲季父)와 션형(先兄) 삼형뎨(三兄弟) 닙됴(立朝)흐니 그쎄의 셩만(盛滿)흐미 심(甚)흐니 두리오믈 아나, 쳑년왕실(戚聯王室)361)흐므로 쎠나디 못홀 줄노만 알고 조믈(造物)의 싀긔(猜忌)흐믈 혜아리지 아냐 문호(門戶) 젼복(顚覆)흐니, 근본(根本)인즉 부귀(富貴) 므드러시니 벼술이 어이 두리온 거시 아니리오.

션친은 홀일업시 됴뎡(朝廷)의 나오실 거시오. 션형(先兄)이 니어 등과(登科)흐시고 니어 동싱(同生) 둘이 대쇼과(大小科)의 등양(登揚)흐니, 내 듕뎨(仲弟)의 등과홀 쎄 셩만홀가 두리고, 긔튝(己丑, 1769) 슉뎨(叔弟)의 과경(科慶)의 인졍(人情)이 깃브디 아니타 홀 거시 아니로더 우구(憂懼)흐미 심(甚)흐야 즐겨흐디 아냣더니, 오래디 아냐 집이 그릇되니 셩만지해(盛滿之害) 아니리오.

---

358) [교감] 종합본에서는 홍수영의 이름을 영조가 지어준 사실을 덧붙이고 있다.
359) 책망(責望): 흔히 꾸지람이라는 뜻으로 많이 쓰이나 바람이라는 뜻도 있다. 여기서는 후자의 뜻이다.
360) 환혁(烜赫): 훌륭히 빛남.
361) 쳑련왕실(戚聯王室): 왕실과 혼인으로 맺음.

너희 각각 쇼과(小科)도 못 ㅎ고 폐칩(廢蟄)ㅎ야 무용(無用)혼 사룸들이 되니 앗기는 인정(人情)이 업스랴마는 나는 죠곰도 다시 내 집이 벼슬ㅎ기룰 브라디 아냐, 션친의 튱셩(忠誠)이 나타나오시고 주손(子孫)이 보젼(保全)ㅎ야 나라흘 뫼셔 태평(太平)혼 일월(日月)을 누리기룰 브라고, 너희 튱셩을 힘쓰고 근신(謹愼) 념퇴(恬退)[362]ㅎ야 급뎨(及第)룰 아 냐시나 착혼 쳑니(戚里)로 나라히 밋비 너기시믈 브라고,

션조(先祖) 션군(先君)의 어디시믈 츄탁(推度)〈ㅎ고 교만(驕慢)치〉마는 거시 〈올〉ㅎ니,[363] 거관(居官)의 근신 공검(恭儉)ㅎ기로 몸을 닥고, 봉션(奉先) 봉친(奉親)ㅎ옵는디 게어로디 말고, 편친(偏親)을 효양(孝養)ㅎ 는 밧긔 일가(一家)룰 화우돈목(和友敦睦)ㅎ야, 슉계죠(叔季祖)룰 왕부(王父)로 셤기옵드시 밧드고, 졔부(諸父)룰 공경(恭敬)ㅎ믈 션친을 보옴 곳 치 ㅎ고, 년측(憐惻)혼 고모(姑母)[364]룰 후디(厚待)ㅎ야 주모(慈母) 보듯 ㅎ고, 죵뎨(從弟)들을 셩심(誠心)으로 익디(愛待)ㅎ야 동긔(同氣)로 다로 미 업스며, 지친(至親)이랴[365] 원족(遠族)의 니르러도 극딘(極盡)이 관디(款待)ㅎ야 친쳑(親戚)이 큰집을 의앙(依仰)ㅎ야 후덕(厚德)을 칭예(稱譽)ㅎ게 ㅎ미 션조의 뜻을 닛줍는 착혼 주손이니, 네 어리디 아니ㅎ니 이룰 다 알 거시로디, 내 문호(門戶)룰 위혼 일심(一心)이 경경(耿耿)ㅎ야 무춤 글시 뻐 주는 디 브치니, 네 이 말을 복응(服膺)ㅎ야 힘쓰고,

네 아둘이 졈졈 주라니, 효우목족(孝友睦族)을 힘쓰기로 그룬치고, 네 쳐주(妻子)룰 경계(警戒)ㅎ야 졔亽(祭祀) 밧드오믈 졍셩(精誠)도이 ㅎ고 졔물(祭物)을 졍결(精潔)이 ㅎ와 공경ㅎ고 삼가옵게 ㅎ고, 쳐쳡(妻妾)의 명분(名分)을 엄(嚴)히 ㅎ야 졔가(齊家)룰 화(和)혼 듕(中) 강밍(强猛)이

---

362) 염퇴(恬退): 명예나 이익에 뜻이 없어 벼슬에서 물러남.

363) [교감] 션조 션군의~거시〈올〉ㅎ니: '츄탁'은 '츄락'으로도 읽힌다. 버클리32본은 '勿墜落先祖先君之賢ㅎ고'이다. '츄락'으로 읽으면 'ㅎ고 교문치'는 잘못 교정한 것이 된다.

364) 혜경궁의 동생 이복일의 처를 가리킨다. 뒤에 나오듯 동생은 시집이 역모에 연루되어 큰 고난을 겪었다.

365) [교감] 지친이랴: '지친이나'의 오기인 듯.

ᄒᆞ야 명분(名分)이 엄명(嚴明)ᄒᆞ고 규모(規模)가 차착(差錯)디 아냐 우리 부모와 션형의 착ᄒᆞ시믈 니어 문호를 흥긔(興起)ᄒᆞ고, 셩쥬(聖主)는 쳔만셰(千萬歲)를 누리시고 셩ᄌᆞ신손(聖子神孫)이 계계승승(繼繼承承)ᄒᆞ야 억만년(億萬年) 반셕(磐石) ᄀᆞᆺ고, 여러 집 ᄌᆞ손이 ᄃᆡᄃᆡ(代代)로 번셩(繁盛)ᄒᆞ야 쳔ᄇᆡᆨᄃᆡ(千百代)의 면면(綿綿)ᄒᆞ야 가국(家國)이 ᄒᆞᆫ가지로 태평(泰平)ᄒᆞ기를 츅슈(祝壽) 츅슈ᄒᆞ노라.366)

오빠 홍낙인

　선형(先兄)이 부모(父母)의 일즉 어드신 바로 교훈(敎訓)ᄒ오시미 형뎨(兄弟) 듕(中) 엄(嚴)히 ᄒ오시니, 션친(先親)이 쇼년지시(少年之時)오시라 ᄀᆞ르치오시믈 브즈런니 ᄒ오시니 내 어려셔 닉이 보롸.

　문당(文章)이 빗나오시고 덕힝(德行)이 쮜여나오시며 고금ᄉ젹(古今事蹟)을 흉듕(胸中)의 장(藏)ᄒ오셔 녯말이 밋ᄌᆞ오시면 의논(議論)이 풍ᄉᆡᆼ(風生)[1]ᄒ오시고, 날을 보오시는 쩌도 고금후비(古今后妃)의 힝실(行實)노 경계(警戒)ᄒ오시고 문회(門戶) ᄉᆡᆼ만(盛滿)ᄒ믈 근심ᄒ오셔 ᄆᆡ양(每樣)

　"집을 보젼(保全)ᄒᄂᆞᆫ 거시 음관(蔭官)의 쥬부(主簿) 봉ᄉᆞ(奉事)가 기리 누리니[2] 마노라긔셔 본(本)집 되는 거슬 깃거 마르쇼셔"

ᄒ오시기, 내 집 셩시(盛時)니 그런 말딕(末職)은 듯디 못ᄒ엿다가 그 말ᄉᆞᆷ을 듯고 올ᄒ신 줄은 아로ᄃᆡ 녯 말ᄉᆞᆷ으로 우서 드럿더니, 도금(到

---

1) 풍ᄉᆡᆼ(風生): 의론이나 재주 따위가 계속 나옴. 풍발(風發).
2) 주부나 봉사는 각각 하급 관청의 종6품과 종8품의 벼슬 이름이다. 『영조실록』 1742년 10월 14일조를 보면, 서울 오부(五部)에 있는 주부와 봉사는 중서인이 맡아 했는데, 지체나 처우가 낮아 감히 관인으로 자처하지도 못할 정도였다고 한다.

今)ᄒ야 싱각ᄒ니 불그신 말숨이런가 시브다.

풍의(風儀)가 격탕(適蕩)3)ᄒ오시고 안뫼(顔貌) 슈려(秀麗)ᄒ오시니, 션비(先妣) 여희온 후(後)로 만히 담ᄉ와 겨오신 고(故)로 용의(容儀)ᄅᆞᆯ 우러러 반기옵더니라.

션왕(先王)이 ᄆᆞ양이 아모는 대용(大用)ᄒᆞᆯ 인ᄌᆡ(人才)니라 ᄒᆞ오시고, 쥬샹(主上)이 빅구(伯舅) 대졉(待接)ᄒᆞ시미 스싱 ᄀᆞᆺᄐᆞ셔 하셰(下世)ᄒᆞ오신 후 만히 슬허ᄒᆞ오시고 믹양 싱각ᄒᆞ셔 일ᄏᆞᆯᄋᆞ셔 문집(文集)을 일워주시니4) 대졉ᄒᆞ시믈 알 일이니라. 당신(當身) 슉덕(淑德) 문화(文華)로 ᄒᆞᆫ 지조ᄅᆞᆯ 펴디 못ᄒᆞ오시고 노친(老親) 겨신 ᄢᅦ의 도라가오셔 브효ᄅᆞᆯ ᄭᅵ치오시고 희옴이 업ᄉ오신 줄5) 슬허ᄒᆞ노라.6)

---

3) 적탕(適蕩): '알맞으며 넓고 크다'는 뜻으로 이해했다. 일사본 '엄정'.
4) 정조가 1787년 규장각에 명하여 간행한 홍낙인의 시문집 『안와유고安窩遺稿』를 가리킨다. 권두에 정조의 서문이 있으며, 목판본 6권 3책으로, 서울대학교 규장각 등에 소장되어 있다.
5) 희옴이 업ᄉ오신 줄: 한 일 없으심을.
6) 원문은 여기까지 마치고 줄을 바꾸고 있다.

코흘리개들까지 가른 당파

계히(癸亥, 1743) 드러올 쩌 듕데(仲弟)는 오셰(五歲)오, ˙슉데(叔弟)는 삼셰(三歲)니 형데 슉셩(夙成)ᄒ야 별궁(別宮) 츌입(出入)을 큰아히ᄀᆞ치 ᄒ더니, 가례(嘉禮) 후 대궐 드러오니 션됴(先朝)의셔 ᄉ랑ᄒ오샤 미양 (每樣) 나 잇ᄂᆞᆫ 곳의 님(臨)ᄒ오시면 알픠 셰워 ᄃᆞ니오시고 에엿비 너 기오시고, 션군(先君)이 튱년(冲年)이오시고 궐ᄂᆡ(闕內) ᄉ나히아히 보오 시미 쉽디 아니ᄒ오시다가 심(甚)히 귀(貴)히 너기오셔 드러온 쩍죽 일 시(一時)도 ᄯᅥ나게 못 ᄒ오셔 ᄉ랑ᄒ오시니, 능(能)히 공경(恭敬)ᄒ고 귀 듕(貴重)ᄒ온 줄 아라 심히 쏠오니, 미양 좌우(左右)로 ᄭᅵ고 ᄃᆞ니오셔 흔ᄯᅢ도 ᄂᆞ려가디 못ᄒ오시더니라. 인원뎡셩(仁元貞聖) 냥셩모(兩聖母)겨 오셔 미양 브르오셔 에엿비 너기오셔 ᄉ여(賜與)ᄒ오시ᄂᆞᆫ 거시 만ᄉ오 시더니라.

드러온 쩌, 경은(慶恩)집 아히며 풍능(豊陵)집[1] 아히들과 만날 제 굿더니, 효순왕후(孝順王后) 딜ᄌᆞ(姪子)와 만나니 나히 샹적(相敵)ᄒᆞ니 ᄒᆞᆫ 가지로 놀 ᄃᆞᆺᄒᆞ디, 듕뎨가

"너ᄂᆞᆫ 쇼론(少論)이니 사괴디 못ᄒᆞ리라"

ᄒᆞ고 도라오니 션비(先妣) 아히 말 ᄀᆞᆺ디 아니ᄒᆞ다 ᄭᅮ죵ᄒᆞ시더니라.2)

듕뎨 뉵칠셰(六七歲) 즈음이러니3) ᄒᆞᆫ번 드러온 ᄣᅵ 종묘(宗廟) 뎐알(展謁)을 ᄒᆞ오시고4) 평텬관(平天冠)이 겻ᄒᆡ 노혀시니 그 관(冠)을 ᄡᅵ이려 ᄒᆞ오시니 머리ᄅᆞᆯ 붓우히고5)

"신ᄌᆞ(臣子)ᄂᆞᆫ 못 ᄡᅵ옵ᄂᆞ이다"

ᄒᆞ고 몸을 흔드러 아니 ᄡᅵ니, 능(能)히 아ᄂᆞᆫ 줄 긔특(奇特)이 너기오셔 인(因)ᄒᆞ야 아니 ᄡᅵ이오시니, 몸의 쎼이 흘너시니 못 ᄡᅳᆯ 줄을 분간(分揀)ᄒᆞ던고 요ᄉᆞ이 아히들노 비기면 만히 슉혜(夙慧)ᄒᆞ던가 보더라.

부뫼(父母) 미양 듕뎨ᄂᆞᆫ

"혜(慧)6) 너르고 슬거워7) 쥬변샹8)이 이시니 가음열니9) 살니라"

ᄒᆞ시고, 슉뎨ᄂᆞᆫ

"고샹(高尙)ᄒᆞ고 일뎡(逸情)10)ᄒᆞ야 쳥슈(淸秀)ᄒᆞ니 집이 간난(艱難)ᄒᆞ리라"

ᄒᆞ시고 일ᄏᆞᆮ시더니라.

십셰(十歲) 너믄 후(後) 대궐셔 줌자기ᄅᆞᆯ 아니ᄒᆞ더니11) 슉뎨ᄅᆞᆯ 브ᄅᆞ

---

1) 풍릉(豐陵)집: 풍릉부원군 조문명. 딸이 영조의 맏아들인 효장세자의 부인 곧 효순왕후이다. 조문명은 이른바 소론 탕평파이다.

2) [교감] 이 부분은 종합본에는 보이지 않는 내용이다.

3) 중제 홍낙신이 1739년생이니 1745년경의 일이다. 종합본은 아홉 살 즈음의 일이라고 말하고 있다.

4) [교감] 종합본에서는 '종묘전알'의 주체를 '경모궁'으로 분명히 밝히고 있다. 그러나 당시 사도세자의 나이가 10세 남짓임을 감안하면 영조로 보는 것이 타당한 듯하다.

5) 붓우히고: 부둥켜 움켜쥐고.

6) 혜(慧): 사리를 분별하는 생각.

7) 슬거워: 슬기로워.

8) 주변샹: 주변은 일을 주선하거나 변통하는 재주를 뜻한다. 주변샹은 그런 모습.

9) 가음열니: 부유하게.

10) 일졍(逸情): 마음이 속세에서 벗어남.

오셔12) 즈비13)의 미쳐 닉관(內官)이 무슨 말을 블공(不恭)이 ᄒ엿던디 슉데 통분(痛憤)이 너겨 아니 드〈러오〉려 ᄒ니 블너드려 보시고

"네 이리 강딕(强直)ᄒ니 날을 엇디 도으라"

ᄒ시고, 부체의 뻐주오신 글이 잇던 거시니 슉데는 이 일을 싱각ᄒ오리라.

내게 ᄆ양 아ᄋ ᄀᆺ치14) 종요롭고15) 공슌(恭順)ᄒ고 ᄃᆞᆺᄉᄒ니16) 내 편이(偏愛)ᄒ미 아ᄋ ᄀᆺ더니라.

각각(各各) 입장(入丈)17)ᄒ야 지죵형뎨(再從兄弟)가〈로〉18) 동셔(同壻)가 되여 드러오니19) 귀(貴)ᄒ 일이오. 듕데의 실(室)은 현슉유슌(賢淑柔順)ᄒ고 슉데의 닉(內)는 온슌(溫順)ᄒ고 효도(孝道)로오니 부뫼 깃거ᄒ시고 즈이(慈愛)ᄒ시더니, 오리디 아니ᄒ야 션비롤 여히오니, 두 십칠(十七) 십오(十五) 아히라, 셩인(成人)ᄒ 보람이 어이 이시리오. 내 디통(至痛) 가운디 더옥 닛디 못ᄒ더니라.

듕데 임오(壬午, 1762)의 쇼과(小科)ᄒ고 병슐(丙戌, 1766)의 대과(大科)ᄒ니 션왕(先王)이 두굿기오셔 '슌녕슈(巡令手) 디답(對答)ᄒ던 아히가 등과(登科)ᄒ다' ᄒ오셔 ᄉ랑ᄒ오시고 '녕샹(領相)이 싱즈(生子)롤 잘ᄒ다' ᄒ오시고, 유신(儒臣)20)으로 입시(入侍)ᄒ야 글을 닑으면 옥슈(玉手)롤 두ᄃ리오셔 '글을 잘 닑는다' 칭찬ᄒ오시더니라.

---

11) [교감] 종합본에서는 이 부분이 "궁중 법이 10세 넘으면 사내아이가 궐내에서 잠을 못 자더니"로 되어 있다. 아래 일화도 이 궁중 법도 때문에 생긴 일로 짐작된다.

12) [교감] 종합본에서는 부른 주체를 '경모궁'이라 적시했다.

13) 자비: '차비(差備)'의 변한 말. 차비는 차비문의 준말. 차비문은 임금이나 세자가 평상시에 거처하는 편전(便殿)의 앞문.

14) 아ᄋ ᄀᆺ치: 아우같이. 여기서는 동성(同性)의 여동생같이.

15) 종요롭고: 긴요하고 자기 마음에 꼭 맞고.

16) ᄃᆞᆺᄉᄒ니: 따뜻하니.

17) 입장(入丈): 장가듦.

18) [교감] 〈로〉: '로'를 썼다가 지운 흔적이 보인다.

19) 홍낙신의 처 임천 조씨와 홍낙임의 처 임천 조씨는 각각 그 아버지가 조명정, 조명건으로 종형제간이다.

20) 유신(儒臣): 홍문관의 벼슬아치.

션인(先人)이 미양 셰손궁(世孫宮)의 말숨ᄒᆞ오셔 졔ᄌᆞ(諸子)ᄅᆞᆯ 논폄(論貶)ᄒᆞ오실 ᄯᅥ의 '낙신(樂信)은 탁디(度支)ᄅᆞᆯ 임(任)ᄒᆞ면 ᄡᅳ실 신해오,21) 낙임(樂任)은 문임(文任)으로 ᄡᅳ실 신하(臣下)니', 싱ᄌᆞᄅᆞᆯ 못 ᄒᆞ디 아니ᄒᆞ시믈 회히간(詼諧間)의 일ᄏᆞᆮᄌᆞ오시고 샹하간(上下間)의 웃ᄌᆞ오시더니, 문운(門運)의 비식(否塞)ᄒᆞ시믈 만나 산듕(山中)의 칩복(蟄伏)ᄒᆞ니, 가히 앗갑도다.

듕데 셩(性)이 일뎡(逸情)ᄒᆞ야 셰리(勢利)의 참예(參預)ᄒᆞ야 므들고져 ᄒᆞ미 업셔, 경인(庚寅, 1770) 후(後) 경졔(京第)ᄅᆞᆯ ᄯᅥ나 삼호(三湖)의 거(居)ᄒᆞ야 셰샹(世上)의 나고져 아니ᄒᆞ고, 범ᄉᆞ(凡事) 쥬샹(周詳)22)ᄒᆞ야 션친이 삼호의 머므오신 ᄯᅥᆫ즉 시봉(侍奉)ᄒᆞ와 디니옵고, 신묘(辛卯, 1771) 부쳐(付處)ᄒᆞ오실 ᄯᅥ 뫼와 가 밧드와 디니니라.

집안을 위해 뒤집어쓰다

슉뎨(叔弟) 유시(幼時)로 녜듕(禮重)ᄒᆞ야 오셰(五歲)의 빅수(伯嫂)가 입승(入承)ᄒᆞ오시니 신인(新人)의 침쇼(寢所)라 집안 노쇼(老少)의 그 방의 모히미 만으디 ᄋᆞ쇼(兒少)의 ᄆᆞᄋᆞᆷ이 혼가지로 드러가 보암 죽ᄒᆞ디 수슉(嫂叔)의 녜(禮)가 엄(嚴)ᄒᆞᆫ 줄 아라 지게ᄅᆞᆯ 드딘 일이 업고, 형수(兄嫂)의게 샹업슨 일이 업셔 디졉(待接)ᄒᆞᄂᆞ리라 ᄒᆞ시고, 션비(先妣) 드러오시ᄂᆞᆫ ᄯᅥ 이 말숨을 옴기시기 듯ᄌᆞ왓더니라.

글을 힘ᄡᅳ고 대쇼과(大小科)의 일죽이 올나 냥댱(兩場) 쇼과(小科)며 대과(大科) 장원(壯元)을 ᄒᆞ니 션죠(先祖)의 ᄒᆞ신 바ᄅᆞᆯ 니은디라. 왕뷔(王

---

21) 정조의 문집 『홍재전서』에 「지돈녕홍낙신성복일치제문知敦寧洪樂信成服日致祭文」이 있는데 여기서 정조는 홍낙신에 대해 '재감탁지(才堪度支)' 곧 재주가 탁지를 감당할 만하다고 했다. 그런데 홍봉한이 은근히 자기 자제들을 정조에게 추천하는 이 부분은 종합본에는 없다.
22) 쥬샹(周詳): 두루 꼼꼼히 처리함.

父)도 셔(書)롤 주셔 ᄌ손(子孫)의 장원ᄒᄂ 니로 주라 ᄒ여 겨오시더니, 슉뎨가 가져다 ᄒ고 귀ᄒᆫ 일노 일ᄏ더니라.

셰ᄉᆞ(世事) 어긔여 가진 거술 펴디 못ᄒ고, 제 몸이 문호(門戶)의 화(禍)롤 넘녀(念慮)ᄒ야 평ᄉᆞᆼ(平生) 본심(本心)을 딕희디 못ᄒᆫ 줄을 스스로 붓그러온 줄을 삼아, 경인년(庚寅年, 1770) 내 후겸(厚謙)이 사괴라 권(勸)ᄒ던 ᄯᅥ의, ᄆᆞᆷ을 결단(決斷)ᄒ야 '집을 평안(平安)이 ᄒ면 몸이 셰샹(世上)의 나디 아니ᄒ려노라' ᄒ던 셔ᄉᆞ(書辭)가 오히려 눈의 버러 ᄉᆡᆼ각이 나며, 션친(先親)이 교외(郊外)예 거(居)ᄒ오실 적이 만흐니 셔울 집을 옴겨 동교(東郊)의 집을 경영(經營)ᄒ야 평ᄉᆞᆼ의 머물 ᄯᅳᆺ을 삼은 고로, 환난(患難) ᄯᅥ의 동ᄉᆡᆼ(同生)들이 다 집이 업ᄉᆞ디 슉뎨가 홀노 교샤(郊舍)가 이셔 삼상(三喪)[23] 후 올므니라.

슉뎨 집을 위(爲)ᄒᆫ 근심 가운디 신묘(辛卯, 1771) 츄(秋)의 상실(喪室)ᄒ니 문호(門戶) 간난디듕(艱難之中)의 냥필(良匹)을 일흐니 고고치ᄋ(孤孤稚兒)들의 형용(形容)이며 신셰(身世)의 확연(廓然)ᄒ미 니롤 것 업ᄉᆞ니, 과(過)히 슬허ᄒ나, 내 ᄯᅩ 그 안히의 효우(孝友)롤 취듕(取重)ᄒ던 고로 참통(慘痛)이 무궁(無窮)ᄒ더니라. 냥ᄌᆞ(兩子)롤 두어 히롤 년(連)하야 셩댱(成長)ᄒ니[24] 형뎨(兄弟) 셩취(成就)ᄒ야 그 모(母)의 현덕(賢德)을 갑흘 니 이실가 ᄒ더니 ᄎᆞᄋᆞ(次兒)롤 일흐니 이 변상(變喪)이 우리 집 처엄 일이니 문호(門戶)의 쇠(衰)ᄒ려는 딩됴(徵兆)롤 비로ᄉᆞ민가 시부더라. 취영(就榮) 일인(一人)이 그림자 외로오니 내 심(甚)히 에엿비 너기고 ᄌᆡ혹(才學)과 위인(爲人)이 문호의 ᄇᆞ라미 듕(重)ᄒ야 ᄒᆞᆫ 보빈디라. 슈영(守榮) 듕뒤(重大)흠과 취영 취듕ᄒ미 거의 ᄀᆞᆺ트라.

그러ᄒ나 슉뎨 년긔(年紀) 졍셩(鼎盛)[25]ᄒ디 아돌이 다만 ᄒᆞ나히니 후

23) 삼상(三喪): 여기서 삼년상은 앞의 '환란'이라는 말로 볼 때 홍봉한 계모의 일인 듯하다. 이렇게 보면 옮긴 시기는 1768년 겨울 이후이다.
24) 낙임의 두 아들 취영과 호영은 각각 1759년과 1760년생이다.
25) 정성(鼎盛): 한창 나이로 혈기가 왕성함.

취(後娶)치 못ᄒᆞ면 천산(賤産)이 만흘디라, 션친이 권(勸)ᄒᆞ시고 내 역권(力勸)ᄒᆞ야 고스ᄒᆞᄂᆞᆫ 쯧을 썩딜너, 을미(乙未, 1775) 츄(秋)의 후취ᄒᆞ엿더니, 그ᄉᆞ이 풍상화고(風霜禍故)ᄅᆞᆯ 쳡봉(疊逢)ᄒᆞ고 몸이 무ᄉᆞ(無事)ᄒᆞ야 세 아둘을 년싱(連生)ᄒᆞ고, ᄯᅩ 구술을 농(弄)ᄒᆞ니26) 빅슈(白首)의 ᄌᆞ녀(子女)가 선선(詵詵)27)ᄒᆞ니 이 엇디 부모(父母) 젹덕(積德)이 아니리오.

막내동생 홍낙윤

계뎨(季弟)ᄂᆞᆫ 경오년(庚午年, 1750)의 잉(孕)ᄒᆞ오신 칠삭(七朔)의 내 ᄒᆡ산(解産) 보기ᄅᆞᆯ 위(爲)ᄒᆞ오셔 입궐(入闕)ᄒᆞ오셔 몸을 잇비28) ᄒᆞ오시니 나의 불안(不安)이 극(極)ᄒᆞ더니 그ᄒᆡ 지월(至月)의 나니,29) 부모(父母)의 늣게야 엇ᄌᆞ오신 계ᄌᆞ(季子)로 제 몸 과ᄋᆡ(過愛)ᄒᆞ오시미 극(極)ᄒᆞ오시고 동싱들이 ᄉᆞ랑이 심(甚)ᄒᆞ야 내 대궐(大闕) 드려온 ᄯᅢ 에엿비 너기미 심ᄒᆞ더니, 을ᄒᆡ(乙亥, 1755)의 실시(失恃)30)ᄒᆞ니 션친의 실시ᄒᆞ오신 년긔(年紀)31)와 ᄀᆞ톤디라. 내 통원(痛冤) 디통(至痛) 가온디 더옥 뉵셰(六歲) 유뎨(幼弟)의 거동을 싱각ᄒᆞ니, 심담(心膽)이 붕열(崩裂)ᄒᆞ야 닛디 못ᄒᆞ더니라.

조모(祖母)의 휵양(畜養)ᄒᆞ시믈 밧ᄌᆞ와 무ᄉᆞ(無事) 셩댱(成長)ᄒᆞ나 제 빅필(配匹)이 긔딜(奇疾)을 가져 오ᄅᆞ디 아냐 요몰(夭沒)ᄒᆞ니,32) 제 신셰

---

26) 구술을 농ᄒᆞ니: 아들을 낳은 경사를 뜻하는 농장지경(弄璋之慶)과 관계된 말로 보이나, 바로 아래의 유사한 용례에서 볼 수 있는 것처럼 『한중록』에서는 딸을 낳아 기르는 재미를 뜻하는 듯하다. 『원행을묘정리의궤』를 보면, 홍낙임에게는 유기주(兪杞柱)와 결혼한 딸이 하나 있다.

27) 선선(詵詵): 자녀가 많음을 나타내는 말.

28) 잇비: 고단히.

29) 1750년 8월에 혜경궁이 의소를 낳았는데, 이때 어머니가 임신 7개월의 몸으로 딸의 출산을 도우려고 궁중에 들어왔다는 말이다.

30) 실시(失恃): 어머니를 여읨.

31) 홍봉한도 1718년 6세 때 어머니 임부인을 여의었다.

32) [교감] 종합본에는 홍낙윤의 결혼 과정에 나온 일화 하나가 소개되어 있다. 홍낙윤은 김지묵

우우(踽踽)33)혼디, 그희의 왕모(王母)룰 여희오니,34) 주모(慈母) 굿치 의
앙(依仰)호옵던 주의(慈愛)룰 일호니 두 번 실시혼 통(痛)이라, 제 무궁
(無窮)혼 셜움과 스스(事事)의 못 니저호미 일홈이 동긔나 주식의 엇디
다르리오. 년측(憐惻)호야 호고

제 위인(爲人)이 침듕(沈重)호고 박혹(博學)호야 취듕(取重)홀 배니, 위
인의 져부리미 업술가 호더니, 문운(門運)이 그릇되니 쇼과(小科)도 참
예(參預)치 못호니, 내 과거(科擧)룰 귀히 너기미 아니라, 제 긔상으로
산듕(山中)의 믈믈이35) 스러지믈 앗기눈 듕(中), 싱셰지후(生世之後) 됴
흐믈 본 일이 업서 부모 만싱(晚生)으로 주모지졍(慈母之情)을 일코, 문
호(門戶)의 셩만(盛滿)호믈 보나 제 몸의 됴흐미 이시랴. 이십(二十)이
굿 너므며 션인(先人) 소조(所遭) 망측호니 쓸와 우분(憂憤)호고, 집이
그릇되니 동셔(東西)의 표박(漂迫)호고, 심듕(心中)의 난안지우(難安之憂)
가 이셔 반싱(半生)의 즐거오믈 모르눈 줄 내 심듕의 앗겨호미 동긔(同
氣) 듕(中) 주별(自別)호돠. 그러나 주궁(子宮)이 흡연(洽然)호야 슬하(膝
下)의 주녜(子女) 션션(詵詵)호야 손주(孫子) 보기꼬디 니르니, 이 다 부
모의 젹덕여음(積德餘蔭)이로다.

모여 사는 삼형제

문호(門戶)의 젼복(顚覆)호믈 당호고 션친(先親)을 여희오니, 삼형데(三
兄弟) 디통(至痛)이 텬디간(天地間) 궁민(窮民)이라, 엇디 싱셰지심(生世之

의 딸과 결혼했다. 김지묵은 김성응의 차남으로 곧 정조비의 삼촌이다. 홍낙윤은 다섯 살 때
인 1754년 김지묵의 딸과 약혼을 했는데 그 딸이 불치의 병을 얻자 김지묵이 약혼을 물리자
고 했다. 그런데 홍봉한이 약속을 저버릴 수 없다며 결혼을 시켰다고 한다.
33) 우우(踽踽): 외로운 모양.
34) 1766년에 부인 김씨와 할머니가 죽었다. 당시 홍낙윤은 17세였다.
35) 믈믈이: 냄새나 연기 따위가 약하게 피어오르는 모양.

心)이 이시리오. ᄯᆞᆯ오디 못ᄒᆞ미 나와 동ᄉᆡᆼ들이 다 불효ᄒᆞ미라, 셟고 ᄇᆞᆺ그러워ᄒᆞᆫ들 미ᄎᆞ랴.

슉뎨(叔弟)ᄂᆞᆫ 번니(樊里)[36] 뎡ᄉᆞ(精舍)의 집을 일워시나, 듕뎨(仲弟)의 잇ᄂᆞᆫ 곳이 멀므로 ᄆᆡ양 챵결민연(悵缺憫然)[37]ᄒᆞ니 집을 올마[38] 형뎨 ᄒᆞᆫ강[39]을 격(隔)ᄒᆞ여 디ᄂᆡ니 쇠경(衰境)의 샹의(相依) 이 ᄯᅩᄒᆞᆫ 엇디 못ᄒᆞᆯ 일이니 궁도(窮途) 듕(中) 다ᄒᆡᆼ이러니, 금년(今年)의 계뎨(季弟) ᄯᅩ 집을 올마[40] ᄯᅩ ᄒᆞᆫ강을 격(隔)ᄒᆞ야 ᄉᆞᆺ발ᄀᆞ치 집이 이시니 문회(門戶) 그ᄅᆞᆺ되여 신셰의 볼 거시 업ᄉᆞ나 슈족(手足)이 서로 ᄯᅥ나디 말고 ᄒᆞ던 내 지원(至願)이 일워 지쳑지지(咫尺之地)의 삼형뎨 샹의(相依)ᄒᆞ니, 내 심듕(心中)의 지극히 깃거ᄒᆞ니,

내 쳔만풍상(千萬風霜)을 경녁(經歷)ᄒᆞ고 조실ᄌᆞ모(早失慈母)ᄒᆞᆫ 통(痛) 밧긔 션친을 원혹(冤酷)이 여ᄒᆡᄋᆞᆸ고 션형(先兄)이 아니 겨오시니 ᄉᆡᆼ셰지심 업ᄉᆞ나 나믄 셰월의 동긔(同氣)들이 댱슈(長壽)ᄒᆞ고 평안ᄒᆞ기ᄅᆞᆯ 축(祝)ᄒᆞᄂᆞᆫ ᄯᅳᆺ을 서로 모혀 디ᄂᆡ니 모경(暮境)의 이만 깃브미 ᄯᅩ 업ᄂᆞᆫ디라. 형우뎨공(兄友弟恭)ᄒᆞ고 슉딜졔죵(叔姪諸從)이 서로 ᄉᆞ랑ᄒᆞ야 녯날 댱공예(張公藝)[41]의 구셰(九世) 동거(同居)ᄅᆞᆯ 블워 아니ᄒᆞ면 내 깃브미 쟉디 아니ᄒᆞ리로다.[42]

36) 번리(樊里): 서울시 강북구 번동 일대.

37) 창결민연(悵缺憫然): 몹시 서운하고 민망함.

38) [교감] 종합본에는 홍낙신이 집을 가지지 못하다가 홍낙임이 있는 번리로 옮겨왔다고 적고 있다.

39) 혼강: 버클리국한문본 등에서 '一岡'으로 적고 있다. 작은 산을 끼고 떨어져 있다는 뜻이다. 하지만 '一江'일 가능성도 배제할 수 없다.

40) [교감] 종합본에는 홍낙윤이 회계 정사에 있다가 문암으로 옮겨왔다고 적고 있다. 홍용한의 문집 『장주집長洲集』에 「문상정사기汶上精舍記」가 있고, 홍용한의 아들 홍낙유의 문집 『금헌집』에는 「제문상종씨문祭汶上從氏文」이 있다. 또 1798년에는 정조가 '제문상정사'라는 시를 비단에 써주었는데, 현재 국립중앙박물관에 소장되어 있다. 그 시에 집이 서울 동쪽 10리쯤에 있다고 했다. 버클리국한문본에는 문암을 '水踰'라 적고 있다. 서울시 성북구 정릉동에 있었던 '문바위'를 가리키는 듯하다.

41) 장공예(張公藝): 당나라 사람. 9대가 한집에 살았다고 전하며, 그러면서도 화목할 수 있었던 비결은 늘 '참음(忍)'을 되새기는 데 있었다고 한다.

42) 원문은 여기서 줄 바꿈이 있다.

여동생, 이복일의 처

어머니를 여읜 슬픔을 소설로 달래다

내 부모의 일녀(一女)로 금듕(禁中)의 드러오니 슬하(膝下)의 삼즈(三子)만 뫼온디라.1) 슬하의 구술을 농(弄)ᄒ오셔 날을 일쯕이 보뇌오신 악연(愕然)ᄒᆫ 뜻을 닛고져 ᄒ오시더니, 병인(丙寅, 1746) 윤삼월의 계미(季妹)롤 싱(生)하시니, 사룸이 싱즈(生子)ᄒᆯ 깃거ᄒ디, 우리 집 졍니(情理)ᄂᆫ 싱녀(生女)ᄒᆯ 요ᄒᆡᆼ이 너기니, 부뫼(父母) 심히 다ᄒᆡᆼ이 너기샤, 합가(闔家)의 깃브므로 일홈을 주시니, 일개(一家) 서로 칭하(稱賀)ᄒ야 경ᄉᆞ(慶事)롤 삼고, 내 심궁(深宮)의 깁히 이셔 아ᄋᆞ 난 줄을 깃거 부모의 슬하의 내 자최 머믄 ᄃᆞ시 ᄒᆡᆼ열(幸悅)ᄒ니,

돌이 미처 디나디 못ᄒ야 궁듕(宮中)의 드려오니 내 저롤 ᄉᆞ랑ᄒ미 지졍(至情)을 다ᄒ고 부모(父母)의 교익(嬌愛) 쟝샹보옥(掌上寶玉)이시고,

1) [교감] 종합본에서는 여동생의 이야기가 축약되어 작품 여기저기에 흩어져 기록되어 있다.

제 긔품(氣品)이 졍금미옥(精金美玉) 굿고 셩품(性品)이 유시(幼時)로 효우슉뇨(孝友淑窈)ᄒ고 텬뎡명텰(天貞明徹)ᄒ니, 내 스스로 아ᄋ의 작인(作人)이 형의셔 나으믈 취듕(取重)ᄒ고, 부모의 춍ᄋᆡ(寵愛)ᄒ시며 모든 동긔(同氣)의 ᄉᆞ랑이 제 몸의 과ᄒ디 됴곰도 교앙(驕昂)ᄒ디 아냐 유순뎡뎡(柔順貞靜)ᄒ니, 합사(閤舍)의 일ᄏᆞ롬과, 궁듕(宮中)의 드러와 머믈 적이 만ᄒ니 션됴(先朝)의셔며 냥셩모(兩聖母)겨오셔와 션희궁(宣禧宮)의셔 ᄉᆞ랑ᄒ오셔 에엿비 너기오시고, 궁인(宮人)들이 그 ᄌᆞ질(資質)의 아ᄅᆞᆷ다오믈 완경(玩鏡)ᄀᆞ치 ᄒ니, 제 인품을 아름다오믈 알디라.

ᄉᆞ오셰(四五歲)브터 션비(先妣)ᄅᆞᆯ 뫼시고 나갈 제 날 ᄯᅥ나믈 악연(愕然)ᄒ야 오읍(嗚泣)ᄒ기를 마디아니ᄒ니, 내 더욱 ᄯᅥ나가기를 앗기더니라. 텬셩(天性)이 효우(孝友)ᄒ야 부모의게 ᄒᆞᆫ번 거ᄉᆞ려 이우(貽憂)ᄒ야 본 배 업고, 모든 오라비 공경ᄒ미 지극ᄒ니, 제 ᄉᆞ랑ᄒᄂᆞᆫ 누의로 ᄌᆞ듕(自重)ᄒ미[2] 업ᄉᆞ니 션형(先兄) 쇼미(小妹)로 ᄉᆞ랑ᄒ시미 당신 쇼녀(小女) 됴실(趙室)[3]의셔 너므미 겨시더니라.

션비 ᄆᆡ양 내 산휵(産育) ᄯᅢ 드러오시면 뫼옵고 드러오니 경오년(庚午年, 1750)은 오셰(五歲)라, 그ᄯᅢ 능히 드러와 알ᄑᆡ셔 응ᄃᆡ슈응(應對酬應)을 어룬ᄀᆞ치 ᄒ고 희만(解娩)ᄒ기를 기드리면 저도 ᄀᆞ치 조이더니 '희산(解産)ᄒ다' 말 듯고 ᄌᆞᆷ을 자다가 니러나

"나라히 깃거ᄒ시고 우리 아바님 어머님 됴화ᄒ시게다"

어룬ᄀᆞ치 말을 ᄒ니 듯ᄂᆞ 니 이샹이 너기더니라.

션비 미처 나가디 못ᄒ오시고 제가 북통(腹痛)으로 집의 나가 둔녀 ᄯᅩ 드러오니, 그희의 션형이 ᄯᅩ 싱녀ᄒ야 겨오시더니 션비 므르시더

"유모 든 거시 엇더ᄒ더니"

ᄒ신족 ᄃᆡ(對)ᄒ디

<hr>

2) ᄌᆞ듕(自重): 여기서는 '자만'의 뜻.
3) 됴실(趙室): 조씨와 결혼한 여자. 홍낙인의 장녀, 조진규(趙鎭奎)의 처.

"목자(目子)[4] 냥슌(良順)치 못ᄒᆞ야 뵈니 그 아ᄒᆡᆯ 못 기ᄅᆞ올너이다"
ᄒᆞ고 형님[5] 병환 말을 어룬ᄀᆞᆺ치 옴기니, 션비 웃ᄌᆞ오시고 듯ᄂᆞ니 차
탄(嗟歎)ᄒᆞ더니, 과연 그 유모가 블냥(不良)ᄒᆞ야 즉시 니여보니니 오셰
ᄋᆞ(五歲兒)의 사ᄅᆞᆷ 아는 인ᄉᆞ(人事)가 어룬 ᄀᆞᆺ던 줄이 긔이(奇異)ᄒᆞ며,
범ᄉᆞ(凡事)의 날을 쏠오기 과(過)ᄒᆞ야 드러오면 내 겻흘 ᄯᅥ나는 일이
업고 거름 ᄲᅵ홈과 말 ᄲᅵ홀 제브터 인ᄉᆞ(人事) 인[6] 사ᄅᆞᆷ ᄀᆞᆺ더니라.

궐ᄂᆡ(闕內) 츌입ᄒᆞ던 ᄯᅥ예 각뎐궁(各殿宮)의 아니 ᄃᆞᆫ닌 곳이 업서, 현
빈궁(顯嬪宮)[7]긔도 가 뵈오니 노리개 ᄒᆞᆫ 줄을 치와 겨오시더니, 신미(辛
未, 1751)의 상ᄉᆞ(喪事)[8] 나오시고 임신(壬申, 1752) 이월(二月)의 션비
겨셔 나라 우환[9]으로 드러오오시니 뫼옵고 드러오니, 그 노리〈개〉ᄅᆞᆯ
ᄎᆞ고 드러오디 아냣거늘, 내 므ᄅᆞ디

"그 노리개 어이 아니 츤다"
ᄒᆞ니 디답ᄒᆞ디

"믈(物)은 이시나 주시더 니 아니 겨오시니 아닛고아 못 츠노라"
ᄒᆞ니, 듯ᄂᆞ니 인ᄉᆞ의 다 느러시믈 긔특이 너기고 우서 아ᄒᆡ 말 ᄀᆞᆺ디
아니믈 일ᄏᆞ랏더니,

삼월의 나라 슬프미 난디라. 그ᄒᆡ ᄀᆞ올의 날을 보고 눈물을 드리워
슬허ᄒᆞ고, 그 아ᄒᆡ 기ᄅᆞ던 보모ᄅᆞᆯ 보고 손을 잡아 뉴쳬(流涕)ᄒᆞ니 그
제논 칠셰라. 그 궁인(宮人)이 제 셜운 심ᄉᆞ(心事)로 아ᄒᆡ가 그리ᄒᆞᄂᆞᆫ
줄을 긔특ᄒᆞ고 감격ᄒᆞ아 미양 그 말을 일ᄏᆞᆺ던 거시니 인신 그리 조셩
(早成)턴고 이샹ᄒᆞ다.

임신 구월(九月) 대경(大慶)[10]의 드러오시니 저도 뫼시고 드러와 산실

---

4) 목자(目子): 눈동자.
5) 여기서는 자기 올케.
6) 인신 인: 인사가 다 이루어진. 즉 성인처럼 다 갖추어진.
7) 현빈궁(顯嬪宮): 효장세자의 처. 효순왕후 조씨.
8) 11월 현빈궁 죽음.
9) 혜경궁의 아들 의소의 병. 의소 세손은 같은 해 3월 4일에 죽었다.

(産室)의 드러 스후(伺候)ᄒ믈 어룬ᄀ치 ᄒ고, 및 탄싱ᄒ매 보고

"이 아기시는 돈돈ᄒ고 슉셩(夙成)ᄒ니 댱슈(長壽)ᄒ야 형님 마마(媽媽) 걱졍 아니 식이게 나 겨시다"

ᄒ니, 좌우(左右)가 그 말의 올ᄒ믈 웃고 션비겨셔 우스시며

"아ᄒ 식감(識鑑)이 이시나 너모 말이 어룬 ᄀᄐᄒ니 아ᄒ ᄀ지 아니타"

도로혀 ᄭ죵ᄒ오시니, 내 그 말이 올ᄒ믈 일ᄏ라

"ᄭ짓디 마오쇼셔"

ᄒ엿더니라.

션비 드러오실 ᄯᆡ는 아니 드러올 적이 업셔 날 ᄶ오믈 이상이 ᄒ니 뉘 동싱이 형을 ᄶ오디 아니ᄒ리오마는 이 아ᄒ ᄀᄐ 니 업스리라.

십셰의 실시(失恃)ᄒ오니 계데는 무슐(戊戌, 1718)의 션인(先人) 나와 ᄀ고,[11] 이 아ᄒ 무슐의 듕고모(仲姑母) 년긔(年紀)와 ᄀᄐ더라.[12] 우리 집이 므슴 일노 냥ᄃᆡ(兩代)의 이 흉화(凶禍)가 잇는고 셟고 셟도다.

제 능히 셜워ᄒ야 샹인(喪人)의 모양을 ᄒ고 계데를 불샹이 너겨 셔로 의지ᄒ야 거느리기를 어룬ᄀ치 ᄒ니, 계데는 왕모(王母)긔 무휼(撫恤)ᄒ믈 밧줍고 져는 민부인(閔夫人)[13]긔 거두시믈 닙으니, 남미 고고(孤孤)히 의지 업슨 형용을 싱각ᄒ니 내 간담(肝膽)이 이우러 못 닛더니라.

글을 일죽 ᄭᆡ치고 ᄎᆡᆨ을 됴히 너겨 미양 보며, 내게 봉셔(封書)ᄒ는 ᄯᆡ면 션비 싱각ᄒ는 셜운 ᄯᅳᆺ을 일ᄏᆞ더니라. 뎡튝(丁丑, 1757) 겨울의 션비 여흰 후 처엄으로 계데를 ᄃᆞ리고 드러오니 형데 만나 셜워ᄒᆞᆫ 일 싱각ᄒ며 말ᄉᆞᆷ이 미츠면 눈믈 이러니라. 그ᄯᆡ 드러와 『뉴시삼ᄃᆡ록劉氏

10) 정조의 탄생.
11) 아버지 홍봉한이나 막내동생 홍낙윤이나 모두 여섯 살에 어머니를 여의었다.
12) 중고모 이언형의 처도 혜경궁 여동생과 같이 열 살에 어머니를 여의었다.
13) 민부인(閔夫人): 홍낙인의 처.

三代錄』을 보고 칙(冊)말14)의 슬푸믈 보고 슬허ᄒᆞ기, 심ᄉᆞ(心事) 약(弱)
ᄒᆞ야 그러ᄒᆞᆫ가 일ᄏᆞᆯ랏더니라.

역젹이 된 여동생의 시집

내 아롬다온 아ᄋᆞ롤 명문덕가(名門德家)의 가(嫁)ᄒᆞ기롤 ᄇᆞ랏더니 긔
묘(己卯, 1759)의 셩인(成人)ᄒᆞ니,15) 구가(舅家)ᄂᆞᆫ 곳 니남평덕(李南平宅)
죵조모(從祖母) 구가 지친(至親)인 고로,16) 죵조모 슈셕(壽席)의 션비(先
妣)가 가 겨오시다가 낭ᄌᆡ(郞材)17)롤 보오시니, 션비 고안(高眼)의 흡죡
(洽足)이 아오시지 아니ᄒᆞ오셔 차탄(嗟歎)ᄒᆞ오시고
"구ᄐᆞ여 그 집의 홀 거시 아니니라"
ᄒᆞ오시더니, 션비 아니 겨오시고 텬연(天緣)이 지듕(至重)ᄒᆞ야 혼녜(婚
禮)롤 일우니 니랑(李郞)이 아듕(雅重)ᄒᆞ야 남으라 홀 거시 업다 ᄒᆞ나,
내 드르매 샹젹(相敵)디 못ᄒᆞᆫ가 앗기더니, 싱산(生産) ᄌᆞ녀(子女)ᄒᆞ고 집
을 ᄯᆞ로 나, 션친(先親)의 ᄋᆡ휼(愛恤)ᄒᆞ시믈 닙ᄉᆞᆸ고 구고(舅姑)의 ᄉᆞ랑ᄒᆞ
믈 바다 일신(一身)이 평안(平安)ᄒᆞ니, 빈ᄉᆞ(貧士)의 쳐(妻)로 용도(用度)
의 간곤(艱困)ᄒᆞ미야 ᄯᅩ 엇디ᄒᆞ리오.

---

14) 칙(冊)말: 책에 적힌 말.
15) 열네 살에 이복일(李復一)과 결혼했다. 이복일은 본관이 전주로 세종의 아들인 광평대군의 후
손이다. 정안부정공파(定安副正公派)에 속한다. 아버지는 이상로(李商輅)로 『정조실록』 1777년 7
월 25일조를 보면 1775년 정시 문과의 부정과 관계되어 처벌받았다. 이는 기실 이상로가 홍
인한의 일파로 지목되었음에 연유한 것인데, 이상로는 정조 즉위 후 홍인한 일파와 함께 정
조의 등극을 저해한 혐의로 역률로 심문을 받다가 죽었다. 『정조실록』 1776년 7월 3일조에
이상로의 죄목이 간단히 정리되어 있다. 이복일은 나중에 이기철(李起喆)로 이름을 바꾸어 살
았고, 딸을 시집보내려고 이름을 바꾸었다는 혐의로 다시 죄망에 오르기도 했다(『정조실록』
1789년 12월 1일). 그러다 1814년 8월 21일 아버지를 신원해달라는 상소를 올려, 순조로부
터 죄명을 씻어주라는 비답을 받았다.
16) 이남평댁은 이현웅과 결혼한 혜경궁의 종조모이다. 이복일의 증조는 이현행인데 이현웅과 사
촌간이다.
17) 낭ᄌᆡ(郞材): 신랑감.

내 흔낫 아우니, 터히 나라 은혜롤 닙어 안낙(安樂)홀 줄 아랏더니, 천만(千萬) 쯧흐디 아냐 우리 집이 그릇되고, 제 구가의 화〈고〉(禍故)눈 쏘흔 비홀 곳이 업눈디라. 흐로 아춤의 더러온 물이 옥(玉) ᄀ툰 몸을 흐리워시니, 내 일뎨(一弟)의 당흔 배, 므슴 경상(景狀)이뇨 내 문호(門戶)롤 위흔 망망(茫茫)흔 근심 가온더 이 아우 못 니즈미 어더 비흐리오.

국법(國法)이 지듕(至重)흐고 션친이 나라법 딕희오시미 엄흐오셔, 제 고모(孤母·姑母)[18]롤 드리고 하향(下鄉)하니, 상거(相距)도 머디 아니흐더 블너 보시미 업고,[19] 내 제 싱후(生後) 일일의 쇼식(消息) 못 드르미 업더니, 블의(不意) 흉화(凶禍)로 제 자최 경뎨(京第)롤 써나 엇디 디니눈 쇼식(消息)을 모르니, 흔 ᄌ(字) 셔신(書信)을 통흐랴. 못 닛눈 탄식(歎息)은 구곡(九曲)이 믄허지니 새로이 제 아롬다온 ᄌ질(資質)노 취가(娶嫁)롤 잘못흐야 이러흐믈 ᄀ골(刻骨)이 절통(切痛)흐야, 옥(玉)을 니토(泥土)의 너코 명쥬(明珠)롤 바다히 드리치미니, 션친의 소조(所遭) 듕 년측(憐惻)흐시눈 ᄆ옴이며, 내 지졍(至情)이 엇더흐며, 제 셜움이 텬디간(天地間)의 ᄀ이 이시리오.

부덕(婦德)이 지극흐야 구부(舅父)의 상장(喪葬)을 제 다흐고 고모롤 효봉(孝奉)흠과 가부(家夫)의 뎍소(謫所) 니우기[20]나 만흔 싀동싱 거느리기나 지셩(至誠)이 아니미 업스니, 진효부(陳孝婦)[21]눈 엇더흐던디, 구가

---

18) 고모: 여기서 '고모'는 '외로운 시어머니'를 가리킬 수도 있고, 시고모 홍계희의 딸일 수도 있으며, 족보상에 있는 다섯 시누이 가운데 누구일 수도 있다. 아이들 고모라고 볼 수도 있기 때문이다. 그런데 바로 이어 '모시고'가 아니라 '데리고'라고 한 것으로 보아, 또 이복일이 차남으로 당시는 장남이 살아 있을 때임을 감안하면, 시누이를 가리킬 가능성이 높은 듯하다.

19) 딸이 낙향하게 되었는데도 그 집안이 역률과 관계되어 있기에, 홍봉한이 딸을 불러 보지 않았다는 말이다. 『정조실록』 1780년 1월 16일조에 이상로의 처가 경기도 고양에 있는데 그를 유배 보내라는 형조의 계문이 있다. 홍봉한 역시 고양 문봉에 있었으니 한동네에 있으면서도 보지 않았다는 말이다.

20) 니우기: 잇기. 버클리32본 '繼糧家夫之謫所'. 유배 간 사람에게 양식을 대주며 시중을 든다는 말이다.

21) 진효부(陳孝婦): 중국 한나라 때 사람. 전쟁터에 나가 죽은 남편을 대신해 평생 시부모에게 효를 다하여 효부라 불림.

의 효셩(孝誠)은 이 아히 ᄀᄐ니 뉘 이시리오.

귀양에서 풀려난 제부

무슐(戊戌, 1778) 화변(禍變)[22]의 엄친(嚴親) 면모(面貌)ᄅ 영결(永訣)ᄒ
와시랴. 삼 년을 그리오시다가 죵텬(終天)의 흔(恨)이 되니[23] 션친(先親)
의 결식(結轖)[24]ᄒ야 도라가오심과 내 아이 무궁(無窮)ᄒ 셜움이 텬디간
(天地間)의 업슬디니, 나와 제 각별(各別)이 엄친긔 ᄌᄋᆡ(慈愛)도 밧줍고
이우(貽憂)도 ᄌ심(滋甚)ᄒ니 블효(不孝)ᄂ 거의 ᄀᆺᄒᆞ나, 오히려 아이 블
효ᄂ 날이 예셔 나은가 시브나,[25] 무슐 후(後)로 더욱 혈연(血緣)이 의
지(依支) 업스니 션형(先兄)이 아니 겨오시고 션친의 ᄒ시던 일을 니어
ᄒ 리 업ᄂᆫ디라.

듕뎨(仲弟)가 효우(孝友)ᄒ고 쥬쟝(主張)ᄒ야 션인(先人) ᄒ오시던 일을
됴곰도 범홀(泛忽)ᄒ미 업시 고견(顧見)ᄒ니 동싱의 샹졍(常情)이나 이
일이 엇디 못ᄒᆞ 우익(友愛)오 그 부인이 ᄯᅩ 우공(友恭)ᄒ야 못 미출 ᄃ
시 ᄒ니, 궁도(窮途) 화란(禍亂) 듕의 이 동싱 ᄂᆡ외(內外) 아니러면 엇디
디ᄂᆡ여시리오.[26]

다ᄒᆡᆼ이 임인(壬寅, 1782) 방경(邦慶)[27]으로 특별이 그 가부(家夫)ᄅ 몽방
(蒙放)ᄒ시니 제게 승은(聖恩)이 엇더ᄒ시리오. 그 몸만 ᄲᅡ혀 프르시니 이
ᄂ 전혀 이모(姨母)의 ᄂᆞᆽᄎᆞᆯ 보시미라. 제 감격텬은(感激天恩)을 ᄲᅧᄅᆞᆯ ᄀᆞ라
다 못 갑흘 거시오, 내 저 위ᄒᆞ야 깃브믄 비홀 ᄃᆡ 업손디라. 부뷔(夫婦)

22) 무슐(戊戌) 화변(禍變): 아버지 홍봉한의 죽음.
23) 1776년 사위의 유배로 딸과 헤어진 후 삼 년을 딸을 그리다가 죽었다는 말.
24) 결색(結轖): 마음이 울적함.
25) 이런 점에서는 동생이 아버지께 근심을 더 많이 끼친 듯하다는 뜻.
26) [교감] 종합본에서는 둘째 동생이 여동생을 도운 일이 좀더 자세히 기술되어 있다.
27) 문효세자가 탄생한 국가의 경사.

듕봉(重逢)호 거시 틴디 ᄀ툰 대덕(大德)이니 젹덕(積德)이 다시 업손디라.

병 업시 안과(安過)ᄒ기 ᄇ라더니, 그ᄃᆞᆯ브터 슈틴(受胎)ᄒ야 오 년 닉(內) 세 번 싱산(生産)ᄒ니, 격년(經年)28)이 쵸심(焦心)ᄒ야 이운 간댱(肝臟)과 원긔(元氣)ᄂᆞ 대허(大虛)ᄒ야 ᄉᆞ싱(死生)을 츌몰(出沒)ᄒ니, 내 외오셔 애쓰기롤 언마롤 ᄒᆞᆫ 동 알니오. 하ᄂᆞᆯ이 제 슉덕(淑德)을 갑흐셔 듕병(重病)이 회두(回頭)ᄒ고 궁도(窮途) 간난(艱難) 듕이나 ᄌᆞ녀(子女)롤 셩츄(成就)ᄒ야 ᄌᆞ부녀셔(子婦女壻)가 눔만 못ᄒ디 아니ᄒ고 손ᄌᆞ(孫子)롤 여러흘 보아시니 ᄒᆞᆫ 일홈만 업스면29) 셰샹의 복녹지인(福祿之人)으로 쳐ᄒᆞ런만은 벼슬길이 아득ᄒᆞ니 차셕(嗟惜)ᄒᆞ기 이르랴.30)

이십 년 만에 만난 동생

쥬샹(主上)이 비록 대안(大案)의 벗겨주셔 앗기시나, 그 싀아븨 심ᄉᆞ(心事)ᄂᆞ 통쵹(洞燭)ᄒᆞ시고 고휼(顧恤)ᄒᆞ시미 ᄌᆞ별(自別)ᄒᆞ셔 제구(諸舅)31)의게 너무시니,32) 이ᄂᆞ 어미 못 이겨ᄒᆞ시ᄂᆞ 뜻을 바다 이모(姨母)롤 극딘(極盡)이 혜아리시미니, 제 셩은(聖恩)이 그지업고, 특별이 법을 굽혀 금츈(今春) 화셩(華城) 거동(擧動)의 만나게 ᄒᆞ시니, 이 셩의(聖意)ᄂᆞ 천고(千古)의 쐬여나시니, 제 황감무디(惶感無地)ᄂᆞ 니ᄅᆞ디 말고 내 ᄉᆞ심(私心)의 반가오믄 둘재오, 국법(國法)이 히티(懈怠)홀가 블안키 심ᄒᆞ야 보디 말고져 ᄒᆞ디, 셩효(聖孝)가 이히의 내 ᄆᆞ음 바드시미 아니 미츤

---

28) 경년(經年): 해를 넘긴다는 뜻.
29) 역적이라는 오명.
30) [교감] 종합본에는 동생 집이 역적이 되어 고생한 일과 정조가 혜경궁의 서제 낙좌를 보내 도운 일이 덧붙어 있다.
31) 제구(諸舅): 여러 외삼촌.
32) 『순조실록』 1814년 8월 21일조에는 이복일의 상소가 있는데, 여기에 따르면 정조가 일찍이 이복일의 아버지 이상로를 "역적은 아니다(逆則非矣)"라고 했다고 하며, 혜경궁이 환갑을 맞던 해 화성에서도 자기 집의 신원에 대해 언급했다고 한다.

곳이 업서 싱젼(生前)의 흔(恨)이 업게 형뎨롤 만나게 ᄒᆞ시니, 이십 년 그리던 졍니(情理)로 만나보니 듕년(中年) 니르러던 형은 회갑(回甲)의 니르고 삼십(三十)이 겨유 되엿던 아ᄋᆞᄂᆞᆫ 오십(五十)이 되고 풍상간고(風霜艱苦)롤 비블이 격고 져멋던 얼골과 아름다온 ᄌᆞ질(資質)이 변형(變形)ᄒᆞ여시니 반갑고 슬프며 앗갑기롤 엇디 다 형용(形容)ᄒᆞ리오.

형뎨 만나 슬픈 눈믈분이며, 기간(其間) 화고(禍故)며 무슈(無數) 경녁(經歷)을 다 못 펴고 오뉵 일이 얼픗 디나 분슈(分手)ᄒᆞ니, 싱뎐(生前)의 못 보기로 긔약(期約)ᄒᆞ여실 적도 잇건마는 새로이 악연(愕然)ᄒᆞ니, 일별지후(一別之後)의 다시 보기 난득(難得)이라, 도라와 싱각ᄒᆞ니 만나본 배 진짓일이 아니턴 듯 꿈의 본가 의희(依稀)ᄒᆞ니, ᄒᆞᄆᆞᆯ며 제 심ᄉᆞ(心事)냐. 얼프시 오십 나히 되야 싱일을 디내니, 저 나던 ᄯᆡ 깃거ᄒᆞ시던 거동(擧動)이며33) 부모 뫼셔 즐기던 일이며 제 몸이 ᄋᆞ시(兒時)로 금듕(禁中)의 츌입(出入)ᄒᆞ야 ᄉᆞ랑을 바치던 일이 혼 꿈이오, 향곡(鄕曲)의 칩복(蟄伏)ᄒᆞ야 텬일(天日)을 볼 긔약(期約)이 아득ᄒᆞ니 년측년측(憐惻憐惻)ᄒᆞ야, 임의 제 싀아븨 심ᄉᆞ(心事)롤 아르시니, 일월(日月)이 다시 비최셔 복분(覆盆)34)을 펴 역지일ᄌᆞ(逆之一字)만 업ᄉᆞ면 내 저롤 위ᄒᆞ야 깃븜과 저희 다시 므슴 여감(餘憾)이 이시리오.

ᄯᅩ 싱각ᄒᆞ니 제 평싱(平生) 심덕현텰(心德賢哲)혼 거슬 혹 상텬(上天)이 제 심ᄉᆞ(心事)롤 갑ᄒᆞ시ᄂᆞ니가. 셜움을 빙셕(氷釋)ᄒᆞ고, 부뷔(夫婦) 히로(偕老)ᄒᆞ며, ᄌᆞ부녀셔(子婦女壻) 손ᄌᆞ녀(孫子女)롤 거ᄂᆞ려 수미(愁眉)롤 펴고, 나라히 은권(恩眷)을 밧ᄌᆞ와, 눕이 그 유복(有福)을 찬양(讚揚)홀 사롬이 될가 ᄇᆞ라미 업디 아니ᄒᆞ더라.35)

---

33) 부모와 일가가 기뻐하던 거동.
34) 복분(覆盆): 죄를 뒤집어쓰고 밝히지 못하고 있음.
35) 원문은 여기서 줄 바꿈이 있다.

두 분 작은아버지

셋째 작은아버지 홍준한

　내 슉계부(叔季父)[1]로 년긔(年紀) 서로 ▽튼여 일가(一家)의셔 ▽라니, 서로 친이(親愛)ᄒ미 타인(他人)의 슉딜(叔姪)과 다ᄅ고, 계부(季父)ᄂ 더 욱 나히 일년(一年)이 츼디(齒遲)[2]ᄒ나 서로 ▽톤디라, 일가의 샹슈(相 隨)ᄒ야 ᄉ랑ᄒ미 각별(各別)ᄒ고, 글 닑그시ᄂ 씌의 미양 겻히셔 셔산 (書算)[3]을 펴드리더니라.

　왕모(王母)겨오셔 덕힝(德行)이 지극(至極)ᄒ오셔 긔ᄌ(己子)며 손ᄌ녀 (孫子女)ᄅᆯ 분간(分揀)ᄒ오시미 업서 ᄉ랑ᄒ오시고, 션비(先妣) 슉계부 ᄋ이티(愛待)ᄒ오시미 의(義)ᄂ 수슉(嫂叔)이오시나 졍(情)ᄂ 모ᄌ(母子) ▽

---

1) 슉부 준한 1731년생. 계부 용한 1734년생.
2) 치지(齒遲): 나이가 어리다.
3) 서산(書算): 글을 읽은 횟수를 세는 데 쓰는 물건. 봉투처럼 만들어 거죽에 두 층으로 눈을 내 어서 그 눈을 접었다 폈다 하며 책을 읽은 횟수를 표시한다.

ᄌ오시니, 우리 슉딜(叔姪)이 동긔(同氣)ᄀ치 서로 귀ᄒ야 슉부(叔父)ᄂ 날을 ᄉ랑ᄒ며 미양 노롬 노리홀 거슬 ᄒ여 주시더니라.

슉모(叔母)ᄂ 내 입궐(入闕)ᄒ 후 입승(入承)ᄒ오시니 ᄌ로 뵈온 배ᄂ 업스나 셩ᄒᆡᆼ(性行)이 ᄀᆺᄌ오시믈 일가의셔 칭찬ᄒᆞᆸᄂ 배러니, 듕년(中年)의 도라가오시니 우리 집의 블ᄒᆡᆼ으로 을ᄒᆡ(乙亥, 1755) 후로 세 번 변상(變喪)이 나오시고⁴⁾ 현부인(賢夫人)이 아니 겨오시니 문호(門戶) 통박(痛迫)⁵⁾이 ᄀ음 업더라.

죵뎨(從弟) 등을 보디 못ᄒ엿다가 작금년(昨今年)의 보니 다 각각 아롬다온 션비오 심믜(嬸妹)⁶⁾롤 보니 골육(骨肉)이 만나 귀(貴)ᄒ고 깃브믈 니ᄅ랴.

막내 작은아버지 홍용한

계부(季父)겨오셔ᄂ 쇼시(少時)로 아망(雅望)이 늉듕(隆重)ᄒ오시니 반ᄃ시 낭묘(廊廟)의 큰 그ᄅ시 되오실가 미뢰오미 잇더니⁷⁾ 블ᄒᆡᆼᄒ온 운을 만나오셔 산듕(山中)의 셰렴(世念)을 ᄭᆺᄌ오시니,⁸⁾ 내 ᄉ졍(私情)으로 앗기옵ᄂ 거시 아니라 공의(公議)로 차탄(嗟歎)ᄒ이더라.

궁도(窮途) 듕이오시나 냥위(兩位) 히로(偕老)ᄒ오셔 회갑(回甲)을 디니오시니 우리 집의 업손 일이라. 희귀(稀貴)ᄒᆞᆸ고 죵뎨(從弟) 두 사ᄅᆷ⁹⁾이 다 사ᄅᆷ의게 디난 인품(人品)이로디, 히오미 업스니 차셕(嗟惜)ᄒ나,

---

4) 1755년 혜경궁의 어머니 이부인의 죽음 이후 혜경궁 집안의 변상으로는 1771년 홍낙임 처의 죽음과 1777년 홍낙인의 죽음 등을 꼽을 수 있다.
5) 통박(痛迫): 마음이 몹시 절박함.
6) 심매(嬸妹): 종제(從弟)의 처.
7) 미뢰오미: 미루어 헤아림이. 버클리32본 '有所推하더니'.
8) 홍용한의 문집 『장주집』에 있는 「동림부東林賦」 서문에 홍용한은 서울 동쪽에 있는 수락산에 병거(屛居)한다고 적혀 있다.
9) 홍낙수(洪樂受), 홍낙유(洪樂有).

부모(父母)를 뫼셔 즐기고 다남ᄌᆞ(多男子)ᄒᆞ야 노경(老境)의 열의(悅意)로 효봉(孝奉)ᄒᆞ니, 문호(門戶) 셜움은 평싱지혼(平生之恨)이오시려니와 복녁(福力)의 거륵ᄒᆞ시믄 뉘 우리 계부모(季父母) 죵요로은 영녹(榮祿)을 쓸 오리오. 산듕(山中) 분양왕(汾陽王)[10]이시니라.

계모(季母)는 유시(幼時)로 이죵(姨從)[11]의 졍(情)이오 각별(各別)ᄒᆞᆫ 친ᄋᆡ(親愛)러니, 문호지변(門戶之變)[12]으로 궁금(宮禁) 츌입(出入)이 쳔니(千里) 가ᄐᆞ니, 졍경(情逕) 막히여 탕모(悵慕)분이러니, 올흘 만나 ᄯᅩ 화셩(華城)셔 뵈오니, 그 반갑기 엇더ᄒᆞ리오. 궁도간(窮途間) 익듕(厄中)이라도 다힝이 쇠ᄒᆞ디 아냐 겨오시니 힝심(幸甚)ᄒᆞ더라.[13]

10) 분양왕(汾陽王): 곽자의(郭子儀). 중국 당나라의 명장군. 안녹산의 난을 토벌했으며 그 뒤 많은 공을 세워 분양왕에 봉해졌다. 오복을 겸비하여 팔자가 좋은 사람의 대명사가 되었다.
11) 계모(季母)인 송씨는 혜경궁의 이종사촌으로 송재희에게 시집간 이모의 딸이다.
12) 정조가 등극하자 홍용한은 홍인한과 함께 정후겸과 결탁했다는 이유로 탄핵되었다. 그러다 환갑해인 1794년에 관작을 복구시켰다.
13) 원문은 여기서 줄 바꿈이 있다.

고모들

빅고모(伯姑母)[1]는 일죽이 하셰(下世)ᄒ오시니, ᄌ손(子孫)이 녕낙(零落)
ᄒ야, 션친(先親) 셩우(誠友)룰 튜모(追慕)ᄒ와 경경(惸惸)ᄒ더니, 그 ᄂᆡ종형
(內從兄)[2]이 마자 도라가니 빅고모의 자녜(子女) 다 업ᄉ니 허우록[3] 슬푸
도다.

우리 집이 경신(庚申, 1740)[4] 후로 디ᄂᆡ오미 어려오니,[5] 듕고모(仲姑
母)겨오셔 효우(孝友) 지극ᄒ오시니 모부인(母夫人)긔 지셩(至誠)이시고,
션비(先妣) ᄉ랑ᄒ오시미 친동긔(親同氣) ᄀᆞᆺᄌᆞ오셔, 미양 구간(苟艱)ᄒ오
신 쩌 돕ᄉ오시미 만ᄉ오시니, 내 어려 본 일 ᄉᆡᆼ각ᄒ니 임슐계ᄒᆡ간(壬
戌癸亥間, 1742 및 1743)의 조부 삼년(三年)을 못줍고 용도(用度)의 핍졀
(乏絶)ᄒ미 심ᄒ더라. 고뫼(姑母) 미양 도으시미 쩌을 일치 아니ᄒ오시

---

1) 백고모(伯姑母): 이덕중의 처.
2) 내종형(內從兄): 장남 이한영을 가리키는 듯.
3) 허우록: 마음에 잊지 못하여 허전한 모양.
4) 1740년 혜경궁의 할아버지 홍현보의 죽음.
5) 원문은 여기서 줄 바꿈이 있다.

믈 조차 불을 들 적이 만터니라.[6]

동ᄉᆡᆼ님들 ᄉᆞ랑ᄒᆞ오심과 졔딜(諸姪) 우ᄋᆡ(友愛)ᄒᆞ오시미 긔츌(己出) ᄀᆞᆺᄌᆞ오시고, 셩되(性度) 너그러워 애톄(礙滯)ᄒᆞ미 아니 겨오시고, 복녹(福祿)이 무ᄡᅡᆼ(無雙)ᄒᆞ오시고 대뎐(大殿) 츈궁시(春宮時)의 녜우(禮遇)도 만히 밧ᄌᆞ와 겨오시더니 엇디ᄒᆞᆫ 연고로 화변(禍變)이[7] 비ᄒᆞᆯ 곳이 업서 그 뫼 ᄀᆞᆺᄐᆞᆫ 복녁(福力)이 내ᄀᆞᆺ치 스러져 겨오시니 그 엇던 일인고. 공구(恐懼)ᄒᆞ야 아디 못ᄒᆞ리로다. ᄉᆡᆼ각ᄒᆞ면 흉격(胸膈)이 막히이노라.

계고모(季姑母)겨오셔 이셰(二歲)의 조실ᄌᆞ모(早失慈母)ᄒᆞ시니 우리 제ᄆᆡ(弟妹) 실시(失恃)ᄒᆞ올 ᄢᆡ만도 못ᄒᆞᆫ디라. 션친이 ᄌᆞ별(自別)이 우ᄋᆡ(友愛)ᄒᆞ오셔 기간의 화긔(和氣) 감ᄒᆞᆫ 일이 만흐ᄃᆡ[8] 긔미(機微)ᄅᆞᆯ 나타내오미 아니 겨오시고, 그 고모의 효우(孝友)ᄂᆞᆫ 지극ᄒᆞ신디라, 서로 우공(友恭)ᄒᆞ오시미 극ᄒᆞ오시더니, 고모긔셔 당신 집 일노 소죄(所遭) 희포 겨시더니, 작년의 내 뉵슌(六旬) 만나므로ᄡᅥ 됴공의 일이 폭ᄇᆡᆨ(暴白)ᄒᆞ이여 완젼ᄒᆞᆫ 사ᄅᆞᆷ이 된 고로[9] 고뫼(姑母) 셩은의 늉듕(隆重)ᄒᆞ시믈 ᄡᅴ여 입궐(入闕)ᄒᆞ시고, 금년(今年) 화셩(華城) 못ᄀᆞ디의 ᄯᅩ 참예(參預)ᄒᆞ시니 년긔(年紀) 팔질(八耋)의 ᄒᆞ나히 못 미처 겨오시ᄃᆡ 강건(强健)ᄒᆞ오시미 이샹ᄒᆞ오시니 흔희(欣喜)ᄒᆞ나, 도라 션친을 츄모(追慕)ᄒᆞ니, 동포동긔(同胞同氣)신ᄃᆡ 칠슌(七旬)을 못 누리오시고, 고모겨셔ᄂᆞᆫ 근녁(筋力)이 쇼년ᄀᆞᆺ자오시믈 불워ᄒᆞᄂᆞᆫ 눈믈이 흐ᄅᆞ며, ᄇᆡ궤진퇴지절(拜跪進退之節)이 죠곰도 소년의 감치 아니ᄒᆞ오시니 이샹ᄒᆞ오믈 흠복(欽服)ᄒᆞ노라.[10]

6) 중고모부네는 선조의 아들인 경평군의 자손으로 부귀한 집이었다.

7) 정조 즉위 초인 1777년에 중고모의 장남 이택수와 사위 홍찬해가 은전군 이찬의 추대 사건에 연루되어 사형을 당했다. 이 일로 중고모 집안은 몰락했다.

8) 『정조실록』 1776년 3월 26일조에 계고모부인 조엄을 귀양 보낸 기사가 있는데, 여기에서 조엄의 아들 조진관과 홍인한의 아들 홍낙술이 서로 신문고를 울리며 다투었음을 볼 수 있다. 내외 일가의 다툼인 셈인데, 계고모 집은 혜경궁 집과도 유사한 문제가 있었던 것으로 짐작된다.

9) 『정조실록』 1794년 6월 16일조에 조엄을 장안(贓案), 즉 부패 관리의 명단에서 빼주었다는 내용이 있다.

10) 원문에 줄 바꿈이 있을 만한 부분인데 줄 맨 끝에서 문장이 끝나고 있어서 줄 바꿈 여부가 분명하지 않다.

오빠의 장녀 조실이

션형(先兄)이 오남미(五男妹)를 셩인(成人)ᄒ야 개개(箇箇)히 특이(特異)ᄒ니 복녁(福力)이 겨오시믈 일쿳더니 블힝이 송녀(宋女)와 박실(朴室)을 울르시고[1] ᄯ 변상(變喪)이 나니,[2] 그 모부인(母夫人) 쇠경(衰境)의 디통이 엇더ᄒ시리오. 쇠ᄒ시미 연긔(年紀)와 ᄉ이 심ᄒ시니[3] 합문(闔門)의 우려롤 이르리오. 슈영(守榮)의 고위(孤危)ᄒ미 심ᄒ니 큰집 일이 민망ᄒ더라. 남미 셔르 의양(依養)ᄒ야 편모(偏母)룰 밧드니 무병(無病)ᄒ고 댱슈(長壽)ᄒ기룰 ᄇ라며,

됴실(趙室)이 제 어려셔 제 고모(姑母)로 더브러 금즁츌입(禁中出入)을 미양 ᄒ야 이제 니르히 츌입이 ᄌ즌디라. 녀족하(女足下)의 왕니(往來)홀 제마다 아ᄋ 싱각ᄒᄂ 심ᄉ(心思) 됴치 못ᄒ롸.[4] 제가 은권(恩眷) 닙

1) 울르시고: 우시고 즉 잃으시고 버클리32본 '失ᄒ시고'.
2) 차남 홍최영의 죽음.
3) 나이보다 더욱 쇠약해졌다는 뜻.
4) 앞에서 여동생 이복일의 처에 대해 얘기하면서도 오빠 홍낙인이 자기 딸보다도 오히려 여동생을 더 사랑했노라고 말한 바 있다. 동생과 조카가 비슷한 나이라 항상 비교가 되었던 것이다. 그런데 조카는 잘사는데 아우는 잘살지 못해 마음이 아팠다는 말이다.

스오미 심ᄒ니 제 황감(惶感)ᄒ미 니를 배 업도다. 제 샹뫼(相貌) 온화
ᄒ고 모부인(母夫人)을 담ᄉ와 아롬다와 쳑니(戚里) 졔(諸) 부녀 즁 ᄲ여
나니 궁즁(宮中)이 칭찬ᄒ야 외간부녀(外間婦女)로 보디 아니ᄒ노라.

제 나히 오십이 거의오, 비록 남지 아니나 군죵(群從)의 머리지어 디
졉(待接)ᄒ미 이시니,5) 니 ᄯᅩᄒ 연니(年內)의 심ᄉ(心事)를 ᄂᆞᆫ홀 ᄒᄂᆞᆺ 아
이 머니 이시니 져를 위ᄒ 졍이 ᄌᆞ별(自別)ᄒ야 ᄒ노라. ᄌᆞ궁(子宮)이
슌치 못ᄒ야, 일ᄌᆡ(一子) 병이 이시니 제 ᄆᆡ양 근심을 품엇는 양을 보
면 닛디 못ᄒ이더라.6)

5) 혜경궁 조카들 가운데 연장이니 대표가 되었을 것이다.
6) 원문에서 줄을 바꾸고 또한 두 줄 정도를 비위두고 있다.

나의 수족, 친정에서 데리고 온 종들

　내 간퇵의 드리고 온 종이 조모(祖母) 시비(侍婢) 희녜와 그 아ᄋ 복녜며 듕모(仲母) 시비 ᄒ나흘 드리고 드러왓더니, 복녠죽 션친 소과(小科)ᄒ신 후 증조모(曾祖母)겨오셔 특급(特給)ᄒ오신 시비니, 아디(阿只)의 형데와 흔가지로 주어 겨오시더니,

　아디는 니 유모(乳母) 드러 ᄉ오셰(四五歲)ᄀ디 져슬 먹이고, 제가 집 안 비명(婢名)은 이시나 ᄉ환(使喚)ᄒ야 쳔역(賤役)ᄒ미 업시 녀가(閭家) 부녀(婦女)ᄀ치 사던 거시니, 션비(先妣) 졋 먹인 후 ᄎ디 아니셔 니여 보니여 살니시더니, 궐니 드러오기ᄅ 당ᄒ야 유모니 ᄯᆯ오리라 ᄒ여 드려보니여 겨오시니, 인믈이 슌실튱근(淳實忠勤)ᄒ니 포병(抱病)ᄒ나 니 여러 슌 산휵(産畜) ᄠ 시죵을 들고, ᄯ 댱슈(長壽)ᄒ야 쳥연(淸衍) 형데(兄弟) 히만시(解娩時)와 임인(壬寅, 1782) 디경(大慶)[1] ᄠ의 산실(産室)의 드러 슈고ᄒ니, 슈미(首尾) 거의 이십여ᄎ(二十餘次)ᄅ ᄒ니 유공(有功)

---

1) 문효세자 탄생.

이 적디 아니ᄒᆞ니, 쥬샹(主上)이 공을 **쓰셔**2) 제 ᄌᆞ손을 후뇨(厚料)로 마을3)의 브치시고, 저ᄅᆞᆯ 후디ᄒᆞ셔 쳔ᄒᆞᆫ 몸의 당치 못ᄒᆞᆯ 은영(恩榮)이 만ᄒᆞ시더니, 팔십일셰(八十一歲)의 도라가니 닉게 은양지공(隱養之功)과 슈로지공(手勞之功)이 적디 아니ᄒᆞ니, 참연비통(慘然悲痛)ᄒᆞ여 ᄒᆞ엿노라. 우희셔 부의(賻儀)ᄅᆞᆯ 두터이 ᄒᆞ시니 어미ᄅᆞᆯ 은양(隱養)ᄒᆞᆫ 공으로 여ᄎᆞ(如此)ᄒᆞ시니 싱각이 아니 미ᄎᆞ시미 업노니라.

복녜는 을묘(乙卯, 1735)4) 후 복ᄉᆞ(服事)ᄒᆞ야 날을 드리고 유시(幼時)의 ᄯᅥ나디 아니ᄒᆞ야, 노롬노리 ᄒᆞ기와 ᄌᆞ못 브리더니, 계ᄒᆡ(癸亥, 1743) 초간(初揀)의 제 나히 십구셰러니 ᄯᅡ라 드러와 보계(補階)5)의 업고 오ᄅᆞ기ᄅᆞᆯ 제 다ᄒᆞ고, 삼간(三揀) ᄢᅥ 별궁으로 드러와, 싱것방6) 내인 되여시니 제 미쳔ᄒᆞᆫ 거시로ᄃᆡ, 졍셩이 〈슈〉화(水火)라도 ᄉᆞ양치 아닐 ᄯᅳ시니, 갑ᄌᆞ(甲子, 1744) 이후의 무궁ᄒᆞᆫ 간고(艱苦)가 쳔셔만단(千緖萬端)이니 날과 ᄀᆞ치 제 경녁(經歷)ᄒᆞ야 디니고, 제가 쳔인(賤人)이나 영혜(英慧)ᄒᆞ고 공근(恭勤)ᄒᆞ니 내 심히 밋비 브리니, 네 번 회산의 깅반(羹飯) 디령(待令)ᄒᆞᆫ 제 다ᄒᆞ고, 닉 심즁(心中)의 ᄭᅳᆯᄂᆞᆫ 듯ᄒᆞᆫ 근심인족 제 다 알고, 션비 겨오실 제 밋비 브리오셔 미양 제게 부탁ᄒᆞ야 내 몸이 편ᄒᆞ며 아니믈 아ᄅᆞ시더니라. 우희 졍셩(精誠) 되며, 군쥬(郡主)들ᄭᅴ디와 여러 집 ᄋᆞ쇼(兒少)들ᄭᅴ디 지졍(至精)이니, 그 졍셩은 드믈 거시니 아ᄅᆞᆷ답다 ᄒᆞ리라.

인원셩후(仁元聖后) 입궐 제 뫼옵고 드러온 내인을 션됴(先朝)의셔 뎡튝(丁丑, 1757) 국휼(國恤) 후 튜모(追慕)로 비롯ᄉᆞ오셔 시녀(侍女) 관교(官敎)7)ᄅᆞᆯ 주오시니 궁듕 쳐엄이라. 제 몸의 영화(榮華)로오미 극ᄒᆞ다

2) 공을 쓰셔: 공로를 표창하여. 버클리32본 '用功ᄒᆞ며'.
3) 마을: 현재와는 달리 관아(官衙)를 뜻하는 말이다. 버클리32본 '付于府之厚料'.
4) 혜경궁이 태어난 해. 이 해에 홍봉한은 증광시에 합격했다. 즉 홍봉한 합격 후 증조모가 내린 복례가 자기 집에 와서 일하기 시작했다는 말이다.
5) 보계(補階): 잔치 때 임시로 넓힌 마루.
6) 싱것방: 생과방(生果房). 즉 과자, 과일 등 궁궐의 주전부리를 만들고 관리하는 곳.

일ᄏᆞ더니, 복녜ᄂᆞᆫ 임인(壬寅, 1782) 경ᄉᆞ(慶事)의 제 갈역진심(竭力盡心)
ᄒᆞᆫ 공이 과연 이시니, 공을 갑흐셔 시녀 관교룰 주시니 제게 영감(榮
感)이 지극ᄒᆞ고, ᄯᅩ 경슐(庚戌, 1790) 딕경(大慶)8)의 외람이 샹궁(尙宮)을
ᄒᆞ이시니 쳔분(賤分)의 과ᄒᆞ니,9) ᄂᆡ 시녀 관교 주실 제ᄂᆞᆫ 인원셩모(仁元
聖母) ᄂᆡ인의 고ᄉᆞ(故事)가 이시니 불안ᄒᆞ미 덕더니, 샹궁 ᄒᆞ기의 미처
ᄂᆞᆫ ᄂᆡ 과ᄒᆞᆫ가

"마ᄅᆞ소셔"

ᄒᆞ되, 우히

"공이 크다"

ᄒᆞ셔 ᄒᆞ이시니, 제 본복(本福)의 넘ᄯᆞᆫ 일이니라. 제 쳔(賤)ᄒᆞᆫ 몸으로 우
히셔 가차(假借)ᄒᆞ오시고, ᄂᆡ뎐(內殿) 이하(以下)가 다 ᄂᆡ 드리고 드러온
유공(有功)이 잇다 ᄒᆞ야 후(厚)히 ᄒᆞ시니 이 ᄯᅩᄒᆞᆫ 엇디 못홀 영광이라.
제 분(分)을 아라 공근(恭勤)ᄒᆞ므로 조차 이런 은수(恩數)룰 밧ᄂᆞᆫ가 시
브더라. ᄌᆞ고로 본집 ᄂᆡ인(內人)이 드러와 늙도록 종신(終身)ᄒᆞᄂᆞ ᄂᆡ 업
ᄉᆞ딕, 이거슨 계희의 날을 드리고 드러와 회갑(回甲) 되ᄂᆞᆫ 거슬 보니
유공타도 니ᄅᆞ리로다.

---

7) 관교(官敎): 관부의 명령. 여기서는 정식 임명.

8) 순조 탄생.

9) 복례의 예로 볼 때, 내인은 실질적으로 내인−시녀−상궁의 세 계급이 있었음을 알 수 있다.
『영조실록』 1767년 9월 29일조에서는 영조가 자기 동궁 시절 내인들 중 아직도 살아 있는 자
들이 있다고 하면서, 나이 많은 내인들에게 상을 내렸는데, 내인을 세 계급으로 나누어 하사하
며 제일층이 상궁임을 밝히고 있다. 또한 『정조실록』 1778년 윤6월 13일조에는 궁녀들의 잔치
를 금하면서 상궁, 시녀처럼 직위가 높은 궁녀도 법을 어기면 유배 보내라고 말하고 있다.

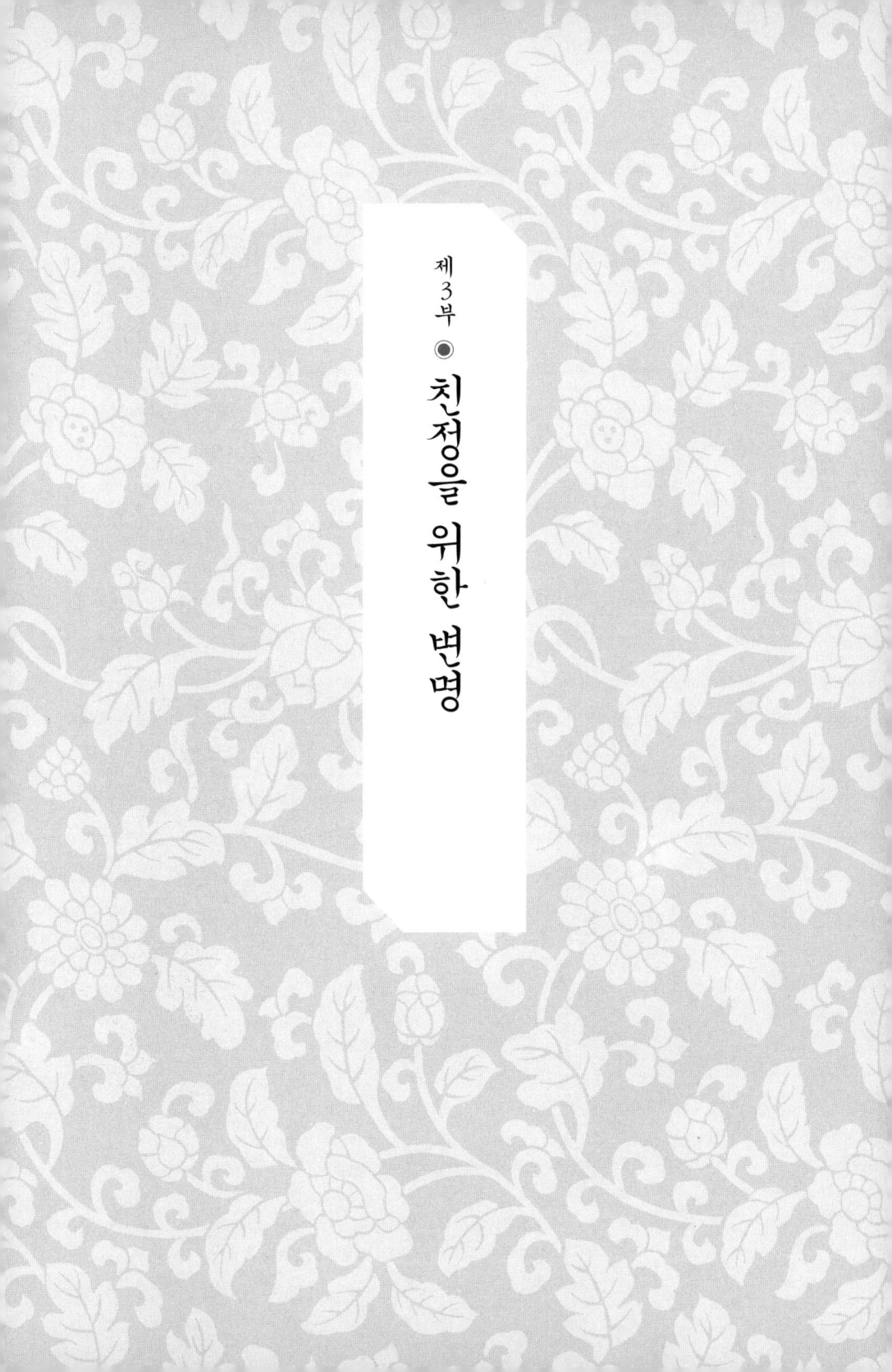

제3부

●

친정을 위한 변명

제1편 읍혈록泣血錄

글 쓴 경위

니 유시(幼時)의 입궐(入闕)ㅎ야 거의 뉵십년(六十年)이라. 명운(命運)이 험흔(險釁)ㅎ고 경녁(經歷)이 무궁(無窮)ㅎ야 만고소무지통(萬古所無之痛)을 다닌 밧, 억만 가지 창상(滄桑)을 다 격고 사람 죽디 아니ㅎ디, 션왕(先王)의 지셩지효(至誠至孝)로 츠마 명을 결치 못ㅎ야 오늘날ㄱ디 니르럿더니, 하눌이 가지록 날을 믜이 넉이샤 차마 당치 못홀 혹화(酷禍)롤 당ㅎ니, 즉디(卽地)의 합연(溘然)ㅎ야 쑬으는 거시 당연ㅎ디 완명(頑命)이 토목(土木) ㄹㅌ야 능히 ㅈ절(自絶)치 못ㅎ고, 쏘 유쥬(幼主)롤 권년(眷戀)ㅎ야 지금 일누(一縷)롤 디팅(支撑)ㅎ니 이 엇디 츠마 사롬의 견딜 바리오.

녀염필부(閭閻匹婦)로 닐너도 칠십노인(七十老人)이 독ㅈ(獨子)롤 굿겨시면[1], 동니 사롬도 서로 됴문(弔問)ㅎ고 위로(慰勞)ㅎ야 참연(慘然)이 너길디, 션왕을 여흰 수월니(數月內)의 니 션친(先親)긔 참욕(慘辱)이 망

[1] 굿겨시면: 잃었으면. 여기서는 정조의 죽음.

유긔극(罔有紀極)ᄒ고 너 쳐의(處義)²⁾ᄒ려 ᄒᄂ는 일노 슉뎨(叔弟)가 격동(激動)ᄒ다 죄ᄅᆞᆯ 잡아 슈미(首尾) 칠팔삭(七八朔)의 방불(彷彿)토 아닌 허언(虛言)으로 무망(誣罔)ᄒ야 졀도(絶島)³⁾의 쳔극(栫棘)⁴⁾ᄒ고 니어 참화(慘禍)ᄅᆞᆯ 밧게 ᄒ니,⁵⁾ 이ᄂ는 너 쳐의(處義)ᄒ랴 ᄒᄂ는 일노 슉뎨의게 죄ᄅᆞᆯ 옴기〈미〉니, 슉뎨ᄅᆞᆯ 죽이미 아니라 실은 날을 죽인 거시라.

흉도(兇徒)가 득시(得時)ᄒ야 션왕을 져ᄇᆞ리고 유쥬ᄅᆞᆯ 업슈이 너겨 션왕 어미ᄅᆞᆯ 이리 핍욕(逼辱)ᄒ니 인륜(人倫)이 ᄯᅳ러지고 신분(臣分)이 업스미 이쩌 ᄀᆞᆺ튼 적이 다시 어이 이시리오. 너 쥬야(晝夜)로 퇴흉읍혈(槌胸泣血)⁶⁾ᄒ야 션왕과 동싱을 ᄯᅡ로고져 ᄒ디 ᄯᅡ로디 못ᄒ고 경경혈혈(煢煢孑孑)⁷⁾ᄒ야 의디홀 곳이 업고, 살냐 ᄒ야도 살길히 업고 죽으랴 ᄒ야도 죽을 슈가 업스니, 이거시 다 나의 죄악이 심듕(深重)ᄒ고 명되(命途) 궁흉(窮凶)ᄒᆫ 소치(所致)니 하ᄂᆞᆯ을 브르고 귀신을 원망홀 ᄲᅮᆫ이며, 너 디닌 바 일이 ᄌᆞ고(自古) 후비(后妃)의 업고 너 집 소조(所遭)가 ᄯᅩᄒᆫ ᄌᆞ고(自古) 인가(人家)의 업ᄂ는 일이라, 텬되(天道) 신명(神明)ᄒ고 쥬샹(主上)이 인효(仁孝)ᄒ시니 너 비록 미처 보디 못ᄒ고 도라갈디라도 쥬샹이 시비(是非)ᄅᆞᆯ 분간(分揀)ᄒ야 너 지원(至冤)을 프러주실 날이 이실 줄 아나, 허다ᄒᆫ ᄉᆞ젹(事蹟)을 너 만일 긔록지 아니ᄒ면 ᄯᅩᄒᆫ ᄌᆞ시 아ᄅᆞ실 거시 업술 거시기, 모손(耗損)⁸⁾ᄒᆫ 졍신을 거두고 진(盡)ᄒᆫ 근녁(筋力)을 강잉(强仍)ᄒ야, 머리의 션왕이 날 셤기시던 셩효(聖孝)와 너게 슈작(酬酢)ᄒ시던 말솜을 옴겨쓰고, 그 남아ᄂ는 됴건됴건 ᄇᆞ려 명빅히 알게 ᄒ

2) 쳐의(處義): 떳떳함을 행함.
3) 졀도(絶島): 육지에서 먼 섬. 여기서는 제주도.
4) 쳔극(栫棘): 가시울타리를 쳐서 집에서 못 나오게 하는 형벌.
5) 뒤에 서술되듯이 1800년 6월 정조 사후에 홍봉한을 비판하는 상소가 빗발쳤고 이에 혜경궁은 약방 문안을 거부하여 불편한 심기를 드러냈다. 그런데 정순왕후는 혜경궁을 그렇게 하게 조종한 자를 홍낙임이라고 하면서 홍낙임에게 여러 가지 죄명, 특히 천주교와 연루되었다고까지 하여 결국 1801년 5월 사사했다.
6) 퇴흉읍혈(槌胸泣血): 가슴을 치고 피눈물을 흘림.
7) 경경혈혈(煢煢孑孑): 형제 또는 배우자가 없어 외로움.
8) 모손(耗損): 닳아 없어짐.

니, 나 곳 아니면 이 일을 뉘 즈시 알며 이 말을 뉘 능히 ᄒ리오

니 명이 됴모(朝暮)를 모르니 이 쓴 거술 가슌궁(嘉順宮)을 맛뎌 니 업슨 후라도 쥬샹긔 드려 니 경녁(經歷)의 흉험(凶險)홈과 니 집 소조의 원통호믈 아라 삼십 년 젹원(積怨)을 프러주시는 날이면 니 도라간 혼빅(魂魄)이라도 디하(地下)의 가 션왕을 뵈옵고 셩즈신손(聖子神孫)을 두어 계지슐사(繼志述事)9)ᄒ야 모즈(母子)의 평ᄉᆡᆼ(平生) ᄒᆞᆫ(恨)을 일운 줄 서ᄅᆞ 위로ᄒ리니, 이만 튝텬튝텬(祝天祝天)ᄒ며,

이 쓴 됴건(條件)의 니 일호라도 ᄭᅮ민 거시 잇거나 부과(浮誇)ᄒᆫ 거시 이시면 이ᄂᆞᆫ 우ᄒ로 션왕을 무함(誣陷)ᄒ고 가온디로 니 ᄆᆞ음을 스스로 긔(欺)여 신왕(新王)을 소기고 아리로 니 ᄉᆞ친(私親)을 아호(阿好)10)ᄒ미니 니 엇디 즉디의 텬앙(天殃)이 무셥지 아니ᄒ리오. 니 평ᄉᆡᆼ 경녁이 무수ᄒ고 션왕과 슈작이 몃쳔만 ᄆᆞ된 줄 모르디, 니 쇠모(衰耗)ᄒᆫ 신ᄉᆞ(神思)11)의 만의 ᄒ나흘 싱각디 못ᄒ고, ᄯᅩ 가국디ᄉᆞ(家國大事)의 계관(係關)치 아니ᄒᆫ 거ᄉᆞᆫ 셰쇄번셜(細瑣煩屑)12)ᄒ야 다 올니디 아니ᄒ고, 큰 됴건(條件)만 긔록ᄒ나 오히려 즈셰(仔細)치 못ᄒ도다.

임슐(壬戌, 1802) 칠월일(七月日) 셔(書)

---

9) 계지슐사(繼志述事): 선조의 뜻을 따름. 효자의 모습이다.
10) 아호(阿好): 친한 사람에게 붙좇음.
11) 신사(神思): 정신.
12) 세쇄번설(細瑣煩屑): 자질구레하거나 번다한 것.

아들 정조

세상(世上)의 뉘 모지(母子) 업스리오마는, 나와 션왕(先王) ᄀ튼 정니(情理)는 다시 업스니, 션왕 곳 아니면 니 엇디 오늘날이 이시며 니 업스면 션왕이 엇디 보젼(保全)ᄒ야 겨시리오. 모ᄌ(母子) 냥인(兩人)이 경경샹의(惸惸相依)[1]ᄒ야, 빅변챵샹(百變滄桑)[2]을 디니고, 만년영녹(萬年榮祿)[3]을 바다, 국가의 무강지복(無疆之福) 보기를 기ᄃ리더니, 황텬(皇天)이 므슴 뜻으로 듕도(中道)에 션왕을 아ᄉ시니, 고금텬하(古今天下)의 이런 혹화(酷禍)가 어이 이시리오. 니 임오화변(壬午禍變)의 죽디 아니ᄆ 션왕 보호ᄒ기를 위ᄒ미오, 무슐(戊戌, 1778)의 션친이 흉무(凶誣)를 만나 겨오셔 지원(至冤)을 폭빅(暴白)디 못ᄒ오시고 흔을 품어 촉슈(促壽)[4]ᄒ시니, 니 결단ᄒ야 ᄯ롤오고져 ᄒ더니, 션왕의 셩효(聖孝)의 감동ᄒ야 처음 ᄆ음을 일우디 못ᄒ고 이제 션왕을 일코 ᄯ 천만무죄(千萬無

1) 경경상의(惸惸相依): 외로운 처지에 서로 의지함.
2) 백변창상(百變滄桑): 바다가 뽕밭으로 변할 정도의 격심한 변천을 수없이 겪음.
3) 만년영록(萬年榮祿): 오래 계속될 영화와 복록.
4) 촉수(促壽): 죽음을 재촉함.

罪)혼 동성을 참화(慘禍)를 닙게 호니, 니 불녈불즈불효불우(不烈不慈不孝不友)혼 사롬이 되니 텬지간(天地間)의 므슴 면목(面目)으로 일일(一日)이나 뉴세(留世)홀 무음이 이시리오마는, 유쥬(幼主)를 권년(眷戀)호고 모딘 목숨이 뻑 쓴허지지 아니호야 지금 구챠히 투싱(偸生)호니, 날ㄱ치 혼용나약(昏庸懦弱)혼 사롬이 어이 이시리오.

선왕이 텬셩(天性)이 지효(至孝)호시고, 근년(近年)은 효도가 더욱 지극호셔, 날 셤기시미 날노 못 밋출 둧호시고, 평일에 노모(老母)의 닛디 못호는 무음을 바드샤, 셩듕(城中) 동가(動駕)라도 궐니룰 쩌나시면 문안호는 셔찰(書札)이 낙역(絡繹)5)호시고, 원힝(園幸)은 미양 날이 포되는 고로6) 더욱 나의 동동(憧憧)혼 무음을 싱각호셔, 도로의 역마(驛馬)를 셰우고 두어 시(時)가 못 호야 쇼식(消息)을 듯게 호시더니, 이제야 어디 가 혼 즈 셔신(書信)을 어드리오. 통의원의(痛矣冤矣)라.

검소는 복을 기르는 도리라

선왕(先王)이 텬질(天質)이 비범(非凡)호샤, 륭쥰(隆準)7) 농안(龍顏)이시고, 긔상(氣像)이 기억(岐嶷)호시고, 톄뫼(體貌) 특이(特異)호샤, 말을 비호며 글즈룰 아라 어려셔브터 흑문(學問)의 즈즈근근(孜孜勤勤)8)호야 침식(寢食) 스이 밧 최을 노흐시는 일이 업스셔, 필경(畢竟) 셩취(成就)호시미 고션텰왕(古先哲王)의게 쐬여나셔 텬하만스(天下萬事)의 모르실 거시 업스시니, 삼디(三代)9) 이후로 데왕(帝王) 〈듕(中)의〉 흑문과 셩덕경

---

5) 낙역(絡繹): 왕래가 끊임이 없음.
6) 날이 포되는 고로: 김동욱은 '날이 오래 걸리는 고로'로 주석했다. 유명한 혜경궁 환갑 때의 수원 화성 거둥은 왕복 8일이 소요되었다.
7) 융쥰(隆準): 콧대가 우뚝 솟은 모습.
8) 자자근근(孜孜勤勤): 꾸준히 부지런히 하는 모양.
9) 삼대(三代): 중국의 하, 은, 주를 일컫는다.

륜(聖德經綸)이 우리 션왕 ᄀ티 니 뉘 이시리오.

츈츄(春秋)가 오슌(五旬)이 거의 되시고 만긔(萬機)10)의 다ᄉ(多事)ᄒ시디, 미년(每年) 겨을이면 일질셔(一帙書)룰 브터 닑으시니, 긔미(己未, 1799) 동(冬)의 『좌뎐左傳』을 필독(畢讀)ᄒ시고, 니 지희(志喜)11)ᄒᄂ 뜻으로 어려겨셔 츼시시12)ᄒ야 드리던 일쳬로 약간 탕병(湯餠)13)을 ᄒ야 드리니, 션왕이 노모(老母)의 지의(志意)룰 깃거ᄒ셔 졔신(諸臣)으로 더브러 취포(醉飽)ᄒ시고 글 지어 긔록ᄒ시미 어제 ᄀ트나 인ᄉ(人事)의 변ᄒ믄 이에 니를 줄 엇디 뜻ᄒ야시리오.

션왕〈이〉 지인슌효(至仁純孝)ᄒ셔 영묘(英廟)긔 승안슌지(承顏順志)ᄒ심과 부모(父母)의게 효셩(孝誠)ᄒ시미 니ᄅ 다 긔록디 못ᄒ고 디략(大略)은 『힝녹行錄』14)의 올녓ᄂᄂ니라. 임오(壬午) 이젼은 난쳐(難處)ᄒᆫ ᄴ 만ᄒ시나15) 〈션〉왕이 튱년(冲年)이시디 근심홀 줄 아라 가도록 몸을 닥그니 영묘겨오셔 ᄒ 번도 미안(未安)ᄒ시미 아니 겨오셔, 보시면 미양 총명영혜(聰明穎慧)ᄒ고 덕셩(德性)이 슉취(夙就)ᄒᆷ믈 일ᄏᄌ오시니, 왕의 지효(至孝)와 의힝(懿行)16)이 텬심(天心)을 감동치 못ᄒ와 겨시면 엇디 이에 미츠리오.

어려셔브터 나의게 모ᄌ(母子) 텬뉸(天倫) 밧 지졍(至情)이 ᄌ별(自別)ᄒ야, 니가 먹으면 먹으시고 자면 자시고 쵸박우황(焦迫憂惶)ᄒᆫ ᄴ 만ᄒ나 능히 어룬과 ᄀ티 쵸심용녀(焦心用慮)ᄒ야 ᄉ긔(事機)의 힘닙어 쥬션(周旋)ᄒ미 만ᄒ니, 이 엇디 튱년의 능히 홀 배리오.

---

10) 만기(萬機): 임금의 여러 가지 정무.
11) 지희(志喜): 기쁜 일을 축하함.
12) 책씻이: 책을 다 읽은 기념으로 여는 잔치.
13) 탕병(湯餠): 국수와 떡.
14) 행록(行錄): 여기서는 정조가 죽은 후에 혜경궁이 내린 정조의 행록. 『정조실록』 끝에 부록되어 있다.
15) 제1부에 나온 것처럼 영조가 세손인 정조를 칭찬한 것이 도리어 사도세자의 화를 일으킬까 두려워, 영조가 신하에게 한 말을 고쳐 써서 사도세자에게 보인 일 등을 가리키는 듯하다.
16) 의행(懿行): 아름다운 행실.

임오화변(壬午禍變)을 만나니 그쩌의 이원망극(哀怨罔極)ᄒ시미 성인(成人) ᄀᆺ트시고, 슬픈 거동과 우눈 소리 방인(傍人)을 감동ᄒ니 보고 듯눈 재(者) 뉘 아니 눈물을 흘녀시리오. 고로(孤露)17)ᄒ신 후로 지통(至痛)을 겸ᄒ셔,18) 어미 셤기시미 더 극진ᄒ셔 흔쩌 ᄆᆞ음을 노치 못ᄒ시고 서ᄅ 쩌나면 줌을 일우디 못ᄒ야, 각각 디궐(大闕)의 잇눈 쩌눈 일죽이 니 긔별(寄別)을 드릐신 후야 비로소 조반(朝飯)을 나오시고 니 혹 미양(微恙)19)이 이셔도 반드시 손조 약을 지어 보니시니, 그 효성의 츌텬(出天)ᄒ시믈 이에 더욱 알디라.

셟고 셟도다, 츠마 갑신(甲申, 1764)을 엇디 일ᄏᆞ르며, 그 이통망극(哀痛罔極)ᄒ야 모디 서ᄅ 븟들고 죽을 바롤 엇디 못 ᄒ던 정경(情景)이야 엇디 다 긔록하리오. 만나신 디통(至痛)이 ᄌᆞ고(自古) 데왕가(帝王家)의 업눈 일이니, 비록 나라흘 위ᄒ야 디위(大位)롤 넘ᄒ시나, 죵신(終身)에 디통을 품으셔 튜모(追慕)ᄒ시미 히로 조차 깁흐시고 경모궁(景慕宮)20)에 일첨문(日瞻門)과 월근문(月覲門)21)을 두셔 미삭(每朔) 젼비(展拜)ᄒ시미 흔두 번이 아니시고, 황황(遑遑)ᄒ신 유모(孺慕)22)로 됴셕(朝夕)의 쳠의뎐셩(瞻依展省)23)ᄒ실 듯ᄒ시며,

날을 봉양ᄒ시미 쳔승지부(千乘之富)로 ᄒ시디 오히려 브죡히 너기시며, 유화(柔和)ᄒᆫ 빗과 이열(怡悅)ᄒᆫ 소리로 ᄒᆞᄅ 네다ᄉᆞᆺ 번을 드러와 보시고, 미ᄉᆞ(每事)의 혹 니 ᄠᅳᆺ에 어긜가 동동(憧憧)ᄒ시고, 니 년너(年來)의 노병(老病)이 ᄌᆞ자 긔미(己未, 1799) 경신(庚申, 1800) 디병(大病)의

---

17) 고로(孤露): 부모가 죽으면 몸을 보호하던 옷을 벗은 것 같다는 뜻에서 부모가 죽은 것을 말한다.
18) 1764년 갑신처분으로 효장세자의 양자로 들여진 것을 가리킨다.
19) 미양(微恙): 작은 병.
20) 경모궁(景慕宮): 정조는 1776년 즉위하자 바로 아버지의 사당을 짓고 경모궁이라 이름했다. 현재의 서울대학교 의과대학 자리에 있었다.
21) 일첨문은 1777년 경모궁에 만든 것이고, 월근문은 전배를 편리하게 하기 위해 1779년 창경궁 북편 담장을 헐고 건립했다. 월근문은 지금도 남아 있다.
22) 유모(孺慕): 돌아가신 부모를 그리워함.
23) 첨의전성(瞻依展省): 우러러 참배함.

션왕이 용녀쵸심(用慮焦心)ᄒ시미 비홀 디 업ᄉ셔, 침슈(寢睡)ᄅᆞᆯ 폐(廢)ᄒ시고 의디(衣襨)ᄅᆞᆯ 그르디 아니시고 탕졔(湯劑) 나옴과 고약(膏藥) 브치믈 다 친집(親執)ᄒ셔 방인의게 맛디디 아니ᄒ시니, 닉 비록 모ᄌ ᄉ이라도 감격ᄒᆞᆫ 므음을 엇디 다 측냥(測量)ᄒ리오.

션왕이 텬품(天禀)이 박소(朴素)ᄒ시고 만년(晩年)은 더옥 슝검(崇儉)ᄒ셔 샹시(常時) 어(御)ᄒ신 집이 쟈른 쳠하와 좁은 방의 단확(丹雘)²⁴⁾을 베프디 아니ᄒ고 슈리ᄅᆞᆯ 허(許)ᄒ디 아니ᄒ야 쇼연(蕭然)²⁵⁾ᄒᆞᆫ 한ᄉ(寒士)의 거쳐와 다른미 업고, 의복은 곤포(袞袍) 외에ᄂᆞᆫ 비단을 몸의 갓가이 아니ᄒ시고, 면포(綿布)의 굵은 거슬 취ᄒ시고, 니불을 면쥬(綿紬)²⁶⁾도 덥디 아니ᄒ시고, 됴셕(朝夕) 슈라(水剌)의 찬품(饌品)이 서너 그릇 외에 더ᄒ디 아니코, 작은 졉시에 만히 담지 못ᄒ게 ᄒ시니, 닉 혹 과(過)ᄒ믈 일ᄏᆞ르면 샤치(奢侈)의 폐(弊)ᄅᆞᆯ 미미(亹亹)²⁷⁾히 말ᄒ셔,

"검박(儉朴)을 슝샹(崇尙)ᄒᆞᆷ은 직물(財物)을 앗기미 아니라 복을 기르ᄂᆞᆫ 도리라"

ᄒ셔 날을 도로혀 면계(勉戒)ᄒᆞᆯ 쩨 만ᄒ시니, 닉 쏘ᄒᆞᆫ 탄복(歎服)ᄒ더니라.²⁸⁾

순조의 탄생

션왕(先王)이 ᄉ쇽(嗣續)이 느즈셔 죵국(宗國)을 위ᄒᆞᆫ 근심이 듕(重)ᄒ시다가, 임인(壬寅, 1782)의 문효(文孝)ᄅᆞᆯ 어드셔 처음으로 경힝(慶幸)ᄒ

---

24) 단확(丹雘): 색칠. 단청.
25) 소연(蕭然): 호젓하고 쓸쓸함.
26) 면주(綿紬): 명주실로 무늬 없이 짠 피륙. 명주(明紬). 곧 비단.
27) 미미(亹亹): 힘써 부지런히.
28) 『홍재전서』「훈어사訓語四」(권177)에도 정조의 검소한 생활 태도가 위와 같이 서술되어 있다. 여기서는 정조가 거처한 소박한 집이 영춘헌(迎春軒)임을 밝히고 있다.

더니, 병오(丙午, 1786) 〈오〉구월(五九月) 두 번 변을 당ᄒ셔,29) 이쳑(哀
戚)ᄒ시기와 우려ᄒ시기로 셩톄(聖體) 손샹ᄒ시니, 닉 셩궁(聖躬)을 위ᄒ
야 숑구쵸젼(悚懼焦煎)ᄒ더니, 뎡미(丁未, 1787) 츈(春)의 가슌궁(嘉順宮)
을 간션(揀選)ᄒ니30) 덕셩(德性)이 인후(仁厚)ᄒ고 톄뫼(體貌) 슈려(秀麗)
ᄒ야 고가(故家) 슉녀(淑女)의 풍되(風度) 잇고, 입궐(入闕)ᄒ 후 날 밧들
미 지셩(至誠) 지효(至孝)ᄒ니 닉 쏘ᄒ 친싱(親生)의 쏠과 ᄀᆺᄐ 정이 잇
고, 션왕 밧드오미 진션진미(盡善盡美)ᄒ야 ᄒ 일도 셩심(聖心)의 어긔
온 일이 업ᄉ니, 션왕이 취듕(取重)ᄒ시고 긔딕(器待)ᄒ시미 ᄌ별(自別)
ᄒ셔 미양 금시(今時)로셔 므슴 듕ᄒ 부탁을 하실 ᄃᆺ시 구ᄅ시니, 션왕
이 아ᄅ미 겨시던가 시브도다.

'종ᄉ지경(宗社之慶)을 이 몸의' 옹츅(顒祝)ᄒ야 조이고 ᄇ라는 ᄆᆞᆷ
이 날노 ᄀ절(懇切)ᄒ더니, 황텬(皇天)이 묵우(默祐)ᄒ시고 조종(祖宗)이
음즐(陰騭)ᄒ샤 과연 경슐(庚戌, 1790) 뉵월 십팔일 유시(酉時)31)의 나
머므던 건넌 온돌의셔32) 대경(大慶)을 어더 쥬샹(主上)이 나시니, 비로
소 종ᄉ(宗社) 억만년 반틱지경(磐泰之慶)33)인디라. 모ᄌ(母子) 서ᄅ 하
례(賀禮)ᄒ야 깃븜과 즐거오므로 셰월을 보닉는 듕,

이샹이 닉 싱일과 동일(同日)이라. 션왕이 미양

"뎌 아히 싱일이 마마(媽媽) 탄신(誕辰)과 동일인 거시 ᄌ고(自古) ᄉ
첩(史牒)의도 업는 긔이(奇異)ᄒ 일이니, 마마 지셩 고심(苦心) 소치(所
致)니 텬심(天心)이 우연치 아니ᄒ신 일이라"

---

29) 5월 11일에 문효세자, 9월 14일에 문효세자의 생모 의빈 성씨의 죽음.
30) 1787년 2월 12일 가순궁 곧 유빈(綏嬪) 박씨의 가례(嘉禮)를 행했다. 유빈의 경우 궁녀가 빈
    궁이 된 것이 아니므로 후궁임에도 불구하고 가례를 행하였다. 유빈은 통상 '수빈'으로 읽고
    있으나 당대에 '유빈'으로 읽은 자료가 있으므로 '유빈'으로 읽는 것이 옳다. 각종 『천자문』
    등 조선시대에 '綏'를 '유'로 읽은 자료가 적지 않다.
31) 『정조실록』에는 '신시(申時)'로 기록되어 있다. 일사본 '신시(申時)'.
32) 순조는 창경궁 집복헌에서 태어났다.
33) 반태지공(磐泰之鞏): 반태는 반석(磐石)과 태산(泰山)을 아울러 이르는 말. 그런 든든함. '반태지
    경'은 '반태지공'의 오기인 듯.

ㅎ시니, 니 므슴 지셩이 이시리오마는 죵사(宗祀)와 셩궁(聖躬)을 위흔 고심은 나의셔 더흔 리 업술 둣ㅎ더니, 날을 하늘이 에엿비 너겨 동일(同日)이 된가 신긔타도 ㅎ리로다.

경신(庚申, 1800) 봄에 관칙(冠冊) 두 경녜(慶禮)롤 디니고[34] 덕문명가(德門名家)의 슉녀(淑女)롤 간션(揀選)ㅎ야[35] 그히 겨울의 며느리 보시기롤 굴지계일(屈指計日)ㅎ더니, 션왕은 어디로 가시고, 니 혼자 머므러 볼 일이 더욱 셟도다.[36]

현륭원 이장과 화성 건설

션왕(先王)이 미양 영우원(永祐園)[37]이 십분(十分) 무흠(無欠)흔 곳이 아닌 줄 아르시고, 병신(丙申, 1776) 초(初)에 니 션친(先親)이 쳔봉(遷奉)[38]ㅎ시믈 녁쳥(力請)ㅎ시나 일이 듕대(重大)ㅎ야 경경(耿耿) 결식(結轖)ㅎ시더니, 긔유(己酉, 1789)의 슈원(水原) 화산(花山) 신농농쥬지혈(神龍弄珠之穴)[39]을 졈복(占卜)ㅎ셔 이봉(移奉)ㅎ시고 원호(園號)롤 곳쳐 현륭(顯隆)이라 ㅎ시고,[40] 션왕이 날드려 ㅎ시디

"이 따히 고인(古人)의 말에 굴오디 쳔니(千里)의 흔 번 만나는 따히라"

---

34) 1800년 2월 2일 왕세자의 관례(冠禮)와 세자 책봉례(冊封禮)를 집복헌(集福軒) 바깥채에서 거행했다.

35) 순조비가 될 세자빈 간택은 정조가 죽기 전에 재간택까지만 했다. 1800년 6월 정조의 죽음으로 삼간택은 1802년 8월에야 할 수 있었다.

36) 순조의 가례는 이 글을 쓴 1802년 7월로부터 몇 달 후인 10월에 이루어졌다. 부왕인 정조의 삼년상을 끝내고 바로 가례를 거행한 것이다.

37) 영우원(永祐園): 사도세자의 처음 묘소. 서울시 동대문구 휘경동에 위치했다.

38) 천봉(遷奉): 묘소를 옮김.

39) 정조가 쓴 사도세자에 대한 묘지문 곧 「어제지문御製誌文」(『정조실록』 1789년 10월 7일조)에서는 그 묏자리를 "반룡농주지상(盤龍弄珠之象)"이라고 했다.

40) 사도세자의 묘는 1789년 10월 7일 경기도 화성시로 이장했다. 여기에는 현재 사도세자의 묘 융릉(隆陵)과 정조의 묘 건릉(健陵)이 있다.

ᄒᆞ고

"효묘(孝廟) 뫼오려 ᄒᆞ던 곳을 어더 뼈시니 므슨 흔이 이시며, 현릉(顯隆) 두 ᄌᆞ(字)를 세상이 너 깁흔 뜻을 녕회(領會)[41]ᄒᆞ리라"

ᄒᆞ시니, 그ᄸᅥ 쥬야(晝夜) 근노(勤勞)ᄒᆞ시며 인모(哀慕) 망극(罔極)ᄒᆞ시던 일을 엇디 다 긔록ᄒᆞ리오.

원소(園所)를 이봉(移奉)ᄒᆞ온 후 셩회(聖孝) 더욱 새로이 간졀(懇切)ᄒᆞ셔 어진(御眞)을 지던(齋殿)의 봉안(奉安)ᄒᆞ샤 젼셩(展省)ᄒᆞ시ᄂᆞᆫ 뜻을 브치시고,[42] 오일(五日)에 ᄒᆞᆫ 번 봉심(奉審)ᄒᆞ게 ᄒᆞ시고, 미년 정월(正月)에 원힝(園幸)ᄒᆞ야 쳠알(瞻謁)ᄒᆞ시고,[43] 츈츄(春秋) 식목(植木)에 권권(拳拳)[44] 동틱(董飭)ᄒᆞ시미 친히 심으나 다르디 아니ᄒᆞ시고, 인하야 구읍(舊邑) 빅셩을 화성(華城)에 옴기시고[45] 원침(園寢) 공호(拱護)ᄒᆞ믈 위ᄒᆞ야 크게 셩 ᄡᅡ고 힝궁(行宮)을 장녀(壯麗)히 지어 겨시더니, 을묘(乙卯, 1795) 듕츈(仲春)의 날을 드리시고 원소(園所)의 뎐비(展拜)ᄒᆞ시고, 도라와 봉슈당(奉壽堂)의 잔치를 베프시고 너외빈척(內外賓戚)과 문무신뇨(文武臣僚)를 모화 밤을 니어 취포(醉飽)케 ᄒᆞ시고, 노인(老人)은 낙남헌(洛南軒)의 술을 권ᄒᆞ고, 궁민(窮民)은 신풍누(新豊樓)에 ᄡᆞᆯ을 주어 환성(歡聲)과 희긔(喜氣) 화셩으로브터 경도(京都)의 미처 양일(洋溢)ᄒᆞ니, 이거시 다 노모(老母)를 위ᄒᆞ신 효ᄉᆞ(孝思)로 나시미라, 일국(一國) 신민(臣民)이 뉘 아니 흠숑찬양(欽頌讚揚)ᄒᆞ야시리오.

션왕이 비록 종ᄉᆞ(宗社)를 위ᄒᆞ야 민면(黽勉)ᄒᆞ야 위(位)에 겨시나 디통(至痛)이 ᄆᆞ옴의 미치셔 남면(南面)의 거ᄒᆞ믈 즐겨ᄒᆞ디 아니ᄒᆞ시고 존

---

41) 영회(領會): 깨달아 이해함.
42) 『정조실록』 1792년 5월 25일조를 보면, 정조가 현륭원의 재전인 어목헌(禦牧軒)에 자신의 어진을 봉안하고 어진봉안각(御眞奉安閣)이라고 부르게 했다고 한다.
43) 사도세자의 생일이 1월 21일이다. 정조는 1790년부터 매년 아버지 생신 때에 원행하겠다고 했다.
44) 권권(拳拳): 정성을 다하는 모양.
45) 1790년 2월 11일 정조는 새로 조성한 수원부(水原府)에 구읍의 백성을 옮겨 고을의 면모를 갖추도록 하는 하교를 내렸다.

284 | 원본 한중록

호(尊號)의 청호믈 구디 막아 밧디 아니ᄒᆞ시고 미양 쳔승(千乘)을 탈스(脫屣)[46]홀 ᄯᅳᆺ이 겨시더니, 셩ᄌᆞ(聖子)롤 어드셔 죵국(宗國)의 부탁(付託)이 사ᄅᆞᆷ이 잇고 화셩을 크게 ᄡᅡ 경셩(京城)의 버금이 되게 ᄒᆞ고 집 일홈을 노리당(老來堂)과 미로한뎡(未老閒亭)이라 ᄒᆞ시고, 날ᄃᆞ려 ᄒᆞ시ᄃᆡ[47]

"위롤 탐ᄒᆞ미 아니라 마디못ᄒᆞ야 나라홀 위ᄒᆞ야 이셧더니 갑ᄌᆞ년(甲子年, 1804)이 원ᄌᆞ(元子)의 나히 십오셰니 죡히 위롤 뎐홀 거시니 쳐음 ᄆᆞᄋᆞᆷ을 일워 마마(媽媽)롤 뫼시고 화셩으로 가고 평싱(平生)의 경모궁(景慕宮) 일에 손으로 힝티 못ᄒᆞᆫ 지훈(至恨)을 일울 거시니, 이 일이 나ᄂᆞᆫ 영묘(英廟) 하교(下敎)롤 밧ᄌᆞ와 힝티 못ᄒᆞᄂᆞᆫ 거시 비록 지극히 통원(痛冤)ᄒᆞ나 ᄯᅩᄒᆞᆫ 의리(義理)오 원ᄌᆞᄂᆞᆫ ᄂᆡ 부탁(付託)을 바다 ᄂᆡ ᄆᆞᄋᆞᆷ을 밀위여 ᄂᆡ 힝티 못ᄒᆞᆫ 거슬 제 ᄃᆡ신(代身)ᄒᆞ야 힝ᄒᆞᄂᆞᆫ 거시 ᄯᅩᄒᆞᆫ 의리오, 오늘날 졔신(諸臣)은 날을 조차 아니ᄒᆞᄂᆞᆫ 거시 의리오. 타일(他日) 졔신은 신왕(新王)을 조차 봉승(奉承)ᄒᆞᄂᆞᆫ 거시 의리니, 의리가 일뎡(一定)ᄒᆞᆫ 거시 업서 ᄣᅢ롤 ᄯᅡ라 의리가 되ᄂᆞᆫ 거시니, 우리 모ᄌᆞ(母子) 사랏다가 ᄌᆞ손(子孫)의 효도(孝道)로 이 영화(榮華)와 효양(孝養)을 바드면 엇더엇더ᄒᆞ게숩ᄂᆞ니잇가"[48]

ᄒᆞ시니 ᄂᆡ 비록 〈션〉왕의 ᄯᅳᆺ이 블샹ᄒᆞ신 줄 아나, ᄯᅩᄒᆞᆫ 국셰(國勢)의 그ᄯᅢ 망연(茫然)홀 일을 싱각ᄒᆞ야 미양 눈물을 흘니면 션왕이 쳑연(慽然)ᄒᆞ샤 ᄒᆞᆫ가디로 우ᄅᆞ시며

"이리ᄒᆞ야 ᄂᆡ ᄒᆞ디 못홀 일을 아들의 효도로 일우고 도라가 디하(地

---

46) 탈사(脫屣): 짚신을 벗어 던진다는 뜻. 사물을 가볍게 여기거나 아낌없이 버림을 비유적으로 이르는 말. 여기서는 왕위에서 물러남.

47) 봉수당, 낙남헌, 신풍루, 노래당, 미로한정은 모두 사도세자의 묘를 옮기고 새로 화성을 쌓으면서 갖춘 정각(亭閣)이다.

48) 정조는 순조가 열다섯 살이 되는 1804년에 왕위를 물려주고, 자신은 상왕이 되어 외가의 억울함을 모두 벗겨주겠다고 했다고 한다. 이것이 이른바 정조의 '갑자년 구상'의 일부이다. 이처럼 중대한 왕위 계승에 대한 구상이 다른 기록들에는 잘 보이지 않아, 종전에는 이것이 혜경궁에 의해 꾸며진 것 아닌가 하는 의심을 받기도 했다. 하지만 정조가 죽기 직전 순조의 장인인 김조순에게 한 말을 적은 『영춘옥음기迎春玉音記』를 비롯한 다른 글에서도, 정조가 1804년 왕위에서 물러나겠다고 했다는 말이 나옴으로써, 이제 그런 의심은 사라졌다.

下)의 뵈오면 므슨 흔(恨)이 잇스오리잇가"

ᄒ시고 ᄯᅩ 원ᄌᆞ롤 ᄀᆞᄅᆞ쳐 ᄒ시디

"뎌 아희가 경모궁 일을 아디 못ᄒ야 뎌리 애롤 ᄡᅳ기 나ᄂᆞᆫ 추마 거드디 못ᄒ야 제 외조(外祖)[49]ᄃᆞ려 니ᄅᆞ라 ᄒ니, 그 사롬도 ᄯᅩ흔 디략(大略)만 ᄀᆞᄅᆞ치다 ᄒ니, 이 아희ᄂᆞᆫ 경모궁을 위ᄒ야 그 일ᄒ랴 발원(發願)ᄒ고 화(化)ᄒ야 난 아희니, 이 ᄯᅩ흔 텬의(天意)라"

ᄒ시고,

을묘년(乙卯年, 1795)의 경모궁 존호(尊號) ᄒ실 ᄶᅥ 팔ᄌᆞ존호(八字尊號)롤 ᄒ시고 날ᄃᆞ려 ᄒ시디

"그리 막던 김죵슈(金鍾秀)가 '옥칙(玉冊) 금인(金印)과 팔ᄌᆞ존호롤 ᄒ옵쇼셔' ᄒ니,[50] 이제ᄂᆞᆫ 다 되고 흔 글ᄌᆞ만 남아시니[51] 이ᄂᆞᆫ 타일(他日) 신왕(新王)을 기ᄃᆞ리랴"

ᄒ시고, 인ᄒ야 존호 글ᄌᆞ롤 외오시며 '쟝륜늉범긔명챵휴(章倫隆範基命彰休)'[52]라 ᄒ시거눌, 니 무식(無識)흔 녀편니라 ᄌᆞ시 아라듯디 못ᄒ고

"긔명챵효(基命彰孝)오니잇가"

흔즉, 션왕이 우스시며

"효ᄧᆞ(孝字)ᄂᆞᆫ 쟝ᄂᆡ(將來) 므슨 효디왕(孝大王)이라 홀 제 ᄡᅳ기, 아됴(我朝) 녈셩(列聖) 존호의 효ᄧᆞ〈ᄂᆞᆫ〉 ᄡᅳ디 아니ᄒ옵ᄂᆞ니이다"

ᄒ시고

---

49) 곧 박준원(朴準源, 1739~1807).

50) 『승정원일기』 1794년 12월 8일조에 김종수가 존호와 옥책에 찬성하는 말이 보인다. 다음날 이 일을 주관한 도제조 채제공이 예법으로 보면 죽책(竹冊)과 옥인(玉印)이 맞는 듯하지만, 이번 일에는 격을 높여 옥책과 금인이 좋겠다는 의견을 개진했다. 팔자존호, 옥책, 금인은 모두 임금에게 올리는 것인데, 아직 임금이 못 된 사도세자에게 이것들을 올린 것이다.

51) 아래 내용을 보면 남은 일은 사도세자를 왕으로 추숭하는 일이다. 그러니 여기서 한 글자란 바로 '왕(王)' 또는 '종(宗)' 등의 왕을 뜻하는 글자일 것이다. 그런데 사도세자가 왕으로 추숭된 것은 이로부터 근 100년 후인 고종 36년, 1899년의 일이다. 그해 10월에 장종(莊宗)이라는 이름이 붙여졌으며, 곧 12월에 황제국이 된 대한제국의 지위에 맞추어 장조(莊祖)로 바꾸었다.

52) 처음에는 경모궁 존호를 '융범회공개운창휴(隆範熙功開運彰休)'라고 의논했다가 위와 같이 바꾸었다.

"마마 덕의(翟衣)ᄀ옵[53] 잘 두오시오. 쟝ᄂᆡ(將來) 손ᄌᆞ(孫子)의 효도로 닙ᄉᆞ오시는 것 보옵사이다"

ᄒᆞ시고, 근년(近年)은 갑ᄌᆞ(甲子, 1804) 경영(經營)이 더욱 급(急)ᄒᆞ셔, 범ᄇᆡᆨ ᄉᆞ위(凡百事爲)와 언어슈작(言語酬酌)의 아니 미촌 적이 업ᄉᆞ니, ᄂᆡ 비록 악연(愕然)ᄒᆞ나 이 실(實)노 쳔고(千古) 인군(人君)의 셩졀(聖節)이라. 셰샹(世上)의 머므럿다가 희귀(稀貴)ᄒᆞᆫ 일을 친히 볼가 기ᄃᆞ리미 업디 아니ᄒᆞ더니라.

뒤주 알리바이

ᄂᆡ 집이 경인(庚寅, 1770) 후(後)로 셰샹(世上)의 긔흘(譏齕)[54]을 바다, 병신(丙申, 1776)에 니르러 흉무(兇誣)와 참홰(慘禍) 망극망극(罔極罔極)ᄒᆞ야 문회(門戶) 젼복(顚覆)ᄒᆞ니 나의 지원(至冤) 지통(至痛)을 엇디 다 형용(形容)ᄒᆞ리오. ᄂᆡ 그쩌 하당(下堂)의 ᄂᆞ려 쥬야(晝夜) 호곡(號哭)ᄒᆞ야 명(命)을 ᄭᅳᆫ키로 긔약(期約)ᄒᆞ엿더니, 션왕(先王)이 날을 위로(慰勞)ᄒᆞ시미 지극(至極)ᄒᆞ신디라, ᄂᆡ 싱각ᄒᆞ니 왕(王)의 텬품(天稟)이 인효(仁孝)ᄒᆞ셔 신명(神明)의 부격(孚格)[55]ᄒᆞ시니, 일시(一時) 간신(奸臣)의게 옹폐(壅蔽)ᄒᆞ시미 비록 ᄐᆡ공(太空)의 부운(浮雲) ᄀᆞᆺ트시나 일월(日月)의 광명(光明)ᄒᆞᆫ 빗촌 ᄌᆞ여(自如)ᄒᆞ죽, ᄂᆡ 션친(先親)의 튱셩(忠誠)과 삼춍(三寸)의 원통(冤痛)을 필경(畢竟) 브쵹(俯燭)ᄒᆞ실디라. ᄂᆡ 편협(偏狹)ᄒᆞᆫ ᄆᆞ옴으로 일누(一縷)롤 보젼(保全)치 못ᄒᆞ면 〈션〉왕의 효셩(孝誠)의 샹(傷)ᄒᆞ미 이실가 저허ᄒᆞ야 민면(黽勉)ᄒᆞ야 투싱(偸生)ᄒᆞ니, ᄂᆡ ᄆᆞ옴은 비록 귀신(鬼

---

53) 적의(翟衣)감: 적의는 왕비가 입던 예복. 즉 사도세자를 왕으로 추존하겠다는 의사의 표시이다.
54) 기흘(譏齕): 시기하고 배척함.
55) 부격(孚格): 믿음을 줌.

神)의게 질뎡(質正)ᄒ나 듕심(中心)의 싱각ᄒ면 엇디 붓그럽디 아니ᄒ리오.

과연(果然) 요젹(妖賊)을 물니치시고 텬심(天心)이 회오(悔悟)ᄒ셔 션인(先人)의 말ᄉᆞᆷ의 당(當)ᄒ야ᄂᆞᆫ

"니 과(過)히 ᄒᆞ엿노라"

만히 뉘웃ᄎᆞ시고, 미양(每樣) ᄒ시디

"외죠(外祖)긔셔 일물(一物)을 드리디 아니ᄒ신 줄은 '니가 목도(目睹)ᄒ엿노라' ᄒ디 그놈들이 죵시(終是) 〈ᄉᆞ〉욱여 죄(罪)라56) ᄒ니 우습다"

ᄒ시거눌, 니 ᄒ디

"셰샹(世上)놈들이 ᄒ기ᄅᆞᆯ 밧쇼쥬방(-燒廚房) 일물을 몬져 드려오고 어영쳥(御營廳) 일물은 션친이 알외다 죄ᄅᆞᆯ 잡ᄂᆞᆫ다 ᄒ니 뎌런 원통ᄒᆞᆫ 일이 잇ᄉᆞᆸᄂᆞ니잇가"

션왕이 ᄒ시디

"져놈들이 무어슬 알가 보오니잇가. 어영쳥 일물도 외죠(外祖) 디궐(大闕) 드러오시기 젼의 드러와ᄉᆞᆸᄂᆞ니이다. 디쳬(大體) 밧쇼쥬방 일물을 ᄡᅳ디 못ᄒᆞᆫ 후, 문졍뎐(文政殿)이 션인문(宣仁門) 안이오, 션인문 밧기 어영쳥 동영(東營)이니, 갓갑기 어영쳥 거슬 드려와ᄉᆞᆸᄂᆞ니이다. 망극ᄒᆞᆫ 일은 신시초(申時初) 즈음 나고 봉됴하(奉朝賀)ᄂᆞᆫ 인뎡(人定)친 후(後)의야 비로소 디궐 드러오시ᄂᆞᆫ 거슬 니가 목도ᄒ야 ᄌᆞ시 아ᄂᆞᆫ 일이니,57) 일물이라 것58) 두 번 드러온 거시 봉됴하긔 계관(係關) 잇ᄉᆞᆸᄂᆞ니잇가. 그러ᄒ

---

56) [교감] 〈ᄉᆞ〉욱여 죄라: 일사본 '욱여 죄라'. 그런데 본문을 수정한 사람은 '욱'을 '유'로 읽어, '사유여죄(事有餘罪)' 정도로 이해한 듯하다.

57) 신시(申時)는 오후 3시에서 5시 사이이니 신시초는 오후 3시 무렵이다. 인정(人定)은 하룻밤을 오경으로 나누었을 때 초경 삼점(三點)에 대종(大鐘)을 치고 야행을 금하는 것으로, 춘하(春夏)에는 오후 8시, 추동(秋冬)에는 오후 7시쯤 되는 때이다. 홍봉한은 밤 8~9시 무렵에야 대궐로 들어왔다는 말이다. 그런데 이 부분은 당일 일을 기록한 주서 이광현의 『임오일기』와는 다소 다르다. 이광현은 전후 문맥을 보면 신시 전에 이미 좌의정 홍봉한을 비롯한 삼정승이 사건 현장으로 들어갔다가 영조에게 쫓겨나온 것처럼 기록하고 있기 때문이다.

기 뎡니환(鄭履煥)의 샹소(上疏) 비답(批答)의 마디못ᄒ야 ᄎ마 못홀 말을 ᄒ야 발명(發明)ᄒ야 드려시니,59) 그는 셰상이 다 아ᄋᆸᄂᆞ니이다."

니 ᄒᆞ대

"그러면 무어슬 가디고 션인 죄ᄅᆞᆯ 잡ᄉᆞᆸᄂᆞ니잇가."

션왕이 ᄒᆞ시대

"비(比)ᄒᆞ면 최명길(崔鳴吉, 1586~1647) ᄀᆞᆺᄐᆞ야, 극층(極層) 의논(議論)으로 나라 대신(大臣)으로 그ᄢᅥ 큰일의 죽디 못ᄒ다 의논ᄒ면 모ᄅᆞ거니와,60) 날을 보호(保護)ᄒ야 ᄂᆡ고 종샤(宗社)ᄅᆞᆯ 붓드러시니 홋 사ᄅᆞᆷ의 의논에ᄂᆞᆫ 공존샤딕(功存社稷)ᄒ다 홀 거시니, 니가 안자 그ᄢᅥ 일을 올타 그ᄅᆞᆺ다 날 보호(保護)ᄒ야 ᄂᆡᆫ 일이 잘흔 일이라 말이 인ᄉᆞ샹(人事上)의 못홀 거시기, 시방(時方)은 저희 ᄒᆞᄂᆞᆫ 대로 두어 비록 소조(所遭) 더러ᄒᆞ신 거슬 ᄇᆞᆰ혀드리디 못ᄒᆞ나, 후왕(後王) ᄢᅴ의야 제 아비 보호ᄒ고 종샤 붓든 튱셩(忠誠)을 엇디 포양(褒揚)치 아니ᄒᆞ오리잇가"

ᄒᆞ시고, 원ᄌᆞ(元子)ᄅᆞᆯ ᄀᆞᄅᆞ치며

"뎌 아ᄒᆡ ᄢᅢ에 외조가 풀니시고 마마겨오셔 뎌 아ᄒᆡ 효양(孝養)을 니 적보다가 더 낫게 바드시오리이다"

ᄒᆞ시고,

---

58) [교감] 일물이라 것: 일사본 '일물이란 것'.

59) 1776년 3월 27일 정이환은 뒤주 사건을 비롯하여 1766년 영조 환후에 나삼(羅蔘) 곧 경상도 산의 고급 인삼을 제대로 올리지 않은 불충 등으로 홍봉한을 죄줄 것을 청했다. 이 상소에 대해 정조는 조목조목 홍봉한을 변호했는데, 뒤주 문제에 대해서는 1771년 영조가 한 말을 들어 뒤주가 홍봉한보다 먼저 왔음을 말했다.

60) 최명길은 병자호란 때 주화대신이다. 척화파들은 죽음으로 항전하자고 했지만, 그는 청나라에 항복하는 길을 택하여 모욕을 받는 대신 백성을 공멸의 길에서 건졌다. 최명길에게 나라가 항복할 때 죽지 않았다는 것으로 시비를 걸면 모르거니와, 어쨌든 나라를 구한 공은 인정해야 한다는 것이다. 마찬가지로 홍봉한도 사도세자가 죽을 때 죽지 않았다는 것으로 죄를 삼을 수는 있어도, 자신 즉 정조와 종묘사직을 구한 공은 인정하지 않을 수 없다는 말이다.

아버지 문집의 간행

신히년(辛亥年, 1791) 겨을브터 션친(先親)의 경륜(經綸) 스업(事業)과 연주(筵奏) 샹소(上疏)브치롤 휘즙(彙輯)ᄒ야 『주고奏藁』라 일홈ᄒ야 손조 편ᄎ(編次)ᄒ시고, 긔미(己未, 1799) 납월(臘月)의 다 셩셔(成書)ᄒ야 뉵십여편(六十餘篇) 셔문(序文)을 어뎨(御製)ᄒ셔 금샹(今上)을 들니시고, 인ᄒ야 번역(飜譯)⁶¹⁾ᄒ야 젼편(全篇)을 뵈시고 니르시디

"인졔야 외조(外祖)의 공을 갑하시니 오늘이야 외손(外孫) 노릇 ᄒ엿노라"

ᄒ시고

"외조의 튱셩(忠誠)과 공업(功業)이 여감(餘憾) 업시 포쟝(褒獎)ᄒ야, 쥬공(周公)⁶²⁾의게 쓰ᄂ 문ᄌ(文字)도 쓰고, 한위공(韓魏公)⁶³⁾ 부필(富弼)⁶⁴⁾이가 되야, 셩인(聖人)도 되시고 현인(賢人)도 되야 겨시니, 이 글이 간힝(刊行)ᄒ면 빅셰(百世)의 기리 뎐홀 거시니 디난 겁운(劫運)⁶⁵⁾이야 다시 거드러 무엇ᄒ오리잇가."

경신(庚申, 1800) 스월(四月)의ᄂ 「주고총셔奏藁總叙」와 「문집셔文集叙」롤 지으시고 슉뎨(叔弟)의게 어찰(御札)ᄒ셔

"외조의 튱셩이 일노 인ᄒ야 더옥 나타난다"

ᄒ신 문젹(文跡)이 지금 집의 잇고, 날드려 ᄒ시디

"그듕 일단(一端)⁶⁶⁾ 발휘(發揮)홀 일은 간힝홀 ᄊ 다시 더 너흐려노

---

61) 번역(飜譯): 여기서 번역은 한문으로 된 60여 편의 어제 서문을 한글로 옮겼다는 뜻으로 여겨진다. 하지만 한문으로 된 것을 단순히 베꼈다는 말로 쓰였을 가능성도 배제할 수는 없다. 번역을 단순히 베낀다는 뜻으로 사용한 용례 또한 많기 때문이다.
62) 주공(周公): 주왕조를 세운 문왕(文王)의 아들이며 무왕(武王)의 동생. 무왕과 무왕의 아들 성왕(成王)을 도와 내란을 평정하고 문물제도를 정비하여 주왕조의 기초를 확립했다.
63) 한위공(韓魏公): 한기(韓琦). 중국 송나라의 명신.
64) 부필(富弼): 중국 송나라의 명신. 흔히 한기와 병칭된다.
65) 겁운(劫運): 재앙이 낀 운수.
66) 일단(一端/一段): 한 가지 더.

라"

호시니, 그는 모년(某年)의 당신 보호호신 튱셩을 당신이 스스로 거연(居然)이 일콧디 못호셔 타일 크게 드러날 쎄룰 기드려 호려 호신 셩의(聖意)시라.

니 젼후 어졔(御製) 셔문(序文)을 보니 텬포(天褒)가 늉늉(隆重) 거룩호셔 즈손으로 호여곰 지은들 엇디 이에 밋츠리오 니 찬슈감츅(攢手感祝)[67]호야

"오늘날이야 님군 아드님 두엇던 보람이 잇고 구챠히 산 낫치 잇노라"

일콧랏더니, 니 흉험(凶險)호야 션왕을 일흔 셜움 가온디 『주고』 일노 화란(禍亂)이 비로서 심지어 쟝쟝편편(章章篇篇)이 든 어졔룰 '업시 호쟈'고디 호야시니,[68] 우흐로 션친긔 무욕(誣辱)이 그지업고 아리로 니 몸의 핍박(逼迫)호미 망유긔극(罔有紀極)호고 션왕이 쏘흔 업슈이 너기물 바다 겨시니, 비록 션왕이 아니 겨시나 션왕 아드님을 님군이라 호며 이런 일을 힝호니, 만고(萬古)의 이런 시졀(時節)과 이런 셰변(世變)이 다시 어이 이시리오.

1804년을 기다리자

듕부(仲父) 말슴의도 처음 귀향 보니실 적 뎐교(傳敎)의
"역졍(逆情)과 이지(異志)는 업다"

---

67) 찬수감축(攢手感祝): 두 손을 모아 감사함.
68) 정조가 죽고 순조가 즉위하자 수렴청정을 하게 된 정순왕후가 『주고』의 간행을 명령했는데, 이 명령에 대해 심환지 등이 반대 상소를 올려 간행이 중지되었다. 『주고』 간행 문제는 순조 즉위 초 홍씨 집안 화란의 시초였던 것이다. 이에 대해서는 1809년 1월 17일 홍낙윤의 상소에 자세히 거론되어 있다.

ᄒ시고, 임ᄌ년(壬子年, 1792)의

"불필지(不必知)는 막슈유(莫須有) ᄀ트야 죡히 죄 될 거시 업스니 쟝
ᄂ(將來)는 버스리라"

ᄒ시고,[69] 근ᄂ(近來)는 더욱 ᄌ루 일ᄏᄅ셔 무고(無故)ᄒ 사ᄅ과 다ᄅ
미 업스시고,

미양

"외가 일은 갑ᄌ(甲子, 1804)의 큰일을 일운 후 ᄒ가지로 쇼셜(昭雪)
ᄒ야 모ᄌ(母子)의 지ᄒ(至恨)이 ᄒ쎄의 플니리라"

ᄒ시고, 경신(庚申, 1800) 이월의 ᄯ ᄒ시ᄃ 뎐교ᄒ야

"오늘 ᄒ 사ᄅ을 사(赦)ᄒ고 ᄂ일 ᄒ 사ᄅ을 샤ᄒ야, 사ᄅ은 막히인
사ᄅ이 업고 집은 폐(廢)ᄒ 집이 업게 ᄒ야 태화원긔(太和元氣) 가온ᄃ
잇게 ᄒ리라"

ᄒ야시니,[70] 도모지 ᄎᄎ(次次)ᄒ야 갑ᄌᄀᄃ 크게 플쟈 ᄒ시기, ᄂ ᄒᄃ

"그쎄의 ᄂ 나히 칠십이니 ᄂ가 칠십이 흠만(洽滿)ᄒ도록 살기 어렵
고 혹 오늘날 말과 어긔면 엇디ᄒ리"

ᄒ면, 션왕이 불연(勃然)ᄒ셔

"현마흔들 칠십 노친을 소기랴"

ᄒ시기 나는 갑ᄌ롤 금셕(金石)ᄀ티 밋고 기ᄃ리더니,

나의 험흔흉독(險釁凶毒)을 인ᄒ야 쳔빅ᄉ(千百事) 경영(經營)이 다 일
우디 못ᄒ고, ᄂ 신셰와 ᄂ 집 혹화(酷禍)가 이 지경ᄀᄃ 되여시니, 이
는 왕텹(往牒)[71]의도 업스리니 ᄂ 일신(一身)들 사라 무엇ᄒ리오마는,

---

69) 정조가 홍인한을 변호한 부분은 『정조실록』 1792년 윤4월 27일조에 있다. 이 사건은 뒤에
   자세히 서술되어 있다.

70) 『정조실록』 1800년 2월 8일의 전교를 가리킨다. 정조는 이날 경모궁에 전배한 후 신하들에게
   중대한 발표를 하는데, 전에 역모죄로 몰린 사람들을 풀어주어 온전케 하자는 것이었다. 여기
   해당되는 사람 가운데 으뜸이 조영순이며 이 밖에 김상복이 있다. 조영순은 뒤에서 자세히
   거론되거니와 홍봉한을 돕다가 화를 입은 사람이며, 김상복은 비판자에 의해 홍봉한의 심복으
   로 거론된 사람이다.

71) 왕첩(往牒): 옛 역사책.

신왕(新王)이 비록 튱년(沖年)이시나 인효(仁孝)ᄒᆞ시미 선왕을 담ᄉᆞ와시니 댱셩(長成)ᄒᆞ면 응당 당신 부왕(父王)의 미졸지지(未卒之志)ᄅᆞᆯ 일우실 ᄃᆞᆺ 듀야(晝夜) 튝텬(祝天)ᄒᆞ노라.[72]

---

72) 원문은 여기서 장이 바뀐다.

아버지 홍봉한

갑ᄌᆞ(甲子, 1744) 국혼(國婚) 후 션친(先親) 지쳐(地處)가 다ᄅᆞ시므로 과거(科擧)ᄅᆞᆯ 아니 보고져 ᄒᆞ시더니, 그ᄣᅢ 산님ᄒᆞᆨ쟤(山林學者)들이 국구(國舅)의 지쳐와 다ᄅᆞ니 폐과(廢科)ᄒᆞ기 고이ᄒᆞ다 ᄒᆞ야, 갑ᄌᆞ 십월(十月)의 등과(登科)ᄒᆞ시니, ᄃᆡ됴(大朝)의셔 기ᄃᆞ리오시다가 다ᄒᆡᆼᄒᆞ야 ᄒᆞ오시고, 쇼됴(小朝)의셔 튱년(沖年)이시나 댱인(丈人) 과거ᄒᆞ다 깃거깃거ᄒᆞ오시고, 그ᄣᅢ 경은달셩(慶恩達城) 두 ᄃᆡᆨ 사ᄅᆞᆷ이 문과ᄒᆞ 니 업다가 쳑니(戚里)의 과경(科慶)을 보오시고, 인원뎡셩(仁元貞聖) 냥(兩) 셩모(聖母)겨오셔 사돈이 급뎨(及第)ᄒᆞ다 ᄒᆞ오셔 날을 브ᄅᆞ오셔 특별이 티하(致賀)ᄒᆞ오시고, 뎡셩왕후(貞聖王后)겨오셔ᄂᆞᆫ 본ᄃᆡᆨ(本宅)이 신임화변(辛壬禍變)을 당ᄒᆞᆫ 고로 노론(老論) 븟드오시기 ᄌᆞ별(自別)ᄒᆞ오셔 션친의 과경(科慶)을 위ᄒᆞ야 깃거ᄒᆞ오시미 당신 ᄉᆞ친(私親)의 ᄂᆞ리디 아니ᄒᆞ오시니 그ᄣᅢ 황공감탄(惶恐感歎)ᄒᆞ던 줄이 이제도 어제 ᄀᆞᆺ도다.

셰상이 모ᄅᆞ고 션친의 제우(際遇)가 쳑년(戚緣)을 말미암은가 ᄒᆞᄃᆡ 실은 그러치 아니ᄒᆞ니, 계ᄒᆡ년(癸亥年, 1743) 봄의 션친이 관당의(館掌議)[1]

로 숭문당(崇文堂)의 입시ᄒᆞ오셔 주ᄃᆡ(奏對) 딘퇴(進退) ᄒᆞ오시ᄂᆞᆫ 거술 보오시고 긔이히 넉이오셔 드러와 션희궁(宣禧宮)긔 ᄒᆞ오시ᄃᆡ

"오ᄂᆞᆯ 셰ᄌᆞ(世子)ᄅᆞᆯ 위ᄒᆞ야 졍승(政丞) ᄒᆞ나흘 어덧노라"

ᄒᆞ오신ᄃᆡ 션희궁이

"누고요니잇가"

뭇ᄌᆞ오니 '댱의(掌議) 홍모(洪某)'라 ᄒᆞ오시고,

"이 사ᄅᆞᆷ을 위ᄒᆞ야 뒤알셩(-謁聖)[2]을 뵈니 혹 이 과거의 홀가 조이노라"

ᄒᆞ시더라.

션희궁겨오셔 날ᄃᆞ려 던ᄒᆞ시니, 일노 보면 션친의 졔우(際遇)가 션비 적의 나오셔 졍승을 허ᄒᆞ오시고,

간퇵 적 의망(擬望)ᄒᆞᄂᆞᆫ 쳐녀도 잇던가 시브고, 니 비록 지샹의 손녀나 조부겨셔 아니 겨시고 ᄒᆞᆫ 션비 ᄯᆞᆯ이니 간퇵의 ᄲᅡ히기에 의외로ᄃᆡ, 셩의가 날을 ᄉᆞ랑ᄒᆞ실 분 아니라 우리 션친을 ᄃᆡ용(大用)홀 신하로 아ᄅᆞ셔 니가 션친 ᄯᆞᆯ인 고로 더옥 완뎡(完定)ᄒᆞ신 일이니, 션친이 비록 쳑니 아니시라도 당신 지망(地望)과 ᄌᆡ국(才局)을 겸ᄒᆞ야 졔우ᄅᆞᆯ 어더 겨시니 엇디 티위(致位)[3]ᄅᆞᆯ 못ᄒᆞ야 겨시리오. 특별이 날노 인연ᄒᆞ야 일신(一身)을 ᄌᆞ유(自由)치 못ᄒᆞ셔 고금(古今)의 업ᄂᆞᆫ 경계(境界)ᄅᆞᆯ 다 격그시고 필경 춤언(讒言)이 망극(罔極)ᄒᆞ고 소조(所遭) 망측(罔測)ᄒᆞ셔 원ᄒᆞᆫ을 품ᄉᆞ오시고 촉슈(促壽)ᄅᆞᆯ ᄒᆞ오시니 쳑니 되신 효험(效驗)은 격고 쳑니 되신 해(害)ᄂᆞᆫ 만ᄒᆞ시니 이거시 다 날을 두신 연괴(緣故)시니 니 일셩이 죄(罪)롭고 지원(至冤)ᄒᆞ야 ᄒᆞᄂᆞᆫ 배라.

션친이 등과 후 졔우ᄂᆞᆫ 졈졈(漸漸) 늉듕(隆重)ᄒᆞ시고 관위(官位)ᄂᆞᆫ 차차(次次) 쵸쳔(超遷)[4]ᄒᆞ셔 젼곡갑병(錢穀甲兵)과 묘무국ᄉᆞ(廟務國事)[5]ᄅᆞᆯ

---

1) 관장의(館掌議): 성균관 장의.
2) 뒤알셩: 임금이 성균관 문묘를 참배한 다음 치르는 과거시험. 알성시.
3) 치위(致位): 높은 자리에 오름.

모도 다 맛기시니 션친이 지공혈셩(至公血誠)과 통지달식(通才達識)으로 ᄉᆞᄉᆞ(事事)히 셩심(聖心)의 맛고 가지가지 규구(規矩)의 어긔오미 업셔 이십여 년 댱샹(將相)의 거ᄒᆞ셔 빅셩의 니해(利害)와 팔노(八路)6)의 고락(苦樂)을 당신 몸 일ᄀᆞᆺ티 아라 너외(內外) 폐막(弊瘼)7)의 니졍(釐正)8) 아니ᄒᆞᆫ 거시 업셔 지금ᄀᆞ디 준힝(遵行)ᄒᆞ니, 비록 군신계합(君臣契合)이 쳔고의 드므시몰 인연ᄒᆞ미나, 당신 튱셩(忠誠)과 지국(才局)이 사ᄅᆞᆷ의게 디나디 아니ᄒᆞ시면 엇디 이러ᄒᆞ시며, 당신 소조(所遭) 망측(罔測)ᄒᆞ야 참뮈(讒誣) 무소브지(無所不至)ᄒᆞ시나 허망(虛妄)ᄒᆞᆫ 말 두어 가디분이지, 삼십 년 나라일 ᄒᆞ신ᄃᆡ 이 일을 잘못ᄒᆞ야 나라흘 병드럿다 ᄒᆞ거나 뎌 일을 잘못ᄒᆞ야 빅셩의게 해롭다 말은 지금 일호도 업고, 유식ᄒᆞᆫ ᄉᆞ부 외에 도하군민(都下群民)9)이나 외방우밍(外方愚氓)들ᄀᆞ디 덕을 싱각ᄒᆞ고 은혜롤 감격ᄒᆞ야 이제 니ᄅᆞ히

"홍졍승(洪政丞) 곳 아니면 나라히 엇디 디팅(支撐)ᄒᆞ야시며 우리가 엇디 사라나시리"

ᄒᆞ니 이ᄂᆞᆫ 나 ᄒᆞᆫ 사ᄅᆞᆷ의 ᄉᆞᄉᆞ(私私) 말이 아니라 ᄋᆞ동주줄(兒童走卒)10)을 잡고 므러도 반ᄃᆞ시 '근셰(近世)의 현샹(賢相)'이라 ᄒᆞᆯ 거시니, 이 엇디 일시 권셰(權勢) 쓰던 사ᄅᆞᆷ의 어들 배리오.

당신 닙됴(入朝)ᄒᆞ신 허다 ᄉᆞ젹(史蹟)은 셰샹이 다 알 거시오, ᄯᅩ 션왕이 『주고奏藁』 셔문(叙文)에 ᄀᆞ초 올녀 겨시니 다시 아니 긔록(記錄)ᄒᆞ며, 다만 당신 소조(所遭)의 지원(至冤)ᄒᆞ신 것만 디략(大略)을 거드나, 션친의 흉무(凶誣) 바드신 시죵곡졀(始終曲折)은 아ᄅᆡ 여러 됴건(條件)의

---

4) 초천(超遷): 높이 올라감.
5) 묘무국사(廟務國事): 나랏일.
6) 팔로(八路): 팔도.
7) 폐막(弊瘼): 없애기 어려운 폐단.
8) 이정(釐正): 바로잡음.
9) 도하군민(都下群民): 서울 안에 사는 백성들.
10) 아동주졸(兒童走卒): 아이와 하인. 곧 무식한 사람.

각각 올나시니 또다시 거드디 아니흐며,

아버지의 충성

디체 만일 경모궁(景慕宮) 병환이 만만(萬萬) 난안〈언〉지경(難安之境)
이 아니시고, 영묘(英廟)긔셔 모르오시는디 션친이 고이흐야 영묘긔 알
외며 일물을 드려 '이리이리 쳐분흐오쇼셔' 권흐야 겨시면 비록 부녀
지간이나 소텬(所天)은 아비의셔 듕흐니 네 아모리 무식흔 녀편너라도
그만 의리는 아는 거시니, 그쩌 네 흔번 쏠오기를 엇디 판득(辦得)디
아니흐며, 셜스 목숨을 결단치 못흔다 흐야도 네 엇디 춤아 부녀의 정
의롤 보젼흐야시며, 션왕이 쪼 엇디 추마 신묘(辛卯, 1771) 언찰(睿札)
흐시며,11) 샹소비답(上疏批答)의 영묘 흐교(下敎)를 외와 그러치 아니흔
줄 붉혀 겨시며,12) 쪼 텬도(天道)가 아름이 이시면 션친인들 어이 주손
(子孫)이 남아시며 넨들 시방 이러흐거니와 스십년(四十年) 세샹에 머므
러 주손의 효양(孝養)을 바다시리오.

그쩌 국셰(國勢) 호읍(呼吸)의 이시니 션친이 만일 쥬션을 잘못흐야시
면 네 집 담멸(湛滅)흐기는 둘재오 션왕이 엇디 보젼흐야 겨시리오. 홀
일업슨 터흘 당흐야 통곡혈읍(痛哭血泣)흐시며 션왕을 구호(救護)흐야
너여 이 나라히 오늘날이 잇게 흐야시니, 영묘겨오셔 션친을 밋주오시
고 의당(倚仗)흐오시기 션왕을 보젼흐엿디 그러치 아니흐면 영묘 셩노
(聖怒)의 그쩌롤 당흐야 아드님도 그 쳐분(處分)을 흐시는디 손주롤 엇

11) 여기 '언찰'은 '예찰(睿札)'의 오기이다. 동궁이던 정조가 홍봉한한테 언찰 곧 한글편지를 내
렸다는 것을 납득할 수 없기 때문이다. 버클리국한문본에는 '御札'이라고 되어 있는데 정확히
말하면 '동궁의 편지' 곧 예찰이다. 1771년 9월 24일 정조가 홍봉한에게 예찰(睿札)을 내렸음
은 『순조실록』 1809년 1월 17일조에 실린 홍낙윤의 상소에서 볼 수 있다. 이 예찰에는 정조
가 사도세자가 뒤주에 갇힌 날 목도한 것을 적어 외조의 무고함을 밝혔다고 했다.
12) 1776년 정이환의 상소에 대한 정조의 비답을 가리킨다.

디 혜시리오. 만일 그러ᄒ야시면 당일(當日) 듕논(衆論)과 후셰(後世) 공의(公議)가 엇더타 ᄒ야시리오.

그ᄡᅦ 션친 지쳐(地處)로 쇄슈텬폐(碎首天陛)ᄒ야 셰손(世孫) 아오로 보젼(保全)치 못ᄒᄂ 거시 올흘넌가, 홀일업슨 디경(地境)의 이시니 셰손이나 보젼ᄒ야 이 종샤(宗社)가 잇게 ᄒᄂ 거시 올흘넌가, 식쟈(識者)롤 기드리디 아니ᄒ야 알 일이로다.

션왕이 미양 ᄒ시되

"외조의 튱셩이 고인(古人)의게도 쉽디 아니ᄒ시건마ᄂ 세상놈의 욕이 무셔워 나ᄂ 춤아 튱(忠)이라 공(功)이라 못 ᄒ고, 다힐 디 업고 탓홀 디 업서, 목젼(目前)은 이러틋시 흐린 사롬쳐로 디니여가기 한유(韓鍮)ᄀᆺ티 고이ᄒ 놈을 죄명(罪名)을 업시 ᄒ야시니, 이거시 박브득이(迫不得已)ᄒᆫ 일이오, 쳔빅셰(千百世) 진뎡(眞正)ᄒᆫ 의리가 아니니, 니 아리 더브터ᄂ 외조의 공녈(功烈)이 드러나실 거시니 시호(諡號)롤 곳쳐 튱ᄶᅡ(忠字)로 ᄒ리라"

ᄒ시기롤 멷 쳔빅번(千百番)을 ᄒ신 줄 모르고, ᄯᅩ 가슌궁(嘉順宮)이 보고 듯ᄌ온 말이니 니 이제 션왕이 아니 겨시다고 츄호(秋毫) 과ᄒ 말을 ᄎ마 엇디ᄒ리오.

셩의(聖意) 이러ᄒ시기로 십 년을 가지고 『주고奏藁』롤 민도라 그 근노(勤勞)롤 니ᄌ시고 쥬야(晝夜)의 친히 편ᄎ(編次)ᄒ시고 그 만흔 셔(叙)롤 지어 간힝(刊行)ᄒ야 셰인(世人)을 뵈랴 ᄒ시니, 이거시 션친의 ᄉ업(事業) 경뉸(經綸)을 포양(褒揚)ᄒ실 분 아니라, 당신이 외조의게 향ᄒ신 셩심과 외조가 당신을 보호ᄒ야 종샤롤 평안케 ᄒ 튱셩(忠誠)과 공을 셰상이 다 알게 ᄒ랴 ᄒ신 일이니, 친근(親近)이 되셔 잇던 신하들이 뉘 모르 리 이시리오.

그려도 오히려 모년ᄉ(某年事)에 폭빅(暴白)이 덜 홀넌가 미양 근심ᄒ시고, 거긔 손브쳐 말ᄒ기가 어렵다 ᄒ시더니, 『년보年譜』[13]롤 손조

편츠(編次)호실 제 임오오월십삼일(壬午五月十三日)[14] 됴건(條件)의 시긱
(時刻)을 박으시고

"삼도감제됴(三都監提調)로 초죵장녜(初終葬禮)구디 진튱갈셩(盡忠竭誠)
호다"

민드라 너호시고 문집(文集)의 임오(壬午, 1762) 슈차(袖箚)[15]가 어이 아
니 드럿느니 뭇즈오시기, 동셩들이 알외기롤

"모년스롤 즉금 공스문즈(公私文字)의 거드옵디 못호옵는 쩌옵기 못
올니옵느이다"

호온즉, 션왕이 호오시디

"그러홀 묘리(妙理) 업고 본심(本心)과 스실이 이 슈차의 이시니 올니
라"

여러 번 호시다가 오래디 아니호야 화변(禍變)을 당호야 인호야 결단치
못호여시며,

신묘(辛卯, 1771) 슈찰(手札)을 어드신 후 션왕이 동싴(動色)호시고 깃거
호셔 『츈져록春邸錄』[16]의 올니쟈 호시고 『년보』의 올니시고 날드려 호
시디

---

13) 『정조실록』 1796년 11월 16일조를 보면, 홍봉한의 연보를 조문명의 문집 『학암집鶴巖集』과
함께 간행 반포하라는 전교가 있다. 그런데 홍봉한의 아들들이 편찬한 『선부군유사先府君遺事』
나 『선부군년보략先府君年譜略』은 남아 있지만, 정조가 친히 편찬했다는 연보는 확인되지 않는
다. 『학암집』은 정조의 어제 서문이 붙은 간행본이 서울대학교 규장각에 소장되어 있다. 『내
각일력內閣日曆』 1799년 11월 16일조에 같은 서문이 있는 것으로 보아, 『학암집』의 실제 간
행은 전교가 나간 지 3년이 넘어서야 이루어진 듯하다. 정조가 외삼촌 홍낙임에게 보낸 편지
(『정조 임금 편지』, 국립중앙박물관, 2009 수록)에도 이 연보에 대한 언급이 있는 것으로 보
아 존재 자체는 의심하기 어렵다.
14) [교감] 임오오월십삼일: '임오윤오월십삼일'이라야 맞다. 임오년, 즉 1762년 윤5월 13일. 사도
세자가 뒤주에 갇힌 날.
15) 수차(袖箚): 임금을 뵙고 직접 바친 상소. 1762년 8월 26일에 올린 차자(箚子)를 가리키는 듯
하다. 임오화변에 대한 홍봉한의 시각이 잘 드러나 있다. 앞에서 이미 설명되었으며, 바로 뒤
에도 또 나온다.
16) 『춘저록春邸錄』: 정조의 문집 『홍재전서弘齋全書』에 수록된 정조의 세손 시절 시문집. 권3에
외조에게 보낸 편지 세 통이 수록되어 있는데, 그것들 중에는 특별히 홍봉한의 혐의를 부정
하는 것은 없다.

"니 목도(目睹)흔 일로 문즈(文字)가 이셔 이 흔 댱이 『년보』의 오릭니 쳔고(千古)의 딩신(徵信)흐게 흐야시니 흔(恨)이 업다"

흐야 겨시니, 만일 모년(某年)일의 션친〈이〉 일호(一毫)나 관계흐야시면 션왕이 츳마흔들 평일에 말슴이 그러흐시며, 이 『주고』와 『년보』를 민드실 니가 어이 이시리오.

당신 손으로 흐디 못홀 일은 의리를 딕희셔 위친(爲親)흔 일에도 오히려 미진(未盡)흔 거시 잇ᄂᆞᆫ디, 진뎡 의리의 어긔면 어이 외조라고 용셔흐시며 이리이리 포양(襃揚)흐야 겨시리오. 이 흔 ᄆᆞ디의 더욱 결단(決斷)홀 일이로다.

션친 일이 갑진(甲辰, 1784)의 세 가디 다 쇼셕(昭析)흐야시니,[17] 녜스 집을 니르면 무고(無辜)타 흐련마ᄂᆞᆫ 므스 일 형영(形影) 업시 도로 셰샹의 무욕(誣辱)을 바드니 이거시 다른 죄가 아니라 갑진년의 쇼셕한 녯말이니 셰샹의 이런 일이 어이 이시리오.

사도세자의 죽음을 바라보는 두 시각

디져 모년(某年) 일을 가디고 두 가디로 의논이 이시니, 흔 의논은 모년 대쳐분(大處分)흐오신 거시 광명졍디(光明正大)흐야 영묘(英廟)긔 거룩흐오신 셩덕디업(聖德大業)으로 일ᄏᆞ라 '건텬디이불패(建天地而不悖)[18]흐리라' 흐고, 흔 의논은 경모궁(景慕宮)이 병환이 아니 겨신디 원통이 그리되시다 흐니, 웃 의논 ᄀᆞᆺ트면 경모궁겨오셔 진실노 본심(本

心)이 엇더ᄒ오셔 죄가 겨오시기의 영묘 쳐분(處分)이 므슴 젹국(敵國)이나 평졍(平定)ᄒ오시ᄃ시 공업(功業)으로 일ᄏᄂᆞᆫ 말이 되니 이리ᄒ면 경모궁겨오셔 엇더ᄒ오신 몸이 되오시며, 션왕(先王)겨오셔 ᄯᅩᄒᆞᆫ 엇더ᄒ오신 지쳐(地處)가 되오시리오, 이ᄂᆞᆫ 경모궁과 션왕긔 망극(罔極)ᄒᆞᆫ 말ᄉᆞᆷ이오, 아리 의논 ᄀᆞᄐᆞ면 영묘겨오셔 춤언(讒言)을 듯ᄌᆞ오시고 동궁(東宮)을 그 지경의 가오시게 ᄒᆞ야 겨오시면 경모궁 위ᄒᆞ야 신셜(伸雪)ᄒᆞ노라 ᄒᆞᆫ 거시 영묘겨오셔 ᄯᅩ 엇더ᄒ오신 실덕(失德)이 되오시리오.

이리 말ᄒᆞ나 뎌리 말ᄒᆞ나 삼묘(三朝)의 망극ᄒᆞ기ᄂᆞᆫ 일양(一樣)이오, 두 가디 다 실상(實狀)이 아닌 거ᄉᆞᆫ 일반이니, 니 션친(先親)의 슈차(袖箚) 말ᄉᆞᆷ ᄀᆞᄐᆞ야9) 분명ᄒᆞᆫ 병환이오시니, 비록 병환이오시나 셩궁(聖躬)의 위퇴ᄒ오심과 종국(宗國)의 늠늠(懍懍)ᄒᆞ기 호읍(呼吸)의 이시니, 영묘겨오셔 인통망극(哀痛罔極)ᄒ오시나 박브득이(迫不得已) 그 쳐분 ᄒᆞ오시고, 경모궁겨오셔도 본심이오실시 춤 허믈이 되오시니 텬셩(天性)을 일ᄉᆞ오신 병환이오시니 당신 ᄒᆞ오신 일을 다 모ᄅᆞ오시ᄂᆞᆫ디라, 병환 드오신 거시 망극ᄒᆞ디 경모궁긔야 일호(一毫) 누덕(累德)이 어이 되리오.

실상이 이러ᄒᆞ니, 이리 말을 ᄒᆞ여야, 영묘 쳐분도 박브득이ᄒᆞ야 ᄒᆞ오신 일이오시고, 경모궁 소조(所遭)도 흘일업ᄉᆞ오신 터히오시고, 션왕도 ᄯᅩᄒᆞᆫ 인통(哀痛) 각각(各各) 의리(義理) 각각으로 말을 ᄒᆞ여야, 실상의도 어긔디 아니ᄒᆞ고 의리의도 합당(合當)ᄒᆞ거ᄂᆞᆯ, 이제 우희 두 말은 영묘 쳐분을 거룩ᄒᆞ오시다 일ᄏᆞ고 경모궁은 죄 겨신 곳의 도라가시게 ᄒᆞᄂᆞᆫ 것과 ᄯᅩ 경모궁을 위ᄒᆞᆫ다고 영묘ᄅᆞᆯ 부ᄌᆞ(不慈)ᄒᆞ신 과(過)의 가시게 ᄒᆞ니 이 두 말이 다 삼묘의 죄인이라.

ᄒᆞᆫ편 의논이 영묘 쳐분은 올ᄉᆞ오시다 ᄒᆞ며 션친만 죄ᄅᆞᆯ 잡으려 ᄒᆞ야 져희 아도 못ᄒᆞ며 일물(一物)을 드렷다 ᄒᆞ니 이거시 영묘긔 졍셩 잇다 말이냐, 경모궁긔 졍셩 잇다 말이냐. 이 불과 모년ᄉᆞ(某年事)ᄅᆞᆯ 가디고

---

19) 『영조실록』 1762년 8월 26일조에 있다.

사롬 구함(構陷)ᄒᆞᄂᆞᆫ 깅참(坑塹)을 믠둘녀 ᄒᆞᄂᆞᆫ 일이니, 삼십년(三十年)
닉의 엇디엇디 지듕지듕(至重至重) 망극망극ᄒᆞᆫ 일을 저희 사롬 해ᄒᆞ
ᄂᆞᆫ 긔계(奇計)와 저희 발신(發身)ᄒᆞᄂᆞᆫ 계제(階梯)가 되여시니 통곡통곡홀
분이로다.

도금(到今)ᄒᆞ야 션왕이 아니 겨신 후 흉도(凶徒)들이 비로소 쾌히 득
디(得志)ᄒᆞ나 오히려 날을 업시치 못ᄒᆞᄆᆞᆯ 분ᄒᆞ야 닉 동싱의게 참화(慘
禍)ᄅᆞᆯ 끼치고 션친을 반교문(頒敎文) 머리의 올녀 역괴(逆魁)ᄅᆞᆯ 믠ᄃᆞ라
시니,[20] 녁ᄃᆡ(歷代) 스긔(史記)ᄅᆞᆯ 닉 비록 모ᄅᆞ나 션왕의 어미ᄅᆞᆯ 안쳐노
코 션왕의 외조ᄅᆞᆯ 역적(逆賊)이라 반교문의 올녀 팔방(八方)의 던시(傳
示)ᄒᆞᄂᆞᆫ 적은 아모 패려(悖戾)ᄒᆞᆫ 셰샹의도 업술 거시오, ᄯᅩ 신유(辛酉,
1801) 뉵월(六月)의 계ᄉᆞ(啓辭)ᄒᆞᄂᆞᆫ디 슉뎨(叔弟)의 동긔(同氣)가 무비역
죵(無非逆種)이라 ᄒᆞ야시니,[21] 이거슨 더욱 분명이 날을 역죵(逆種)이라
말이니, 셰변(世變)이 여긔극(如紀極)[22]ᄒᆞ고 신졀(臣節)이 아조 망ᄒᆞᆫ디라,
녯사롬의 통곡뉴톄(痛哭流涕)ᄒᆞ미 브족다 말이 오히려 헐후(歇後)[23]ᄒᆞ도
다.

디쳬 션친이 블ᄒᆡᆼ이 간험(艱險)ᄒᆞᆫ ᄯᆡᄅᆞᆯ 당ᄒᆞ셔 오리 됴국(朝局)을 당
ᄒᆞ시니 비록 은위(恩遇) 뎡듕(鄭重)ᄒᆞ시고 지쳬(地處) ᄌᆞ별(自別)ᄒᆞ셔 믈
너나실 ᄆᆞᄋᆞᆷ이 슉쇼(夙宵)의 경경(耿耿)ᄒᆞ시나 종국(宗國)의 근심과 셰손
(世孫)의 유튱(幼沖)ᄒᆞ시ᄆᆞᆯ 권년(眷戀)ᄒᆞ셔 몸을 ᄌᆞ유치 못ᄒᆞ시고 구챠
미봉(彌縫)ᄒᆞ야 고인(古人)의 딕졀(直節)을 다 못 ᄒᆞ야 겨시니, 만일 됴

---

20) 1801년 6월 10일의 토역 반교문. 홍봉한이 동궁을 궁정에서 위협했다는 등의 죄상을 밝히면
　서 홍봉한을 김상로, 홍계회와 같은 '역적 괴수'로 몰고 있다. 『순조실록』에는 해당 부분이
　빠져 있으며, 『내각일력』에서 전문을 볼 수 있다.
21) 1801년 5월 28일과 6월 20일의 계사에 이 말이 있다(『간의등록諫議謄錄』 제29권, 서울대학교
　규장각 소장). 여기서는 혜경궁의 셋째 동생인 홍낙임의 아들 홍취영의 죄과를 언급하면서,
　그 아버지에 그 아들이라고 말하고, 이어서 그 동기들이 무비역종이라고 말하고 있다. 집안이
　역적 종자라는 말이다.
22) 기극(紀極): 끝에 이름.
23) 헐후(歇後): 모자람. 부족함.

야(朝野)의 강덕흔 사름이 본심은 혜아리디 아니호고 디신(大臣)의 늠연
(凜然)흔 충졀(忠節)이 업다 시비(是非)호면 당신도 맛당이 웃고 바드실
거시오, 닌들 엇디 개회(介懷)호며, 니 집이 셰디(世代) 스환(仕宦)호는
집으로 문운(門運)이 형통(亨通)홀 써룰 당호야 즈뎨(子弟) 년(連)호야
등제(登第)호야 문난(門闌)이 셩만(盛滿)호고 권셰(權勢) 과듕(過重)호니,
사름이 셩니고 귀신이 꺼리믄 괴이치 아니호니, 그릇된 후 싱각호면,
영도(榮塗)의 자최룰 거두디 못호고 과환(科宦)의 몸을 적신 거시 천만
번 뉘웃고 흔(恨)이 되거니와, 천만 의외(意外) 무함(誣陷)으로 이 지경
ᄀ디 되기는 실노 지원(至冤)호니, 셩쇠화복(盛衰禍福)이 골회[24] 도듯
호는디라, 임의 셩(盛)호엿다가 쇠(衰)호여시니, 이 지원(至冤)을 신폭(伸
暴)호야 화(禍)롤 구을녀[25] 복(福)을 일울 써가 이실가, 읍혈츅텬(泣血祝
天)호노라.[26]

---

24) 골회: '고리'의 옛말.
25) 구을녀: 굴려.
26) 원문에는 여기서 장이 바뀐다.

정순왕후네

긔묘(己卯, 1759) 디혼(大婚) 후 귀쥬(龜柱)의 집이 빈한(貧寒)ᄒᆞᆫ 션비로셔 일됴(一朝)의 존귀(尊貴)ᄒᆞ니 서어(鉏鋙)ᄒᆞ며 얼울(臲卼)[1]ᄒᆞ미 만ᄒᆞᆫ디라, 우리 션친(先親)이 '냥(兩) 쳑니(戚里)가 서로 의(宜)가 됴화야 휴쳑(休戚)을 ᄒᆞᆫ가디로 ᄒᆞ리라' ᄒᆞ오셔, 범ᄉᆞ(凡事)의 지도(指導)ᄒᆞ오심과 쥬션(周旋)ᄒᆞ야 취졸(醜拙)이 나디 아니킈 ᄒᆞ시미 위곡(委曲) ᄀᆞᆫ권(懇勸)ᄒᆞ셔 미불용극(靡不用極)[2]ᄒᆞ시니, 처음은 고맙고 감격ᄒᆞ야도 ᄒᆞ더니 저의 형셰(形勢) 지터지고 졈졈 흉심(凶心)이 구더 필경(畢竟) 구젹(仇敵)이 되니 이러ᄒᆞᆫ 일이 〈어이〉 이시리오.[3]

디져 귀쥬(龜柱)의 부(父)ᄂᆞᆫ 셩품이 븨특음휼(鄙慝陰譎)ᄒᆞ고, 귀쥬ᄂᆞᆫ 더욱 여긔소죵(沴氣所種)[4]으로 패역흉녀(悖逆凶沴)ᄒᆞᆫ 인물이라, 비로소

---

1) 얼울(臲卼): 서먹서먹함.
2) 미불용극(靡不用極): 힘을 다함.
3) 김귀주의 연보인 『가암연보』를 보면, 1769년 11월 김귀주의 아버지 김한구가 죽을 때 아들 김귀주에게 "홍봉한은 눈앞에 임금이 보이지 않은 지 오래다. 방자히 행동하다 어느 날 반드시 나라를 위태롭게 할 것이니 너는 모름지기 내 말을 잊지 말고 힘을 다해 나라의 은혜를 갚으라"고 유언을 남겼다고 한다. 김귀주네에서도 홍봉한가는 철천지 원수였던 것이다.

척니가 된 후 경은(慶恩)집쳐로 몸을 가져시면 뉘 남으라 ᄒ리오마는, 저희 튱쳥도 사름으로 본디 호듕(湖中) 오괴(迂怪)⁵⁾ᄒᆞᆫ 괴론(怪論)ᄒ는 것들도 친ᄒ고, ᄯᅩ 귀쥬의 당슉(堂叔) 한녹(漢祿)이는 곳 관쥬(觀柱)의 아비오 남당(南塘)⁶⁾인지 뉘 뎨ᄌᆞ(弟子)로 혹쟈(學者)질ᄒ노라 ᄒ니, 귀쥬니 밧들고 밋기를 신명(神明)ᄀᆞ티 ᄒ야, 그것들 의논으로조차 쳑니의 본식(本色)은 딕희디 아니ᄒ고, 반샹낙하(半上落下)⁷⁾ᄒ야 브룻되고⁸⁾ 듕되야⁹⁾ 아닌 거시 큰 쳬ᄒ는 샹(狀)이 아니ᄭᅩᆯ 적이 만ᄒ니 셰샹이 뉘 아니 우서시리오. 우리 집이 셰셰(世世) 지샹가(宰相家)요 몬져 된 쳑니니 힝혀 져희를 됴쇼(嘲笑)ᄒᆞᆫ가 만모(慢侮)ᄒᆞᆫ가 의심ᄒ고 노(怒)ᄒ며,

경진신ᄉᆞ간(庚辰辛巳間, 1760 및 1761) 동궁(東宮) 환후(患候)는 졈졈 여디(餘地)업ᄉ시고, 영묘됴(英廟朝)의셔 져희를 새 사름으로 과히 친근이 ᄒ시니, 귀쥬들의 흉심의 ᄲᅥᄒᆞ디

'동궁 실덕(失德)이 뎌러ᄒ시니 홀일업시 큰일이 날 거시오. 그러ᄒ을 제는 동궁 아ᄃᆞ님은 응당 보젼 못ᄒᆞᆯ 거시니 그리되면 나라히 다른 왕 ᄌᆞ 업ᄉ시니 필경(畢竟) 양ᄌᆞ(養子)가 되시고 우리가 외가로 댱ᄂᆡ(將來)ᄀᆞ디 부귀(富貴)를 가지리라'

ᄒ야 져희 의논들이 난만(爛漫)ᄒᆞ디 특이 션친 계우(際遇)가 거룩ᄒ오시니 혹 셰손(世孫)이나 보젼ᄒ면 져희 욕심ᄃᆡ로 되디 못ᄒᆞᆯ가 넘녀(念慮)ᄒ야, 신ᄉᆞ년(辛巳年, 1761)의 귀쥬가 이십이 겨요 넘은 아히놈으로셔 제 감히 영묘(英廟)긔 봉셔(封書)를 알외여 션친을 해(害)ᄒ고 뎡휘량(鄭

---

4) 여기소종(沴氣所種): 막힌 기운을 타고난 요사스럽고 간악한 사람.
5) 우괴(迂怪): 물정에 어둡고 괴상함.
6) 남당(南塘): 한원진(韓元震, 1682~1751)의 호. 충청도 사람으로 이간(李柬)과 벌인 이른바 호락 논쟁에서 충청도 지역 학자들의 의논을 주도했다.
7) 반상낙하(半上落下): 처음에는 성의껏 하다가 중도에 그만두어 이루지 못함.
8) 브룻되고: '브러디고', '브로돗고'와 유사한 말인 듯. 즉 '튀어나오고', '돋아나고'의 뜻. 여기서는 '거만해지고'.
9) 듕되야: 어중간하게 되어. 가람본·나손본 '어듕되야'.

輩良)ㄱ다 너허 ㅎ야 드리니, 영묘겨오셔 놀나오셔 그셔 듕궁뎐(中宮殿)의 이리 못 ㅎ리라 모이ㅎ오시니,10) 이는 셔힝(西行)ㅎ신 일노 '션친은 간(諫)치 못ㅎ고 뎡(鄭)은 대됴(大朝)의 알외디 아니ㅎ다' 얽은 말이니, 이 엇디 션친만 해홀 의ᄉ(意思)리오. 쇼됴(小朝) 실덕(失德)을 대됴(大朝)의 아ᄅ시게 흔 일이니 제 터히 이런 흉심이 어더 이시리오.11)

영묘 승은(承恩)흔 너인(內人) 니계흥(李繼興)12)의 누의 니샹궁(李尙宮)이 미양 딕됴롤 뫼아 이셔 딕쇼됴(大小朝) ᄉ이에 됴졔(調劑)ㅎ는 일이 만터니, 그날 봉셔(封書)롤 보고 놀나고 분ㅎ야 듕궁뎐의 알외기롤

"딕(宅)의셔 감히 이런 일을 ㅎ실가 시브오니잇가. 믈 ᄲ여다가 급히 셰초(洗草)ㅎ쇼셔"

ㅎ야시니, 그ᄯᅥ브터 그놈의 흉심을 아라 니런지 션친이런지 은우민탄(隱憂悶歎)13)ㅎ나 보는 듸가 이셔 쇼됴의도 이 말을 엿ᄌ온 일이 업서시니, 너 집이 져희와 규각(圭角)14) 나디 아니코져 ㅎ던 ᄯᅳᆺ을 여긔 가히 알디라.

져희 ᄆᆞᆷ의 져희는 국구(國舅)니 동궁 쟝인의게 어이 못 미츠리 ㅎ야 싀긔ㅎ는 ᄆᆞᆷ과 졔거홀 계교(計巧) 날노 심ㅎ던 ᄎᆞ의 모년쳐분(某年處分)이 나시니 져희 ᄆᆞᆷ의 이제는 셰손ㄱ디 보젼치 못ㅎ고 양ᄌ(養子) 뎡ㅎ야 져희 외가 노릇 ㅎ고 홍시(洪氏)는 담멸(湛滅)혼 량으로 아랏다가, 필경(畢竟)은 셰손은 도로 동궁이 되시고 우리 집도 보젼ㅎ야

---

10) [교감] 모이ㅎ오시니: 버클리국한문본 '大罵于怪異'.

11) 이런 일들로 인함인지 1763년 10월 김귀주가 과거에 합격한 다음날, 영조는 합격자들을 만난 자리에서 김귀주에게 '면이효고청풍경은(勉爾効古淸風慶恩)'의 여덟 글자를 직접 써서 주면서 이 말을 결코 잊지 말라고 했다고 한다. 영조가 써준 말은 힘써 옛날 청풍부원군과 경은부원군을 본받으라는 말이다. 청풍은 현종비의 아버지 김우명을, 경은은 숙종비의 아버지 김주신을 가리키는데, 이들은 모두 척리로서 조용히 잘 처신한 사람들이다. 즉 척리로서 조용히 잘 처신하라는 말이다. 김귀주의 연보인 『가암연보』에 나온다.

12) 『승정원일기』에 이계흥은 1748년 한량으로 호랑이를 잡아 가자(加資)된 기사부터 보이기 시작한다. 이로부터 만호, 첨사 등 무관직을 경유해 나중에 영조 말기에는 개천군수까지 하는데, 정조 즉위 후 분에 넘게 수령이 되었으면서도 백성을 침학(侵虐)했다 하여 파면되었다.

13) 은우민탄(隱憂悶歎): 그윽이 근심하며 탄식함.

14) 규각(圭角): 뾰족하고 각진 벽옥의 모서리. 즉 서로 말이나 행동이 맞지 않음.

션친이 샹위(相位)예 겨시니 저희 에분(恚憤)¹⁵⁾호믈 이긔디 못호야, 그제야 바로 천고(千古)〈의〉 업순 브도흉언(不道凶言)을 호야 영묘 셩심(聖心)을 의란(疑亂)호야 셰손을 보젼치 못호게 호랴 계교(計巧)룔 너니, 이 흉언(凶言)을 저희는 초마 호야신들 닉 붓스로 초마 엇디 쓰리오마는 분명이 쓰디 아니호면 후인(後人)이 므슴 흉언이런 줄 몰나 의혹홀 듯 호기 마디못호야 쓰노라.

죄인의 아들이 임금이 될 수는 없다

모년(某年) 후 한녹(漢祿)이가 홍쥐(洪州) 김시(金氏)의 모힌 디셔 말호디

"셰손(世孫)이 죄인지조(罪人之子)니 가(可)히 승통(承統)을 못 홀 거시니 태조(太祖)의 조손(子孫)이 어느 사롬이 가(可)치 아니호리"

호니 이거시 셰샹의 뎐(傳)호는 십뉵조(十六字) 흉언(凶言)¹⁶⁾이라. 그쩌 모든 김시들이 다 듯고 젼셜(傳說)이 낭자(狼藉)호디 금죽호 말이니 초마 입의 올니디 못호고 나도 듯고 셰손도 드루시고 흉악히 너기나 오히려 의신(疑信)이 샹반(相半)호더니,

근년(近年)의 션왕(先王)이 날두려 호시디

"한녹 귀쥬(龜柱)비의 흉언을 죵시(終是) 밋디 아니호더니 이제야 진뎍(眞的)호 줄 아랏노라"

호시거늘, 닉 호디

"엇디 아라겨시오"

호니 션왕이 호시디

---

15) 에분(恚憤): 성냄.
16) 십육자흉언(十六字凶言): "罪人之子 不可承統 太祖子孫 何人不可" 즉 "세손이 죄인의 아들이니 죄인의 아들로 왕통을 잇는 것은 불가하다. 태조의 자손이라면 어떤 사람인들 왕이 될 수 없으리오."

"소문(所聞)의 홍쥐 갈뫼 김시(金氏)[17]의 좌상(座上)의 그 말을 하다 ᄒ
기 무춤 옥당(玉堂) 둔니는 김니셩(金履成)이가 번드럿ᄂᆞᆫ듸[18] 갈뫼 김가
(金哥)기 알 듯ᄒᆞ야 죠용이 잡고 긔이디 말고 바로 니ᄅᆞ랴 달니고 우려
무르니 처음은 서머서머ᄒᆞ야 ᄒᆞ더니, 니가 저 ᄒᆞ나흘 못 휘을가 보오니
잇가, 나죵은 토실(吐實)ᄒᆞᄂᆞᆫ듸, 한녹이 그 말 ᄒᆞᄂᆞᆫ 것 제가 친텽(親聽)
ᄒᆞ고 다른 김시들도 만히 듯고 즉시 저희 문댱(門長)[19] 김시찬(金時粲,
1700~1767)[20]의게 이 말 ᄒᆞ니, 김시찬이가 듯고 디경통히(大驚痛駭)ᄒᆞ
야 '귀쥬한녹비(龜柱漢祿輩)가 이제는 역졀(逆節)이 쇼쇼(昭昭)ᄒᆞ니 ᄌᆞ딜
(子姪)들ᄃᆞ려 경계(警戒)ᄒᆞ야 튱역(忠逆)을 분간(分揀)ᄒᆞ야 아라두라' ᄒᆞ
다 ᄒᆞ고, 한녹의 말분이 아니라 실은 귀쥬(龜柱)의 의논(議論)이라 ᄒᆞ니,
이제는 명증(明證)을 어더시니, 진뎍(眞的)ᄒᆞᆫ 말이라. 이런 일이 어이 이
시며, 이를 말ᄒᆞ야셔는 어ᄂᆞ 지경(地境)의 갈 거시 아니니 춤고 이셔
이 압흘 볼 거시오, 목젼(目前)은 그것들이 무셔오니 아딕 위안(慰安)ᄒᆞ
고 달녀여 급ᄒᆞᆫ 변(變)과 깁흔 원(怨)을 브르디 아니홀 거시라"
ᄒᆞ시고 ᄯᅩ ᄒᆞ시더

"모년 후 누고룰 양ᄌᆞ(養子) 뎡(定)ᄒᆞ려다 의망(擬望)ᄒᆞ던 것도 잇더라
ᄒᆞ니, 그거시 다 흉언으로 조차 난 계교(計巧)니, 그거시 군님일국(君臨
一國)ᄒᆞ야 엄디빅뇨(儼對百僚)룰 ᄒᆞᆯ넌디 아니 흉ᄒᆞ냐 ᄒᆞ시고, 싱각ᄒᆞᆯᄉᆞ
록 그놈들의 역심(逆心)과 흉언이 몸스리 치인다"
ᄒᆞ시고,

관쥬(觀柱) 동니부ᄉᆞ(東萊府使) 식이실 제[21]

---

17) 갈뫼 김씨: 충청도 홍주 갈산 오두리에 터를 잡은 안동 김씨. 김한록의 본관은 경주로 이들
과는 본관이 다르다.
18) 『공거지남』 「기유유월이십팔일연셜己酉六月二十八日筵說」에 의하면 이 일은 1768년 6월 20일
에 있었다.
19) 문장(門長): 한 문중(門中)에서 항렬과 나이가 제일 위인 사람.
20) 김시찬(金時粲): 본관은 안동. 호는 초천(苕川). 홍주(洪州) 출생. 대사간 등 역임. 문집으로 『초
천집』이 있음.
21) 1799년 4월 24일의 일이다.

"말 아니된 듕난(重難)혼 일 흐노라"

날드려도 흐시고 가순궁(嘉順宮)드려도 그리흐야 겨시니, 이놈들 흉역(凶逆)인 줄 션왕이 어이 통촉(洞燭) 못 흐야 겨시리오.

션왕이 뎐(前)브터 아르시는 고로, 병신(丙申, 1776) 귀쥬 쳐분(處分)흐실 제 하교(下敎)의

"귀쥬의 죄롤 다만 샹소(上疏)혼 쟈근 일노 말흐고 이 밧근 실노 블인셜(不忍說)이라"

흐야 겨시니,[22] 블인셜은 곳 이 흉언이니 병신(丙申, 1776) 젼인들 모르시는 거시 아니로디, 김니셩(金履成)의 말을 드르신 후 더욱 증참(證參)을 어드시미라.

조고(自古)로 츄디(推戴)흐는 역적(逆賊)과 국본(國本) 동요(動搖)흐는 역적이 죡히 만흘 거시 아니로디, 지어(至於) 아됴(我朝)는 효묘(孝廟) 이후 뉵디(六代)의 혈믹(血脈)이 셰손(世孫) 흐나분인디,[23] 져희 외가(外家) 노룻 흐야 일시 부귀(富貴)흘 욕심으로 뉵디혈믹(六代血脈)을 업시흐고 태조(太祖) 조손(子孫)이어다 흐고 팔면부지(八面不知)[24]의 거술 갓다가 셰우고 나라흘 오로지 츠디흐랴 흐야시니, 만고텬지간(萬古天地間)의 이런 극역(極逆) 흉적(凶賊)이 쏘다시 어더 이시리오. 너 집과 젼젼(輾轉)흐야 션친을 브더 해흐랴 혼 것도 다 이 흉언으로 말믜암앗는디라.

져희 이 흉언이 츠츠 젼파(傳播)흐야 거셰(擧世)가 다 아니, 져희 계교는 힝티 못흐고 이 흉언 엄적(掩迹)흘 길흔 업는디라. 그제야 소위(所

---

22) 1776년 9월 9일 정조는 즉위하자 곧 김귀주를 흑산도로 유배 보냈다. 이날 정조는 김귀주의 죄상을 열거하면서, 1772년 7월 21일 김귀주가 홍봉한을 비판하는 상소를 올린 다음부터 김귀주의 남휼(濫譎)한 죄는 결코 용서할 수 없다는 말을 정순왕후에게 누차 했다고 한다. 그런데도 정작 여러 신하에게 말하지 않은 이유는 차마 할 수 없었기 때문(不忍故也)이라고 했다.

23) 효종, 현종, 숙종, 경종, 영조, 사도세자로 이어지는 핏줄을 말한다. 사도세자에 이르기까지 외아들로 근근이 이어졌다.

24) 팔면부지(八面不知): 어느 면으로 보나 전혀 모름. 또는 그런 사람.

제3부 친정을 위한 변명 ┃ 309

謂) 션비 사괴여 ᄉᆞ류(士類) 노릇 ᄒᆞ고 ᄉᆞ론(士論)ᄒᆞᆫ다 ᄒᆞ고 간난(艱難)
혼 죽게 된 것들 싀골 셔울 업시 비문비무(非文非武)ᄒᆞ고 유담희ᄉᆞ(遊談
戲事)ᄒᆞᄂᆞᆫ 무리롤 지믈(財物)노 달니며 의긔(義氣)로 사괴ᄂᆞᆫ 쳬ᄒᆞ야 몸
을 기우려 연남(延攬)[25]ᄒᆞ고 모화드리니, 그것들이 불과(不過) 향곡(鄕
曲) 미쳔(微賤)혼 괴귀(怪鬼) 블녕지비(不逞之輩)[26]니, 제 일ᄉᆡᆼ(一生) 부귀
가(富貴家) 문졍(門庭)을 귀경이나 어더 가 ᄒᆞ야시리오. 됴혼 음식(飮食)
과 둣거온 의복(衣服)으로 후히 디졉(待接)ᄒᆞ고 돈 달나면 돈 주고 뿔
달나면 뿔 주고 급혼 병(病) 잇다 ᄒᆞ면 인습(人蔘) 녹용(鹿茸)과 뉘 혼
상(婚喪)이라 ᄒᆞ면 치상힝혼(治喪行婚)을 죠곰도 앗기디 아니ᄒᆞ고 ᄒᆞ야
주니, 그것들이 ᄉᆞᄉᆡᆼ(死生)의 닛디 못홀 은혜(恩惠)로 아라 도쳐(到處)의
거륵혼 ᄉᆞ류(士類) 쳑니(戚里)로 일ᄏᆞᆺ고 위ᄒᆞ야, 탕화(湯火)롤 피치 아니
ᄒᆞ게 믿ᄃᆞ니, 이거시 왕망(王莽)[27]의 기림 거두는 흉계(凶計)오, 귀츄(歸
趣)[28]는 내 집을 쳐ᄂᆞ랴 ᄒᆞᄂᆞᆫ 의ᄉᆞ(意思)라.

션왕이 미양 ᄒᆞ시디

"봉됴하(奉朝賀)긔셔 어영쳥(御營廳)의 봉부동은(封不動銀)을 누만냥(累
萬兩)을 ᄒᆞ야 두어 겨시더니 오흥(鰲興)[29]이 다 니야 귀쥬와 혼가디로 훗
터 봉됴하 죽이랴 ᄒᆞᄂᆞᆫ 모군(募軍) 갑슬 ᄒᆞ야시니 세샹의 그런 우습고
원통혼 일이 업기로 친근(親近)ᄒᆞ 니ᄃᆞ려 이 말 ᄒᆞ니 명담(名談)이라 ᄒᆞ
옵더이다"
ᄒᆞ시더니라.

귀쥬 셜심(設心) 고즉ᄒᆞ야 아모죠록 니 집을 업시 ᄒᆞ랴 ᄒᆞ니, 셜ᄉᆞ(設
使) 션친이 잘못ᄒᆞ신 일이 잇다 ᄒᆞ야도 두 집이 그리 못 홀 터히니,

제 못 홀 거시오. 제게 블니(不利)ᄒ거나 샹핍(相逼)ᄒ거나 ᄒ면 샹졍(常情)의 혹 믜워홀넌디 모ᄅ디, ᄌ초(自初)로 저희게 은혜(恩惠)가 잇디 원(怨)은 호발(毫髮)만치도 업스니 셰셰(細細)히 궁구(窮究)ᄒ여도 이 엇디 다ᄅᆫ 일이리오.

별감 일로 멀어진 외가

저희 흉언(凶言)으로 동궁(東宮)을 동요(動搖)ᄒ랴 흔들, 영묘(英廟)겨오셔 셰손(世孫)의게 지ᄌ(至慈)ᄒ오시고, 션친(先親)을 의당(倚仗)ᄒ오셔 제우(際遇) 여일(如一)ᄒ오시고, 셰손이 점점 댱셩(長成)ᄒ셔 뎌위(儲位)가 굿고 구드신디라. 홀일업시 망연(茫然)ᄒ다가 쳔만쳔만(千萬千萬) 의외(意外) 긔튝년(己丑年, 1769) 별감(別監) 일이 나니,30)

션왕(先王)이 쇼년지심(少年之心)으로 외조(外祖)와 이 노모(老母)가 당신긔 고심혈셩(苦心血誠)인 줄은 미처 슬피디 못ᄒ시고, 일시(一時) 노(怒)ᄒ오므로 외가(外家)의 졍(情)이 변ᄒ시고, 후겸(厚謙)이가 너 집의 됴치 아니ᄒ니, 귀쥬(龜柱)가 이 두 ᄆᆞᄃᆡ롤 알고 그제야 어더다 ᄒ고 적반하장(賊反荷杖)으로 도로 집어 저희가 동궁긔 졍셩(精誠) 잇고 션친은 인진비(禪禎輩)롤 귀ᄒ야 동궁긔 블니(不利)ᄒ란다 ᄒ야, 동궁의도 납쳠(納諂)ᄒ고 셰샹의도 퍼디워31) 홍가(洪家)가 동궁의도 불니ᄒ고 동궁이 홍가롤 박ᄃᆡ(薄待)ᄒ신다 말을 공젼도셜(空傳徒說)ᄒ니, 셰샹의 급히 벼슬ᄒ랴는 뉴(類)와 니(利)롤 탐ᄒ고 ᄲᅢ롤 쏠오는 것들이 일시(一時)의 투입(投入)ᄒ야, 십흑ᄾ(十學士)니 공홍당(攻洪黨)이니 ᄒ야 아오로 흔 뭉치가 되야 션친을 해(害)ᄒ기롤 쇠ᄒ야, 경인(庚寅, 1770) 삼월(三月)의 쳥쥬(淸

---

30) 1769년 세손 곧 정조가 별감을 앞세워 외입(外入)을 한다 하여 홍봉한이 세손에게 직언하고 별감을 귀양 보낸 일. 이 일로 홍봉한은 세손의 원망을 샀다.
31) [교감] 퍼디워: 일사본 '퍼지워'. 나손본 '퍼되'.

州)놈 한유(韓鍮)라 거슬 어더니여 그 흉소(凶疏)룰 식여너니, 이거시 귀
쥬가 머리지어 흔 일이라.

『유곤록』 사건

한유(韓鍮)라 거시 싀골셔 토반(土班) 발명(發名)도 변변이 못 ᄒ고
우패흉녕(愚悖凶獰)ᄒ야 아모라 샹(常)업슨 인뉴(人類)의 참예(參預) 못
ᄒ는 향곡(鄕曲) 우밍(愚氓)이라. 그쩌 영묘(英廟)의셔 송명흠(宋明欽,
1705~1768)과 신경(申暻, 1696~1766)의게 격노(激怒)ᄒ오셔 혹쟈(學者)
들이 당신 ᄉ십년(四十年) 고심(苦心)으로 일워노흐신 탕평(蕩平)을 나므
라흔다 ᄒ오셔 송(宋)과 신(申)을 죄 주오시고,32) 『유곤녹裕昆錄』33)이라
흔 칙을 민ᄃ오셔 혹쟈가 나라흘 그릇 민ᄃ니 후ᄉ왕(後嗣王)이 혹쟈룰
쓰디 말나 ᄒ오신 말슴이오시니, 극흔 과거(過擧)시니 뉘 아니 우탄(憂
歎)ᄒ리오마는, 팔십(八十) 인군(人君)이 과거로 그리ᄒ오시니,34) 비컨더
인가(人家) 노친(老親)이 무졍지ᄉ(無情之事)로 걱졍ᄒ면35) ᄌ뎨(子弟)들

---

32) 1764년 11월 13일 신경을 귀양 보내고 송명흠을 서인(庶人)으로 만들어 시골로 쫓아버렸다.
송명흠은 원래 산림으로 불려왔는데 직언을 서슴지 않아 영조의 비위를 거슬렀다. 영조는 산
림이 또 하나의 당을 만드는 것을 우려했던 것이다. 한편 신경은 외조 박세채를 문묘에 종향
할 것을 추진하다가 여러 사람의 반대에 부딪혔는데 이 시비에서 당론이 재현되어 영조의 심
기를 건드렸다.

33) 『유곤록裕昆錄』: 영조가 지은 당쟁의 폐단을 논한 책. 1765년 간행. 원제는 '어제엄제방유곤
록(御製嚴堤防裕昆錄)'. 1769년 1월 20일 『유곤록』을 없앨 것을 주장한 유학 이장렬의 상소를
보면, "그 가운데 이르기를 '아! 노론(老論)과 소론(少論)은 어찌 한 당파(黨派)에서 나뉘었는가?
그 근본을 묻는다면 곧 사문(斯文)이다' 했고, 또 이르기를 '자칭 도학(道學)이라 하면서 나라
를 망하게 만드는 것이 홍수(洪水)나 맹수(猛獸)보다 심하다' 하여 마치 세도(世道)가 들뜨고
시끄러운 것이 오로지 사문으로 말미암은 것처럼 했으며, 심지어 도학을 엄히 막아야 할 것
으로 두었으니, 신은 그윽이 전하를 위해 개연(慨然)히 여기고 있습니다"라고 했다. 사문은 곧
유학을 가리키니, 영조는 유학이니 도학이니 하면서 당론을 일삼는 자들을 비판했던 것이다.
참고로 영조의 『유곤록』은 이 밖에도 1769년 세손에게 내린 '어제근팔유곤록御製近八裕昆錄』
과 1775년 세손과 후손을 경계하기 위해 지은 『어제팔순유곤록御製八旬裕昆錄』이 있다. 모두
2003년 서울대학교 규장각에서 간행한 『영조어제훈서』에 영인되어 있다.

34) 1764년에 영조는 71세이다.

이 미봉(彌縫)ᄒ노라 비는 모양쳐로, 그ᄲᅥ 션친(先親) 쳐지(處地)의 셩심(聖心)을 격노ᄒ시게 홀 터히 아니오, 본심(本心)은 뉘 모롤 거시 아니기 쳥토(請討)ᄒ고[36] 목젼(目前) 무ᄉ(無事)ᄒ시게 ᄒ랴 ᄒ시니, ᄲᅥ롤 간험(艱險)ᄒ게 만나신 타시지, 실은 당신이 겨셔 동궁(東宮)만 보호(保護)ᄒ야 국본(國本)을 튼튼이 ᄒ시고, 기외ᄉ(其外事)는 노친니 일시(一時) 과거롤 엇디홀 거시 아니니, 필경(畢竟) 바르게 홀 줄노 ᄆᆞ음을 가져 겨시니,

근본(根本)인즉 다 관과지인(觀過知仁)[37]이오, 종국(宗國) 위ᄒ신 고심이라.

그ᄲᅥ『유곤녹』 말노 샹소(上疏)ᄒ나 니 이시면 명논(名論)이라 ᄒ니, 한유놈을 뉘가 꾀여

"네『유곤녹』 샹소ᄒ면 명인(名人)이 되고 댱ᄂᆡ(將來) 벼슬ᄒ고 냥반(兩班) 되리라"

ᄒ니 이 우미(愚迷)ᄒᆫ 놈이 그 말을 올히 듯고 진짓 튱셩(忠誠) 잇는 표ᄒ노라 ᄒ고, 풀 우희 글ᄌᆞ롤 삭이고 셔울 와『유곤녹』 말노 샹소ᄒ려 홀 ᄎᆞ, 그놈이 심의지(沈儀之)와 친ᄒ고 의지(儀之)는 귀쥬(龜柱)의 혈당(血黨)이라. 의지가 한유의 샹소ᄒ랴온 말 듯고, 귀쥬가 사ᄅᆞᆷ을 엇디 못ᄒ야 갈구(渴求)ᄒ는 ᄲᅥ라. 의지가 귀쥬들과 의논(議論)ᄒ고 한유롤 달ᄂᆡ기롤

"『유곤녹』 말도 ᄒᆞ려니와 즉금 홍(洪)아모가 오래 졍승(政丞)으로 권(權)을 만히 ᄡᅥ 샹심(上心)이 염박(厭薄)ᄒ시고 동궁의도 득죄(得罪)ᄒ야

---

35) 별 뜻 없이 걱정하면.

36) 『영조실록』 1764년 11월 28일조에 홍봉한이 신경의 귀양을 청했다는 말이 보인다. 송명흠, 신경 등의 처벌을 청했다는 말이다.

37) 관과지인(觀過知仁): 어진 사람의 과오는 후(厚)한 데서 오고 어질지 않은 사람의 과오는 박(薄)한 데서 온다 하여, 과오를 보고 그 사람의 어질고 어질지 않음을 알 수 있다는 말이다. 『논어』 「이인里仁」 편에 나온다. 여기서는 홍봉한이 영조의 어지심을 알고 결국 스스로 과오를 바로잡으시리라 믿고 영조를 따랐다는 뜻이다.

고쟈(顧藉)38) ᄒ디 아니ᄒ시고 셰샹이 다 치는 터히로디 아모는 작두(作頭)ᄒ야 샹소를 덤벅 못 ᄒ니 네 만일 샹소ᄒ야 홍가(洪家)룰 논박(論駁)ᄒ면 벼슬도 홀 거시오 쟝흔 공(功)이 되리라"

무수히 꾀오고

ᄯ 한유가 녀긱(旅客)집의 이실 제, 귀쥬들이 하인(下人)을 식여 한유의 곳의 가 ᄒ기룰

"여긔 쳥쥐(淸州) 한싱원(韓生員) 잇ᄂ냐. 녕의졍(領議政) 디감긔셔 샹소ᄒ야 일ᄂ는 놈이니 잡아오라 ᄒ신다"

도 ᄒ고, ᄂᆽ출 ᄀ라 가며 혹

"그 션비 어셔 조차ᄂᆡ쳐 셔울 잇디 못ᄒ게 ᄒ라 ᄒ신다"

고 여러 번 공갈(恐喝)ᄒ고 슈욕(羞辱)을 뵈려는 쳬ᄒ다가 가고 가고 ᄒ기룰 여러 번 ᄒ니, 유(鍮)란 놈이 우패(愚悖)흔 분(憤)을 도도아 블쾌(不快)ᄒ야 ᄒ논디, 의지(儀之)가 ᄉ이의셔 감언니셜(甘言利說)노 꾀와

"이 샹소 ᄒ면 딕졀지ᄉ(直節之士) 되고 몸의 영화(榮華) 되리라"

달너고 샹소룰 지어주니 이놈이 죽을 동 살 동 올흔지 그른지 모ᄅ고 그 흉소(凶疏)룰 ᄒ니,39)

그쩌 뎡쳐(鄭妻)가 후겸(厚謙)의 말을 듯고 우리 집을 졔거(除去)ᄒ여야 제 모ᄌ(母子)가 ᄂᆡ외(內外)로 권(權)이 듕흔 줄노 아라, 귀쥬와 합셰(合勢)ᄒ야 션친을 춤소(讒訴)ᄒ기룰 무소브디(無所不至)ᄒ야, 셩심(聖心)이 칠팔분(七八分) 변ᄒ오셔 경인(庚寅, 1770) 졍월(正月)의 디ᄉ룹디 아니흔 일노 샥딕(削職)ᄒ야 겨시다가, 셔용(敍用)ᄒ야 녕부ᄉ(領府事)는 ᄒ시나,40) 시임(時任)인즉 김치인(金致仁, 1716~1790)이 디신(代身)ᄒ야

<hr>

38) 고쟈(顧藉): 즁히 여김.

39) 이희평(1772~1839)의 『계서야담』에도 이 사건의 전말이 이야기 형식으로 수록되어 있다. 이희평은 혜경궁의 외사촌인 이산중의 손자로 혜경궁 회갑잔치에 참석하여 『화성일기』를 남기기도 했다.

40) 영의정이던 홍봉한은 1월 8일 윤홍렬을 죄줄 것을 청하다 삭직되고 다다음날인 10일 영부사에 서용되었다. 영부사(領府事)는 중추부(中樞府)의 으뜸 벼슬이다. 중추부는 현직(現職)이 없는

삼월(三月)ᄀ디 오니, 셩권(聖眷)이 쇠(衰)ᄒ신 줄을 가디(可知)라.

유(鍮)의 샹소ᄅᆞᆯ 보오시고 비록 차악(嗟愕)ᄒ야ᄂᆞᆫ ᄒ시나, 좌우(左右)로 해(害)ᄒᄂᆞᆫ 말솜의 ᄡᅩ이오셔, 유ᄂᆞᆫ 초초(草草)⁴¹⁾히 형츄(刑推)⁴²⁾ᄒ야 도비(島配)⁴³⁾ᄒ시고 션친은 인ᄒ야 휴치(休致)ᄅᆞᆯ 허(許)ᄒ시니, 비록 죵시(終是) 곡보(曲保)ᄒ랴 ᄒ오시ᄂᆞᆫ 셩의(聖意)오시나, 평일(平日) 권주(眷注)⁴⁴⁾와 졔우(際遇)로 일됴(一朝)의 이리ᄒ오시기ᄂᆞᆫ 쳔만(千萬) 의외(意外)라. 이후로 니 집이 그릇되고 션친 몸이 됴졍(朝廷)의 아니 겨시니, 귀쥬가 오로지 득셰(得勢)ᄒ야, 안흐로 후겸을 ᄢᅵ고 밧그로 김치인을 졍승(政丞)으로 안치고, 명ᄉᆞ(名士)⁴⁵⁾들노 심니지(沈履之) 김샹묵(金尙默) 송지경(宋載經) 김죵슈(金鍾秀) 유언호(兪彦鎬) 뎡니환(鄭履煥) 구샹(具庠) 등과 션비로 김한녹(金漢祿) 김죵후(金鍾厚) 뎡일환(鄭日煥) 〈비(輩)로〉⁴⁶⁾ 더브러 쥬야(晝夜) 모의(謀議)ᄒ야 션친을 해(害)ᄒ랴 ᄒ니, 그ᄣᅥ 위름(危懍)ᄒ기ᄅᆞᆯ 어이 다 긔록ᄒ리오.

최익남의 상소

경인(庚寅, 1770) 겨을의 최익남(崔益男)이가 샹소(上疏)ᄒ야

당상관들을 대우하던 관아이며 일정한 사무나 권한은 없었다. 영의정이 된 김치인은 영의정이 되기 직전 영부사였다. 홍봉한과 김치인이 자리를 맞바꾼 셈이다. 김치인은 영의정 김재로의 아들이다.

41) 초초(草草): 대충.
42) 형츄(刑推): 형벌을 가하면서 심문함.
43) 도배(島配): 섬으로 유배 보냄. 1770년 3월 22일 한유를 흑산도로 정배(定配)했다.
44) 권주(眷注): 은총을 베풂.
45) 명사(名士): 이름난 선비. 여기서는 주로 문임(文任) 등의 청요직을 출입하며 벼슬을 다니는 학자 관료.
46) [교감] 김치인을~뎡일환 〈비로〉: 일사본 '제 당뉴로'로 압축 서술하여, 귀주 무리에 대해 자세히 소개하지 않고 있다. 가람본, 나손본, 버클리국한문본 모두 일사본과 동일하다. 단 규장각한문본만 본문과 같은데, 다만 한문본은 '송지경'을 '홍국영(洪國榮)'으로 바꾸어 적고 있다.

"동궁(東宮)이 지금 ᄉ도묘(思悼墓) 젼비(展拜) 아니ᄒ신 거시 미안(未安)
ᄒ다"
ᄒ고 슈샹(首相) 김치인(金致仁)의 죄라 ᄒ니,[47] '묘소(墓所)의 뎐비(展拜)
ᄒ쇼셔' 말이야 올흔 말이나, 그 일이 ᄉ셰(事勢) ᄌ하(自下)로 쳥(請)ᄒ
디 못홀 터히오, ᄒ믈며 즉금(卽今) 슈샹(首相)은 아랑곳도 업ᄂᆞᆫ디 그리
샹소ᄒ니,

익남이 본디 힝신(行身) 업고 경쳔(輕賤)ᄒ야 세샹의 지목(指目)ᄒᄂᆞᆫ
인믈이라. 본디 뎡쳐(鄭妻)의 싀집 겨〈리〉로 블힝(不幸)이 니 집의 츌입
(出入)ᄒ야 면분(面分)이 이시니, 귀쥬(龜柱)너가 구샹(具庠)을 노하 후겸
(厚謙)의게 뫼와 홍가(洪家)의 지주(指嗾)[48]라 춤소(讒訴)ᄒ니, 영묘(英廟)
겨오셔 셩심(聖心)의 모년ᄉ(某年事)롤 션친(先親)이 나라 허믈을 민둘고
김치인을 제거(除去)ᄒ랴 익남을 식여 샹소ᄒᆫ〈가〉 ᄯᅡ 고지 듯ᄌᆞ오
셔,[49] 그 친국(親鞫)을 대단(大端)이 ᄒ오시고 아모죠록 홍가가 식엿다
ᄒ도록 여러 사롬을 엄형(嚴刑)ᄒ시나, 진실(眞實)노 홍시(洪氏)ᄂᆞᆫ 몰나
시니 익남이ᄀᆞ디 다 댱폐(杖斃)ᄒ나, 필경 홍시(洪氏)의게 다치 아니ᄒ
더라.

서자들을 돌봤다는 혐의

셩심(聖心)이 죵시(終是) 풀니디 아니ᄒ시고, 뎌놈들 살심(殺心)은 블

---

47) 『영조실록』 1770년 11월 10일조에 최익남의 상소가 실려 있는데, 세손이 아직 사도세자 묘
   소와 사당에 참배하지 않았음을 말하면서, 묘소에 심은 나무가 아름드리가 될 정도로 시간이
   흘렀고, 또 사도세자의 사당은 얼마나 가까우냐고 했다.
48) 지주(指嗾): 무엇을 하도록 부추김.
49) 영조가 최익남의 배후에 홍봉한이 있다고 보았다는 것이다. 홍봉한이 김치인을 견제한 것으
   로 본 것이다. 김귀주가 구상에게 구상은 정후겸에게 정후겸은 그 어머니 화완옹주에게 전하
   여 영조가 이 사실을 듣게 했다는 것이다.

ᄀᆞᆺ투야 겨유 수삭(數朔)이 디나, 신묘(辛卯, 1771) 이월(二月)의 인진(姻禛)의 일노 큰 변(變)을 지어ᄂᆞ니라.

처음의 갑슐(甲戌, 1754)의 인(姻)이 나고 을ᄒᆡ(乙亥, 1755)의 진(禛)이 나니, 귀쳔(貴賤) 업시 녀편니 인졍(人情)의 어이 됴흐리오마ᄂᆞᆫ, 그ᄶᅢ 경모궁(景慕宮) 병환(病患)은 졈졈(漸漸) 극(極)ᄒᆞ오시고, ᄯᅩ 그 어미를 통ᄋᆡ(寵愛)ᄒᆞ시ᄂᆞᆫ 것도 아니라, 의외(意外) 그것들이 나시니, 비록 투긔(妬忌)를 ᄒᆞ랴 ᄒᆞᆫ들 베풀 터히 아니오. ᄂᆡ 인자유약(仁慈柔弱)ᄒᆞᆫ ᄆᆞᄋᆞᆷ의 그ᄂᆞᆫ 쳔(賤)ᄒᆞ나 골육(骨肉)이니 아니 거두디 못ᄒᆞ야 거두니, 영묘(英廟)겨오셔 그것들 화근(禍根)이라 엄교(嚴敎)가 대단(大端)ᄒᆞ오시니, ᄂᆡ ᄯᅩ 쏠와 투협(妬狹)을 브리면 쇼묘(小朝)의셔 더욱 난감(難堪)ᄒᆞ오실 ᄃᆞᆺ 참고 디ᄂᆡ니, 영묘겨오셔 니가

"그것들 심상(尋常)이 보고 투긔 아닛ᄂᆞᆫ다"

ᄒᆞ오시고

"인졍(人情)이 아니라"

엄교도 듯ᄌᆞ왓더니,

모년(某年) 후(後)ᄂᆞᆫ 더욱 그것들 의지(依持) 업ᄂᆞᆫ 것 년측(憐惻)ᄒᆞ야 녜ᄉᆞ로이 격모(嫡母)의 도리(道理)로 당신 기친 골육이라 심상(尋常)이 무휼(撫恤)ᄒᆞ야 가더니, 져히 셩인(成人)ᄒᆞᆫ 후 밧그로 나가게 되니, 영묘겨오셔, 뎌것들이 엇더ᄒᆞ리 ᄒᆞ오시고 근심ᄒᆞ오시니, 션친(先親)이 일편공심(一片公心)으로 경모궁 골육인 줄만 싱각ᄒᆞ시고 영묘긔 알외오시더

"뎌것들이 졈졈 ᄌᆞ라 밧긔 나가게 되오니 혈긔미뎡(血氣未定)ᄒᆞᆫ 아히들이 만일 다른 ᄃᆡ 반ᄒᆞ거나 혹 뉘게 ᄭᅬ옴을 듯줍고 다른 ᄃᆡ 투입(投入)ᄒᆞ와셔는 므슴 변괴(變怪) 아니 나올 줄 모ᄅᆞ오니 이 일이 민망(憫惘)ᄒᆞ온디라. 신(臣)의 쳐지(處地)가 셰손(世孫)긔 지근(至近)ᄒᆞ와 혐의(嫌疑)가 업ᄉᆞ오니, 신이 살피고 ᄀᆞᄅᆞ치와 져히를 사ᄅᆞᆷ이 되게 ᄒᆞᆸ고, 반(反)치 아니ᄒᆞ게 ᄒᆞ오면 져히 위ᄒᆞᆯ 거시 아니라 나라히 복(福)이올소이다"

알외시니 영묘겨오셔

"경(卿)의 ᄆᆞ음이 고맙고 감탄(感歎)ᄒᆞ니 그리ᄒᆞ라"

ᄒᆞ오시고 ᄯᅩ ᄒᆞ오시디

"그것들이 경의 교훈(敎訓)을 잘 드를가 넘녀(念慮)ᄒᆞ노라"

ᄒᆞ오시니, 그ᄲᅥ ᄌᆞ뎨(子弟)들이 다

"잘못ᄒᆞ신 일이오. 화근(禍根)이 되겟다"

간(諫)ᄒᆞ고

"아론쳬 마ᄅᆞ쇼셔"

ᄒᆞ고, 그것들이 오면 닉 집 ᄌᆞ뎨쇼년(子弟少年)들ᄀᆞ디 피(避)ᄒᆞ고 보는 일이 업스니, 션친이

"회곡(回曲)[50]ᄒᆞ고 당(當)치 아닌 근심이라"

ᄉᆞ죵ᄒᆞ시고, 그것들을 공심(公心)으로 교칙(敎飭)ᄒᆞ야 못쁠 곳의 ᄲᅡ디디 아니케만 ᄒᆞ려 ᄒᆞ시고, '닉 지쳐(地處)로 셰손이 의심(疑心)ᄒᆞ시랴. 셰샹(世上)이 뉘 닉 ᄆᆞ음을 모ᄅᆞ리' ᄒᆞ시니, 만일 션친이 말셰(末世) 인심(人心)을 혜아리디 아니ᄒᆞ고 부질업슨 일을 ᄒᆞ다 ᄒᆞ면 너라도 간(諫)ᄒᆞ언 말이어니와, 이 일노 얽어 딕화(大禍)롤 비저닉기ᄂᆞᆫ 쳔쳔만만(千千萬萬) 몽상(夢想) 밧기니, 만고(萬古)의 이런 일이 어이 이시리오.

션친분 아냐 쳥원(淸原)[51]이 ᄯᅩ흔 혐의(嫌疑) 업기로 가차(假借)[52]ᄒᆞ고 남여(藍輿)[53]런디 믿ᄃᆞ라 주어시니 쳥원도 의심(疑心)ᄒᆞ랴.

그것들 츌합후(出閤後)[54] 여러 번 계틱(戒飭)ᄒᆞ셔도 저히 ᄌᆞ딜(資質)이 못 삼겨 우픽(愚悖)ᄒᆞ고 농통(儱侗)[55]ᄒᆞ야 비호디 못ᄒᆞ고 근죵(近宗)의

---

50) 회곡(回曲): 휘어서 굽다.
51) 쳥원(淸原): 청원부원군 김시묵. 정조의 장인.
52) 가차(假借): 사정을 보아줌.
53) 남여(藍輿): 뚜껑이 없는 의자처럼 생긴 가마. 『영조실록』 1771년 1월 29일조에서 영조는 남여는 늙은 재상들이 타는 것인데 십여 세에 불과한 인과 진이 타고 다녔다고 비판하고 있다.
54) 출합후(出閤後): 집 나간 후. 인과 진은 결혼 후 궁궐을 나갔다.
55) 농통(儱侗): 인물이 모자람.

교귀(驕貴)흔 무옴만 몬져 너고, 궁속(宮屬) 잡뉴(雜類)들과 샹(常)업시 작폐(作弊)나 ᄒ고, ᄀ른치시는 거슬 일분(一分)도 밧디 못ᄒ고 ᄎᄎ(次 次) 서어(鉏鋙)ᄒ니, 죵시(終是) ᄀ른치디 못홀 줄 아른시고 도로혀 원 (怨)을 브롤가 ᄒ셔, 긔튝년(己丑年, 1769)브터 졈졈(漸漸) 소(疏)히 ᄒ시 다가 경인(庚寅, 1770) 당신(當身) 소조(所遭)로 교〈외〉(郊外)에 셔황(棲 遑)56)ᄒ시니, 인(因)ᄒ야 그것들 졀젹(絶跡)ᄒ고 당신도 외약(畏約)57)ᄒ 야 다시 흔번 아론 ᄒ신 일이 업더니,

정월 대보름 밤 사건

신묘(辛卯, 1771) 졍월(正月) 회간(晦間)의 미양(每樣) 년년(年年)이 동 산의 밤을 각(各) 뎐궁(殿宮)의 드리고 군쥬(郡主)너들ᄀ디 주더니58) 인 진(裀禛)의게도 그 밤이 가니, 그 일노 시작(始作)ᄒ야 셩노(聖怒)가 진 쳡(震疊)ᄒ오셔, 이월(二月) 쵸싱의 창의궁(彰義宮) 거동(擧動)ᄒ오시고, 급(急)흔 변(變)이 날 줄노 궁셩(宮城) 호위(扈衛)ᄀ디 ᄒ오시고,59) 그것 들 졔쥬(濟州) 안치(安置)ᄒ오시고, 션친(先親)의게 화싁(禍色)이 호흡(呼

---

56) 서황(棲遑): 불안하게 삶.

57) 외약(畏約): 움츠러듦.

58) 조선 왕실의 마지막 상궁이었던 김명길의 회고록(『낙선재주변』, 107쪽)을 보면, 매년 정월 보름에 선무사에서 호두, 잣, 밤, 황밤을 각각 한 가마씩 들여와 임금과 왕비에게 바쳤고, 진상하고 난 부럼은 은합에 한 몫씩 담아 각 양반의 집으로 보냈다고 한다. 여기 나눈 밤도 보름에 부럼으로 쓰고 남은 것으로 보인다. 또한 여기서 말한 동산은 창덕궁 후원으로 추정된다. 『순종실록부록』을 보면 1910년대 무렵 가을에 창덕궁 후원에서 밤 줍기 행사인 습률회(拾栗會)를 열었음을 볼 수 있다.

59) 『영조실록』 1771년 2월 5일조에 나온다. 다만 실록에는 발단이 되었다는 밤 사건은 보이지 않고, 인과 진이 초헌과 교자 등 자신에게 맞지 않는 분수에 넘치는 탈것을 탔다는 혐의 등만 나올 뿐이다. 사도세자의 두 서자가 교만 방자히 행동했는데 이를 홍봉한 등이 돌보았다는 것이다. 당일 영조는 군사를 모아 궁궐을 지키게 했는데, 군사들이 기민하게 움직이지 않자 이튿날 훈련대장을 파직시켰다. 그리고 2월 8일에는 홍봉한을 지록위마(指鹿爲馬)하게 하는 정승이라고 비판한 한유를 석방하며 한유의 비판이 선견지명이라고 칭찬했는데, 이는 영조가 홍봉한에게 등을 돌렸음을 뜻한다.

吸)의 잇느디라.

그쩌 셰손(世孫)은 슈가(隨駕)치 못ᄒ시고 한기(漢耆)와 후겸(厚謙)이만 드러가 ᄒᆞᆫ가지로 입시(入侍)ᄒᆞ야 즉셕(卽席)의셔 쳐분(處分)ᄒᆞ시게 ᄒᆞ랴 계교(計巧)ᄅᆞᆯ 뎡(定)ᄒᆞ야시니, 귀쥬(龜柱)ᄂᆞᆫ 상인(喪人)인 고로 제 아ᄌᆞ비ᄅᆞᆯ 식여 이 일을 ᄒᆞ야ᄂᆞᆫ디라.

셩심(聖心)이 쳐엄브터 너가 그것들 심샹(尋常)이 보던 것도 미안ᄒᆞ시고, 션친이 그것들 아론쳬ᄒᆞ시던 일도 블긴(不緊)히 넉이시고, 익남(益男)의 일을 니 집이 식여 모년(某年) 일을 당신(當身)긔만 도라보너려 ᄒᆞᄂᆞᆫ 줄노 격노(激怒)ᄒᆞ오시고, 밋ᄌᆞ오시ᄂᆞᆫ 귀쥬 편 춤언(讒言)과 ᄉᆞ랑ᄒᆞ오시ᄂᆞᆫ 뎡쳐(鄭妻)의 격동(激動)을 겸(兼)ᄒᆞ오셔, 이 거죠(擧措)ᄅᆞᆯ ᄒᆞ오시니, 그쩌 션왕이 놀나시고, 외가(外家)ᄅᆞᆯ 위(爲)ᄒᆞ야 쵸황(焦惶)ᄒᆞ오셔 듕궁뎐(中宮殿)의 가셔 ᄒᆞ오시디

"봉죠하(奉朝賀)가 왕손(王孫) 츄디(推戴)ᄒᆞᄂᆞᆫ 자최가 업ᄂᆞᆫ디 즉금 츄디ᄒᆞᆫ다 ᄒᆞ야 죽이랴 ᄒᆞ니 사ᄅᆞᆷ을 믭다 ᄒᆞ고 구함(構陷)ᄒᆞ야 죽이다 말이 될가 보오니잇가. 디단(大端)이 마르쇼셔"

알외니 셰손 말슴으로 한기 후겸이너가 주러져 급(急)ᄒᆞᆫ 화(禍)ᄂᆞᆫ 면(免)ᄒᆞ시고, 션친을 쳥쥬(淸州) 부쳐(付處)ᄒᆞ야 겨시다가 수일(數日) 만의 프르시고, 영묘의셔 환궁(還宮)ᄒᆞ오셔 그 일이 ᄉᆞ원(私怨)과 구함(構陷)으로 난 줄 ᄶᆡᄃᆞᆺᄌᆞ오시고, 셰손ᄃᆞ려 ᄒᆞ오시디

"냥쳑니(兩戚里) 서로 치니 국가(國家)의 근심이 젹디 아니ᄒᆞ니, 니 ᄎᆞ비(此輩)의게 소기믈 보디 아니홀 도리(道理)ᄅᆞᆯ 싱각ᄒᆞ리라"

ᄒᆞ오시니, 영묘 셩명(聖明)으로 비록 즉〈잠〉시 옹폐(壅蔽)ᄒᆞ오시나 즉시 그놈들의 졍상(情狀)과 본ᄉᆞ(本事)의 허망(虛妄)ᄒᆞᆫ 줄을 ᄶᆡᄃᆞᆺ디 못ᄒᆞ오시리오. 그리ᄒᆞ야 셰손긔 하교(下敎) 이러ᄒᆞ오신디라.[60]

---

60) 『정조실록』 1776년 9월 12일조에는 이와 관련된 다음과 같은 정조의 하교가 있다. "1772년 2월 5일에 어가(御駕)가 구저(舊邸)로 가니, 김한기와 정후겸이 내가 수가하지 않는 것을 보고 밤을 틈타 사사로이 영조를 뵙고 임금을 현혹시켰고, 이에 궁성을 호위하는 일이 있었다. 내

그쩌는 셰손 힘으로 목젼(目前)은 눅어시나, 그놈들의 살심(殺心)은 유왕유심(愈往愈甚)ᄒᆞ고, 긔이(旣已) 슈셰(手勢)[61]룰 범(犯)ᄒᆞ야 노하시니, 셰불냥닙(勢不兩立)이니, 만일 죽이디 못ᄒᆞ면 저히게 후환(後患)이 될가 넘녀(念慮)ᄒᆞ야, 한유(韓鍮)룰 이월(二月)의 션견(先見) 잇다 ᄒᆞ오시고 특방(特放)ᄒᆞ오시니,

유(鍮)란 놈이 처음의 눔의 꾀옴 듯고 그 샹소(上疏)룰 ᄒᆞ고 벼슬이나 홀가 제 몸의 됴흔 일이 이실 줄노 미덧다가 형문(刑問) 맛고 졀도졍비(絶島定配)ᄒᆞ니 그 제논 제 본심(本心)이 아닌디라, 「ᄌᆞ회문自悔文」이란 글을 지어시니, 그쩌 김약힝(金若行)[62]이가 유의 뎍소(謫所)의 몬져 거젹(居謫)ᄒᆞ얏다가 유와 슈작(酬酌)ᄒᆞᆯ 적, 그쩌 샹소흔 곡졀(曲折)을 무르니 그놈이

"너 심의지(沈儀之) 송환억(宋煥億) 비(輩)의게 속아 그리ᄒᆞ고[63] 의지비(儀之輩)논 김귀쥬의 꾀옴으로 그리ᄒᆞ엿논가 보디, 너야 싀골 션비로 『유곤녹裕昆錄』 말ᄒᆞ라 올나가시니, 그 곡졀을 엇디 알가 보니, 이리 온 후(後)야 드르니, 너 다 속아 그리ᄒᆞ야 후회막급(後悔莫及)이기, 「ᄌᆞ회문」이란 글을 지엇노라"

ᄒᆞ고 너야 뵈니, 그 글이 셰샹(世上)의 뎐(傳)ᄒᆞ야 너 집ᄀᆞ디 보아 나ᄀᆞ디 드러시니, 김약힝의 존몰(存沒)은 즉금 모ᄅᆞ거니와 이 엇디 귀쥬의 시긴 증험(證驗)이 더욱 명빅(明白)디 아니리오.

가 혹시 성덕(聖德)에 결함이 생기지나 않을까 두려워했다. 이에 정순왕후께 나아가 재삼(再三) 우러러 아뢰어 겨우 마음을 돌렸다. 환궁하는 날에 영조께서 내게 하교하기를, '두 척리(戚里)가 서로 공격하니 국가의 근심이 적지 않다. 내가 이 무리에게 속지 않을 방도를 생각하리라' 하셨다."

61) 수세(手勢): 손짓. 마음에 먹은 것을 실제로 나타냄.
62) 김약행(金若行): 이른바 십육자흉언을 듣고 알렸던 충청도 홍성의 갈뫼 김씨이다. 김약행은 1768년 5월 영조를 크게 화나게 했던 박세채 종향의 문제로 상소했다가 흑산도에 유배되었으며, 1771년에 풀려났다.
63) 『승정원일기』 1770년 3월 30일조에는 영조가 한유의 상소 경위에 대해 심문하는 부분이 있는데, 여기 심의지를 심문하는 부분에서 심의지는 송환억으로부터 연설(筵說)을 얻어 보았다고 말하고 있다.

전하, 진정 일물을 모르시오

그놈이 풀녀 올나오니 귀당(龜黨)이 쏘 뫼야,

"이제는 몰니이는 터히오. 쏘 너를 션견(先見)으로 특방(特放)ᄒᆞ야 겨시니 쏘 ᄒᆞ면 진짓 됴흐리라"

ᄒᆞ니 이놈이 팔월(八月)의 쏘 샹소를 ᄒᆞ야 비로소 일물(一物) 말을 ᄒᆞ야 '드려 권(勸)ᄒᆞ다' ᄒᆞ고 무함(誣陷)이 망유긔극(罔有紀極)ᄒᆞ니, 영묘겨오셔 일물 말 거든 죄(罪)로 ᄒᆞ야 튱쳥감영(忠淸監營) ᄂᆞ리워 보니여 정법(正法)ᄒᆞ시고, 의지(儀之)도 그쩨 잡혀드러

"일물이 무어시니"

무르시니, 의지가 발만(跋慢)히 구러

"뎐하(殿下) 일믈을 진뎡 모르시오"

ᄒᆞ엿기, 영묘겨오셔

"범샹대역(犯上大逆)이라"

ᄒᆞ오셔, 유(鏐)보다가 가률(加律)ᄒᆞ오셔 정형(正刑)ᄒᆞ고, 제 쳐ᄌᆞ(妻子)를 다 산비(散配)[64]ᄒᆞ야시니, 유런지 의지런지 일물 거든 죄로 극뉼(極律)을 뻐 겨오시지, 션친 말슴흔 거스로 그리ᄒᆞ야 겨실 니가 업손디라. 그놈들은 정법ᄒᆞ시나 션친은 엄교(嚴敎)가 진텹(震疊)ᄒᆞ오셔

"봄브터 이번ᄀᆞ디 임오(壬午)를 양성(釀成)ᄒᆞ미 뉘니, 뉘니"

ᄒᆞ오시고, 면위셔인(免爲庶人)ᄒᆞ라 ᄒᆞ오시니,[65]

'양성 임오'라 말슴은 다르미 아니라, 최익남(崔益男)의 샹소로 의심(疑心)과 격노(激怒)ᄒᆞ오신 근져(根底)라. 그쩨 셩교(聖敎)가 '임오를 양셩ᄒᆞ다' ᄒᆞ오시고 쏘 '권셩(勸成)ᄒᆞ다' ᄒᆞ야 겨오시기, 유의 샹소를 쑤며니야, 션친이 일물을 갓다가 드리시며 '쳐분(處分)ᄒᆞ옵쇼셔' 흔 줄노

---

64) 산배(散配): 죄인을 여러 곳에 나누어 유배 보내는 것.
65) 1771년 8월 12일 홍봉한을 삭직하여 서인을 만들다.

말을 호니, 샹교(上敎)의 '권셩(勸成)호다' 호오시고 일변인(一邊人)의 말이 샹교로 조차 그러호니 이 희혹(解惑)을 엇디호며 이 발명(發明)을 뉘 호야 니리오. 니 말도 오히려 ㅅㅅ(私私)로은 듯호니, 혼 가디 쳔고(千古)의 징신(徵信)홀 명증(明證)이 이시니, 신묘(辛卯, 1771) 구월(九月)의 션친이 죄칩(罪蟄)호야 문봉(文峯) 겨시더니, 션왕이 셰손으로 션친긔 슈찰(手札)호신디 골오디

"디져(大抵) 외조(外祖)의 나라 위(爲)혼 혈침(血忱)은 가히 신명(神明)의 질뎡(質正)홀 거시오, 고인(古人)의게 붓그럽디 아니호미, 조손간(祖孫間) ㅅㅅ(私私) 말이 아니라 스스로 일셰(一世)의 공의(公議)와 빅디(百代)의 공언(公言)이 이실 거실로디, 불힝(不幸)이 셩춍(聖聰)이 현혹(眩惑)호셔 금번(今番) 쳐분(處分)이 겨오시니, 외조의 졍지(情地)가 실노 박익(迫阨)[66]호시거니와, 닌죽 호되 과연 슈차(袖箚) 말솜 マ트여 '쳔긔빅괴(千奇百怪) 가경가악(可驚可愕)이 비록 무혼(無限)호나 구기본심(究其本心)호면 국(國)이오 공(公)이라'[67] 셩교(聖敎)가 비록 의외(意外)오시나 외조의 당일(當日) 튱셩(忠誠)은 기리 만셰(萬世)의 말이 이실 거시니 무어술 근심호리오"

호시고, 坯 호시되

"모년(某年) 오월(五月) 십삼일(十三日) 신시(申時)의 망극지믈(罔極之物)을 밧쇼쥬방(-燒廚房)의 드리라 호신다 호기 망극혼 거조(擧措) 잇는 줄 알고 문뎡뎐(文政殿) 안히 드러가니 즈샹(自上)으로셔 나가라 호오시기 나와 왕즈직실(王子齋室) 쳠하의 안잣더니 그쩌 신시 다난 지 오란 후 봉됴하(奉朝賀)긔셔 궐하(闕下)의 와 긔운(氣運)이 막히시다 호기 니

---

66) 박익(迫阨): 딱함.
67) 1762년 8월 26일 홍봉한이 올린 차자는 임오화변에 대한 자신의 입장을 잘 정리하고 있는데, 이는 혜경궁의 논리와 상통한다. 거기에 "하지만 신의 거취는 신이 스스로 정할 수 있는 것은 아닙니다. 근본을 궁구한다면 공을 위해 또 나라를 위해서일 뿐입니다. 천백 가지 놀랄 일들도 성상께서 위에 계시니 신은 걱정할 필요가 없습니다만 신이 깊이 근심하는 것은 다른 데 있습니다" 했다.

먹으랴 ᄒᆞ던 쳥심환(淸心丸)을 니여 보ᄂᆞ여시니, 일믈을 ᄌᆞ샹으로 싱각
ᄒᆞ오신 일이오, 봉됴ᄒᆞ거셔 엿ᄌᆞᆸ디 아니ᄒᆞᆫ 줄 이 시ᄀᆡ(時刻)의 션후(先
後)로 보아도 가히 쇼연(昭然)ᄒᆞ고, ᄯᅩ 그날 쳐분이 ᄌᆞ샹으로 죵ᄉᆞ(宗社)
를 위ᄒᆞ노라 ᄒᆞ오셔 셩심(聖心)으로 결단(決斷)ᄒᆞ야 겨오시니, ᄌᆞ식(子
息)된 터히도 의리(義理)ᄂᆞᆫ 의리오 이통(哀痛)은 이통인 고로 지금 사라
디팅(支撑)ᄒᆞ얏디, 만일 츈간(春間) 하교(下敎) ᄀᆞᆺᄌᆞ오셔 신하(臣下)가 일
믈을 드리고 ᄌᆞ샹으로 신하의 말을 드르시고 쳐분ᄒᆞ야 겨오시면[68] 셩
샹(聖上)의 겸덕(歉德)이 되오실 ᄲᅮᆫ 아니라 디의리(大義理)가 ᄯᅩᄒᆞᆫ 엄회
(掩晦)ᄒᆞᆯ 거시니, 디의리가 엄회ᄒᆞ면 니가 셰샹의 사라 잇ᄂᆞᆫ 거시 ᄯᅩᄒᆞᆫ
의(義)가 업ᄉᆞ니 이 아니 망극쳐(罔極處)냐"

ᄒᆞ시고

"한기(漢耆)ᄃᆞ려 닐넛노라"

ᄒᆞ야 겨시니, 션왕이 당신 목도(目睹)ᄒᆞᆫ 일노 시ᄀᆡ(時刻) 션후(先後)를
인증(引證)ᄒᆞ야 이리ᄒᆞ야 겨시니, 이 ᄒᆞᆫ 댱이 이신 후ᄂᆞᆫ 션친 일믈 드
리디 아니ᄒᆞᆫ 줄이 명ᄇᆡᆨ(明白)ᄒᆞ니, 일믈 아니 드려시면 므ᄉᆞ 일노 죄를
삼으리오. 향곡우밍(鄕曲愚氓)들은 샹(常)업슨 소문만 듯고 의심ᄒᆞ기 고
이치 아니타 ᄒᆞ려니와, 귀쥬ᄂᆞᆫ 갓가온 쳑니(戚里)오, 한기의게 ᄒᆞ신
예교(睿敎)가 이리 졍녕(丁寧)ᄒᆞ오신디, 알며 무함(誣陷)을 ᄒᆞ니 귀쥬의
화심(禍心) 곳 아니면 어이 이디도록 ᄒᆞ리오.

귀쥬가 아모리 졔 지쳐(地處)라도 뎡쳐와 후겸을 ᄭᅵ디 아니ᄒᆞ야시면

---

68) 이 구졀은 좀 조심스럽게 해석될 필요가 있다. 쉽게 해석하자면 "홍봉한의 말에 따라 영조가
뒤주를 들여와 사도세자를 죽였다"는 말을 영조가 직접 1771년 봄에 했다는 것으로 들리지
만, 이렇게 보면 이는 바로 앞의 말과 어긋난다. 혜경궁은 영조는 그저 '권성'했다고 말하는
데, 그것을 다른 사람들이 홍봉한이 권해서 그 처분을 한 것으로 해석한다고 분명히 말하고
있기 때문이다. 앞의 내용을 감안해서 해석하면, 이것은 영조의 말에 따라 일방의 사람들이
하고 있는 해석으로 이해하는 것이 적절하다. 그래서 '만일'이라는 서두를 붙인 것이다. 『정
조실록』을 보면 정조는 즉위 직후인 1776년 3월 27일 정이환의 상소에 대한 비답에서, 1771
년 2월 7일 영조가 당시 세손이던 정조에게 뒤주를 들이자고 권한 자가 홍봉한이 아님을 분
명히 말했다고 했다.

여러 번 변괴(變怪)를 지어닉디 못홀 거시니, 밧그로는 귀쥬가 제 도당(徒黨)을 드리고 계교(計巧)를 쑤며노코, 안흐로는 후겸이가 닉응(內應)ᄒ야 표리합녁(表裏合力)ᄒ더니, 닉 집의셔 부형(父兄)의 참화(慘禍)를 구ᄒ랴 닉가 슉뎨(叔弟)를 권ᄒ야 후겸을 사괴니, 후겸의 본심인즉 아ᄒ 거시, 홍시(洪氏) 곳 졔거(除去)ᄒ면 제게 디권(大權)이 다 도라갈 거시오, 귀쥬비(龜柱輩)의 츙동을 듯고 제 스혐(私嫌)도 약간 잇고 겸ᄒ야 투입(投入)ᄒ엿디, 진짓 도륙(屠戮)ᄒ랴는 일은 아니런 둣ᄒ고, 슉뎨(叔弟)가 년ᄒ야 가셔 익걸(哀乞)ᄒ니, 안졍(顏情)도 둣거워지고 혼인(婚姻)도 뎡(定)ᄒ야 노코, 쏘 제 싱각의도 동궁(東宮) 외가(外家)니 댱닉(將來) 넘녀(念慮)도 업디 아니ᄒ고, 뎡쳐도 샹(常)업슨 됴셕변화(朝夕變化)ᄒ는 셩품(性品)이라, 닉가 극진이 구러 그 환심(歡心)을 어드니 본더 깁흔 원(怨)이 업논디라, 졈졈 프러 임진(壬辰, 1772) 졍월(正月)의논 션친 죄명(罪名)도 프러주고,

홍봉한의 세 가지 혐의, 산삼과 솔잎차

후겸(厚謙)이가 귀쥬(龜柱) 편을 소디(疏待)ᄒ미 현현(顯現)ᄒ니, 귀쥬가 닉응(內應)을 일코 분(奮)ᄒ고, 닉현거롭[69]으로 흔판 시름ᄒ랴, 제 몸소 한녹(漢祿)의 아돌 관쥬(觀柱)를 드리고 칠월(七月)의 흔가지로 샹소(上疏)를 ᄒ니,[70] 만고텬디간(萬古天地間)의 제 지쳐(地處)의 듕궁뎐(中宮殿)을 뵈온들 고싁간(姑媳間)[71] 이러흔 흉악(凶惡)흔 일을 ᄒ니, 이놈이 닉 집의 블공디텬지슈(不共戴天之讐)분 아니라, 나라히 역(逆)이오,

69) 닉현거롭: 내친걸음.
70) 『영조실록』 1772년 7월 21일조에 있다.
71) 고싁(姑媳): 고부. 즉 정순왕후와 혜경궁 사이.

션왕(先王)의 역(逆)이오, 즈뎐(慈殿)의 죄인(罪人)이니라.

그 샹소가 세 가지 됴건(條件)인디, 흐나흔 병슐년(丙戌年, 1766) 영묘(英廟) 환후(患候)적 나슴(羅蔘)72) 말이오, 흐나흔 숑졀다(松節茶)73) 말이오, 흐나흔 여시여시(如是如是) 말이라.74)

샹후(上候) 쩌 흐르 인슴(人蔘)을 두석 냥(兩)을 쓸 적이 만흐니, 그쩌 니국(內局) 도졔됴(都提調)는 김치인(金致仁)이오, 션친(先親)은 녕의졍(領議政)이시라. 어약(御藥)의 나슴과 공슴(貢蔘)75)을 반식 너허 쓰더니, 귀쥬의 아비가 딕슉쳐소(直宿處所)의셔 의관(醫官)을 블너다가

"셩후(聖候)가 이러흐오신디 어이 나슴을 슌(純)으로 아니 쓰느니"

흐니 션친이 니국의셔 도졔됴와 안자 겨시다가 도졔됴드려

"즉금 나슴이 노샹 젹으니 만일 나슴을 슌용(純用)흐다가 쩌러지면 셰로 슌(純)으로 공슴만 쓸 지경이 되니 더 아니 민망(憫惘)흐냐"

흐시고 인흐야 흐시기롤

"니국 일이 국구(國舅)의게 간예(干預)홀 배 아니라"

흐시니, 본 스실(事實)이 그만인디 '니국 일 국구의 간예흐다' 말의 그 부즈(父子)가 셩을 니고, 쪼 져는 튱셩(忠誠) 잇고 션친은 나슴 쓰게 흐디 못흔 줄노 도라 보니니, 그런 흉심(凶心)이 어이 이시며,

숑졀다(松節茶) 말은 더욱 샹업고 밍낭(孟浪)흔 말이니 형언(形言)흐야

---

72) 나삼(羅蔘): 경상도에서 나는 인삼. 최고의 품질로 인정받았다.

73) 송졀다(松節茶): 송다(松茶). 솔잎을 넣은 차라고 하지만 사실은 쌀을 넣어 발효시키므로 송엽주(松葉酒)라 할 수 있다. 『오주연문장전산고』「산야황정변증설山野荒政辨證說」을 참조할 수 있다. 나삼 사건과 같은 시기인 1766년 봄, 영조가 노환으로 고생할 때 국구인 김한구가 노인들의 병에는 술기운이 필요하다며 금주령에도 불구하고 영조에게 술기운이 약간 있는 솔잎차를 권했는데, 홍봉한이 이를 막으면서 영조는 술을 마시지 않아도 화를 곧잘 내는데 술까지 마시면 어떻게 되겠냐고 다른 신하들에게 말했다는 것이다.

74) 홍봉한이 1769년 봄 세손이던 정조에게 사도세자를 추숭하지 않으면 어떤 일이 벌어질지 모른다고 협박을 했다는 혐의이다. 김귀주가 올린 상소에는 '홍봉한이 화를 이기지 못해 드디어 도리에 맞지 않는 말을 했으니 이르기를 '저하께서 제 말을 듣지 않으시면 반드시 이러이러하리라'는 것이었다' 했다. 뒤의 「병인추록」에는 이 '이러이러하리라'는 말이 "아주 임금을 폐하려는다는 말"이라고 했다.

75) 공삼(貢蔘): 공물로 받은 인삼.

족가홀76) 거시 업고,

여시여시(如是如是) 말은 이거시 곡절(曲折)이 이시니, 뎡히무즈간(丁亥戊子間, 1767 및 1768) 션친이 거우(居憂)77)ᄒᆞ실 쩌 쳥원(淸原)이 와 ᄒᆞ디

"예의(睿意)가 댱늬(將來) 츄슝(追崇)을 ᄒᆞ실가 보더라"

ᄒᆞ기 쳥원이 지친(至親)쳐로 셰교(世交)가 무간(無間)ᄒᆞᆯ 분 아니라 휴쳑(休戚)을 ᄒᆞᆫ가디로 ᄒᆞᆯ 지쳐(地處)라. 이거시 나라 큰일인 고로, 무간ᄒᆞᆫ 스이 와셔 그리ᄒᆞ니, 션친이 히상(解喪) 후 입디(入對)ᄒᆞ오셔 늬 곳의셔 셰손(世孫)과 ᄒᆞᆫ가디로 셰히 말ᄉᆞᆷᄒᆞ다가, 션친이 그 말ᄉᆞᆷ을 앙문(仰問)ᄒᆞ오시고 인ᄒᆞ야

"이 일을 할단(割斷)ᄒᆞ야 구디 딕회옵쇼셔"

ᄒᆞ시고 셰도(世道)와 인심(人心)의 위험ᄒᆞᆫ 말 ᄒᆞ시고

"일은 의법(依法) 그리ᄒᆞ셔야 올ᄉᆞ오나, 긔ᄉᆞ(己巳, 1689) 유얼(遺孼)78)이나 무신(戊申, 1728) 여당(餘黨)79)들이 시방도 원국(怨國)ᄒᆞ고 나라히 틈을 엿보는 뉴(類)가 만ᄉᆞ오니, 만일 이 일노 인연(因緣)ᄒᆞ야 그 흉도들이 작난(作亂)을 ᄒᆞ면 뎌롤 어이ᄒᆞᆯ고 민망ᄒᆞ오이다"

ᄒᆞ시니, 셰손긔셔

"과연 그 념녀(念慮)가 만흐니 답답ᄒᆞ다"

ᄒᆞ시고, 일후 근심으로 샹하(上下) 셰히 안자 그 슈작(酬酌)을 ᄒᆞ엿더니,

그 말을 션왕이 쇼시(少時)라 그쩌 듕궁뎐(中宮殿)의 ᄒᆞ야 귀쥬가 듯고 무함(誣陷)ᄒᆞ야 샹소롤 ᄒᆞ야시니, 이런 흉ᄒᆞᆫ 놈이 어이 이시리오. 셜ᄉᆞ 션친이 잘못ᄒᆞ신 말이라 ᄒᆞ고, 제가 늬간(內間)80) 슈작을 듕궁뎐의 듯줍고 영묘긔 샹소롤 ᄒᆞ니, 션왕 하교(下敎)쳐로 만일 영묘겨오셔 '츄

---

76) 족가홀: 탓할. 따질.
77) 거우(居憂): 상중(喪中)에 있음.
78) 기사유얼(己巳遺孼): 숙종 15년인 1689년 남인이 정권을 잡았다. 그 남인의 후예.
79) 무신여당(戊申餘黨): 1728년 이인좌(李麟佐) 난(亂)의 주도세력으로 지목된 소론(少論)의 남은 무리.
80) 내간(內間): 여자가 거처하는 곳.

숭슈작(追崇酬酌) ᄒ다' ᄒ오시고 셰손긔 미안(未安)ᄒ오시더면 화식(禍色)
이 어느 지경의 미ᄎ리오. 이거시 션친을 무함ᄒᆞᆯ 분이 아니라, 제 본디
흉계로 셰손ᄀᆞ디 해ᄒᆞ랴 ᄒᆞᆫ는 계교니, 이런 음참흉역(陰慘凶逆)이 고금
(古今)의 다시 어이 이시리오.

디져(大抵) 션친(先親) 지쳐(地處)로 션왕긔 ᄉ덕(私覿)ᄒᆞᆯ ᄯᅵ 므슴 말
을 못 ᄒᆞ며, 셜ᄉ 션친이 '튜슝을 ᄒ쇼셔' 권ᄒᆞ고 '만일 아니ᄒ오시면
이러이러ᄒ오리이다' ᄒᆞ여 겨셔도 이 불과 무식ᄒᆞᆫ 사ᄅᆞᆷ이 될 분이실디,
ᄒᆞ믈며 '튜슝은 마ᄅᆞ셔 할단(割斷) 고슈(固守)ᄒ쇼셔' ᄒᆞ시고 말셰(末世)
인심(人心)의 셰변(世變)이 무궁(無窮)ᄒᆞ니, 깁고 먼니 넘녀ᄒᆞ야, 셜ᄉ 말
노 근심ᄒᆞᆫ는 슈작이니, 이거시 죄가 되리오.

그러면 녯사ᄅᆞᆷ이 님군의게 고ᄒᆞ기롤 '위망(危亡)이 박지됴셕(迫在朝夕)
ᄒ다'커나 '도적이 니러나리라' ᄒᆞ거나 ᄒᆞᆫ는 말이 다 군부(君父)롤 위협
(威脅)ᄒ다 ᄒᆞ면 뉘 말ᄒ 리 이시며, 셰샹의 그런 말이 어이 이시리오.
이 일은 됴졍(朝廷) 문젹(文蹟)의 다 잇고 갑진년(甲辰年, 1784) 션친 쇼
셕(昭析)ᄒᆞ시던 뎐교(傳敎)의 다 이시니, 디략(大略)만 ᄡᅳ며, 그후 병신
(丙申, 1776)의 뎡니환(鄭履煥) 송환억(宋煥億) 비(輩) 흉소(凶訴)가 다 귀
쥬의 여론(餘論)으로 주어 ᄒᆞᆫ 말이니, 다시 거들 거시 어이 이시리오.[81]

음모의 근원, 열여섯 자 흉언

도모지 신ᄉ(辛巳, 1771) 이후로 귀쥬가 우리 집 해ᄒᆞ랴 ᄒᆞ던 일을
셰셰(細細)히 궁구(窮究)ᄒᆞ면, 이거시 다 처음은 경모궁(景慕宮) 보젼(保

---

81) 1809년 1월 17일 홍낙윤이 아버지 신원을 위해 올린 상소문에는 『한중록』에는 없는 증거가
   하나 더 있다. 1769년 홍봉한이 정조에게 만들어 바친 『정사휘감』이라는 책에서, 홍봉한이
   성종과 인종이 어버이 추숭을 반대하는 신하들을 꺾어 누르지 않은 것을 칭송했다는 것이다.
   이로써 홍봉한이 당시 추숭의 뜻이 없었음을 알 수 있다는 것이다.

全)치 못호시면 세손(世孫)ㄱ디 여디(餘地)업술 거시니, 양ㅈ(養子)호야 저희 외가(外家) 되기룰 브라미오. 둘재는 모년(某年) 쳐분(處分) 후 저희 의망(意望)과 ㄱ티 못호니 한녹(漢祿)이룰 드리고 십뉵ㅈ(十六字) 흉언(凶言)을 호야 성심(聖心)을 의현(疑眩)호고 져위(儲位)룰 요동(搖動)호야, 쏘 양ㅈ와 외가 경영호는 계피(計巧)오.

영묘(英廟) 성심은 구드시고 세손은 댱성(長成)호샤 국본(國本)을 흔들기 쉽디 아니호고, 저희 흉언은 셰샹의 던파(傳播)호야 ㄱ리오기 어려이 되니, 그제야 동궁(東宮)이 외가 미안(未安)이 넉이시는 줄 알고, 저는 동궁긔 튱성이 댱호고 홍시(洪氏)는 동궁긔 블니(不利)호다 호야 홍가(洪家)룰 제거(除去)호고 동궁긔 영합(迎合)호며 저의 흉언호던 거술 엄젹(掩迹)호랴 훈 일노, 던던(輾轉)호야 이러호야시니, 이 흉언이 도모지 큰 근져(根底)니,

시방 셰샹 사롭도 녜일 보 니[82] 이실 거시니, 디략이야 어이 모르리오마는, 날쳐로 이리 도져(到底)히 아는 니야 쏘 뉘 이시리오. 우리 션친이 병풍상성(病風傷性)[83]을 아니호신 젼이야, 션왕긔 블니호고 인진(姻嫄)이 위훈다 말은 삼쳑동ㅈ(三尺童子)룰 소기디 못홀 말이오. 귀쥬는 션왕긔 튱신이오, 홍가는 션왕긔 역신(逆臣)이라 호면, 쏘 삼쳑동ㅈ도 소기디 못호리니, 범ㅅ(凡事)가 인졍텬니(人情天理) 밧긔 버서난 일이 업ᄉ니, 귀쥬의 닉 션친 구함호던 말은 인졍텬니 밧기니, 식쟈(識者)룰 기드리디 아니호야 피ᄎ(彼此)의 시비룰 분간호며 튱역(忠逆)을 뎡(定)홀 거시어눌, 귀쥬 한녹(漢祿)의 종국(宗國)을 망호이랴 호던 흉언은 종시(終是) 드러나디 아니호야, 귀쥬가 튱신ㄱ디 되고,[84] 일호반ᄉ(一毫半絲)도 방블(彷彿)토 아닌 닉 집은 혹화(酷禍)가 갈ᄉ록 더호야 극역(極

82) 녜일 보 니: 옛일 본 사람이.
83) 병풍상성(病風傷性): 병에 시달려 본성을 잃어버림.
84) 김귀주는 1801년 이조판서에 증직되었다. 하지만 이 글을 쓴 다음인 1806년에 다시 관작이 추탈되었다.

逆)이 되니, 만고의 이런 셰도(世道)와 이런 텬니(天理)가 어이 이시리오. 피롤 토흐고 고디[85] 모르기롤 판득(辦得)[86]디 못흐는 줄만 흔이로다.

---

85) 고디: 곧. 즉시.
86) 판득(辦得): 얻어냄.

화완옹주

화평옹주

화평옹쥬(和平翁主)는 선희궁(宣禧宮) 처음 ᄯᅡ님으로, 영묘(英廟)겨오셔 ᄌᆞ이(慈愛) ᄌᆞ별(自別)ᄒᆞ오시고, 그 옹쥬가 셩힝(性行)이 온화유슌(溫和柔順)ᄒᆞ야 죠곰도 교오(驕傲)ᄒᆞᆫ 습(習)이 업고, 당신만 ᄌᆞ이ᄅᆞᆯ 밧ᄌᆞᆸ고 동궁(東宮)긔는 ᄀᆞ이업ᄉᆞ오신 일 스스로 민망ᄒᆞ고 불안(不安)ᄒᆞ야 ᄆᆡ양

"그리 마오쇼셔"

간(諫)ᄒᆞᆸ고, 동궁의 당ᄒᆞᆫ 일은 못 미츨 ᄃᆞ시 도아드리고, 대묘(大朝) 격노(激怒)ᄒᆞ오신 ᄯᅢ도 이 옹쥬의 힘으로 진뎡(鎭靜)ᄒᆞ고 풀리인 ᄯᅢ가 만흐니, 쇼묘(小朝)의셔도 고마와ᄒᆞ시고 ᄆᆡᄉᆞ(每事)의 미더 디ᄂᆡ시니, 무진(戊辰, 1748)[1] 젼(前) 동궁 보호ᄒᆞᆷ이 젼혀 이 옹쥬의 공이라. 그 옹쥬가 댱슈(長壽)ᄒᆞ야 부ᄌᆞ(夫子) 두 분 ᄉᆞ이의 됴화(調和) 쥬션(周旋)ᄒᆞ더면

---

1) 1748년은 화평옹주가 죽은 해이다.

유익호미 만하실더, 불힝이 조요(早夭)호니 영묘겨오셔 과도과도히 이
척(哀戚)호오시고,

『송사』를 시샘한 여인

본더 뎡쳐(鄭妻)롤 화평옹쥬(和平翁主) 버금으로 스랑호오시더니, 화
평옹쥬 업슨 후 셩톄(聖體)롤 두오실 더 업스오시고 셩회(聖懷)롤 브치
오실 더 업스오시니, 주연 뎡쳐의게 졍이 옴기오셔, 그 별뉸(別倫) 통이
(寵愛)롤 엇디 다 긔록호리오. 그쩌 뎡쳐의 나히 계유 십일셰(十一歲)
니2) 궁듕(宮中) 아히로 유튱(幼沖)혼 노름노리나 알 분이지 므어슬 알
니오마는, 우흐로 션희궁(宣禧宮) 겨오시고 그 부마(駙馬) 뎡치달(鄭致達)
이 가귈부슉(家闕父叔)도 인스(人事) 아는 지샹(宰相)들이오, 부마는 샹
(常)업디 아니호야, 쇼됴(小朝)의 졍셩을 나토옵고져도 호고, 그 안해만
통이(寵愛)호오시고 동궁(東宮)의 주익(慈愛) 덜 호오신 일을 불안송축
(不安悚蹙)호야 안해롤 그르치기도 호던 둣호야,

뎡쳐가 나죵의 긔괴(奇怪)호지, 경모궁(景慕宮)긔는 유익호미 잇디 해
로오미 업서, 쇼됴의셔 능힝(陵幸) 슈가(隨駕)호오시게 호고,3) 온양(溫陽)
거동(擧動) 진녁(盡力)호야 쥬션(周旋)호야 니고, 그 밧 위급혼 쩌 프러
닌 일이 혼두 가지가 아니니, 밉고 뎌리 되다 호고 바른말이야 아니호
리오.

만일 그 부마가 요몰(夭沒)치 아니호고 유주싱녀(有子生女)호야 실가
지락(室家之樂)의 주미롤 브쳤던들, 댱쳐(長處) 귈니(闕內)호야 그 무궁
혼 작변(作變)을 아니호여실 번도 혼다라. 뎡쳐가 과거(寡居)혼 후 영묘

2) 화완옹주는 1738년생이다.
3) 1756년 8월 1일, 사도세자는 처음으로 숙종의 능인 명릉으로 능행 수가를 했다.

겨오셔 너여보너디 아니호오시고, 댱(長) 겻희 두오셔 슈유불니(須臾不離)호오시고, 만시(萬事) 다 그 사룸의 권(權)인 듯호던 추 임오(壬午, 1762) 후는 궐너의 일이 업고, 션희궁이 쏘 상亽 나오셔 엄훈 계틱(戒飭)을 밧줍디 못호고, 싀가(媤家)의 아모도 업고 어린 양亽(養子)분이니 긔탄(忌憚)홀 것과 조심홀 거슨 업고, 부왕(父王) 툥이(寵愛)는 날노 늉듕(隆重)호오시니, 스스로 무옴이 주라고 뜻이 방亽(放恣)호야던디라.

디체(大體) 그 사룸의 셩품(性品)이 녀편너 듕(中) 호승(好勝)과 싀긔(猜忌)와 새옴과 권(權) 됴화호기가 유별호야, 온갓 일이 다 나시니, 디총(大總) 니른면 부왕(父王)긔 나 밧긔 뉘 툥이룰 바치리 호야, 너인(內人)이라도 신임호오시면 슬희여호고, 셰손을 댱듕(掌中)의 너허 일시(一時)룰 욕득(欲得)을 못 호게 호고, 너가 셰손 어민 줄 믜워 제가 어미 노르술 호랴 호고, 너가 댱너(將來) 디비(大妃) 되고 져는 못 될 일 싀긔(猜忌)호야, 빅 가디 니간(離間) 쳔 가디 험담(險談)으로 브더 냥궁(兩宮) 스이룰 빙탄(氷炭)을 민둘고,[4) 셰손이 혹 궁녀(宮女)룰 갓가이호실가 질식호야 눈을 써 보디 못호시게 호야 亽쇽(嗣續)이 브더 나디 못호도록 호고, 셰손 외가(外家)룰 써려 흉흔 계교(計巧)로 니간(離間)을 브쳐 셰손이 외가의 졍(情)이 소(疏)호게 호니, 이곳 긔튝년(己丑年, 1769) 별감(別監)일이오.[5) 셰손이 댱인(丈人)을 됴화호시면 쳥원(淸原)[6)을 새오고[7), 심지어 셰손이 『송亽宋史』룰 산삭(刪削)[8)호시노라 밧긔 나가시면 『송亽』 칙(冊)을 다 새오니,[9) 빅쳔만亽(百千萬事)의 져만 권(權)을 쓰고

<hr />

4) 여기서 양궁은 세손궁과 세손빈궁의 두 궁이다. 정조와 정조비는 금실이 그리 좋지 않았다.
5) 왕세손이 별감을 가까이하여 외입을 한다 하여, 홍봉한이 세손을 유흥으로 인도한 별감들을 귀양 가게 했는데, 이로 인해 정조가 외가를 꺼리기 시작했다고 한다.
6) 청원(淸原): 정조의 장인 청원부원군 김시묵.
7) 새오고: 시샘하고
8) 산삭(刪削): 필요 없는 글자를 지움. 즉 책을 편집함.
9) 정조는 동궁 시절 『송사』를 산삭하여 『송사진전宋史眞詮』이라는 책을 만들었고, 외삼촌인 홍낙인에게 서문을 부탁했다. 홍낙인의 문집 『안와유고安窩遺稿』에 그 서문이 있다. 안정복의 『순암집順菴集』 「임진계방일기壬辰桂坊日記」에 정조가 그 책의 제목을 짓기 위해 신하들에게 어떤 것이 좋은지 물어보는 장면이 있다. 1772년 6월의 일이다.

제게만 붓좇고 다른 니는 다 업스라 흐는 법문(法文)이니 이 엇딘 사롬
이뇨 이 다 국운소관(國運所關)이오, 하늘이 므슴 뜻으로 모년(某年)이
잇게 흐셔 종국(宗國)이 거의 전복(顚覆)홀 번흐게 흐시고, 또 고이흔
부녀(婦女)롤 니여 셰도(世道)롤 괴란(壞亂)흐고 진신(縉紳)이 어육(魚肉)
이 되게 흐니, 알 길히 업술 분이로다.

모년(某年) 화변(禍變) 빌민죽 전혀 부즈(父子) 두 분 스이가 네스룹디
못흐시기로 전전(輾轉)흐야 된 일이니, 나의 평싱 즉골지흔지원(刻骨至恨
至冤)이오. 영묘겨오셔 아드님기도 그러흐야 겨오시니, 흔 드리 먼 손즈
(孫子)의게 또 엇디흐오실 동 알며, 귀쥬(龜柱)니 것흐로서 해코져 하는
긔미(幾微)는 이시니, 만일 이 셰손이 셩심(聖心)의 또 못 드오시면 뎌롤
엇디하쟈 말이뇨 셰손의 안위(安慰)와 셩심(聖心)을 돌나노키는 전혀 뎡
쳐의게 이실 고로, 니 각궐(各闕)의 이실 제 만스(萬事)롤 다 그 사롬의게
부탁흐야

"아모려나 셩의(聖意)에 어긔디만 말게 흐야달나"

흐고, 셰손긔도 경계흐야

"그 고모롤 후디(厚待)흐야 날又티 보라"

흐니, 니 말이 슬프고 졍니(情理) 쳑연(慽然)흐니, 그쎄는 니 말이 올타
흐야 과연 일일마다 둡고 말숨도 극진(極盡)이 흐니, 영묘겨오셔는 그
사롬의 말디로 민스(每事)롤 좃스오셔, 아모 흉(凶)이 이셔도 그 사롬이
올타 흐면 고디듯즈오시고, 착흐야도 그 사롬이 나므라 흐면 マ이업서
지니,[10] 셰손은 본디 스랑도 흐시거니와, 모년 후 니어 변치 아닌 거
슨 뎡쳐의 힘이어니와, 셰손을 맛다 츠디흐기로 인흐야 우희 말쳐로
쳔긔빅괴(千奇百怪)가 다 나시니, 실(實)인죽 니가 셰손 위흔 고심(苦心)
으로 그 사롬을 지셩(至誠) 션디(善待)흐디 아낫더면 셰손 안위(安慰)가
또 엇더홀 동 아라시리오.

10) 가이없다: 가없다. 여기서는 뵈주지 않는다는 뜻.

뎡튝년간(丁丑年間, 1757)의 터 업슨 와언(訛言)이 나 동궁의셔 뎡가(鄭家)룰 죽이랴 ᄒᆞ신다 낭쟈(狼藉)ᄒᆞ니, 그ᄣᅢᄂᆞᆫ 쇼됴(小朝)의셔 일호(一毫) 그러ᄒᆞ오신 의ᄉᆞ도 아니 겨오신디라. 션인(先人)이 입더(入對)ᄒᆞ오셔 이 ᄉᆞ연을 알외시고

"진뎡(鎭靜)ᄒᆞ오실 도리(道理)룰 ᄒᆞ오쇼셔"

ᄒᆞ오시니, 쇼됴의셔 그런 일 업노라 ᄒᆞ오시고 뎡휘량(鄭翬良)긔 슈셔(手書)ᄒᆞ오셔 진뎡ᄒᆞ게 ᄒᆞ오시니 뎡휘량이 감격ᄒᆞ야 ᄒᆞ고, 경진(庚辰, 1760)[11] 셔ᄒᆡᆼ(西行) 적도 쥬션(周旋)을 잘ᄒᆞ야 ᄉᆞ긔(事機)가 눅엇기 ᄌᆞ연 서ᄅᆞ 친ᄒᆞ니, 그쟈가 그 딜부(姪婦)의게 션친 고마은 말도 ᄒᆞ고 날을 우이로 밧들나도 ᄒᆞ니, 그 사롬이 션인(先人)긔 정셩 젓게 굴고 일컷기도 ᄒᆞ더니,

뎡휘량 도라간 후의 그 집의 어룬 업스니 그 사롬이 후겸(厚謙)이 ᄀᆞᄅᆞ쳐 셩닙(成立)ᄒᆞ기룰 션친긔 밋노라 ᄒᆞ야 니게로 션친긔 엿ᄌᆞ와달나 ᄒᆞ니, 션친이 인ᄌᆞ(仁慈)ᄒᆞ신 ᄆᆞ음 밧 그ᄣᅢ 그 사롬을 됴히 디졉ᄒᆞᆯ 터히기, 후겸을 ᄶᅡᄶᅡ ᄀᆞᄅᆞ치오시고 고이혼 더 들지 아니케 ᄒᆞ랴 ᄒᆞ오셔, ᄆᆞ슨 들니ᄂᆞᆫ 말이 잇거나 어룬 업슨 아희로 잡뉴(雜類)룰 사괴ᄂᆞᆫ 소문도 드ᄅᆞ시고 당신도 진뎡으로 교훈ᄒᆞ시기룰 수ᄎᆞᆺ(數次)룰 ᄒᆞ오시고, 그 사롬ᄃᆞ려도 '이리이리ᄒᆞ니 그리 말ᄒᆞ게 ᄒᆞ면 됴케 ᄒᆞ엿다' ᄒᆞ오시니,

좋은 뜻이 원한을 이루기 쉬우니

후겸(厚謙)이 본디 어려셔브터 괴망(怪妄)한 독물(毒物)이라. 제 친부

---

11) 경진(庚辰): 일사본은 '신사년'(辛巳年, 1761). 제1부에서 사도세자의 평양행은 1761년 3월 그 믐께에 있었다고 했다. 정휘량은 화완옹주의 시삼촌으로 사도세자의 평양행 당시 평안도 관찰사로 있었다.

형(親父兄) 아니오, 제 모(母)의 형세(形勢)를 밋고 불셔 교오방즈(驕傲放恣)혼 ᄆᆞ옴이 이시니 엇디 션친(先親)의 ᄀᆞ릇치는 말을 됴화하며, ᄯᅩ 제 모ᄃᆞ려 제 흉ᄒᆞᄂ는가 함원(含怨)ᄒᆞ야, 제 모ᄃᆞ려 무어시라 혼 ᄃᆞᆺᄒᆞ고, 그 사ᄅᆞᆷ도 호승(好勝)의 ᄆᆞ옴이라, 아들의 허물을 말ᄒᆞ는 것 듯기 슬희여, 그후 그 사ᄅᆞᆷ의 ᄉᆞ식(辭色)이 현현(顯顯)이 다ᄅᆞ기, 니 ᄆᆞ옴의 브질 업셔 션친긔

"말이라 ᄀᆞ릇쳐달나 ᄒᆞ나, 니 일가(一家) 아니오, 됴흔 ᄯᅳᆺ이 원(怨)을 일우기 쉬오니 이후는 아ᄅᆞᆫ체 마ᄅᆞ쇼셔"

ᄒᆞ야 인(因)ᄒᆞ야 서ᄅᆞ ᄭᅳᆫ히이고, 오러디 아니ᄒᆞ야, 히롤 년(連)ᄒᆞ야 대쇼과(大小科)ᄒᆞ고 ᄉᆞ랑ᄒᆞ오시는 ᄯᆞᆯ의 아들노 그 귀듕긔이(貴重奇愛)ᄒᆞ오시미 비홀 더 업ᄉᆞ오셔 은툥(恩寵)이 날노 늉셩(隆盛)ᄒᆞ오시니 붓좃ᄂᆞ 니도 만코, 뫼오ᄂᆞ 니도 만코, 나죵의 귀쥬(龜柱)의 뫼옴의 드러 니 집과 각닙(各立)ᄒᆞ니라.

어미 노릇 하려는 고모

임오(壬午, 1762) 후 갑신(甲申, 1764) 젼은 션희궁(宣禧宮)겨오셔 니 ᄆᆞ옴 ᄀᆞᆺᄌᆞ오셔 셰손(世孫) 착ᄒᆞ오시고져만 ᄒᆞ오셔, 미ᄉᆞ(每事)를 녜법(禮法)으로 인도(引導)ᄒᆞ오시고 엄뎡(嚴正)이 훈계(訓戒)ᄒᆞ오시니 아기니 ᄆᆞ옴의 ᄌᆞ미 업시 아ᄅᆞ시고, 니 ᄯᅩᄒᆞᆫ ᄌᆞ모(慈母)의 지극히 위ᄒᆞ는 ᄆᆞ옴으로 당신 ᄒᆡᆼ신(行身)이나 술피고 귀에 거스리는 말이나 ᄒᆞ고, 본디 니 셩품(性品)이 사ᄅᆞᆷ의게 쳠(諂)을 못 ᄒᆞ니 ᄒᆞ물며 ᄌᆞ식의게 므슴 됴흔 말을 ᄒᆞ야 들니리오.

이러ᄒᆞᆫ디 그 고모(姑母)는 ᄉᆡᆼ살화복(生殺禍福)이 다 슈듕(手中)의 이셔 그 입으로 조차 잘되고 못되기 경긱(頃刻)의 결단(決斷)이 나니 셰손이

엇디 무섭디 아니리오. 이러틋 ᄒ니 권셰(權勢)로 쏠오이고 두립기로 인연(因緣)ᄒ야 뎡쳐(鄭妻)의게 졍(情)이 드니, 뎡쳐ᄂᆞᆫ 그 졍을 브쳐가지고 저만 오로지 셰손을 ᄎᆞ지ᄒ야 어미 소임(所任)을 ᄒ랴, 우리 모ᄌᆞ(母子)의 졍을 아ᅀᆞ려, 을유간(乙酉間, 1765)브터 계교(計巧)ᄒ더라.

갑신(甲申, 1764) 젼은 셰손이 한마님긔 의지ᄒ시니 그 고모가 권슐(權術) 브릴 길히 업더니, 선희궁 아니 겨오신 후ᄂᆞᆫ 만ᄉᆞ(萬事) 쩌릴 것 업고 범빅(凡百)이 임의(任意)니, 그제야 셰손이 ᄌᆞ가(自家)[12]롤 감은(感恩)ᄒ야 졍셩이 쵸록ᄒ게[13] ᄒ야 노코, ᄯᅩ 궐니(闕內)의셔 아니 닙ᄂᆞᆫ 누비의복브치 고은 운혀(雲鞋) 됴흔 칼 ᄀᆞ튼 거슬 아기니 깃거ᄒ게 ᄒ야 드리고, 음식으로도 궐니 녜ᄉᆞ(例事) 음식 밧 별음식이 닉게 어이 이시며, 션친(先親)은 더옥 그런 부치룰 모르셔, 의복 음식 완호지물(玩好之物) 드리시ᄂᆞᆫ 거시 업스니, 이 어미ᄂᆞᆫ 고됴(高調)의 딕언(直言)이나 ᄒ고 꾸짓기나 ᄒ고 외가(外家)도 각별(各別) 졍셩 나토아 드리ᄂᆞᆫ 것 업스니, 아기니 ᄆᆞ음의 졈졈 어미와 외가ᄂᆞᆫ 무미(無味)하고, 그 고모ᄂᆞᆫ 졍들고 귀ᄒᆞᆫ 거시 되니, 뎌의 외가만 아ᄅᆞ시ᄂᆞᆫ 졍이 ᄎᆞᄎᆞ 감ᄒ야지신다라.

을유(乙酉, 1765) 동(冬) 즈음브터, 밥 자실 ᄯᅢ 그 고모와 겸상(兼床)ᄒ고, 그 반찬 자시다가도 너가 안자시면 겸상도 엇디 알가 음식도 엇디 볼가 ᄒ야 긔이고져 홀 거시 아니로ᄃᆡ 너가 무어시라 홀가 ᄒ야 뵈고져 아니ᄒ고 아디 말고져 ᄒᄂᆞᆫ 눈츼가 ᄎᆞᄎᆞ 나니, 셰손이야 십삼ᄉᆞ셰 튱년(冲年)이시니 족가홀 터히 아니오, 그 사름이 져기 인심(人心)이 이시 량이면 그 오라바님 아돌이오. 너 눕다른 졍니(情理)로 그 아돌을 의지하고 ᄌᆞ가(自家)의게 부탁ᄒ야시면 우리 모ᄌᆞ의 졍니가 가련(可憐)

---

12) ᄌᆞ갸: '自家' 또는 '慈駕'. 이 말의 일차적인 의미는 '저' 또는 '자기'이다. 안정복(1712~1791)의 『순암집』 「상한수필橡軒隨筆」 주석에 "우리나라 사람들은 종실의 귀한 사람을 일러 자가라 한다(東人稱宗室貴者曰自家)"라고 했다. 『한중록』에서는 화완옹주, 혜경궁, 가순궁 등을 '자가'로 부르고 있다.

13) 쵸록ᄒ게: 의미상 '아주', '지극하게' 정도의 뜻인 듯하다. 『한중록』에 두 번의 용례가 보인다.

블샹ᄒ니 ᄒᆞᆫ가지로 ᄀᆞᆯ오치고 도아 착하기만 ᄇᆞ라 서ᄅᆞ ᄒᆞᆫ마ᄋᆞᆷ으로 ᄒᆞ
ᄂᆞᆫ 거시 인졍(人情) 텬니(天理)의 당연ᄒᆞᆫ 일어늘, 이 사ᄅᆞᆷ의 ᄠᅳᆺ이 홀연
이러ᄒᆞ야 모ᄌᆞ ᄉᆞ이ᄅᆞᆯ 니간(離間)ᄒᆞ랴 계교ᄅᆞᆯ 닌 줄 어이 아니 흉악(凶
惡)ᄒᆞ리오. 그러나 너 모ᄅᆞᄂᆞᆫ 쳬ᄒᆞ고 말ᄒᆞ미 업더니라.

수원 부사를 시켜달라는 열아홉 살 소년

병슐(丙戌, 1766) 봄의 영묘(英廟) 환후(患候)로 돌포 미류(彌留)14)ᄒᆞ오
셔15) 듕궁뎐(中宮殿) 쳐소(處所) 회샹뎐(會祥殿)16)으로 모히오시고, 뎡쳐
(鄭妻)와 셰손(世孫)긔셔 다 동쳐(同處)ᄒᆞ야 디니고, 나는 문안(問安)의나
와 서어(鉏鋙)히 ᄃᆞ녀가니 무어술 알니오. 그때에 귀쥬(龜柱)와 후겸(厚
謙)이 일심(一心)이 되고, 듕궁뎐의셔도 셰손긔 됴토록 구ᄅᆞ시고, 뎡쳐
도 날을 니간(離間)ᄒᆞᆫ 고로, 듕궁뎐의 가뇌 흔통이 되니 이ᄂᆞᆫ 귀쥬가
후겸이 됴화ᄒᆞᄂᆞᆫ 연고(緣故)라.

그리뎌리ᄒᆞ야 블언듕(不言中) 영묘긔도 션친(先親) 해ᄒᆞᄂᆞᆫ 춤언(讒言)
이 드러시ᄃᆡ, 본ᄃᆡ 졔우(際遇)가 장ᄒᆞ시니 ᄲᅥ ᄠᅳᆷ17)이 미처 못 낫더니,
션친이 ᄌᆡ상(在喪)ᄒᆞ시고 삼 년 드러 안ᄌᆞ시니,18) 됴졍(朝廷)의셔 날마
다 뵈옵ᄂᆞ 니와 다ᄅᆞ시고, 그ᄉᆞ이의 허다 춤소(讒訴)가 무수히 나고,

ᄯᅩ 무ᄌᆞ년(戊子年, 1768)의 후겸이가 슈원부ᄉᆞ(水原府使)ᄅᆞᆯ ᄒᆞ랴, 그때
녕샹(領相)이 김치인(金致仁)이러니, 션친긔 녕샹의게 송언(送言)ᄒᆞ야 달
나 쳥ᄒᆞ거눌, 너 션친긔 긔별(寄別)ᄒᆞ니 션친이 회답(回答)ᄒᆞ시ᄃᆡ

---

14) 미류(彌留): 병이 오래 낫지 않음.
15) 『승정원일기』를 보면, 영조는 이 해 1월 22일부터 4월 26일까지 근 석 달을 회상전에 머물
    렀다.
16) 회상전(會祥殿): 경희궁(慶熙宮)에 있음.
17) ᄠᅳᆷ: 짬, 틈.
18) 1766년 홍봉한의 계모 이부인 죽음.

"말 흔번 흐기롤 앗기는 거시 아니라, 스믈 계요 된 아희게[19] 오쳔병마(五千兵馬) 맛디는 벼술시기라 흐기는 실노 나라흘 져보리는 일이오, 져롤 스랑하는 도리(道理) 아니라"

흐오셔 말을 죵시(終是) 아니흐오시니,

후겸이 제 나히 추추 ᄌ라고 눕의 꾀옴 듯고 권(權)을 쓰랴 홀 ᄎ, 이젼 혐의(嫌疑)와 슈원부ᄉ 일과 여러 가지로 됴치 아니흐고, 뎡쳐는 듕궁뎐의 졍(情)이 드러 극진(極盡)흐고, 귀쥬의 부ᄌ(父子)며 후겸이가 다 흔 뭉치가 되야 션친을 해흐랴 흐더니, 션친이 희상(解喪) 후 ᄯ 듕복(重卜)[20]흐오셔 권우(眷遇) 여젼(如前)흐오시니, 영묘 셩은(聖恩)은 비록 감츅감츅(感祝感祝)흐오나, 이러흘ᄉ록 져희 ᄹ리믄 더흐야, 뎡쳐가 그 아둘과 귀쥬니 말을 듯고 션친을 젼쳐로 일ᄏ기는 새로이[21] 오늘 해흐며 니일 해흐야 쇽담(俗談)의 '열 번 딕어 아니 구러질 나모 업다' 말쳐로 션친의 툥우(寵遇)흐시미 졈졈 쇠흐시ᄂ디라.

기녀와 외입한 셰손

ᄯ 흉악(凶惡)흔 일노 일셰(一世) 인심(人心)을 파탕(波蕩)흐게 흐고 니 집을 이 지경(地境)이 되게 흔 큰 곡졀(曲折)이 이시니 병슐(丙戌, 1766)의 흥은부위(興恩副尉)[22]가 부마(駙馬)가 되니 용모(容貌)와 동지(動止) 아롬다온디라. 셰손(世孫)이 민부(妹夫)로 에엿비 너기시더니 긔튝간(己丑間, 1769)의 그 아희가 반흐야[23] 별감(別監)들 드리고 외입(外入)이

---

19) 정후겸이 1750년생이니 그의 나이 겨우 열아홉 살이다.
20) 중복(重卜): 정승에 거듭 임명함.
21) [교감] 젼쳐로 일ᄏ기는 새로이: 규장각한문본 '無復稱道'. 김동욱은 '젼처럼 일컫기는커녕'이라 읽었다.
22) 흥은부위(興恩副尉): 혜경궁의 차녀인 청선군주(淸璿郡主)의 남편 정재화(鄭在和).
23) 반흐야: 제 길로 가지 않고 가지 말아야 할 길로 가는 것을 뜻하는 말. 뒤에 홍국영에 대해

무궁(無窮)ㅎ고 동궁(東宮)긔도 쳬면(體面) 업슨 일이 만흐니, 셰손이 쇼년지심(少年之心)이시라, 가랍(嘉納)²⁴⁾ㅎ시고 믈니치디 아니ㅎ시던가 시브디, 셰손이 흥뎡당(興政堂)²⁵⁾의 겨시니, 나 잇는 쳐소(處所)와 절원(絶遠)ㅎ야 바히 몰낫더니, 홍은(興恩)이 총관(摠管)²⁶⁾으로 번(番)든 째면 드러와 뵈옵고 노니, 그째 뎡쳐(鄭妻)가 셰손을 슈듕(手中)의 끼고 욕득(欲得)을 못 ㅎ게 ㅎ야 혼 가디 일을 주유(自由)치 못ㅎ게 ㅎ는디라. 냥궁(兩宮) 스이 화락(和樂)디 못ㅎ시게 ㅎ고, 셰손이 쳐가(妻家)의 친후(親厚)ㅎ신 거술 새와 니간(離間)을 ㅎ고져 ㅎ디, 청원(淸原)의 뉵촌(六寸) 김상묵(金尙默)이가 후겸(厚謙)과 사괴여 모쥬(謀主)가 된 째니, 상묵의 안면(顏面)으로 청원의 집은 아딕 두고, 외가(外家)롤 몬져 니간ㅎ랴 ㅎ는 의스(意思)가 잇던 가온대, 쏘흔 홍은을 셰손이 스랑ㅎ시는 거술 새와, 혼 살노 둘을 쏘랴 ㅎ는 계교(計巧)로 일일(一日)의 밤의 날을 와 보고 졍담(情談)ㅎ야 굴오디

"셰손이 홍은의게 혹(惑)ㅎ야, 이번 진연(進宴) 적의 외방(外方) 기녀(妓女)의 말도 ㅎ고, 진연날 제 갓가이혼 겨집도 フ르쳐보시게 ㅎ고, 별감(別監)들 저 사괸 놈을 아르시게 ㅎ고, 그 밧 샹(常)업슨 일이 만흐니, 더러홀 디가 어듸 잇스오리잇가. 이젼²⁷⁾을 싱각ㅎ야 보오. 별감으로 시작ㅎ야 츳츳 므드오셔 그어ㅎ야²⁸⁾ 겨오시니, 셰손이 아딕 쇼년(少年)이신디 그런 말숨 ㅎ야 들니고 뎌 샹업슨 홍은을 스랑ㅎ셔 외입을 ㅎ시면, 뎌런 일이 잇습ᄂᆞ니잇가. 이룰 쳐치(處置)ㅎ디 아니ㅎ면 대됴(大朝)의셔 아르시고 모년(某年)이 다시 나오리이다. 쇼인(小人)의게 셰손 보도(輔導)ㅎ기룰 부탁ㅎ야 겨신디, 이제 금(禁)치 아니코는 못 홀 거시나

서도 "본디 아히 제브터 반혼 거시오"와 같은 표현을 사용하고 있다.

24) 가납(嘉納): 바치는 것을 기꺼이 받아들임.

25) 흥정당(興政堂): 경희궁(慶熙宮) 소재.

26) 총관(摠管): 조선시대 오위도총부에 속한 도총관과 부총관을 통틀어 이르던 말.

27) 사도세자가 별감들을 끼고 외입한 일을 말한다.

28) [교감] 므드오셔 그어ㅎ야: 일사본 '므드러 그러ㅎ야'.

쇼인이 엿주왓다 ㅎ면 말이 됴치 아니코, 흔낫 주식 고독일신(孤獨一身) 의게 해로오니, 나라흘 위ㅎ야 마디못ㅎ야 이 말숨을 ㅎ니, 스스로 안양으로 ㅎ오시고 그 별감들을 귀향이나 보닉면 됴케 ㅎ야시니, 이 일이 늘고29) 크디 아니ㅎ야 됴졔(調劑)30)롤 ㅎ면 됴케 하엿고, 녕샹(領相) 긔셔는 외조(外祖)시니 간(諫)ㅎ랴 ㅎ실 거시오, 별감들을 다스려도 의법(依法)혼 일이라"

ㅎ고 진뎡 나라흘 위ㅎ고 셰손을 걱정ㅎ는 모양으로 밀밀셰셰(密密細細)히 말을 ㅎ니,

내 죵신(終身)의 지흔지통(至恨至痛)이 모년(某年) 일이 당초브터 사름이 잘 돕디 못ㅎ고 별감들 잡뉴(雜類)의게 므드오셔 추추 그리되신가 ㅎ야, 셰손은 착ㅎ고 착ㅎ시기만 ㅂ라고 ㅂ라는딕, 그 사름의 말이 그러ㅎ니, 나는 빅딕(白直)31)혼 무옴의 그 사름이 셰손긔는 졍(情)이 이시니 당신 위ㅎ야 우탄(憂歎)ㅎ는 줄노 아랏디 엇디 이 일노 어미롤 니간(離間)ㅎ고 외조(外祖)롤 소딕(疏待)ㅎ시게 ㅎ랴 ㅎ는 흉계(凶計)롤 초〈포〉쟝(包藏)혼 줄 아라시리오. 모년 다시 나겟다 말이 추마 무셥고, 그 사름이 이리ㅎ는 거슬 닉 만일 금(禁)치 아니ㅎ면 그 사름이 주가(自家) 말 셰오랴 대됴의 아오시게 ㅎ야, 큰 야단을 니릇혀기도 고이치 아니혼디라. 닉 놀납고 홍은의 일이 분ㅎ야, 닉 셰손긔 '이 말ㅎ고 못 ㅎ게 ㅎ리라' ㅎ니, 그 사름이 또 ㅎ딕

"일을 엇디 급히 ㅎ오시리잇가. 추추 ㅎ시딕 요란치 아니ㅎ게 ㅎ고, 녕샹(領相)〈긔〉도 그 별감들 다스려주쇼셔 ㅎ고 봉셔(封書) 뼈 보내딕 주뎨(子弟)들도 모릭게 셰손빈궁(世孫嬪宮)을 주오셔, 김판셔(金判書)32)드려 녕샹긔 갓다가 드리고, 비밀(秘密)히 ㅎ야 이놈들을 업시 ㅎ오시오"

---

29) 늘고: 늘어나고
30) 조졔(調劑): 조정.
31) 백직(白直): 결백하고 정직하다.
32) 김판셔(金判書): 정조 국구(國舅) 청원부원군(淸原府院君) 김시묵(金時默).

ᄒᆞ니 이는 쳥원(淸原)ᄀᆞ디 걸니게 혼 계교(計巧)런가 시브나, 나도 아득히 그 흉심(凶心)은 모ᄅᆞ고 셰손 외입ᄒᆞ실가 넘녀가 급ᄒᆞ야, 김판셔 주란 말은 좃디 아니ᄒᆞ고 션친긔 봉셔ᄒᆞ야,

이 ᄉᆞ연(事緣)을 다ᄒᆞ고

"이 별감들을 귀향 보내여주오쇼셔"

ᄒᆞ니, 션인(先人)겨오셔

"요란ᄒᆞ니 못 ᄒᆞ겟다"

ᄒᆞ오시고, ᄌᆞ데들도 녁간(力諫)ᄒᆞ야 못 ᄒᆞ오시게 ᄒᆞᄂᆞᆫ 거ᄉᆞᆯ, 너가 놀난 심댱(心腸)이라 '모년이 다시 나겟다' 저히ᄂᆞᆫ 말과 셰손 위한 고심(苦心)으로 여러 번 긔별(寄別)ᄒᆞ디, 죵시(終是) 듯디 아니ᄒᆞ시니, 뎡쳐(鄭妻)가 ᄯᅩ 날을 격동(激動)ᄒᆞ디

"녕샹긔셔 나라흘 위ᄒᆞ시고 엇더ᄒᆞ신 터히라 올흔 일을 아니ᄒᆞ시며, 녕샹이 더리ᄒᆞ시면 셜스 셰손이 외입ᄒᆞ신들 뉘 막으리오"

ᄒᆞ고 개연(慨然) 우탄(憂歎)ᄒᆞᄂᆞᆫ 모양으로 ᄒᆞ니 니 더옥 급급ᄒᆞ야 삼ᄉᆞ일 밤을 굼고 션친긔 ᄯᅩ 긔별ᄒᆞ디

"만일 이놈들 아니 다ᄉᆞ려주시고 셰손이 필경(畢竟) 외입ᄒᆞ면 니 사라 무엇홀 것 아니니, 졀식(絶食)ᄒᆞ고 죽으려노라"

울며 보채니 션친겨오셔 여러 번 ᄌᆞ뎌(趑趄)ᄒᆞ오시다가 마디못ᄒᆞ야, 셰손 위ᄒᆞ옵ᄂᆞᆫ 무ᄋᆞᆷ으로

"ᄉᆞ싱화복(死生禍福)을 몸 밧긔 두노라"

ᄒᆞ오시고, 인ᄒᆞ야 쳥원과 의논(議論)ᄒᆞ시고, 그ᄯᆡ 형조참판(刑曹參判) 됴영슌(趙榮順, 1725~1775)을 쳥ᄒᆞ야 별감들 귀향 보닐 말ᄉᆞᆷ을 의논ᄒᆞ시니, 됴영슌이 처음은 못 ᄒᆞ리라 ᄒᆞ다가, 나죵 션인 말ᄉᆞᆷ을 듯고 ᄒᆞ디

"뎨왕가(帝王家)ᄂᆞᆫ 다ᄅᆞ니 댱ᄂᆡ(將來) 이 일이 크러니와, 디감(大監)이 나라 위ᄒᆞ신 고심혈셩(苦心血誠)으로 ᄉᆞ싱화복(死生禍福)을 니여노코 ᄒᆞ시니, 무ᄋᆞᆷ이 고맙다"

호고, 그 별감들을 잡아 호 말도 뭇디 아니호고 그저 귀향만 보너고, 션친이 세손긔 샹셔(上書)호야

"홍은의 외입으로 별감들을 치죄(治罪)호옵ᄂ이다"

호고, 뵈온 쩌도 만히 간(諫)호시니,

세손이 혬 츠지 아니호신 ᄆ음의 무안(無顔)호시고 ᄀ이업서 이 어미와 외죠(外祖)의 당신 위훈 혈셩(血誠)은 슬피디 못호시고 노호아호시는디, 덩쳐가 무샹(無狀) 흉악(凶惡)훈 줄이, 제가 그 말을 호야 세손 힝신(行身)의 허믈이 업고져 호여시면

'니 이리호니, ᄌ가(自家)도 ᄌ모지심(慈母之心)의 그리호시기 당연호고, 외죠가 위국(爲國)훈 ᄆ음으로 예덕(睿德)의 휴손(虧損)홀가 그리호기가 올흔 일이니, 죠곰도 엇더이 아ᄅ시디 말고 그 말숨을 드ᄅᄀ쇼셔' 호는 거시 아니라, 너게는 그리 우탄(憂歎)호고 세손긔는 튱동(衝動)호디,

"그 일이 그디도록 홀 일이오. 뎌리 요란호야 세샹의 모ᄅ 리 업스니 마노라 ᄆ슴 사ᄅᆷ이 되시겟소. 외죠라고 둣덥허주든 아니코 허믈을 드러너려 호니 뎌러훈 인졍(人情)이 어디 이시리"

호야 덜헉 경동(激動)호니, 그쩌 세손이 뎡쳐의게 쥐이셔 그 말디로 다 드ᄅ시ᄂ는디 날마디[33] 그ᄭ디 말노 흉을 보고, 후겸도 드러와 예덕(睿德)의 해로오실 디로 호야, 너외(內外)로 도도니, 당신 쇼년 ᄆ음의 외죠 귀호야 호시단 졍(情)이 왈학 변(變)호고, 어미게야 엇더호실 거시 아니로디, 어이 젼일(前日) 무간(無間)호던 ᄆ음이 혹 변(變)치 아니호시리오.

그쩌 세손긔셔 셩노(聖怒)와 미안(未安)이 측냥(測量)업스시니 너 도로혀 ᄀ이업손 둣호나, 너런지 션친이런지 다 당신이 혹 허물 되실가 위훈 단단고심(斷斷苦心)이니, 후일(後日)을 념녀(念慮)홀 일이야 어이 이시며, 세손긔셔도 그리 노(怒)호아는 호시나 너게 호시는 일이나 외죠

33) [교감] 날마디: 일사본 '날마다'.

긔 호시는 일이나 다 여전(如前)호시니, 우리 부녀(父女)야 잘흔 줄노만 싱각호엿디, 후환(後患)을 일호(一毫)나 근심호야시리오.

그후 을미년(乙未年, 1775) 간(間)의 국영(國榮)이가 호디 '긔튝소(己丑事, 1769)로 전혀 미안(未安)이 되시니라' 호기 비로소 씨둣고, 선왕이 등극(登極)호신 후 니 비로소 그 말솜 슈미(首尾)를 다호고

"뎡쳐의 '모년 다시 나리라' 말도 무셥고 녜소 사롬도 어미가 아돌을 위호야 착호고져 호는 무옴이 다 이시려든, 싱각호야 보오. 니 모년의 화변(禍變)을 디너고 흔 아돌을 의지(依支)호야 국가(國家)의 듕탁(重託)을 밧〈고〉 니 소정(私情)을 겸호야, 마노라 진션진미(盡善盡美)호시과져 무옴이 엇더엇더호게숩느니잇가. 그 사롬의 말을 창졸(倉卒)의 듯고 놀난 가슴이라 두립고 근심되고 만일(萬一) 금(禁)치 아니호면 디됴(大朝)의셔 아르시고 모년이 쏘 나리라 호니, 그 사롬의 변덕이 무상(無常)호니 필경(畢竟) 디됴의 아오시게 호기도 고이치 아니호니, 만일(萬一) 큰 야단이 나는 터히 되면, 마노라가 어느 지경의 가겟숩느니잇가. 그 무디롤 싱각호니 더욱 곱곱호야 션친과 동성들이 그리 못 호게 호엿다 호는 거슬 니 폐식(廢食) 즈쳐(自處)호려 호야 아모죠록 그 쳐치(處置)롤 호시게 호여시니, 니야 빅딕(白直)흔 어믜 무옴으로 흔 일이지, 뎡쳐의 흉계(凶計)로 니게는 다스리라 권(勸)호고 마노라긔는 흉 드러닌다 격동(激動)호야 어미와 외가롤 니간(離間) 브치던 일 엇디 싱각호여실가 보오니잇가. 이 일노 인연(因緣)호야 귀쥬(龜柱) 후겸 비(輩)가 밧긔 말너여 노키롤 '홍시(洪氏)가 셰손긔 득죄(得罪)호야시니, 홍시롤 아모리 쳐도 셰손긔셔 외가롤 위하야 붓드르실 니는 업술 거시니, 셰손 뵈온 홍간(洪哥)디 셰손긔 쩌러진 후(後)야 홍가 치기가 아조 쉬오리라' 호니, 그 적의야 소위(所謂) 십혹소(十學士)런지 무엇무엇호는 것들이 귀쥬 후겸의 소[34] 형셰(形勢)롤 쏠오고, 밧그로 쳑니(戚里) 치면 소류(士

---

34) 소: 사이에.

類) 된다 ᄒᆞ야, 너 집 치기를 시작(始作)ᄒᆞ야, 뎐뎐(輾轉)ᄒᆞ야 이 지경ᄭᆞ
디 되여시니, 실은 너 손으로 너 션친긔 화(禍)를 끼쳐시니, 시방 싱각
ᄒᆞ야도 너나 션친이나 마노라 위훈 혈침(血忱)이니 붓그럽든 아니ᄒᆞ오
마는, 일인즉 너 탓시니 실노 불효(不孝)훈 죄(罪)를 만 번 죽어도 속
(贖)디 못ᄒᆞ올너이다"

ᄒᆞ니 션왕이 우스시고,

"그ᄯᅥ 일이야 쇼년 적이니 다시 거드러 무엇ᄒᆞ오리잇가. 과연(果然)
뉘우처ᄒᆞ노라"

ᄒᆞ시고, 그후라도 이 말이 나면 엇디 난연(赧然)ᄒᆞ야 붓그려ᄒᆞ시는 ᄉᆞ
식(辭色)이시고

"다 니젼 지 오라다"

ᄒᆞ시더니,

경신(庚申, 1800) 칙봉ᄉᆞ(冊封事)의 됴영슌 복관(復官)ᄒᆞ시고[35] 드러오
며 희식(喜色)이 만안(滿顔)ᄒᆞ야 날두려 ᄒᆞ시더

"됴영슌 일이 미양 여물직후(如物在喉)[36]ᄒᆞ더니 오늘은 프니 쇠훤쇠
훤ᄒᆞ오"

ᄒᆞ시거눌 너 ᄒᆞ디

"실노 다힝(多幸)ᄒᆞ오. 우리 집의셔 시긴 일노 죄명(罪名)이 지듕(至
重)ᄒᆞ기, 그 집의셔 날을 원망(怨望)을 오죽히 ᄒᆞᆯ가 보오. ᄆᆞ음의 불안
(不安)ᄒᆞ기 측냥업더니, 복관ᄒᆞ야 주시다 ᄒᆞ니, 과연(果然) 다힝ᄒᆞ오"

ᄒᆞ니 션왕이 ᄒᆞ시더

"됴영슌이 본디 죄(罪) 업습ᄂᆞ니이다. 그ᄯᅥ 뎡쳐가 〈모년〉 다시 나
리라 저힌 말이 셰샹(世上)의 둔니다가 인(因)ᄒᆞ야 다힐 디 업스니 됴

---

35) 1800년 원자 곧 순조의 관례와 세자 책봉례 다음날인 2월 3일에 정조는 조영순의 죄명을 씻
어주었다. 조영순은 별감 사건 때 별감을 처벌한 형조참판이었다. 정조는 죽기 직전 순조의
장인인 김조순에게 조영순을 풀어준 것은 『명의록』의 의리를 되돌려놓는 출발이라고 했다. 정
조 초년 등극 방해 세력으로 지목된 사람들을 신원하겠다는 말이다. 『영춘옥음기』에 나온다.
36) 여물재후(如物在喉): 어떤 것이 목에 걸린 듯이 마음이 불편한 것.

영슌의 죄가 되야,37) 실노 지원(至冤)ᄒ오니이다. 그써 봉됴하(奉朝賀)ᄀ
셔 ᄉ옹원(司饔院)의 안즈셔 여러 디신(大臣)들 듯는디 모년이 다시 나
게 ᄒ엿다 ᄒ시더라 뎐(傳)ᄒ기, 듯고 진뎍(眞的)ᄒᆫ가 여러 곳으로 아라
본즉, 그써 지샹(宰相)은 드럿노라 ᄒᄂ 니 업고, 쏘 말이 변(變)ᄒ야
ᄉ옹원의셔 ᄒ신 말이 아니라 뎡광한(鄭光漢, 1720~1780)38)이가 뎐문
(傳聞)을 듯고 터디온39) 말이라 ᄒ니, 그 말이 여러 가디로 나시니 븐
명 뎡쳐의 그 말노 인연(因緣)ᄒ야 듕간(中間) 부언(浮言)이오 봉됴하 아
니ᄒ신 줄은 킈(快)히 아라시니 봉됴하도 이미ᄒ시거든 ᄒ믈며 됴영슌
이 가당(可當)ᄒ오니잇가. 이제는 긔튝ᄉ(己丑事, 1769)는 츌댱(出場)이
된 거시니 됴영슌을 위ᄒᆫ 거시 아니라 봉됴하 발명(發明)ᄒ야 드리는
일이오니이다"

ᄒ시기, 니 션친을 위ᄒ야 감츅(感祝)ᄒᆫ 말 여러 무디를 ᄒ야시니,

일노 보면 긔튝ᄉ룰 션왕이 츄회(追悔)ᄒ시고 '모년부츌(某年復出)'이
라 말을 션친은 이미ᄒ신 줄 아르시던 줄 가히 알 거시나, 다만 뎡쳐
의 당초(當初)의 셜심(設心)ᄒ야 모ᄌ(母子) ᄉ이와 외가 졍(情)을 니간
ᄒ려던 일이 엇디 아니 흉악ᄒ리오. 인(因)ᄒ야 그후브터 인심(人心) 셰
도(勢道)가 왈학 변(變)ᄒ야 후겸은 안으로 응(應)ᄒ고 귀쥬는 밧그로
도모(圖謀)ᄒ야, 경인년(庚寅年, 1770)의 비로소 한유(韓鍮)룰 너고 니어
신묘(辛卯) 임진ᄉ(壬辰事)ᄀ디 나시니, 니 집 그릇된 근뎐(根柢) 즉 긔
튝ᄉ니라.

---

37) 『정조실록』 1777년 8월 16일조에는 죽은 참판 조영순의 관작을 추탈하는 내용이 있는데, 여
　　기서 조영순이 '모년이 다시 나리라(某年復出)'는 부도지설을 말했음을 죄로 삼고 있다.
38) 정광한(鄭光漢): 본관 온양. 예조판서, 형조판서 등 역임.
39) [교감] 터디온: 일사본 '퍼지은'.

김귀주의 모함

임진(壬辰, 1772) 칠월(七月) 귀쥬(龜柱) 샹소(上疏) 후(後)의 션왕(先王)도 그쩌는 혈셩(血誠)으로 외가(外家)를 구(救)ᄒ랴 ᄒ시고, 뎡쳐(鄭妻)의 ᄆᆞ음 과 후겸(厚謙)의 의논(議論)도 니 집을 죽이든 못ᄒ리라 ᄒ야, 션친(先親) 을 구(救)ᄒ고 귀쥬의게 엄교(嚴敎)가 여러 번 ᄂᆞ리시게 ᄒ니, 병슐(丙戌, 1766)[40] 이후(以後) 듕궁뎐(中宮殿)과 무간(無間)ᄒ던 사이도 변(變)ᄒ고, 후겸이 귀쥬와 흔가지로 션친을 해(害)ᄒ랴 ᄒ던 거시 변(變)ᄒ야, 니 집 은 붓들고 귀쥬는 치는 혬이 되니, 뎡쳐가 젼(前)의 잇던 쳐소(處所)가 듕 궁뎐과 갓가오믈 혐의(嫌疑)ᄒ야 쩌나고져 ᄒ야 영션당(永善堂)이란 집으 로 올므니, 그쩌는 셰손긔셔 년긔(年紀)도 졈졈 만ᄒ시고 강혹(講學)도 지 극히 브즈런ᄒ시니 뎡쳐의게 슈유(須臾)도 쩌나디 못ᄒ시던 거시 죠곰 덜흔 둣ᄒ니,

이 일노 보아도 뎡쳐가 남편(男便)과 ᄌᆞ식(子息)이 이셔 가실(家室)의 ᄌᆞ미를 아더면 이더도록 탁난(濁亂)ᄒ기를 못 ᄒ야실 둣ᄒ니 더욱 이 듭도다. 후겸이는 글을 잘ᄒ고 힝실(行實)이 녜듕(禮重)ᄒ야 거룩흔 양 (樣)으로 말ᄒ고, 셰손긔셔는 제 아들만 못흔 양으로 ᄒ니 긘들 엇디 감히 그리ᄒ리오. 셰손이 ᄎᆞᄎᆞ ᄯ로 겨신 후 힝혀 궁녀비(宮女輩)의게 눈을 드ᄅᆞ실가, 니관(內官)이라도 ᄉᆞ랑ᄒ고 맛당이 브리실가, 술피는 눈이 번게 ᄀᆞᆺ트니, 셰손긔셔 비록 잠간 쉬실 쩌라도 ᄆᆞ음을 노코 디 니디 못ᄒ시고, 냥궁(兩宮) ᄉᆞ이 금(禁)ᄒ기는 경인년(庚寅年, 1770)부 터 〈심(甚)〉ᄒ야 형젹(形迹)업고 디ᄉᆞ롭디 아니흔 일을 털을 브러[41] 흉 을 ᄒ야 들니며, 기간의 빈궁(嬪宮) 해(害)ᄒ던 일과 핍박(逼迫)ᄒ던 거 조(擧措)는 하 쳔빅(千百) 가지니 엇디 다 긔록(記錄)ᄒ리오.

---

40) 1766년 봄, 영조가 병이 들어 중궁전으로 오면서 화완옹주와 정순왕후가 함께 지내게 되었고, 이로부터 정후겸과 김귀주도 가까워졌다.
41) 털을 브러: 즉 취모멱자(吹毛覓疵). 없는 흉을 굳이 잡아냄.

부부관계를 가로막은 고모

셰손(世孫)이 본디 성품(性品)이 담연(淡然)ᄒᆞ셔 금슬(琴瑟)이 밀밀(密密)치 못ᄒᆞ시거니와, 그 사ᄅᆞᆷ이 손의 화복(禍福)을 쥐고 안자 ᄒᆞᆫᄉᆞ(限死)ᄒᆞ야 ᄂᆡ외(內外) ᄉᆞ이ᄅᆞᆯ 말니니, 셜ᄉᆞ 화락(和樂)ᄒᆞ고져 ᄯᅳᆺ이 겨신들 엇디 감히 ᄒᆞ시리오. 이러ᄒᆞ야 ᄉᆞ남지경(斯男之慶)이 가망(可望)이 업ᄉᆞ니, 션친(先親)이 냥궁(兩宮) 금슬이 화(和)ᄒᆞ셔 수이 싱산(生産)ᄒᆞ시기ᄅᆞᆯ 쥬야(晝夜) 츅텬츅텬(祝天祝天)ᄒᆞ셔 입ᄃᆡ(入對)ᄒᆞ신 ᄲᅢ면

"그리 ᄆᆞ라쇼셔"

ᄀᆞᆫ졀(懇切)이 간(諫)ᄒᆞ시고, 그 남아 자뎨(子弟)들도 쏠와 우탄(憂歎)과 근심이 측냥(測量)업ᄉᆞ니, 두 ᄉᆞ이ᄅᆞᆯ 그ᄃᆡ도록 금(禁)ᄒᆞ야 ᄒᆡᆼ혀 아들을 나ᄒᆞ실가 겁(怯)을 ᄂᆡ고, 귀쥬(龜柱)ᄂᆡ가 외간(外間)의 말 지어노키ᄅᆞᆯ

"셰손긔셔 아들 못 나흘 병환(病患)이 겨시다"

ᄒᆞ야 더욱 인심(人心)이 소동(騷動)ᄒᆞ던 거시니 그 심슐(心術)이 이제 싱각ᄒᆞ여도 흉악(凶惡)ᄒᆞ도다.

내 말에 내가 죽으리라

그 사ᄅᆞᆷ의 버ᄅᆞᆺ시 일이 업고는 못 견ᄃᆡ는디라. ᄂᆡ 집 소기기ᄅᆞᆯ 슬토록 ᄒᆞ고, 셰손긔셔 그 댱인(丈人)의게 졍 드러 귀ᄒᆞ야 ᄒᆞ시고, 김긔ᄃᆡ(金基大, 1738~1777)[42]도 글ᄌᆞ도 ᄒᆞ고 츈방(春坊) 츌입ᄒᆞ야 ᄉᆞ랑ᄒᆞ시니, 셰손 쳐가(妻家)ᄅᆞᆯ 마자 업시 ᄒᆞ려 ᄒᆞ야 그ᄉᆞ이 참소(讒訴)가 무수ᄒᆞ고,

---

42) 김기대(金基大): 김시묵(金時默)의 아들. 곧 정조의 처남.

빈궁(嬪宮)도 홍정당(興政堂)의 겨시디 못ᄒ게 셰손을 뫼오던 ᄎ의 임진(壬辰, 1772) 칠월(七月)의 쳥원(淸原)이 상ᄉ(喪事) 나니, 셰손이 줌으시다가 문부(聞訃)롤 ᄒ시고 인후(仁厚)ᄒ신 ᄆᆞ옴의 경악(驚愕)ᄒ셔 그 사롬 잇는 곳의 오시니, ᄉ식(辭色)이 참연(慘然)ᄒ야 거의 눈믈이 ᄯᅥ러지실 ᄃᆞᆺ 블샹블샹ᄒ야 ᄒ시니, 니가 보고 위로ᄒ며 '놀나시리라' 넘녀(念慮)ᄒ니 그 사롬의 ᄆᆞ옴의 죽은 댱인(丈人)을 블샹ᄒ야 빈궁긔도 후(厚)ᄒ게 구실가 넘녀ᄒ야, 홀연이 ᄒ기롤

　"그 일이 그리 디ᄉ(大事)로와 뎌디도록 ᄒ시니"

마치 그 사롬의 탈을 ᄡᅥ가지고 ᄒ니 니 드르매 하 금죽ᄒ더라. 니 그ᄯᅢ 그 사롬을 믜이디 아니ᄒ려 ᄒ는 ᄯᅢ로디, 그 말이 블길(不吉)ᄒ고 흉악(凶惡)ᄒ야 소오름이 도다 ᄒ디

　"뎌 어인 말이온고 오늘 ᄎ(醉)ᄒ온가. 말을 슬펴ᄒ디 시방 죽은 사롬을 가져 귀ᄒᆫ 몸의 비ᄒ야 말을 ᄒ옵는가"

ᄒ니, ᄌᆞ갸(自家)도 흉언(凶言)ᄒᆫ 줄이 무안(無顏)ᄒ고 셰손 ᄉ식도 어히업서 ᄒ니 금시(今時)로셔 속죄(贖罪)ᄎ로

　"잘못ᄒ엿노라"

ᄒ고, '그 아돌도 사디 못ᄒ고 며ᄂᆞ리와 손녀도 다 위비(爲婢)ᄒ고, ᄌᆞ갸(自家)는 쳔극(栫棘)ᄒ야도 이 죄롤 속디 못ᄒ게 ᄒ엿다' ᄒ니, 홀연이 블공ᄒᆫ 말을 ᄒ고, ᄌᆞ갸 ᄌᆞ부손(子婦孫) 위명(委命)ᄒᆫ 거술, 아닌 밤듕의 안자 그 무셔온 소리롤 ᄒ더니, 나죵은 그 언춤(言讖)과 ᄀᆞᆺ티 되니,[43] 실노 이샹ᄒ고 귀신이 식인 ᄃᆞᆺᄒ도다.

---

43) 화완옹주의 아들 정후겸은 정조 즉위 직후인 1776년 7월 5일 사사되었고, 화완옹주는 1778년 윤6월 21일 강화도 교동부(喬桐府)에 안치하라는 명을 받았고, 같은 해 7월 14일에는 정후겸의 아내와 자식 역시 정배의 명을 받았다.

죽음을 두려워 않는 소년 정후겸

뎡쳐가 비록 인물이 괴이(怪異)ᄒ야 쳔틱만상(千態萬象)이나 실은 흔 부녀라. 궐닉의셔 상업손 즈시나 ᄒ디, 후겸(厚謙) 곳 아니면 됴졍의 간셥ᄒ야 권(權) 쓸 의ᄉ(意思)야 엇디 너여시리오.

너 후겸을 독물(毒物)인 줄 안 일 이시니, 경진년(庚辰年, 1760)의 쇼됴(小朝)의셔

"온ᄒᆼ(溫幸)을 만일 못 일워니면 네 아돌을 죽이리라"

ᄒ시고 후겸을 잡아 가도고 저히시니 그ᄹ 후겸이가 십이셰라. 어린거시 오죽ᄒ리오마는 죠곰도 구겁(懼㤼)흔 의ᄉ가 업고 당돌히 구던 일을 성각ᄒ니, 유별흔 독물이 아니면 엇디 그러ᄒ리오. 요놈이 일되고[44] 바삭이가[45] 아니니, 제 착ᄒ고 의졋ᄒ기로는 드디 못ᄒ고, 교만ᄒ고 방즛ᄒ기만 일죽이 ᄂᆞ러, 션친(先親)을 졔거(除去)ᄒ고 제가 권(權)을 쓰랴 제 모(母)를 도도아니니, 이 호승(好勝) 만코 권(權) 됴화ᄒ고 싀기(猜忌) 만코 사ᄅᆞᆷ 해ᄒ기 됴화ᄒ는 어미가 아돌의 말이라 ᄒ면 다 그대로 시ᄒᆼ(施行)ᄒ야 변난(變亂)이 무수ᄒ니, 그 어미 그 아돌이 응시(應時)ᄒ야 모혀 가국(家國)을 그릇 믄돈 일 텬의(天意)ᄅᆞᆯ 흔흘 분이로다.

후보자는 당색을 안배하라

후겸(厚謙)이 밧긔셔 권 쓸 제 빅뇨(百僚)ᄅᆞᆯ 노예ᄀᆞᆺ티 보고 일세ᄅᆞᆯ 풍미(風靡)ᄒ던 일이야 너 궁듕의 깁히 이시니 엇디 알니오마는, 드러난 큰일노 니ᄅᆞ면 경인신묘간(庚寅辛卯間, 1770~1771) 귀쥬(龜柱)와 브

---

44) 일되고: 조숙하고.
45) 바삭이: 바사기. 사물에 어두워 아는 것이 없고 똑똑하지 못한 사람을 놀림조로 이르는 말.

동(附同)ᄒᆞ야 션친을 해ᄒᆞ랴 ᄒᆞ던 일이 죽일 놈이오.

ᄯᅩ 임진년(壬辰年, 1772)의 통쳥(通淸)[46] 일노 김치인(金致仁)이 모던 일이 망측망측ᄒᆞᆫ디라. 영묘(英廟) 탕평(蕩平) 후는 므슴 통쳥ᄒᆞ는 벼슬 망(望)이면 노쇼론(老少論)을 서긔여 넛치 슌(純)으로는 못 ᄒᆞ는 규모러니, 그ᄯᅥ 엇디ᄒᆞ야 뎡존겸(鄭存謙)이 니판(吏判)으로 ᄃᆡᄉᆞ셩(大司成)을 통쳥ᄒᆞᆫ디 김종슈(金鍾秀)룰 슈망(首望)을 너코 아ᄅᆡ 두 망이 다 노론이라.[47]

영묘겨오셔 미처 술피디 못ᄒᆞ야 겨오시더니 후겸이 그ᄯᅥ 김치인 김종슈 뉴(類)가 션친 치는 ᄃᆡ는 동심(同心)ᄒᆞ야실지언뎡 제게 ᄆᆡᄉᆞ(每事)룰 쳥녕(聽令)치 아니ᄒᆞ던지, 그 통쳥ᄒᆞ는 거술 제가 몰낫던지, 그도 불쾌ᄒᆞ고 저도 쇼론(少論)이오, 제 쳐가(妻家)도 쇼론이니, 여러 쇼론들이 후겸을 ᄢᅬ야 '슌ᄉᆡᆨ통쳥(純色通淸)ᄒᆞ미 극히 ᄒᆡ연(駭然)ᄒᆞ니 김치인너 권 쓰는 일이니 이거술 ᄀᆞ마니 두디 못ᄒᆞ리라' ᄒᆞ니, 후겸이가 제 모(母)ᄃᆞ려 닐너 영묘긔 춤소ᄒᆞ니, 영묘겨오셔 편논(偏論)ᄒᆞᆫ다 ᄒᆞ면 통ᄒᆡ(痛駭)ᄒᆞ오신 셩의(聖意)오신디, 김치인이가 탕평ᄒᆞ던 김지로(金在魯) 아ᄃᆞᆯ노 죡하 종슈(鍾秀)룰 ᄃᆞ리고 편논ᄒᆞ는 줄노 아오셔, 텬노(天怒) 진쳡(震疊)ᄒᆞ오셔 김치인과 종슈룰 다 졀도쳔극(絕島栫棘)ᄒᆞ시고, 김치인은 안눌계ᄉᆞ(按律啓辭)[48]ᄀᆞ디 나니 그런 일이 어이 이시리오.

---

46) 통청(通淸): 주로 문장과 관계된 요직인 청직(淸職)의 후보를 내는 일.
47) 김종수와 함께 후보에 오른 두 사람은 조정(趙晸)과 서명천(徐命天)이다. 이민보가 쓴 김치인의 행장 「영의정고고정김공행장領議政古亭金公行狀」(『풍서집豊墅集』)에 보인다.
48) 안율계사(按律啓辭): 법률 적용을 검토하라는 사법부의 주문. 이미 형을 집행한 상태에서 다시 법률 적용을 검토하라는 말은 형벌을 강화하라는 뜻으로 이해된다. 『영조실록』 1772년 3월 8일조에 영조가 김치인의 잘못을 지적한 하교가 있고, 바로 위의 주석에 소개된 김치인의 행장에는 대사헌 정광한과 대사간 홍억이 안율계사를 올렸다고 한다. 『영조실록』 9월 25일조에는 대사헌 정상순의 계사에 따라 김치인의 일을 의율(依律)에서 안율(按律)로 바꾸었다는 말이 있다. 그런데 영조는 같은 해 11월 18일 김치인의 방면을 명했다.

원수가 된 친척

종슈(鍾秀)너는 본디 너 집의 됴치 아닌 스이니 너 집을 치의(致疑)
ᄒᆞ야,49) 션친(先親)이런지 두 삼촌(三寸)이런지 슉뎨(叔弟)ᄀᆞ디 후겸을
꾀와 ᄒᆞ야 닌 일이라 ᄒᆞ고, 슉뎨는 더욱 의심을 바다 혈원(血怨)으로
아니, 셰샹의 이런 밍낭ᄒᆞᆫ 일이 어이 이시리오. 너 집 사ᄅᆞᆷ이 샹업디
아니ᄒᆞ니, 김치인너를 믜워ᄒᆞ면 다른 일노 죄가 되도록 무함ᄒᆞᆯ 법은
잇거니와, 너 집도 노론이어든 노론 통쳥ᄒᆞ다 죄를 잡을 니가 어이
이시며, 그쩌 셩교가 쳥뉴명뉴(淸流名流) 노릇 ᄒᆞᆫ다 죄안(罪案)이니, 셰
샹〈의〉 쳥뉴명뉴로 죄 주는 법이 어이 이시리오.50) 이 일노 너 집의셔
후겸을 ᄀᆞᄅᆞ치다 말이 삼쳑동ᄌᆞ라도 올케 듯디 아니ᄒᆞᆯ 거시니 도로혀
가쇼롭도다.

너 집이 처음은 후겸으로 ᄒᆞ야 죽을 번ᄒᆞ야시나, 나죵은 쏘흔 후겸
모ᄌᆞ(母子)의 힘으로 보젼(保全)ᄒᆞ야시니, 영묘 등ᄂᆡ(等內)51)의ᄂᆞᆫ 급히
쎄힐 길히 업고 아모려나 긔미(羈縻)52) ᄒᆞ야 가다가 필경 후겸과 ᄒᆞᆫ가지
로 죄를 닙으니, 이제 싱각ᄒᆞ면 신묘년(辛卯年, 1771)의 션친이 화를
닙으셔도 후겸을 사괴디 마더면 시브디, 사ᄅᆞᆷ의 ᄌᆞ데가 되야 목젼(目
前)의 부형(父兄)의 참화(慘禍)를 보고 엇디 ᄎᆞᆷ아 구치 아니ᄒᆞ리오. 그저
뎡쳐의 모ᄌᆞ가 텬싱(天生) 업원(業冤)이니 흔탄ᄒᆞᆯ 분이로다.53)

---

49) 김종수는 김치인의 오촌 조카이며 또한 그 어머니는 홍봉한과 사촌이다.
50) 『승정원일기』 1772년 4월 17일조에 영조는 김치인은 그저 청뉴니 명류니 하는 흐름에 끌려
들어왔을 뿐이라고 말하고 있다. 당시 영조가 이른바 청명당을 백안시했고, 혜경궁도 청뉴니
명류니 하는 것이 마땅치는 않다고 생각했지만, 그래도 청뉴니 명류니 하는 것이 죄 될 것은
없으니 그 일로 자기 집안이 김종수를 모함했겠냐는 말이다.
51) 등내(等內): 벼슬아치가 벼슬을 살고 있는 동안. 즉 영조가 왕위에 있는 동안.
52) 긔미(羈縻): 말굴레와 쇠고삐. 즉 얽여서 끌려가다가.
53) 원문에 단락 구분이 있다.

작은아버지 홍인한

니 듕부(仲父)가 셰샹이 션친 아ᄋ로 공명(功名)혼가 ᄒ되 실은 그러치 아니ᄒ야 등과(登科) 초(初)의[1] 영묘(英廟)겨오셔 대용(大用)홀 인믈이라 일크르시고, 그후의 형보다 낫다 ᄒ기ᄀ디 ᄒ야 겨시니, 당신 졔우(際遇)가 본디 늉듕(隆重)ᄒ오신디라.

경인(庚寅, 1770) 후의 션친은 소조(所遭) 망측ᄒ시나, 듕부긔는 샹권(上眷)이 쇠티 아니ᄒ시고, 선왕(先王)도 무간(無間)이 됴화ᄒ시더니, 집안 소조 망측혼 가온대 평안감ᄉ(平安監司)도 ᄒ시고 졍승(政丞)도 던녀 겨시니, 비록 영묘 셩권(聖眷)으로 말미암아시나, 환노(宦路)의 종적을 끈치 못혼 줄이 과연 잘못ᄒ야 겨시니, 의논ᄒᄂ 사ᄅᆷ으로 ᄒ야곰 '형님 소조ᄂ 망극혼디 벼ᄉᆯ을 어이 ᄃᄂ며, 후겸이 용ᄉ(用事)ᄒᄂ 쩌의 엇디 부귀ᄅᆯ 탐ᄒ리' 죄ᄅᆯ 삼으면 당신도 감슈(甘受)홀 거시오. 니라도 일싱 개연(慨然)ᄒ야 ᄒᄂ 일이어니와,[2] 지어(至於) 을미(乙未, 1775) 대

---

1) 홍인한은 1753년 정시 문과에 합격했다.

2) 혜경궁의 홍인한에 대한 시선은 그리 곱지 않은 듯하다. 뒤에 서술된 홍인한의 성격은 재치는

리(代理) 일노 역명(逆名) 바다 참화롤 닙기눈 지원극통(至冤極痛)ᄒ니,
셰샹의 이런 일이 어이 이시리오.

을미 일년 정승 둔닐 제 영묘의셔눈 졈졈 독노(篤老)[3] ᄒ오시고, 후겸
은 그쎠 권(權)도 업슨 거시 ᄀ르 쎠흐러[4] 난감흔 일이 만코, ᄯ 국영
(國榮)이가 셰손긔 툥우(寵遇)가 쟝(壯)ᄒ야 샹업슨 일이 만흐니, 듕부가
본디 낙슌(樂純)[5]이와 됴치 못흔 스이오, 국영의 모양이 ᄯ 경박희망(輕
薄駭妄)ᄒ니 그쎠눈 오히려 숨은 툥(寵)이 잇눈 줄을 ᄌ시 모르고 일가
어린 아희로 보아, 흔번은

"영안위(永安尉)[6] ᄌ손의 뎌런 망믈(妄物)이 날 줄 어이 알니. 집을
망ᄒ일 거시라"

ᄒ고, 저롤 보고 두어 번 쑤지저 경계(警戒)ᄒ엿더니, 국영이가 제 털긋
출 거워도[7] 죽이고 나눈 셩품이니 이 함독(含毒)이 엇더ᄒ리오. 죽이기
로 ᄆ음을 먹엇다가 필경 참화롤 지어닌다라.[8]

있지만 강직하지는 않은 것으로 되어 있다. 사실 홍인한은 홍봉한과 이복형제인데, 1784년 8
월 3일 『정조실록』의 기록을 보면 정조가 "평일에 그의 형에게 공손하고 화목하지 못하여 따
로 문정(門庭)까지 세운 정상을 누가 모르겠는가?" 말하고 있다. 두 집안이 사이가 그리 좋지
않은 것이다. 하지만 혜경궁은 홍인한을 역적으로 모는 것은 곤란하다고 한다. 중부가 역적이
되어서는 자기 친정도 화망에서 쉽게 벗어날 수 없다는 측면을 고려하면 혜경궁의 홍인한 변
호가 이해된다.

3) 독로(篤老): 몹시 늙음.
4) ᄀ르 쎠흐러: 'ᄀ르'는 '가로(橫)'의 뜻이고 '쎠흐러'는 '썰다(割)'의 뜻이다. 『육서고六書故』에는
'목벨 문(刎) 자'를 '橫割也'라 풀이했다. 목을 벤다는 뜻으로 이해된다.
5) 홍낙순(洪樂純, 1723~1782): 홍국영(洪國榮)의 큰아버지로 홍국영과 부자처럼 친밀하다고 소문
났다. 홍국영 집권시 대제학, 우의정, 좌의정 등을 역임했으나 홍국영의 실각과 함께 권력에서
물러났다.
6) 영안위(永安尉): 선조 딸 정명공주의 남편인 홍주원(洪柱元). 혜경궁 집안과 홍국영 집안은 홍주
원 이후 갈려졌는데, 혜경궁과 홍국영의 아버지 홍낙춘은 촌수로 십촌이다. 즉 홍인한은 홍국
영의 일가 할아버지인 셈이다.
7) 거워도: 거슬려도
8) [교감] 일사본에는 홍국영 부친인 홍낙춘의 벼슬 청탁 문제와 관련하여, 홍인한이 홍국영에게
원한을 사는 사건이 서술되어 있다. 해당 부분은 다음과 같다. "ᄯ 국영이가 션친긔 와셔 ᄒ디
듕부긔 긔별ᄒ나 니판의게 통ᄒ나 제 아비 낙슌이롤 벼슬을 시겨달나 ᄒ니 처음 밀어 막아가
시다가 수삼 ᄎ 와 보치니 마디못ᄒ야 편지ᄒ시니 국영이가 안져셔 회답을 기드리다가 오리
아니오니 후의 오마 ᄒ고 나가다가 집 문의셔 갓던 회편을 만나 편지롤 달나 ᄒ야 보니 듕부
회답에 ᄒ디 이 미친 광동을 어이 벼슬시기랴 긔별ᄒ시잇가 못 ᄒ게노라 ᄒ여시니 국영이 그
거슬 보고 ᄑ리ᄒ야 죽으랴 ᄒ고 가더니 그 함독을 겸ᄒ야 필경 참화를 지어닌다라." 여기서

치매 노인 영조

듕부 죄명이 디리(代理) 져희(沮戱)혼 밧 국영(國榮)이 졔거흐랴는 거스로 뎌군(儲君)의 우익(羽翼)을 젼졔(剪除)혼다 큰 죄안(罪案)이 되야시니, 이 혼 가디 명증(明證)이 이시니, 당신이 셰로(世路)의 닉고 긔경(機警)⁹⁾흐기 이상흔디라, 처음은 국영의 형셰 그디도록 혼 줄 모르고 꾸지젓다가 나죵은 ᄎᄎ 알고 그놈의 독을 만날가 근심홀 ᄎ, 을미(乙未, 1775) 십월의 영묘(英廟)긔셔 국영이롤 졔쥐감진어ᄉ(濟州監賑御史)¹⁰⁾롤 보너랴 흐시는디 동궁(東宮)긔셔 아니 보너게 흐야 달나 흐시니, 듕부가 알외기롤

"홍국영은 츈방구임(春坊久任)이오니 다른 문관을 보너옵사이다"

흐야, 그 디신의 뉴강(柳烱)이롤 보너고¹¹⁾ 국영이롤 아니 가게 흐야시니, 실상 궁뇨(宮僚)롤 젼졔(剪除)홀 ᄆᆞ음이면 그 됴혼 긔회에 국영이롤 욱여 졔쥐롤 보너디 엇디흐야 알외여 아니 가게 흐여시리오.

그쩌 영묘(英廟) 셩슈(聖壽) 놉ᄌᆞ오시고 담휘(痰候) ᄌᆞ루 오르오셔 ᄆᆡᄉ의 분간치 못흐오시는 쩌 만ᄉᆞ오시니 져그나 톄국디신(體國大臣)¹²⁾이면 바로 디리(代理)롤 쳥(請)흐옵는 거시 응당혼 일이오. 그쩌 ᄉᆞ셰 홀니¹³⁾ 밧브니 뉘 아니 그 ᄆᆞ음이 이시리오〈마는〉, 긔ᄉᆞ년(己巳年, 1749) 디리로 말미암아 만싞(萬事) 다 탈이 나시니 너 ᄆᆞ음은 디리롤 원슈ᄀᆞᆺ티 아라, 디리 두ᄌᆞ 곳 드르면 심담(心膽)이 썰니고, ᄯᅩ는 셩후(聖候)는

'낙슌'은 '낙츈'의 오기이다. 홍국영의 아버지 낙춘은 이어지는 뒷부분에서 보이듯 광병(狂病)이 있다고 한다.

9) 기경(機警): 재빠르고 재치 있음. 여기서는 '기경하기 때문에'의 뜻.

10) 감진어사(監賑御史): 기근이 들었을 때 실태를 조사하고 지방관들의 구제 활동을 감독하기 위해 파견한 어사. 주로 당하관 중에서 선발했는데, 특별히 당상관이 선발될 경우에는 '사(史)' 대신 '사(使)'를 썼다.

11) 1775년 10월 26일 유강을 제주 독운(督運) 어사로 삼아 감진토록 명했다.

12) 체국대신(體國大臣): 나라와 한 몸이라 할 만큼 으뜸가는 대신.

13) 홀니: 하루.

비록 여디(餘地)업ᄉᆞ오시나 동궁이 어룬 뎌군(儲君)으로 겨시니 국본이 튼튼ᄒᆞᆫ디라. 나라 안위(安危)가 ᄃᆡ리ᄒᆞ고 아니ᄒᆞ기의 가디 아니ᄒᆞᆯ 둧ᄒᆞ고, 영묘겨오셔 ᄃᆡ리ᄒᆞᆯ 하교(下敎) 겨오신 후 안흐로 뎡쳐(鄭妻)는 '나라 큰일이니 모ᄅᆞ노라' ᄒᆞ니, 듕부는 그ᄯᅢ 뎡쳐가 죠용이 영묘긔 말ᄉᆞᆷ 못 ᄒᆞ연디 오란 줄 모르고, 힝혀 뎡쳐가 ᄯᅩ 므ᄉᆞᆷ 권변(權變)[14]을 브려 영묘긔 도도아 ᄃᆡ리로 올모[15]를 노코 만일 거연(居然)이 봉승(奉承)ᄒᆞ거든 야단을 ᄂᆡ려 ᄒᆞᄂᆞᆫ 줄노 ᄯᅳᆨ 알고, 영묘 ᄃᆡ리ᄒᆞ쟈시는 말ᄉᆞᆷ이 다 시험ᄒᆞ시는 말ᄉᆞᆷ으로 아라, 의구(疑懼)ᄒᆞ고 황겁(惶怯)ᄒᆞ야 그저 미봉(彌縫)만 ᄒᆞ야 가랴 ᄒᆞ기, 인ᄉᆞ(人事) 샹으로

"뎌런 하교를 어이ᄒᆞ오시ᄋᆞᆸᄂᆞ니잇가. 신ᄌᆞ(臣子)가 되야 어이 감히 봉승을 ᄒᆞ오리잇가."

이리ᄒᆞ야 목젼(目前)을 ᄋᆡ과(捱過)[16]ᄒᆞ고,

영묘겨오셔 정신이 졈졈 혼현(昏眩)ᄒᆞ오셔 셤어(譫語)를 반 남아 ᄒᆞ오시니, 그ᄯᅢ ᄃᆡ정시녕(大庭試令)[17]도 ᄂᆡ오시고 일업시 진하녕(進賀令)도 ᄂᆡ오시고, 슉묘됴(肅廟朝) ᄌᆡ상(宰相) 김진규(金鎭圭, 1658～1716)[18]를 약방졔됴(藥房提調) 졔슈(除授)ᄒᆞ라 이런 뎐교(傳敎)를 다 ᄒᆞ오시다가, 정신이 ᄭᆡ치오시면 뉘웃ᄌᆞ오시고 어이 반포(頒布)를 ᄒᆞᆯ가 보니 ᄒᆞ오실 적이 ᄌᆞᄌᆞ니, 이 ᄃᆡ리를 진짓 ᄒᆞ고져 ᄒᆞ오〈시〉는 줄을 아라시면 듕부가 그런 일부치 눈츼 브치는 놈이여셔 낫게 아는 셩품이라, 어이 즉셕의 봉승ᄒᆞ야 당신 공이 되과져 아니ᄒᆞᆯ 니가 이시리오. 일죽 영묘겨오셔 셩심(聖心)이 아니시어나 셤어오신 줄노 의혹ᄒᆞ고, 이 즉 뎡쳐가 함뎡을 놋는 줄노 두리워 피ᄒᆞ랴만 ᄒᆞ시다가 필경(畢竟) 져희(沮戲)ᄒᆞ는

14) 권변(權變): 임기응변의 꾀.
15) 올모: 올무. 올가미.
16) 애과(捱過): 겨우 지냄.
17) 대정시령(大庭試令): 선발 인원이 많은 큰 규모의 정시를 베풀라는 명령. 정시는 식년시처럼 정기적인 과거시험이 아닌 국가 경사 등에 행하는 별시의 한 종류.
18) 김진규(金鎭圭): 김만기의 아들로 숙종비인 인경왕후의 오빠이기도 하다.

죄가 되어시니,

고대신(古大臣)의 풍졀(風節)노 칙망(責望)ᄒᆞ야 우히 ᄡᅳ인 말쳐로 셩후(聖候)ᄂᆞᆫ 침면(沈綿)[19] ᄒᆞ오시고 국셰(國勢)ᄂᆞᆫ 급업(岌業)[20] ᄒᆞᆫ디 ᄃᆡ리ᄅᆞᆯ 쳥(請)티 아니ᄒᆞ다 죄를 잡으면 뎡뎡당당(正正堂堂)ᄒᆞᆫ 의논이니 당신이 비록 참화(慘禍)ᄀᆞ디 만나도 원통ᄒᆞ야ᄂᆞᆫ 아니ᄒᆞ려니와, 동궁(東宮)의 영명(英明)ᄒᆞ신 거ᄉᆞᆯ ᄭᅥ려 권(權) ᄡᅳ랴고 ᄃᆡ리ᄅᆞᆯ 막앗다 ᄒᆞ야 역적(逆賊)이라 ᄒᆞ니 그런 지원(至冤)ᄒᆞᆫ 일이 어ᄃᆡ 이시리오.

세손은 아직 정치를 알 필요가 없습니다

그 본ᄉᆞ(本事)가 을미(乙未, 1775) 지월(至月)[21] 이십일(二十日) 입시(入侍)의 영묘(英廟)의셔 ᄒᆞ오시기ᄅᆞᆯ

"셰손(世孫)이 국ᄉᆞ(國事)ᄅᆞᆯ 아옵ᄂᆞᆫ가. 니병판(吏兵判)을 아옵ᄂᆞᆫ가. 노쇼론(老少論)을 아옵ᄂᆞᆫ가. 아니 민망ᄒᆞ온가"

ᄒᆞ시니, 듕부(仲父)가 ᄃᆡ답ᄒᆞ기ᄅᆞᆯ,

"노쇼론(老少論)이야 동궁(東宮)이 아옵셔 무엇ᄒᆞ오시리잇가"

알외시니, 이 소위(所謂) 삼불필지(三不必知)라.

그ᄯᅢ 죄 되기ᄂᆞᆫ '니병판도 동궁이 불필지(不必知)오, 노쇼론도 동궁이 불필지오, 국ᄉᆞ(國事)ᄂᆞᆫ 더옥 동궁이 불필지라' ᄒᆞ야 삼불필지라 ᄒᆞ나, 실은 영묘겨오셔 ᄒᆞᆫ 가지식 므ᄅᆞ셔 ᄃᆡ답을 기ᄃᆞ려 ᄯᅩ ᄒᆞᆫ 가디 말ᄉᆞᆷ을 ᄒᆞ오신 거시 아니라, 셩심(聖心)의 셰손을 유튱(幼沖)ᄒᆞᆫ 양으로 아오셔 국ᄉᆞ런지 니병판이런지 노쇼론이런지 아모것도 모ᄅᆞ니 민망타 ᄒᆞ오신

19) 침면(沈綿): 병이 깊고 오래됨.
20) 급업(岌業): 산이 높고 험함. 위태로움.
21) 지월(至月): 11월.

하교(下敎)오시고, 듕부의 알왼 뜻은 곳 말슴이 노쇼론 말이기

"노쇼론이야 〈아옵셔〉 무엇ᄒ오리잇가"

말이니,

디져 영묘겨오셔 셰손을 ᄌ별이 ᄉ랑ᄒ오시나, 졔신(諸臣)이 과(過)히 일ᄏᆞᆺ는 말슴을 듯ᄌ오시면, 셩심의 당신은 쇠로(衰老)ᄒ오시니 져믄 동궁의게 붓쫏치이는가 의심ᄒ오실가 넘녀ᄒ야, 셰손긔셔 미양

"디됴(大朝) 드르시는디 날을 과(過)히 기리〈디〉 말나"

당부ᄒ오시고 약속(約束)22)ᄒ오신 일이오. 영묘의셔 편논(偏論)을 질식ᄒ오셔 노쇼론 ᄌ(字)ᄅᆞᆯ 일ᄏᆞᆺᄌ오시는 일이 업고 연셕(筵席)의셔 신하들은 아이 감히 노쇼론 말슴을 거드디 못ᄒ는 법이라. 듕부 쇼견의 동궁이 만일23)

'노쇼론을 어이 모ᄅᆞ오실〈잇〉가'

알외오시면 영묘겨오셔 웃 말쳐로 시험ᄒ시다가

'너 그리 금(禁)ᄒ는 편논을 셰손이 안다 말이온가'

ᄒ오실가 미봉(彌縫)ᄒ노라, '아라 무엇ᄒ옵시리잇가' ᄒᆞᆫ 말슴이니, 그 ᄉ셰(事勢)ᄅᆞᆯ 샹샹ᄒᆞ건디 영묘겨오셔 뭇ᄌ오시기ᄅᆞᆯ

'동궁이 니병판을 아옵는가'

ᄒ시고 그쳐 겨오시다가, 듕부가

'동궁이 니병판을 아라 무엇ᄒ오시리잇가'

ᄒᆞᆫ 후 ᄯᅩ

'노쇼론을 아옵는가'

ᄒ고 그쳐 겨오시다가

'아라 무엇ᄒ오시리잇가'

디답을 기드리오셔, ᄯᅩ

<hr />

22) 약속(約束): 어떻게 하도록 옭아맨다는 뜻, 대개 다짐을 받는다는 뜻 정도로 이해된다. 지금 사용하는 의미와는 약간 다르다.
23) [교감] 원문에 '만일' 두 글자를 지우라는 수정 표시가 있다.

'국스룰 아읍눈가'

ᄒ오셔 ᄯᅩ 디답 듯ᄌᆞ오시다 말이 연체(筵體)[24]도 그러홀 니가 업고 어훈(語訓)도 그리홀 길히 업스니, 근본 샹하(上下) 슈작(酬酌)인죽

'이 일도 모르고 뎌 일도 모르니 민망타'

ᄒ시ᄂᆞᆫ ᄒᆞᆫ ᄆᆞ디 샹교(上敎)오시고, 디답은 ᄆᆞᆺ 말ᄉᆞᆷ이 노쇼론 말ᄉᆞᆷ이기

'아라 무엇ᄒᆞ오시리잇가'

ᄒᆞ야시니,

듕부가 ᄆᆞ읍인죽 동궁이 ᄆᆡᄉᆞ(每事)룰 모룰 것 업시 다 아ᄅᆞ신다 알외면 셩심(聖心)의도 엇디 아오실 줄 모르고 젼의 과(過)히 기리디 말난 약속의도 어긔고 노쇼론 일은 더욱 금긔(禁忌) ᄀᆞᆺᄐᆞ야 당신은 묘리(妙理) 잇게 알외노라 ᄒᆞᆫ 말ᄉᆞᆷ이 몽샹문(蒙上文)[25]ᄒᆞ야 뭇ᄌᆞ오신 세 ᄆᆞ디룰 가리고 디답ᄒᆞᆫ 세 ᄆᆞ디가 되야시니, 망발이라 ᄒᆞ면 그는 되려니와 글노 역졀(逆節)이 되기ᄂᆞᆫ 쳔만(千萬) 익미ᄒᆞ고 쳔만 원통ᄒᆞ니, 당신이 비록 피화(被禍)룰 ᄒᆞ야시나 디하(地下)의션ᄃᆞᆯ 눈을 엇디 ᄀᆞᆷ으셔 ᄆᆞ읍의 엇디 항복ᄒᆞ리오.

니 그ᄢᅴ 궐니 ᄉᆞ셰(事勢)와 셰손 예의(睿意)룰 긔별ᄒᆞ야 이 ᄯᅳᆺ을 아라두게 ᄒᆞ더면,[26] 듕부가 예의가 그러ᄒᆞᆫ 줄 알고 그 실언(失言)도 아니ᄒᆞ여실 거슬, 니 변통(變通) 업슨 ᄆᆞ읍은

'어디 갈 거시라 이리ᄒᆞ랴'[27]

집안의도 긔별ᄒᆞ기 겸연ᄒᆞᆫ 듯 번거ᄒᆞᆫ 듯 미리 긔별치 아니ᄒᆞ고, ᄯᅩ 외

---

24) 연체(筵體): 연석에서 말하는 법식.

25) 몽샹문(蒙上文): 윗글을 가림.

26) 『영조실록』의 당일 기사를 보면 홍인한이 아침에 삼불필지를 말한 다음 혜경궁의 편지를 받았다고 한다. 그런데 혜경궁이 편지에서 사세를 말했는데도 저녁에도 아침과 같은 말을 반복했다고 한다. 실언이 아니라 고의라는 것이다. 일설에는 홍인한이 혜경궁이 건넨 한글편지를 읽지 못해 나중에 집에 가서 부인에게 내용을 듣자고 품에 감추어두었기에 당일 궁궐에서는 사세를 파악하지 못했다고도 한다.

27) 대리청정을 하든 말든 왕위가 어디 갈 데가 있다고 친정에 말하겠느냐. 기별할 필요도 느끼지 못했다는 뜻.

가로셔 봉승(奉承)ᄒ다 므슴 시비(是非)가 나거나 뎡쳐(鄭妻)의 춤간(讒間)이 들거나 셩심이 격뇌(激怒)ᄒ오시거나 홀가 혐의 피ᄒᄂ 도리로 더욱 주뎌(趑趄)ᄒ야 집안의 의논도 아니ᄒᄒ야시니, 이제 싱각ᄒ면 다 니 죄오, 너 탓신 듯 어ᄂ 므디가 뉘웃브며 흔(恨)이 아니리오.

좌우는 족히 근심할 것이 없습니다

우리 집 ᄉ롭들이 벼슬도 만히 ᄒ고 부귀(富貴)가 장흔 거시 이 젼혀 동궁(東宮) 외가(外家)로 그러ᄒ니 동궁을 밋고 쟈셰(藉勢)ᄒ야 됴뎡(朝廷)을 탁난(濁亂)ᄒ다 ᄒ면 그ᄂ 죄가 될가 모르거니와, 져 권(權) 쓰고 부귀ᄒᄂ 거시 젼혀 동궁을 밋ᄂ디 동궁이 디리(代理)ᄅ ᄒ시거나 등극(登極)을 ᄒ시거나 ᄒ면 무식흔 쳑니(戚里)의 ᄆ옴의 더 즐겨ᄒ지, 동궁을 쩌려 디리ᄅ 못 ᄒ시게 ᄒ고 눌을 의지ᄒ야 부귀ᄅ ᄒ랸다 말이며, 셩후(聖候)ᄂ 구십(九十) 독노(篤老) 지경의 됴셕(朝夕)을 모르ᄂ ᄊᄂ니, 블과 목젼(目前)의 아딕 권 쓰쟈고 길게 브라올 동궁긔 득죄(得罪)ᄒ랴 홀 인졍이 어이 이시며, 동궁이 외가의 미안(未安)ᄒ신 줄 ᄉ식(辭色)의 나타니신 일 업고 나브터 몰나시니, 당신이야 쵸록히 동궁 등니(等內)의ᄂ 쳑니디신(戚里大臣)으로 디권(大權)을 잡을 줄노 더 조이고 브라실 거시니, 동궁긔 블니(不利)[28]ᄒ다 말은 엇디 인졍 텬니(天理) 밧기 아니리오.

그ᄢ 영묘(英廟)겨오셔

"너가 안혼(眼昏)ᄒ야, 낙졈(落點)을 손조 못 ᄒ고,[29] 좌우(左右)들 ᄒ

---

28) 블니(不利): 원래 '이롭지 않다'는 의미지만, 불충(不忠)의 뜻으로도 많이 쓰인다.
29) 『영조실록』 1775년 11월 30일조를 보면, 여기서 낙점은 순감군(巡監軍)과 이조와 병조의 후보자 선발을 가리키는 것임을 알 수 있다. 특히 매일 있는 궁성을 호위하는 순감군의 낙점은 권력의 향배를 보여주는 중요한 표지가 된다.

야 부표(付標)30)룰 식이고, 다룬 공스(公事)도 다 니관(內官)의 손의 맛
뎌시니, 경묘(景廟)긔셔 '셰뎨(世弟)가 가(可)호아, 좌위 가호아'31) 말숨
ᄀᆞᆺᄐᆞ야 나도 셰손을 맛디고져 ᄒᆞ노라"
ᄒᆞ오시니, 그ᄢᅥ 녕상(領相) 한익모(韓翼謩)도 듕뎌흔 일이기 황겁(惶怯)ᄒᆞ
야
  "좌우룰 족히 근심홀 거시 업숩ᄂᆞ니이다"
알외여 그ᄢᅥ도 망발이라 ᄒᆞ야 흔가지로 샹소의 올낫던 거시어니와,32)
한익모ᄂᆞᆫ 듕뎌흔 일이기 목젼(目前) 거연(居然)이 봉승(奉承)치 못ᄒᆞ야
미봉(彌縫)ᄒᆞ랴ᄂᆞᆫ 뜻으로 흔 말이지, 그 사ᄅᆞᆷ인들 타의(他意)야 어이 이
시리오마ᄂᆞᆫ, 망발노 의논ᄒᆞ면 듕부(仲父)와 다룰 거시 업고, 더리 봉승
아니흔 거스로 논죄(論罪)ᄒᆞ면 녕좌샹(領左相)이 다 ᄀᆞᆺ툴디, 도금(到今)
ᄒᆞ야 한샹(韓相)은 무하(無瑕)흔 완인(完人)이 되고,33) 듕부ᄂᆞᆫ 홀〈노〉 극
안(極案)의 올나시니, 나라 형정(刑政)으로 니룬들 엇디 이터도록 반박
(斑駁)34)ᄒᆞ리오.

---

30) 부표(付標): 쪽지를 붙임. 올라온 문서에다 의견을 붙여 시행토록 하는 것. 여기서는 임용 후
   보자에 대한 의견을 붙인 것으로 이해된다.
31) 경종이 병이 깊어 당시 왕세제(王世弟)인 영조에게 대리를 맡기자, 여러 신하들이 대리를 반
   대하는 상소를 올렸다. 그 상소에 대해 경종은 "그럼 그 일을 좌우에서 하는 것이 옳겠는가?
   아니면 왕세제가 하는 것이 옳겠는가?"라고 비답했다(『경종실록』 1721년 10월 16일).
32) 이 일은 『영조실록』 1775년 11월 30일조에 자세한데, 단 한익모의 말은 이날에는 보이지 않
   고 12월 3일 서명선의 상소에 보인다. 서명선의 상소를 둘러싼 여러 신하들의 논란을 보면
   당시 정조는 11월 30일 영조와 이들 곧 홍인한, 한익모의 대화를 직접 보면서 불쾌히 여겼다
   고 한다.
33) 한익모는 정조 즉위 후 바로 귀양 가나 해가 바뀌자 곧 석방된다. 한익모는 그저 홍인한의
   권세에 눌렸을 뿐이라는 것이다.
34) 반박(斑駁): 서로 같지 아니함.

역적의 마음은 아니다

이러흔 고로 션왕(先王)이 믜워ᄒ시고 벼ᄅ시기ᄅᆯ 니ᄅᆯ 거시 업서 녀산(礪山) 찬비(竄配)³⁵⁾ᄒᆯ 제 뎐교(傳敎)ᄒ셔, 여러 가지 죄목(罪目)을 여디(餘地)업시 논단(論斷)ᄒ셔 다시 세상의 사ᄅᆷ 노ᄅᆺ술 못 ᄒ게 동히시나 ᄶᆺ히ᄂᆫ

"왈유역졍(曰有逆情)과 왈유이지(曰有異志)ᄂᆫ 추즉(此則) 만만과의(萬萬過矣)라 결시졍외지언(決是情外之言)³⁶⁾이라"
ᄒ야 겨시니, 이ᄂᆫ '역젹(逆賊)의 ᄠᆮ과 다ᄅᆫ ᄠᆮ이 잇다 말은 이ᄂᆫ 만만과(萬萬過)ᄒ니 결단코 이 졍외(情外)에 말이라' ᄒ신 ᄠᆮ이라.

션왕 셩심(聖心)도 본ᄃᆡ 외가(外家)ᄅᆯ 미안(未安)ᄒ미 겨신 고로, 흔 번 속이랴ᄂᆫ³⁷⁾ ᄒ시거니와 ᄎᆞ마 노모(老母)ᄅᆯ 안치고 외가ᄅᆯ 망ᄒ이실 ᄠᆮ이 어이 겨시며, 국영(國榮)이도 혈원골슈(血怨骨讐)가 아니니 제 권(權)이나 ᄡᅳ랴 일셰(一世)의 호령ᄒ노라고 나라 외가브터 서럿ᄂᆫ³⁸⁾ 위엄분이지 저 아ᄃᆺ기³⁹⁾ 죽을죄가 업스니 죽일 ᄉᆡᆼ각이야 엇디 미처 나시리오.

이 뎐교(傳敎)ᄒ셔 쳐분(處分)ᄒ신 후ᄂᆫ 아조 마감ᄒ신 줄노 아랏더니 병신(丙申, 1776) 오월(五月)의 김죵슈(金鍾秀)가 드러온 후 국영을 ᄭᅬ와 홍가(洪哥)ᄅᆯ 극역(極逆)을 민ᄃᆞ라 노하야 쳥졍(淸靖)⁴⁰⁾ᄒ야 닌 공과 튱셩(忠誠)이 더 금죽ᄒ리라 ᄒ야, 듕부(仲父) 귀향 간 후 수삼삭(數三朔) 안히 아모 죄도 다시 지은 일 업시 그 죄로 ᄎᆞᄎ 가률(加律)ᄒ야 필경(畢竟) 딕화(大禍)ᄅᆯ 바다시니,⁴¹⁾ 처음 귀향 보니실 적 뎐교와 엇디 어긔디 아니ᄒ며,

---

35) 1776년 4월 7일 정조는 홍인한의 귀양을 명했다.
36) 졍외지언(情外之言): 실정 밖의 말. 실정과는 맞지 않는 말.
37) [교감] 흔번 속이랴ᄂᆫ: 규장각한문본 '一懲之心'.
38) 서럿ᄂᆫ: 거두어 치우는.
39) 아ᄃᆺ기: 알듯이.
40) 쳥졍(淸靖): 정국을 깨끗하고 편안하게 만들어놓음.

삼불필지는 막수유라

임즈(壬子, 1792) 오월(五月) 연셜(筵說)

"불필지(不必知) 말은 막슈유(莫須有)[42]와 굿트야 죡히 죄 될 거시 업다"

ᄒᆞ야 겨시니, 이ᄂᆞᆫ 『졍원일긔政院日記』에도 이실 거시오,[43] 반포(頒布)ᄒᆞᆫ 연셜이라 뉘 보디 아니ᄒᆞ야시리오. 막슈유라 말은 악비(岳飛) 죽이던 쳔고(千古) 원옥(冤獄)으로 언문ᄎᆡᆨ(諺文冊)[44]의 ᄀᆞ디 이셔 무디(無知)ᄒᆞᆫ 녀ᄌᆞ들이라도 위ᄒᆞ야 원통ᄒᆞ야 ᄒᆞᄂᆞᆫ 배니, 션왕 고명(高明)ᄒᆞ신 셩흑(聖學)으로 이 문ᄌᆞ(文字) 츌쳐(出處)ᄅᆞᆯ 모ᄅᆞ실 거시 아니로ᄃᆡ, 이 문ᄌᆞᄅᆞᆯ 비(比)ᄒᆞ야 쓰실 젹은 그 일노 그리되기는 원통타 말솜이니, 닉 집 사ᄅᆞᆷ 말고라도 셰샹의셔 그 연셜 본 사ᄅᆞᆷ이 셩의(聖意) 소ᄌᆡ(所在)ᄅᆞᆯ 뉘 혜아리디 못ᄒᆞ야시리오.

---

41) 1776년 7월 5일 홍인한 사사.

42) 막슈유(莫須有): 송나라의 간신 진회(秦檜)가 충신 악비(岳飛)를 모함하자, 한세충(韓世忠)이 진회에게 그 사실을 문책했는데, 진회는 "악비의 아들 악운(岳雲)이 장헌(張憲)에게 글을 보낸 일이 명백하지는 않으나 그 사체(事體)는 막수유(莫須有)라"라고 답했다. 이에 한세충이 "'막수유' 세 글자로 어떻게 천하를 납득시킬 수 있겠는가" 했다고 한다. 막수유는 '아마 있었을 것이다'의 뜻. 근거 없는 일로 사람을 모함할 때 쓰는 말이다.

43) 『정조실록』에도 연설의 내용이 실려 있다(1792년 윤4월 27일조). 정조는 "홍인한을 처분한 것에 대해 말하자면, 우선 그는 왕의 친척으로 죄를 용서받을 수 있는 여덟 부류의 사람들 가운데 하나에 속해 있다. 또 불필지(不必知) 세 글자는 막수유라는 말과 같으니 그가 죽음에 이른 것은 그 죄 때문만이 아니다. 홍인한의 죄는 구선복과 같으니, 말하고자 하나 모년 모월의 일이라, 내 어찌 말하겠는가"라고 했다. 여기서 정조는 홍인한을 사사한 결정적 이유를 구선복과 같은 죄 때문이라고 말하고 있다. 구선복은 오랫동안 훈련대장으로 있으면서 정조의 이복형제인 은언군의 장자 완풍군 등과 결탁했다는 이유로 1786년 12월 9일 능지처사된 자이다. 그런데 정조는 홍인한이나 구선복 둘 다 모년, 즉 임오화변의 일과 관련되어 큰 죄가 있다고 보고 있다. 그렇다면 이들은 임오화변 때 어떤 행동을 했나? 1792년 5월 5일 서유린의 상소를 보면, 임오화변 당시 홍인한은 삼포 즉 마포에서 뱃놀이를 했고 구선복은 흉악한 일을 했다고 비판하고 있다. 사도세자가 뒤주에 갇혀 있는데 홍인한은 김양택 등과 방자히 뱃놀이를 했고, 『현고기』를 보면 구선복과 그 수하들은 뒤주 옆에서 사도세자를 모독했다고 전한다. 말하자면 이런 이유에서 정조가 그들을 사사했다고 볼 수 있는 것이다. 그런데 1792년 5월 2일 정조의 비답에서 구선복과 홍인한에 대해 죄를 포고하지 않은 데는 깊은 뜻이 있다고 말하고 있는 것을 보면, 다른 깊은 뜻이 있는지도 모른다. 이 다음 부분에서 혜경궁은 그 이유를 그저 홍인한의 죄를 풀어주기 위한 것이라고 말하고 있다.

44) 언문책(諺文冊): 한글로 기록된 책. 대개 한글소설을 가리킨다.

그쩌 연교(筵敎)의 막슈유 말숨ᄒ시고

"병신(丙申, 1776) 삼불필지(三不必知)는 죄 될 거시 업고 실은 모년(某年) 일노 이리ᄒ엿노라"

ᄒ시고, 날ᄃ려 드러와

"삼불필지 죄롤 벗길 길히 업셔 민망ᄒ더니, 이제는 모년으로 도라보ᄂ여시니 벗기 쉽게 ᄒ야시니 다힝ᄒ오"

ᄒ시거놀 ᄂ 놀나 ᄒ디

"병신 일도 천만(千萬) 원통ᄒ디 모년은 아이 당토 아니ᄒ니 뎌런 말이 어이 잇ᄉ오리잇가"

ᄒ니 션왕이 ᄒ시디

"모년 죄롤 일ᄏ라 이러이러ᄒ다 ᄒ야시면 어렵거니와 모년 죄라만 ᄒ고 죄명(罪名)이 이러이러ᄒ다 거드디 아니ᄒ야시니 후의 가면 므슴 쥔 줄 알며 모년 죄들은 갑ᄌ년(甲子年, 1804)의 다 풀냐 ᄒ니 이번의 병신은 풀닌 혬이니, 모년으로 옴겨 보ᄂ엿다가 갑ᄌ롤 기ᄃ릴 거시라" ᄒ시더니라.

근ᄂ(近來)는 더욱 씨ᄃ르샤 미양 ᄒ시디 '피화(被禍)ᄒ 대신(大臣)'이라 ᄒ시고

"무고(無故)ᄒ더면 쳑ᄂ(戚里)로 원노(元老) 쥬셕(柱石) 대신이 되야실 번ᄒ얏다"

ᄒ시고, 당신긔 졍셩이 잇던 말숨과 당신이 됴화ᄒ야 미ᄉ(每事)롤 의논ᄒ던 말숨도 ᄒ시고, 아모리 ᄒ야도 후(後)는 이시리라 ᄒ시고, 셰로(世路)와 됴국(朝局)의 쥬인 될 사롭이오 영웅(英雄)이니, 즉금(卽今) 대신이야 뉘 당ᄒ리 ᄒ시고, 당신이 디인졉믈(待人接物)ᄒ는 규모(規模)와 지어(至於) 옷 닙으시는 것 이런 일ᄭ디라도 다 비홧노라 ᄒ시니, 셩심(聖心)이 만일 진뎡 극역(極逆)으로 아르시면 어이 그 귀ᄒ신 셩톄(聖體)의 비겨 말숨ᄒ시리오.

아들에게 왕위를 물려준 후 풀어주리라

병신(丙申, 1776) 초두(初頭)의 삼촌의 화롤 만나 내 비원통혹(悲冤痛酷)ᄒ미 비홀 ᄃᆡ 업스니 ᄂᆡ 그ᄶᅥ ᄌᆞ결(自決)ᄒ거나 별반(別般) 거조(擧措)가 어이 업스리오마는, 구구(區區)ᄒᆞᆫ ᄌᆞ모(慈母)의 ᄆᆞ음의 ᄂᆡ 만고(萬古)의 업슨 졍니(情理)로 간신이 당신을 길너 님군 되시는 거슬 보고 귀ᄒ고 경힝(慶幸)ᄒᄂᆞᆫ 졍(情)의, 만일 ᄂᆡ 몸을 보전치 못ᄒ면 셩효(聖孝)의 해로옴과 셩덕(聖德)의 뉘(累) 되미 니롤 거시 업술 거시니, ᄂᆡ 혜오ᄃᆡ 시방은 쇼년이시오, 국영(國榮)의 옹폐(壅蔽)ᄒᄆᆞᆯ 면치 못ᄒ야 이 과게(過擧) 겨시거니와, 필경은 회오(悔悟)ᄒ시기 머디 아니ᄒ실가 긔약(期約)ᄒ야 춤고 춤아 ᄂᆡ 명(命)을 ᄇᆞ리디 못ᄒ고 녜ᄉᆞ로온 ᄃᆞ시 디내여와시나, 듕외(中外)[45] 사롬들이 날을 혼용(昏庸) 나약(懦弱)ᄒᆞᆫ 양으로 ᄭᅮ지ᄌᆞᄆᆞᆯ 내 엇디 감슈(甘受)치 아니ᄒ리오.

과연 션왕(先王)의 ᄭᅵᄃᆞ른시미 우희 ᄡᅳ인 말 ᄀᆞᆺ고, ᄯᅩ 갑ᄌᆞ년(甲子年, 1804)의 ᄂᆡ 집을 다 프르실 제 듕부(仲父)의 일도 ᄒᆞᆫ가지로 ᄒ랴노라, 여러 번 졍녕(丁寧)ᄒᆞᆫ 말ᄉᆞᆷ을 ᄒ야 겨시니, ᄂᆡ 금셕(金石)ᄀᆞ티 밋고 ᄇᆞ라 갑ᄌᆞ 오기가 더딘 줄만 민망이 넉이더니, 하늘이 가지록 날을 믜이 넉이시고 가운(家運)이 가지록 비식(否塞)ᄒ야, 션왕이 듕도(中途)의 도라가시고 만식(萬事) 다 훗터져시니 이런 원혹(冤酷)이 어디 이시리오. ᄂᆡ 비록 녀편니나 국됴야ᄉᆞ(國朝野史) 번역혼 거슬 만히 보아시니, 우리나라 원통혼 옥ᄉᆞ(獄事)가 필경은 신셜(伸雪) 못 혼 적이 업고, 지어(至於) ᄂᆡ 삼촌의 일은 더옥 만만(萬萬) 원통ᄒ니, 쥬샹(主上)이 댱셩(長成)ᄒ셔 시비(是非)롤 분간ᄒ실 ᄯᅢ면 응당(應當) 이 늙은 한미 지혼(至恨)을 프러주실 ᄯᅢ가 이실가 기드리나, ᄂᆡ 사라 미처 볼 줄을 아디 못ᄒ니, 이 글을 댱ᄂᆡ(將來) ᄂᆡ 업슨 후라도 쥬샹이 보시면 필연(必然)

45) 즁외(中外): 나라 안팎. 또는 조졍(朝廷)과 민간.

감동ᄒ야 삼촌의 삼십 년 젹원(積怨)을 프러주실가 츅텬츅텬(祝天祝天)
ᄒ며,

명종조 윤임의 일

　명종됴(明宗朝)의 윤임(尹任)이가 그 사회 봉셩군(鳳城君) 츄ᄃᆡ(推戴)ᄒ
란다 ᄒ야,[46] 증쵸(證招)[47]와 국안(鞠案)을 명빅히 믿ᄃᆞ라 『무졍보감武
定寶鑑』[48]의 올녀시니, 그 칙의 죄명(罪名) 올닌 거술 보면 만고(萬古)
극역(極逆)인 ᄃᆞᆺ 시브니 뉘 감히 말ᄒ리오마는, 본ᄃᆡ 옥ᄉ(獄事)가 젼혀
무옥(誣獄)이니 공의(公議)가 졔발(齊發)ᄒ야 만구일담(萬口一談)이 지원
(至冤)ᄒ다 ᄒ나, 오히려 션묘(宣廟)겨오셔 듕난(重難)ᄒ야 ᄒ오시다가
공의ᄃᆡ비(恭懿大妃)[49] 지원ᄒ야 ᄒ오시는 졍ᄉ(情私)롤 밧ᄌᆞ오셔, 윤임
을 복관(復官)ᄒ야 주어 겨오시니, 윤임이가 공의ᄃᆡ비긔 ᅿ외삼촌이오,
션묘(宣廟)긔논 공의ᄃᆡ비가 빅모(伯母)시니, 공의ᄃᆡ비겨오셔 ᅿ외삼촌의
원통을 신셜(伸雪)ᄒ랴 ᄒ오시고, 션묘겨오셔는 빅모 ᄆᆞ옴을 우러오셔

---

46) 을사사화(乙巳士禍)를 말한다. 을사사화는 윤형원 등의 이른바 소윤(小尹)이 인종(仁宗)의 외삼
　촌으로 이른바 대윤(大尹)으로 불리는 윤임(尹任) 등을 봉성군(鳳城君), 계림군(桂林君)을 추대
　하여 대위(大位)를 넘보려 한다고 무고함으로써 본격화한 사건이다. 이 일로 윤임과 봉성군
　등이 사사된다. 그런데 『선원계보기략』에 따르면 봉성군의 장인은 동래정씨(東萊鄭氏) 정유인
　(鄭惟仁)이며, 그리고 계림군은 윤임의 생질이다. 그래서인지 규장각한문본에는 사위라는 말
　이 없다.
47) 증쵸(證招): 증인의 진술.
48) 『무정보감武定寶鑑』: 곧 『속무정보감續武定寶鑑』. 1469년(예종 1) 만들어진 『무정보감』의 속편
　격이다. 『무정보감』은 현재 전하지 않는다. 『속무정보감』은 윤임 역모의 전말을 기록하려는
　동기에서 시작했으나, 성종대부터 명종 초에 이르기까지의 내란, 역모, 대외 분쟁의 전말까지
　포괄했다. 1548년(명종 3) 10월에 홍언필(洪彦弼) 등이 편찬했으며 1619년(광해군 11) 4월에
　다시 활자로 인쇄했다.
49) 공의대비(恭懿大妃): 조선 12대 왕 인종(仁宗)의 비 인성왕후(仁聖王后) 박씨(朴氏). 인종이 중종
　(中宗)과 윤임(尹任)의 누이인 장경왕후(章敬王后) 사이에서 태어났으므로, 윤임은 공의대비의
　시외삼촌이 된다. 한편 선조(宣祖)는 인종의 동생 덕흥대원군의 아들이므로, 공의대비는 선조
　의 백모(伯母)이다.

이 일을 ᄒᆞ야 겨오시니, 지금ᄀᆞ디 공의대비(恭懿大妃) 졍ᄉᆞ(情私)를 위ᄒᆞ야 셜워ᄒᆞ고, 션묘 쳐분이 효ᄉᆞ(孝思)로 나오신 줄 흠앙(欽仰)치 아니ᄒᆞ리 업ᄂᆞᆫ디, ᄒᆞᆯ물며 너 듕부(仲父)는 윤임의 죄명과 경듕(輕重)이 판이(判異)ᄒᆞ고, 나는 쥬샹(主上) 조모(祖母)니 빅모로 ᄉᆡ외삼촌 명원(鳴冤)[50]ᄒᆞᄂᆞᆫ 것도 조차 겨시거든, 이제 그 조모가 듕부 신폭(伸暴)ᄒᆞᄂᆞᆫ 거시니 너 졍니(情理)나 나라 체면(體面)의나 ᄒᆞᆫ날 아오로 말ᄒᆞ디 못ᄒᆞᆯ 거시오.

ᄯᅩ 이 일을 션왕이 회오(悔悟)ᄒᆞ셔 '갑ᄌᆞ(甲子)의 쇼셕(昭析)ᄒᆞ랴 노라' ᄒᆞ오신 말ᄉᆞᆷ이 여러 번이시고, 병신(丙申, 1776) 임ᄌᆞ(壬子, 1792) 두 번 뎐교(傳敎)[51]가 더욱 명증(明證)이 되니, 이 일 신셜(伸雪)ᄒᆞᄂᆞᆫ 거시 션왕의 유의(遺意)라. 금샹(今上)긔 블안(不安)ᄒᆞ거나 ᄌᆞ뎌(赳趄)ᄒᆞᆯ 일이 아니오. ᄯᅩ 공의디비가 윤임의 일의 간셥ᄒᆞ시다 무망(誣罔)[52]을 바다 겨시기 더욱 윤임을 신셜ᄒᆞ랴 ᄒᆞ시다 ᄒᆞ니, 나는 병신 칠월(七月)의 너 듕부 적 쳐분 뎐교(傳敎)가 너가 그리ᄒᆞ라 ᄒᆞ다 ᄒᆞ여시니[53] 이ᄂᆞᆫ 변시(便是)[54] 너 ᄒᆞᆫ가지로 죽인 혬이라. 셰샹은 모르고 너가 삼촌 화(禍) 닙ᄂᆞᆫ디 구ᄒᆞ기ᄂᆞᆫ더러 그리ᄒᆞ라 ᄒᆞᆫ 양으로 아라 날을 눈긔(倫紀)의 죄인이라 ᄒᆞ야도 ᄉᆞ양치 못ᄒᆞᆯ 거시니, 만고(萬古)의 제 삼촌 죽이ᄂᆞᆫ디 그리ᄒᆞ라 ᄒᆞᆯ 사룸이 어이 이시리오. 너 이제는 오래디 아니ᄒᆞ야 명(命)이 진ᄒᆞᆯ 거시니 만일 듕부를 신셜치 못ᄒᆞ고 도라가면 만셰(萬世)의 삼

50) 명원(鳴冤): 원통하게 쓴 누명을 위해 통곡함.
51) 정조는 1776년 4월 7일 하교에서 홍인한에게 역정과 이지는 없다고 말한 바 있고, 1792년 윤4월 27일에는 홍인한의 '불필지셜'에 대해 '막수유' 같다고 말했다.
52) 무망(誣罔): 무함하여 비방함.
53) 『정조실록』 1776년 7월 5일조에, 정조는 홍인한을 사사하면서 "자궁께서 분부하시기를, '비록 사사 은정이 앞서기는 하지만 왕법은 지극히 엄격한 것이어서 정청(庭請)하는 호소를 마침내 굴하게 할 수도 없고, 대관(臺官)들의 계사(啓辭)도 여러 날 상지(相持)하는데, 어찌 꼭 내가 불안할 것을 고려하여 국가의 체면을 손상하겠는가'라고 하시었다"라고 말한 바 있다. 혜경궁이 삼촌의 죽음을 용인했다는 말이다. 정조는 혜경궁이 이런 말을 했다지만 정작 당사자인 혜경궁은 이 말을 하지 않았다고 부정하고 있다. 둘 중 한 명은 거짓말을 한 셈이다.
54) 변시(便是): 곧.

촌 죽인 사룸이 되야 귀신이라도 용납홀 곳이 업스리니 공의뎌비 일시 무언(誣言) 드루신 원통과 엇더흐리오. 공의뎌비는 족하님을 감동흐오신 거술 너 비록 성의(誠意) 천박(淺薄)흐나 현마 쥬샹을 감동치 못흐랴. 미양 무음이 이시나 아딕은 쥬샹의 임의로 흐디 못홀 쩌오55) 나는 점점 엄엄(奄奄)56)흐야 가니 그저 아득홀 분이로다.57)

---

55) 이 글이 집필된 당시인 1802년은 정순왕후가 수렴청정할 때여서 어린 순조가 마음대로 정국을 운영할 수 없었다.
56) 엄엄(奄奄): 숨이 곧 끊어지려 함.
57) 원문에도 이 부분에서 단락이 나뉜다.

홍국영과 김종수

국영(國榮)이 임진(壬辰, 1772) ᄀ올의 등과(登科)ᄒ니, 본디 아희 제브터 반ᄒᆞᆫ[1] 거시오. 제 아비 낙츈(樂春)이 광병(狂病)이 이셔 ᄀ르칠 것도 업스니, 제 스스〈로〉 광망허랑(狂妄虛浪)ᄒᆞ야 기쥬탐식(嗜酒貪色)ᄒ고 힝실이 바히 업서, 제 집의 용납디 못ᄒ고 일셰(一世)의 ᄇ리인 배라. 그러ᄒ나 약간 지조가 이셔 못 ᄒᄂᆞᆫ 글도 억지로 ᄒ노라 ᄒ고, 긔경(機警)도 ᄒ고 민쳡도 ᄒ고 담대(膽大)도 ᄒ고 호긔(豪氣)도 이셔 하ᄂᆞᆯ도 무셔워 아니ᄒ고 ᄯᅡ도 두리디 아니ᄒ고, 이 미친 거시 미양 텬하(天下) 만ᄉ(萬事)ᄅᆞᆯ 제 다 ᄒᆞ랴노라 ᄒ기, 제 졔류(儕流)[2]들이 ᄒ익(駭愕)ᄒᆞ야 아니 웃ᄂᆞ 니 업더니,

등과 후 한님(翰林)을 수년을 ᄃᆞ녀 댱쳐(長處) 금듕(禁中)ᄒ니, 영묘(英廟)겨오셔 ᄉᆞ랑ᄒ오셔 미양 '니 손ᄌ 니 손ᄌ' ᄒ오시고, 동궁(東宮)긔

---

1) [교감] 반ᄒᆞᆫ: 규장각한문본 '无賴'. 버클리국한문본 '畔ᄒ'. 김동욱은 '빤한 것, 즉 이미 싹이 노랗던 것'. 앞에 '제 길로 가지 않음'을 뜻하는 용례가 하나 있다.
2) 졔류(儕流): 동배(同輩). 나이나 신분이 같거나 비슷한 사람.

셔는 년긔(年紀)도 샹젹(相敵)호고 얼골도 에엿브고 긔경호고 민쳡호니, 볼셔 흔번 셰샹의 난(亂)이 날 쩌라,3) 동궁이 흔 번 보시고 두 번 보셔 졀노 졔우(際遇)가 늉듕(隆重)호야 지극히 무간(無間)흔디라.

처음은 요놈이 간계(奸計)룰 닉여 동궁긔 딕간(直諫)호는 쳬호나 실은 그 간(諫)호는 거시 다 둣기 묘호신 말이라. 강딕(强直)흔 사룸으로 아룬셔 사괴기룰 깁히 호신 후 무소브디(無所不至)호니, 셰손이 동궁의 겨셔 하인 밧 ᄉ부(師傅)룰 샹졉(相接)호시는 거시 블과(不過) 빈긱(賓客)이나 궁관(宮官)분이니,4) 그갸들이 강혹(講學)이나 의논호디 므슴 말을 호며, 호믈며 됴졍간ᄉ(朝廷間事)나 외간셜화(外間說話)야 엇디 감히 일언반ᄉ(一言半辭)룰 슈쟉(酬酌)호리오. 동궁이 무미(無味)호고 답답호야 호시다가 국영을 만나 아니 엿줍는 말이 업고 아니 알외는 일이 업ᄉ니 신통(神通)호고 긔이(奇異)히 넉이셔 이젼 ᄉ랑호시던 궁관은 졈졈 머러지고 국영이만 뎨일인(第一人)으로 아룬셔 비컨디 ᄉ나히 쳡의게 혹흔 모양이라.

제게 뮙거나 제게 원(怨)이 잇거나 저룰 혹 남으라는 니가 이시면 빅디(白地)5)의 춤소(讒訴)호야 동궁을 비방(誹謗)호다 알외고, 저룰 과히 ᄉ랑호시니, 제 인믈(人物)이 의졋호야도 쩌리믈 바드려든 호믈며 셰샹의 유명(有名)흔 무뢰경박ᄌ(無賴輕薄子)룰 너모 ᄉ랑호시니 어이 말이 업ᄉ리오. 혹 '동궁이 고이흔 거술 갓가이호신다' 우탄(憂歎)호는 니도 잇고, 혹 '동궁이 저룰 용납호신들 제 어이 감히 샹(常)업시 굴니' 호야, 갑오(甲午, 1774) 을미(乙未, 1775) 년간(年間)의 집집이 국영의 말이오, 사룸 사룸 국영으로 근심이니 젠들 엇디 둣디 못호리오. 이런 말

3) [교감] 볼셔 흔번 셰샹의 난이 날 쩌라: 규장각한문본 '適丁時運生亂之會'. 버클리국한문본 '世上에 亂生之時라'. 일사본 '셰샹의 난이 난 쩌라'.
4) 시강원에서 동궁의 교육을 담당한 시강관(侍講官)에는 먼저 사(師), 부(傅), 이사(二師)가 있는데, 이들은 영의정 등의 최고위급 관리가 겸임했고, 이들은 직접 가르치기보다는 상징적 의미가 강했다. 그다음으로 빈객, 부빈객(副賓客)이 있어서 강의를 맡아 이끌었고, 실제로 대부분의 강의는 보덕(輔德), 필선(弼善), 문학(文學)의 당하관 궁관들이 맡았다.
5) 백지(白地): 아무 근거도 없이.

곳 드릭면 드러가 동궁을 훼방(毁謗)혼다 알외니, 소위(所謂) 부언(浮言)
이란 거시 이 일이라. 셰손긔셔야 깁히 겨셔 다른 사롬 보디 못호시고
국영의 말만 드릭시니 스랑호시는 터희 고놈의 간정(奸情)을 슬피디 못
호시고 다 고디드릭시니 셰손이야 엇디 아릭시리오.

이러구러 쳔고(千古)의 업논 졔우(際遇)가 일웟다가 디리(代理) 일노 더
공(大功)을 셰우고 등극(登極) 후 칠팔 삭 닉의 승탁(升擢)호야 도승지(都
承旨) 슈어스(守禦使)를 호고 슉위디쟝(宿衛大將)으로 디궐 이셔 저 잇는
곳을 일홈호야 슉위소(宿衛所)라 호고, 오군문디쟝(五軍門大將)6)을 다 호
고, 벼술 일홈이 오영도통슉위(五營都總宿衛) 겸(兼) 훈년디쟝(訓練大將)일
넌 거시니, 고금(古今)의 그런 은툥(恩寵)과 그런 공명(功名)이 다시 어이
이시리오.

제 무음대로 사롬을 무수히 죽이논 등, 닉 집이 머리지어 화롤 닙으
니, 닉 삼촌이 꾸지즌 함원(含怨)뿐 아니라, 국영의 빅부(伯父) 낙슌(樂
純)이 닉 삼촌과 므스 일노 구슈(仇讐) ᄀᆞᆺ튀야 흉샹 살심(殺心)이 잇다
호더니, 국영의 초년(初年) 졍스(政事)논 제 빅부의 말을 조찻기 닉 삼
촌의 화(禍)가 더옥 극진(極盡)혼 둣시브더라.

스년지간(四年之間)에 신절(臣節) 업슨 일과 발호(跋扈)혼 일이 쳔빅
가지니, 닉 궁듕(宮中)의셔 어이 ᄌᆞ시 알니오마는 낭쟈(狼藉)히 뎐호는
소문(所聞)을 드러도, 금듕(禁中)의셔 닉의녀(內醫女)롤 드리고 제집 샤
랑ᄀᆞᆺ티 디내고,7) 약방제됴(藥房提調)로 호여곰 외슈라(外水剌)롤 출히는
디8) 제 밥을 슈라상(水剌床)과 흔가지로 출혀 쏙ᄀᆞᆺ티 호야 먹고, 샹뎐

---

6) 오군문대장(五軍門大將): 오군문(五軍門)은 조선시대에, 오위(五衛)를 고쳐 둔 훈련도감, 총융청, 수어청, 어영청, 금위영의 다섯 군영을 가리킨다. 그 대장.

7) 내의원의 의녀는 이른바 약방 기생이라 하여 조선 후기에 최고급 기생으로 일컬어진 집단이다. 말하자면 홍국영은 일급 기생과 놀았던 것이다.

8) 임금이 먹는 음식, 곧 수라상을 담당하는 부서는 사옹원이다. 그런데 여기서는 약방, 곧 내의원에서 담당하는 것처럼 되어 있다. 『정조실록』과 『승정원일기』 1779년 10월 24일조와 25일조를 보면, 1777년 홍술해, 홍상범 등이 은전군을 추대하려 했다는 역변 이후, 수라상을 내의원에서 맡았다가, 이날에 이르러서 폐지했다고 한다. 원래 수라는 약을 담당하는 내의원에서도

(上前)의셔 발만(勃慢)[9] ᄒ기와 디신(大臣) 이하(以下) 능욕(凌辱)ᄒ기ᄂ 측냥(測量)이 업스니, 우리 조션(祖先) 젹덕(積德)으로 엇디 이런 요역(妖逆)이 날 줄 ᄯᅳᆺᄒ야시리오.[10]

젹이 된 오촌 고모집

국영(國榮)이 처음은 오히려 쟈근 그릇시라, 샹(常)업슬디언뎡 큰 저즈레ᄒ기ᄂ[11] ᄯᅳᆺ이 미처 가디 못ᄒ엿더니, 김죵슈(金鍾秀)라[12] 거시 병신(丙申, 1776) 오월(五月)의 비로소 드러와 국영의 아돌이 되야 천만(千萬)가지 변괴(變怪)ᄅᆞᆯ 다 지어ᄂ니, 이 엇디 홀노 국영의 죄(罪)분이리오

죵슈ᄂ 다ᄅᆞᆫ 사롬이 아니라 니 오촌(五寸) 고모(姑母)의 아돌이라, 그 고모 어려실 제 니 조부(祖父)ᄭᅴ셔 ᄉᆞ랑ᄒ셔 그 딜녀(姪女)ᄅᆞᆯ 드려다가 집의셔 기르시기, 그 고모가 니 조부모(祖父母)ᄅᆞᆯ 미양 일크라 '슈양(收養) 아바님 어마님' ᄒ더니, 밋 그 고모의 두 아돌이 나니 ᄆᆞᆺ은 죵후(鍾厚)요, 둘지ᄂ 죵슈라. 집도 동니(洞內)의 잇고 졍의(情誼) 무간(無間)ᄒ야, 친(親) 구싱(舅甥)[13]과 다ᄅᆞ미 업슬 ᄃᆞᆺᄒ디, 국혼(國婚) 후 니 집

<hr />

큰 관심을 가지는 것이라 담당 사무의 변동이 큰 문제가 되지 않을 수도 있지만, 공교롭게도 이때는 홍국영이 막 실각했을 때이다. 막강한 권력을 지닌 홍국영이 수라상을 맡은 약방제조 구윤옥에게 별도로 수라를 차리게 해서 먹었다가 그가 실각하자 "외수라간을 철파(撤罷)"한 것 아닌가 하는 추정이 가능한 것이다. 한편 이 부분이 일사본 등에는 "약방제조 하여"로 되어, 홍국영이 약방제조가 된 것처럼 이해할 수도 있게 했으나 구윤옥이 3년간 이 일을 맡았다는 기사를 볼 때 이 해석은 맞지 않다. 구윤옥은 마치 종처럼 홍국영을 섬겼다는 위인이다. 홍국 영이 구윤옥을 시켜 외수라를 차리게 했던 것이다.

9) 발만(勃慢): 거칠고 거만함.
10) 『정조실록』 1779년 9월 26일조의 사평은 홍국영의 기민한 성격과 안하무인적 태도를 구체적으로 지적하고 있는데, 본문에서처럼 궁궐 내에서 의녀 등과 사귀고 임금 앞에서 함부로 구는 태도 등이 거론되고 있다.
11) 저즈레ᄒ기ᄂ: 까불다. 장난치다.
12) [교감] 김죵슈라: 일사본 '김죵수란'.
13) 구생(舅甥): 외숙과 생질.

은 훤혁(烜赫)ᄒᆞ고, 저희ᄂᆞᆫ 비록 지샹가(宰相家) 사름이나 션비로 명ᄂᆞᆫ (名論)ᄒᆞ노라 ᄌᆞ쳐(自處)ᄒᆞ고,14) 젼일(前日) 친후(親厚)ᄒᆞ던 졍(情)이 변 (變)ᄒᆞ니, 션친(先親)은 너 집 아히로 아ᄅᆞᆯ셔 형뎨(兄弟)를 미양 ᄭᅮ짓기 도 ᄒᆞ시고 ᄀᆞᄅᆞ치시기도 ᄒᆞ시니, 그 형뎨 졈졈(漸漸) 괴격(乖隔)ᄒᆞ야 현 연(顯然)이 졍젹(情迹)이 의조(疑阻)15)ᄒᆞ고, 션친이 ᄯᅩ흔 그 형뎨 ᄭᅮ며 명(名)을 구(求)ᄒᆞ고 불근인졍(不近人情)ᄒᆞᆫ 일이 만흔 졍ᄐᆡ(情態)를 보시 고 우탄(憂歎)도 ᄒᆞ시고 시비(是非)도 ᄒᆞ시니,16) 저희 함감(含憾)ᄒᆞ엿던 가 시브ᄃᆡ, 션친이야 집안 ᄌᆞ딜(子姪) 교칙(敎飭)ᄒᆞ시ᄂᆞᆫ 일체로 말슴ᄒᆞ 신 후야 ᄆᆞ옴의 두기나 ᄒᆞ야시리오.

그 고모가 션친 죵형뎨(從兄弟) 항녈(行列)의 나히 남미간(男妹間) 웃 듬이라. 션친긔셔 조부 ᄒᆞ시던 일도 싱각ᄒᆞ고 동긔(同氣) 누의님ᄀᆞᆺ티 보오셔, 댱임(將任) ᄶᆞ나 외방(外方) 젹이나 ᄶᆞ의 보너시ᄂᆞᆫ 거시 년쇽(連 續)ᄒᆞ고, 졍의(情誼) ᄌᆞ별(自別)ᄒᆞ시니, 저희 어믜 ᄉᆞ촌(四寸)을 죽이랴 계교(計巧)ᄒᆞ던 줄 엇디 아ᄅᆞ시리오.

뎡ᄒᆡ년(丁亥年, 1767) 죵후(鍾厚)가 ᄌᆞ의(諮議) 통쳥(通淸)을 ᄒᆞᄂᆞᆫᄃᆡ,17) 디신(大臣)긔 의논(議論)도 아니ᄒᆞ고 산님공논(山林公論)도 업시 니판(吏 判)이 혼자 ᄒᆞ니,18) 션친긔셔 비록 거우(居憂) 듕(中)이나 공논(公論)으

---

14) 김종수 형제의 아버지 김치만(金致萬)은 평생 벼슬이 정8품의 시직(侍直)을 넘지 않았다. 할아 버지 김희로(金希魯)는 음직으로 참판을 지냈고, 증조부 김구(金構)는 정승, 외할아버지 이세백 (李世白) 역시 정승을 지냈다. 이런 집안이기에 재상가라고 한 것이다. 『병세재언록』「고사록高 士錄」 '김치만'조 참조.
15) 의조(疑阻): 의심하고 멀리함.
16) 『한중록』의 한 이본인 『불명불조』에는 김종수, 김종후가 송금대죄(松禁待罪)의 행동을 한 다음 홍봉한이 놀라 더욱 그들을 용납하지 않았다고 한다. 김종수네가 법령을 어기고 나무를 베다 가 법망에 걸린 일이 있었던 모양이다.
17) 1767년 1월 28일 김종후가 시강원의 자의 벼슬을 사양하는 상소를 올리는데, 상소문 말미에 자신을 뽑은 일이 "선비를 부끄럽게 하고 세상을 놀라게 한" 일이라고 말하고 있다. 본문은 그 사양의 배경으로 이해된다.
18) 당시 이조판서는 윤급이다. 사도세자 죽음의 직접적 계기가 된 것이 나경언의 역모 고발 사 건인데, 나경언은 윤급의 겸종이었다. 윤급은 홍봉한의 반대 세력으로 김종수와 함께 홍봉한 을 공격한 자였다. 그런 윤급이 김종후를 자의 벼슬에 올리니 홍봉한이 상중임에도 불구하고 비판했던 것이다.

로 말솜ᄒᆞ셔 정격(政格)19)이 아니라 ᄒᆞ시니,20) 그 일노 원독(怨毒)이 ᄎᆞ골(次骨)21)ᄒᆞ야 보복(報復)ᄒᆞ기ᄅᆞᆯ 꾀ᄒᆞ고,

임진년(壬辰年, 1772) 죵슈의 귀향 갓던 일22)을 억지로 듕부(仲父)와 슉뎨(叔弟)의 타슬 삼아, ᄒᆞᆼ언(恒言)이 '저ᄅᆞᆯ 보고 말녀노라' ᄒᆞ더라23) ᄒᆞ기, 쳔만(千萬) 의외(意外) 지친간(至親間) 의심(疑心) 밧ᄂᆞᆫ 일을 불ᄒᆞᆼ(不幸)ᄒᆞ야 ᄒᆞ더니, 이ᄶᆞ야 득시(得時)ᄒᆞ야 국영이와 일심(一心)이 되야 국영의 모ᄅᆞᄂᆞᆫ 거슬 다 ᄀᆞᄅᆞ치고 국영의 ᄒᆞ고져 아닛ᄂᆞᆫ 일을 튱동(衝動)ᄒᆞ니, 제 본ᄃᆡ 셰상(世上)을 소기고 허명(虛名)을 도적(盜賊)ᄒᆞᆫ다라. 국영의 ᄆᆞᄋᆞᆷ의 죵슈가 제게 와 ᄌᆞ뎨(子弟)쳐로 친근(親近)ᄒᆞ고 노예(奴隷)쳐로 복ᄉᆞ(服事)ᄒᆞ고 비쳡(婢妾)쳐로 아당(阿黨)ᄒᆞ믈 스스로 깃거, ᄒᆞ쟈 ᄒᆞᄂᆞᆫ ᄃᆡ로 언쳥계용(言聽計用)ᄒᆞ니 니 집 화변(禍變)이 죵슈 곳 아니면 국영만으로만은〈마ᄂᆞᆫ〉 이디도록디 아니ᄒᆞ야실 ᄃᆞᆺᄒᆞ도다.

국영이 그 망득ᄒᆞᆫ24) 거시 아모 상(狀)도 업고 아모 잡은 것 업시, 제 애ᄌᆞ지원(睚眦之怨)25)으로 사ᄅᆞᆷ을 무수히 죽일 제, 죵슈가 ᄯᅩᄒᆞᆫ ᄒᆞᆫ가지로 제 원슈(怨讐)ᄅᆞᆯ 갑하, 두 놈의 원슈 갑기로 사ᄅᆞᆷ들이 무론(毋論) 유죄(有罪) 무죄(無罪)ᄒᆞ고 무수히 죽어시니, 후ᄉᆡᆼ(後生)들은 국영은 픽(敗)ᄒᆞᆫ 고로 그 죄악(罪惡)을 더러 아나, 죵슈ᄂᆞᆫ 쳔억화신(千億化身)26)ᄒᆞ고

---

19) 정격(政格): 벼슬아치 임면에 관한 법식.

20) 홍봉한은 계모의 상중이라 직접 나서서 비판하지는 못하고, 여러 사람들이 모인 데서 이런 말을 했던 것으로 보인다. 홍봉한은 막강한 영향력을 지닌 인물이니 사석에서 한 말이라고 해도 곧 공론을 형성하여 조정으로 비판이 흘러갔을 것이고, 이로 인해 김종후가 사직의 상소를 올린 것으로 보인다.

21) 차골(次骨): 원한이 뼈에 사무침.

22) 1772년 3월 21일 성균관 대사성 인선(人選)에 노론만 세 사람을 추천한 죄로 영의정 김치인은 해남현으로, 이조판서 정존겸은 회양부에, 그 후보에 으뜸으로 올랐던 김종수는 기장현으로 귀양을 갔다. 앞에서 자세히 서술되었다.

23) [교감] 저ᄅᆞᆯ 보고 말녀노라 ᄒᆞ더라: 규장각한문본 '必見其亡云'.

24) [교감] 망득ᄒᆞᆫ: 일사본 '망측ᄒᆞᆫ'. 가람본·나손본 '망즉ᄒᆞᆫ'.

25) 애ᄌᆞ지원(睚眦之怨): 한 번 흘겨보는 정도의 원망이란 뜻으로, 아주 작은 원망.

26) 쳔억화신(千億化身): 태도를 무수히 바꾼다는 뜻. 홍국영이 권력에서 쫓겨날 때 김종수가 맹렬히 공격한 일 등을 가리킨다. 1780년 2월 26일 이조판서 김종수는 홍국영의 귀양을 강력히 주장하는 상소를 올렸다.

제 몸이 관계치 아닌 고로 지금ㄱ디 죵슈의 죄안은 주시 모른니, 실(實)은 십분(十分)으로 의논(議論)ᄒ면 국영의 죄악은 삼ᄉ분(三四分)이오, 죵슈의 죄악은 뉵칠분(六七分)이니, 니 미양 션왕(先王)긔 ᄒ디

　　"국영의 일이 제 죄(罪)분 아니라 실은 죵슈의 죄라"

ᄒ면, 션왕도 우ᄉ시고

　　"그러타"

ᄒ시더니라.

누이를 들여서라도 권력을 놓지 말자

국영(國榮)이 그 은툥(恩寵)을 가지고 제 ᄆ음이 슬토록 못ᄒ 노릇시 업ᄉ디, 오히려 브죡(不足)ᄒ야 제 누의롤 드리고 제가 쳑니(戚里)가 되야 니외(內外)로 무흔이 즐기랴 ᄒ니, 제 소위(所謂) 튱신(忠臣)이면 그ㅼ써 듕뎐(中殿)긔셔 뎡쳐(鄭妻)의 니간(離間)으로 금슬(琴瑟)이 화합(和合)디 못ᄒ시니 저롤 골육(骨肉) 지친(至親)ᄀᆺ치 아릇시ᄂ 신히니 아모죠록 곤뎐(坤殿)의 화합ᄒ시기롤 권(勸)홀 거시어든, 듕궁뎐(中宮殿)이 그ㅼ써 이십뉵셰(二十六歲)시고 본디 복병(腹病)이 아니 겨시거눌 병환(病患) 겨시다 ᄒ고, 주교(慈敎)롤 니ᄉ게 ᄒ야²⁷⁾ 냥뎐(兩殿) ᄉ이는 화합디 못ᄒ시게 ᄒ고, 만일 제 힘이 못 미출 양이면 션왕(先王)이 츈취(春秋) 근(近) 삼십(三十)의 ᄉ쇽(嗣續)이 업ᄉ시니 공변도이²⁸⁾ 댱셩(長成)ᄒ 쳐ᄌ(妻子)롤 ᄌ히여 밧비 ᄉ남지경(斯男之慶)이 겨시기롤 츅원(祝願)ᄒ여야 올흘디, 홀연(忽然)이 요악(妖惡)ᄒ 계교(計巧)롤 니야 겨유 십삼셰(十三歲) 된 제 어린 누의롤 드리니 언제 길너셔 ᄉ쇽(嗣續)을 보리오.

---

27) 1778년 5월 2일 정순왕후가 정조가 삼십세에 가까우나 사속(嗣續)이 없다 하여 사족 중에서 빈을 택하라는 언서를 내렸다.
28) 공변도이: 공변되게. 행동이나 일 처리가 사사롭거나 한쪽으로 치우치지 않고 공평하게.

호왈(號曰) 원빈(元嬪)이라 ᄒᆞ고 궁호(宮號)ᄅᆞᆯ 슉챵(淑昌)이라 ᄒᆞ니,29) 원ᄶᆞ(元字) ᄯᅳᆺ이 흉(凶)ᄒᆞ니, 어디셔 곤뎐(坤殿) 겨신ᄃᆡ 비빈(妃嬪)을 원(元)이라 일ᄏᆞᆯ 도리(道理) 이시리오. 뎐되(天道) 신명(神明)ᄒᆞ고 제 죄악(罪惡)이 관영(貫盈)30)ᄒᆞ야 긔회(己亥, 1779)의 제 누의 홀지의 죽으니,31) 국영이 한독(悍毒)32)과 에분(恚憤)을 이긔디 못ᄒᆞ야, 제 감히 제 누의 요ᄉᆞ(夭死)ᄒᆞᆫ 거술 곤뎐의 의심(疑心)ᄒᆞ야 션왕을 도도아 ᄂᆡ뎐(內殿)의 ᄂᆡ인(內人)들을 여러흘 잡아다가 칼을 ᄲᅡ혀 들고 무수히 저히며 혹형(酷刑)을 구획(鉤劃)ᄒᆞ야 아모죠록 ᄂᆡ뎐의 ᄃᆞ히랴 ᄒᆞ마ᄒᆞ마 ᄂᆡ뎐긔 참무(讒誣)가 밋츨 번ᄒᆞ고,33) 외간(外間) 소셜(騷說)이 무소브지(無所不至)ᄒᆞ야 뵈젼(布廛) ᄂᆞᆼ태뎐(凉太廛)34) 시뎡(市井)이 쇄문도쥬(鎖門逃走)ᄒᆞ기ᄭᅡ디 ᄒᆞ야시니35) 만고(萬古)의 이런 극적(劇賊)36)이 다시 어이 이시리오.

양자로 들여서라도 인척이 되자

제 부귀(富貴)ᄅᆞᆯ 기리 누리랴 ᄒᆞ던 계교(計巧)ᄅᆞᆯ 일우디 못ᄒᆞ야시 량이

---

29) 1778년 6월 21일 홍낙춘의 딸을 원빈으로 삼았다. 가례는 같은 달 27일에 행했다. 이때의 일을 적은 책으로 『슉챵궁입궐일기』(『문학사상』 31, 1975에 수록)가 있다. 가례 후 원빈이 중전을 배알하는 데 몹시 어려움을 겪었다는 내용의 짧은 소설체의 글이다. 한글본이다.

30) 관영(貫盈): 가득 참.

31) 1779년 5월 7일 원빈 죽음. 희정당에 거애(擧哀)함. 시호(諡號)를 인숙(仁淑), 궁호(宮號)를 효휘(孝徽), 원호(園號)를 인명(仁明)이라고 함.

32) 한독(悍毒): 사납고 표독스러움.

33) 『순조실록』 1801년 5월 25일조에 있는 영의정 심환지의 말을 보면, 홍국영이 원빈이 죽자 내전의 내인들을 심문하여 무함하려 했다고 한다. 그것이 여의치 않자 홍국영은 양자를 들여 자기가 왕실의 인척이 되고자 했는데 이러한 왕가에 대한 도전이 홍국영을 몰락의 길로 내몰았다. 『정조실록』 1779년 9월 26일조에는 홍국영이 '곤전의 허물을 지적하여 함부로 몰고 협박하는 것이 그지없다'고 적고 있다.

34) 냥태전(凉太廛): 갓전(笠廛).

35) 서울의 시전 상인들은 국가에 물품을 납부하고 대금을 잘 못 받는다든지 큰 손해가 생길 만하면 가게 문을 걸어잠그고 도망가는 이른바 쇄문도쥬(鎖門逃走)를 했다. 홍국영에 대한 흉한 소문이 바깥까지 들리자 상인들이 화를 피해 미리 가게를 닫고 도망갔다는 뜻으로 이해된다.

36) 극적(劇賊): 큰 역적.

면 제 하늘모옵을 두리워 죠곰 위셰(威勢)룰 거두고 다시 명문(名門)의
간션(揀選)ᄒ시기룰 권(勸)ᄒ여야 일반분(一半分) 쇽죄(贖罪)룰 홀 더, 국영
(國榮)의 모옵의 다른 비빈(妃嬪)을 ᄲᅡ시면 그 집 사롬의게 졍(情)이 옴기
이실가 넘녀(念慮)ᄒ야 간션(揀選)은 다시 못 ᄒ시리라 ᄒ고, 덕샹(德相)을
가르쳐 그 흉소(凶疏)룰 식이고,37) 인(䄄)의 아둘 담(湛)38)이룰 슈원관(守
園官)39)을 식여 군호(君號)룰 완풍군(完豊君)이라 ᄒ야 제 누의 양ᄌᆞ(養子)
룰 믄드라 담이로 션왕(先王) 아둘ᄀᆞ디 되게 ᄒ고, 제가 외가(外家)가 되
야 기리 누리랴 ᄒ니, 션왕이 츈츄(春秋) 삼십(三十)이 못 ᄒ시고 병환(病
患)이 아니 겨신디 ᄉᆞ쇽(嗣續) 보실 길흘 막으니, 션왕이 비록 일시(一時)
제게 옹폐(壅蔽)ᄒ셔 제 ᄒ쟈 ᄒ는 디로 민ᄉᆞ(每事)룰 조차 겨시나, 오히
려 당신(當身)을 위(爲)ᄒ노라 ᄒ는더 쇽아 겨시거니와, 지어(至於) 이 일
ᄒ여도 션왕 셩명(聖明)으로 엇디 그 요악(妖惡)ᄒ 심댱(心腸)을 ᄭᅦᄃᆞᆺ디
못ᄒ시리오.

담(湛)이 어린 거술 홀연(忽然)이 드려다가 님군 아둘ᄀᆞᆺ티 삼고 제 싱
딜(甥姪)노,40) 위와 다 친신(親信)이 브리시는 닉관(內官)이 붓들고 츌입
(出入)ᄒ야 거의 동궁(東宮) 일쳬(一體)라. 제 아비 인(䄄)이는 허황광픽
(虛荒狂悖)ᄒ 인물이라, 제 아둘 그리된 거시 제 몸의 디화(大禍) 근본
(根本)인 줄 모르고, 인연(因緣)ᄒ야 형셰(形勢) 쓰고, 소위(所謂) 궁묘(宮
墓) 튱의(忠義) 슈위관(守衛官) 줄을 제 연인(緣因)ᄒ 거스로 식이니, 그
런 무디(無知)ᄒ 거시 어이 이시리오.41)

---

37) 1779년 6월 18일 이조참판 송덕상이 이른바 '모양도리(某樣道理)' 즉 신하로서는 감히 말하기
어려운 '어떤 방도'를 말하면서 결국 빨리 후사를 정할 것을 촉구했다.
38) 담(湛): 사도세자의 서자인 은언군의 장자. 완풍군이라 했다가 홍국영이 벌을 받은 후 상계군
이라 이름을 고쳤다. 1786년 11월 20일에 죽었는데, 『정조실록』당일조에 실린 그의 졸기를
보면 아버지 은언군이 독살했다는 소문이 돌았다고 한다.
39) 수원관(守園官): 능원을 지키던 종9품의 벼슬. 『승정원일기』1779년 6월 2일조에 완풍군에게
원빈의 묘소인 인명원의 수원관을 맡겼다는 기사가 있다.
40) [교감] '삼아서' 정도의 말이 들어가면 자연스럽게 이어진다. 다른 이본들도 동일하다.
41) 『대전회통』을 보면, "각묘의 수위관은 충훈부(忠勳府)가 공신(功臣)의 적자손(嫡子孫)으로 충의
위(忠義衛)에 속하는 자로서 자유 임용하되 이조가 천망하여 임명하고 재직 30개월을 표준으

그쩌 닉 집 동성들이 닉게 봉셔(封書)ᄒ야 '이런 국셰(國勢)⁴²)와 이런 거조(擧措)가 어이 잇ᄂ니' ᄒ고 분완(憤惋)⁴³) 우탄(憂歎)ᄒᄆᆯ 이긔디 못ᄒ니, 닉 이 모양(模樣)을 디(對)ᄒ야 졀통(切痛)ᄒᆫ 분원(憤怨)이 텰텬극디(徹天極地)ᄒ니, 션왕긔 ᄒᄃᆡ

"이 무슴 일이며 이 무슴 ᄠᅳ시오니잇가. 싱각을 ᄒ오 마노라가 독노(篤老)ᄅᆯ 하여숩ᄂ니잇가. 병환이 겨시오니잇가. 아둘 엇고 시븐 ᄆᆞ음은 노쇼(老少)와 귀쳔(貴賤)이 업ᄂᆫᄃᆡ 마노라고 종사(宗社) 부탁(付託)이 엇더콴ᄃᆡ 삼십이 되도록 아둘이 업ᄂᆫ 것도 졀박(切迫) 쵸민(焦悶)ᄒᆞᆯᄃᆡ, 시방(時方)은 ᄂᆞᆷ의 손의 휘이여 스스로 아둘 못 나기로 ᄌᆞ탄(自歎)ᄒ시니, 이 므슨 일이오"

ᄒ고 하 셜워ᄒ니, 그쩌 국영의 형셰(形勢) 티산(泰山) ᄀᆞᆺ타야 아모도 말ᄒ 리 업고, 빈소(殯所)ᄂᆫ 뎡셩왕후(貞聖王后) 빈뎐(殯殿) ᄒ엿던 ᄃᆡ ᄒ고⁴⁴) 무덤은 인명원(仁明園)이라 ᄒ고 혼궁(魂宮)은 효휘궁(孝徽宮)이라 ᄒ고, 의졍부(議政府) 이하(以下) 진향(進香)ᄒ고 복졔(服制)ᄅᆯ 힝(行)ᄒ야시니 그쩌 졔신(諸臣)이 엇디 ᄭᅮ지람을 ᄉᆞ양(辭讓)ᄒ리오.⁴⁵)

닉 홀노 분통(憤痛)ᄒ고 닉 홀노 텰텬(徹天)ᄒ야 니ᄅᆯ ᄀᆞ라 ᄎᆞᆷ아 보디 못ᄒ야, 만나면 울고 보면 어ᄅᆞᆷ더 셜워ᄒ니,⁴⁶) 션왕이 ᄎᆞᄎᆞ 고놈의게 젼후ᄉ(前後事)ᄅᆯ 속으시ᄂᆫ 줄 ᄭᅢᄃᆞᆫ 듯ᄒ시고, 국영이가 담이ᄅᆯ '죡하'라 ᄒ고 궁듕(宮中)의셔 동궁ᄀᆞᆺ치 추힐으며⁴⁷) 침식(寢食)을 ᄒᆞᆫ가

로 하여 체임(遞任)한다"라고 되어 있다. 은언군이 자기가 종실이라서 아들이 벼슬을 했나 하고 시켰으니 그런 무지한 것이 어디 있냐는 말이다. 사실 그 벼슬은 홍국영이 자기 권력 유지를 위해 시켜준 데 불과한 것이다.

42) 국셰(國勢): 나라의 형편.

43) 분완(憤惋): 분개.

44) 원빈의 빈전으로 정성왕후 빈전으로 썼던 경훈전을 사용했다는 것은 원빈을 왕비와 동격으로 둔 것이다. 정성왕후는 영조의 초비로 원빈 바로 이전에 죽은 왕비이다.

45) 『정조실록』 1779년 5월 7일 원빈의 졸기를 보면, "홍씨의 빈장(殯葬)에 관한 절차에 예관(禮官)들이 모두 참람한 예(例)를 원용했다"라고 했다. 모두 홍국영의 권세가 두려워서이다.

46) [교감] 만나면 울고 보면 어ᄅᆞᆷ더 셜워ᄒ니: 규장각한문본 '對王必泣而訴冤'.

47) 추힐으며: 추켜들며.

디로 흐야, 정상(情狀)은 날노 위포(危怖)48)흐고 거죠(擧措)는 날노 흉교
(兇狡)흐니, 션왕이 엇디 영명(英明)흐오시관디 뉘웃디 아니흐오시며 분
흐디 아니흐시리오.

홍국영의 몰락

  국시(國事) 망연(茫然)흐야 엇디흘 바롤 모르시는디, 나의 지셩(至誠)
으로 셜워흐며 분흐야
  "亽쇽(嗣續) 널닐 일을 혜아리라"
뵈온 적마다 권흐니 본디 인효(仁孝)흐신디라, 니 경상(景狀)과 당신 신
셴(身勢)들 도라 싱각흐야 감동(感動)흐고 올히 너기셔 너게 흐시는 긔
식(氣色)은 졈졈 더 지극(至極)흐시고 국영(國榮)의 죄악(罪惡)은 더욱 쾌
히 씨드르셔, 긔힉(己亥, 1779) 구월(九月)의 티亽(致仕)롤 식이시나,49)
젼의 亽랑흐시던 일노 죵시(終是) 보젼(保全)코져 흐시더니, 제 티亽 후
흐는 일이 더욱 희피(駭悖) 요망(妖妄)흐야 강능(江陵)으로 쪼차보니셔
제 스스로 죽어시니,50)
  즛고(自古)로 흉역(凶逆)과 권간(權奸)이 죡히 만흘 거시 아니로디 국
영이 깃튼 거슨 다시 업는 줄이, 제 처음의 亽원(私怨)으로 사롬을 구
함(構陷)흐야 얼픗흐면 역적(逆賊)이라 흐야 다 모라 죽여, 션왕 셩덕(聖
德)의 누(累)가 되시게 흐니 그 죄 흐나히오, 냥뎐(兩殿)이 화락디 못흐
시게 흐고 제 어린 누의롤 드려 부귀(富貴)롤 즛뎐(自專)코져 흐니 그
죄 둘히오, 제 누의 죽은 후 亽쇽(嗣續) 보실 길흘 막고 담(湛)을 양즛

---

48) 위포(危怖): 위험하고 두려움.
49) 1779년 9월 26일 도승지 홍국영이 사직을 청하자 윤허했다.
50) 1781년 4월 5일 홍국영 34세로 죽음.

ᄒᆞ야 동궁(東宮)을 믜듈고 제가 외가(外家) 노릇 ᄒᆞ야 다시 길게 ᄒᆞ랴 계교(計巧)를 ᄒᆞ니 그 죄 세히오, 곤뎐(坤殿) 너인(內人)을 혹형(酷刑)ᄒᆞ 야 곤뎐(坤殿)의 범ᄒᆞ도록 무복(誣服)을 밧고 곤뎐의 흉악(凶惡)ᄒᆞᆫ 계교 를 힝ᄒᆞ랴 ᄒᆞ야시니 그 죄 네히오, 그 남아 밧긔셔 우희 향ᄒᆞ야 무수 부도지ᄉᆞ(無數不道之辭)51)와 무례불튱지언(無禮不忠之言)이 무흔무흔(無 限無限)ᄒᆞ나, 너 친히 보디 못ᄒᆞᆫ 일이니 엇디 다 긔록(記錄)ᄒᆞ리오.

인신(人臣)이 되야 이 죄에 ᄒᆞᆫ 가디만 이셔도 극형(極刑)을 면치 못 ᄒᆞ려든, 국영의 몸의ᄂᆞᆫ 젼후고금(前後古今)의 듯디 못ᄒᆞ던 쳔죄만악(千 罪萬惡)이 다 실니여시ᄃᆡ, 죵시(終是) 와셕죵신(臥席終身)을 ᄒᆞ니 텬되(天 道) 무심(無心)ᄒᆞ시믈 엇디 흔탄(恨歎)치 아니ᄒᆞ리오.

맑고 깨끗하다는 자들의 이면

죵슈(鍾秀)가 졔 ᄌᆞ이위명논(自以爲名論)ᄒᆞ노라 ᄒᆞᄃᆡ, 처음의 후겸(厚 謙)이롤 ᄶᅳ러52) 벼술을 도모(圖謀)ᄒᆞᆫ 줄이, 제가 틱쳔현감(泰川縣監) 하 딕(下直)ᄒᆞ던 날53) 영묘(英廟)겨오셔 초록 면쥬(綿紬) ᄒᆞᆫ 필을 스매로 셔54) 너여주시며 관ᄃᆡ(冠帶)ᄒᆞ야 닙으라 ᄒᆞ야 겨시니, 져롤 편논(偏論) ᄒᆞᆫ다 괘심이 너기시다가 홀연(忽然)이 이 은권(恩眷)이 이시니, 후겸의 게 셩긔(聲氣)55)가 잇디 아니ᄒᆞ야시면, 이러ᄒᆞ실 니 어이 이시리오.56)

---

51) [교감] 무수부도지ᄉᆞ: 규장각한문본 '無君不道之辭'.
52) [교감] ᄶᅳ러: 나손본 '짜라'. 규장각한문본 '附麗'. 부려는 곧 부착(附着).
53) 태천현감이 되어 왕에게 하직인사하던 날. 태천은 평안도 소재.
54) 스매로셔: 다른 이본들도 표기가 같으며, 여러 주석본에서는 그 뜻을 '소매에서'로 이해하 고 있다. 하지만 임금이 소매에서 비단을 꺼내준다는 것은 납득하기 어렵다. '사물(賜物)로서' 와 같은 말의 오기이거나 단순한 관용적 표현으로 생각된다.
55) 셩긔(聲氣): 뜻이 맞아 서로 좋아하는 것.
56) 김종수의 문집인 『몽오집』을 보면 「사록주어필첩발賜綠紬御筆帖跋」이라는 글이 있는데, 김종 수가 영조에게 초록 명주를 하사받은 일을 적고 있다. 그런데 문집에서는 이 일이 태천현감 이 아니라 장연현감(長淵縣監)을 제수받을 때의 일이라고 밝히고 있다. 『승정원일기』도 문집

제 본더 니(利)롤 보면 둘녀드는 기량(器量)이라, 후겸의게 드러 ᄒᆞ랴 다가 후겸이 밧디 아니ᄒᆞ니 절치(切齒)ᄒᆞ다가, 국영(國榮)의게 드러 국 영의 쳔요만악(千妖萬惡)을 아니 도아 일운 거시 업고, 국영이 치ᄉᆞ(致 仕)ᄒᆞᆯ 쩌의 제 형 종후(鍾厚)롤 권ᄒᆞ야 만뉴(挽留)ᄒᆞᄂᆞᆫ 샹소(上疏)롤 시 겨,[57] 국지신신(國之藎臣)[58]이오 호표지산지셰(虎豹在山之勢)[59]니 이 사 롬이 ᄒᆞ로도 됴졍(朝廷)의 업디 못ᄒᆞ리라 ᄒᆞ야시니, 저희 형뎨(兄弟) 쳐 음은 셜ᄉᆞ 국영의게 속앗다 ᄒᆞ고, 국영이 담(湛)이 드리고 덕샹(德相)의 샹소 니고 간턱(揀擇) 다시 못 ᄒᆞ시게 ᄒᆞᄂᆞᆫ 거죠(擧措)가 난 후ᄂᆞᆫ, 국인 (國人)이 기왈(皆曰) '역젹(逆賊)'이라 ᄒᆞᄂᆞᆫ디, 산님(山林)으로 박브득이 (迫不得已) ᄒᆞᆯ일업시 평안도(平安道)셔 급급(急急)히 샹소ᄒᆞ야 놉의게 뒤

기록과 동일함을 볼 때, 혜경궁 기억에 착오가 있었던 것으로 보인다. 김종수는 1769년 12월 18일 장연현감을 제수받았는데, 다다음날인 20일 임금에게 사은인사를 하러 갔을 때, 임금이 연로한 편모를 모신 사람이 멀리 외직으로 나가는 것을 안타까이 여겨서, 내직으로 홍문관 수찬을 제수하고, 대신 의복과 음식을 주어 외직에 나가 넉넉히 어머니를 봉양하는 기쁨을 대신하게 했다고 한다. 그리고 다시 25일에는 주강(晝講)을 마친 다음 김종수에게 어머니의 나이를 물어보며 내시한테 초록 명주 일단(一端)을 내주게 하고, 또 종이에다 "얼굴을 마주하 여 이 비단을 주노니, 네 어미에게 전하여, 오래 산 것을 축하하는 뜻을 알려라. 따로 사은인 사할 필요는 없노라(面賜此紬 傳于爾親 示予感年 仍其勿謝)"라는 열여섯 자의 글씨를 써주었다고 한다. 이에 김종수는 어필은 옷깃에 집어넣고 비단은 떠받들고 물러났는데, 이후 다다음해 어 필을 장황하면서 경위를 쓴 것이 이 글이다. 김종수의 기록과 비교하면, '태천현감'이라고 한 것은 물론, 김종수한테 직접 옷을 해 입으라고 준 것도, 또 소매에서, 꺼내주었다는 것도 모두 맞지 않는 말이다. 뒤에는 영조가 직접 비단을 김종수의 소매에 넣어주었다고 하는데, 이 역 시 사리에 맞지 않는 말이다. 김종수의 어머니 풍산 홍씨는 홍봉한과는 사촌이며, 당시 팔십 이 넘은 노령이어서 영조가 경로의 뜻으로 하사한 것으로 보인다.

57) 1779년 10월 23일 장령 김종후가 자신의 사직을 청하며 아울러 홍국영의 사직을 만류하 는 상소를 올렸다. 그 상소문에 "지금 나라 형편을 돌아보면 어떤 때입니까? 그 몸에 나라의 안 위가 달려 있는 저 같은 충신은 한번 사직하자 물러가게 하고 신 같은 초야의 어리석고 천한 자는 도리어 단단히 잡으시니 이는 거꾸로 된 일이 아니겠습니까? 근래 온갖 재변이 거듭 일 어나는데, 범과 표범이 산에 있는 형세를 만들어낼 자가 이 사람이 아니면 누구이겠습니까?" 하며, 홍국영의 사직을 말려달라고 주문했다. 김종후가 이런 상소를 올린 데는 정조의 종잡을 수 없는 태도도 한몫했다. 정조는 홍국영을 봉조하로 만들어 올려주면서 동시에 사퇴시켰다. 일종의 명예퇴직인 셈이다. 그런데 쫓은 다음에도 계속 홍국영을 불러 보는 등 신뢰가 여전 하다는 듯한 태도를 보였다. 이에 홍국영이 완전히 몰락하지 않았다고 오판한 신하들이 홍국 영의 사퇴를 말리는 상소를 올렸다. 김종후는 몇 달 후인 1780년 3월 9일 그제야 사태의 흐 름을 깨닫고 죄인 홍국영의 사퇴를 말린 상소를 올린 자신의 잘못을 뉘우치는 상소를 올렸다.

58) 신신(藎臣): 충신.

59) 호표재산지세(虎豹在山之勢): 범과 표범이 산에 있는 형세. 감히 다른 짐승들이 범접하지 못하 는 안정된 형세.

질가 저허ᄒᆞ니,[60] 셰샹(世上)의 당역(黨逆)[61]ᄒᆞᄂᆞᆫ 명논(名論)이 어이 이시리오.

그후의 죵슈가 차ᄌᆞ(箚子)[62]ᄒᆞ야 국영이ᄅᆞᆯ 쳐시니[63] 이ᄂᆞᆫ 션왕이 친히 식이신 일이라.

니 미양 션왕긔

"죵슈가 국영의 아ᄃᆞᆯ인ᄃᆡ 제 아비ᄅᆞᆯ 논박(論駁)ᄒᆞ니 뎌럴 ᄃᆡ가 어이 이시리오"

ᄒᆞ면 션왕이

"제 ᄆᆞᄋᆞᆷ이 아니오. 저도 사라나랴 ᄒᆞ니 엇딜가 보니"

ᄒᆞ시기 니 ᄒᆞᄃᆡ

"쳔변만화(千變萬化)ᄒᆞᄂᆞᆫ 구미호(九尾狐)가보다"

ᄒᆞ면, 션왕이 우ᄉᆞ시며

"션형용(善形容)이라"

ᄒᆞ시던 거시니, 션왕이 어이 제 졍ᄐᆡ(情態)ᄅᆞᆯ 모ᄅᆞ시야 모ᄅᆞ시리오.

홍국영은 껍데기, 김종수는 알맹이

국영(國榮)이 업슨 후ᄂᆞᆫ 국영이 젹 일을 다 귀졍(歸正)ᄒᆞ야, 니 삼촌 ᄀᆞᆺᄐᆡ 원통훈 사롬은 신셜(伸雪)ᄒᆞ야 주어야 텬니(天理)의 합당(合當)ᄒᆞ고 인심(人心)을 위로(慰勞)ᄒᆞᆯ ᄃᆡ, 국영의 죄악(罪惡)도 분명이 드러나디 못

---

60) 『졍조실록』 1779년 10월 16일조와 22일조, 23일조를 보면, 일의 경과를 살필 수 있다. 김종후는 16일 평안감사로 있는 동생의 임소로 가면서 사직상소를 올렸고, 22일에는 서울로 돌아왔다. 그리고 이튿날인 23일 '호표재산지세' 운운하는 홍국영을 비호하는 상소를 올렸다. 홍국영을 비호하는 상소를 올리기 위해 평양에 가자마자 급히 서울로 올라왔던 것이다.

61) 당역(黨逆): 역적과 한 무리가 됨.

62) 차자(箚子): 임금에게 올리던 간단한 상소문.

63) 1780년 2월 26일 이조판서 김종수가 수차(袖箚)를 올려 홍국영을 귀양 보낼 것을 청했다.

ᄒᆞ고, 원통ᄒᆞᆫ 사ᄅᆞᆷ은 지금 신폭(伸暴)디 못ᄒᆞ니, 이거시 국영이 업ᄉᆞ나 종슈(鍾秀)가 국영의 심법(心法)을 뎐(傳)ᄒᆞ미라.

종슈가 국영을 ᄃᆞ리고 병신초(丙申初, 1776)로브터 일을 ᄒᆞ야 일이이오 이 이 일이니,[64] 무죄(無罪)ᄒᆞᆫ 사ᄅᆞᆷ을 제 ᄉᆞ혐(私嫌)으로 국영을 ᄭᅬ와 죽여시니, 죄(罪) 국영이의셔 더ᄒᆞ고, 니뎐(內殿) 아니 겨신 병환(病患) 겨시다 일ᄏᆞ고 국영의 어린 누의ᄅᆞᆯ ᄃᆞ리고 원빈(元嬪)이라 일홈ᄒᆞ야 곤위(坤位)ᄅᆞᆯ 아ᄉᆞ랴 ᄒᆞ니〈고〉, 담(湛)을 양ᄌᆞ(養子)ᄒᆞ야 션왕 ᄉᆞ쇽(嗣續) 보실 길흘 막아 종국(宗國)을 옴기랴 ᄒᆞᆫ 계교(計巧)가 비록 국영의 흉심(兇心)이나 요악(妖惡)ᄒᆞᆫ 계곤즉 종슈의 ᄀᆞᄅᆞ친 줄이 분명ᄒᆞ니,

만일 그러치 아니ᄒᆞ면 제 등한(等閑)ᄒᆞᆫ 됴신(朝臣)과 달나 천고(千古)의 업슨 졔우(際遇)로 못ᄒᆞᆯ 말ᄉᆞᆷ이 업고 아니 조ᄎᆞ실 일이 업ᄂᆞᆫ디, 국영의 전후(前後) 일은 ᄒᆞᆫ번 말ᄒᆞᆫ 일이 업고 심지어 제 형(兄)을 권ᄒᆞ야 원뉴소(願留疏)ᄅᆞᆯ 식여시니, 국영과 동심(同心)ᄒᆞᆫ 줄이 엇디 쇼연(昭然)치 아니ᄒᆞ리오.

제 일ᄉᆡᆼ소업(一生所業)이 나라히 딕언(直言) ᄒᆞᆫ 번 ᄒᆞᆫ 일 업고 그른 일 바르게 ᄒᆞᆫ 일 업고, ᄒᆞᆫ다 ᄒᆞᄂᆞᆫ 거시 홍가(洪哥) 치기와 옥ᄉᆞ(獄事) 닉ᄂᆞᆫ 디만 양비(攘臂)[65]ᄒᆞ고 ᄃᆞ라ᄃᆞ니, 만고(萬古)의 이런 샤갈(蛇蝎)[66] ᄀᆞᆺᄐᆞᆫ 독물(毒物)이 다시 어이 이시리오.

션왕이 고놈의 졍상(情狀)을 아ᄅᆞ시디, 특이(特以)[67] 거가(居家)의 검박(儉朴)ᄒᆞ고, 거관(居官)의 탐학(貪虐)디 아니ᄒᆞ야, 인심(人心)을 덜 일흔고로 덥두ᄃᆞ려, 이전(以前) 졍(情)을 보젼(保全)ᄒᆞ려 시종(始終)을 여일(如一)히 ᄒᆞ야 겨시니, 제 소위(所謂) 검박쳥념(儉朴淸廉)도 다 교졍(矯情)[68]

---

64) [교감] 일을 ᄒᆞ야 일이이오 이 이 일이니: 일을 하여온 일이니. 일사본 '일을 ᄒᆞ야온 일이오 이 일이'. 가람본 '일을 ᄒᆞ야 일이오 이 일이'. 나손본 '일을 ᄒᆞ야 일이오 일마다'.

65) 양비(攘臂): 소매를 걷어올림.

66) 사갈(蛇蝎): 뱀과 전갈.

67) 특이(特以): 다만.

68) 교졍(矯情): 거짓으로 속임.

이오, 셰샹(世上)의셔 저룰 어듸게 효도(孝道)혼다 일ㅋ르나, 어믜 무옴을 미뤄 량이면 어믜 스촌(四寸)이 죵구(從舅)[69] 지친(至親)이니, 비록 죄가 이셔도 셰샹의 저분 사람이 아니어든 어미룰 안치고 제 홀노 나[70] 어믜 죵뎨(從弟)룰 죽여시니,[71] 이 엇디 진짓 효셩(孝誠)이리오 셰샹이 국영의 일은 거의 다 아듸 죵슈의 일은 오히려 모르고, 국영은 헷 피육(皮肉)이오 죵슈눈 실노 골즌(骨子) 고로 혼가디로 이리 뼈 즈시 알게 ㅎ노라.

---

69) 죵구(從舅): 외오촌.
70) 나: 나셔서.
71) 홍인한의 죽음.

셋째 동생 홍낙임

정후겸과의 결탁

니 나히 칠세(七歲) 신유(辛酉, 1741)의 슉뎨(叔弟) 나매 ᄌ딜(資質)이 빙쳥옥결(氷淸玉潔)ᄒ야 범뉴(凡類)의 ᄲᅥ여나니 부모(父母)의 긔이(奇愛)ᄒ오심과 나의 편이(偏愛)ᄒᆞᆫ 니ᄅᆞᆺ도 말고, 영묘(英廟)겨오셔 드러온 ᄲᅥ면 에엿버ᄒ오셔, 니 듕뎨(仲弟)와 형뎨(兄弟)를 알퓌 셰우시고 돈니오시고, 경모궁(景慕宮)겨오셔는 더욱 ᄉᆞ랑ᄒ오신디라. 문흑(文學)이 슉취(夙就)ᄒ야 디쇼과(大小科) 삼쟝장원(三場壯元)[1]ᄒ고 문쟝ᄌᆡ망(文章才望)으로 셩명(聲名)이 애울(藹鬱)[2]ᄒ니, 니 동긔간(同氣間) 지긔(知己)로

---

1) 삼장장원(三場壯元): 소과는 생원 진사를 뽑는 시험이고, 대과는 문관을 뽑는 시험이다. 소과에는 초시와 회시 또는 복시가 있고, 대과에는 정시 또는 전시가 있는데, 이들 시험에서 세 차례 최우등으로 선발되었다는 뜻이다. 『사마방목司馬榜目』에 따르면 홍낙임은 1765년 식년 진사시에 일등을 했고, 『승정원일기』 1765년 윤2월 1일조를 보면 복시에 장원을 했고, 또한 『영조실록』 1769년 2월 9일조를 보면 '위문손식희과(爲文孫飾喜科)', 곧 영조가 세손의 효성에 답하는 뜻에서 베푼 과거에서 장원을 했다.
2) 애울(藹鬱): 초목이 무성하듯 함.

허(許)ᄒ야 문호(門戶)의 ᄇᆞ라미 깁더니, 닙신(立身)ᄒᆞᆫ 지 미구(未久)의 집안 소조(所遭) 망측(罔測)ᄒ야 쵸황(焦遑) 셔셜(棲屑)³⁾ᄒ믈 민탄(憫歎)ᄒ더니라.

경인(庚寅, 1770) 신묘간(辛卯間, 1771)의 션친(先親) 몸의 화ᄉᆡᆨ(禍色)이 날노 급ᄒ야가니, 니 싱각의 귀쥬(龜柱)ᄂᆞᆫ 플 길히 업고 뎡쳐(鄭妻)의게나 화긔(禍機)ᄅᆞᆯ 완협(緩頰)⁴⁾ᄒ고져 ᄒ나, 그 사ᄅᆞᆷ이 아ᄃᆞᆯ의 말을 듯고 젼일(前日)과 달난 디 오래니 서어(鉏鋙)⁵⁾ᄒᆞᆫ 말노 움쥭이기가 어렵고, 슈셰(事勢)가 그 아ᄃᆞᆯ을 사괴여야 혹 풀 도리(道理)가 되ᄃᆡ, 션형(先兄)과 등ᄃᆡ는 므슴 일노 후겸(厚謙)의게 믜인 배 되고, 다만 슉뎨이 시더 지조(志操) 고상(高尙)ᄒ고 규뫼(規模) 근졸(謹拙)ᄒ야 부귀(富貴)에 ᄆᆞ드디 아니ᄒ고 셰로(世路)의 치츅(馳逐)을 슬희여ᄒ야, 심상(尋常)이⁶⁾ 친구가 업고 집의 문긱(門客)도 얼골 아ᄂᆞ 니 뎍으니, 그 위인(爲人)으로 구차(苟且)히 비루(鄙陋)ᄒᆞᆫ 일 ᄒ고져 홀 니 어이 이시리오마ᄂᆞᆫ, 형뎨 등 년긔(年紀) 젹고 후겸의게 믜이이지 아니ᄒᆞᆫ니라.⁷⁾ 니 제게 편디 ᄒ야

"녯사ᄅᆞᆷ은 위친(爲親)ᄒ야 쥭는 효ᄌᆞ(孝子)도 이시니 즉금 경ᄉᆡᆨ(景色)이 어버이ᄅᆞᆯ 위ᄒ야 후겸이ᄅᆞᆯ 사괴여 문호(門戶)의 화(禍)ᄅᆞᆯ 구(救)ᄒᆞᄂᆞᆫ 거시 올코, ᄯᅩ 후겸이가 옹쥬(翁主)의 아ᄃᆞᆯ노 샹툥(上寵)을 밋고 권(權)을 됴화홀 ᄲᅮᆫ이지, 환시(宦侍) 아니오, 흉역(凶逆)이 아니니, 일시(一時) 후겸의게 염젹(染迹)ᄒ기ᄅᆞᆯ 어려워 아븨 위틱ᄒ믈 구(救)치 아니ᄒ면, 엇디 인ᄌᆞ(人子)의 도리(道理)리오"

ᄒ야 근권(懇勸)ᄒ니, 슉뎨 처음은 쥭기로 마다ᄒ다가, 화긔(禍機) 졈졈

---

3) 셔셜(棲屑): 한곳에 머물지 않고 떠돌아다님.
4) 완협(緩頰): 부드럽고 느긋하게 말함. 또는 대신 해결해달라고 청하는 일.
5) 셔어(鉏鋙): 서로 맞지 않음.
6) 심상(尋常)이: 예사로이.
7) 홍낙임과 정후겸은 1765년 같은 과거시험에서 합격했다. 말하자면 동기생인 셈이다. 이런 인연이 둘의 접촉을 쉽게 했을 것이다. 『승정원일기』 1765년 윤2월 1일조에서 볼 수 있다.

박두(迫頭)ᄒ야 합문(閤門) 담멸(湛滅)이 됴셕(朝夕)의 잇고, 너 권(勸)ᄒ
믄 더욱 긴급(緊急)ᄒ니, 슉데 박부득이(迫不得已)ᄒ야 몸을 도라보디
아니ᄒ고 후겸을 친(親)ᄒ야 그 힘으로 션친의 참화(慘禍)ᄅᆞᆯ 면ᄒ여시
나, 슉데 ᄌᆞ못 일변(一邊)〈의〉 믜이이믄 이 누의 타시라. 슉데 그 문쟝
지식(文章才識)으로 부형(父兄)을 니어 닙됴(入朝)ᄒ야 젼뎡(前程)이 만니
(萬里) ᄀᆞᆺ다가 포부(抱負)ᄅᆞᆯ 펴디 못ᄒ고, 간험(艱險)ᄒ ᄣᆡᄅᆞᆯ 만나 노친
(老親)의 화(禍)ᄅᆞᆯ 념녀(念慮)ᄒ야 평싱(平生) 본심(本心)을 딕희디 못ᄒ
고, 후겸 사괴믈 스스로 붓그려 ᄆᆞ음의 밍셰(盟誓)ᄒ야

'집이 평안(平安)ᄒ면 몸이 셰샹(世上)의 나디 아니려노라'

ᄒ야, 동교(東郊)집을 댱만ᄒ고 너게 편디ᄒ디

"머니 가디 못ᄒᆞᆯ 몸이니 댱니(將來) 근교(近郊)의 반환(盤桓)[8]ᄒ야, 경
궐(京闕)을 의지ᄒ고 쳔셕(泉石)의 죵신(終身)ᄒ려노라"

ᄒ엿던 셔ᄉ(書辭)가 오히려 눈의 버럿ᄂᆞ디라.

슉데의 ᄆᆞ음이 이러ᄒ기 후겸이 사괸 거시 부형(父兄)을 위ᄒ야시니,
부형의 화(禍)만 구ᄒᆞᆯ디언뎡 후겸을 인연(因緣)ᄒ야 벼슬 ᄒ 가지라도
ᄒ면 본심을 져ᄇᆞ리고 진실(眞實)노 탐비(貪鄙) 탁난(濁亂)ᄒ 무리와 동
귀(同歸)ᄒ리라 ᄒ야, 긔튝년(己丑年, 1769) 쟝원급뎨(壯元及第)로 을미년
(乙未年, 1775)ᄀᆞ디 칠 년 너의 본ᄃᆡ 디닌[9] 옥당(玉堂) 츈방(春坊) 수삼
ᄎ(數三次) 밧 응교(應敎) 통쳥(通淸)도 ᄒ 일 업고,[10] 풍박간(豐薄間) 원
(員) ᄒ 곳 ᄒ 일 업고,[11] 호당(湖堂)[12]을 싀이랴 ᄒᄂᆞᆫ 거슬 마다ᄒ고,

---

8) 반환(盤桓): 어정어정 머뭇거리면서 그 자리에서 멀리 떠나지 못하고 서성이는 일.
9) 본ᄃᆡ 디닌: 본래 지낸. 이 말은 '원래부터', 즉 '장원급제 이전부터라고 생각할 수 있으나, 홍
낙임은 실제로 장원급제 이전에는 별반 벼슬을 받은 것이 없다. 대신 장원 이후에는 홍문관과
춘방 등에서 벼슬을 두루 맡고 있음을 볼 수 있는데, 따라서 이 구절은 '장원급제자가 응당 할
만한' 정도의 뜻으로 이해하는 것이 적절하다고 생각된다. 규장각한문본 '所經'.
10) 홍낙임은 급제 직후인 1770년 옥당 곧 홍문관 교리가 되었고, 1773년에는 동궁의 교육을 담
당하는 춘방의 관직에 천거된 바 있다. 응교는 홍문관이나 예문관 등에 둔 벼슬이다. 청직으
로 불리는 출세의 요로이며, 여기 후보자를 내는 것을 통청이라 한다.
11) 재정이 넉넉한 고을이건 재정이 가난한 고을이건 어떤 고을이라도 고을원 한 번을 한 적이
없고.

경인(庚寅, 1770) 젼(前) 몸으로 쏙 이셧지 일ᄌ반급(一資半級)을 더ᄒᆞᆫ 일이 업스니, 후겸 사괴미 니(利)를 탐ᄒᆞ디 아니ᄒᆞᆫ 줄 여긔 쇼연(昭然)이 알니라.

뎡쳐의 변화와 후겸의 간교로 집안의 변괴 다시 아니 날가 동동(憧憧)ᄒᆞ야 ᄃᆞ녓지, 누고 쓰며 누고 막으며 누고 죽으며 누고 살몰 일졀 아른쳬ᄒᆞᆫ 일 업고, 후겸이 ᄯᅩᄒᆞᆫ 의논ᄒᆞᆫ 일 업스니, 이ᄂᆞᆫ ᄯᅩᄒᆞᆫ 일셰(一世)의 다 아ᄂᆞᆫ 배라. 사ᄅᆞᆷ이 권문(權門)에 쳬결(締結)ᄒᆞ야 셰샹을 탁난(濁亂)ᄒᆞᄂᆞᆫ 거시 제 몸의 니(利)가 이셔야 홀 거시오, 몸의 니ᄂᆞᆫ 부귀공명 밧긔 업ᄂᆞᆫ디, 슉뎨ᄂᆞᆫ 그 지쳐(地處)와 그 문ᄒᆞᆨ(文學)으로, 장원급뎨ᄒᆞᆫ 칠년 안희 ᄀᆞ마니 안자셔도 오ᄂᆞᆫ 벼술은 ᄒᆞ야실디, ᄒᆞ물며 후겸을 사괴여 제 몸의 니가 잇고져 ᄒᆞ야시면 어이 ᄒᆞᆫ 가지 요딕(要職)과 ᄒᆞᆫ 품 가ᄌ(加資)를 못 ᄒᆞ야시리오. 이 ᄆᆞ디의 슉뎨의 부형을 위ᄒᆞ야 박브득이 후겸을 친ᄒᆞ나 제 몸인죽 벼술을 ᄒᆞ디 아니ᄒᆞ야 본심을 폭뵉(暴白)ᄒᆞ랴 ᄒᆞᄂᆞᆫ ᄯᅳᆺ을 알니라.

심상운과의 관계

샹운(翔雲)[13]이 본디 요ᄉᆞ(妖邪)ᄒᆞᆫ 놈이 제 폐족(廢族)으로 ᄌᆡ조(才操)

---

12) 호당(湖堂): 독서당(讀書堂). 젊은 문관 가운데 뛰어난 사람을 뽑아 휴가를 주어 오로지 학업만 닦게 하던 일.

13) 상운(翔雲): 심상운(1732~1776). 본관 청송(靑松). 효종의 부마 심익현(沈益顯)의 현손이며, 현령 심일진(沈一鎭)의 아들이다. 아버지가 박상검(朴尙儉)의 사건에 연루된 심익창(沈益昌)의 손자 심사순(沈師淳)에게 양자로 입적되는 바람에 벼슬길이 평탄치 못했다. 동생 심익운이 과거에 급제하고서도 관직에 오르지 못하자, 아버지가 심사순에게 입적된 사실을 인멸하려다가 인륜을 어지럽히는 일가로 지목되어 사류(士類)의 배척을 받았다. 심상운은 홍봉한에 의해 비로소 사축서별제(司畜署別提)가 되었고, 나중에 승지가 되었다. 이때 정후겸, 홍인한의 지시를 받고 세손의 빈료(賓僚) 즉 홍국영을 노골적으로 비판하여 물의를 일으켰다. 본문에 거론된 상소가 바로 이것이다. 이 문제로 세손이 사위(辭位)의 뜻을 밝히자 삼사의 탄핵을 받아 동생 심익운과 함께 서인(庶人)으로 폐출됨과 동시에 흑산도로 유배되었다가 뒤에 제주도로 이배되었다. 정조 즉위 직후 주살되었다. 혜경궁은 홍낙임이 어쩌다 심상운을 알게 되긴 했지만, 결

롤 씨고 후겸의게 친밀ᄒᆞ니, 슉뎨(叔弟) 후겸의 좌샹(座上)의셔 면목을 아라 인연(因緣)ᄒᆞ야 왕ᄂᆡ(往來)ᄒᆞ니, ᄆᆞ음의 괴로오디 후겸을 두리워 샹운도 션ᄃᆡ(善待)ᄒᆞ더니,

을미(乙未, 1775) 디리(代理) 후의 경과방(慶科榜)14)이 난디, 신임(辛壬, 1721 및 1722) 졔적(諸賊)15) 최셕홍(崔錫恒, 1654~1724) 됴티억(趙泰億, 1675~1728)의 ᄌᆞ손이 ᄒᆞ야 공의(公議) 힉분(駁憤)ᄒᆞ더니,16) ᄒᆞᄅᆞᄂᆞᆫ 샹운이 와 ᄒᆞᄃᆡ

"늬가 샹소ᄒᆞ야 최됴(崔趙) 샥과(削科)롤 쳥ᄒᆞ고져 ᄒᆞ니 엇더ᄒᆞ뇨"

ᄒᆞ거놀, 슉뎨 골오ᄃᆡ

"군의 지쳐(地處)로 마디못ᄒᆞ야 벼슬은 ᄃᆞ나나 엇디 샹소ᄒᆞ야 됴뎡 일을 간예(干預)ᄒᆞ리오. 최됴의 과거 일이 과연 힉연(駭然)ᄒᆞ니 셰샹의 과연 공의(公議) 이셔 의논홀 사ᄅᆞᆷ이 이실 거시니, 군의 아른쳬홀 배 아니라"

ᄒᆞ니, 샹운이 노ᄉᆡᆨ(怒色)으로 불쾌ᄒᆞ야 가더니,

그날 즉시 셔유령(徐有寧)의 샹소가 나17) 샹운이 그 샹소롤 못 ᄒᆞ엿더니, 수삼 일 후 홀연이 편디ᄒᆞᄃᆡ

"늬가 오늘 아ᄎᆞᆷ 샹소롤 ᄒᆞ여시니 소본(疏本)18)은 만키 보ᄂᆞ디 못ᄒᆞ고 샹소ᄒᆞᆫ 됴건 디략을 벗겨 보ᄂᆞ노라"

ᄒᆞ고, 다론 됴희예 제 샹소ᄒᆞᆫ 됴목(條目)을 ᄒᆞᆫ ᄌᆞ식만 버려 뼈, 당(黨) 뻦(字) 관(官) 뻦 들 모도 여ᄃᆞᆲ 됴목인디,19) 말지 됴목은 쳑(戚) ᄌᆞ(字)

단코 그 상소와는 관계가 없음을 밝히고자 했다.
14) 경과방(慶科榜): 나라에 경축할 만한 일이 있을 때 보인 과거를 경과라고 한다. 방은 과거 급제자를 발표하는 것이다. 1775년 12월 11일 세손의 대리청정을 축하하는 경과가 있었다.
15) 신임제적(辛壬諸賊): 신축 임인년간에 있었던 소론의 노론 공격을 노론의 입장에서 신임사화라고 하는데, 이때 노론을 공격한 소론 세력을 노론이 이렇게 불렀다.
16) 최수원(崔守元), 조우규(趙羽逵), 조영의(趙榮毅)가 합격하여 논란이 일어났다.
17) 1775년 12월 19일 서유령이 최수원, 조우규 등의 시권을 거두어들이도록 상소했다.
18) 소본(疏本): 상소문 원문.
19) 1775년 12월 21일에 올린 상소이다.

니 쳑니(戚里) 쓰디 말나 흔 말이라. 다른 됴목은 다 흔 조식만 뼈시더 지어(至於) 쳑 조 됴목의는 그 의논흔 글을 벗겨 보너여시니, 그는 우리 집이 쳑닌 고로 보라 흔 말이라. 숙뎨 보고 그 샹소가 므슴 수연인 줄은 모르나 제 폐루(廢累)흔 종젹(蹤迹)으로 논소(論事)ᄒᆞ는 샹소흔 줄 희악(駭愕)ᄒᆞ야 편디 답장흐디

　"군은 스스로 잘ᄒᆞ엿노라 하더 보느 니는 반ᄃᆞ시 남으라ᄒᆞᆯ[20] 거시니 잘흔 샹쉰 줄 모롤다"

ᄒᆞ엿더니, 그 져녁의 그 샹소 원본(原本)을 보고 경히(驚駭)ᄒᆞ야, 즉시 그ᄊᆞ 디스헌(大司憲) 윤양후(尹養厚, 1729~1776)[21]의게 편디ᄒᆞ야 샹운을 나국(拿鞠) 엄문(嚴問)을 쳥(請)ᄒᆞ라 ᄒᆞ고, 그 형 윤샹후(尹象厚)[22]의게도 녁권(力勸)ᄒᆞ라 편디ᄒᆞ디 양후가 아니ᄒᆞ야시니, 이 시종(始終)은 무슐년(戊戌年, 1778) 숙뎨 공쵸(供招)ᄒᆞᆯ 제 다 조시 알외고,[23] 그ᄊᆞ 샹운의 편디와 샹소 됴목 글즈 널셔(列書)흔 됴희ᄀᆞ디 댱뎐(帳殿)[24]의 바티고 양후롤 권ᄒᆞ야 샹운이 국문ᄒᆞ라 흔 일은 샹후가 알기, 그ᄊᆞ 샹후가 사라 잇는디라, 싱존흔 샹후로 참증(參證)을 삼아 샹후와 면질ᄒᆞ기ᄀᆞ디 쳥ᄒᆞ야시니, 샹운의 샹소롤 숙뎨가 경히통악(驚駭痛愕)ᄒᆞ야 ᄒᆞ고 샹운으로 면분(面分)이 잇던 줄 불힝ᄒᆞ야 샹운 쳥토(請討)ᄒᆞ믈 타인의셔 빅비나 ᄒᆞ야시니, 샹운의 일 간셥ᄒᆞ미 쳔만이민(千萬曖昧)흔 줄 쇼쇼명빅(昭昭明白)ᄒᆞ고,

　ᄯᅩ 뎡유역변(丁酉逆變)[25]이 낫는디 샹길(相吉)[26]의 공쵸(供招)의 ᄒᆞ디

---

20) 남으라ᄒᆞᆯ: 나무랄.
21) 윤양후(尹養厚): 나중에 홍인한, 정후겸 등과 함께 정조의 대리청정을 저지하려 했다 하여 반역죄로 신문을 받다가 장사(杖死)되었다.
22) 윤상후(尹象厚): 혜경궁 고종사촌 형부이기도 하다.
23) 1778년 2월 21일에 정조가 홍낙임을 친국(親鞫)할 때 홍낙임이 세세히 답변한 일을 말한다.
24) 장전(帳殿): 임금이 앉도록 임시로 장막을 쳐 만든 곳.
25) 정유역변(丁酉逆變): 1777년 홍상범 등이 모의하여 정조를 죽이고, 은전군 찬을 추대하려고 했다는 사건.
26) 상길(相吉): 홍상길(洪相吉). 『승정원일기』 1777년 8월 16일조 홍상길의 공초에 홍낙임이 병권을 잡는다는 말 운운한 것이 실려 있다.

"저희가 츄디(推戴)롤 도모ᄒ눈디 저희 의논의 ᄒ디 '홍모(洪某)눈 척니니 즉금은 쓰이디 못ᄒ나 오린 후눈 스스로 병권(兵權)을 잡을 거시니 만일 그러ᄒ거든 습진(習陣)²⁷⁾ᄒ 씨 거스(擧事)ᄒ 편도(便道) 이시리라' ᄒ얏노라"

ᄒ니, 이거시 어이 사름의 말이며, 어불셩셜(語不成說)ᄒ다 ᄒᆞᆫ들 곡졀이 잇디 삼쳑동지 뉘 그 말을 고디드르리오.

만일 흉계로 무함ᄒ야 말ᄒ기롤

'시방 홍가(洪家)가 실디(失地)ᄒ고 원국(怨國)ᄒ야 츄디모의(推戴謀議)롤 ᄒᆞᆫ가디로 ᄒᆞᆫ다'

ᄒ면 무함이 되거니와, 이 말은

'댱니 댱임(將任)ᄒ야 병권을 잡을 거시니, 그러ᄒ거든 일을 ᄒ쟈 ᄒ엿노라'

ᄒ니 댱니 디쟝ᄒ야 병권 잡을 제눈 님군의게 플니이고 통임(寵任)ᄒ눈 씨가 되게 ᄒ야시니, 제집 잘되고 제 몸이 댱임ᄀ디 니룰 량이면 제 부귀 극ᄒ고 제 의망(意望)이 죡(足)ᄒ려든 ᄯ 무슴 의스로 츄디롤 ᄭᅬᄒ리오.

ᄯ 셜스 그놈들이 그런 니(理)의 당치 아닌 말을 ᄒ다 ᄒ고, 모르고 안존 슉데의게 므삼 죄가 이시리오ᄆᆞᄂᆞᆫ, 슉데 본디 국영의게 믜이인 고로, 국영이 브디 해ᄒ랴 ᄒ야 화싴(禍色)이 ᄒ올일업시 되엿더니, 션왕의 셩덕으로 계유 일누(一縷)롤 브쳤다가, 무슐(戊戌, 1778)의 두 가디 일²⁸⁾을 다 신폭(伸暴)ᄒ야 다시 사룸이 되고,²⁹⁾ 그씨 뎐교(傳敎)롤 거룩이 ᄒ셔

"공쵸가 졀졀(節節)이 됴리(條理) 잇고 단단(斷斷)이 타의(他意) 업셔 극

27) 습진(習陣): 군사 훈련.
28) 1778년 홍낙임이 정조의 친국을 받을 때 크게 두 가지 혐의가 거론되었는데, 그 하나는 역적 심상운과 안다는 것이고, 다른 하나는 홍상길 등과 은전군 추대 역모에 관계되었다는 것이다.
29) 1778년 2월 정조는 홍낙임을 친국하면서 홍낙임이 지금 사람이 되느냐 귀신이 되느냐 갈림길에 있다고 했다. 당일 정조는 외삼촌 홍낙임의 죄를 벗겨주어 다시 사람이 되게 했다.

던이 명빅ᄒ니, 텬니 인정의 구ᄒ야 이러ᄒ ᄂ니가 업고, 비록 의심된 자최가 이셔도 그 ᄆᄋᆞᆷ을 용셔ᄒ여야 올ᄒᆫᄃᆡ, ᄒᄆᆞᆯ며 본ᄃᆡ 이 일이 업스니 오늘날 탈공(脫空)[30]ᄒ야 그 원앙(冤枉)[31]을 신빅ᄒ니, 니 ᄌᆞ궁긔 뵈올 ᄂᆞᆺ치 잇노라"

ᄒ시고 깃거깃거ᄒ야 겨시니, 슉데 니 오라비와 님군의 원구(元舅)[32]로 그 모양으로[33] 국졍(鞠庭)의 ᄃᆞ니, 녯 ᄉᆞ긔(史記)브터 아됴(我朝)ᄀᆞ디 업ᄉᆞᆫ 일이라. 니 그ᄣᅦ 통원참악(痛冤慘愕)ᄒ야 몸소 당ᄒ나 다ᄅᆞᄃᆡ 아니ᄒ나, 션왕의 셩효ᄅᆞᆯ 감동ᄒ고 슉데의 지원(至冤)을 폭빅(暴白)ᄒ야 완인(完人)이 된 줄 감츅(感祝)ᄒ더니라.

만천명월주인옹 글씨

그후 국영이 업고 션왕이 젼일을 졈졈 츄회(追悔)ᄒ셔 외삼촌들의게 권ᄃᆡ(眷待)ᄒ시미 ᄒ ᅵ로조차 더ᄒ시고, 지어(至於) 슉데ᄂ 문쟝필한(文章筆翰)으로 셰샹의 ᄡᅳ이디 못ᄒᄆᆞᆯ 더욱 차셕(嗟惜)ᄒ셔, 미양 일ᄏᆞᄌᆞ오시고 됴희ᄅᆞᆯ 보니오셔 글시ᄅᆞᆯ ᄡᅥ여다가 병풍 여러흘 ᄆᆡ ᄃᆞ오셔 당신도 치시고 날도 주시고 부벽셔(付壁書)와 닙츈(立春)도 ᄡᅥ여다가 브치오시고, 「만천명월쥬인옹셔萬川明月主人翁序」ᄅᆞᆯ ᄡᅥ여다가 현판ᄉᆞᆫᄃᆡ ᄒ시고,[34]

신ᄒ ᅵ(辛亥, 1791)브터 『주고奏藁』ᄅᆞᆯ 시작ᄒ오셔 왕복이 ᄌᆞᄌᆞ시고, 밋

---

30) 탈공(脫空): 뜬소문이나 억울함에서 벗어남.

31) 원왕(冤枉): 억울함.

32) 원구(元舅): 임금의 외삼촌.

33) 외삼촌이 머리 푼 죄인의 모습으로 임금인 조카를 만난 것을 가리킨다.

34) 「만천명월주인옹서萬川明月主人翁序」: 만천명월주인옹은 정조의 자호(自號)이다. 온 시내를 비추는 밝은 달의 주인이라는 뜻이다. 달은 임금을, 온 시내는 백성을 상징한다. 임금의 덕화가 온 세상에 끼친다는 말이다. 「만천명월주인옹서」는 정조가 1798년 12월에 지은 글인데, 이 글을 신하들에게 쓰게 해서 현판까지 만들었다. 현재 그 현판 여섯 개가 국립고궁박물관에 남아 있다. 창덕궁 후원의 겹지붕 정자인 존덕정에도 그 현판 하나가 걸려 있다.

392 | 원본 한중록

듕뎨(仲弟) 도라간 후는[35] 더욱 가의(加意)ᄒᆞ오셔 오로지 슉뎨의게 므르시고, 뎡ᄉᆞ(丁巳, 1797) 년간(年間)브터 『슈권手圈』[36] 믠ᄃᆞ오시는 일노 ᄲᅡ며,[37] 쥰(準)ᄒᆞ며[38] 니뎡(釐正)[39]ᄒᆞ는 거슬 다 슉뎨와 의논ᄒᆞ오셔 텬찰(天札)이 년쇽(連續)ᄒᆞ야 ᄒᆞᆯ로도 여러 번이오,[40] 보신 ᄶᆞ면

"얼골과 긔샹이 요ᄉᆞ이 지샹으로는 당ᄒᆞ 리 업ᄉᆞ니 시방은 비록 침톄(沈滯)ᄒᆞ야시나 필경은 윤시동(尹蓍東, 1729~1797)[41]만은 ᄒᆞ리라"
ᄒᆞ시고

"갑ᄌᆞ년(甲子年, 1804)의 뉵십ᄉᆞ셰니 넉넉이 ᄒᆞ리라"
ᄒᆞ시고

"문쟝이 졍졀(精切)[42]ᄒᆞ야 당셰에 졔일이라"
ᄒᆞ시고, 지긔(知己)라 허ᄒᆞ시고 회심지문붕(會心之文朋)[43]이라 ᄒᆞ시고, 근년(近年)은 아모 글을 짓ᄉᆞ오셔도 보니여 평논(評論)ᄒᆞ라 ᄒᆞ시고, 시(詩)는 깅운(賡韻)[44]을 식이오셔 텬포(天褒) 번번이 늉듕(隆重)ᄒᆞ오시고, ᄉᆞ여(賜與)가 편번(便蕃)[45]ᄒᆞ셔 아모 귀흔 거시라도 브디 ᄂᆞ화 보니여

---

35) 1796년 홍낙신의 죽음.
36) 『수권手圈』: 정조가 편찬한 『사부수권四部手圈』을 가리킨다. 『정조실록』 1798년 11월 30일조에 다음과 같은 내용이 있다. "『사부수권』이 완성되었다. 임금이 『삼례三禮』와 『사기史記』 『한서漢書』, 송나라 5가(五家)의 책, 당나라 육지(陸贄)와 당송팔대가(唐宋八大家)의 글을 가져다가 매일 읽으면서 마음에 드는 구절을 보면 손수 권점(圈點)을 쳤다. 그러고는 규장각 관원들에게 명하여 나누어 베끼게 하고 30권으로 편찬한 다음 '사부수권'이라 이름했다." 『사부수권』의 간행은 정조 사후인 1801년에 이루어졌다.
37) ᄲᅡ며: 선발하며.
38) 쥰(準)하다: 다른 글 또는 이본과 견줌.
39) 이정(釐正): 글을 정리하거나 바로잡음.
40) 정조가 『주고』와 『수권』을 편집할 당시 홍낙임에게 보낸 편지는 『정조대왕의 편지글』(삼성문화재단, 2004)에서 볼 수 있다.
41) 윤시동(尹蓍東): 윤급의 종손(從孫)으로 김종수, 심환지와 뜻을 같이했다. 개성이 뚜렷하여 당론을 내세우다 여러 차례 귀양을 가는 등 파란 많은 일생을 살았다. 혜경궁 집안과 정순왕후 집안의 다툼에는 늘 조정(調停)의 논리를 주장했다. 1786년에 비로소 죄명을 씻었고, 노년인 1795년에 우의정이 되었다. 『정조실록』 1797년 2월 18일조에 졸기가 있다.
42) 정절(精切): 정밀하고 적절함.
43) 회심지문붕(會心之文朋): 마음에 딱 들어맞는 문우(文友).
44) 갱운(賡韻): 남이 지은 시의 운에 맞추어 화답함.
45) 편번(便蕃): 성대히 자주.

맛보게 ㅎ시고

"문당이 후셰에 길게 뎐ㅎ염 죽ㅎ니 문집은 니여줄 거시니 그리 알나"

ㅎ시고, 그나마 별은(別恩) 이수(異數)[46]가 가인(家人) 부즈(父子) 스이 ᄀᆺㅌ야 니르 긔록디 못ㅎ니, 니 집 사름이 노쇼(老少) 업시 뉘 아니 셩은을 닙스와시리오마는, 슉뎨는 더욱 지셩지은(再生之恩)을 밧줍고 또이 특별ㅎ신 권우(眷遇)[47]를 닙스오니, 셔스(書辭)의나 뵈올 써의나 미양

"텬은을 감읍ㅎ야 미신분골(靡身粉骨)ㅎ야도 만의 ㅎ나흘 갑습디 못ㅎ겟노라"

ㅎ니, 슉뎨의게 이러ㅎ시던 거슨 궐니 니외 사름이 다 아는 배오, 쥬상(主上)이 비록 튱년(冲年)이시나 엇디 즈셰히 모르시리라 니 누누흔 말을 기드리리오.

니 본디 디통(至痛) 외에 니 집 문호 셜움으로 반싱을 가슴을 석이다가 갑즈년(甲子年, 1804) 졍녕흔 긔약(期約)을 엇고 엇디 다힝코 밋디 아니ㅎ리오. 이제는 집이 평안ㅎ기가 긔흔(期限)이 이시니, 동셩들이 산듕(山中)의 우유(優遊)[47]ㅎ야 셩군의 은퇵(恩澤)을 목욕(沐浴)ㅎ야 여년(餘年)을 무스히 디니기를 조이고 ᄇ라더니, 엇디 오늘날 우리 션왕을 일코 니어 슉뎨로 ㅎ여곰 참화(慘禍)를 밧게 홀 줄을 꿈의나 싱각ㅎ야시리오.

종척 집사 노릇

경신(庚申, 1800) 디상(大喪)[48] 써 니 집 사름 여러흘 녈명(列名)ㅎ야 종

---

46) 이수(異數): 특별한 예우.
47) 우유(優遊): 하는 일 없이 한가롭고 편하게 지냄.

척집ᄉ(宗戚執事)롤 식이니, 임의 됴흔 ᄯᅳᆺ이 아니러니, 기듕(其中)의 슉뎨 드다 ᄒᆞ야 심환지(沈煥之) 원상(院相)[49]으로 머리지어 흉흔 말노 못 ᄒᆞ리라 계ᄉ(啓辭)ᄒᆞ니,[50] 션왕 겨실 제는 벼슬 식이시고 샤은ᄒᆞ고 궐닉 츌입 ᄒᆞ야도 이러타 말 업다가, 엇그제 션왕이 아니 겨시다 ᄒᆞ고 이 즈ᄉᆞᆯ ᄒᆞ며 그 사롬 집ᄉ 식여도 ᄃᆞ닐 니ᄂᆞᆫ 업거니와 셜ᄉ ᄃᆞ니도소니 므슴 나라히 시급흔 변이나,[51] 시ᄀᆞᆨ(時刻)을 춤디 못ᄒᆞ고 호읍지간(呼吸之間)의 잇ᄂᆞᆫ ᄃᆞ시 입ᄌᆡ궁(入梓宮)도 미처 못 ᄒᆞ고, 니 졍니로 싱각흔들 칠십 노인이 그 참경(慘境)을 당ᄒᆞ야 호텬통곡(呼天痛哭)ᄒᆞ고 ᄉᆞ싱(死生)을 미분(未分)흔 줄 알며, 그 동싱의 말을 그ᄲᅥ ᄒᆞ니, 만고의 그런 흉역의 놈이 어이 이시며, ᄯᅩ 니 집 사롬을 다 못 드러오리라 ᄒᆞ면 모ᄅᆞ거니와, 슉뎨 ᄮᅳ려[52] 그리ᄒᆞ니, 슉뎨 비록 소죄 망측ᄒᆞ야시나 션왕이 친문(親問)ᄒᆞ시고 통연(洞然)이 쇼셕(昭析)ᄒᆞ야 원무(冤誣)롤 명빅히 신폭ᄒᆞ고 션왕 하교가 더욱 죠쵹(照燭)ᄒᆞ시고 소위 『쇽명의록續明義錄』[53]의ᄀᆞ디 올녀 일셰(一世)가 다 알고 녯ᄉᆞ롭이 되엿ᄂᆞᆫ디, 근 삼십 년 후의 홀노 홀홀ᄒᆞ니, 그리면 ᄌᆞ고(自古) 현인군ᄌᆡ(賢人君子) 불ᄒᆡᆼ이 흔번 화ᄋᆡᆨ(禍厄)의 걸니면 비록 신빅(伸白)ᄒᆞ야도 죵신(終身)의 누(累)가 되리니, 셰샹의 이런 의논이 어디 이시리오.

---

48) 1800년 정조의 죽음.

49) 원상(院相): 왕이 죽은 뒤 어린 임금을 보좌하여 정무를 맡아보던 임시 벼슬. 심환지는 당시 영의정.

50) 『순조실록』 1800년 7월 4일조에 혜경궁 친정 사람들이 종척집사가 된 사실과 심환지의 말이 적혀 있다.

51) [교감] 일사본 동일. '변이 날 것이라고'의 의미인 듯.

52) [교감] 슉뎨ᄮᅳ려: 일사본 '슉뎨ᄃᆞ려'. 가람본·나손본 '슉뎨ᄮᅳ혀'. 숙제한테만.

53) 『쇽명의록續明義錄』: 김치인 등이 정조의 명을 받아 편찬했다. 1777년 7월 28일부터 1778년 2월 21일까지의 기사가 실려 있는데, 주로 홍상범(洪相範) 홍계능(洪啓能) 역모 사건의 전말을 기록하고 있다. 마지막에 홍낙임을 석방하는 것으로 기사를 끝내고 있다. 1778년 간행.

『주고』 간행의 문제

선왕(先王)이 션친(先親) 『주고奏藁』롤 다ᄒ야 노ᄒ시고 미처 간ᄒ치
못ᄒ시고 홀지(忽地) 샹빈(上賓)[54]ᄒ시니, 당신을 쏠와 즉디(卽地)의 죽
디 못ᄒᄂ 일이 흉독(凶毒)ᄒ고, 일누(一縷)가 브치여시나 몸이 죽ᄂ 니
ᄀᆺᄐ니 니 ᄆᆞᆷ원들 이ᄤ롤 당ᄒ야 셰샹의 수이 날 줄을 어이 싱각ᄒ
여시리오.

션왕을 싱각ᄒ야 니 셜워ᄒᄂ 심ᄉ(心事)롤 위로ᄒ랴던 ᄯᆮ이런지, 일
을 ᄆᆞᆾ출 너야 니 집을 더 그릇 민돌냐 ᄒ던 일이런지, 팔월 슌후(旬後)
밧긔셔 임ᄉ(任事)ᄒᄂ 쟤(者)가 ᄒ되

"ᄌᆞ샹(自上)으로 던교(傳敎) 너시고, 니각(內閣)의셔 박게 본초(本草)롤
ᄂᆞ라 ᄒ신다"

ᄒ니,[55] 오히려 셰도(世道)의 이더도록 흉악ᄒ고 무셔온 줄은 ᄭᆡ닷디
못ᄒ고, 션왕이 십 년을 근노(勤勞)ᄒ시고 뉵십여 편 어뎨(御製)가 겨시
니 반포(頒布)는 ᄒ나 못 ᄒ나 박아둘넌가 ᄂᆡ여주어시니, 이 일이 니
위친지심(爲親之心)과 션왕의 동동(憧憧)ᄒ시던 일을 겸ᄒ야 니가 됴셕
(朝夕)을 보젼치 못ᄒ니 싱젼(生前)의 긴간(開刊)ᄒᄂ 거슬 보랴 ᄒᄂ 일
이러니, ᄒ 권을 채 박디 못ᄒ야 심환지(沈煥之) 등의 연쥬(筵奏)[56]가
망유긔극(罔有紀極)ᄒ야 인역(印役)을 뎡파(停罷)ᄒ시게 ᄒ더라. 내 연셜
(筵說) 반포ᄒ 스어(辭語)롤 보니 심골(心骨)이 경한(驚寒)ᄒ고 간폐(肝肺)
가 붕녈(崩裂)ᄒ야 막힐 ᄃᆞᆺ 말이 업손 듕 션친 무욕(誣辱)은 니ᄅ디 말
고 ᄌᆞᄌᆞ귀귀(字字句句)히 날을 젼혀 무핍(誣逼) 능욕(凌辱)ᄒ 말이니, 니

---

54) 샹빈(上賓): 도가에서 신선이 되어 세상을 떠나는 것을 뜻함. 전하여 임금 등 고귀한 사람의
    죽음을 가리킴.
55) 『순조실록』 1800년 8월 11일조에 보인다.
56) 심환지(沈煥之), 이시수(李時秀), 서용보(徐龍輔) 등이 홍봉한의 죄를 거론하며 『주고』 간행을
    반대하는 상소를 올렸다(『순조실록』 1800년 8월 20일조).

아모리 도라갈 더 업슨 신셰로 흔 노궁인(老宮人) ᄀᆞᆺ트나 션왕 친모(親母)니 제 비록 긔염(氣焰)과 권셰(權勢) 일셰(一世)의 진동(震動)흔들 저도 션왕긔 북면(北面)ᄒᆞ던 신ᄌᆞ(臣子)어든 션왕의 어미라 ᄒᆞ고 욕을 이리ᄒᆞ니 고금텬디간(古今天地間)의 이러흔 변괴(變故) 어더 이시리오.

혜경궁, 조정의 문안인사를 거부하다

쥬샹(主上)은 튱년(沖年)이시고 국셰(國勢)ᄂᆞᆫ 위름(危懍)ᄒᆞ기 흔 머리터럭 ᄀᆞᆺ튼더 인심(人心)과 셰되(世道) 가지록 이러ᄒᆞ야 필경(畢竟) 어미 모르ᄂᆞᆫ 셰샹 되기를 면치 못ᄒᆞ게 ᄒᆞ야시니, 종국(宗國)의 근심과 인뉸(人倫)의 멸망(滅亡)ᄒᆞᆯ 싱각ᄒᆞ야 통곡ᄒᆞ고 시브며, 션왕(先王)이 겨실 제ᄂᆞᆫ 효양(孝養)을 바들지 영화(榮華)를 볼런디 ᄒᆞᄂᆞᆫ 디로 두엇거니와, 도금(到今)ᄒᆞ야ᄂᆞᆫ 너가 샹하(上下)의 당치 아니ᄒᆞ고 궁듕(宮中)의 등한(等閑)흔 과부니, 너 몸의 됴졍(朝廷) 문안(問安) 약방(藥房) 승후(承候)가 당치 아니ᄒᆞ고 블ᄉᆞ(不似)ᄒᆞ야, 엄엄(奄奄)흔 듕이라도 미양 민연(憫然)ᄒᆞ야 ᄒᆞ더니, 이제 저희 날을 핍욕(逼辱)ᄒᆞ야 어셔 죽기를 조이며 외면(外面)으로 문안이라 홀 적, 듕심(中心)의 오죽 토심(吐心)[57]저이 넉일 거시 아니니, 이ᄂᆞᆫ 졈졈 욕을 밧ᄂᆞᆫ 거시라. 션왕의 아롬이 겨셔도 너 몸의 욕이 이리 미츤 후ᄂᆞᆫ 그 문안을 밧디 말고져 ᄒᆞ실 거시니, 너 결단(決斷)ᄒᆞ야 소위(所謂) 됴졍 문안 약방 문안을 밧디 마라 저희 ᄆᆞ음을 쾌ᄒᆞ게 ᄒᆞ고 너 본분(本分)을 편케 ᄒᆞ고져 ᄒᆞ디, 인산(因山)[58] 젼이기 ᄌᆞ뎌(趑趄)ᄒᆞ더니,

인산 후 낙좌(樂佐)[59]와 셔영(緖榮)[60]의 벼슬과 가ᄌᆞ(加資)[61] 일노 샹

---

57) 토심(吐心): 남이 좋지 않은 낯빛이나 말투로 대할 때 일어나는 불쾌한 마음.
58) 정조는 1800년 6월 28일에 죽었고, 인산은 동년 11월 3일에 했다.

소(上疏)가 년(連)ᄒᆞ야 나 '역얼(逆孼)이니 못 ᄒᆞ리라' ᄒᆞ니, 저희 그쩌 말관(末官)이라도 ᄒᆞᄂᆞᆫ 거슬 대단이 블긴블긴(不緊不緊)ᄒᆞ여 ᄒᆞ야시나,62) '역얼(逆孼)이라' ᄒᆞ니, 한용귀(韓用龜)가 슈영(守榮)을 역죵(逆種)이라 ᄒᆞᆯ 제63) 션왕이 진노(震怒)ᄒᆞ셔

"손ᄌᆞ(孫子)는 일반이니 진손(眞孫)이 역죵(逆種)일 제 외손(外孫)도 역 죵이게 ᄒᆞ엿다"

ᄒᆞ야 겨시니, 셔ᄌᆞ(庶子)와 손ᄌᆞ가 역얼이면 친똘은 역얼이 아니오 무 어시리오. ᄌᆞ고(自古) 스칙(史冊)의도 이런 흉악ᄒᆞᆫ 변괴(變怪)의 말이 잇 던가 알 길히 업ᄉᆞ며,

ᄯᅩ 니어 니안묵(李安默)의 샹소(上疏)64)의 션친 무욕(誣辱)이 더옥 망 측망측(罔測罔測)ᄒᆞ야 무부여디(無復餘地)ᄒᆞ니, 니 형셰(形勢) 잔악(孱弱) ᄒᆞ야 됴졍(朝廷)이 다 날을 업슈이 넉이는 거슬 못 ᄒᆞ게 ᄒᆞᆯ 길히 업셔,

심듕(心中)의 만ᄉᆞ(萬事)를 샤졀(謝絶)ᄒᆞ고 아르미 업고져 뎡(定)하고 졸곡(卒哭)65) 후 폐인(廢人) ᄌᆞ쳐(自處)ᄒᆞ야 션왕이 겨시던 영춘헌(迎春

---

59) 낙좌(樂佐): 혜경궁의 서제. 『원행을묘정리의궤』「내외빈」에 홍봉한의 서자들 이름이 보이는데, 낙좌(樂佐) 낙우(樂佑) 낙동(樂侗) 낙칭(樂侢)의 네 명이 있다. 『순조실록』 1801년 5월 25일조에 는 홍낙좌를 추천된 후보자들 외에 따로 끼워넣어 벼슬을 내린 일에 대해 비판하는 말이 보 인다. 또 서울대학교 규장각에 소장된 『공거문公車文』 제2권에 있는 이조판서 서매수와 참판 조윤대 등이 연명하여 올린 상소를 보면, 홍낙좌가 '흉역지얼(凶逆之孼)'이니 가자를 거두라는 말이 있다.

60) 서영(緒榮): 홍서영(洪緒榮). 혜경궁의 계제(季弟)인 홍낙윤(洪樂倫)의 장남. 『순조실록』 1801년 1월 8일과 동년 2월 26일조에 '역얼(逆孼)' 홍서영에게 능참봉의 벼슬을 내린 것을 비판하는 상소가 보인다.

61) 가자(加資): 벼슬아치에게 품계를 올려주던 일. 또는 그 올린 품계.

62) 홍낙좌, 홍서영 등은 각각 지방 수령과 능참봉이라는 말직을 받았는데, 그것조차 별로 구하지 않은 것이라는 뜻이다.

63) 1796년 11월, 혜경궁의 오빠인 홍낙인의 장남 홍수영(洪守榮)을 사포서 별제(別提)로 삼으려 할 때 이조참의인 한용귀(韓用龜)가 즉시 의망(擬望)하지 않아 삭주(朔州)로 찬배된 일이 있었 다. 이 사건은 『순조실록』 1809년 1월 17일조에 홍낙윤이 자기 집안의 신원을 청하는 상소에 도 자세히 언급되어 있다.

64) 1801년 1월 16일 홍낙임을 탄핵하는 이안묵의 상소에 임오화변 때 홍봉한의 처신을 비판하 는 내용이 있다.

65) 졸곡(卒哭): 장례 후 우제를 끝낸 뒤에 지내는 제사. 정조의 졸곡은 인산 후인 1800년 11월 18일에 있었다.

軒)66)의 가 누어 명(命)이 못기롤 긔약(期約)ᄒ고, 니 ᄉᆡᆼ(死生)이 ᄭᅮᆷ ᄀ
ᆺ튼니 므어술 앗겨 이런 원분(怨憤)을 감심(甘心)ᄒᆞ야 견더리오. 팔월(八
月)67)의 ᄒᆞ고져 ᄒᆞ던 일을 ᄒᆞ랴 ᄒᆞ야 약방의 니 문안 밧디 아니ᄒᆞ는
ᄉᆞ연(事緣)으로 언셔(諺書)롤 뼈 니여주고, 인ᄒᆞ야 영츈헌으로 와 션왕
의 자최롤 어르ᄆᆞᆫ지고 니 신셰롤 셜워ᄒᆞ야 호텬통곡(呼天痛哭)ᄒᆞ고 혼
졀(昏絶)ᄒᆞ야 누어시니 만고(萬古)의 이러ᄒᆞᆫ 광경과 이런 졍니(情理) 다
시 어이 이시리오.

문안 거부의 배후를 다스리라

가슌궁(嘉順宮)도 처음은 말니다가 나죵은 니 일을 참연(慘然)ᄒᆞ야 구
디 막디 아니ᄒᆞ더니, 웃뎐68)의셔 아르시고 디로디로(大怒大怒)ᄒᆞ오셔
여러 가지 췩교(責敎)가 만흐시고 그 언셔(諺書)도 못 내여주게 ᄒᆞ시고,
안흐로셔 니 ᄒᆞ는 일이니 말니오시기는 고이치 아니ᄒᆞ거니와, 쳔만쳔
만 의외 웃뎐의셔
"튱동(衝動)ᄒᆞ는 놈이 이시니 그놈을 다스리려노라"
벼르신다 ᄒᆞ더니, 그돌 이십칠일 언교(諺敎)가 나오셔, 슉뎨(叔弟)가 날
을 꾀와 이 거조롤 ᄒᆞ다 ᄒᆞ시고 샴슈(三水) 원찬(遠竄)ᄒᆞ라 ᄒᆞ시니, 비
컨더 니인(內人)들 죄 이시면 제 오라비 잡아 젼옥(典獄)의 가도거나 니
ᄉᆞ(內司)69)로 치죄(治罪)ᄒᆞ는 모양이니 날을 션왕(先王)의 어미라 ᄒᆞ며

---

66) 영츈헌(迎春軒): 창경궁(昌慶宮) 소재. 정조가 죽은 집이다.
67) [교감] 팔월: 규장각한문본 '八月'. 버클리국한문본 '조月'. 지월 곧 11월이라면 바로 앞부분의
    반복에 불과하지만, 8월이라면 8월에도 이미 그런 결심을 한 바 있는데 이루지 못했고, 졸곡
    후 11월에야 죽을 작정으로 단식했다는 것이 된다. 바로 앞에서 나온 것처럼 이 해 8월에는
    『주고』 간행 문제로 홍봉한에 대한 비난이 빗발쳤다.
68) 여기서는 정순왕후를 가리킨다.
69) 내사(內司): 내수사(內需司). 주로 왕실 재정의 관리를 맡아보던 관아. 궁중에서 쓰는 쌀, 베,
    잡물(雜物) 외에 노비, 내인의 관리 등을 맡아보았는데, 내인들 가운데 죄가 있으면 먼저 여기

이런 변이 어디 이시리오.

쥬상(主上)이 비록 튱년(沖年)이시나 놀나시기 측냥(測量)업스시고, 박판셔(朴判書)[70]도 경심(驚心)호야 쥬상긔 즈뎐(慈殿)의 올나가셔 환슈(還收)호시게 엿줍고, 즈교(慈敎)[71]는 디뎐(大殿)의 품(稟)호야 니야주는디라, 가슌궁이 쥬상긔 엿즈와 그 언교(諺敎)를 니여주디 못호게 호고 거적을 희뎡당(熙政堂)[72] 쓸히 질고 웃뎐의 알외옵기를

"디뎐(大殿)의 알외는 즈교(慈敎)를 보오니 춤아 놀납스오니 이 엇딘 과거(過擧)오시니잇가. 춤아 니여주디 못호고 디죄(待罪)호옵누이다"

호니, 그 사름이 날을 위호야 귀흔 몸으로 치운 쓸히 셕고(席藁)구디 흔 일이 션왕의 셩효(聖孝)를 싱각호고 즈가(自家) 졍승〈셩〉을 다호미니 한심(寒心)호며 감격호미 엇디 다 측냥(測量)호리오.

그젼의 니가 영츈헌(迎春軒)의 가 즈진(自盡)호려 홀 적 쥬상이 영츈헌의는 춤아 못 오시고 소닝(疏冷)흔 거려쳥(居廬廳)에 겨셔 날 오기를 기드리신다 호고, 가슌궁이 와 울며 도라가쟈 호기, 니 유약(柔弱)흔 모옴의 어리신 쥬샹의 모옴을 춤아 샹호이디 못호야 마디 못 쓰이여 왓더니, 그날 흔집 속의셔 모르는 쳬호기 고이호야 웃뎐의 드러가

"엇디호야 엄교(嚴敎)가 이 곳즈오시니잇가?"

뭇즈온즉 웃뎐겨오셔 호시디

"이번 거조가 게 뜻이 아니라 격동(激動)혼 니가 이시니 니 이 쳐분(處分)을 어이 아니호리"

호시거늘, 니 명도(命途)의 아니 격고 아니 당홀 일이 업스니 션왕이 겨시면 감히 이러홀 니가 업술 거시니, 하늘을 우러러 기리 탄식(歎息)호고 피눈믈이 흘너 흉격(胸膈)이 막힐 듯호디 하 어히업스니 춤고

서 조사했다. 숙종 때까지는 내수사에 감옥까지 따로 두었다.

70) 박판서(朴判書): 박준원(朴準源, 1736~1807). 가순궁 유빈(綏嬪) 박씨의 아버지이자, 순조의 외조부.

71) 자교(慈敎): 대비나 왕대비의 명령.

72) 희정당(熙政堂): 창덕궁(昌德宮) 소재. 당시 정순왕후가 여기서 수렴청정을 했다.

춤아

"너모 이리 마오쇼셔"

강개(慷慨)히 말슴ᄒ니, 쥬샹과 가슌궁 힘도 잇고 ᄯ 날을 보시니 당신이 과(過)ᄒ던 양ᄒ야 ᄉ식(辭色)도 ᄂ죽ᄒ시고 언교도 거두시니,

원니 이 거조가 이번분이 아니라 션왕 겨실 ᄯ도 통분(痛憤)ᄒ 일을 보면 미양 이 싱각이 이시나, 만ᄉ(萬事)를 다 션왕을 밋고 춤아 디니더니, 도금(到今)ᄒ야는 션왕이 아니 겨시니 내 이원비통(哀怨悲痛)이 털텬팅듕(徹天撐中)[73]ᄒ야 죽을 곳을 엇고져 ᄒ는 ᄎ의 ᄯ 이런 변괴(變怪)를 당ᄒ야 션친긔 무욕(誣辱) 밧 니 신샹(身上)을 핍박(逼迫)ᄒ미 급ᄒ니, 니 일시나 살고 시븐 ᄆ옴이 어이 이시리오. 대뎡(大定)ᄒ야 그 거조롤 ᄒ 일이니 니 집 사롬이 알기나 알며, 니 아모리 블ᄉ(不似)[74]ᄒᆫ들 위친지심(爲親之心)은 놈만 못ᄒ디 아니ᄒ거든, 칠십 잔년(殘年)의 뉘 꾀옴을 듯고 그런 일을 홀 니가 어이 이시며, 셜ᄉ 뉘 말을 듯고 ᄒ엿다 ᄒᆫ들 니 ᄒ 일을 니 동싱을 죄롤 주게 ᄒ니, 날을 어느 지경의 가게 ᄒᆞᄂ 일이며, 니 집 형뎨(兄弟) 슉딜(叔姪)이 여러ᄒ인디 홀노 슉뎨(叔弟)의 죄만 삼으니 이러ᄒ 일이 어디 이시리오.

그후는 홀일업시 잉분함원(孕憤含怨)ᄒ고 계유 날을 보니더니, 너 언셔(諺書)와 웃던의 샹셔(上書)ᄒ온 ᄉ어(辭語)가 다 저희들의게 용납(容納)디 못홀 죄니 날 죽여 셜분(雪憤)치 못ᄒ고 슉뎨롤 디신(代身)으로 죽이랴 ᄒ야, 문안(問安) 일노 비로서 긔야(其也)[75] 튱동(衝動)ᄒ고 모해(謀害)ᄒ야, 필경(畢竟) 납월(臘月) 십팔일 언교가 나니,[76] 슉뎨의 화식(禍色)이 일일(日日) 급ᄒ야 여디(餘地)가 업ᄂ다라.

---

73) 철천탱중(徹天撐中): 가슴속에 가득히 치밀어 오른 화가 하늘에 사무침.
74) 불사(不似): 그럴듯하지 않음. 여기서는 불초(不肖)의 뜻. 어버이의 덕망이나 유업을 이어받지 못함. 또는 그렇게 못나고 어리석은 사람.
75) 기야(其也): 급기야(及其也).
76) 1800년 12월 18일 정순왕후의 언교(諺敎). 이 언교 이후 홍낙임에 대한 공격이 빗발쳤다.

천주교도로 몰린 동생

대신(大臣) 이하 드러와 '죽여디라' ᄒ고 쏘 차ᄌ(箚子)ᄒ야 '와굴(窩窟)을 업시ᄒ여디라' ᄒ니, 이러타 죄명(罪名)을 일크롤 것 업시 그저 밍쳥(盲聽)77)으로 죽이쟈 ᄒ니 만고텬디간(萬古天地間)의 이런 허무밍낭(虛無孟浪)ᄒ 일이 어디 이시리오. ᄌ고(自古)로 원통이 피화(被禍)ᄒᄂ니 죽히 만흘 거시 아니로더, 그려도 벼슬을 ᄒ엿거나, 권(權)을 ᄲ엇거나, 사름의 싱살통식(生殺通塞)78)을 ᄒ엿거나, 세상의 왕ᄂ의논(往來議論)79)을 ᄒ엿거나, 므슴 범은80) 일이 이실시 죄라 잡ᄂᆫ다 말이지, 슉데(叔弟)가 이젼 소조(所遭)ᄂᆫ 신폭(伸暴)ᄒ야 제 공쵸(供招)와 션왕(先王)의 하교(下敎)가 명빅(明白)ᄒ야 다시 말홀 거시 업고, 새로 잡ᄂᆫ다는 죄목(罪目)은 빅빅지(白白地) 아모라타가 업시 이 ᄆᆽ 뎌 ᄆᆽ 쳔브당(千不當) 만블ᄉ(萬不似)ᄒ 거슬 디향(指向) 업시 죄목(罪目)이라 모화시니,

뎨일(第一) 인(禍)이 위흔다 말과 신묘(辛卯, 1771) 일81)노 일죄안(一罪案)이니, 이ᄂᆫ 션친(先親)의 년좌(緣坐)로 니론 말이니 무함(誣陷)ᄒ 허언(虛言)을 삼십 년 후의 아들의게 년좌(緣坐) 쓰ᄂᆫ 일이 세상의 어디 이시며, 션왕이 너 션친의게 뉘시며 너 동싱의게 뉘시왓더 션친이나 동싱이나 션왕을 ᄇ리고 인이롤 위흔다 말이 사름의 말이며, 길흘 막고 므른들 됴션(朝鮮)의야 인이 위ᄒᄂᆫ 사름이 누고 이시리오. 인이와 ᄒᆫ가지로 병거(竝擧)ᄒ야 화(禍)롤 닙으니82) 고금(古今)의 다시 업손 지원(至冤)이오.

뎐녜(典禮)83)롤 ᄒ란다 ᄒ니 슉뎨가 평일의 뎐녜ᄉ(典禮事)ᄂᆫ 구두(口

---

77) 맹청(盲聽): 맹목적으로 듣고 믿음.
78) 생살통색(生殺通塞): 살리고 죽이는 일과 앞길을 열고 막는 일.
79) 왕래의논(往來議論): 세상을 돌아다니면서 다른 사람들과 무엇을 의논한다는 말.
80) 범은: 버믈다. 얽매이다. 걸리다.
81) 1771년 홍봉한이 은언군과 은신군을 돌본 일로 왕손 추대 혐의를 받아 그해 2월 5일 관직이 삭탈되고 청주에 부쳐진 일.
82) 홍낙임은 계속 은언군과 함께 이름이 오르다가 같은 날 사사되었다.
83) 전례(典禮): 왕실이나 나라에서 경사나 상사가 났을 때 행하는 의식. 여기서 전례는 사도세자

頭)의 올닌 일이 업고 집안 주뎨(子弟)들 드리고라도 슈작(酬酌) 혼 일 업스니, 누고와 뎐네 말을 슈작후엿거나 뉘가 드럿거나 혼 실젹(實跡)이 이시면 모르거니와, 듯도 보도 못혼 일을 억지로 응당(應當) 그리후야시리라 후니 쏘 그런 일이 어이 이시며, 비류(匪類)롤 쳬결후야 스스로 와굴(窩窟)이 되다 후니, 슉뎨가 집안 그릇된 후 삼십 년 폐칩(廢蟄)후야 사름과 서르 샹통(相通)치 아닌 줄은 일셰(一世)의 소공지(所共知)니 이 쏘혼 빅디(白地) 무망(誣罔)이오.

심지어 샤혹(邪學)의 너흐려 후나 무함(誣陷)홀 길히 업눈 고로 말을 의희(依稀)후게 후야 얼니여 노후니, 텬디간(天地間)의 이런 무망이 쏘 어디 이시리오. 슉뎨 본디 경슐(經術)과 문댱(文章)을 후눈 고로 박남(博覽)을 일삼지 아니후야, 평일의 잡셔(雜書)롤 보디 아니후야, 『삼국지三國志』『슈호뎐水滸傳』 ヌ튼 것도 본 일이 업거든, 샤셔(邪書)롤 보기눈 새로이 일홈인들 어이 드러시리오. 그젼은 샤혹(邪學)이 셰상의 잇눈 줄도 몰낫다가, 신히(辛亥, 1791) 납월(臘月)[84]의 형뎨 스뎍(私覿)홀 제 션왕긔 비로소 디략(大略)을 듯줍고 그째 놀나고 우탄(憂歎)후야 '통금(痛禁)[85]후옵쇼셔' 알외던 말을 이제도 싱각히이며, 우원[86] 소위(所謂) 샤혹이라 거시 괴귀(怪鬼) 블녕지도(不逞之徒)의 홀 일이지, 부귀가(富貴家)나 쳑니(戚里)브치 사름이야 홀 니가 어이 이시며, 후믈며 니 집 사름〈이〉 그런 칙을 보긴들 홀 니가 어이 이시리오.

그 샤혹의 남인(南人)이 만히 드러시니 니 집의셔 삼십 년니(年內) 사름을 우원 모르눈 둥 남인은 더옥 아느 니 업고 채졔공(蔡濟恭)은 셩식(聲息)[87]도 업고 니가환(李家煥)이눈 더옥 슉뎨가 평싱의 면목(面目)도

추숭을 뜻한다.

84) 1791년 12월. 이른바 진산 사건으로 불리는 윤지충의 순교 사건이 이 해 11월에 있었다.

85) 통금(痛禁): 철저히 금하다.

86) 우원: 더더욱.

87) 성식(聲息): 소식, 편지.

모르는 사롭이오, 오셕튱(吳錫忠)[88]이가 슉뎨의게 둔녀 졔 조샹(祖上) 오시슈(吳始壽)의 복관쟉(復官爵)흔 거술, '슉뎨의 힘을 어덧노라 쵸ᄉ(招辭)ᄒ더라' 심환지(沈煥之)가 연주(筵奏)ᄒ야시니, 이 흔 일노 허다흔 말이 다 빅빅디(白白地) 무망인 줄,

더옥 명증(明證)이 이시니, 오시슈가 죄 님을 쩌의 닉 고조(高祖)[89]가 대ᄉ헌(大司憲)으로 복합(伏閤)[90]ᄒ야 삼 일을 ᄃ토아, 필경(畢竟) 쳐분(處分)이 닉 고조로 ᄒ야 되엿기 그 오가(吳哥)들이 우리 집을 디디(代代) 혐가(嫌家)로 아더라 ᄒ니, 졔 혐가의 아모리 왕닉(往來)코쟈 흔들 올 길히 어이 이시며, 오시슈의 복관(復官)을 션왕이 슉뎨의 말을 듯고 ᄒ여 주어 겨시면, 슉뎨의 권(權)이 쟝흔 혬이니 졔 삼촌은 어이 복관을 ᄒ디 못ᄒ여시리오. 무비(無比) 다 이런 허무므근(虛無無根)흔 말이니 다시 의논홀 거시 업논디라.

천 리 바다 밖 제주에서의 죽음

사롭을 죽이는 일이 나라 큰일이오, ᄒᄆᆯ며 슉뎨(叔弟)는 닉 동긔(同氣)오 션왕(先王)의 원구(元舅)니 셜ᄉ 방블(彷佛)흔 죄샹(罪狀)이 이셔도 경이(輕易)히 해(害)ᄒ디 못ᄒ려든, 소위(所謂) 모화닌 죄명(罪名)이 흔 가디도 말이 되지 못ᄒ게 ᄒ야 졔잡담(除雜談)ᄒ고 죽이쟈만 ᄒ야 '졍

<hr>

88) 오석충(吳錫忠): 오시수(吳始壽, 1632~1681)의 증손자. 1680년 경신환국(庚申換局) 때 남인으로 실각하여 1681년 6월 사사된 증조부 오시수의 신원을 하소연하여 1784년 증조부의 관작을 복원시켰다. 1801년 천주교 교난인 신유사옥(辛酉邪獄) 때 임자도에 유배되었다가 몇 년 후 유배지에서 죽었다. 오석충과 홍낙임의 석연찮은 관계에 대해서는 혜경궁의 반대측이라 할 수 있는 정약용의 말로도 확인된다. 정약용은 오석충의 묘지명에서 자신의 절친한 친구인 오석충이 결코 홍낙임을 만나지 않았고 그저 고문으로 거짓 진술을 했을 뿐이라고 말하고 있다.
89) 고조(高祖): 홍만용(洪萬容).
90) 복합(伏閤): 나라에 중요한 일이 있을 때, 조신(朝臣)이나 유생이 대궐문 앞에 엎드려 상소하던 일.

청(庭請)91)호니' '계수(啓辭)호니'호야 필경(畢竟) 쳔니(千里) 히외(海外)에셔 참화(慘禍)롤 밧게 호니,92) 만고텬디간(萬古天地間)의 다시 이런 지원극통(至冤極痛)이 어이 이시리오.

니 칠질(七秩)93) 독노지경(篤老之境)의 션왕을 일코 쥬야호곡(晝夜號哭)호야 합연(溘然)호기만 원호는 가온디, 동셩이 빅디(白地)의 흔 가디 죄도 업시 참화롤 닙으디, 니 터히 사라 안자 구티 못호니, 날 궃튼 흉독혼용(凶毒昏庸)흔 사롬이 다시 어이 이시리오.

쥬샹(主上)이 그쩌 니 졍경(情景)을 보시고 눈믈을 먹음고 가시더니 사롬 업는 곳의 가만히 우르시더라 호니, 당신이 튱유(沖幼)호셔 비록 구호디 못호시나 그 사롬의 죄 업손 줄 아르시고 션왕의 평일 권디(眷待)호시던 일을 싱각호고 니 졍니(情理)롤 셜워호셔 그리호신 거시니, 엇디 이러틋시 슬허호디 아니호시리오. 니 비록 망극(罔極) 아득흔 듕이나 쥬샹의 인효(仁孝)호신 모음이, 댱니(將來)롤 브롤 거시오, 니 만일 셜움을 이긔디 못호야 조진(自盡)호면 흉도(兇徒)들의 날 죽고져 호는 모음을 마칠 둧94) 춤고 사라시나, 원통이 도라간 동셩은 다시 살을 길히 업고, 니 긔식(氣息)이 날노 엄엄(奄奄)호야 됴셕(朝夕)을 보젼치 못호니, 츠싱(此生)의 망뎨(亡弟)의 지원(至冤)을 〈신폭(伸暴)〉호는 날을 보디 못호고 도라가면 디하(地下)의 가 하면목(何面目)으로 망뎨롤 보며, 도라가는 혼빅(魂魄)이 쳔고(千古)의 유흔(遺恨)을 미줄 거시니, 하늘아 하늘아 날을 머므러 겨시다가, 동셩의 신원(伸冤)호는 양을 보고 죽게 호실가, 듀야(晝夜)의 읍혈츅슈(泣血祝手)홀 분이로다.

---

91) 정청(庭請): 세자나 정승이 백관을 거느리고 궁정에서 큰일을 보고하고 명령을 기다리던 일.
92) 홍낙임은 1801년 5월 29일 제주도에서 사사되었다.
93) 칠질(七秩): 61세에서 70세까지를 이르는 말. 한 질(秩)은 10년이다. 이 글을 쓸 당시 혜경궁은 68세였다.
94) 마칠 둧: 맞아떨어질 듯, 맞을 듯.

다시 쓴 이유

　대져(大抵) 경진신ᄉ간(庚辰辛巳間, 1760 및 1761)브터 나라히 큰 변
괴(變怪)와 내 집의 흉흔 무함(誣陷)이 망유긔극(罔有紀極)ᄒ야, 오십년
간(五十年間)의 삼됴(三朝)의 흉욕(凶辱)이 여디(餘地)가 업서, ᄒ마 종국
(宗國)이 망홀 번ᄒ고, 셰도(世道)가 이 지경(地境)ᄀ디 니르고, 내 집
참화(慘禍)도 극진(極盡)ᄒ야 이 모양이 되야시니, 기간(其間) ᄉ변(事變)
이 무궁(無窮)ᄒ야 비록 두셔(頭緒)가 쳔만(千萬) 가지나, 가국(家國)의
화란(禍亂)이 니러나던 근져(根底)는 한녹(漢祿)의 흉언(凶言)이오, 흉언
근져(根底)는 귀쥬(龜柱) 부ᄌ(父子)니, 이는 내 말 아니ᄒ야도 셰샹 사
롬이 모를 리 업고, 죄는 필경(畢竟)의 도망치 못ᄒ고, 악(惡)은 임의
극(極)ᄒ더라.

　텬되(天道) 쇼쇼(昭昭)ᄒ야 한녹(漢祿)과 귀쥬비(龜柱輩)의 흉모역절(凶
謀逆節)이 ᄎ례로 챵져탄노(彰著綻露)ᄒ야, 셩토(聖討)가 지엄(至嚴)ᄒ고
왕법(王法)을 쾌뎡(快定)ᄒ는 거슬 보니,[1] 이 일이 경모궁(景慕宮)의 엇
더엇더흔 참욕(慘辱)이며, 션왕(先王)과 쥬상(主上)긔 엇더엇더흔 원슈(怨

讐)며, 종국의 극(極)흔 흉역(凶逆)이오, 튱역(忠逆)의 큰 관두(關頭)²)니, 내 근(近) 오십년(五十年)을 잉통함분(孕痛含憤)ᄒ야 그놈들과 하ᄂᆞᆯ을 흔가지로 닌 거술 셜워ᄒ다가 오ᄂᆞᆯ날을 보니, 이제 도라가도 경모궁과 션왕긔 고(告)홀 말이 잇게 ᄒ야시니, 다시 흔(恨)이 업술 ᄃᆞᆺᄒ며,

내 임슐년간(壬戌年間, 1802)의 긔록(記錄)흔 칙이 이셔, 귀녹비(龜祿輩)의 흉참(凶慘)흔 졍졀(情節)을 쁜 거시 ᄌᆞ셔(仔細)ᄒ나, 이ᄯᆡᄅᆞᆯ 당ᄒ야 심ᄉᆞ(心思)가 일비쵹격(一倍觸激)ᄒ고, 내 경녁(經歷)흔 바ᄅᆞᆯ 싱각ᄒ니 젼의 쁜 말이어니와 혹 미진(未盡)흔 것도 이셔, ᄌᆞ초지죵(自初至終)을 싱각ᄒᄂᆞᆫ 죡죡 긔록ᄒ야 두노라.

---

1) 1806년 5월 13일 도승지 김이영의 상소로 김한록의 흉언 문제가 본격적으로 거론되었고, 이후 김귀주 측은 완전히 패망하였다. 같은 해 7월 1일 정순왕후 혼전에서는 김귀주 일당의 토벌을 알리는 고유제(告由祭)가 행해졌다. 이 글은 이후에 서술된 것으로 보인다.

2) 관두(關頭): 갈림길.

예순여섯 살 임금 몸에서 왕자 얻기를 빌다

한녹(漢祿)의 흉언(凶言)이 근져(根底)와 와굴(窩窟)이 이시니, 한녹이 제 쇠골 거스로 므슴 나라히 원슈(怨讐)가 이시며, 경모궁(景慕宮)과 션왕(先王)을 모해(謀害)ᄒ야든 저 곳톤 쇠골놈의게 므슴 유익(有益)이 이시리라 그런 흉언을 ᄒ리오. 이거시 다 귀쥬(龜柱) 부ᄌ(父子)의 음모비계(陰謀鄙計)ᄅᆞᆯ 찬죠(贊助)ᄒᆞᆫ 여론(餘論)으로 난 일이니, 귀쥬 부ᄌ는 와굴과 근져요, 한녹은 지엽(枝葉)과 여파(餘波)라.

처음 말은 내 ᄎᆞᆷ아 일ᄏᆞᆺ디 못ᄒ나, 그써 드ᄅᆞ니 귀쥬니가 뎡일환(鄭日煥)을 식여 일환의 족데(族弟) 소위(所謂) 뎡쇼환(鄭小宦)[1]이란 놈으로 ᄒ여곰 아ᄃᆞᆯ을 나ᄒ시게 산쳔긔도(山川祈禱)ᄒ고 무복(巫卜)과 불ᄉᆞ(佛事)의 지믈(財物)을 무수(無數)히 드려 아ᄃᆞᆯ 나ᄒ시기ᄅᆞᆯ 갈녁(竭力)ᄒ야

---

1) 소환(小宦): 나이가 젊고 지위가 낮은 환관. 『불명불조』에 '鄭昭煥'으로 나오지만, 문맥으로 볼 때 소환을 인명으로 보기는 어렵다.

비러시니 그 흉심(凶心)을 ᄉᆡᆼ각ᄒᆞ야 보면 그ᄯᅢ가 엇더ᄒᆞᆫ ᄯᅢ완ᄃᆡ 아ᄃᆞᆯ을 구ᄒᆞ야 무어ᄉᆡ ᄡᅳ쟈ᄒᆞᄂᆞᆫ 의ᄉᆡ(意思)리오. 이 ᄆᆞᄋᆞᆷ이 천만(千萬) 흉악(凶惡)ᄒᆞ고,

신ᄉᆞ년(辛巳年, 1761) 녀름의 귀쥬가 제 감히 대됴(大朝)의 샹셔(上書)ᄒᆞ야

"동궁(東宮) 셔ᄒᆡᆼ(西行)ᄒᆞ신 거시 실덕(失德)이시니 동궁을 계ᄐᆡᆨ(戒飭)ᄒᆞ시고 대신(大臣)이 보도(輔導) 잘못ᄒᆞᆫ 죄ᄅᆞᆯ 엄쳐(嚴處)ᄒᆞ쇼셔"

ᄒᆞ야시니, 그ᄯᅢ 뎡순왕후(貞純王后)겨오셔 드오신 ᄃᆡ 겨유 삼년(三年)의 신부(新婦) ᄀᆞᆺᄌᆞ오셔 대ᄂᆡᄉᆞ(大內事)ᄅᆞᆯ 아모 일도 모ᄅᆞ오시고, 귀적(龜賊)은 제 불과(不過) 이십이셰(二十二歲) 된 아ᄒᆡ놈으로셔 그 흉ᄒᆞᆫ ᄯᅳᆺ을 ᄂᆡ여 그 샹셔ᄅᆞᆯ ᄒᆞ야시니, 영묘(英廟)겨오셔 그ᄯᅢ 저ᄒᆡᄅᆞᆯ 새 사ᄅᆞᆷ으로 가챠(假借)ᄒᆞ오셔 친근(親近)ᄒᆞ야 ᄒᆞ오시ᄂᆞᆫ 터히로ᄃᆡ, 그 샹셔ᄅᆞᆯ 보오시고 어히업ᄉᆞ오시고 진노(震怒)ᄒᆞ오셔 대단이 ᄉᆞ죵ᄒᆞ오시고, 즉시 셰초(洗草)ᄅᆞᆯ ᄒᆞ게 ᄒᆞ야 겨오시니, 제 ᄇᆞᆯ셔 흉역(凶逆)의 ᄆᆞᄋᆞᆷ으로 나라ᄒᆞᆯ 위ᄐᆡ(危殆)히 ᄒᆞᆯ 계교(計巧)ᄅᆞᆯ 내여시니, 쇼곡절(小曲折)은 ᄎᆡᆨ망(責望)ᄒᆞᆯ 놈이 아니어니와,[2] 제 일호(一毫)나 대ᄂᆡ(大內)가 무셥고 군신분의(君臣分義)가 절엄(切嚴)ᄒᆞᆫ 줄 알면 그런 ᄌᆞᄉᆞᆯ ᄒᆞ야, 그ᄯᅢ 듕뎐(中殿)겨오셔 영묘 ᄉᆞ죵ᄀᆞ디 듯ᄌᆞ오셔 ᄀᆞ이업ᄉᆞ오실 지경(地境)의 니ᄅᆞ게 ᄒᆞ야시니, 이러ᄒᆞᆫ 놈이 어ᄃᆡ 이시리오.

한밤중에 은밀히 나라의 중흥을 도왔다

그 샹셔(上書)ᄒᆞᆫ 놈이 쇼됴(小朝)ᄅᆞᆯ 해ᄒᆞ고 ᄂᆡ 션친(先親)ᄀᆞ디 업시ᄒᆞ야 노흐면 저ᄒᆡ 계교(計巧)ᄅᆞᆯ ᄒᆡᆼᄒᆞ랴 ᄒᆞᄂᆞᆫ 첫 댱본(張本)이기, 갑진(甲辰, 1784) 츄간(秋間)의 션왕(先王)이 귀쥬부(龜柱父)의게 제문(祭文)ᄒᆞ시ᄂᆞᆫ 귀

2) 소소한 일은 하나하나 꾸짖을 것도 아니지마는.

절(句節)의

"신ᄉᆞᄉᆞ(辛巳事, 1761)는 위세공척지단(爲世攻斥之端)이라"

ᄒᆞ야 겨시니,3) 션묘(先朝) 셩심(聖心)을 여긔 가히 알 거시오.

이 샹셔 젼(前)의도 므ᄉᆞᆫ 흉흔 도모(圖謀)를 ᄒᆞ던 양ᄒᆞ야, 영묘(英廟)
겨오셔 귀쥬부의게 졔문(祭文)ᄒᆞ오신더

"반야젼셕(半夜前席)의 밀찬듕흥(密贊中興)이라"4)

ᄒᆞ야 겨오시다 ᄒᆞ니, 듕흥(中興)이 므슴 말이뇨 일노 보면 져희 흉흔
말노 경모궁(景慕宮)을 모해(謀害)ᄒᆞ야 '쳐분(處分)ᄒᆞ옵쇼셔' ᄒᆞ던 줄이
쇼연(昭然) 명빅(明白)ᄒᆞ고, 망극(罔極)흔 ᄶᆞ를 당ᄒᆞ야 그 쳐분이 나니,
져희 ᄆᆞ음의

'그 아바님이 그리되여시니 그 아드님을 보젼(保全)치 못홀 거시오,
만일 부ᄌᆞ(父子)분을 다 쳐치(處置)ᄒᆞ면 쥬샹(主上)이 다른 아들이 아니
겨시니 양ᄌᆞ(養子)가 될 거시오, 양ᄌᆞ 곳 ᄒᆞ면 져희가 외가(外家)가 되
야 부귀(富貴)를 기리 누리리라'

ᄒᆞ야, 귀쥬네는 안흐로 흉언패셜(凶言悖說)노 춤간(讒諫)이 무소부디(無
所不至)ᄒᆞ고, 한녹(漢祿)이 밧그로 망측(罔測)흔 의리(義理)를 혀나혀5)
이 흉언(凶言)을 제 친구간의 은휘(隱諱)치 아니코 ᄒᆞ야시니, 한녹이 제
불과(不過) 향곡(鄕曲) 한미(寒微)흔 거시 국본(國本)을 요동(搖動)ᄒᆞ기가
제게 니해(利害)가 업ᄉᆞ니 므ᄉᆞᆫ 일 그런 흉언을 내리오마는,

져희 긔묘(己卯, 1759) 후(後) 외가(外家) 되고져 흔 ᄆᆞ음이 핑듕(膨中)6)
ᄒᆞ야, 처엄의 아들 나흐시기룰 빌고, 버거 듕흥(中興)을 찬조(贊助)ᄒᆞ고,

---

3) 『홍재전서』 권20 「오흥부원군김한구치제문鰲興府院君金漢耉致祭文」에 있다. 본문을 보면 "신사
년 사건은 비록 탄핵하는 글에 오르지는 않았지만, 세상의 공격과 배척을 받은 근본이 되었다
(辛巳事 雖非白簡所登 而爲世攻斥之本)"라고 했다. 『정조실록』 1784년 8월 5일조에 정조가 김한
구의 치제를 명했다는 기록이 있다.
4) 한밤중 임금 앞에서 은밀히 나라의 중흥을 도왔다는 뜻.
5) 혀나혀: 혀내다. 끌어내다.
6) 팽중(膨中): 크게 부풀어 오름.

쏘 신스(辛巳, 1761) 셔힝(西行) 일노 샹셔흐야 쇼됴(小朝)룰 모해(謀害)흐다가, 불힝(不幸)흔 씨룰 만나 저희는 쳔지일시(千載一時)로 쮜놀며 다힝(多幸)이 너겨, 저희 난만(爛漫)이 의논(議論)흐고, 양주홀 사롭ᄀ디 뎡(定)흐엿더라 흐니, 그씨는 바로 나라흘 옴기고 효묘(孝廟) 이후(以後) 뉵디혈믹(六代血脈)을 끈허ᄇ리랴 흐야, 팔즈(八字) 흉언분이 아니라 '틱조(太祖)의 즈손(子孫)이 어느 사롬이 가(可)치 아니흐리' 흐야시니, 이는 선왕이 김니셩(金履成)의게 드릇신 말솜으로 너게 옴기시던 거시니, 저희 외손(外孫) 어더 외가 되랴는 일이 다시 의심(疑心)이 어이 이시리오. 일노 보면 귀쥬 부즈(父子)는 근본(根本)이오 한녹이는 지엽(枝葉)이니, 이 일이야 나라히 친근(親近)흔 사롭은 니릇도 말고 세상의 이목(耳目)이 잇고 심댱(心腸)이 잇는 니야 뉘 그 계교(計巧)룰 모르리오. 그놈들이 그 흉계(凶計)룰 힝티 못흐고 션왕의 위(位)는 구드시니, 홀연(忽然)이 적반하장(賊反荷杖)흐야 그 흉언을 우리 집의셔 지어내야 저희룰 무함(誣陷)흔다 흐야 일셰(一世)룰 현혹(眩惑)게 흐니, 심지어 션왕이 초년(初年)의는 혹 우리 집의셔 난가 의심(疑心)도 업디 아니시던가 보니, 다른 사롭이야 더욱 닐너 무엇흐리오.

상대의 불충을 잡아 충성을 보이자

이 흉언(凶言) 엄적(掩迹)흐기로 젼쥬(傳奏)[7]흐야 도로혀 저희는 튱신(忠臣)이오 내 집은 불니(不利)흐다 말을 지어내야, 선왕(先王)이 어리신 씨에 뎡쳐(鄭妻)룰 끼고 후겸(厚謙)을 꾀와 궤슐(詭術)과 감언(甘言)으로 현혹(眩惑)흐고 다래기룰 무수(無數)히 흐고, 신묘년(辛卯年, 1771)의 쳔쳔만만(千千萬萬) 의외(意外) 인진(禋禛)의 일노 인졍(人情) 쳔니(天理) 밧

7) 젼쥬(傳奏): 남의 말을 전하여 아룀.

긔 흉흔 무함(誣陷)을 망유긔극(罔有紀極)히 ᄒᆞ야, 신묘 이월(二月)의 즉
셕(卽席)의 담멸(湛滅)ᄒᆞᆯ 계교(計巧)ᄅᆞᆯ ᄒᆞ야시니, 우리 집의셔 저희 집과
본ᄃᆡ 원슈(怨讐)가 업스니, 공연(空然)이 브ᄃᆡ 죽이고져 ᄒᆞ리오. 말이 불
과(不過) 저희가 우리 집이 동궁(東宮)의 불니(不利)흔 죄ᄅᆞᆯ 잡아내면,
저희가 동궁긔 튱셩(忠誠)이 이셔, 그 흉언(凶言)ᄒᆞ던 자최ᄅᆞᆯ 덥흘가 흔
계교니, 만고텬하(萬古天下)의 그런 흉두역댱(凶肚逆腸)[8]이 어ᄃᆡ 이시리
오.

니 션친(先親)이 외손(外孫) 마노라긔 불니(不利)ᄒᆞ고 인진(裀禛)이 츄
ᄃᆡ(推戴)흔다 말은 삼쳑동ᄌᆞ(三尺童子)도 고디듯디 아니홀 거시니, ᄒᆞ물
며 션왕의 영명(英明)ᄒᆞ오시므로 어이 츄호(秋毫)나 의심(疑心)ᄒᆞ야 겨시
리오.

션왕이 긔튝ᄉᆞ(己丑事, 1769)[9]로 외가(外家)ᄅᆞᆯ 미안(未安)ᄒᆞ야 ᄒᆞ실
적, 뎡쳐(鄭妻)의 니간(離間)이 ᄯᅩ 드럿거니와, 당신긔 졍셩(精誠) 업고
인진이 귀ᄒᆞ야 흔다 말은 샹(常)업슨 말이라 ᄒᆞ시더니라.

신묘(辛卯, 1771) 이월의 한긔(漢耆)가 귀쥬와 브동(符同)ᄒᆞ야 후겸을
ᄭᅬ와 흔가디로 드러가 인진이ᄅᆞᆯ 츄ᄃᆡᄒᆞ야 됴셕(朝夕)의 변(變)이 나리라
공동(恐動)ᄒᆞ고, 이 일이 농가셩진(弄假成眞)[10]ᄒᆞ야 삼십년(三十年) 후에
니 동성이 션친 년좌(緣坐)로 인(禍)이 죽ᄂᆞᆫ디 흔가디로 피화(被禍)ᄒᆞᄂᆞᆫ
지경(地境)의 니ᄅᆞ러시니 고금텬하(古今天下)〈의〉 이런 지원지통(至冤至
痛)의 일이 다시 어이 이시리오.

---

8) 흉두역장(凶肚逆腸): 음흉한 마음.
9) 기축사(己丑事): 기축년 사건. 세손의 외입을 그치게 하기 위해 홍봉한이 외입을 주선한 별감들
   을 귀양 보내 세손의 원망을 산 사건.
10) 농가성진(弄假成眞): 장난으로 한 것이 참으로 한 것과 같이 됨.

인이와 진이를 위한다는 이유

저희가 경모궁(景慕宮) 혈믹(血脈)을 업시ᄒ고 외가(外家) 되랴는 계교(計巧)를 일우디 못흔 후, 닉 집이 죵시(終是) 동궁(東宮) 외가 되는 줄을 에분(恚憤)ᄒ야 쳔쳔만만(千千萬萬) 의외(意外) 갑신년(甲申年, 1764) 졍죵통(正宗統) 일[11]을 영묘(英廟)긔 현혹(眩惑)ᄒ야 민드라내는디, 그놈들의 의논(議論)이 경모궁을 병환(病患)이 아니시고 죄가 겨신 양으로 말을 ᄒ야, 션왕(先王)을 해ᄒ디 못홀 지경(地境)이 된 후는 출히 양ᄌ(養子)를 보내야 경모궁을 쎼히고 겸ᄒ야 닉 집이 외가가 되디 못ᄒ게 ᄒ려는 의ᄉ(意思)로 그 흉악망측(凶惡罔測) 고금(古今)의 업는 일을 찬조(贊助)ᄒ야 일워노코, 그려도 닉 집이 션왕의게 본디 외가니 골육지졍(骨肉之情)은 쩌힐 길히 업슬가 넘녀(念慮)ᄒ야, 갑신을유간(甲申乙酉間, 1764 및 1765)부터 뎡쳐(鄭妻)를 씨고 말 지어노키를, '홍가(洪哥)가 ᄆ옴의 셰손(世孫)이 제 외손(外孫)이 아니 되엿기 댱ᄂ(將來) 부원군(府院君) 될 길히 업서 셰손긔는 졍셩(精誠)이 업서디고 인진(禋祼)이를 유의(留意)ᄒ야 댱ᄂ를 ᄇ란다' ᄒ야, 듕의(衆意)를 의혹(疑惑)게 ᄒ고 불언듕(不言中) 날ᄀ디 무함(誣陷)ᄒ야시니, 만고(萬古)의 그런 흉언(凶言)이 어이 이시리오.

우리 션인(先人)이 영묘긔 불셰지우(不世知遇)를 밧ᄌ와 츌댱입샹(出將入相)ᄒ오셔 위(位)가 녕의졍(領議政)의 극(極)ᄒ야 겨오시니, 부원군이 므솜 션인긔 더 공명(功名)이 되리라고 브원군(府院君)을 더 희긔(希冀)[12]ᄒ야 그리ᄒ쟈 말이며, 드릭니 부원군 된 후(後)의는 녕의졍(領議政)을 츄증(追贈)흔다 ᄒ니 인신(人臣)의 위(位)가 녕의졍의 오르는 거시 업거든 부원군 되기를 위ᄒ다 말은 더욱 아니 가쇼(可笑)로오리오.

---

11) 1764년 2월 20일 세손인 정조를 효장세자의 후사로 선포한 일.
12) 희기(希冀): 바람.

귀주네의 은전군 추대 사건

그리ᄒᆞ야 인진(祵禛)이롤 홍시(洪氏)의게 밀쳐 춤소(讒訴)롤 ᄒᆞ야 노코, 죵시(終是) 션왕(先王) 겨시니 내 집의 본ᄃᆡ 졍(情)이 업디 아니신가 넘녀(念慮)ᄒᆞ고, 저희 양ᄌᆞ(養子) 어드려던 계교(計巧)는 힝티 못ᄒᆞ니 경모궁(景慕宮)긔 흉악(凶惡)ᄒᆞᆫ ᄆᆞ옴이 이시나 늬 집 외가(外家) 노릇 ᄒᆞᄂᆞᆫ 거슨 ᄎᆞ골이분(次骨忿憤)ᄒᆞ야,

찬(禶)이가 비록 경모궁 골육(骨肉)이나 제 외가는 쳔(賤)ᄒᆞ고 우리 집은 친외가(親外家)가 아닌 고로, 찬이게 고맙게 구러 타일(他日)에 제가 외가쳐로 권(權) 쓰기롤 도모(圖謀)ᄒᆞ던 양ᄒᆞ야, 긔튝경인간(己丑庚寅間, 1769 및 1770)의 찬이롤 어ᄅᆞᆷ져 ᄉᆞ랑ᄒᆞ야 슈양(收養)쳐로 귀ᄒᆞ야 홀 지경(地境)이 되니, 궁듕(宮中)의 보ᄂᆞ 니 다 의혹(疑惑)ᄒᆞ더니, 쳔만(千萬) 의외(意外) 과연 뎡유(丁酉, 1777) 옥ᄉᆞ(獄事) ᄯᅢ, 찬이 쳐부(妻父) 됴셩(趙峸)[13]의 쵸ᄉᆞ(招辭)의 귀쥬(龜柱)가 찬이롤 츄ᄃᆡ(推戴)ᄒᆞ려 더니라 말이 나, 그ᄯᅢ 귀쥬롤 처음은 ᄉᆞᄉᆞ(賜死)ᄒᆞ야 겨오시다가 나죵 발죠(發詔)[14]ᄒᆞ야 겨시나, 죵슈(鍾秀)가 국영(國榮)을 끼고 한ᄉᆞ(限死)ᄒᆞ고 븟드러 인(因)ᄒᆞ야 그만져만ᄒᆞ니, 귀쥬의 진짓 찬이 츄ᄃᆡ코져 ᄒᆞ던 졍졀(情節)이 당치 아니ᄒᆞᆫ 것들 옥ᄉᆞ(獄事) ᄂᆡᆯ 적 됴셩(趙峸)의 쵸ᄉᆞ(招辭)로 낫기, 국영 죵슈비(鍾秀輩)가 도로혀 어히업서 귀쥬롤 구ᄒᆞ야 미봉(彌縫)이 되엿기만뎡, 그러치 아니터면 늬 집ᄀᆞ디 즉디(卽地)의 엇디 될 줄 모ᄅᆞ리니 엇디 ᄯᅩ 하ᄂᆞᆯ이 아니리오.

---

13) 『은전군가례등록』에 찬의 부인으로 본관이 평양인 조성의 딸을 간택했음을 적고 있다. 조성은 신유옥사의 심문과정에서 죽었으며, 『정조실록』 1777년 8월 19일조에는 정조가 조성을 김귀주의 친한 비장(裨將)이라고 말하면서 은전군의 간택과정부터 김귀주가 간여하였다고 적고 있다.

14) 발죠(發詔): 조서를 내다. 정조는 사사를 명했다가 바로 명령을 환수한다. 김귀주의 죄에 대해서는 『정조실록』 1784년 8월 3일조에 실린 정조의 하교에 자세하다. 여기에도 조성이 김귀주를 거론한 사실을 죄목의 하나로 들고 있다.

귀쥬비의 션왕(先王)을 아모죠록 모해(謀害)ᄒ려 ᄒᄂ는 흉계(凶計)가 쳔 빅(千百) 가지로 무소브디(無所不至)ᄒ 거시 여긔 가히 알 거시니, 셰샹 의 이런 흉두역댱(凶肚逆腸)이 다시 어이 이시리오.

어머니를 업고 도망하리라

그놈들이 션왕(先王)을 모해(謀害)ᄒᆯ ᄆᆷ으로, 젼젼(輾轉)ᄒ야 션왕이 즉위(卽位)ᄒ신 후라도 아모죠록 실덕(失德)의 도라가셔 못 되시도록 인 도(引導)ᄒ던 줄이 이시니, 니환비(履煥輩)의 흉소(凶疏)[15]의 내 션친(先親)을 극뉼(極律)을 쓰쟈 여러 번 샹소(上疏)ᄒ야시니, 만일 션왕이 져히 흉언(凶言)대로 조차 겨시더면 션왕의 겸덕(歉德)은 니ᄅ도 말고 내가 엇디 되야시리오. 내 만고(萬古)의 업손 비고(悲苦)ᄒ 졍니(情理)로 션왕을 간신이 양휵(養畜)ᄒ야 영화(榮華)ᄂ 보디 못ᄒ고, 당신 손의 날 나ᄒ신 션친을 해ᄒ게 되ᄂ디, 니 만일 엄연(儼然)이 투싱(偸生)ᄒ면 무부 무륜(無父無倫)ᄒ 사ᄅᆷ이 될 거시오, 만일 니 보젼(保全)치 못ᄒ면 션왕이 므ᄉᆷ 놋ᄎ로 신민(臣民)을 디ᄒ시리오.

녯사ᄅᆷ이 대븍(大北)놈들 셩죄(聲罪)ᄒᄂ는 말의 그 아비롤 죽이고 그 ᄌᆞ식을 온젼케 ᄒᆯ 니 업다 ᄒ야시니,[16] 귀쥬(龜柱) 니환비의 흉계(凶計)ᄂ 션친을 해ᄒᆯ 분 아니라 날을 업시코져 ᄒᄂ는 일이오, 날을 업시코져

15) 1776년 정조 즉위 직후 홍봉한을 세 가지 일로 논죄한 정이환의 상소.
16) 대북파는 광해군 시절의 집권파를 가리킨다. 아버지를 죽이고 그 자식을 온전케 할 리 없다 는 말은 안방준이 인조반정의 일등 공신인 이귀(李貴)의 사적을 정리 편찬한 책인 『묵재일기』 「반정시사反正時事」에도 보인다. 광해군은 즉위 후 부왕 선조의 후비인 인목대비의 아버지 김 제남을 영창대군을 추대하려 했다는 혐의를 씌워 죽였는데, 이 무렵 이귀가 이덕형에게 보낸 편지에 "고금 천하에 그 아비를 죽이고 그 자식을 위할 이치가 어디 있겠는가. 이 옥사가 이 루어진 다음에는 대비를 폐모시킬 것이니 만약 이 옥사를 구해내지 못하면 폐모할 때 죽더라 도 달리 방도가 없으리라"라고 말했다고 한다. 광해군이 국구 김제남을 죽이고 인목대비를 폐모한 것처럼 귀주네가 홍봉한을 죽인 후에는 혜경궁도 가만두지 않았을 것이라는 말이다.

홀 분 아니라 션왕이 무모무륜(無母無倫)혼 더 싸디시게 ᄒ랴 ᄒᄂᆫ 흉계니, 이놈들이 대북도곤 흉ᄒ기 빅 비나 더 심ᄒ고.

그놈들이 ᄯᅩ ᄒ디 너 션친을 해ᄒ여야 ᄌ궁지심(慈宮之心)이 평안ᄒ리라 ᄒ고 ᄯᅩ ᄒ기를 너 션친을 해혼 후 날을 위안(慰安)홀 도리를 ᄒ리라 ᄒ야시니,17) 그놈들이 저희도 부모가 잇고 정텬입디(頂天立地)ᄒ야 인형(人形)을 ᄡ고 난 거시니 만고(萬古)의 그 아비를 그 아ᄃ님의 손이 해ᄒ야든 그 모(母) 되는 ᄯᅩᆯ의 ᄆᆞᆷ이 엇디ᄒ야 평안ᄒ며, 그 모의 아비를 해ᄒ고 그 모를 위로ᄒ리라 ᄒ며, 어미를 안치고 무죄(無罪)혼 외조(外祖)를 해ᄒ야, 그 님군의게 므슴 덕(德)과 효(孝)가 되리오.

외면(外面)으로ᄂᆫ 션친을 해ᄒ려ᄂᆫ 말이나 실은 날을 업시ᄒ고 션왕이 셰상의 셔디 못ᄒ시게 ᄒ랴ᄂᆫ 흉계오, 늉적(瑮賊)18)의 흉소(凶疏) 후의 션왕이 하교(下敎)ᄒ시디

"만고(萬古)의 국왕의 외조(外祖)를 ᄉ죄(死罪)로 더으ᄂᆫ 디가 어디 이시리오. 너가 남면(南面)을 즐겨ᄒ디 아니혼 디 오래니, 맛당이 절부(竊負)19)ᄒᄂᆫ 의(義)를 ᄡ리라"

ᄒ시디, 그후 ᄯᅩ 관쥬(觀柱)와 니환(履煥)이 니어 샹소(上疏)ᄒ야 갈ᄉ록 흉악(凶惡)ᄒ니, 션왕이 니환이 쳐분(處分)ᄒ실 쎄

"인군(人君)의 절부지교(竊負之敎)를 듯고도 오히려 이리ᄒ니 인신분의(人臣分義)가 엇디 이러ᄒ리오"

ᄒ시고

---

17) 1776년 8월 22일 진사 이율(李瑮) 등이 홍봉한을 처벌한 후 혜경궁을 위안할 도리를 찾도록 권하는 내용의 상소를 올린 바 있다.

18) 율적(瑮賊): 역적 이율(李瑮). 이율은 1785년 3월 홍복영 등과 변란을 꾸몄다는 혐의로 사형을 당했다.

19) 절부(竊負): 몰래 업고 간다는 뜻이다. 순임금에게는 모질고 나쁜 아버지 고수가 있었는데, 맹자는 "순임금은 나라를 버릴지언정 아버지는 버리지 않을 것이니 차라리 아버지를 업고 도망가 숨어 살 것이다"라고 말했다. 『맹자孟子』「진심상盡心上」에 나온 말이다. 『정조실록』 1776년 9월 9일조를 보면, 정조는 자기가 홍봉한을 봐주지 않는다면 어머니가 불안할 것이고 어머니가 불안한 상황이라면 차라리 자기가 '절부'하겠다는 말을 신하들에게 여러 번 했음을 밝히고 있다.

"니환이가 불과(不過) 귀쥬의 여론(餘論)을 쳘습(掇拾)ᄒ야시니, 됴졍지상(朝廷之上)의 귀쥬의 ᄉ인(私人)을 일위여 댱ᄎᆞᆽ(將次) 무어시 ᄡᅳ리"ᄒ야 겨시니, 션왕의 당초 붉이 통쵹(洞燭)ᄒ시미 이 ᄀᆞᆺᄐᆞ실 분 아니라, 만일 졀부지경(竊負之境)이 되시면 그 국ᄉ(國事)가 ᄯᅩ 엇디 되게 ᄒ엿뇨 게ᄀᆞ디 측달지교(惻怛之敎)[20]ᄅᆞᆯ ᄒ시더, 다음다음 흉언을 ᄒ야시니, 통이논지(通而論之)ᄒ면, ᄌᆞ고이러(自古以來)로 난신젹ᄌᆡ(亂臣賊子) 언졔 업슬 거시 아니로더 이놈들 ᄀᆞᆺᄐᆞᆫ 흉역(凶逆)은 녁더(歷代) 스긔(史記)에도 다시 업슬 ᄃᆞᆺᄒ며,

동생을 죽인 것은 날 죽인 것이라

이놈들이 날을 업시홀 ᄆᆞ옴이 불 ᄀᆞᆺᄐᆞ나 션왕(先王)의 셩효(聖孝)가 거룩ᄒ시니 발뵈디 못ᄒ다가, 경신(庚申, 1800) 텬붕지후(天崩之後)의 날을 더욱 능멸(凌蔑) 모욕(侮辱)ᄒ기 망유긔극(罔有紀極)ᄒ야 즉디의 업시 치 못ᄒᆞᆯ 분(憤)ᄒ야 ᄒ다가, 니 문안(問安) 밧디 아니흔 일노, 인ᄒ야 날을 업시티 못ᄒᆞᆫ 분을 니 디신으로 니 동싱의게 프러, 환지(煥之)가 내 동싱이 승시(乘時)ᄒ야 도랑(跳踉)[21]ᄒᆞᆫ 거시 긔틀이 임의 뵈앗다 ᄒ고,[22] 빅디(白地)의 모라 참화(慘禍)ᄀᆞ디 니르러시니 니 동싱이 쇠골 칩복(蟄伏)ᄒ야 므슨 일이 도랑(跳踉)흔 거시 이시리오. 이거슨 니 문안 아니 바드려 흔 거스로 도랑으로 죄를 잡아 니 동싱을 비겨두고 니른 말이니, 니 동싱이 화(禍)ᄅᆞᆯ 닙은 거시 아니라 실은 날을 죄ᄅᆞᆯ ᄡᅳ고 날을 죽인 거시니, 져히 평싱 ᄒ고져 ᄒ던 일을 일윗ᄂᆞ니라.

---

20) 측달지교(惻怛之敎): 슬퍼하며 내린 하교. 정조가 어머니를 위해 그런 하교를 내렸다는 말.

21) 도랑(跳踉): 날뜀.

22) 『순조실록』 1801년 4월 27일조에 영의정 심환지는 홍낙임이 정조가 죽은 후 더욱 날뛰며 천주교도 등과 연결하여 흉계를 꾀한다고 말하고 있다.

디져 그놈들이 귀쥬(龜柱)의 지화(災禍)로[23] 처음브터 죽기로 갑고져 ᄆᆞ음이 이셔, 귀쥬의 종지(宗旨)로 닉 집을 삼십여년(三十餘年)을 아모 죠록 업시코져 ᄒᆞ엿거니와, 귀쥬 업서지고 불과(不過) 귀쥬의 과부(寡婦) 고ᄋᆞ(孤兒)분 잇ᄂᆞᆫ 집을 브터 딕희고 일심(一心)으로 그놈들이 응취(凝聚)ᄒᆞ야 잇기ᄂᆞᆫ 전혀 션왕 아니 겨시기를 브란 일이니, 그 일이 ᄉᆞ리(事理)로ᄂᆞᆫ 브라디 못홀 일이로ᄃᆡ, 필경(畢竟) 그놈들의 뜻과 ᄀᆞᆺ되, 션왕이 듕도(中途) 붕조(崩殂)ᄒᆞ시고 저희 소원을 맛쳐시니, 이 엇던 텬의(天意)런고 시브더니, 텬되(天道) 신명(神明)ᄒᆞ시니, 그놈들의 죄악(罪惡)이 아니 드러날 니가 업서, 근ᄂᆡ(近來)의 ᄎᆞᄎᆞ(次次) 왕법(王法)을 닙ᄂᆞᆫ가 시브더, 환지(煥之) 일환비(日煥輩)의 드러난 죄악도 흉역(凶逆)이어니와, 처음브터 나죵ᄀᆞ디 날을 능모(陵侮) 무욕(誣辱)ᄒᆞ야 브디 업시 ᄒᆞ랴 ᄒᆞ던 죄악은 종시(終是) 분명이 논녈(論列)ᄒᆞᆫ 거시 업ᄂᆞᆫ가 시브니, 엇디 통분(痛憤)치 아니ᄒᆞ리오.

션왕이 이놈들의 궁텬극디(窮天極地)ᄒᆞᆫ 죄악을 모르ᄂᆞᆫ 거시 아니로ᄃᆡ 다ᄉᆞ릴 ᄣᆡ가 이실 거시오, 그젼은 하 흉악(凶惡)ᄒᆞᆫ 놈들이니 깁흔 원(怨)을 브르며 큰 난(亂)을 지을가 념녀(念慮)ᄒᆞ샤 아딕 됴토록 위안(慰安)ᄒᆞ야 갑ᄌᆞ(甲子, 1804)를 기드리랴 ᄒᆞ야 겨시니, 즉금(卽今) 만식이의(萬事已矣)오. 흉역을 다ᄉᆞ릴 ᄣᆡ를 당ᄒᆞ야 션왕 유의(遺意)를 싱각고, 당신이 겨시면 오죽히 통쾌(痛快)ᄒᆞ시랴. 운향(韻響)[24]이 묘막(渺漠)[25]ᄒᆞ고 옥음(玉音)이 아득ᄒᆞ시니, ᄂᆡ일이 목젼(目前)의 버러 혈뉴(血淚)를 금치 못홀 분이로다.

23) 김귀주는 1776년 9월 흑산도로 귀양을 갔다.
24) 운향(韻響): 고운 소리.
25) 묘막(渺漠): 아득함.

뒤주는 누가 생각해냈나

니 집 무함(誣陷) 바든 일은 그 칙[26]의 주시 쓰엿거니와 디략(大略)을 다시 긔록ᄒ며,

모년(某年)의 일물(一物)을 션친(先親)이 드려 겨시다 말이 신묘년(辛卯年, 1771) 유적(鑴賊)의 두번지 샹소(上疏)브터 시작ᄒ야 난 말인디, 그는 션왕(先王)이 당신 목도(目睹)ᄒ신 일노 신묘년 구월(九月)의 니 션친긔 ᄒ신 예찰(睿札)이 니게 시방 잇고, 니환(履煥)의 샹소 비답(批答)의 영묘(英廟) 하교(下敎)로 ᄉ실을 붉혀 겨시고,

경신(庚申, 1800) 오월 넘일일(念一日)[27]의 니 집 아희 승후(承候)[28]ᄒ는디, 이 말솜으로 쳔언만어(千言萬語)를 ᄒ샤

'어영쳥(御營廳) 일믈ᄀ디 신시(申時)의 드러오고 당신이 왕ᄌ지실(王子齋室) 렴하(簾下)의 안자 겨실 제, 슐초(戌初) 즈음ᄒ야 봉됴하(奉朝賀)긔셔 동교(東郊)로셔 궐하(闕下)의 와 막혀 겨시다 ᄒ기 나 먹으랴 ᄒ던 쳥심원(淸心元)을 니여 보너여시니, 시ᄀ(時刻) 션후(先後)가 니 목도ᄒ 거시 분명ᄒ니, 샹(常)업순 것들의 말은 모르고 무함(誣陷)만 ᄒ랴는 거시니, 니 목도ᄒ 거시 졔일이지 그것들의 말 죡가홀 거시 어이 이시리'
ᄒ시던 거시니, 신묘 구월 예찰(睿札) ᄉ연과 서르 부합(符合)ᄒ는디라. 일물 아니 드리실시 쇼연(昭然)ᄒ니 모년의 션친이 므슴 죄가 겨시리오.

---

26) 1802년에 쓴 책. 제3부의 제1편을 가리킨다.

27) 염일일(念一日): 21일.

28) 승후(承候): 높은 분께 문안을 드림.

세자가 죽을 때 장인은 무엇을 했나

엇던 사룸의 의논은 모년(某年) 화변(禍變) 씨의 션친(先親)이 쇄슈텬
폐(碎首天陛)룰 ᄒ거나 싀골 가 ᄌ폐(自廢)ᄒ디 아니ᄒ엿다고 죄룰 삼눈
다 ᄒ니, 외면(外面)으로 니ᄅ면 제일등(第一等) 의논인 듯시ᄇᄃ, 이제
귀녹(龜祿)의 흉언(凶言)이 발각(發覺)ᄒᆫ 후 보면, 귀쥬(龜柱) 한녹비(漢祿)
輩가 ᄂ외(內外)로 협녁ᄒ야 아모죠록 셰손을 위틔케 ᄒ랴 ᄒ니, 션인
(先人)이 만일 셰손 일보디(一步地)룰 ᄯᅥ나 겨시면 션왕(先王)의 위틔ᄒ
시미 십분(十分)의 구분(九分)은 될 거시니, 져근 혐의(嫌疑)룰 피ᄒ야
종국(宗國)의 위틔흔 거술 보고 안자 겨시리오.

모년의 영묘(英廟) 셩노(聖怒)가 진텹진텹(震疊震疊)ᄒ오셔 어느 지경
(地境)의 니룰 줄을 모르는 씨니, 그 아ᄃ님도 그 쳐분(處分) ᄒ오실 제,
영묘 그ᄶᅦ 더욱 엄ᄒ오신 셩심(聖心)으로 손ᄌ님을 일분(一分)이나 고쟈
(顧藉)ᄒ실 터히 아니로ᄃ, 션왕을 황텬조종(皇天祖宗)이 묵우음즐(默祐
陰騭)ᄒ야 겨오시거니와, 만일 우리 션친의 특달(特達)ᄒ신 제우(際遇)가
천고군신(千古君臣)의 ᄲᅱ여나신 ᄉ이가 아니면 결단(決斷)ᄒ야 션왕을
보젼(保全)티 못ᄒ야실 거시니, 우리 집 담멸(湛滅)ᄒ기눈 니ᄅ디 말고
이 나라히 오늘날이 어이 이시리오.

션친이 천만망극(千萬罔極)ᄒ고 천만난쳐(千萬難處)ᄒᆫ 일을 다 무릅ᄡᅳ
고 일신(一身) ᄉ셩화복(死生禍福)은 도라보디 못ᄒ시고 단단(斷斷) 혈침
(血忱)이 션왕을 보호ᄒ야 종사(宗社)룰 잇게 ᄒ랴 ᄒ시기, 그ᄶᅦ 이러타
말슴 ᄒᄆᄃ룰 아니ᄒ오신 거슨, 혹 영묘겨오셔 션친긔 의심이 겨오시
면, 그ᄶᅦ 귀쥬비(龜柱輩)의 ᄂ외(內外) 흉모참언(凶謀讒言)이 무소브디(無
所不至)ᄒᆫ디라, 당신이 일호(一毫)라도 영묘 셩심의 어긔여셔는 결단
ᄒ야 셰손(世孫)을 건지지 못ᄒ실 거신 고로 쳔ᄇᆨᄉ(千百事)룰 다 춤고
다음다음 셰손 보젼(保全)ᄒ기만 젼쥬(專主)ᄒ야, 이 나라히 지금 반셕

지안(盤石之安)이 되고 성조신손(聖祖神孫)이 계계승승(繼繼承承)ᄒ신 거시 이 다 뉘 공(功)이리오.

션친의 덕ᄒᆡᆼ(德行)이 현신텰보(賢臣哲輔)의셔 나으실지 그는 모르ᄃᆡ, 명신텰보(名臣哲輔)도 당치 아닌 고금(古今)의 업는 ᄡᅥ를 당ᄒᆞ야, 고금의 업는 공(功)을 셰우시기는, 녀편니가 녯 스긔(史記)는 모르거니와 우리나라 스ᄇᆡᆨ 년의는 션친 공(功)만흔 공이 업술ᄃᆡ, 공을 일ᄏᆞᆮ기는 새로이 참욕(慘辱)과 흉무(凶誣)가 망극망극(罔極罔極)ᄒᆞ니, 이거시 니 집 운수(運數)ᄯᅢ분이 아니라 국가(國家)의 큰 불ᄒᆡᆼ(不幸)이니, 하ᄂᆞᆯ이 어이ᄒᆞ야 이런 흉역지도(凶逆之徒)를 삼겨니야 가국(家國)의 무흔ᄒᆞᆫ 변괴(變怪)를 디어닌고 창창(蒼蒼)29)을 우러러 알 길히 업도다.

정순왕후에게 누를 끼친 자들

디져(大抵) 뎡순왕후(貞純王后)겨오셔 본질이 착ᄒᆞ오시고 텬품(天稟)이 용ᄒᆞ오셔 입궐(入闕)ᄒᆞ오신 후 니가 나히 만코 몬져 드러온 사ᄅᆞᆷ이라 ᄒᆞ오셔 ᄆᆡᄉᆞ(每事)를 너게 무러 ᄒᆡᆼ(行)ᄒᆞ오시고, 디졉(待接)ᄒᆞ오시미 극딘(極盡)ᄒᆞ오시니, 니 ᄯᅩᄒᆞᆫ 극딘이 밧드와 일호(一毫)도 샹실(喪失)ᄒᆞ미 업고, 귀쥬(龜柱)의 흉소(凶疏) 후라도 너게 향ᄒᆞ오신 ᄆᆞ음이 젼의셔 츄호(秋毫) 다르미 업셔, 만나면 흔흔관졉(欣欣款接)ᄒᆞ오시고 경신(庚申, 1800) 후라도 극딘ᄒᆞ오셔

"두 늙으니 허물 업스니 ᄒᆞᆫ가지로 누어 말ᄒᆞ쟈"

ᄒᆞ시고

"나라히 불ᄒᆡᆼᄒᆞ야 이 터흘 당ᄒᆞ고 쥬샹(主上)이 유튱(幼冲)하시니 우

29) 창창(蒼蒼): 하늘.

리 둘히 어리신 쥬상을 보호(保護)ᄒ야 위퇴(危殆)ᄒᆫ 국셰(國勢)롤 ᄒᆫ가디로 붓드쟈"

ᄒ시니, 이런 일노 보아도 당신 본심은 죠곰도 해(害)홀 ᄆᆞ음이 업스신 줄 가히 알 거시오.

너 집으로 닐너도 귀쥬의 집과 본뎌 모ᄅᆞᆫ 스이나,[30] 국혼(國婚) 뎡ᄒ신 후 션친(先親)이 지간(再揀)날 바로 가오셔 휴쳑(休戚)[31]을 ᄒᆫ가디로 홀 뜻으로 극단이 말ᄉᆞᆷᄒ오시고, 빈궁(貧窮)ᄒᆫ 션비 집의셔 졸디(猝地)의 큰일을 당ᄒ야 므슴 알오미 이시리오. 션친이 ᄆᆡᄉᆞ(每事)롤 인도(引導)ᄒ시며 도으시고, 그ᄲᅥ 호판(戶判)이시기 그 집과 본궁(本宮)[32]의 쓰이는 범빅(凡百)을 각별(各別)이 후히 하시고, 지신(持身)[33]ᄒᄂᆞᆫ 도리(道理)와 궁금(宮禁) 츌입(出入)ᄒᄂᆞᆫ 녜수(禮數)와 쳑니(戚里) 노롯 ᄒᄂᆞᆫ 규모(規模)와 심지어 디장(大將) 든니는 졀ᄎᆞ[34]롤 골육지친(骨肉之親)ᄀᆞ치 실심(實心)으로 교훈(敎訓)ᄒ며 지도(指導)ᄒ시고, 집으로 오셔 즉시 너 빅형(伯兄)의 딕 ᄒ야[35] 귀모(龜母)의게 편디(便紙)ᄀᆞ디 식이셔, 냥쳑지의(兩戚之誼)로 부녀(婦女) 통신(通信)ᄀᆞ디 식이시고, 디쇼범ᄉᆞ(大小凡事)롤 무간극단(無間極盡)ᄒ게 ᄒ야 겨시니 은(恩)은 이실디언뎡 원(怨)은 호발(毫髮)만치도 업ᄂᆞᆫ디라.

---

30) 김화진의 『오백년기담일화』(동국문화사, 1959)에는 정순왕후의 아버지 김한구를 홍봉한가의 문객으로 그린 이야기가 수록되어 있다. 홍봉한이 자기 집을 출입하는 가난하고 만만한 선비 집을 택하여 왕의 외척이 되게 했다는 것이다. 이 이야기의 원출전은 확인하지 못했으나 혜경궁의 말과는 다른 이야기가 시중에 떠돌았음은 유념할 필요가 있다. 『현고기』에는 정순왕후의 결혼에 홍봉한이 도운 바가 많았는데 홍봉한의 자질들이 교만하여 김한구를 마치 문객처럼 대했다는 말도 있다.

31) 휴쳑(休戚): 편안함과 근심.

32) 본궁(本宮): 임금이 왕위에 오르기 전에 거처하던 곳. 또는 왕실 재정 운용을 담당하는 내수사의 별칭. 여기서는 친영례 등 결혼식을 준비하고 올리는 곳인 어의동 본궁을 가리킨 것으로 보인다.

33) 지신(持身): 몸가짐.

34) 국구에게 각 군문의 대장을 맡기는 것이 관례이다. 김한구는 딸을 궁궐에 넣은 지 불과 몇 달 후 금위대장(禁衛大將)이 되었다.

35) 홍낙인의 처 민씨로 하여금.

뎡순왕후와 나와 ᄉᆞ이가 죠곰도 흔극(釁隙)이 업고 너 집과 뎌 집과 ᄉᆞ이 죠곰도 슈원(讐怨)이 업슬 거시로ᄃᆡ, 전혀 귀적(龜賊)이 ᄌᆞ초(自初)로 흉ᄒᆞᆫ ᄆᆞᄋᆞᆷ을 먹어 암디(暗地)의 흉모역계(凶謀逆計)ᄅᆞᆯ 무소브디(無所不至)ᄒᆞ다가, 나죵은 아조 너 집 담멸(澹滅)ᄒᆞᆯ 계교(計巧)가 급ᄒᆞ야, 신묘(辛卯, 1771) 이월의 인진ᄉᆞ(禋禩事)로 너뎐(內殿)의 공동(恐動)ᄒᆞ고 제 아ᄌᆞ비 한기(漢耆)ᄅᆞᆯ 지주(指嗾)ᄒᆞ야 그 흉ᄒᆞᆫ 변괴(變怪)ᄅᆞᆯ 지어너여시니, 그ᄣᅥ 션왕의 말ᄉᆞᆷ 곳 아니면 화긔(禍機)가 어ᄂᆞ 지경의 니ᄅᆞ러시리오.36) 이ᄂᆞᆫ 뎡순왕후 셩덕(聖德)을 첫 번 이루(貽累)37)ᄒᆞᆫ 거시오.

임진(壬辰, 1772)의 제가 녹적(祿賊)의 아ᄃᆞᆯ 관쥬(觀柱)ᄅᆞᆯ ᄃᆞ리고 몸소 흉소(凶疏)ᄅᆞᆯ 밧티고,38) ᄯᅩ 안흐로 봉셔(封書)ᄒᆞ야 뎡순왕후ᄅᆞᆯ 다래여 영묘(英廟)긔 '즉금으로셔 결단(決斷)ᄒᆞ쇼셔' ᄒᆞ시게 ᄒᆞ야시니, 그ᄣᅥ 영묘 셩덕(聖德)으로 귀쥬의 흉심(凶心)을 ᄉᆞᆯ피오셔 엄쳐(嚴處)ᄒᆞ야 겨오시니, 션친이 급ᄒᆞᆫ 화ᄅᆞᆯ 면ᄒᆞ야 겨오시나, 뎡순왕후긔셔 쇠옴 듯고 말ᄉᆞᆷ ᄒᆞ오시기ᄂᆞᆫ ᄀᆞ이업ᄉᆞ오시니, 이 ᄯᅩ 뎡순왕후 셩덕을 이루ᄒᆞ시게 ᄒᆞᆫ 거시니, 귀적(龜賊)이 나라히 흉역(凶逆)이니 말ᄒᆞᆯ 거시 업거니와, 뎡순왕후긔 더욱 극ᄒᆞᆫ 죄인이 아니리오.

ᄯᅩ 귀(龜) 관(觀) 흉소(凶疏) 드던 아ᄎᆞᆷ의 션왕이 분ᄒᆞ야 너게 위로ᄒᆞ시고 ᄯᅩ 션친긔 예찰(睿札)을 ᄒᆞ셔

"아ᄎᆞᆷ 흉소ᄂᆞᆫ 만만흉녕(萬萬凶獰)ᄒᆞ고 만만음참(萬萬陰慘)ᄒᆞ야〈니〉 만고(萬古)의 이런 흉두역장(凶肚逆腸)이 어이 이시리오"

ᄒᆞ오신 거시 이제ᄀᆞ디 이시니, 그ᄣᅥ브터 귀(龜) 관(觀)의 역졀(逆節)을 ᄉᆞᆯ피오신디라.

---

36) 앞에 서술된 것처럼 김귀주 측에서 홍봉한이 사도세자의 서자들을 추대하려 한다며 공격하자, 동궁이던 정조가 직접 나서서 정순왕후한테 친정을 진정시키도록 권했다는 것이다.
37) 이루(貽累): 누를 끼침.
38) 1772년 7월 21일의 일이다. 영조는 김한기가 젊은 사람들을 잘 다스리지 않아 이런 일이 벌어졌다며 김귀주, 김관주는 물론 김한기까지 꾸짖었다.

귀쥬 업슨 후라도 제 집안 부즈(父子) 형뎨(兄弟) 슉딜(叔姪)과 제 인친(姻親) 도당(徒黨)들이 다 모도 흔 심장(心腸)이오, 흔 의논(議論)들이라. 그놈들이 뎡슌왕후긔 쳔방빅계(千方百計)로 흉언패셜(凶言悖說)을 흐야 듯즈오시게 흐고 꾀오며 보채니, 경녁(經歷)지 못흐신 터히, 스리(事理)는 명투(明透)히 싱각디 못흐오시고, 너 스친(私親)들이니 얼현흐랴 그리 밋즈오셔, 누덕(累德)이 되오실 일을 여러 번 흐오시다가,

경신(庚申, 1800) 후 슈렴(垂簾)이 되니, 그놈들이 이제야 처음으로 득시(得時)흐야 승긔용약(乘機踊躍)흐고 환텬희디(歡天喜地)흐야 위디(謂之) 의리의리(義理義理)흐고, 안길노 농쥬(龍柱) 노튱(魯忠)과 관쥬(觀柱) 일쥬비(日柱輩)39)가 온갖 소리롤 다흐야 듯즈오시게 흐고, 밧그로 환지(煥之) 작두(作頭)흐고 일환(日煥) 유적비(裕賊輩)40)롤 드리고, 그 흉논(凶論)을 흐니, 당신은 춤 올흔 의리(義理)오 당연흔 말인가 고디듯즈오시고, 니게 츠마 못홀 신유년(辛酉年, 1801) 일신디 흐야 노하 겨오시니, 그놈들의 죄악(罪惡)이 뎡슌(貞純)긔도 극역(極逆)이라 말이 엇디 과흐리오.

나랏돈으로 사조직을 만들다니

션왕(先王)이 미양 흐시디

"봉됴하(奉朝賀)긔셔 어영쳥(御營廳) 봉부동은(封不動銀)을 흐여 두신디 귀쥬(龜柱) 부즈(父子)가 그 은을 다 니야가지고 봉됴하 치는 모군

---

39) 김한기(金漢耆)의 아들 김용주, 김귀주(金龜柱)의 아들 김노충 및 김한록의 아들 관주와 일주.
40) 『한중록』에서 '유적'은 통상 한유(韓鍮)를 가리키지만 여기서는 심환지와 같은 정치적 지향을 가진 권유(權裕)로 보는 것이 옳다. 1806년 3월 6일 심환지의 관작을 추탈하라는 삼사의 상소를 보면, 심환지와 권유를 몸은 다르지만 마음은 같다고 했다. 『순조실록』 이날의 기사에서도 권유를 '유적'이라고 부르고 있다.

(募軍) 갑술 호야시니 쳔고(千古)의 원분(怨憤)혼 일이라"

호시던 거시니, 그 말슴은 근신(近臣)이 드러시려니와 실노 그 말슴이 올
스오셔 션친은 나라흘 위호야 군문(軍門)의 은을 모화두어 겨신디, 그놈
들은 그거술 도적(盜賊)호야 그 흉혼 유적(鑣賊)의 지뉴(支類)와 일환(日
煥) 니환지비(履煥之輩) 여러 궁귀(窮鬼)놈들을 다 먹여 우리 집을 해호야
이 지경이 되게 호야시니, 션왕의 원분타 말슴이 엇디 올치 아니리오.
이는 젼혀 귀(龜) 녹(祿) 냥적(兩賊)의 흉언(凶言) 근본(根本)으로 말믜암아,
브디 우리 집을 몬져 졔거(除去)호고, 버거 불감언지지(不敢言之地)ㄱ디
범호는 계교니, 그 즈술 부유하쳔(婦孺下賤)인들 뉘 모릭 리 이시리오.

자기는 하지 않고 남보고는 하라 하고

모년(某年) 망극시(罔極時)의 션인(先人) 터흔, 우희 쓰인 말ㄱ티, 혐의
(嫌疑) 소지(所在), 기스싱화복니해시비(其死生禍福利害是非)롤 도라보디
아니호시고, 젼혀 아모죠록 십일셰 되오신 튱ᄌ(冲子)만 보젼호야 니오
셔, 영묘(英廟)와 경모궁(景慕宮) 혈믹(血脈)이 스빅년(四百年) 종사(宗社)
롤 젼호야 가게 호랴 호신 뜻이시니, 이는 위국(爲國)혼 튱심(忠心)과
공논(公論) 잇는 니야 젼후무론(前後毋論)호고 다 알녀니, 그ᄶ 만분의
일분이라도 구흘 지쳐(地處) 가진 사롬은 귀쥬부(龜柱父) 밧 업스니, 그
ᄶ 뉘가 초토신(草土臣)[41]으로 젼은(全恩)[42] 샹소(上疏)롤 호라 호고 권
호디 아니호엿다 호고 무디(無知)호다 호는〈던〉 거시니, 젼은(全恩) 샹

---

41) 초토신(草土臣): 상중에 있는 신하. 1760년 9월에 정순왕후의 할아버지 김선경(金選慶)이 죽었
다. 즉 김한구가 부친 상중에 있었던 것이다. 자기는 상중에 상소할 수 없으니 홍봉한한테 사
도세자를 구할 방도로 상소를 올리라고 했지만 홍봉한이 듣지 않았다는 말이다. 그리고 이후
급박한 사세의 전개는 상중에 있었기 때문에 알지 못했다는 말이다.
42) 젼은(全恩): 이미 벌을 받은 자에게 용서를 베푸는 일.

소(上疏)한 분으로 유익(有益)할 거슨 업스려니와, 그쩌 한녹비(漢祿輩)롤 드리고 저희 무옴의 션왕긋디 보전치 못호실 줄 단단(斷斷)이 알고 등이 터지도록 조이고 안자시니, 비록 피슈됴(避囚條)[43]론들 어이 그 샹소롤 호랴 호시리오. 절절(節節)이 싱각호면 흉악(凶惡)호도다.

상소의 속셈들

긔묘(己卯, 1759) 이후 쇼됴(小朝)의 샹소흔 사룹들을 올흐니도 윤(尹) 박(朴)이라 거드는가 시브니,[44] 이는 그쩌 닉 듯고 보기롤 즈시 흔 일이라. 진실노 그쩌 일을 이 일 말고도 닉가 다 알디 뉘가 알니오. 전후 샹소흔 사룹들이 다 궃튼 듯호나, 그쩌 들니는 거시 각각 다른다.

박티원(朴致遠, 1680~1764)은 본디 딕언(直言)으로 득명(得名)호고 팔십노패디듕(八十老悖之中)의 고디업시 딕간(直諫)호엿다 말이나 듯고 죽으랴 흔 거시라 호던 거시오. 윤직겸(尹在謙)의 샹소는 그쩌 영묘(英廟) 겨오셔도 협잡(挾雜)호다 호야 겨오시거니와, 그 샹소의 호디 '뎡셩왕후(貞聖王后) 겨오실 제논 셩효(聖孝)가 거룩호오시더니 년뉘 효셩이 부족호다' 호야시니, 이 말이 젼일은 티됴의 효셩이 극진호시더니 근뉘는

---

43) 피수조(避囚條): 피수는 수감을 피한다는 뜻이다. 곧 그런 이유로

44) 『불명불조』에 나오는 것처럼 1805년 12월 27일 우의정 김달순의 상소로부터 이 문제가 새삼 부각되었다. 박치원의 상소는 1759년 7월 4일에 있었고, 윤재겸의 상소는 1761년 5월 15일에 있었다. 『순조실록』 1806년 1월 6일조를 보면 순조가 두 상소문 원본을 찾았다고 하는데, 그 상소문들은 『승정원일기』 세초한 것들 속에 있었다고 했다. 그러면서 그 내용은 차마 볼 수 없고 차마 들을 수 없는 것이어서 정조가 그것의 세초를 영조에게 청하고 영조가 그것을 윤허한 사정을 이해할 수 있다고 했다. 또한 순조는 자신이 원본을 찾아본 것조차 후회가 된다고 말했다. 현재 박치원의 상소문은 『영조실록』이나 『승정원일기』에서는 찾아볼 수 없으며, 임오화변 당시 현장에 있었던 이광현의 『임오일기』 속에 남아 있다. 『임오일기』에는 박치원, 윤재겸은 물론 바로 뒤에 나오는 서명응의 상소까지 실려 있다. 박치원의 상소에는 사도세자가 별감들을 앞세워 외입한 일, 내시를 죽인 일 등이 거론되어 있다.

못 ㅎ시니 더ㅎ쇼셔 말과 달나, 그쩌 ㅅ세롤 싱각ㅎ면 그 어훈(語訓)이 암참(黯慘)ㅎ고 아니쇼으며, 쏘 셔힝(西行) 말ㅎ는디 니 션친이 폐부더신(肺腑大臣)으로 광구(匡救)ㅎ디 아니ㅎ다 죄롤 삼아시니, 그쩌 만목소견(萬目所見)의 아모라도 광구홀 터히 못 되는 줄은 뉘 모르리오. 이 샹소가 귀쥬(龜柱)의 신ㅅ(辛巳, 1761) 봉셔(封書)와 흡ㅅ(恰似)ㅎ다라. 드르니 윤지겸이가 귀쥬의 집과 년인(連姻)ㅎ 스이오, 호듕(湖中)[45] 사롬으로 한녹(漢祿)과 동문싱(同門生)이라 ㅎ던 거시니, 이는 분명 므슨 의ㅅ(意思)롤 두고 ㅎ 샹소라 ㅎ고,

서명응(徐命膺)은 전혜 제 요명(要名)으로 어려온 샹소ㅎ다 말 듯고 영묘긔 잘 뵈랴 ㅎ 즈시어니와,[46] '명눈당(明倫堂)[47]의 안자 이 샹소ㅎ노라' 말이 그쩌 눈긔(倫紀)가 업섯기 제가 명눈당의셔 눈긔롤 붉히노라 말이라. 그쩌 경모궁(景慕宮)겨오셔 서명응은 더욱 졀통(切痛)ㅎ오셔 분분(憤憤)ㅎ야 ㅎ오시던 거시니 이젠들 니 엇디 니즈리오.

내 그릇 들었던가봅니다

한긔(漢耆)는 신묘(辛卯, 1771) 이월의 제 족하의 꾀옴 듯고 셰손(世孫) 슈가(隨駕) 아니신 쩌롤 타 호위취각(扈衛吹角)ㅎ고 허다(許多) 작난(作亂) 짓던 죄악은 병신(丙申, 1776) 구월(九月) 한긔 죄 주실 적 다 거드러 겨시니 고쳐 아니 거들며,

---

45) 호듕(湖中): 충청도.
46) 서명응은 1761년 5월 8일 사도세자의 관서행을 부추긴 자들에 대해 처벌을 청하는 상소를 올렸다.
47) 명륜당(明倫堂): 성균관이나 지방 향교에 부설되어 있는 강학당(講學堂). 당시 서명응은 성균관 대사성을 맡았으므로 이런 말을 했으리라 생각되지만 상소문 끝에다 그 말을 표나게 내세워 독선적인 태도로 비쳤던 것이다.

임진(壬辰, 1772) 귀(龜) 관(觀) 흉소(凶疏)[48] 적 영묘겨오셔 진노(震怒)
ᄒ오시고 한기롤 브르오셔

"그 어인 곡절(曲折)인고"

그씨 듕던긔 뭇줍고 오라 ᄒ오시니, 제가 알외기롤

"듕던겨오셔 너 그릇 드럿던가보다 ᄒ오시ᅌᅵ더이다"[49]

그리 알외엿다가, 병신(丙申, 1776) 니환비(履煥輩) 흉소(兇疏)들 난 후
제가 ᄯᅩ ᄌᆞ명소(自明疏)롤 ᄒᆞ야[50]

"임진년의 샹교(上敎)는 엄ᄒ시고 진뉼(震慄)ᄒᆞ야 혹 그릇 드럿던가
말ᄉᆞᆷ을 아니ᄒ오신 거슬 신이 마디못ᄒᆞ야 알외여시니, 셩모(聖母) 아니
ᄒ오신 거슬 미봉(彌縫)ᄒᆞ야 알외〈여〉, ᄌᆞ셩(慈聖) 심ᄉᆞ(心事)가 붉디 못
ᄒ고 인심(人心)이 의혹(疑惑)ᄒᆞ게 ᄒᆞᆫ 거시, 우흐로 ᄌᆞ셩(慈聖)을 져ᄇᆞ리
고 아릭로 신딜(臣姪)의게 붓그럽다"

ᄒᆞ야시니, 그거시 심슐(心術)이 졀졀(節節) 흉악(凶惡)ᄒ고,

ᄂᆞᆼ쥬(龍柱)가 경신(庚申, 1800) 후ᄒᆞ야 위지(謂之) 제 아비 유소(遺疏)라
ᄒ고 ᄒᆞ야 바틴딕, 여러 사ᄅᆞᆷ을 잡아 망측지과(罔測之科)의 너허 해ᄒᆞᆫ
딕, 귀쥬(龜柱) 친 거슬 다 욕급셩모(辱及聖母)ᄒ다 ᄒᆞ야시니, 그리면 삼
십여 년을 져희놈들이 우리 션친긔 빅빅디구팔(百百之九八) 흉무(凶誣)
롤 무수히 ᄒ고, 진짓 너게 욕급(辱及)ᄒᆞ야 날을 아모조록 분원ᄌᆞ딘(憤
怨自盡)케ᄀᆞ디 ᄒ던 놈들은 죄가 업스니, 그는 뎡슌(貞純)긔와 날은 다
ᄅᆞ다 ᄒᆞ야, 뎡슌긔는 죄 잇는 오라비 친 거슬 욕급셩모라 ᄒ고, 너게는
바로 곤욕(困辱)을 무여디(無餘地)ᄒ게 ᄒᆞᆫ 것들도 녜ᄉᆞ로이 알고 심심히

48) 1772년 7월 김귀주, 김관주 등의 홍봉한에 대한 비판 상소

49) 이들의 상소에 대해서는 앞에서 자세히 서술했다. 홍봉한이 정조에게 사도세자 추숭을 권하
면서 추숭하지 않으면 어떤 일이 벌어질지 모른다고 협박했다는 이른바 '여시여시'의 말에 대
해, 영조가 그 말을 직접 중전에게 확인하라 하여, 김한기가 중전에게 확인했더니 중전이 내
가 잘못 들었나보다고 한 발 물러섰다는 뜻이다.

50) 『정조실록』 1776년 3월 27일조에 김한기의 자명소가 있다.

보논가 시브니, 더욱 모롤 일이로다.

미친 자는 사형시키지 않는다는데

귀쥬(龜柱)의 역절(逆節)이 십뉵᷑(十六字) 흉언(凶言)이 잇고, 방계곡경(旁溪曲徑)[51]으로 아모죠록 경모궁(景慕宮)을 해ᄒᆞ고 션왕을 업시ᄒᆞ랴 ᄒᆞ던 일은 거셰(擧世) 다 알거니와, 근닉(近來)의 ᄯᅩ 심한골경(心寒骨驚) ᄒᆞᆫ 말을 드르니,

을미년(乙未年, 1775) 겨울의 뎡민시(鄭民始)ᄃᆞ려 ᄃᆡ명뉼(大明律)말노 흉악음참(凶惡陰慘)이 ᄒᆞ던 말은 오히려 샹욕(常辱)으로 금죽ᄒᆞ기논 십뉵᷑ 흉언보다가 더ᄒᆞ니 션왕이 보녀신 사롬을 면당(面當)ᄒᆞ야 그 흉언을 ᄒᆞᆯ 제논 바로 션왕을 ᄃᆡᄒᆞ야 후텬매일(詬天罵日)을 ᄒᆞᆫ 거시니,[52] 귀(龜) 녹(祿) 냥인(兩人)은 엇디 나와 션왕의 불공ᄃᆡ텬지슈(不共戴天之讎)분이리오. 즉금(卽今) 궐닉(闕內)의 겨신 뎐궁(殿宮)이 다 경모궁 ᄌᆞ손이니 두루 혈원골슈(血怨骨讎)가 되디 아니리오.

고금(古今)의 흉역(凶逆)이 죡히 만ᄒᆞᆯ 거시 아니로ᄃᆡ 궁흉극악(窮凶極惡) ᄃᆡ역부도(大逆不道)논 귀적(龜賊)의게 비ᄒᆞᆯ 놈이 업술 거시니, 싱각 ᄒᆞᆯ스록 억식분통(抑塞憤痛)ᄒᆞ야 그 흉적(凶賊)의 ᄶᅧ롤 부우디 못ᄒᆞ논 줄을 통완(痛惋)ᄒᆞᆯ 분이며, 그놈의 이 말 ᄒᆞᆫ 거시 저의 ᄌᆞ초(自初) 흉언과 일곳 관년(關與) 줄이 쇼연(昭然) 명빅(明白)ᄒᆞ니, 저희 의논(議論)은 경

---

51) 방계곡경(旁溪曲徑): 제 길로 흐르지 않는 물과 굽은 길. 즉 옳지 않은 방법.
52) 『순조실록』 1807년 8월 20일조에 있는 토역(討逆) 반교문에 김귀주가 『대명률』을 인용하여 선조(先朝)의 역적이 되었다는 말이 보이며, 같은 해 10월 11일조에도 김귀주가 『대명률』의 한 구절을 떼내어 보여주어 종국(宗國)을 위태롭게 했다는 말이 있다. 당시 정민시는 시강원의 필선으로 홍국영과 함께 동궁의 심복이었는데 그에게 김귀주가 『대명률』의 한 구절을 보여주면서 아래에 나온 것처럼 사도세자를 죄인으로 몰았다는 것이다.

모궁이 텬디(天地) 용납(容納)디 못홀 죄가 겨시고 영묘겨오셔 그 쳐분(處分)ᄒ오신 거시 젹국(敵國)을 이긔시거나 디역(大逆)을 딩토(懲討)ᄒ오신 줄노 큰 ᄉ업을 삼기,

 뎡민시(鄭民始)가 나셔 『일긔日記』 업시홀 의논을 동궁(東宮) 하교(下敎)로 흔즉 귀젹이 ᄒ긔를

 "『디명뉼大明律』의 광역(狂易)53)은 무쥬(毋誅)라 ᄒ여시니, 만일 ᄉ도(思悼)를 병환(病患)으로 도라보면 나라 ᄒ신 쳐분이 엄뎡광명(嚴正光明)치 못ᄒ니, 『일긔』를 업시치 못ᄒ리라"54)

ᄒ더라 ᄒ니, 져희 처음 죄인이라 ᄒ던 말과 ᄀ튼 말이니, 디져(大抵) 이놈들의 흉논(凶論) ᄀᄐ야 경모궁이 아덕도 죄명(罪名)을 무릅ᄡ시고 신셜(伸雪)을 못 ᄒ신 거시니, 당신이 실샹 잘못흔 일이 겨셔도 ᄌ손님 두신 덕의 허물이 덥히실디, ᄒ믈며 슌젼이 병환이시고 본셩(本性)이 아니신 줄은 거셰(擧世) 다 알거눌 이 흉도(凶徒)놈들은 브디 병환이 아니 겨시고 죄(罪)로 그리되신 양(樣)으로 ᄒ야 무함(誣陷)ᄒ니, 셩ᄌ신손(聖子神孫)이 다 경모궁 혈믹(血脈)으로 이 나라흘 니으시며, 인ᄒ야 망극(罔極)흔 흉무(凶誣)를 쾌히 벗디 못ᄒ시는 일이 아니 지원극통(至冤極痛)이며, 후셰(後世) ᄌ손(子孫)의 유흔(遺恨)과 디루(大累)가 되

---

53) 광역(狂易): 미친 사람.
54) 조선에서 형법 집행의 기준으로 삼고 있는 『대명률』에 미치광이는 죽이지 않는다고 했는데, 사도세자가 미쳤다면 영조는 죽여서는 안 될 사람을 죽인 셈이니 영조의 법 집행이 잘못되었다고 할 수 있으며, 그러므로 영조의 실덕을 드러내지 않으려면 사도세자가 병이 아니라 다른 일 때문에 죽었음을 보여주는 『승정원일기』를 없앨 수 없다는 말이다. 그런데 『대명률』에서는 인용된 말과 정확히 일치하는 부분을 찾을 수 없다. "늙거나 어리거나 고질병이 있는 자는 감형 또는 용서한다(老少廢疾收贖)"는 조항을 가리키는 듯하다. 이와 관련하여 조선 후기 법전인 『속대전續大典』에는 "미쳐 이성을 잃고 살인한 자는 사형시키지 않고 감형하여 유배 보낸다"는 말이 있다. 정조가 죽기 직전 김조순한테 한 말을 기록한 『영춘옥음기』에는, 당시 정조가 보낸 사람은 정민시가 아니라 홍국영이고, 김귀주가 꺼낸 책은 『대명률』이 아니라 『속대전』이라고 적고 있다. 한편 김귀주 측의 기록인 「김공가암유사」(『공거지남』)에는 처음에 정조는 사도세자가 병으로 죽은 것으로 고치자고 했더니 김귀주가 차라리 세초를 하자고 해서 합의를 보았다고 한다. 이 책에는 홍국영이 김귀주를 찾아간 날을 1776년 1월 21일이라고 밝히고 있다.

디 아니 리오.

이른바 전례 사건

지어(至於) 뎐녜(典禮) 일은 더욱 밍낭(孟浪) 무거(無據) 니, 내 션친(先親)이 평일(平日)의 나 듯 디라도 뎐녜되면 됴케 엿다 의논을 시 거술 번도 드룬 일이 업고, 당신도 그런 무음은 아니 겨시더니,

뎡희무즈간(丁亥戊子間, 1767 및 1768) 거려(居廬) 실 쩌 궐내(闕內) 출입(出入)을 못 시 다. 쳥원(淸原)이 즈루 든니며 무간(無間)이 말 제 르 슈쟉(酬酌) 의논 디

"근닉(近來) 셰손(世孫) 하교(下敎)를 듯즈오니 쟝닉(將來) 츄슝(追崇) 실 예의(睿意)가 만 시더라"

니, 그 일이 나라 큰일이라, 당신 지쳐(地處)의 동궁(東宮) 의향(意向)을 분명이 모르시 거시 굼굼하셔, 긔튝년(己丑年, 1769) 봄의 탈상(脫喪) 시고 입디(入對) 야 겨실 적, 나도 안고 셰손도 겨신디, 션친이 동궁긔 엿즈오시기를

"요스이 김시묵(金時默) 말슘을 듯즈오니 예의가 쟝닉 츄슝(追崇) 오실 의향이 겨오시다 오니 예의가 과연 그러 오시니잇가. 이는 디됴(大朝) 하교가 누누(累累) 오시니 할단(割斷) 야 구디 딕희옵쇼셔. 일은 그러 오실 터히어니와, 인심셰도(人心世道)가 하 흉악(凶惡) 오니 긔스(己巳, 1689) 유얼(遺孽)이나 무신(戊申, 1728) 여당(餘黨)들이 원국(怨國) 놈이 잇다가 만일 츄슝 아니신다고 샹업슨 말을 오면 민망(憫惘) 오니 엇디 올고 답답 오이다"

이리 야 겨시니, 션친이 이 말슘 시기를

'츄숭을 ᄒᆞ여야 올스오니 츄숭을 ᄒᆞ옵쇼셔. 만일 츄숭을 아니ᄒᆞ옵시면 변이 나오리이다'

이리ᄒᆞ야 겨시면 망발(妄發)이라 ᄒᆞ려니와, 츄숭을 마르실 줄노 할단(割斷) 고슈(固守)ᄒᆞ쇼셔 ᄒᆞ고 나죵은 여환(餘患)으로 훗 걱정ᄒᆞ신 거슬 죄라 ᄒᆞ니, 이도 귀쥬(龜柱)의 흉두역쟝(凶肚逆腸) 곳 아니면 이런 구함(構陷)이 어디 이시며, 귀쥬의 샹소(上疏)55)의 어훈(語訓)56)이 여시여시(如是如是)라 말이 아조 폐립(廢立)을 ᄒᆞ랸단 말노 잡은 거시니, 그놈의 말이야 구함인 줄 뉘 모롤 거시 아니로디,

우리는 변명할 만큼, 저놈들은 잡고 칠 만큼

다만 니 일셩 샹통(傷痛)ᄒᆞ야 ᄒᆞ고 애드라 ᄒᆞ야 션왕(先王)긔도 ᄒᆞ던 말이어니와, 병신년(丙申年, 1776) 니환(履煥)의 샹소(上疏) 비답(批答)의 일 물ᄉᆞ(一物事)는 영묘(英廟) 하교(下敎)로 입증(立證)ᄒᆞ야 쳥탈(淸脫)ᄒᆞ시고, 인숨(人蔘) 일은 김치인(金致仁)이 병슐(丙戌, 1766) 도졔됴(都提調)로 신폭(伸暴)ᄒᆞ야 그 말도 허언(虛言)이 되야시나,57) 그ᄽᆖ 니 집 모양이 화쉭(禍色)이 도텬(到天)ᄒᆞ고 귀쥬(龜柱)의 당(黨)이 다 드러와 국영(國榮)이롤 쐬일 ᄽᆖ니, 션왕이 국영이게 옹폐(壅蔽)ᄒᆞ시믈 일시(一時) 바드셔, 여시여시(如是如是) 일졀(一節)을 우리는 발명(發明)홀 만치, 뎌놈들은 잡고 칠 만치, 양시ᄬᅡᆼ비(兩是雙非)로 두동ᄲᅳ게58) 비답(批答)을 ᄒᆞ야 겨시니,

다론 일과 달나 이거슨 니가 흔 좌샹(座上)의셔 친텽(親聽)흔 말솜이

---

55) 1772년 7월 인삼 사건 등으로 홍봉한의 논죄를 청한 상소.

56) 어훈(語訓): 말뜻.

57) 김치인은 사건이 나던 1766년 약방의 도제조였다. 약방의 책임자로서 그는 1776년 3월 28일 정이환의 상소에 대해 해명했는데, 그 해명은 정이환의 상소 내용을 부정하는 것으로 혜경궁이 이 사건에 대해 서술한 바와 같다.

58) 두동ᄲᅳ게: 두루뭉술하게.

니, 츄터(推戴) 이즈(二字)는 텬일(天日)이 지샹(在上)ᄒᆞ기 과연 ᄒᆞᆫ신 일
이 업고, 그 슈작(酬酌)인즉 우희 쓰인 말 밧긔 일호(一毫) 더ᄒᆞᆫ 말ᄉᆞᆷ이
업ᄂᆞᆫ디, 발명(發明)을 넉넉이 ᄒᆞ리라 ᄒᆞ고 츄터 이즈를 비답(批答)의 필
지어셔(筆之於書)59) ᄒᆞ야 면목(面目)이 됴치 아니ᄒᆞ야 지금ᄀᆞ디 죄를 삼
으니,60) 닉 션친(先親)이 아모리 괴이(怪異)ᄒᆞᆫ신들 므슴 의ᄉᆞ(意思)로
'츄슝(追崇)ᄒᆞ쇼셔' 그리 욱이시며, 므슴 ᄆᆞᄋᆞᆷ으로 '츄슝 아니ᄒᆞ면 츄터
(推戴)되리라' 저히실 니가 어이 이시며, ᄒᆞ믈며 부녀지간(父女之間)이
비록 지졀(至切)ᄒᆞ나 궁듕(宮中) 톄면(體面)과 분의(分義)가 ᄌᆞ별(自別)ᄒᆞ
더 날을 안치시고 닉 아드님을 그리 저히시는 말을 ᄒᆞ실 니가 어이 이
시리오.

이거시 막비(莫非) 국영이 옹폐ᄒᆞ야, 세 죄안(罪案)을 다 벗겨는 션인
(先人) 신샹(身上)이 멀거ᄒᆞ야 집언지단(執言之端)61)이 업스리라 ᄒᆞ야,
ᄒᆞᆫ 가지는 버술 듯 말 듯 이럴 듯 져럴 듯 의심스러이 믄드라 두고
조ᄅᆞ랴 ᄒᆞ는 계교(計巧)로 비답(批答)을 그리ᄒᆞ야 노하시니, 이 ᄯᅩ 국영
의 죄악(罪惡)분 아니라 그ᄶᅦ 귀쥬비(龜柱輩)의 국영을 톄결(締結)ᄒᆞ야
닌 소치(所致)니, 이제 싱각ᄒᆞ야도 엇디 통완(痛惋)치 아니ᄒᆞ리오.

---

59) 필지어서(筆之於書): 다짐을 하거나 잊지 않기 위해 글로 써둠.

60) 1776년 3월 27일 정이환의 상소에 대한 정조의 비답에 여시여시의 말에 대해서는 홍봉한을
문책하고 있다. 『정조실록』 당일조에는 "여시여시의 말은 내가 세손으로 있을 때 봉조하를
개인적으로 만났더니, 봉조하가 '저하께서 후일 사도세자를 추숭하지 않는다면 무신난을 일으
킨 무리들이 이를 빙자하여 추대하는 거조를 취하지 않을 줄 어찌 알겠습니까? 일이 이와 같
으니 그때를 당하시면 어찌하시겠습니까'라고 했다. 이후 내가 정순대비를 모실 때 말이 추숭
에 미쳐 이 말을 아뢰었다. 대저 그 마음의 근원은 염려에서 나왔다 해도 그 말을 평하자면
실로 망발로 돌아가니 이 말을 듣는 자는 죄를 물음이 마땅하고 말한 자는 스스로 그 까닭을
밝혀야 한다"고 했다. 여기서 정조의 말을 보면 홍봉한이 추숭을 권한 것으로 이해되는데, 이
말이 정순왕후에게 전해지고 이것이 김귀주네로 흘러가서 결국 화살이 홍봉한에게 날아왔던
것이다.

61) 집언지단(執言之端): 트집 잡을 만한 꼬투리.

전례 문제로 화를 입다

이 말노 인연(因緣)ᄒ야 신유년(辛酉年, 1801) 반교문(頒敎文)62)에 니 션친(先親)을 역괴(逆魁)로 머리의 언저 노희(魯禧)63)와 ᄀᆺ티 일크라시니, 날을 안치고 니 션친이며 션왕(先王)의 외조(外祖)롤 왕약왈(王若曰)이라 ᄒᄂ는 글의 올녀시니, 이런 흉악(凶惡)ᄒ 변괴(變怪)가 ᄯᅩ다시 어이 이시며,

지어(至於) 니 동싱의 피화(被禍)ᄒᆯ 적 죄ᄂ는 젼혀 뎐녜ᄉ(典禮事)니, 니 동싱이 뎐녜(典禮)ᄒ쟈고 샹소(上疏)롤 ᄒ엿거나, '누고롤 모화가지고 뎐녜 의논을 ᄒ더라' 말을 고변(告變)이 드러실가, 빅빅디(白白地)의 억지로 무함(誣陷)ᄒ야 뎐녜 의논흔다 ᄒ고 극화(極禍)의 니르러시니, 텬디간(天地間)의 이런 원통(冤痛)이 어듸 이시며,

션됴(先朝) 말년(末年)의 날ᄃ려 뎐녜 브치ᄅ 말ᄉᆷ을 여러 번 ᄒ신 일이 과연 이시나, 니 평싱(平生)의 그 일을 쑴ᄀᆺ티 녁여 입의 거드ᄂᆫ 일이 업고, 니 집 사ᄅᆷ은 쇼년들ᄭᆞᆺ디 뎐녜 이ᄌᆞ(二字)ᄂᆫ 혐의(嫌疑)스러워 도저히 부ᄌᆞ형뎨간(父子兄弟間)의 ᄉ실(私室) 슈작(酬酌)도 ᄒ 일이 업ᄂᆫ디, 공연(空然)이 이 지경(地境)의 니르러시니 이런 원통이 다시 어듸 이시리오.

이제ᄂᆫ 녹적(祿賊)의 일이 나64) 두뢰(頭腦)롤 변좌(變坐)ᄒ야시니65) 니 션친의 호셩궁(護聖躬) 안종사(安宗社)ᄒ신 공이 이ᄱᅥ 드러나야 올코, ᄒ믈며 션왕이 미양 호셩궁 안종샤ᄒ 공(功)이 금샹(今上) 등ᄂᆡ(等內)의 쾌히 드러나리라 ᄒ시던 거시오 『주고奏藁』 ᄆᆡᆫ드신 고심(苦心)이 당신

---

62) 1801년 6월 10일의 토역 반교문. 『순조실록』에는 이 반교문이 빠져 있으며, 『내각일력』에서 전문을 볼 수 있다. 글의 앞머리에 홍봉한이 궁정에서 동궁을 위협한 죄상을 말하고 있다.
63) 노희(魯禧): 김상로와 홍계희.
64) 1806년 5월 이후 김한록의 흉언 문제가 본격 거론된 일을 가리킨다.
65) 두뇌, 곧 중심이 바뀌었으니. 시절이 바뀌었다는 뜻.

말솜 곳티

"아딕 외조(外祖)의 심스(心事)를 쾌히 폭빅(暴白)디 못하나 이 칙즈 (冊子)를 니 손조 민드라니여 셰샹이 졀노 니가 외조를 위흔 졍셩을 알게 하고 「주고셔문奏藁叙文」을 경모궁(景慕宮) 직실(齋室)의 가 지은 뜻이 잇노라."

하시고 그쎄 니 동싱의게 어찰(御札)하셔 외조의 튱셩(忠誠)을 일크르시고 경신(庚申, 1800) 스월(四月)의 니 두 동싱을 보오시고 말솜하오시더

"「주고총셔奏藁總叙」의 흔모디 발휘(發揮)홀 말은 남겨두어시니 이후 가국(家國)이 티평(太平)하야 쾌히 간힝(刊行)홀 쎄의 더하야 너흐려노라"

하오시던 말솜이 시방도 귀예 잇고 쏘 갑즈(甲子, 1804)를 기드리셔 아드님 손을 비러 가국 대쇼스(大小事)를 다 쾌히 하야 노코 우리 션친의 보셩궁 안종샤하오신 공(功)과 튱(忠)을 포쟝(褒獎)하오셔

"시호(諡號)를 튱즈(忠字)로 고치려노라"

하시던 거시니, 션왕의 이런 유의(遺意)를 나분 아녀 금샹(今上)도 아르시거니와, 친근(親近)흔 신하(臣下)야 뉘 모르리 이시리오. 만시(萬事) 다 이러하야시니 나의 지흔(至恨)과 유흔(遺恨)이 엇디 텹텹(疊疊)하디 아니하리오.

니 궁독(窮獨)흔 신셰(身世)로 일누(一縷)를 보젼하야 목하(目下)의 튱역(忠逆)을 벽파(劈破)하고 시비(是非)를 분간(分揀)하는 쎄를 당하니, 군슈국적(君讐國賊)을 소탕(掃蕩)하는 줄 쾌홀 분 아니라, 니 션친과 동싱의 지원극통(至冤極痛)을 신폭(伸暴)홀 쎄가 이실가, 쥬야(晝夜) 읍혈(泣血) 츅텬(祝天)하노라.

망나니 종수

종슈(鍾秀)의 교악간요(狡惡奸妖)ᄒ야 셰도(世道)롤 괴란(乖亂)ᄒ고 인심(人心)을 파탕(波蕩)케 ᄒ미 더욱 흉악(凶惡)ᄒ매, 말단(末端)의 ᄯᄅ 쓰이며,66) 그 흉도(凶徒)들 등의 종슈 형데(兄弟)가 읏듬이니, 귀쥬(龜柱)의 흉심(凶心)이 점점 ᄌ라기도 종슈의 일이오, 경인(庚寅, 1770) 년간(年間)의 일변(一邊)으로 유적(鑢賊) 의지(意志) 어더낼 적 모쥬(謀主) 되며, 일변으로 십혹ᄉ(十學士)런지 그것들 모화 공홍지논(攻洪之論)ᄒ기도 종슈의 일이오, 구상(具庠)이 드리 노코 후겸(厚謙)이 ᄯ러 우리 집 모해(謀害)ᄒ기 시작ᄒ기도 종슈 일이니, 만일 후겸이 ᄯ러 셩긔(聲氣) 샹응(相應)을 아니ᄒ야시면, 그젼 종슈롤 근심ᄒ시고 믜워ᄒ오시다가 어ᄂ 입시(入侍) ᄯᅦ 홀연(忽然) 관디(冠帶) 춘지필거슬67) 친히 종슈의 ᄉ매의 너허 내야 보내야 겨시니, 이 일노 보아도 후겸의게 소위(所謂) 십혹ᄉ(十學士)들과 ᄒ가디로 후겸이 ᄯ쑨 거슬 더 알 거시니, 그러미 일디(一隊) 사ᄅᆷ들을 쇠야 귀쥬의게 도라가게 ᄒ기도 종슈의 일이오,

병신년(丙申年, 1776)의 니 듕부(仲父)의 녀산(礪山) 찬비(竄配) ᄒ실 제 던교(傳敎)ᄒ시기롤

"역졍(逆情)과 이지(異志) 잇다 말은 만만(萬萬) 과(過)ᄒ니 결단코 졍외(情外)에 말이라"

ᄒ셔 아조 결단(決斷)ᄒ시고, 국영(國榮)이도 그디도록 ᄒ려 ᄒ는 일은 업던 거슬, 종슈가 오월(五月)의 드러와 국영의 아돌이 되야 간모비계(奸謀鄙計)로 망유긔극(罔有紀極)ᄒ게 쇠와 니 듕부가 참화(慘禍)롤 닙고, 인(因)ᄒ야 제게 합(合)ᄒ디 아니흔 사ᄅᆷ은 무수히 죽이고, 수십년니(數十年內)의 사ᄅᆷ 죽이는 일은 아니 담당(擔當)ᄒ는 거시 업서, 제 손의

---

66) 글 맨 끝에 따로 쓴다는 말.
67) 관디 춘지필거슬: 미상. 영조가 김종수에게 초록 명주를 관대를 하여 입으라고 주었다는 말이 앞에 나온다. 필은 옷감을 뜻하는 '匹'로 볼 수도 있겠다. 곧 필것.

사롬이 무론(毋論) 유죄무죄(有罪無罪)ᄒ고 몃몃치 샹흔 동 알며, 국영의 허다(許多) 죄악(罪惡)을 다 죵슈가 찬죠(贊助)ᄒ야 일윈 일이오. 그 남아 슈시(隨時) 반복(反覆)ᄒ야 천빅(千百) 가디로 몸을 가진 일은 세상이 뉘 모ᄅ며,

일싱(一生) 경영(經營)이 긔셰도명(欺世盜名)ᄒ고 당동벌이(黨同伐異)[68]ᄒ며 샹인해물(傷人害物)ᄒ기의 이셔 쇼불여의(少不如意)ᄒ면 그놈 역적(逆賊)일다 그놈 죽이쟈 ᄒ기롤 일삼기, 션왕(先王)이 미양 날드려 우스시며

"옥ᄉ(獄事)의ᄂ 김죵슈 ᄲᅡ질 적이 업스니, 회ᄌ슈(劊子手)[69]니라" ᄒ셔 흉국화가(凶國禍家)롤 거스로 아르시기, 영츈헌(迎春軒)[70]으로 흔 번 드려오신 일이 업고, 당신과 금샹(今上) 잡숩ᄂ 슈라(水剌)의 샤외ᄒ셔 흔번 죵슈롤 가슌궁(嘉順宮) 손의 음식을 먹이신 일이 업스니, 일노 보아도 셩심(聖心)의 심오(深惡) 통절(痛切)ᄒ시던 줄을 가히 알 거시오

망나니가 의리의 주인이라니

죵슈(鍾秀)의 소위(所謂) 명논(名論)이라 거시 전혀 츄슝(追崇) 마쟈 ᄒ기로 ᄒ야, 졔우(際遇)도 게셔 나고 '의리(義理) 쥬인(主人)이로라' ᄒ니 세상의 그런 가쇼(可笑)로온 일이 어이 이시리오. ᄌ고로 츄슝을 치ᄂ 거시 번왕(藩王)으로 승통(承統)ᄒ야 소성(所生)을 츄슝ᄒ랴기 녯적 명신(名臣)과 우리나라 션졍(先正)들이 다 못 ᄒ게 ᄒ야시니, 이 일이 님군은 위친(爲親)흔 ᄉ정(私情)으로 ᄒ랴 ᄒ고, 신하(臣下)ᄂ 녜의(禮義)

---

68) 당동벌이(黨同伐異): 일의 옳고 그름은 따지지 않고 뜻이 같은 무리끼리는 서로 돕고 그렇지 않은 무리는 배척함.
69) 회자수(劊子手): 사형을 집행하던 사람. 망나니.
70) 영춘헌(迎春軒): 정조가 거처하던 곳. 창경궁 소재. 정조는 여기서 죽었다.

룰 딕희여 마쟈 ᄒ야, 님군의 ᄆᆞ음을 거스리고 졍논(正論)을 잡아 굴치 아니ᄒ기 어렵다 말이지,

종슈는 션왕이 아딕 츄슝 아니ᄒ실 미의(微意)71)룰 보고 영합(迎合)ᄒ야 츄슝 마쟈 ᄒ고, 닉 집 믜워ᄒᄂ 스원(私怨)을 협잡(挾雜)ᄒ야시니, 외면(外面)은 녯적 번왕(藩王)과 종실(宗室) 츄슝 마쟈 ᄒᄂ 명논을 비러 가지고 듕심(中心)은 님군의게 영합ᄒ고 아당(阿黨)ᄒ랴 ᄒᄂ ᄆᆞ음으로 나시니, 이거시 어이 명논이며, 실은 녯적 츄슝하쟈던 사롬도곤 더 간사(奸邪)ᄒ고, 님군이 츄슝하려고 뇌졍지노(雷霆之怒)와 부월지위(斧鉞之威)가 무셔온디 두리워 아니ᄒ고 슈경지논(守經之論)을 구디 ᄒ면 어렵다 ᄒ려니와, 제게 니해(利害) 업손 일의 님군이 마쟈 ᄒ시ᄂᆞ디 쏠와 마쟈 ᄒ고 ᄌᆞ이위의리쥬인(自以爲義理主人)이라 ᄒ니, 긔 무어시 어려오리오.

이리ᄒ며 셰샹의 그 의리(義理)룰 저밧괴 뉘 ᄒ리 ᄒ야 저는 거룩ᄒᆫ 사롬이로라 ᄒ고 제게 븟좃디 아니ᄒᄂ 뉴(類)ᄂ 츄슝하랸다 비치(背馳) 의리라 지목(指目)ᄒ야 다 죽이려 ᄒ야, 광혹인심(誑惑人心)ᄒ고 괴란셰도(乖亂世道)ᄒ야, 무죄(無罪)ᄒᆫ 사롬으로 ᄒ야곰 췌췌늘늘(惴惴慄慄)72) ᄒ야 어ᄂ 날 므슴 변(變)을 만날 줄 몰나 거셰(擧世)가 위름도일(危懍逃逸)73)ᄒ게 민ᄃᆞ니 이런 경샹(景狀)이 어이 이시리오.

션왕이 미양 ᄒ시디

"종슈의 명논은 니가 셩츄(成就)ᄒ야 준 거시오. 닉 의리룰 종슈가 댱슌(將順)74)ᄒᆫ 거신디 셰샹은 모르고 종슈가 〈몬져 쥬론(主論)ᄒᆫ가 아니 우습다"

ᄒ시고〉

---

71) 미의(微意): 숨은 뜻.
72) 췌췌율률(惴惴慄慄): 불안하고 두려워하는 모양.
73) 위름도일(危懍逃逸): 두려워하여 도피함.
74) 장순(將順): 뜻을 받들어 순종함.

"제 만일 츄슝을 아니랴 ᄒ면 경모궁(景慕宮) 팔ᄌᆞ(八字) 존호(尊號)와 옥ᄎᆡᆨ(玉冊) 금인(金印)을 제가 찬셩(纂成)ᄒ야시니, 니 이제라도 츄슝ᄒᆞᆯ 의ᄉᆞ(意思)ᄅᆞᆯ 뵈면 죵슈가 ᄯᅩ 츄슝ᄒᆞ쟈 쥬론(主論)ᄒᆞ는 사름이 될 거시오, 계튝년(癸丑年, 1793) 섯ᄃᆞᆯ의 니가 홍시(洪氏)의게 가의(加意)ᄒᆞ는 눈치ᄅᆞᆯ 보고 연듕(筵中)의셔 제가 홍시와 지친(至親)이기 져는 공홍지논(攻洪之論)을 ᄒᆞᆫ 일이 업노라 알외여시니 디톄(大體) 졍ᄐᆡ(情態)가 구미호(九尾狐)니라"
ᄒᆞ시던 거시니, 져 ᄀᆞ튼 만고(萬古) 쇼인(小人)이 다시 어듸 이시리오. 국운(國運)이 불ᄒᆡᆼ(不幸)ᄒᆞ야 이런 악독간요(惡毒奸妖)ᄒᆞᆫ 거시 나시니 엇디 통흔(痛恨)치 아니ᄒᆞ리오.

일단 폭로하고 뒤집어씌우자

ᄯᅩ 병진년(丙辰年, 1796) 오됴흉언(五條凶言)[75]으로 ᄂᆡ각(內閣)[76]의 댱셔(長書)ᄒᆞᆫ 후 날ᄃᆞ려 ᄒᆞ시디
"흉언(凶言)ᄒᆞᆫ 사름을 다히디 못ᄒᆞ고 소문의 그러타 ᄒᆞ야시니, 그거시 엇더ᄒᆞᆫ 흉언이완디 쥬인(主人) 업손 고변(告變)이니, 제가 무상(無狀)ᄒᆞᆫ ᄆᆞ옴을 이긔디 못ᄒᆞ야 흔젹 업손 흉언을 ᄒᆞ야시니, 제 스스로 ᄒᆞ야ᄂᆞᆫ 말이지, 뉘가 그런 말을 ᄒᆞ리"
ᄒᆞ시고 통분(痛憤)ᄒᆞ야 ᄒᆞ시던 거시니 셰상의 그런 간요(奸妖)ᄒᆞᆫ 놈이 어듸 이시리오. 제 일싱(一生) 고변ᄒᆞ기로 일삼다가 공현(空然)이 ᄂᆞᆷ을

---

75) 1796년 호남을 중심으로 다섯 조목의 흉언이 떠돈다고 하면서 김종수가 규장각에 긴 편지를 보냈는데, 내용은 '조선이 진(秦)나라처럼 축성(築城)을 한다, 한(漢)나라처럼 매관(賣官)을 한다, 수(隋)나라처럼 사치를 한다, 당(唐)나라처럼 여알(女謁)이 성행한다, 전례(典禮)에 관한 일을 말한다'는 것이다. 김종수는 이 오조흉언을 상소하여 그 흉언의 토벌을 청했다(『정조실록』 1796년 7월 2일조).
76) 내각(內閣): 규장각의 별칭.

해ᄒ랴 ᄒ고, 형젹(形迹) 업시 오됴흉언(五條凶言)이 호남호셔(湖南湖西)
로 니러나 제가 이 오건ᄉ(五件事)로 샹소(上疏)ᄒ랸다 ᄒ고, 뉘가 잡으
려 지어닌야 범샹(犯上) 흉언을 ᄒ 양으로 발명(發明)ᄒᄂ 체ᄒ 말이나,
이거시 엇더엇더ᄒ 듕난(重難)ᄒ 말을, 뉘가 ᄒ더란 사ᄅᆷ은 다ᄒ디 못
ᄒ고 공듕(空中)의 소문이라 ᄒ니 그 소문이 하늘노셔 쩌러지지 아니ᄒ
고 ᄯᅡ흐로셔 솟지 아니ᄒ 전의야 나모군이 뎐ᄒ야도 제게 와 ᄒ 사ᄅᆷ
이 잇기 제 귀에 들녀시니 제 만일 나라흘 위ᄒ고 제 발명ᄒ랴면 '김
가(金哥)고 니가(李哥)고 아는 놈이 이 말을 뎐ᄒ니 그놈을 잡아 츌쳐
(出處)를 무르면 이 언근(言根)을 ᄎᄌ리라' 편디(片紙)77)의 ᄒ여시면 그
ᄂ 명빅(明白)ᄒ 말이 되거니와, 이ᄂ 일홈도 셩(姓)도 업시 소문이라만
ᄒ야시니, 이거시 공현(空然)이 제게 됴치 아닌 사ᄅᆷ을 무함(誣陷)ᄒ야
너ᄒ랴 ᄒᄂ 뜻이니,

간쇼비(奸小輩)가 사ᄅᆷ을 모해(謀害)ᄒ려 ᄒ면 거즛말을 빅디(白地)의
지어 몬져 인심(人心)을 의혹(疑惑)ᄒ고 나죵 제 해코져 ᄒᄂ 사ᄅᆷ의게
밀쳐 무함ᄒ야 넛ᄂ 거시 고금(古今)이 다르미 업스니, 죵슈(鍾秀)의 일
이 뎡언각(鄭彦慤, 1498~1556)의 벽셔(壁書)78)와 윤휴(尹鑴, 1617~
1680)의 익명셔(匿名書)79)의셔 더ᄒ 거시니, 만고(萬古)의 이런 요역(妖
逆)이 어디 이시리오.

니 이젼(以前) 드르니 슉묘됴(肅廟朝)의 대신(大臣) 오시슈(吳始壽)가

---

77) 편지(片紙): 종잇조각.
78) 명종 2년(1547) 정언각은 부제학 시절 양재역(良才驛)에서 발견한 벽서를 가지고 옥사를 일으
킨 후 권력을 잡았다. 당시 명종이 어린 나이에 왕위에 오르자 모친인 문정왕후가 수렴청정
을 했는데, 양재역 벽에 '여왕이 집정하고 간신 이기(李芑) 등이 권력을 농락하여 나라가 장차
망하게 되었는데 이를 그대로 서서 기다리게 되었으니 어찌 한심하지 아니한가'라는 말이 붉
은 글씨로 쓰여 있었다는 것이다. 이 일로 송인수, 이언적 등 윤임 일파가 피화했다. 양재역
벽서 사건은 을사사화로 정권을 잡게 된 소윤(윤형원) 일파가 대윤(윤임) 일파의 잔존 세력을
제거하기 위해 꾸며낸 일로 알려져 있다. 양재역 벽서는 정언각이 쓴 것이라는 말도 있다.
79) 윤휴의 익명서란 숙종 5년(1679) 4월 서울 길거리에 나붙었다는 익명서로 비롯된 사건이다.
그 익명서는 주로 서인 재상들을 모함한 내용으로 이환이 알렸다. 이환이 쓴 것으로도 알려
져 있다. 이때 윤휴는 비밀 차자를 올려 익명서에 나온 인물들을 경계해야 한다고 주장했는
데, 이 일 등으로 윤휴는 이듬해 이환과 함께 흉모를 꾀했다는 죄목으로 사사되었다.

원뎝ᄉ(遠接使)[80]로셔 신강쥬약지셜(臣強主弱之說)을 디국(大國) 통관(通官)이 ᄒ더라고 부언(浮言)을 지어노흐니, 그ᄶ 슉묘(肅廟)겨오셔 튱년(冲年)이오시기 쥬약(主弱)이란 말이오, 우암(尤庵)[81] 문곡(文谷)[82] 일디(一帶)를 살해(殺害)ᄒ랴 신강(臣強)이라 말이라. 경신년(庚申年, 1680) 옥ᄉ(獄事)의 오시슈와 모든 역관(譯官)들을 다 잡아 무르니 역관이 ᄒ나토 드ᄅ 니 업노라 ᄒ니, 오시슈가 언근(言根) 출쳐(出處)를 다히디 못ᄒ고 그 말을 제 스스로 지어닌 거시 되야 극뉼(極律)을 면치 못ᄒᄂ디, 그ᄶ 고샹(故相) 김슈흥(金壽恒)이 녕샹(領相)으로 안옥(按獄)ᄒ고, 니 고조(高祖)가 대ᄉ헌(大司憲)으로 복합(伏閤) 논계(論啓)ᄒ야 쳐분(處分)ᄒ시게 ᄒ엿다 ᄒ던 거시니, 일노 의논(議論)ᄒ건디 죵슈의 오건ᄉ(五件事)ᄂ 쥬약(主弱) 두 ᄌ(字)의 비겨 몃몃 가디가 셩궁(聖躬)의 침핍(侵逼)ᄒ리오.

제 젼후(前後) 죄악(罪惡)은 니ᄅ도 말고 이 ᄒᆞᆫ 가디로 ᄒ야도 제 대역(大逆)을 면치 못홀 거시니, 셰샹의 공논(公論)이 응당(應當) 이실디, 환지(煥之) 흉ᄒᆞᆫ 놈이 죵슈비(鍾秀輩)를 견습(傳襲)ᄒ야 오ᄂ 고로 션왕(先王) 묘졍(廟庭)의 비향(配享)을 ᄒ야시니,[83] 션왕이 아롬이 겨시면 명명듕(冥冥中)의 오죽히 혁연(赫然) 진노(震怒)ᄒ시리오.

제 형 죵후(鍾厚) 더욱 화지근본(禍之根本)이니 국영(國榮) 원뉴소(願留疏)ᄒᄂ디

"국영이가 나라 신신(藎臣)으로 호표지산지셰(虎豹在山之勢) ᄀᆞᆺ틴야 ᄉ류(士類)가 미더 두려워 아니ᄒᆞᆫ다"

ᄒ고, 국영이 픠흔 후 ᄯᅩᄒᆞᆫ 잘못ᄒ엿노라 샹소(上疏)ᄒ야시니, 셰샹의 이런 혹쟤(學者)와 이런 명논(名論) 〈이〉 어디 이시리오.

---

80) 원졉사(遠接使): 중국 사신이 오면 그 영접을 맡는 임시 벼슬.
81) 우암(尤庵): 송시열(宋時烈)의 호
82) 문곡(文谷): 김수항(金壽恒)의 호
83) 1802년 6월 21일 정조 묘정에 배향할 신하로 김종수와 유언호를 뽑았다. 그리고 1807년 8월 8일에는 여러 대신들의 요구로 김종수의 출향을 허락했다.

환지(煥之) 이하(以下)로 거셰(擧世)가 다 츄앙(推仰)ᄒ야, 고놈의 형셰(形勢)ᄅᆞᆯ 도도고 심법(心法)을 뎐ᄒ야,[84] 필경(畢竟) 디흔(大釁)[85] 져희(沮戲)ᄒᄂᆞᆫ 대역(大逆)들이 되여시니, 근본(根本)을 의논(議論)ᄒ면 종슈의 형뎨(兄弟)오, 와굴(窩窟) 근져(根底)ᄂᆞᆫ 다 귀쥬(龜主) 한녹(漢祿)이니, 싱각홀ᄉᆞ록 흉악(凶惡)ᄒ도다.

---

84) 1799년 3월 6일 정조가 심환지에게 보낸 편지(『정조어찰첩』)를 보면 김종수가 이미 죽었으니 이제는 그대가 김종수의 일을 이어받으라고 했다. 심환지가 김종수의 뒤를 이은 데는 임금의 역할도 컸던 것이다.

85) 대흔(大釁): 틈. 문젯거리.

해설

한중록, 조선의 산문 고전

『한중록』의 연구와 번역

조선의 문예부흥기라 일컫는 영조와 정조의 시대를 이해하는 중요한 사료이자 조선시대 한글문학의 대표작인 『한중록』은 한국문학 연구 초기부터 당대 석학의 관심을 모았다. 맨 먼저 가람 이병기 선생이 1939년부터 1940년까지 『문장文章』에다 작품 소개와 주해를 발표하여 작품 연구의 선편을 쥐었고, 1947년에는 이를 모아 주석본을 간행했다. 이후 나손 김동욱 선생이 가람 선생의 작업을 보충하여 1961년 민중서관에서 『한중만록』을 간행했는데, 가람의 『한중록』이 작품 일부를 주석한 데 비해(본서 제1부만 했음), 나손의 주석본은 작품 전편을 주석했다는 데 의의가 있다(본서 제3부의 제2편은 빠졌음). 또한 이 책은 여러 이본 즉 일사 방종현 선생 소장의 이른바 일사본(현재 서울대학교 규장각 소장)과 가람 선생 소장의 가람본(현재 서울대학교 규장각 소장), 그리고 나손 선생 소장의 나손본(현재 단국대학교 도서관 소장) 및 서울대학교 규장각에 소장된 한문본 『읍혈록』을 대교하여 원문 이해에 완벽을 기했다는 장점이 있다. 나손의 주석본은 이후 수많은 번역본의 저본이 되었고, 『한중록』의 표준으로 자리 잡았다.

『한중록』 해석의 기초 작업과 별도로 『한중록』 연구에서 독보적 지위를 차지한 분이 김용숙 선생이다. 김용숙 선생은 1958년 『국어국문학』 제19호에 발표한 논문 「사도세자의 비극과 그의 정신분석학적 고찰」 이후, 평생을 『한중록』 연구에 몰두했다. 김용숙 선생은 『한중록』과 아울러 궁중풍속 연구를 진행하여 『한중록』의 의미를 더욱 풍부히 해석했고, 『한중록』의 문학적 가치를 뚜렷이 인식하게 했다. 그의 연구는 『한중록 연구』(정음사, 1987)에 집대성되어 있으며, 제자 정은임, 이금희 교수의 연구로 이어지고 있다.

한편 『한중록』은 국외에서도 좋은 번역과 연구 성과들이 발표되었는데 그 대표작은 1996년 미국에서 출간된 김자현(Jahyun Kim Haboush) 교수의 번역서이다. 김자현 교수는 김동욱 선생의 『한중만록』처럼 『한중록』 전문을 번역했는데, 다른 외국어 번역과 달리 최선본을 골라 번역의 저본으로 삼았다는 장점이 있다. 김용숙 선생이 혜경궁의 첫번째 회고록 이본 가운데 원본이거나 적어도 원본에 가장 가까울 것으로 판정한 버클리 대학(U. C. Berkeley) 소장 『보장寶藏』 등을 번역 저본으로 삼은 것이다. 버클리 대학 소장 『보장』은 1970년대 후반에야 그 가치가 알려진 이본으로 김동욱 선생의 『한중만록』에서는 다루어지지 않았던 자료이다.

김자현 교수의 책은 번역서로뿐만 아니라 연구 성과로도 주목할 만한데, 책 맨 앞에 있는 해제는 『한중록』에 대한 연구 논문으로 중요한 의의가 있다. 종전에는 『한중록』의 장르 또는 양식을 수필이니 궁정 실기니 회고록이니 그저 범범하게 접근했는데, 김자현 교수는 『한중록』의 각 편, 곧 혜경궁이 해를 달리하여 서술했던 '네 편'의 글을 각각 다른 양식으로 보았다. 비록 『한중록』이 한 제목 아래 몇 편의 글을 묶고 있다 해도 기실 하위의 '네 편'은 각각 다른 양식이라는 것이다. 이는 『한중록』의 정밀한 연구를 위한 기초를 마련한 것이라 할 수 있다.

『한중록』 연구는 외국뿐만 아니라 학계 밖에서도 주목할 만한 성과가 있었다. 혜경궁의 후손인 홍기원 씨는 1992년 자신이 운영하는 출판사인 민속원에서 『읍혈록』을 간행했는데, 여기에는 버클리 대학 『보장』과 같은 계열의 이본으로 중요한 자료적 가치를 지닌 국립중앙도서관 소장 한글본 『읍혈록』이 영인 번역되어 있을 뿐만 아니라, 무엇보다 종전에 알려지지 않았던 혜경궁 후손가에 전하는 한글본 『읍혈록』이 영인 번역되어 있다. 특히 이 후손가의 『읍혈록』에는 '병인추록'이라 이름 붙은 혜경궁이 1802년 서술한 글의 부록이 있는데, 이것은 유일본이다.

🌿 명칭, 이본, 범주 및 체제

명칭

『한중록』은 오랫동안 '恨中錄'으로 받아들여졌다. 남편 사도세자를 잃은 혜경궁의 '한'을 생각하며, 한글로 적힌 작품의 표제를 그렇게 옮겨 적었던 것이다. 하지만 설령 혜경궁의 정서가 그렇다 하더라도 이는 조선시대에 책 제목을 짓는 일반적인 방법과는 어울리지 않는다.

『고종실록』에서는 『한중록』을 '閒中漫錄' 또는 '泣血錄'으로 적고 있는데, 여러 이본을 두루 살펴봐도 이들 명칭이 일반적이다. 또한 『한중만록』을 '閒中錄'이나 '閑中錄'으로 줄여 부르는 것도 무방할 것으로 여겨진다.

이본

도대체 제목부터 통일되지 못한 『한중록』은 어떤 책일까? 제목의 혼란에서 짐작할 수 있듯이 '한중록'은 어떤 단일한 책의 제목이 아니다. 출판된 것도 아니고 필사로 전승되었기에, 글의 체제나 내용도 이본에 따라 약간씩 다른 것이 실상이다. 먼저 전승 이본을 통해 『한중록』의 존재 양상을 살펴보자.

현전하는 『한중록』의 이본에 대해서는 김용숙 선생의 『한중록 연구』에서 거의 밝혀놓았다. 이 책에는 14종의 이본이 소개되어 있는데, 제목은 '한중록', '한중만록', '읍혈록', '보장' 등으로 되어 있고, 그 내용은 크게 보아 세 번에 걸친 혜경궁의 기록을 모두 담은 것도 있지만, 그 가운데 일부만 필사한 것도 있다. 표기문자도 다양해서 한글본은 물론 한문본도 있고, 또 한글한문혼용본도 있다. 주요 소장처는 서울대학교 규장각, 국립중앙도서관, 버클리 대학 동아시아도서관 등이다. 그런데 김용숙 선생이 소개한 이본 외에도 연세대학교에 3종, 서울대학교 중앙도서관 일석문고 등에서도 1종이 더 확인된다. 특히 김용숙 선생 연구 후에 소개된 이본 가운데 혜경궁 친정 후손가에 전하는 『읍혈록』은 주목을 요한다.

범주 및 체제

『한중록』은 크게 보아 세 차례에 걸친 혜경궁의 회고를 포괄한 것이다. 본서의 삼 부가 그것이다. 이 삼 부 가운데 제3부 제2편 「병인추록」을 빼면, 종전에 가장 많이 읽힌 종합본 『한중록』과 일치한다. 종합본 『한중록』은 '한중록'을 대표하는 이본이라 할 수 있는데, 일찍이 19세기에 혜경궁의 글을 누군가가 수합 편집한 것이다. 종합본 『한중록』은 그 체제가 본서와는 약간 다른데 구체적으로 살펴보면 다음과 같다. 김동욱 교주본 『한중만록』에서 그 차례를 따른 가람 선생 구장본을 예로 들어본다.

권수	서문 유무	서술 연도	각 편의 연관
제1권	있음	1795년	
제2권	있음	1805년	
제3권	없음	1805년	제2권의 후속편
제4권	없음	1795년	제1권의 후속편
제5권	없음	–	
제6권	있음	1802년	

위의 표에서 알 수 있듯이 종합본은 총6권인데, 서술 연도에 따라 배열하지도 않았고, 각기 다른 글을 따로따로 한 편씩 분리하지도 않았다. 몇 편의 글을 섞어서 배열하고 있는 것이다. 그 차례는 대개 서술 대상의 내적 시간 순서를 따르고 있다. 제1권은 혜경궁의 어린 시절, 제2권과 제3권은 사도세자의 죽음, 제4권은 혜경궁의 노년을 그리고 있는 것이다. 그런데 제5권과 제6권은 시간적 배열이 아닌, 사건별, 인물별 배열이라는 다른 체제를 지니고 있다.

제3권이 제2권의 후속편이라는 것은 사건 서술의 시간적 경과와 인과관계를 볼 때 의심할 수 없고, 제4권이 제1권의 후속편임은 이 글만 따로 전하는 이본이 적지 않기에 분명히 알 수 있다. 문제는 제3권이나 제4권처럼 서문이 보이지 않는 제5권인데, 김용숙 선생은 따로 근거를 대지 않고 1801년에 기술된 것으로 보았다. 이리하여 김용숙 선생은 『한중록』을 혜경궁이 1795년, 1801년, 1802년, 1805년 네 번에 걸쳐 기록한 것을 모은 것으로 보았고, 이는 지금까지 아무런 의심도 받지 않고 정설로 받아들여졌다.

그런데 혜경궁 후손가에 전래된 한글본 『읍혈록』을 보면, 제5권이 1801년에 지어졌다는 의견을 의심하지 않을 수 없다. 그 책에만 실린

1806년 병인년에 다시 써서 붙였다는 「병인추록」의 서문을 보면, 혜경궁이 1802년에 쓴 책이 있어 그것을 보완하겠다고 했는데, 1801년에 쓴 글에 대해서는 아무 말도 없다. 「병인추록」이 제5권에 서술된 김종수와 관련된 일까지 보완하고 있음을 보면, 「병인추록」은 제5권과 제6권을 하나의 글로 보고 있음이 명백하다. 또한 후손가의 한글본 『읍혈록』은 물론 서울대학교 규장각에 소장된 한문본 『읍혈록』도 서문이 있는 제6권 다음에 제5권을 위치시키고 있다. 제5권은 제6권의 후속편임을 알 수 있는 것이다. 이렇게 제5권과 제6권의 차례를 거꾸로 놓고 보면, 제6권 서문에 "머리에는 정조께서 날 섬기시던 효성과 내게 전하시던 말씀을 옮겨 쓰고, 그 나머지는 사건의 전말을 하나하나 명백히 알게 쓸 것이라"고 글의 차례에 대해 쓴 말이 비로소 이해가 된다. 제6권에는 대개 정조가 한 말을 쓰고 제5권에는 사건의 전말 하나하나를 나누어 적고 있기 때문이다.

이렇게 보면 『한중록』에 대한 종전의 통설은 잘못임을 알 수 있다. 혜경궁이 1801년에 쓴 글은 없고, 대신 1806년의 부록이 추가되는 것이다. 즉 혜경궁의 글은 1795년, 1801년, 1802년, 1805년의 네 차례에 걸쳐 작성된 것이 아니라, 1795년, 1802년, 1805년, 1806년의 네 차례에 걸쳐 작성되었던 것이다. 그런데 1806년의 글은 1802년 글의 부록에 해당하므로, 크게 보아 1795년, 1802년과 1806년, 1805년 세 차례에 걸쳐 집필되었다고 말할 수 있는 것이다. 이 밖에도 버클리 대학과 연세대학교에 소장된 『불명불조弗明弗措』의 한 구절을 보면 그것이 마치 1809년 이후 혜경궁이 따로 쓴 글인 듯하나, 그것은 그전에 쓴 『한중록』과 내용이 거의 다르지 않고 서문이 없으며 또 한문본으로만 전한다는 점에서, 혜경궁이 직접 썼다기보다는 후대에 누군가가 기존의 『한중록』을 한문으로 번역하고 편집한 이본으로 추정된다. 별도의 『한중록』이 아니라 『한중록』의 한 이본으로 볼 수 있는 것이다.

이제 종합본의 체제를 약간 수정하여 『한중록』 전체의 체제를 정리하
면 다음과 같다.

권수	서문 유무	서술 연도	각 권의 연관	본서 해당 부분
제1권	있음	1795년	제4권의 전편	제2부 전반부
제2권	있음	1805년	제3권의 전편	제1부 전반부
제3권	없음	1805년	제2권의 후속편	제1부 후반부
제4권	없음	1795년	제1권의 후속편	제2부 후반부
제5권	없음	1802년	제6권의 후속편	제3부 제1편 후반부
제6권	있음	1802년	제5권의 전편	제3부 제1편 전반부
부록	있음	1806년	제6권과 제5권의 부록	제3부 제2편

표에서 보듯 종합본 『한중록』은 권차를 완전히 뒤집어놓을 정도로
편집에 편집자의 입김이 강하게 작용했다. 실제로 김용숙 선생에 의해
원본으로까지 추정된 버클리 대학 소장 『보장』과 종합본을 비교하면,
종합본이 원본을 상당히 변개시켰음을 알 수 있다. 우선 종합본 『한중
록』은 『보장』 후반에 인물별로 되어 있던 서술을 이야기의 시간적 전
개에 따라 재편집하는 대폭적인 체제 수정을 보여주고 있다. 또 종합
본에서는 혜경궁이 부모님의 부부싸움을 말린 부분이라든지, 어린 시
절 동생이 소론과 놀지 않겠다고 말한 부분 등등, 남겨서 혜경궁 친정
에 그리 좋을 것이 없는 부분이나 공연히 시비만 부를 수 있는 부분은
생략했고, 반면 홍씨 집안의 일로 자랑하고 싶은 부분은 원본에 없는
것을 넣기도 했다. 『보장』은 본서 제2부의 내용만 담은 것이어서 종합
본의 다른 부분이 원본과 어떻게 달라졌는지는 확인할 수 없지만, 종
합본은 대체로 이런 방향의 변개가 있었을 것은 짐작된다. 『보장』과
종합본의 비교는 본서 주석에서 구체적으로 적시했다.

🍃 주제와 양식

『한중록』은 총 삼 부의 각각 다른 저작 배경과 저술 동기를 가진 글로 구성되어 있다. 첫 번째 글은 1795년 혜경궁 환갑 때 쓴 본서 제2부 「나의 일생」이고, 두 번째 완성된 글은 1802년 봄에 초고를 쓰고 1805년 4월에 탈고한 본서 제1부 「내 남편 사도세자」이다. 본서 제3부 「친정을 위한 변명」은 전편은 1802년 7월에 저술되었고, 부록인 후편은 1806년에 완성되었다. 『한중록』이 세 편의 독립된 글이 하나로 묶인 것이다. 아래에서는 그 각각의 주제와 성격을 글의 완성 시점에 따라 살펴보기로 한다.

「나의 일생」, 본서 제2부

「나의 일생」은 혜경궁 회갑년에 장조카 홍수영이 혜경궁의 필적이 집안에 전하는 것이 없으니 한 글자 적어달라고 한 것이 계기가 되어 쓴 회고록이다. 김자현 교수는 「나의 일생」을 특이한 형태의 가훈류(family injunction)로 보았다. 하지만 「나의 일생」이 후손에게 써준 글이라 훈계적 요소가 없지는 않지만, 서문의 말처럼 "내 겪은 것을 알게" 하는 데 목적이 있을 뿐만 아니라, 그 내용도 혜경궁이 일생을 회고하는 것이 대부분이므로, 회고록 또는 자서전에 가깝다. 혜경궁이 태어나서부터 글을 쓰기까지 겪었던 일들을 시간순으로 적어나가면서, 또 한편으로는 뒷부분에 자기와 가까운 사람들, 친인척 또는 심지어 자기가 데리고 있었던 종에 대해서까지 절을 나누어 적고 있다.

이 글은 글 자체가 어떤 뚜렷한 정치적 목적을 지니고 있다고 보기는 어렵다. 비교적 담담히 자신의 인생을 술회하고 있는 것이다. 그도 그럴 것이 당시는 이미 남편이 죽은 지 삼십 년이 지났고, 아들 정조가 아버지 홍봉한의 문집을 만들고 있었고, 홍수영 등 친정 조카들에게는 벼슬을 내려주었으며, 혜경궁의 유일한 여동생 이복일 처의 시집을 신원시켜주는 등, 영조 말년부터 불어닥친 혜경궁 친정의 화변이 서서히 진정되는 상황이었기 때문이다. 더욱이 정조는 혜경궁에게 1804년 순조가 열다섯 살로 성인이 되면 아들에게 왕위를 물려주고 자신은 화성으로 가서 상왕으로서 외가의 억울함을 모두 풀어주겠다는 약속까지 했으니, 혜경궁은 그저 그날만 기다릴 뿐 다른 맺힌 것은 없었다.

게다가 1759년 정순왕후가 영조의 후비로 들어온 이래 정순왕후 친정이 줄곧 날을 세우고 대립했지만, 이때는 정순왕후 친정마저 거의 세력을 잃었다. 정순왕후의 아버지 김한구는 일찍이 1769년에 죽었고 정순왕후의 오빠로 혜경궁 친정 공격에 앞장을 섰던 김귀주도 정조 즉위 직후인 1776년 9월 흑산도로 귀양을 가서 1786년에 죽었으니, 조정에는 혜경궁을 위협할 만한 세력이 없었다. 이런 희망과 낙관의 상황에서 지은 것이니 담담히 자기 일생을 회고할 수 있었던 것이다.

「내 남편 사도세자」, 본서 제1부

「내 남편 사도세자」와 이 다음의 「친정을 위한 변명」은 「나의 일생」과는 상황이 사뭇 다르다. 1800년 6월 돌연 정조가 죽자 어린 순조를 대신하여 정순왕후가 수렴청정을 했는데, 이때 혜경궁 친정이 참변을 겪었기 때문이다. 1801년 5월 동생 홍낙임이 사사되는 등 극도의 불안, 좌절, 분노의 상태에서 이들 글은 지어졌다. 물론 「내 남편 사도세자」가 완성된 시점이나 「병인추록」이 쓰인 시점은 정순왕후의 수렴청정이 끝나 다시 상황이 반전되었다. 하지만 정순왕후 집권기에 둘러씌워진 친정집의 죄명은 아직 완전히 풀리지 않았고 따라서 혜경궁의 분노와 증오도 채 식지 않았다. 「내 남편 사도세자」와 「친정을 위한 변명」이 「나의 일생」에 비해 뚜렷한 정치적 목적을 가지지 않을 수 없는 이유도 바로 여기 있다.

「내 남편 사도세자」는 사도세자가 뒤주에 갇혀 죽게 된 일의 경과를 사도세자가 태어날 때부터 시작해서 시간적 순서에 따라 세세히 그려나간 글이다. 김자현 교수가 '역사기록(historiography)'이라고 규정할 만큼 일의 경과를 구체적으로 그리고 있어서, 마치 사건의 실상을 온전히 재구성하기 위해 적은 글로 생각할 수 있지만, 이 글은 이 글의 서문에서 말하고 있는 것처럼 목적이 분명한 글이다. 사도세자의 죽음을 둘러싼 세간의 이설을 반박하는 데 목적이 있는 것이다.

세간의 이설이란 크게 두 가지인데, 하나는 사도세자가 죄가 있어서 죽었다는 것이고, 다른 하나는 반대로 사도세자가 죄가 없는데 신하들이 부추겨서 억울하게 죽었다는 것이다. 혜경궁의 의견은 사도세자는 죄가 있다고도 할 수 있고 없다고도 할 수 있다는 것이다. 사도세자가 부왕에 대해 입에 담을 수 없는 욕을 하고 심지어 부왕을 죽이려고까지 한 것은 사실이지만, 그것은 어디까지나 광증으로 자신을 제어할 수 없는 상황에서 한 것이므로, 행위로 보면 죄가 있지만 원인을 따지고 보면 죄가 없다는 것이다. 사정이 이러니 세간의 이설을 반박하기 위한 가장 확실한 방법은 사도세자에게 광증이 있었음을 보여주는 것이다. 그러기 위해 혜경궁은 사도세자 광증의 발생과 진행 경과를 구체적으로 기술하지 않을 수 없었다.

사도세자에게 광증이 있었는지는 당시에도 중요한 문제였다. 사도세자가 죄가 있어서 죽었다는 말은 어느 누구도 내놓고는 할 수 없는 말이었다. 임금의 아버지 또는 할아버지를 죄인으로 몰아갈 수는 없기 때문이다. 문제는 사도세자가 죄도 없고 광증도 없었는데 신하들의 모략과 방조로 죽었다는 주장이다. 광증이 없었는데도 죄 없이 죽었다면 세자를 죽음에 이르게 한, 또는 죽음을 그냥 보고만 있었던 신하들은 죄를 피할 수 없다. 특히 혜경궁의 아버지 홍봉한은 당시 영의정이라는 국정 최고 책임의 자리에 있었기 때문에 가장 큰 죄인이 될 수밖에 없었다. 이런 사정이 있는데 정순왕후 치하에서 동생까지 역적으로 죽어나가는 극한의 상황이 되니 이 근본적인 문제에 대해 세세히 해명하지 않을 수 없었던 것이다. 설사 당장 이것을 해명의 자료로 삼을 수 없다 해도, 곧 정순왕후 수렴청정이 끝나면 손자인 순조가 등극할 것이니, 그때라도 더이상 혐의를 받지 않기 위해 그것을 한바탕 정리하지 않으면 안 되었던 것이다. 게다가 그 일은 자신만큼 잘 아는 사람도 없는 데다가 이미 약간이라도 아는 사람들조차 거의 다 죽은 상황이어서, 순조가 궁금해하는데도 그것을 제대로 알려줄 사람이 없었다. 혜경궁이 붓을 들지 않을 수 없었던 것이다.

「내 남편 사도세자」는 이처럼 뚜렷한 목적을 가지고 그것에 초점을 맞추어 쓴, 한 인물의 삶을 탄생부터 죽음까지 그린 인물 전기(傳記)이다. 전기 가운데서도 심리 분석을 위주로 서술된 특별한 전기라고 할 수 있다.

「친정을 위한 변명」, 본서 제3부

「친정을 위한 변명」은 앞의 두 글과 달리 누구의 부탁을 받고 쓴 것이 아니라 스스로 친정에 겨누어진 여러 혐의를 벗기기 위해 쓴 글이다. 친정의 무죄를 밝히는 데 가장 중요한 근거가 될 수 있는 아들 정조의 말을 정리하고, 다음으로 적대 세력의 잘못을 사실에 기초하여 조목조목 비판하고 있다. 김자현 교수는 전반부 즉 앞에 정조의 말을 정리한 부분이 들어 있는 편을 정조의 전기(biography)로 보았고, 후반부 즉 여러 인물과 그들이 꾸민 사건을 구체적으로 비판한 부분을 회고록(memorial)이라고 보았다. 하지만 앞부분을 전기로 보기에는 전기의 내용이 소략하고, 뒷부분을 회고록으로 보기에는 회고의 개념을 지나치게 포괄적으로 적용한 듯하다.

「친정을 위한 변명」은 기본적으로 김귀주(정순왕후), 화완옹주, 김종수 등 적대 세력이 어떤 동기에서 어떻게 말을 꾸며 친정에 죄를 씌웠는지 보여주면서, 동시에 어떤 근거에서 그들의 주장이 옳지 않은지를 논리적으로 보여준 글이다. 예컨대 아버지 홍봉한이 영조에게 권하여 뒤주가 들어왔고 그래서 사도세자가 뒤주에서 죽게 되었다는 혐의는, 기본적으로 뒤주가 어떻게 들어왔던 그 문제는 사도세자 사인의 본질적인 부분이 아니라고 보고 있지만, 홍봉한이 뒤주가 들어온 다음에야 궁궐로 들어왔다는 것을 정조의 하교를 들어 증명함으로써 혐의를 벗기려고 했다. 또 영조의 병환에 홍봉한이 고급 인삼을 제대로 사용하지 않았다는 혐의는 당시 내의원 책임자인 김치인의 진술을 빌려 벗기려고 했으며, 이 밖에 작은아버지 홍인한의 이른바 '삼불필지' 사건이나, 동생 홍낙임이 천주교도와 연루되었다는 혐의 등도 관련 근거를 구체적으로 보여줌으로써 혐의가 잘못임을 보여주었다.

「친정을 위한 변명」에서 부록편인 「병인추록」은 정치성이 강하다는 점에서는 전편과 상통하지만, 전편은 방어적인 반면 후편은 다분히 공세적이다. 전후편이 상반된 성격을 보여주고 있는 것이다. 「병인추록」은 1806년에 서술되었으므로 그럴 수밖에 없을 것이다. 1803년 12월 정순왕후의 수렴청정이 끝나면서, 정순왕후 측은 몰락이 진행되었다. 거기에다 1805년 1월 정순왕후가 죽으면서 정순왕후 세력은 완전히 힘을 잃었다. 혜경궁 측은 서서히 반격을 시작했는데, 그 과정에서 혜경궁은 「내 남편 사도세자」를 완성하고, 또 「병인추록」을 집필하였다. 1806년 2월부터는 죽은 심환지의 처벌을 요구하는 상소가 이어지고, 5월 13일 도승지 김이영의 상소로부터, '사도세자는 죄인이므로 그 아들인 정조는 왕이 될 수 없다'는 김한록의 흉언이 부각되었다. 이후 김귀주 측은 역적으로 몰려 패망하고 7월 1일에는 정순왕후 혼전에 그 경과를 고하는 고유제(告由祭)까지 지냈다. 「병인추록」은 이런 승리의 과정을 지켜보면 쓴 글이다. 「병인추록」은 1806년 몇월에 썼는지 밝혀져 있지 않지만, 내용으로 보면 1806년 후반기에 쓴 것이 분명하다. 이때는 정순왕후 측에 대한 토벌이 강력히 진행될 때이다. 혜경궁 측의 공격은 1807년 8월 종묘의 정조 사당에 배향된 김종수의 위패가 쫓겨나가고 동시에 역적 토벌 반교문에 공표된 시점에 일단락되었다. 「병인추록」을 쓸 때는 정순왕후 측을 한창 강력하게 규탄할 때였던 것이다. 그래서 「병인추록」을 쓸 때는 정순왕후 측을 한창 강력하게 규탄하고, 마지막에 역적 김종수가 아직 종묘에 배향되어 있다고 소리 높이고 있는 것이다. 「병인추록」은 혜경궁이 자기 진영에다 정순왕후 측을 비판하는 논리와 근거를 제공하고자 집필한 것으로 생각된다.

「친정을 위한 변명」은 각각의 사건 또는 인물을 증거에 입각하여 논리적으로 비판하는 방식으로 기술되어 있다. 자서전이나 전기처럼 시간적 순서에 따라 배열되어 있지 않은 것이다. 이처럼 「친정을 위한 변명」은 뚜렷한 정치적 목적을 지닌 일종의 논변문, 구체적으로는 정치논변문이다.

『한중록』의 가치

사실의 기록

『한중록』은 연구 초기부터 많은 의심을 받았다. 가람 선생의 글에 따르면 혜경궁이 쓴 것이 아니라 혜경궁의 동생 홍낙임이 썼다는 의심까지 받았다고 한다. 터무니없는 의심이다. 홍낙임은 『한중록』의 주요 부분이 집필되기도 전에 죽었는데 말이다. 그러다 1950년대 후반 김용숙 선생 등에 의해 본격적인 연구 성과가 나오자, 이번에는 이은순 교수(『조선후기당쟁사연구』, 일조각, 1988) 등 역사학계 일각에서 『한중록』

의 사료적 진실성을 의심하는 연구가 나왔고, 이는 『사도세자의 고백』
(이덕일, 푸른역사, 2000) 등 인기 높은 역사교양서로까지 연결되었다.

『한중록』의 진실성을 부정하는 역사 저술들의 핵심 주장은 혜경궁
이 그토록 공을 들여 입증하고자 했던 사도세자의 광증을 부정하는 것
이다. 사도세자는 광증이 아니라 당쟁으로 인하여 희생되었고, 혜경궁
은 사도세자 편이 아니라 자기 친정의 당파인 노론 편에 서서 『한중
록』을 지어 사실을 왜곡했다는 것이다. 이은순 교수는 정조가 지은 사
도세자의 묘지문과 행장 즉 「현륭원지」와 「현륭원행장」에는 아버지의
광증이 그려져 있지 않은데 『한중록』에만 그것이 과도히 그려져 있다
는 것을 주요 논거로 삼았다.

하지만 최근 속속 발견되는 여러 자료를 보면, 오히려 혜경궁의 기
록이 정확하고 아들 정조는 차마 아버지의 광증에 대해 말을 하지 못
했던 것으로 이해하는 편이 온당한 듯 보인다. 정조가 순조의 장인인
김조순에게 한 말을 기록한 『영춘옥음기』에는, 정조가 "사도세자의 병
이야 누가 모르겠냐"고 말했다고 적고 있다. 또 사도세자 무덤에서 나
온 영조가 직접 쓴 사도세자의 묘지문에도 사도세자의 광증을 말하고
있고, 사도세자 본인이 장인 홍봉한에게 보낸 편지에서도 자신이 우울
증으로 고생하고 있다는 하소연을 볼 수 있다.

혜경궁은 『한중록』에서 그 일에 대해서는 자기만큼 잘 아는 사람도
없으며, 자신의 글은 한 치의 보탬도 없다고 누차 강조했다. 그 말처럼
『한중록』의 사료적 정확성은 연구가 축적될수록 더욱 분명히 확인되고
있다.

흔히들 『한중록』을 궁중의 큰어른이 된 노년의 혜경궁이 해질녘 궁
중의 큰 전각 마루에서 동편에 있는 남편 사도세자의 사당을 바라보며
무한한 회한에 잠겨 지나간 일을 회고하며 지은 글로 상상한다. 이은
순 교수는 논문의 결론에서 『한중록』을 사십 년이나 지난 일의 '자기

합리화를 위한 회상기'에 불과하다고 본 바 있다. 하지만 실상을 말하면 『한중록』은 감개에 가득 찬 회고록도 아니요, 오래 지난 회상기도 아니다. 오히려 철저히 자료에 기반을 둔 기록이다.

『한중록』의 세세한 사건 기록은 분명 기억을 넘어서는 수준에 있다. 「내 남편 사도세자」에서 보여주는 수많은 구체적인 날짜와 시간, 「친정을 위한 변명」에서 인용하고 있는 많은 문건 등은 『한중록』이 단순히 기억에 의지한 것이 아님을 잘 보여준다. 최근 혜경궁 친정집에서 편집된 왕가와의 왕복 간찰집이 소개되었다. 여기서 혜경궁은 1806년, 「병인추록」을 쓸 무렵, 친정에다 왕가와의 왕복 간찰을 수집, 정리, 편집할 것을 지시했다는 사실이 밝혀졌다. 기록 자료에 대한 혜경궁의 관심을 알 수 있는 것이다. 실제로 『한중록』에서도 간찰 자료가 중요하게 이용되고 있다. 이런 까닭으로 가람 선생은 일찍이 『한중록』이 "한갓 기억과 상상으로만 지은 것이 아니고 일기나 수록(隨錄) 같은 것이 이왕 있"어서 된 것으로 보았던 것이다. 『한중록』은 정치적으로 민감한 문제들을 다루고 있어서 기록된 모든 것이 사실인지는 논란의 여지가 적지 않겠지만, 적어도 당파에 의한 선입견이나 그를 뒷받침하는 한두 가지 자료로 쉽게 부정되기 어려운 수준의 사료적 근거를 가진 기록임은 분명하다.

이면의 기록

『한중록』의 사료적 가치는 단순히 사실을 충실히 기록했다는 점에만 그치지 않는다. 혜경궁이 아니라면 알기 어려운 또는 표현하기 어려운 사건 이면의 기록이라는 점에 더 큰 가치가 있다.

1758년 8월 1일의 사도세자 능행 수가(隨駕) 소나기 사건을 보자. 사도세자는 어려서부터 갑갑한 궁중이 싫어 계속 밖으로 나가고 싶어 했다. 그런데 영조는 세자를 데려가려 하지 않았다. 그러다 인원왕후와 정성왕후가 거의 동시에 죽은 다음, 영조로서도 세자를 할머니와 어머니 묘소에 참배시키지 않을 수 없어서 마지못해 세자 능행 수가의 명령을 내렸다. 사도세자는 능행을 기대하며 즐거워했는데 행차가 서울을 벗어날 무렵 소나기가 쏟아졌다. 영조는 가뜩이나 세자를 데려갈 마음이 없었는데 길을 나서려고 하자 소나기가 내려 행차가 몹시 불편해졌다. 그러자 기다렸다는 듯이 "날씨가 이런 것도 다 세자 탓이라, 돌아가라"고 명령한다. 사도세자는 학수고대하던 능행 수가가 수포로 돌아가자 좌절하여 숨도 쉴 수 없는 지경이 되었다. 여기까지가 『한중록』의 기록이다.

그런데 이날 『영조실록』과 『승정원일기』의 정사(正史) 기록을 보면 서술된 바가 전혀 다르다. 세자가 비를 맞고 병이 들 것을 염려한 부왕 영조에 의해 돌려보내진 것으로 기록된 것이다. 65세 노령의 부왕은 소나기에도 불구하고 능행을 계속하고 24세의 건장한 청년 세자는 병이 들 것을 염려한 아버지의 배려로 편안한 궁궐로 돌아온 것이다. 『한중록』이 아니라면 이 이해할 수 없는 부분은 영조의 아버지로서의 지극한 자애와 희생적 태도로밖에 읽을 수 없었을 것이다. 이 밖에도 1771년 2월의 궁성 호위령을 비롯하여, 정사 기록과 다르거나 혹은 정사에는 없는 사건의 이면을 기록한 것이 한두 가지가 아니다.

『한중록』은 사건의 이면뿐만 아니라 인간의 이면도 보여주고 있다. 청명당(淸名黨)으로 자처한 김종수 형제의 일이 대표적이다. 김종수의 형 김종후야 스스로 홍국영의 사퇴를 만류하는 상소를 올렸다가 홍국영이 실각하자 곧 자신의 잘못을 반성하는 상소를 올린 선비답지 못한 행동을 내외에 보여주었지만, 김종수는 언제나 자기는 맑고 높은 의논을 펴노라고 자부한 사람이었다. 혜경궁 역시 김종수가 말 값을 하기 위해 밖으로는 행동거지를 어느 정도 깨끗이 가졌음을 인정하고 있다. 하지만 김종수의 본질은 권세를 유지하고 자기 이름을 높이기 위해 어떤 비굴하고 비열한 행동도 마다하지 않는다는 것이다. 김종수의 표리부동한 태도를 혜경궁은 정조의 입을 빌려서 확인하는 방식을 취하는데, 요컨대 김종수는 임금의 의중을 살펴 임금의 뜻에 영합하고 아부하는 인물이라는 것이다.

김종수의 어머니는 홍봉한의 사촌누나이다. 김종수는 혜경궁의 가까운 친척인데도 혜경궁 집안을 격렬히 공격했던 것이다. 그런데 1793년 12월 정조가 외가에 마음을 두는 기미가 보이자, 자신은 혜경궁 인척이기에 홍씨네를 공격한 일이 없다고 정조에게 말했다고 한다. 혜경궁이 이런 김종수를 '구미호'라고 말하자 정조는 '참 잘 표현하셨습니다'라고 말했다고 한다. 이처럼 『한중록』은 다른 사람들은 좀처럼 알 수 없는 인물의 이면까지 밝혀 적고 있는 것이다.

『한중록』은 남들이 잘 알 수 없는 것을 적기도 했지만, 동시에 알고 있다 해도 감히 말할 수 없는 것을 기록하기도 했다. 영조는 여든을 넘기고 죽음에 임박한 시기에 종종 의식을 잃고 헛소리를 했다고 한다. 아무 일 없이 대정시령(大庭試令)이나 진하령(進賀令)을 내리기도 했고, 심지어 벌써 고인이 된 숙종 때의 재상 김진규를 약방제조로 임명한다고까지 했다고 한다. 노령으로 인한 어쩔 수 없는 행동이었다해도 자칫 임금을 웃음거리로 만들 수 있는 이런 내용은 다른 사람들은 감히 말할 수 없는 것이다. 더욱이 정성왕후가 죽었을 때 영조가 부인의 죽음을 슬퍼하기는커녕 오랫동안 궁녀들과 자질구레한 농담을 주고받았다는 기술은 그것이 사실이라 해도 혜경궁이 아니라면 누구도 감히 기록에 남기지 못했을 것이다.

이처럼 『한중록』은 철저히 자료에 충실하면서도, 다른 사람들은 쉽게 보고 들을 수 없는 것을 임금의 어머니이자 할머니라는 높은 위치에서 보고 들어 기록했고, 또 그런 지존의 위치에서 남들은 감히 할 수 없는 말까지 거침없이 표현했다. 『한중록』은 기록 유산으로서 특별한 가치를 가지고 있다.

심리 분석

『한중록』은 무엇보다 섬세한 필치와 심리 분석이 돋보이는 작품이다. 「나의 일생」에는 혜경궁이 어린 시절 부모님의 부부 싸움을 중재하여 그치게 한 일, 부귀한 고종사촌의 좋은 옷을 부러워하지 않고 분수를 지켜 어른스럽게 행동한 일 등이 그려져 있는데, 이런 사소한 사건의 서술을 통해 한 똑똑한 여자아이가 어떻게 한 나라 최고의 지위에 이르렀는지 잘 보여준다. 구체적인 사건 기술을 통해 혜경궁이 자기에게 마땅한 지위를 얻었음을 웅변으로 보여주고 있는 것이다.

혜경궁의 섬세한 시선은 비단 자신을 그리는 데에만 나타나 있지는 않다. 절대권력의 군주이면서 동시에 엄한 시아버지인 영조는 이제 막 궁궐에 들어온 혜경궁에게 다음의 세 가지를 말하고 있다. "궁중에서 무슨 일을 보고 들어도 먼저 알은체 마라. 아무리 남편이라도 흐트러진 옷차림을 보이지 마라. 수건에 연지를 묻히지 마라." 혜경궁은 열 살짜리 신부에게 연지 묻은 수건까지 조심시키는 영조의 모습을 통해 영조의 까다로운 성격을 드러내고 있는 것이다.

섬세한 시선은 세세하고 풍부한 감정 표현과 연결되어 있다. 『한중록』에는 자기 부모 형제를 죽음으로까지 몰고 간 적대 세력에 대한 철천지의 증오가 있을 뿐만 아니라, 좌절, 배신, 슬픔, 분노 등이 복합적으로 얽혀 있다. 이 극한의 암울한 감정은 원망과 탄식을 교차시키는데, 『한중록』에서 종종 등장하는 "읍혈축천하노라"는 등의 탄식이 상투적으로 들리지 않고 깊은 울림이 느껴지는 이유도 그만큼 상황이 절박하기 때문이다.

『한중록』에서 섬세한 필치와 감정 표현이 극도로 구현된 지점이 심리 분석이다. 『한중록』에서 심리 분석이 가장 돋보이는 부분은 단연

「내 남편 사도세자」이며, 여기서 영조와 사도세자의 심리는 날카롭고 철저하게 분석되어 있다. 최근 한 심리학자(김태형, 『심리학자, 정조의 마음을 분석하다』, 역사의아침, 2009)가 『한중록』의 심리 분석이 사실이 아니라 꾸며낸 것이라는 주장을 했다. 혜경궁이 그려낸 사도세자의 광증은 심리학의 기초만 알아도 납득할 수 없는 것으로, 따라서 사도세자의 광증은 조작되었다는 것이다. 정신의학계에서 『한중록』을 분석한 것이 이번이 처음은 아니다. 이미 박사논문까지 나와 있다(이규동, 「의대증에 대한 정신분석학적 고찰ㅡ한중록에 부각된 사도세자의 병력 연구」, 서울대학교 의과대학, 1969). 뿐만 아니라 짧은 글이지만 재미(在美) 정신과 의사인 정유석 박사의 분석도 있다. 『한중록』에 그려진 사도세자의 광증을 그렇게 간단히 조작으로 밀칠 수 없다는 말이다. 이규동 선생은 『한중록』이 사도세자의 정신이면사를 상세하고 극명하게 파혜쳤다고 했다. 그러면서 영조와 사도세자의 심리를 통해서 '이조(李朝)의 가족신경증'까지 읽어내고 있다.

수년 전 내 강의를 들은 학생 한 명이 수업 후 사도세자의 병증에 대해 장문의 편지를 보내왔다. 학생의 사도세자의 병증에 대한 분석은 내가 전에 본 어떤 글보다 철저했다. 후에 학생은 자신도 사도세자처럼 강박증으로 고통을 겪고 있다고 했다. 『한중록』이 보여준 영조와 사도세자에 대한 엄정한 정신분석은 그것만 잘 정리해도 편집증이나 강박증에 대한 훌륭한 보고서가 되지 않을까 한다. 「내 남편 사도세자」는 사도세자가 광증으로 죽었음을 증명하기 위해 썼으니, 병의 발병과 진행을 세세히 그리지 않을 수 없었을 것이다. 하지만 동기가 그렇다 해서 누구나 이처럼 병증 심화의 각 계기를 수렁에 빠져들듯 깊이를 더해가며 서술할 수 있지는 않다. 혜경궁의 뛰어난 감수성과 문학적 표현력을 알 수 있는 것이다.

혜경궁의 친정은 조선 후기 서사문학의 가장 중요한 발원지였다. 혜경궁의 아버지 홍봉한의 외할아버지는 조선 최초의 야담집인 『천예록』의 찬자 임방(任埅)이다. 또 야담집 『동패락송』의 찬자인 노명흠은 혜경궁 친정의 숙사(塾師)였고, 역시 중요한 야담을 수록하고 있는 『삽교만록』의 찬자 안석경도 이 집안과 깊은 교분을 가졌다. 안석경의 아버지 안중관이 이 집의 숙사였기 때문이다. 뿐만 아니라 야담집 『계서야담』의 찬자인 이희평의 할아버지는 이산중인데, 이산중은 혜경궁을 각별히 아낀 외사촌이었다. 한글문학 쪽에서도 혜경궁의 친정은 매우 중요한데, 일찍이 『계축일기』의 주요 인물인 정명공주가 이 집안으로 시집왔을 뿐만 아니라, 실제로 그 이본이 전해내려온 곳이기도 하다. 또 한글문학의 대표적 명문으로 알려진 『의유당관북유람일기』의 작자 의령남씨는 혜경궁 작은어머니의 올케이다. 의령남씨의 남편 신대손이 홍인한의 부인 신씨와 남매지간인 것이다. 혜경궁의 작은어머니 신씨는 『한중록』에서 혜경궁에게 한글을 가르쳐준 사람으로 혜경궁이 각별히 따랐던 사람이다. 신씨 역시 『역대총목』을 한글로 번역할 정도로 문식이 높았다고 한다. 이 밖에도 혜경궁 친정에는 한글로 번역된 가전, 행장 등이 다수 전해오는데, 최근에는 장편소설 『청백운』의 작가를 혜경궁의 사촌 홍낙술로 보는 견해까지 제기되어 있다. 요컨대 혜경궁은 조선 후기 문학 전통의 한가운데 있었으며, 이것이 조선 후기 문학의 걸작 『한중록』을 낳은 것이다.

王室家系

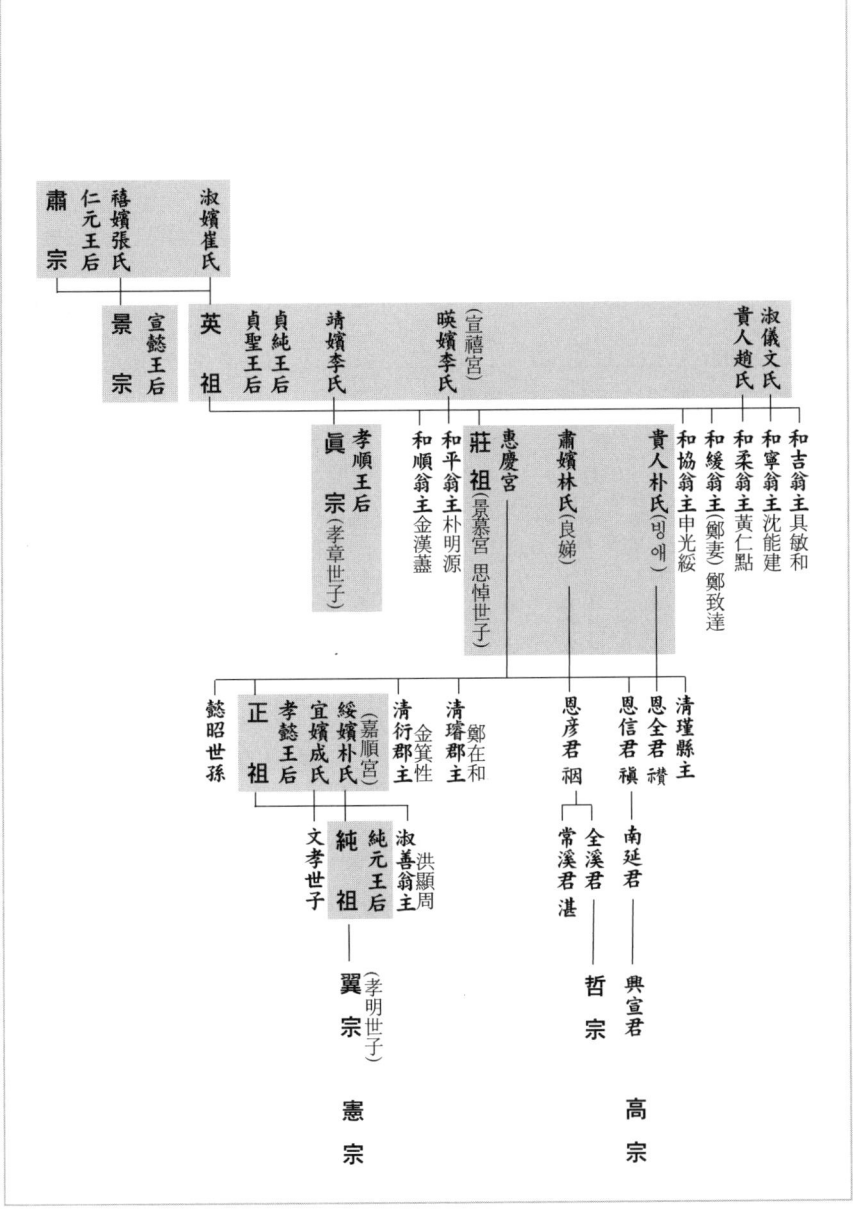

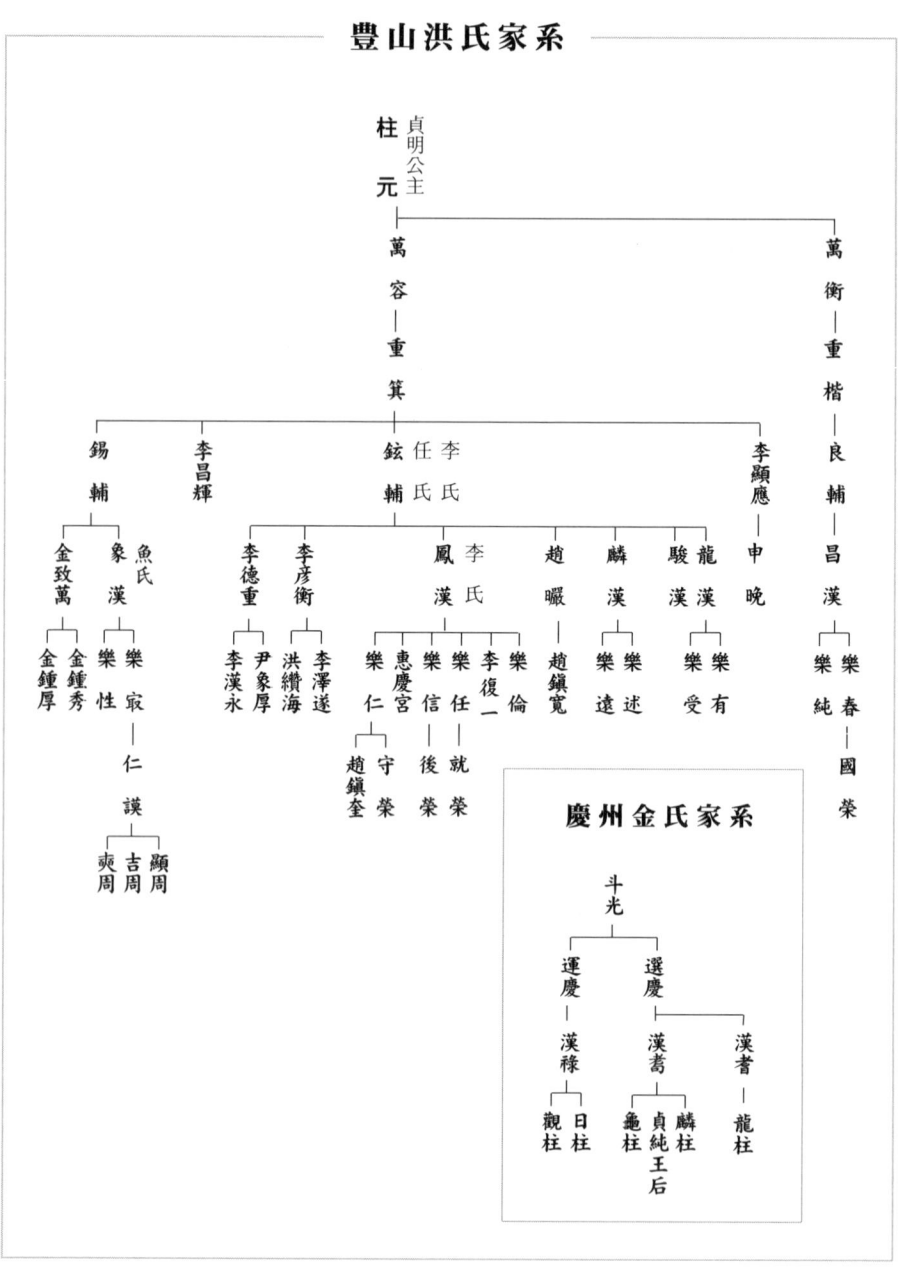

『한듕만녹閒中謾錄』(한글, 필사본, 6책), 미국 버클리 대학 동아시아도서관 소장.

『보장寶藏』(한글, 필사본, 1책), 미국 버클리 대학 동아시아도서관 소장 → 김용숙, 『비장본 한중록』, 숙명여자대학교 출판부, 1981 영인. 영인시 원문의 일부를 국립중앙도서 관본 『읍혈록』으로 바꿔 넣음. 이 책에서는 원문을 직접 확인하여 보충하였음.

『읍혈녹泣血錄』(한글, 필사본, 2책), 홍기영 소장 → 홍기원, 『읍혈록』(하), 민속원, 1992 영 인. 이 책의 상권에는 국립중앙도서관 소장 한글본 『읍혈록』과 버클리 대학 한글 한자혼용본 『보장』이 영인되어 있음. 또 하권에는 서울대학교 규장각 소장 한문 본 『읍혈록』이 영인되어 있음.

『불명불조弗明弗措』(한문, 필사본, 1책), 미국 버클리 대학 동아시아도서관 및 연세대학교 중앙도서관 소장.

이병기 역주, 『한중록』, 백양당, 1947.

이병기·김동욱 주해, 『한중만록』, 민중서관, 1961.

정렬모 주석, 『한중록, 인현왕후전』, 평양: 조선문학예술총동맹출판사, 1965.

JaHyun Kim Haboush, *The memoirs of Lady Hyegyŏng*, University of California Press, 1996.

梅山秀幸 編譯, 『恨のものがたり－朝鮮宮廷女流小說集』, 總和社, 2001.

『조선왕조실록』, 국사편찬위원회 데이터베이스 제공.

『승정원일기』, 국사편찬위원회 데이터베이스 제공.

『내각일력內閣日曆』, 서울대학교 규장각한국학연구원 데이터베이스 제공.

'한국문집총간', 한국고전번역원 데이터베이스 제공.

'왕실도서관 디지털 아카이브', 한국학중앙연구원 데이터베이스 제공.

사도세자, 『능허관만고凌虛關漫稿』, 한국학중앙연구원 소장. * 이하 문집류 가운데 소장처가 여러 곳인 경우, 필자가 살핀 자료를 대표로 제시했다.

정 조, 『홍재전서弘齋全書』, 서울대학교 규장각 소장.

홍석주 편, 『풍산세고豊山世稿』, 국립중앙도서관 소장.

홍봉한, 『(어정홍익정공)주고御定洪翼靖公奏藁』, 서울대학교 규장각 소장.

홍용한, 『장주집長洲集』, 연세대학교 중앙도서관 소장.

홍낙인, 『안와유고安窩遺稿』, 국립중앙도서관 소장.

＿＿＿, 『선부군년보략先府君年譜略』, 서울대학교 규장각 소장.

홍낙신, 『선부군유사先府君遺事』, 서울대학교 규장각 소장.

홍낙유, 『금헌집今軒集』, 한국학중앙연구원 소장.

홍낙술, 김영진·박재연 교주, 『선부군유사』, 선문대학교 중한번역문헌연구소, 2005.

김종수, 『몽오집夢梧集』, 한국문집총간 246, 민족문화추진회, 2000.

이민보, 『풍서집豊墅集』, 한국문집총간 232, 민족문화추진회, 1999.

김귀주, 『가암유고可庵遺稿』, 성균관대학교 대동문화연구원 영인, 2007.

이택수, 『분재집奮齋集』, 서울대학교 규장각 소장.

『원행을묘정리의궤園幸乙卯整理儀軌』, 서울대학교 규장각 소장.

박종겸, 『현고기玄皐記』, 『조선당쟁관계자료집 12』, 여강출판사, 1985.

박하원, 『대천록待闡錄』, 『조선당쟁관계자료집 12』, 여강출판사, 1985.

황윤석, 『이재난고頤齋亂藁』, 한국정신문화연구원 영인, 1994.

심낙수, 『은파산고恩坡散稿』, 서울대학교 규장각 소장.

김조순, 『영춘옥음기迎春玉音記』, 서울대학교 중앙도서관 일석문고 소장.

이광현, 『임오일기壬午日記』, 국립중앙도서관 소장.

권정침, 『모년일기某年日記』, 『사담史談』 1986년 6월호에 영인 및 번역.

권정침 외, 『흑마유사黑馬遺事』, 연세대학교 중앙도서관 소장.

「김공가암유사金公可庵遺事」, 『공거지남公車指南』, 서울대학교 규장각 소장.

김용숙, 『한중록 연구』, 정음사, 1987.

김명길, 『낙선재주변』, 중앙일보, 1977.

박현모, 『정치가 정조』, 푸른역사, 2001.

안대회, 『정조의 비밀편지』, 문학동네, 2010.

임재완 편역, 하영휘 교열, 『정조대왕의 편지글』, 삼성문화재단, 2004.

성균관대학교 동아시아학술원 편, 『정조어찰첩』, 성균관대학교 출판부, 2009.

하영휘 역, 『정조 임금 편지』, 국립중앙박물관, 2009.

이병기, 「전고진안론典故眞贗論 — 한중록에 대하여」, 『문장』 1권 4호, 1939.

이규동, 「의대증에 대한 정신분석학적 고찰 — 한중록에 부각된 사도세자의 병력연구」, 『신경정신의학』 8권 1호, 1969(서울대학교 의과대학 박사논문).

정병설, 「사도세자가 명해서 만든 화첩, 중국소설회모본」, 『문헌과해석』 47, 2009.

_____, 「사도세자와 화원 김덕성」, 『문헌과해석』 48, 2009.

_____, 「시골 선비 이이순이 본 임금의 침실」, 『문헌과해석』 49, 2010.

최성환, 「정조대 탕평정국의 군신의리 연구」, 서울대학교 박사논문, 2009.

김동욱, 「정조와 김조순의 밀담, 영춘옥음기」, 『문헌과해석』 49, 2010.

우리가 고전에 눈을 돌리는 것은 고전으로 회귀하기 위해서가 아니다. 한국의 고전은 고전으로서 계승된 역사가 극히 짧고 지금 이 순간에도 발견되고 있으며 심지어 어떤 작품은 저 구석에서 후대의 눈길을 간절하게 기다리고 있기도 하다. 우리의 목표는 바로 이런 한국의 고전을 귀환시키는 것이다. 그러니까 고전 안에 숨죽이며 웅크리고 있는 진리내용들을 다시 불러들이고 그것으로 이 불투명한 시대의 이정표를 삼는 것, 이것이 우리의 궁극적인 목적이다.

문학동네 한국고전문학전집은 몇몇 전문가의 연구실에 갇혀 있던 우리의 위대한 유산을 널리 공유하는 것은 물론, 우리 고전의 비판적·창조적 계승을 통해 세계문학사를 또 한번 진화시키고자 하는 강한 열망 속에서 탄생하였다. 그래서 문학동네 한국고전문학전집은 이미 익숙한 불멸의 고전은 말할 것도 없고 각 시대가 새롭게 찾아내어 힘겨운 논의 끝에 고전으로 끌어올린 작품까지를 두루 포함시켰다. 뿐만 아니라 한국 고전의 위대함을 같이 느끼기 위해 자구 하나, 단어 하나에도 세밀한 정성을 들였다. 여러 이본들을 철저히 비교하는 과정을 거쳐 정본을 획정했고, 이제까지의 모든 연구를 포괄한 각주를 달았으며, 각 작품의 품격과 분위기를 충분히 살려 현대어 텍스트를 완성했다. 이 모두가 우리의 고전을 재발명하는 것이야말로 세계문학의 인식론적 지도를 바꾸는 일이라는 소명감 덕분에 가능했음은 물론이다. 부디 한국의 고전 중 그 정수들을 한자리에 모은 문학동네 한국고전문학전집이 그간 한국의 고전을 멀리했던 독자들에게 널리 읽히고 창조적으로 계승되어 세계문학의 진화를 불러오는 우리의, 더 나아가 세계 전체의 소중한 자산으로 자리하기를 기대해본다.

문학동네 한국고전문학전집 편집위원
심경호, 장효현, 정병설, 류보선

주석자 **정병설**

서울대학교 국어국문학과 교수. 한글소설을 중심으로 주로 조선시대의 주변부 문화를 탐구
했다. 한국 문화의 성격과 위상을 밝히는 연구를 필생의 과업으로 여기고 있다. 사도세자의
죽음을 다각도로 분석한 『권력과 인간—사도세자의 죽음과 조선 왕실』, 음담에 나타난 저
층 문화의 성격을 밝힌 『조선의 음담패설—기이재상담 읽기』, 그림과 소설의 관계를 연구
한 『구운몽도—그림으로 읽는 구운몽』, 기생의 삶과 문학을 다룬 『나는 기생이다—소수록
읽기』 등을 펴냈으며, 『구운몽』을 번역하고 해설했다. 논문으로 「조선시대 한문과 한글의
위상과 성격에 대한 일고」 「조선 후기 한글·출판 성행의 매체사적 의미」 외 다수가 있다.

한국고전문학전집 004

원본 한중록

ⓒ 정병설 2010

1판 1쇄 2010년 8월 28일
1판 5쇄 2016년 4월 15일

지은이 혜경궁 홍씨 | 주석자 정병설 | 펴낸이 염현숙

책임편집 구민정 | 편집 임혜지 오동규 | 디자인 윤종윤 한충현 김민하
마케팅 정민호 이연실 정현민 김도윤 양서연 | 홍보 김희숙 김상만 이천희
제작 강신은 김동욱 임현식 | 제작처 영신사

펴낸곳 (주)문학동네
출판등록 1993년 10월 22일 제406-2003-000045호
주소 10881 경기도 파주시 회동길 210
전자우편 editor@munhak.com | 대표전화 031)955-8888 | 팩스 031)955-8855
문의전화 031)955-1933(마케팅), 031)955-2671(편집)
문학동네카페 http://cafe.naver.com/mhdn

ISBN 978-89-546-0892-3 04810
      978-89-546-0888-6 04810 (세트)

* 이 도서의 국립중앙도서관 출판시도서목록(CIP)은 e-CIP 홈페이지(http://www.nl.go.kr/ecip)에서 이용
  하실 수 있습니다.(CIP제어번호: CIP2010002377)

www.munhak.com